suhrkamp taschenbuch 1327

Karl Kraus, geboren am 28. April 1874 im böhmischen Gitschin, ist am 12. Juni 1936 in Wien gestorben.

Wie kaum eine andere Phase in der Geschichte der *Fackel* ist die zweite Hälfte der zwanziger Jahre fast ganz durch die polemischen Aktivitäten ihres Herausgebers bestimmt: seine Kampagnen gegen den Erpressungsjournalisten Emmerich Bekessy, den unverantwortlichen Polizeipräsidenten Johann Schober, den vormaligen Kriegshetzer und nunmehrigen Friedensapostel Alfred Kerr. Seit Lessings Zeiten hat es in der deutschen Literatur keine ähnlich dichte Folge von Streitschriften ähnlich hohen Ranges gegeben. Zumal die Reihe der gegen Bekessys *Stunde* gerichteten Artikel (die dieser Band besonders ausführlich dokumentiert) ist ebenso reich an Meisterwerken der Gattung wie an Zeugnissen persönlichen Wagemuts – und bleibt über den erledigten Fall hinaus auch im Zeitalter der *Bildzeitung* bestürzend aktuell.

Karl Kraus
Schriften

Herausgegeben von
Christian Wagenknecht

Band 17

Karl Kraus
Die Stunde des Gerichts

Aufsätze 1925-1928

Suhrkamp

Der Text folgt den im Anhang dieses Bandes einzeln aufgeführten Heften der »Fackel« (F 679-685 bis F 781-786).

suhrkamp taschenbuch 1327
Erste Auflage 1992

Satz: IBV, Berlin
Druck: Nomos Verlagsgesellschaft, Baden-Baden
Printed in Germany
Umschlag nach Entwürfen
von Willy Fleckhaus und Rolf Staudt
unter Verwendung einer Fotografie
von Trude Fleischmann (Karl Kraus um 1928)
Foto im Besitz von Dr. Viktor Matejka, Wien
Vorlage: Friedrich Pfäfflin, Marbach

1 2 3 4 5 6 – 97 96 95 94 93 92

Aufsätze 1925-1928

Ansprache im griechischen Theater

Gesprochen vor »Wolkenkuckucksheim« am 13. Februar

Ich sehe mich leider genötigt, Ihnen eine Mitteilung zu machen, die Ihre Aufmerksamkeit auf etwas außerhalb des Vortrags lenken wird, ohne diese, wie ich mir's zutraue, von ihm abzulenken. Bestünde selbst solche Gefahr, so wäre es immer noch besser, durch die Eröffnung als durch die Tatsache, welche die Eröffnung eben verhindern will, ein störendes Nebeninteresse hervorzurufen. In der Pein, die die bloße Vorstellung der zu bannenden Möglichkeit mir auferlegt, gibt es keinen andern Ausweg, als Ihnen zu sagen, daß unter den neunhundert ehrlichen Menschen, die diesen Saal füllen, wahrscheinlich ein Schuft ist, der darauf lauert, zu wiederholen, was er in den beiden letzten Vorlesungen unternommen hat: nämlich eine sogenannte Stinkbombe loszulassen, was für die körperliche Sicherheit der Anwesenden eine weit geringere Gefahr bedeutet als unter Umständen für die seine und nur der Versuch ist, etwas von der unappetitlichen Atmosphäre unseres öffentlichen Lebens auf diese von mir als Inselwelt angesprochene Sphäre zu übertragen, »auf der doch nichts als die Verzweiflung an der umgebenden Schmach und Lüge laut wird«. Da sich die stinkende Niedertracht, bei der man nicht begreift, daß der Verüber nicht vor der eigenen moralischen Ausdünstung in Ohnmacht sinkt, in zwei Nestroy-Vorlesungen wiederholt hat, so ist der völlig unbegründete Verdacht aufgetaucht, daß es sich um die Repressalie einer beruflichen Wut über den Nachweis ihrer Impotenz an Nestroy handeln könnte. Nichts wäre absurder, da doch das Burgtheater ganz gut weiß, daß es die Leute, die Nestroy hören wollen, viel wirksamer als durch Schwefelwasserstoff durch die Aufführung des Lumpazivagabundus kirre machen kann und daß es weit gefährlicher ist, wenn sich die Zuhörer die Ohren als wenn sie sich die Nase zuhalten. Zudem lehrt die Erfahrung, daß die Attentate der Theaterwelt in der

Regel nur solche der Gewinnsucht sind, gegen welche schon die Vorsicht schützt, daß sich das Publikum die Tasche zuhält. So hat gerade zur letzten Vorlesung ein Theaterklatschblatt die Gelegenheit benützt, um sich mit dem abgeschriebenen Programm an den Mann zu bringen und dem wohltätigen Zweck etwas zu seinen eigenen Gunsten zu entziehen, welcher karitativen Absicht ein für allemal ein Riegel vorgeschoben wurde. Nicht so leicht wird dies gegenüber dem Stinktier gelingen, das sich im Saal selbst etabliert hat. Wiewohl es sich also um eine Attacke auf zwei Nestroy-Vorlesungen handelt, möchte ich dennoch glauben, daß der Lump kein Bravo des theatralischen Mißvergnügens ist, sondern der Beauftragte einer der politischen Bestrebungen, deren Widerwärtigkeit eben zu dem Symbol greift, das ihnen die hochentwickelte Technik als Friedensübung zu Gebote stellt, ehe sie im Ernstfalle mit giftigen Gasen jenes Mütchen kühlen, welches der äußerste Superlativ der Feigheit ist. Der Name Kasmader dürfte hier wie in keinem andern Fall zu Ehren kommen. Indem ich Sie auf die Möglichkeit der neuerlichen Betätigung dieses Stinktiers vorbereite, will ich Ihnen und ihm selbst die Beruhigung erteilen, daß ihm diesmal sowohl durch eine lebhafter interessierte und gut vertretene Polizei wie durch Ihre eigene Aufmerksamkeit das Handwerk erschwert ist, insbesondere aber auch durch meine direkte Ansprache an ihn, die ihn vielleicht so befangen macht, daß er sich nicht erst durch die Tat, sondern schon durch die Enthaltung verrät. Denn er kann nicht regungslos bleiben, wenn ich ihm sage, daß er ein Schuft ist! Ich apostrophiere ihn als den, der sich dreist mengt in jene Menschenwelle, die hier sich zum Theater drängt, wo Bank an Bank gedränget sitzen u. s. w. Aber er wird sich diesmal täuschen. Und glaubt er fliehend zu entspringen, geflügelt sind wir da, die Schlingen ihm werfend um den flücht'gen Fuß, daß er zu Boden fallen muß. Wir wollen ihn bis zu den Schatten jagen und auch dort nicht frei geben. Lassen Sie der Gerechtigkeit diesen Lauf, aber beschmutzen Sie sich nicht selbst mit der Berührung eines Menschen, der Schwefelwasserstoff bei sich hat. Ich weiß, während ich dies sage, wünscht er sehnlichst, nie in diesen Raum geraten zu sein.

Er wird es nie wieder, das soll uns genügen. Oder es geschieht ein Übriges, der schreckenbleiche Mund macht schnell den Schuldbewußten kund, dem ich durch diesen Zuspruch einen Schrei entlocke, vielleicht eine jener ›Wiener Stimmen‹ – jeder Laut eine Stinkbombe –: »Ei, ei! Schau, schau! Sieh da, Timotheus!«

Die »Stunde« bietet die Darstellung der wirklichen Ereignisse des Lebens

denn sie liebt das Leben und wo sie es anpackt, ist es interessant. Dort aber wo es am interessantesten ist, wird sie ihm gerecht, indem sie die Stelle in fetten Lettern hervorhebt, so daß auch schon der flüchtige Überblick die wirklichen Ereignisse des Lebens zu erfassen vermag. Etwa so:

— daß

die Reise der Baronin eine Flucht aus der Ehe gewesen ist.

Ja, aber doch nicht allein? Da braucht man nicht lange zu suchen,

— denn außer der schönen Herrin fehlte noch jemand im Hause:

Der junge Sekretär des Barons.

Die ›Stunde‹ führt einen unerbittlichen Kampf gegen die Bespitzelung des Privatlebens durch die Polizei. Sie tritt dafür ein, daß sich die Leute ausleben, und führt es auf die zunehmende Provinzialisierung Wiens zurück, daß der Geschlechtsakt durch andere Organe als durch die beglaubigten Gewährsmänner der ›Stunde‹ unterbrochen wird. Das ist in der Tat auch insoferne etwas anderes, als die Zeugenschaft der ›Stunde‹ nur Authentisches an den Tag bringt und sich ausschließlich auf wahre Tatsachen des Privat- und Familienlebens, also auf die wirklichen Ereignisse beschränkt, die, auch wenn sie erstunken und erlogen sind, gleichwohl durch die packende Darstellung etwas für sich haben. Wozu noch kommt, daß die Intervention der ›Stunde‹ jeglichen muckerischen Charakters entbehrt, im Gegenteil einen ausgesprochen hedonistischen Zug aufweist, so daß die betroffenen Paare dem Berichterstatter, der Gelegenheit hatte, dabei zu sein, selbst dann zu Dank verpflichtet sind, wenn er zufällig nicht dabei war. Denn es ist das Programm der ›Stunde‹, »alle Dinge so darzustellen, wie sie wirklich sind«, auch wenn sie sich anders zugetragen haben, was aber angesichts der Hast, mit der das Blatt in den Vormittagstunden druckfertig gemacht werden muß, keine Rolle spielt. Die Hauptsache ist die Zubereitung, die prickelnde Tonart, jene fesche Note einer Rückkehr zu der Natur, die sich zwischen der Sirk-Ecke und dem Hotel Bristol auslebt, wo das Leben braust; jenes Draufgängertum einer Lebensbejahung, das sich – joi istenem fugaces, Postume, Postume – keinen Augenblick bedenkt, dem Leichnam einer Frau deren Aktphotographie gegenüberzustellen. Die ›Stunde‹ kann von sich sagen, daß sie menschliche Qualitäten und Handlungen, über die zumeist gerade die beteiligten Personen auffallender Weise bisher einen Schleier gebreitet und mit denen sie zumindest kein besonderes Aufsehen gemacht haben, ins Licht gerückt hat. So glücken ihr Lichtbilder von Frauen, denen sie nachsagt, daß sie »liebesfähig und zynisch« sind, miteinander befreundet, daß sie soeben und mit Erfolg eine Morphium-Entziehungskur durchgemacht haben, daß sie eine Perlenschnur versetzt haben, daß sie auf dem Sprung sind, nach Monte Carlo zu reisen, und dergleichen Dinge mehr, die den Neid der bodenständigen Diurnistenseelen erwecken. Schon der bloße Umstand, daß eine ein sogenanntes Flugerl hat, könnte der ›Stunde‹ den Anreiz gewähren, es in Wort und Bild zu erhaschen, da ja bekanntlich die Leute nicht bloß hören, sondern auch sehen wollen, was in der Welt vorgeht. Kurz, man hat den Eindruck, daß die ›Stunde‹ auf alles das fliegt, was Lippowitz, selbst wenn man es ihm als Manuskript darböte, ungenascht ließe, der überhaupt mit den Jahren an Abklärung gewonnen hat und neben der frisch zugreifenden Kühnheit Bekessys ein Aroma von Ehrwürdigkeit annimmt. Was in der Berliner Friedrichstraße nur ganz diskret, im verstecktesten Winkel eines Kolportagelagers, als sensationelle Enthüllung über eine Killekillekammer oder über einen Männervenustempel dargereicht wird, hat jetzt in Wien die große publizistische Note und erfüllt, wenn's Mittag ist und Skandal schlägt, das Ohr der Stadt, die fasziniert für nichts anderes mehr Sinn hat als für das, was sich in der Nacht zuvor im Familienhaus oder im Freudenhaus begeben hat, auch wenn die nackte Wahrheit eine Lüge ist und für diese nichts als der Fettdruck entschädigt; und es gibt keine Nuance des Liebeslebens, die jetzt nicht, wenn die Sonne am höchsten steht, zu ihrem selbstverständlichen publizistischen Recht gelangte und die nicht dem Eifer der Sittenpolizei vorweggenommen würde, so daß diese das Nachsehen hat und nur noch Erhebungen pflegen kann. Wien fühlt sich im Besitz eines Sexualorgans, beglückt von einem Freudenspender, wie er in den Schilderungen der Josephine Mutzenbacher nicht vorbildlicher zur Geltung kommt, gegen den der Bettauer eine Anachoret ist, und der mit der Seßhaftigkeit zugleich den Anspruch erobert hat, uns die Fesseln einer naturfremden Bureaukratie, die kein Privatleben duldet, durch die Freiheit zu ersetzen, es publik zu machen.

Daß es dergleichen in der ganzen Welt nicht gibt und in Wien nie zuvor gegeben hat, ist eine Tatsache. Aber dieser unbestreitbare Mangel wird reichlich dadurch wettgemacht, daß die ›Stunde‹ auch den Verdiensten der Kupplerinnen einer vergangenen Epoche gerecht wird und etwa eine Ehrenrettung der Frau Hannover vornimmt, die annähernd so erfrischend wirkt wie die des Ritters Blaubart, die gleichzeitig aus Frankreich gemeldet wird. Während aber in Frankreich nur nachgewiesen werden kann, daß der Ritter Blaubart seinen Frauen nichts zuleide getan habe, also eine Legende eigentlich zerstört wird, ist die ›Stunde‹ bestrebt, die Wohltaten, die die Sage der Frau Hannover zuschreibt, für das kommende Geschlechtsleben festzuhalten und in jene Fibel einzubetten, in der schon die Habsburgergeschichten stehen. Nun verdankt man ja längst der Fackel die Erkenntnis, daß die sagenhaften Kupplerinnen, die Wiens imperialistische Zeit aufzuweisen hatte, kulturell wertvollere und menschlich harmlosere Erscheinungen waren als die großen Zeitungsherausgeber und daß dementsprechend selbst eine reduzierte Gelegenheitsmacherin im neuen Wien eine sittlich einwandfreiere Persönlichkeit sein dürfte als Herr Bekessy – eine Erkenntnis, aus der die Polizei endlich die Konsequenz ziehen sollte, diese armseligen Frauen, die eine strafgesetzlich erlaubte und von der Natur gebotene Handlung begünstigen, ungeschoren zu lassen, wenn ihr gegen die journalistische Pest, die von Wien Besitz ergriffen hat, kein Mittel zu Gebote steht. Aber wie immer dem sei, zu einer Begeisterung für die Macht und Größe der Kupplerinnen der Kaiserstadt ist kein zwingender Grund vorhanden. Die ›Stunde‹ geht darin entschieden zu weit und macht sich von den wirklichen Ereignissen einer verflossenen Sexualepoche jene übertriebenen Vorstellungen, die nun einmal zu ihrem Metier gehören, so wenn sie die Sachs als eine annähernd so sakrosankte Erscheinung in der monarchischen Welt feiert, wie sie in der Republik der Castiglioni vorstellt, und wenn sie behauptet, die Polizei, deren Engherzigkeit von heute sie der einstigen Toleranz gegenüberstellt, hätte erforderlichenfalls der Nötigung eines Mädchens, sich einem geschlechtskranken Erzherzog hinzugeben, Vorschub geleistet. Es ist bedauerlich, daß das starke stoffliche Interesse, mit dem die ›Stunde‹ an den Übergriffen der Polizei beteiligt ist, sie manchmal zur Überschreitung der eigenen Pflicht, das Sensationelle zu betrachten, verleitet. Umso maßvoller, freilich ganz und gar dem Charakter der gewürdigten Persönlichkeit entsprechend, berührt die Apologie der Hannover, deren Lebensführung etwas Sokratisches gehabt haben muß und die als Vorbild der Kalokagathia für die künftigen Geschlechter dasteht, die bei Kupplerinnen ein- und ausgehen werden. Nachdem geschildert wurde, wie sie einst in ein brennendes Zimmer gestürzt sei, um dem Infanten von Spanien, der ohne Degen geflohen war (aus dem Zimmer der Eboli), diesen zu retten, schließt die Betrachtung, die nicht nur beim Menschlichen verweilt, sondern bisher unbekannte biographische Daten enthält, mit den schlichten Worten:

Madame Hannover zog sich vor etwa 20 Jahren in den »wohlverdienten Ruhestand« zurück, wechselte ihre Wohnung und – ihren Namen. Sie führte ein ruhiges und behagliches Leben und starb während des Krieges in hohem Alter. Alle Briefe, Bilder und Schriften, die sich in ihrem Besitze befanden, vernichtete sie vorher. Sie war diskret im Leben und im Tode.

Selbst im Tode darin unerreicht von der ›Stunde‹, der es nach so vielen Jahren gelungen ist, eine Photographie des Erzherzogs Wilhelm zu retten, welchen sie, der ja nichts verborgen bleibt, als den Geliebten der Madame Hannover agnosziert hat. Ein endlich gelüftetes Geheimnis, das nun auch die Frage laut werden läßt, ob nach dem unbeweinten Hingang des Doppeladlers dessen Angehörige vogelfrei sind und ob jeder Sexualunternehmer jetzt die Bettgeheimnisse auch solcher Mitglieder der Dynastie feilbieten darf, deren Privatleben nicht wie das jenes Otto eine Wiener Attraktion war. Es ist ja gar nicht zu sagen, welche freiheitliche Errungenschaft es für die Magennerven bedeutet, sich nur vorzustellen, daß die Bevölkerung einer Stadt heute eine Schilderung wie diese als Tramway-Lektüre zu schlürfen bekommt:

– – Der Gast, der auch nicht lange sein Inkognito zu wahren vermochte, war der

Erzherzog Wilhelm,

– – eines der prominentesten Mitglieder der habsburgischen Kaiserfamilie. – – Der Erzherzog, durch die Statuten des Deutschmeisterordens zum Zölibat verpflichtet, fand im Salon Hannover eine Frau nach seinem Geschmack – nämlich die Madame selbst.

Sie wurde seine Geliebte,

(»in partibus infidelium«), er kam Jahre hindurch zu ihr, manches Geschenk und manchen Brief, den sie von ihm erhielt, bewahrte sie bis an ihr Ende.

Wobei sie allerdings, wenn damals schon Bekessy in Wien gewesen wäre, keinen leichten Stand gehabt hätte.

Und man muß der Wahrheit gemäß sagen, daß sie nach dem plötzlichen Tod des Erzherzogs – er verunglückte auf einem Spazierritt in Baden bei Wien am 29. Juli 1894 durch das Scheuen seines Pferdes – allen Verlockungen, seine Briefe oder seine Geschenke zu verkaufen, Widerstand leistete.

Womit sie sich bei der ›Stunde‹ gerade kein Bildel eingelegt hätte, außer dem einen, das aber wahrscheinlich in einem Photographiengeschäft erstanden wurde. Im Salon Hannover, wo natürlich »auch prominente Künstler« verkehrten, waren lärmende Unterhaltungen ausgeschlossen:

alles spielte sich förmlich unter einem Schleier ab, den Noblesse und Diskretion woben.

So daß sich der Fuchs die gut abgelegenen Trauben selber versüßen muß. Er findet aber auch sonst Entschädigung. Die ›Stunde‹, die es mit dem Leben hält, bleibt diesem treu bis in den Tod. Es versteht sich von selbst und gehört geradezu schon zum guten Ton, daß, wenn sich in Wien eine Frau umgebracht hat, der verzweifelte Gatte am nächsten Tag das Motiv aus der ›Stunde‹ erfährt, wobei es, je nach den Umständen, auch vorkommen kann, daß er auf diesem nicht mehr ungewöhnlichen Weg erst von der Tat selbst Kenntnis erhält und so immerhin vor einer allzu jähen Überraschung bewahrt bleibt. Und sollte Herr Braun-Stammfest es noch nicht wissen, so kann er es vom Titelblatt der ›Stunde‹, noch oberhalb des Titels, ablesen: »Frau Braun-Stammfest läßt sich scheiden«. Er wußte es aber schon seit 1923, so daß nichts weiter mehr zu tun ist als das Publikum zu beruhigen:

Da die geschiedene Frau Dr. Braun-Stammfest persönlich sehr vermögend ist, erscheinen Befürchtungen wegen etwaiger Einschränkungen in ihrer Lebensweise nicht gerechtfertigt.

Was soll man machen, die Leute sind eben aufgeregt, wenn sie so einen Titel lesen, und machen sich Sorgen. Man muß zugeben, daß die ›Stunde‹ mit Takt diesem Übergreifen des öffentlichen Interesses auf das Privatleben zu steuern sucht, und man kann es besonders der Frau Orska nachempfinden, die sich über diesen Punkt in der ›Stunde‹ beschwert und ihr Authentisches über den Stand der Affäre mitteilt, »deren Mittelpunkt das kostbare Perlenhalsband bildet«, das auf dem obenstehenden Bilde zu sehen ist. Da die Leute eben nicht bloß hören, sondern auch sehen wollen, und wäre es auch nur den Sohn Salo Cohns, so wird er ihnen gezeigt zwischen seinen Töchtern, die ihn unter Kuratel halten wollen, weil er zuviel Geld für Reklame ausgibt. Dabei gebührt der ›Stunde‹ das Verdienst, nicht nur das Familienleben darzustellen, wie es sich etwa durch einen Alimentationsprozeß der Betrachtung aufdrängt, von dem sonst die Außenstehenden nichts erfahren würden, sondern bei dieser Gelegenheit auch in die weitere Verwandtschaft hineinzuleuchten, wo gewiß auch manches faul ist, und, wenn schon denn schon, gleich zu überprüfen, ob nicht auch die Schwägerin in einer Ehe lebt, die nicht so ist, wie sie sein sollte. Es braucht nicht erst gesagt zu werden, daß sich da vielfach Verhältnisse erkennen lassen, die unhaltbar sind und bereits an Zustände grenzen, ja daß sich da oft die Familie als jenes Gesindel entpuppt, dessen Wesen schon in der Bezeichnung »Familienbande« zur Geltung kommt. Wenn ein hartherziger Vater seiner Tochter zugerufen hat: »Verrecke auf der Straße!«, merk's Wien, und es ist nur erstaunlich, wie viele Atridenschicksale aus den Wiener Patrizierhäusern hervorbrechen, wenn Bekessys Blick für die Zusammenhänge bloß an sie anstreift, wobei ihm Zufälle wie vergessene Damenhandschuhe, Begegnungen im Hotelvestibül und ähnliche Substrate für packende Überschriften sehr zuhilfe kommen, um die Menschen, die in den Tag hineinleben, aufzurütteln. Nein, das ist nicht mehr der zarte Pastellton eines »Tuttifrutti«, der die einer Geschlechtshandlung Verdächtigen in strengem Inkognito vorführte und dadurch nur bewirkte, daß der Verdacht auf einen weiteren Umkreis von Personen fiel; sondern hier wird dem Grundsatz, daß man nicht generalisieren darf, in geradezu beispielgebender Weise gehuldigt, und es geht bloß insofern jeden an, als jeder für dergleichen Dinge Interesse hat und jeder einmal in die Lage kommen kann, wo dem Glücklichen keine Stunde schlägt, außer wenn er Pech hat. Der Umfang und die Gewissenhaftigkeit der Arbeit, die Bekessy rein registrativ auf diesem Gebiete leistet, haben es mit sich gebracht, daß sein Einfluß fabelhaft überschätzt wird. Er steht dem Liebesleben allerdings nicht voreingenommen gegenüber wie die Polizei, die dazu Lizenzen erteilt, er fördert es geradezu, aber daß er in jedem einzelnen Fall entschädigt werden müsse, ist natürlich nicht wahr, was man schon daraus schließen kann, daß er es noch nicht gesagt hat, denn er würde es mit dem gleichen Stolz zugeben, mit dem er der Welt das Bekenntnis, von den Banken souteniert zu sein, in ihr heuchlerisches Antlitz geschleudert hat. Daß die Stundenhotels so heißen, weil sie der ›Stunde‹ tributpflichtig sind, ist eine Fabel, die nur in dem Milieu einer Gerüchthaftigkeit entstehen konnte, die durch das, was in der ›Stunde‹ schwarz auf weiß steht, genährt wird; wahr ist vielmehr, daß die Bezeichnung lediglich eine Ehrung bekundet und die Sympathie vergelten soll, mit der das Blatt der Sache selbst gegenübersteht, und die Vorurteilslosigkeit, mit der der Stundenzeiger dieser Kontrolluhr auf alle nur einigermaßen beischlafähnlichen Handlungen im Weichbilde der Stadt hinweist. Und sicher ist bei allem, was auf diesem Gebiet getratscht wird, bloß das eine: daß sich auf die Anregung einer Publizistik, die in medias res geht und sie beim rechten Namen nennt, so manche schwache und infolgedessen auch manche schwere Stunde zurückführen läßt, deren Anwärterinnen mit ihr selbst auch diejenige ›Stunde‹ nicht erwarten können, die es ihnen bestätigt.

Aber was die ›Stunde‹ besonders gern hat, ist der seltene Fall, daß der Tod während der Liebeshandlung eintritt. Das ist eine Spezialität, der sie in den fettesten Lettern gerecht wird. Zu einem solchen Eingriff in das Privatsterben bietet die Beschreibung des Lebens und der Taten der Hannover, wenngleich mit vierzigjähriger Verspätung, ausgiebigen Anlaß. War es doch ein Wiener Polizeirat, der es damals scharf auf die Prostituierten hatte und dessen Sittenstrenge von der Natur eigens für die ›Stunde‹ gerächt wurde, die eine Darstellung der wirklichen Ereignisse des Lebens bietet:

– Er wurde dann später Polizeipräsident in Prag,

wo ihn, ganz nach dem Muster des Präsidenten der französischen Republik, Faure, der Tod in den Armen einer schönen, der vornehmen Prager Gesellschaft angehörenden Frau ereilte.

So erfüllte sich sein Schicksal gerade durch die Liebe, der er – –

Man sieht, daß da die Nemesis nach einer Vorlage gearbeitet hat, wiewohl der Präsident der französischen Republik, der bei dieser Gelegenheit mitgefangen ist, vielleicht gar nichts gegen die Prostituierten hatte. Die fetten Lettern haben das Gute, daß der Leser auf der Tramway den Fall für einen aktuellen hält und mit gewohnter Schadenfreude zur Kenntnis nimmt. Die ›Stunde‹, die es liebt, die Dinge so darzustellen, wie sie wirklich sind, wäre gewiß dankbar, wenn ihr solche Fälle angezeigt würden, selbst auf die Gefahr hin, daß die Situation nicht gleich den Liebestod, sondern nur eine Operation im Gefolge hat, wie sie ihr kürzlich von ihrem Budapester Spezialberichterstatter gemeldet wurde, von dem nichts unglaubhaft ist als die Tatsache, daß er noch nicht in Wien wirkt. Denn diese Stadt bewährt eine kulturelle Ausdauer, die in anderen Zentren mangels gesetzlicher Handhabe längst zu dem Entschluß geführt hätte, gegen den Versuch, ein so beschaffenes Leben in die Bude zu bringen, die Bevölkerung mit Hundspeitschen zu bewaffnen.

– –

Aus dem Blutdunst einer Epoche, die den Heldentod als Vorwand zum Betrug an der Menschheit gebraucht hat, ist ein Raubtiergesicht aufgestiegen, ein nachsintflutliches Ungeheuer, nur vergleichbar dem Trachodon, dem Triceratops und den andern dinosaurischen Schiebern aus der Kreidezeit: der Castiglioni aus der Tintenzeit. Seine Züge sind die Schriftzüge einer erbarmungslosen Journalistik, die dieses Gesicht rehabilitiert und selbst dort noch erkennend verklärt, wo ein zerfleischter Kindesleichnam zum Fraß ihrer Betrachtung dient. Seine Stimme ist der Schrei von den Lettern, die die Welt bedeuten. Dieser typographische Alpdruck eines am hellen Mittag unverdrängbaren Phantoms lagert jetzt über einer Stadt, die aus der Unterwerfung durch die angestammte Preßkanaille kein kulturelles Ehrgefühl mehr übrig hat, um sich der neuen Unform mit Grausen zu entziehen. Vielmehr empfängt sie von ihr den Reiz der Abwechslung. Es ist ein Phantom, das oben die Freß- und Greifwerkzeuge der neuen Männlichkeit und unten das weibliche Becken demonstriert; in der Mitte ist ein Gürtel. Denn das Ungeheuer hat es verstanden, die Übertriebenheit, die allein schon auf die kulturelle Männerschwäche wirkt, noch mit der Ingredienz der Erkenntnis zu versetzen, daß der Leichenfledderer der Sieger im Weltkrieg, der emporgekommene Knecht der Herr des Lebens sei und dieses erst vom Nabel abwärts in Betracht komme. Das hat es noch nicht gegeben, und der Zeitgenosse will das, was es noch nicht gegeben hat, auch wenn es unerträglich wäre, und findet, daß der Prankengriff, mit dem hier die Wirklichkeit erfaßt ist, das Richtige ist, auch wenn ihm die Wirklichkeit nicht gefällt und gar nicht wahr ist. Die alten geistigen Mächte sind ihm so viel von dieser Wirklichkeit schuldig geblieben, daß der letzte Erdendreck, der ihm nun vorgesetzt wird, seine Phantasie befriedigt. Dazu die Sicherheit, daß dieser neue Geist kein Wort von dem glaubt, was er bringt, während der alte nichts brachte, aber so, als ob er glaubte; und wo nichts ist, muß es wenigstens vorhanden sein. Der neue ist ein fescher Kerl, die freie Stirn, die die Propaganda jeglicher finanziellen Durchstecherei als Weltanschauung bekennt, gehört einem Bubikopf, den das Monstrum gefällig täuschend zuweilen aufsetzt.

Ein prinzipielles Fallotentum, das weder Ehrfurcht noch Rücksicht auf irgend eine Tatsache des Lebens und Sterbens kennt, kein Verdienst des Geistes achtet und keinen Anspruch der Not, nichts wahrnimmt außer dem eigenen Geschäft und alles nur für dieses, kein Geheimnis verschlossen läßt, das die Aufmachung lohnt, und den Skandal als Stundenschlager anzeigt, Gunst und Ungunst nach Zufall, Laune und Sensationsbedarf verteilt und an dem nichts unveränderlich ist als das Grinsen zu allem – das ist die Wesensmarke dieses neuen Journalismus. Daß die sexuelle Libertinage dem Animiergeschäft nutzbar gemacht wird, erhöht beider Wirkung. Der Informationsdrang auf einem Gebiet, das bisher gerade von der freiesten Moralauffassung mit den Rechten des Privatbesitzes umzäunt wurde, ist erstaunlich, doch sein ungebändigt Walten erklärt sich – angesichts der Aussichtslosigkeit, von der Geschwornenjustiz Abhilfe zu erlangen – ausschließlich aus der fahrlässigen Nichtbeachtung der Maxime: wenn die ›Stunde‹ zum Weibe geht, die Peitsche nicht zu vergessen! Herr Reitzes mag eine noch so wenig sympathische Figur des öffentlichen Lebens sein, aber ihm in seiner privatesten Lage nicht den Schutz jener ultima ratio zuzubilligen, die der ›Stunde‹ zeigt, wie viel's geschlagen hat, wäre schon jene moralische Erbärmlichkeit, aus der die Berichterstattung über Ehebegebenheiten als eine Selbstverständlichkeit hervorgeht. Doch auch diese Form von Notwehr reichte noch nicht an das Maß der konsequenten Büberei heran, die, fähig, eine Frau zu beleidigen, und imstande, sie dafür, daß sie sich beleidigt fühlt, zu verhöhnen, die Nuance »Tut sich was!« zu dem Titel verwendet: »Piroska Anday ist beleidigt oder: Sorgen hat der Herr Unterrichtsminister!« Da kann bloß noch der Magen reagieren, wenn den nicht der Anblick dieser täglichen Inzucht von Börse und Bordell schon gelähmt hat, dieser Kollusion von Mord, Sport und Kreuzwort, dieses illustrierten Zuhältertums der niedrigsten Instinkte, dieses Gullasch von Tanz und Pflanz; die ganze Tonart eines revolutionären Temperaments, das bei Raffkes wie 's enfant terrible im Haus ist und deren Sphäre mit einer aus Erpressung und Psychologie genährten Leidenschaft aufmischt, bald ihrem Bett, bald ihrer Kasse zugetan. Aber die Umwertung aller Werte in allen Pofel und die Erhöhung des Pofels zum Wert hat es mit der Gewalt der Natur, die sich auch mit der Mistgabel nicht austreiben läßt, zustandegebracht, dem richtig erkannten Unwert zum Ansehen zu verhelfen, und diesem Journalismus ist es wahrlich gelungen, selbst dort nicht recht zu haben, wo er recht hat, einem die verhaßtesten Übel in Staat und Gesellschaft in Glücksgüter zu verwandeln, die Pest in einen Gesundbrunnen und den althergebrachten Betrieb der täglichen Prostitution in einen Hort der geistigen und sittlichen

Würde. Die bloße Vorstellung einer Bundesgenossenschaft der ›Stunde‹ macht das Angriffsobjekt zum Augapfel und alles wird so anders: der Jockeyklub ein Kulturbund, das Sittenamt ein Venusberg, der Diurnist bekommt etwas Dionysisches, das Hakenkreuz wird zum Sinnbild der Nächstenliebe und vor Kasmadern ist mir, als ob er wie eine Blume wäre und als ob ich die Hände aufs Haupt ihm legen sollt', betend das Gotterhalte. Aber schon der Vergleich der journalistischen Kulturwerte dieser Stadt, des alten Bestandes der Concordiaballwelt und dieses Zuwachses von Eintänzertum aus der Rastacouère- und Jazzbandzone, schafft mir Zweifel, ob ich mich nicht durch fünfundzwanzig Jahre versündigt habe, und das Neue Wiener Journal wird zum Erbauungsbüchel, in seinen weltlichsten Interessen und nicht etwa erst dort, wo der Bahr in seine Rechte tritt. Von der Neuen Freien Presse gar nicht zu reden, das ginge vor Rührung nicht. Denn wenn die alten Bordellmütter die Prostitution mit hohepriesterlichen Gebärden verrichteten, so fällt angesichts der faunischen Schamlosigkeit des neuen Handwerks doch etwas wie Weihe auf die Korruptheit alten Stils. Gewiß, sie waren Nehmer vor dem Herrn, aber sie trugen ein Ideal im Herzen, wenigstens insofern, als sie es nicht erreichen konnten, und sogar ihre Hände waren rein, wenn eine die andere wusch. Sie waren so keusch, der Welt die Enthüllung vorzuenthalten, daß sich hinter dem Pseudonym ihrer Kulturhandlung ein unzüchtiges Geschäft verbarg. Was es jetzt gibt, den Räuberstolz, diesen Ring einem Bankdirektor vom Finger gezogen zu haben und jenen trotzdem dem Leser durch die Nase – so etwas hat es früher nicht gegeben. Diese Niedertracht unter dem Vorwand der Niedertracht, ihre offene Hoffnung, man werde es nicht bemerken und wie nichts, so auch das wahre Wesen ihr nicht glauben; die naturhafte Frechheit einer Schaustellung, die nicht einmal den Anstand der Heuchelei kennt; der Exhibitionismus einer Kriminalität, die nicht etwa gesteht, sondern bekennt; dieses gute Gewissen der Schlechtigkeit und diese frischfröhliche Ausdauer im Ertragen der eigenen bodenlosen Widrigkeit, der keine Karikatur etwas anhaben könnte, weil sie vom Original täglich, stündlich übertrumpft wird, und die dieser Budapestilenz von informierter Seite den treffenden Namen »Ases« zugezogen hat; dieser unbeugsame Stolz darauf, daß die Welt ein Hurenlokal ist, von dessen Neppgewinn etwas für unsereinen abfällt; dieser zivilisatorische Hochmut, der es verschmäht, Nachthemden zu lüpfen, wo es bereits Pyjamas gibt – an all dem nicht die abgründige Dummheit und Ödigkeit wahrzunehmen, das konnte nur einer Bevölkerung zustoßen, deren Gehirn durch die Wirksamkeit des alten Geistreichtums hinreichend vorgeschult war. Die Zeit, die den Mumpitz eines entfesselten Theaters hervorgebracht hat, sie hat auch den rasenden Reporter ermöglicht, der selbst nach erfolgtem Einbruch ins Schlafzimmer oder Totenhaus keinen Hinauswurf zu riskieren hat und zu dessen Würdigung die Fachkreise kein höheres Lob kennen als zu sagen, er sei ein Lausbub. Das Schandmal einer heroischen Epoche von journalistischer Verworfenheit, mit dem sich keiner, der's trug, auf die Gasse traute, ist zum Ehrenzeichen geworden. Und da solche journalistische Existenz nur als Möglichkeit eine Kulturtatsache, aber als Wirklichkeit lediglich ein sicherheitspolizeiliches Problem bedeutet; da hier die journalistische Form den leider nicht greifbaren, aber offenbaren Vorwand bildet für eine Wirksamkeit, die sich sonst anderer Mittel bedient, um ans Ziel ihrer Bestrebungen zu gelangen; da das Übel sowohl wie die Wehrlosigkeit vor dem Übel nicht ohne die politische Freiheit bestünden, die nichts dafür kann, daß ihre Plage sichtbarer wird als ihre Wohltat; da die Toleranz der Hüter dieser Republik die Einpflanzung solchen publizistischen Typus in das Kulturbild Wiens ermöglicht hat – so würde die Schande, die über diese Stadt verhängt ist, auch die politische Moral jener und den Begriff der Freiheit selbst bedecken, wenn sie nicht mit allen Mitteln der Legislative darauf bedacht wären, ihr ein Ende zu machen oder wenigstens vor Mit- und Nachwelt zu sagen, daß auch dieses Exkrement der bürgerlichen Gesittung nur bis zum Anbruch einer reinern Macht im Staat vorhanden sei.

Kupplerinnen sterben, aber das Leben geht weiter und für die ›Stunde‹ fällt immer etwas ab. Wenn nicht, sie weiß es zu erraffen, und wenn sie den Pelion auf den Ossa türmen oder die

Vukobrankovics über die Kadivec interviewen sollte. Und Bekessy, der die Frau Hannover um ihre Diskretion beneidet, ist ein Mann, der wie Horatio Stöß' und Gaben vom Geschick mit gleichem Dank genommen, als wäre es die Nordisch-österreichische Bank, und einen Grubenhund einen Grubenhund nennt. Daß er der »Technik« wehrlos preisgegeben war (auch dem Paralysol, dem Barmatol und dem Namen einer Zahnpasta), mag er beklagen. Daß es ihm aber dabei noch passieren mußte, die Diskretion, die der listige Erfinder für seinen nom de guerre erbeten hatte, zu versagen, ist ein Malheur, das er sich selbst zuzuschreiben hat. Herr Bekessy läßt einen Angriff mit den tollsten Beschuldigungen, an dessen seriöse Absicht er glaubt und der für ihn beim Portier hinterlegt worden ist, drukken, ohne durch den Versuch einer sachlichen Überprüfung dahinter zu kommen, welchen Streich man seiner Sensationsgier gespielt hat, und ringt seiner Gewohnheit nicht einmal das Zugeständnis ab, die Bitte des Witzkopfs zu erhören, der seinen Namen vor Schaden bewahren will. Der Ingenieur des Grubenhundes, der mir diese wesentlichste Pointe mitteilt, hat in dankenswerter Weise die Methode des neuen Journalismus in das Gebiet seiner Wirksamkeit einbezogen, und es erscheint exakt zum Beweis erhoben, daß Herr Bekessy wirklich alles tut, was er kann und was von ihm zu erwarten war. Nur geht er darin zu weit, seine Verehrung für mich – und er versichert sie nach jeder Lumperei, die in seinem Blatt gegen mich erscheint – noch auf Identitätsmomente zu erstrecken, wie zum Beispiel, daß auch er eine gescheite Freundin habe, »fast so gescheit, wie die Prägerin des Neanderthalers«. Den würde die ihm nicht zu verdienen geben und abgesehen davon, daß ihn das Faktum gleich so vielen andern einen Schmarren angeht, tut er wieder einmal informiert, wo er es nicht ist. Er möge jedoch überzeugt sein, daß, wenn sich im Kosmos irgendeine Tatsache ergeben sollte, die geeignet wäre, ihm die Vermutung einer Parallele mit mir nahezulegen, dies ein Selbstmordmotiv für mich wäre. Ich würde mich so radikal aus der Öffentlichkeit zurückziehen, wie er bloß aus dem Gerichtssaal. Womit er zugleich zur Kenntnis nehmen kann, daß ich, was immer die ›Stunde‹ von mir hält:

ob sie mich erhöht, ignoriert oder durch die bloße Einstellung in ihr Milieu erniedrigt, ob sie mich verhimmelt oder besudelt, ob sie einen Erbschaftsprozeß, den ich führe, erlügt – der, selbst wenn er wahr wäre, sie besagten Schmarren anginge –, ob sie die Wahrheit nur »aus Rücksicht auf die Persönlichkeit« abdruckt, welche Rücksicht sie nicht bestimmen konnte, die Lüge und die damit verbundene Beschmutzung von Privatpersonen zu unterlassen; ob sie »Sittlichkeit und Kriminalität« als eine Vorstufe für die Weltanschauung der ›Stunde‹ anerkennt oder einen lästigen Erpresser als armen verfolgten »Hofbeamten« beklagt, weil der Staatsanwalt mich und sich mit hundertmal besserem Recht wider ihn schützt, als je die ›Stunde‹ gegen den Staat hatte – er nehme also zur Kenntnis und wenn er will auch Notiz davon, daß ich diesem publizistischen Ekelgebilde aus Krieg, Handel und Piraterie (ich müßte keine Schiffahrt kennen!) nicht mit dem Panzer der Langmut wie eine wehrlose Stadt, sondern mit dem Panzer der Verachtung gegenüberstehe. Und daß ich es in diesem Falle auch nicht mit Bismarck halte, dem, was die Presse über ihn schrieb, Staub war, den er mit der Bürste abwischte. Weil es nicht Staub, sondern Dreck ist; weil solcher an mich nicht herankann; und weil ich in der günstigen Lage bin, ihn dem, der ihn hat, so unter die Nase zu halten und allen anderen mit so lebendigem Grauen darzustellen, daß die Existenz der ›Stunde‹ zu dem einzigen wirklichen Ereignis des Lebens wird, das ihm und ganz Wien bisher entgangen ist.

Shakespeare hat alles vorausgewusst

Gesprochen am 16. April

Meiner Sendung Amt
Ließ manches mich erleben hier in Wien:
Ich sah, wie hier Verderbnis dampft und siedet
Und überschäumt. Gesetz für jede Sünde;
Doch Sünden so beschützt, daß eure Satzung
Wie Warnungstafeln in des Baders Stube
Da steht und, was verpönt, nur wird verhöhnt.

Und auch Lassalle wußte es; und nun ist die Stunde da, daß man seinen hundertsten Geburtstag mit seinen Worten feiere:

Eines müssen Sie ohne Unterlaß festhalten, ohne Unterlaß verbreiten: Unser Hauptfeind, der Hauptfeind aller gesunden Entwicklung des deutschen Geistes und des deutschen Volkstums, das ist heutzutage die Presse! Die Presse ist in dem Entwicklungsstadium, auf welchem sie angelangt ist, der gefährlichste, der wahre Feind des Volkes, ein um so gefährlicherer, als er verkappt auftritt. Ihre Lügenhaftigkeit, ihre Verkommenheit, ihre Unsittlichkeit werden von nichts anderem überboten, als vielleicht von ihrer Unwissenheit.– –

– – Von Stund' an wurde eine Zeitung eine äußerst lukrative Spekulation für einen kapitalbegabten oder auch für einen kapitalhungrigen Verleger. – – Von Stund' an handelte es sich also nicht mehr darum, für eine große Idee zu streiten, und zu ihr langsam und allmälig das große Publikum hinaufzuheben, sondern umgekehrt, solchen Meinungen zu huldigen, welche, wie sie auch immer beschaffen sein mochten, der größten Anzahl von Zeitungs-Käufern genehm sind. Von Stund' an also wurden die Zeitungen, immer unter Beibehaltung des Scheins, Vorkämpfer für geistige Interessen zu sein, aus Bildnern und Lehrern des Volks zu schnöden Augendienern der geldbesitzenden und also abonnierenden Bourgeoisie und ihres Geschmackes – –.

Von Stund' an wurden also die Zeitungen nicht nur zu einem ganz gemeinen, ordinären Geldgeschäfte, wie jedes andere auch, sondern zu einem viel schlimmern, zu einem durch und durch heuchlerischen Geschäfte, welches unter dem Scheine des Kampfes für große Ideen und für das Wohl des Volks betrieben wird.

— — Sie sind eine Bande von Menschen, sage ich . ., zu unfähig zum Elementar-Schullehrer, zu arbeitsscheu zum Postsekretär, zu keiner bürgerlichen Hantierung tüchtig und eben deshalb sich berufen glaubend, Volksbildung und Volkserziehung zu treiben! — —

— — halten Sie fest daran: der wahre Feind des Volks, sein gefährlichster Feind, umso gefährlicher deshalb, weil er unter der Larve seines Freundes auftritt, das ist die heutige Presse!

Halten Sie fest, mit glühender Seele fest an dem Losungswort, das ich Ihnen zuschleudere: Haß und Verachtung, Tod und Untergang der heutigen Presse! Es ist das eine kühne Losung, ausgegeben von Einem Mann gegen das tausendarmige Institut der Zeitungen, mit welchem schon Könige vergeblich kämpften! Aber so wahr Sie leidenschaftlich und gierig an meinen Lippen hängen, und so wahr meine Seele in reinster Begeisterung erzittert, indem sie in die Ihrige überströmt, so wahr durchzuckt mich die Gewißheit: der Augenblick wird kommen, wo wir den Blitz werfen, der diese Presse in ewige Nacht begräbt!!!

Und auch Kierkegaard:

Wehe, wehe über die Tagespresse! Käme Christus jetzt zur Welt, so nähme er, so wahr ich lebe, nicht Hohepriester aufs Korn, sondern die Journalisten!

Und weiter:

Gott im Himmel weiß: Blutdurst ist meiner Seele fremd, und eine Vorstellung von einer Verantwortung vor Gott glaube ich auch in furchtbarem Grade zu haben: aber dennoch, dennoch wollte ich im Namen Gottes die Verantwortung auf mich nehmen, Feuer zu kommandieren, wenn ich mich nur zuvor mit der ängstlichsten, gewissenhaftesten Sorgfalt vergewissert hätte, daß sich vor den Gewehrläufen kein einziger anderer Mensch, ja auch kein einziges anderes lebendes Wesen befände als — Journalisten.

Ferner, fast schon den gegenwärtigsten Typus vorwegnehmend:

> Da hält sich denn das Publikum einen Hund zum Vergnügen. Dieser Hund ist die literarische Verächtlichkeit. *Zeigt sich ein Besserer,* vielleicht sogar ein Ausgezeichneter, *so wird der Hund auf ihn gehetzt,* und der Spaß beginnt. Der bissige Hund reißt ihm die Rockschöße herunter, erlaubt sich alle Unarten und Unverschämtheiten – bis das Publikum dessen müde wird und sagt: jetzt habe ich genug davon. ... *Der Bessere, der Stärkere ist mißhandelt,* – und der Hund, ja der bleibt ein Hund, den das Publikum selbst verachtet. ... Und das Publikum will ohne Reue sein, denn es war es ja eigentlich nicht, das den Hund hielt – man abonnierte bloß; es hetzte ihn auch nicht direkt, es pfiff auch sozusagen nicht nach ihm; im Fall eines Prozesses würde das Publikum sagen: der Hund gehört mir gar nicht, er ist herrenlos; und im Falle daß der Hund aufgegriffen und in die Veterinärschule gebracht würde um totgeschlagen zu werden, könnte das Publikum sogar sagen: es war wirklich gut, daß der eklige Hund umgebracht wurde, das haben wir alle gewünscht – sogar die Abonnenten.

Aber auf welchen journalistischen Typus hatten es die Kierkegaard und Lassalle in Wahrheit abgesehen? Auf welchen ich selbst – vor dem tausendfach erwachsenen Übel – durch ein Vierteljahrhundert? Das Weltverbrechen bestand und besteht darin, daß die von jederlei Technik ersetzte Persönlichkeit und die von der Anonymität bezogene Autorität es Köpfen und Charakteren zweifelhaften Wertes ermöglicht hatte, vor solchen, unter deren Durchschnitt sie geschaffen sind, den Schein von Wissen und Würde zu arrogieren. Das ist ganz die Macht, die Welt mit Krieg und durch alle Friedenszeit mit kultureller Pest zu überziehen. Die Gefahr war die Möglichkeit, daß die moralisch und geistig Unzuständigen das Wort haben, aber noch beiweitem nicht die Gewißheit, daß gerade der Auswurf der Menschheit zur Menschheit spreche. Wie nun aber, wenn das Wunder der Druckerschwärze sich selbständig macht, ganz losgebunden von aller Verantwortung die kulturellen Vorwände nicht mehr braucht und, nur noch den Antrieben einer niedrigen Menschennatur gehorchend, sich an eben diese wendet? Wenn die Minderwertigkeit als solche, ehedem im Verborgenen ihre Plane schmiedend, »erscheint«? Wenn sie, an die analogen Instinkte gerichtet, von allen Menschenwerten im Bewußtsein eignen Mangels nur noch ihrer Verhöhnung habhaft wird? Wenn sie, den Defekt zur Weltansicht erhebend, im Hochgefühl eines l'art pour l'art der Erbärmlichkeit, das überall vorrätige, im Namen einer unselig mißverstandenen Freiheit verfügbare Mittel der Publizität ergreift und wenn das Druckwesen so zur Verbindung privater Niedrigkeit wird, einfach zur Vervielfältigung dessen, was ein Bube der Neugier oder Schadenfreude zu sagen hat? Wenn der Erpresser, anstatt an die Reichen Briefe zu schreiben, sich einen verantwortlichen Redakteur hält? Wenn der Verleumder, der Lügner, der Beutelschneider, mit der durch alle Zeiten singulären Infamie die öffentliche Meinung verleitet? Wenn der Schnüffler des Privat- und Familienlebens die böse Lust exhibitioniert, zu deren Büßung er ehedem von Fall zu Fall seine Haut zu Markte tragen mußte, und nun alles auf den Markt trägt, nur nicht seine Haut, weil die Öffentlichkeit seines Tuns die Faßbarkeit erschwert? Wenn der schmierige Witzbold, der seinen ehrlichen Namen hinter Jargonscherzen verbirgt, die dem Milieu der Börsenkrapüle entstammen, seinen Unflat, der ihn zur Last selbst dieser Kaffeehausniederungen machte, in die Rotationsmaschine wirft und den Klatsch an die große Glocke hängt, den einst sanft eine Maulschelle widertönte? Wir stehen der Tatsache gegenüber, daß mit einer noch nie, seit es Lügner und Lumpen gibt, erlebten Schamlosigkeit der Selbstbehauptung aller Nihilität Dinge in die Welt gesetzt werden, die vordem nur das Zimmer verunreinigt hätten, und man kann mit einer Deutlichkeit, die annähernd an diese Mission hinanreicht, sagen: die Rotzbüberei ist ein publizistisches Amt geworden. Der Schuljunge, der's getan hatte und es hinterdrein nicht gewesen sein wollte, jetzt schreibt er's an die Tafel der Zeitung, aber es ist dank einer aus der politischen Idiotie gebornen Freiheit schwerer geworden ihn zu ergreifen als jenen, und man würde wohl auch davor schaudern, aus Ekel vor der Konfrontation mit dem leibhaftigen Minus an Menschenähnlichkeit und Talent, das plötzlich als Individualität erstünde, so von allen guten Genien des Schulbubenhumors verlassen wie einem Gerücht zufolge nur Herr Moissi als Knabe Willibald: hier und dort nichts als der

Triumph der vollbrachten Schändung eines höheren Werts. Gleichwohl bleibt der Wunsch nach solcher Begegnung und Kühlung eines Mütchens an der Feigheit, leicht gefaßt, bald bereut, ein menschlicher Drang; und so ist er bei Shakespeare, der um alles gewußt und darum alles vorausgewußt hat, vorgezeichnet:

. . . Du solltest lieber dein Unterteil dahin setzen, wo dir die Nase sitzt. Bei meiner Ehre, wäre ich nur zwei Stunden jünger, ich prügelte dich; mir scheint, du bist ein allgemeines Ärgernis, und jedermann sollte dich prügeln. Ich glaube, du wurdest geschaffen, damit man sich an dir eine Motion machen könne. . . . Ihr verdient kein Wort mehr, sonst nennt' ich euch noch Schurke.

Denn die publizistische Verbindung der niedrigen Instinkte regt auch den Drang nach unmittelbarer Abwehr auf. Aber die Verwirklichung verbieten nebst einem Bewußtsein der Distanz, das dem Geist die Formung des Mistes, aber der Hand nicht dessen Beseitigung erlaubt, auch die Umstände einer wirren Zeit, die vom blindwütigen Zufall regiert und der die angeborne Farbe der Entschließung von der Blässe des Gedankens angekränkelt wird, daß man im Krieg gegen die Besudler der Menschheit nicht zu jenen Erzfeinden der Menschheit stoßen darf, die im Meinungskampf die Methode der Gewalt probat finden und parat haben – also von dem Bedenken, daß der Revolver auch die Hundspeitsche in Mißkredit gebracht hat.

Ich kann nicht beurteilen, ob des armen Bettauer Versuche einer sexuellen Aufklärung der Erwachsenen die Jugend verwirren konnten und ob sie alles in allem gefährlicher waren als jene nationale Dummheit, die mir das Problem des § 144 insoferne problematisch erscheinen läßt, als es doch das im Sinne der Zukunft Vorteilhafteste wäre, um dem ganzen Jammer dieser Menschheit und insbesondere der weder wirtschaftlich noch kulturell sanierbaren Länder ein Ende zu machen, ein Gebot der Fruchtabtreibung zu erlassen. Wenn die Dummen nicht alle werden, die sich von Paragraphen den Ersatz eines Menschenmaterials erhoffen für die Verluste, die sie ihm durch Granaten zufügen wollen, dann ist es höchste Zeit, lieber durch Paragraphen dafür zu sorgen, daß sie alle werden. Und für ein Geschlecht, das auf dem Punkte der Hoffnungslosigkeit angelangt ist, durch Schaden dumm zu werden, indem es nach dem Weltkrieg seine Wissenschaft mit der Erfindung neuer Gase anstrengt und die Vaterländer gegen die Hinterländer mobilisiert, wäre es im Namen des Christengottes, in dem sie einander erwürgen, besser, auf friedlichem Wege auszusterben als von den Gaben der Natur einzig die Bestialität fortzupflanzen. Von Bettauer weiß ich nur, daß er immerhin ein besserer Schriftsteller war als jene, die seine Wunden mit Steinen beworfen haben. Denn mein Gedächtnis bewahrt zwar den Verdacht gegen einen Schulbankgenossen, der zu flinke Aufsätze machen konnte, um nicht Journalist zu werden, während ich selbst keinen Satz hervorbrachte; aber er hat eben dem Erlebnis dieses Kontrastes später einen Aufsatz gewidmet, von dem anonyme Dummköpfe mich fragten, ob ich ihn mir »gefallen lassen« werde, und den ich als ein Zeugnis der Selbstbesinnung aus einem schlechteren Leben wie als wahrhaft gemütvolle und fast dichterische Gabe zum Geburtstag mir wohlgefallen ließ, weit lieber als alles, was bis zum nächsten in den Wiener Feuilletonrubriken erscheinen konnte. Ich habe Bettauers eigentliche Produktion, die ihm den Haß der sicher Minderwertigen zuzog, wenig gekannt, aber ich möchte bezweifeln, daß selbst die stupideste Moralheuchelei ihn für einen annähernd so wirksamen Pornographen halten konnte wie den Autor der unerreichten »Josefine Mutzenbacher«, also den Hauptmitarbeiter der Neuen Freien Presse, die es anläßlich des verruchten Attentats verstanden hat, allen Abscheu, der da noch übrig war, opfermutig auf ihr jüdisches Herz zu lenken. Es war sicherlich eine Orgie der Losgelassenheit, die den gutbürgerlichen Haushalt moralischer Gedanken in befremdender Unordnung zeigte und den Altgläubigen dieser publizistischen Satzungen deren pathologischen Ursprung offenbart hat. Doch welch ein absonderliches Gebilde dieser junge Benedikt auch immer sein mag, der vom Vater nebst der Statur den nicht ernst zu nehmenden Ernst des Führens geerbt hat, ohne doch an die Gewure hinanzureichen, mit der der Alte seine Überraschungen bot – ganz hat der Blödling nicht gelogen, der seine Leser mit der Fiktion dümmer machen wollte, daß ich mich mit jenem »versöhnt« habe. Denn wahrlich, gegen die Möglichkeit, daß die journalistische Polemik dem Gegner an die Genitalien greife, und gegen die unvorstellbare Schmach, daß in den Straßen Wiens Mitteilungen über seine Entwicklungsjahre verbreitet werden können, bin ich bereit, selbst den Herausgeber der Neuen Freien Presse zu schützen. Ja, ich würde sogar für einen Bekessy eintreten, wenn ein Konkurrent ihm anzutun wagte, was er jenem angetan hat!

Verglichen mit solchem Schmutz, ist alles, was aus demselben Spülicht an mich selbst gelangte, pures Rosenwasser. Freilich bleibt in meinem Falle immer noch dem verzweifelten Schwachsinn ein Spielraum, sich auszutoben, da mein Leben dem Gelüste der Ordinärheit zu wenig Anreiz bietet, selbst wenn sie sich noch so resolut mit Lügen aushülfe. Daß dieses Leben mit all seiner Ausgesetztheit in jahrzehntelang unverrückter Kampffront drei Überfälle zu bestehen hatte, die der Abstrafung anheimfielen, kann wirklich nur die Dummheit – die wenn sie bei Juden vorkommt bekanntlich durch Ausgiebigkeit den Defekt der Rasse wettmacht – als Makel meiner Vorvergangenheit aufgreifen, und sie muß noch einen vierten durch einen sagenhaften »Rittmeister« dazu tun, um halbwegs die Zahl der Züchtigungen zu erreichen, auf die als Echo jedes Klatsches jede Stunde aktuellster Gegenwart aspiriert. Daß ich von Herrn Bahr wegen »Eingriffe ins Privatleben« angeklagt war, ist, weil die Angelegenheit auch schon fünfundzwanzig Jahre zurückliegt, die begreifliche Version einer Weltanschauung, für die der Vorwurf der Korruption einen Eingriff ins Privatleben des Zeitungsmannes bedeutet, aber die Enthüllung der Onanie eine öffentliche Angelegenheit. Indes, ich würde mit Recht den Tadel der stofflichen Überschätzung verdienen, wollte ich mich in einem Fall, wo der exkrementäre Charakter einer polemischen Äußerung so offen zu Tage liegt, auf eine Untersuchung des Inhalts einlassen und nicht mit einer Absonderung des Phänomens begnügen, mit einer Darstellung der Möglichkeit solcher Erscheinung, durch die mit dem Jargon der Selbstzerfleischung, mit jedweder Unappetitlichkeit, ja mit der Erfindung einer Infamie vom Sterbelager der Mutter der Versuch unternommen wird, mich auf das Niveau herabzuzerren, wo ich reif für die Intimität mit solchem Kaliber werde. Erscheinungen, die sich doch immer wieder aus der Spekulation auf meinen Namen erklären und auf die traurige Tatsache, daß sich ein paar tausend Käufer mehr finden, die bloß aus dem Grunde, weil die in das Privatleben verbissene Gier und Lügenlust zufällig mit mir verknüpft ist, sie nähren, in voller Erkenntnis sowohl der Lüge wie des Bestrebens, aus ihr Gewinn zu ziehen. Fast allein von den heillosen Sammlern lebt ja oder entschädigt sich, was so im Lauf der Jahre die Paranoia wie die Bosheit oder auch beide zusammen an Druckerschwärze auf mich verbrauchen, und unvergeßlich bleibt mir der Hereinfall durch jenen montäglichen Spitzbuben, der einmal, nachdem er durch »Angriffe« auf mich etliche Auflagen abgesetzt hatte und ihm keine neue Lüge mehr einfiel, aus Verzweiflung ein Manöver der Wahrheit ausführte: er affichierte die Berichtigung, die ihm in irgendeiner Angelegenheit irgendein Herr namens Otto Kraus gesandt hatte, durch mannshohe Plakate mit dem Text: »Kraus berichtigt!«

Nun tut er's manchmal wirklich. Auf die Gefahr hin, dem schmutzigsten Metier, das es zur Stunde gibt, selbst zu Hilfe zu kommen, verwende ich jene beschränkten gesetzlichen Behelfe, die eine sichere kriminelle Behandlung der Angelegenheit ermöglichen, von einem Forum, wo keine judizierenden Handelsleute zur Stelle sind, um sich von dem Argument erweichen zu lassen, ich hätte dem Mann das Geschäft gestört, er habe halt einen Zorn gehabt und er sei außerdem Familienvater. Gegen die Herabsetzung durch ein publizistisches Urteil, das mich heute als den einzigen Sprecher des Lear empfiehlt und unmittelbar darauf als Jüngel vorstellt, schützt mich besser als jede gerichtliche Abwehr der Angriff selbst; aber der Humor, der stärker ist als die Belästigung, vermöchte doch weder an das Maß der Zufallshaftigkeit hinanzureichen, mit der das Ungeziefer seines kritischen Amtes waltet, noch an das Wirrsal innerhalb der Entschließung. Man schwankt, welche der beiden

Versionen die glaubhaftere ist, das Geblödel von meiner Versöhnung mit dem Hause Benedikt, welche durch die Infamie der ›Stunde‹ herbeigeführt sein muß, die ich doch, als ich jene Charakteristik schrieb, noch gar nicht ahnen konnte, oder die Fiktion, daß ich »nunmehr«, Herrn Benedikt zuliebe, auf das Haus Bekessy böse sei, wiewohl ich doch wahrlich keine Gelegenheit, selbst nicht die der vielfachen Anbiederungen, habe vorübergehen lassen, ohne diesem Hause die ihm gebührende Achtung zu bezeigen, die ganz Wien fühlt, aber mit deren wirksamstem Ausdruck es sich zu beschmutzen fürchtet. Jedoch nebst diesem unregulierbaren Drang meiner Natur, auf Mißeindrücke künstlerisch und polemisch zu antworten, jenseits dieser der Entschließung entrückten Sphäre, an der sich nichts geändert hat und nichts ändern wird, werde ich gegen die Fälschung, gegen die Benutzung wie Beschmutzung mich betreffender Tatsachen das Mittel der Notwehr in Anwendung bringen, welches mir das Gesetz an die Hand gibt, bedauernd, daß diese Hand nicht ein anderes wählen kann, beklagend, daß es nicht die Hand des Klischeearbeiters ergriffen hat, dem ein Bube den Auftrag gab, ein Kinderbild durch Verzerrung von Gesichtsteilen und Gliedmaßen zu schänden, unter dem von mir formulierten Motto aller Mache, das hier wahrlich zu neuem Doppelsinn entstand: Je größer der Stiefel, desto größer der Absatz. Gewiß, es kann ja auf etwas, was ich schreibe, keine andere Antwort erfolgen als eine solche, die das, was ich geschrieben habe, bestätigt, und meine Polemik hat es einmal in sich, daß sie immer auch schon den Schlag auf die Antwort enthält, die auf sie erfolgt. Aber diese, der Diebstahl des Rechts am Bild eines Geschwisterpaars, um dessen Harmonie, unter raffinierter Besudelung, mit der bewußten Lüge von einem heutigen »Erbschaftsstreit« zu kontrastieren, ging denn doch über alles hinaus, was selbst ich der ›Stunde‹ in solchem Fall als Reaktion zugetraut hätte, nur vergleichbar dem teuflischen Einfall, der die Züge des Castiglioni in den zerfleischten Leichnam eines Kindes verwob. Wenn schon der Ohnmacht der Wut kein würdigerer publizistischer Ausdruck bliebe, als die Kindheit des Gehaßten zu bespeien, sich an einer Photographie zu vergreifen und in sie den eigenen Haß zu retouchieren – die Verruchtheit des Plans, auch einen unschuldigen Mädchenkopf zu verhäßlichen, nur um die Übereinstimmung der Grimasse in das spätere Zerwürfnis umfälschen, nur um mit einiger Wirkung darunter die Lüge setzen zu können, es sei die Schwester, mit der ich jetzt »bekanntlich« einen Erbschaftsstreit führe, wissend, vom Advokaten belehrt, daß ich nie und mit niemand einen solchen geführt habe und führe: dies offene Bekenntnis, daß Zeitungsmache nichts als der Ausdruck der Rache sei, der ja die Wahrhaftigkeit nur das Kuschen erlaubte – es ist wohl ein Dokument, des Aufhebens wert, von dieser Zeit und dieser Zeitung Schande:

Karl Kraus (×)

feiert am 18. April seinen 51. Geburtstag. Das Bild zeigt den Jubilanten in seinem 11. Lebensjahre mit seiner Schwester, mit der er bekanntlich jetzt einen Erbschaftsstreit führt

Aus Leopold Liegler »Karl Kraus und sein Werk«, Verlag R. Lányi:

1885 (?)

Zeigt sich ein Besserer, so wird der Hund auf ihn gehetzt und der Spaß beginnt: der Bessere, der Stärkere ist mißhandelt. Doch das Publikum, das sich den Hund hält, ist noch nicht müde geworden. Was immer mir persönlich geschieht, ich kann es aushalten; »komme, was kommen mag, die Stunde rinnt auch durch den rauhsten Tag.« Aber ich weiß nicht, ob es, wenn Stunden zu Jahren werden, auch eine öffentliche Gesittung aushalten kann, die sich zur Aushälterin solcher Unzucht macht, anstatt, wenn schon die Zeitumstände ein Niederkämpfen der Empörung gebieten und in einem Milieu der politischen Vertierung Kierkegaards frommer Wunsch nur die Absage an die Gewehrläufe bleiben mag – anstatt also wenigstens das Parlament aufzurütteln! Ich habe es angerufen und ich werde nicht ruhen, ihm die Pflicht zu einer Ausnahmsgesetzgebung vorzuhalten, oder mindestens zu einer, die die Abwehr der Besudelung des Privatlebens als Ausnahme von der bisherigen Justizschwierigkeit ermöglicht und damit die Zuriegelung des Geschäfts, kurzum die Pflicht zu einer lex Bekessy, als der letzten Ehre, die es sich nach einem ruhmlosen Dasein zu erweisen hat. Oder auch nur die Pflicht, vor dem allgemeinen Notstand die Schmach der eigenen Zwangslage zu bekennen in einer demokratisch verhüllten Diktatur der Erpresser!

Ich erwehre mich ihrer, auch wo sie mir zärtlich kommen, wo sie mich mit Wohlwollen bedrohen, um von mir die Duldung ihres Treibens oder die Unterlassung meiner Kontrolle zu erzwingen, wenn die Drohung geeignet ist, dem Bedrohten mit Rücksicht auf die Verhältnisse und die persönliche Beschaffenheit desselben gegründete Besorgnisse einzuflößen, daß mir die Verehrung des Herrn Bekessy schaden könnte, und wenn er daran ist, mir gerade so viel Honig um den Mund zu schmieren, daß ich die Butter auf seinem Kopf nicht bemerke. Aber ich bemerke sie. Wenn je ein Geschäft, so ist dem Herrn Bekessy die Spekulation auf meine Eitelkeit mißglückt, die er offenbar für eine dem Schutze seines Publikums zu empfehlende Kapitalsanlage hielt, indem er, als die Not am höchsten und die Budapester Leumundsnote unterwegs war, in die Worte ausbrach:

Von allen Kämpfenden, Hintermännern und Rufern im Streite in meiner Affäre mit den Stolper und Federn hat allein Karl Kraus recht: »Shakespeare hat alles vorausgewußt.« Er schrieb es im Jahre 1902, als ich 15 Jahre alt war und dieser Stadt und ihrem Moralbewußtsein noch nichts angetan hatte; in einer Zeit, da Karl Kraus zu der Betrachtung über »Sittlichkeit und Kriminalität« drängte . . . .

Also sprach Bekessy. Und so unvorstellbar die Vorstellung ist, daß er einmal 15 Jahre alt war und was er damals getan hat, da er doch heute erst Kinderbilder mit Eselsohren versieht, und so gewagt es wäre zu denken, daß ich zu »Sittlichkeit und Kriminalität« gedrängt haben soll, um schon den heraufkommenden Werken der ›Stunde‹ und ›Börse‹ ein Fundament der Weltanschauung zu bereiten, also ein Alibi der Freiheit statt einer Anklage der Libertinage; und so wehmütig es stimmen mag, sich die Zeit ins Gedächtnis zu rufen, wo Herr Bekessy dieser Stadt und ihrem Moralbewußtsein noch nichts angetan hatte, wo also jene freiheitlichen Politiker, die heute die Kalamität spüren, ihm noch nicht die Zuständigkeit ermöglicht hatten – so muß ich ihm doch wieder darin recht geben, daß ich recht hatte, zu sagen: Shakespeare hat alles vorausgewußt. Er meinte damals, daß sich die Worte des Herzogs, den »seiner Sendung Amt manches hier in Wien erleben ließ«, ausgerechnet auf ihn bezögen, und ich gab ihm Maß für Maß, indem ich Bekessys Sendung darstellte und ihm zwar seinen Anteil an der Verderbnis zuerkannte, die »hier dampft und siedet und überschäumt«, durch ein Wirken, das dem Nachweis der Käuflichkeit mit Bekennermut zuvorkommt und im Wahlspruch eines viribus unitis von Bordell und Börse den Triumph der Prostitution demonstriert, durch eine Lebensbejahung, die den Kriegsgewinner zur Presse: »Mädel, sag igen!« sagen läßt, worauf sie antwortet: »I bin a Hur!« Aber es fiel mir nicht im Angsttraum dieser Zeitläufte ein, ihn als den Vertreter der sittlichen Sendung zu bestätigen, solches Greuel mit Entsetzen wahrzunehmen. Also nicht so sehr der Sittlichkeit wie der Kriminalität, und wenn auf irgendeinen Zustand von heute der Vers von den Sünden zutrifft, die so beschützt seien, »daß eure Satzung wie Warnungstafeln in des Baders Stube da steht und, was verpönt, nur wird verhöhnt«, so bezeichnet er doch eher die Wehrlosigkeit der Polizei vor dem Treiben des Herrn Bekessy, der er schon so viel Arbeit abgenommen hat, daß ihr nur übrig bliebe, ihn selbst zu erwischen. Immerhin, wenn Shakespeare alles voraus gewußt hat, so muß er auch gewußt haben, wie es ausgehen wird. Ende gut, alles gut und am besten, wenn es ganz am Ende heißt:

> Er ist bekannt als ein treuloser Schuft,
> Mit allen Makeln dieser Welt beschmutzt,
> Dem's von Natur schon widert, wahr zu reden.
> Und sollt' ich sein, wie er mich schildern wird,
> Der aussagt, was man will?

Kurzum, es ist bekanntlich. Und wie sagt er aus?

»Mein Seel, ich weiß mehr, als ich sagen werde.«
»Aber wirst du Alles sagen, was du weißt?«
»Ja, zu Euer Majestät Befehl . . . ich war damals so gut bei ihm angeschrieben, daß ich wußte, wie sie miteinander zu Bett gingen, und von anderen Dingen, als zum Beispiel, daß er ihr die Ehe versprach, und sonst noch manches, was mir schlecht vergolten werden würde, wenn ich davon spräche; darum will ich nicht sagen, was ich weiß.«

Bekessy weiß alles, aber Shakespeare hat, bekanntlich, alles vorausgewußt:

»Soll ich eure Antwort so niederschreiben?«
»Tut das; ich will das Sakrament darauf nehmen, wie und wo ihr wollt.«
»Dem ist alles Eins«

Oder:

»Auf meine Ehre, Herr – hätt' ich nur noch diese Stunde zu leben – ich will die Wahrheit sagen . . . .«
»Kennt ihr diesen Hauptmann Dumain?«
»Ich kenne ihn! Er war bei einem Kleiderflicker in Paris in der Lehre, von dort wurde er weggepeitscht, weil er des Landrichters blödsinnige Magd geschwängert hatte – ein einfältiges stummes Ding, das nicht nein sagen konnte.« (Dumain hebt im Zorn seine Hand auf.)

»Nein, ich bitte euch, laßt eure Hand in Ruhe, sein Schädel gehört dem ersten Ziegel, der vom Dach fällt.«

»Nun, und ist dieser Hauptmann im Lager des Herzogs von Florenz?«

»So viel ich weiß, steckt er da und voller Läuse.« . . . .

»Könntet ihr ein Land auffinden, wo die Weiber nicht mehr Scham hätten als ihr, ihr würdet dort ein recht unverschämtes Volk stiften . . . .«

Wie begann die Karriere, nachdem's mit der ungarischen Herrlichkeit vorbei war?

Ich will keine Trommeln mehr; hol' die Pest alle Trommeln! . . .

Man verlegt sich auf andern Spektakel und da die Leute bekanntlich nicht bloß hören, sondern auch sehen wollen, auf Illustrationen. Doch tut man nicht nur für Gesicht und Gehör, sondern auch an Mund und Ohren manchmal des Guten zuviel, und das Bild, so zum Sprechen ähnlich getroffen, daß es sich hören kann, trifft zurück:

. . . Wer sich erkennt als Prahler,
Der nehm' ein Beispiel dran; es kann nicht fehlen,
Kein Großmaul weiß sein Eselsohr zu hehlen.
Verroste, Schwert, und Scham, fahr hin! Glück auf;
Beginn als Narr den neuen Lebenslauf,
Denn noch sind Platz und Unterhalt zu Kauf.

Und wie wird's enden?

Nach drei Stunden wirds zeitig genug sein, nach Haus zu gehn. Was soll ich sagen, daß ich getan habe? Ich muß schon etwas recht Glaubliches erfinden, wenn mirs durchhelfen soll. Sie fangen an, mir in die Karten zu sehn, und das Unglück klopft seit kurzem zu oft an meine Tür . . .«

»Das ist die erste Wahrheit, deren sich deine Zunge je schuldig gemacht.« . . .

»Ists möglich, daß er weiß, wer er ist, und dennoch der ist, der er ist?«

Ja, es ist möglich. Denn nichts ist in der Zeit, von der Shakespeare alles vorausgewußt hat, aber Shaw es hinterdrein bezweifelt, und wo Herr Pirandello der von sechs Millionen Personen gesuchte Autor ist, unmöglich. Alles ist möglich, denn – bekanntlich – die Dramaturgie dieser Weltraumbühne lautet: »Seht, es ist nur Mache, und wäre auch anders möglich.« Und nichts macht unmöglich, nicht einmal ein Angriff in der ›Stunde‹ den Angreifer. Und wiewohl die Katz im Haus ist, leben die Mausis munter und führen auf ihre Art den Kampf mit dem Fachmann, ja es ist sogar möglich, daß während Herr Moissi den Willibald spielt, ihn Herr Slezak bereits gegen mich probiert, wahrhaftig im Neuen Wiener Journal, wo ihm nun, obgleich er doch als Tenor von der Verpflichtung, mit mir zu kämpfen, enthoben wäre, der Beweis gelingt, daß er mir auch an Umfang des Geistes überlegen ist. Und da ist wieder möglich, »Elefanti!« zu sagen. Alles ist möglich. Selbst daß die ›Stunde‹ einmal die Wahrheit sagt, und daß bis dahin jeder Versuch, sie gerichtlich durchzusetzen, scheitert, was dann Shakespeare gleichfalls vorausgewußt hätte:

Er hat den Schuft so überschuftet, daß die Seltenheit ihn freispricht.

So daß, wenn Justiz und Parlament versagen, in einem Lande, wo täglich von Neuem alles beim Alten bleibt und kein Gesetz außer dem der Trägheit beachtet wird, nichts geschehen wäre als viel Lärm um nichts und der Sittlichkeit nur der Wunsch bliebe nach einer persönlichen Begegnung – aber beileibe nicht als der Drang, daß des Handelns Stunde endlich schlage, sondern zu dem weisen Zweck, welchen Shakespeare mit dem ihm durch alle Zeiten zuständigen Recht am Bilde gezeichnet hat:

> Wo ist der Bub? Laßt mich sehn sein Antlitz,
> Daß wenn ein Mensch mir vorkommt, der ihm gleicht,
> Ich ihn vermeiden kann!

Gott grüss euch, Alter, pfeift das Schmöckchen?

sagte einst der Wiener Witzkopf Bela Haas, als er Karpath, der damals noch ein Stürmer und Dränger war und zwar noch keinen harten Strauß gewonnen hatte, aber eben daran war, sich nebbich die Sporen zu verdienen, in quicker Laune auf der Ringstraße traf. An diese Frage muß ich immer denken, sooft ich mir vorstelle, daß es einen Alfred Kerr gibt, dessen Munterkeit zu den unverwüstlichen Besitztümern der neudeutschen Kultur gehört und der, ins Schwiegervaterland heimgekehrt, die Leser des Berliner Tageblatts wie eh und je mit reichlichem Auswurf versorgt, so VIII bis XXVIII mal per Feuilleton. Das Formgesetz, nach welchem diese Stufung erfolgt, ist bis heute nicht aufzufinden gewesen, es ist nur klar, daß er alles, was ihm nicht einfällt, produzieren muß, aber da hierin kein Aufhören ist, so versteht man eigentlich nicht, warum er aufhört und es manchmal sogar schon bei VIII bewenden läßt. Daß er neben diesen hingespuckten Halbsätzen, die aus hingetupften Atempausen und hingehauten Klammern bestehen, auch ein für weniger snobistisch veranlagte Koofmichs in der Provinz lesbares Feuilletondeutsch zuwegebringt, hat ihn in Berlin noch immer nicht völlig um die Autorität gebracht, und die weiblichen Familienangehörigen der Kommerzienräte geraten noch in Ekstase, wenn das Licht, das von der neuen Theaterkunst ausgeht, durch dieses Prisma exquisiter Geistigkeit in weit mehr als sieben Farben gebrochen wird, ein Brechreiz, auf den mit Ausrufen wie »Huch!« oder »Doll!« reagiert wird. Der sagen wir männliche Nachwuchs, durch meine Aufklärungen bereits »anders orientiert«, geht nicht mehr wie einst für eine Erscheinung, die unter den deutschen Lieblingen doch die weitaus unerträglichste ist, durch Dreck und Feuer. Dies empfindet Herr Kerr mit den sensiblen Nerven, mit denen er Theatereindrücke aufnimmt oder die Sitten fremder Völker auf sich wirken läßt, denen ihn der tollkühne Mosse als Repräsentanten der deutschen Kultur und als Friedenstäuberich, wie er sagen würde, dargeboten hat. Er empfindet es . . . leis (Zögerungen, Schattungen, möcht man sprechen). Er fühlt, wie sie's erjagt haben (Goethe): wenn man dieser Perücke die Millionen Locken abnimmt, tritt ein Hohlkopf in Erscheinung und ein Lebenswerk von lauter Sätzchen läßt noch nicht einmal einen ganzen Satz zurück. Das geistige Berlin liebt solche Niedlichkeiten wie den Kampf der Herren Kerr und Ihering, aber er hat mit einer entscheidenden Niederlage beider geendet, denn man ist im Grunde des saftigen Tons so satt wie des trockenen, möchte sich weder auf Theorien festlegen noch auf Psycholozelach und kann zwischen Seminar und Flohtheater immer nur jeweils dem andern den Vorzug geben. Zu einer Betrachtung über Nietzsche und die Folgen werde ich voraussichtlich nicht mehr kommen, aber wenn es für mich persönlich noch etwas Faderes als den Fadian in der Kunstbetrachtung gibt, so ist es der Tänzerich, als der sich Herr Kerr zwar munter wie eh und je gehabt, von vielem, was sich um ihn noch tut, umgeben, aber doch schon auf dem letzten Loche pfeifend.

Und damit bringt er den einzigen Ton hervor, mit dem die gesamte Berliner Presse auf die Tatsache meiner sieben Vorlesungen geantwortet hat. Ich hatte ihr das Schweigen erleichtert, da ich einem veranstaltenden Konzertbureau – im Gegensatz zum Theatergastspiel des Vorjahrs – die Gewährung von Freikarten untersagen konnte und mir mit diesen jede Belästigung durch die immer gerufenen und nie berufenen Beurteiler ersparte. Die Erfüllung einer Pflicht gegen das Publikum, ohne materielle Unterstützung durch den Künstler, kennt das Gesindel zum Glück nicht, und so war's allenthalben mausistill. Nur eines pfiff. Aber das kam nicht vom Hören des Vortrags, sondern nur vom Hörensagen. Denn ich hatte mit der Szene »Alfred Kerr am Schreibtisch« eine selbst in Wien noch nie erlebte Wirkung. Schon als ich nach dem ersten Wort der szenischen Bemerkung – «ein Rumänenlied dichtend« – unwillkürlich, aus dem Muß schöpferischen Nachlebens, das Mündchen machte, brach es los. Ein Getrampel, wie es, wenn Herr Kerr in Messina vorträgt, gewiß nicht hörbar wird. Nach dem ersten Wort des Textes, »Ich bin . . . fertig«, wieder. Und nun ging es nur absatzweise, gestockt, wie es sich dem Kerr zu Ehren schickte. Aber man muß es wieder erfahren, was dieser Sänger im Krieg für eine Leistung vollbracht hat:

Rumänenlied

In den klainsten Winkelescu
  Fiel ein Russen-Trinkgeldescu,
Fraidig ibten wir Verratul –
  Politescu schnappen Drahtul.

Alle Velker staunerul,
  San me große Gaunerul.
Ungarn, Siebenbürginescu
  Mechten wir erwürginescu.

Gebrüllescu voll Triumphul
  Mitten in Korruptul-Sumpful
In der Hauptstadt Bukurescht,
  Wo sich kainer Fiße wäscht.

Leider kriegen wir die Paitsche
  Vun Bulgaren und vun Daitsche;
Zogen flink-flink in Dobrudschul,
  Feste Tutrakan ist futschul!

Aigentlich sind wir, waiß Gottul,
  Dann hereingefallne Trottul,
Haite noch auf stolzem Roßcu,
  Murgens eins auf dem Poposcu!

Bei dem vom Auditorium mitgefühlten Rückschlag des Bekenntnisses, daß »wir« heraingefallne Trottul sind, konnte ich, in der Ohnmacht vor solcher Stupiditätsmaterie, nicht mehr weiter und bedeckte mein Gesicht mit den Händen. (Ich war . . . fertig.) Die Raserei der Menschen, die das Ungeheuerliche nun erst zu erleben schienen, läßt sich nicht beschreiben. Nur allmählich konnte ich, mit den »ungewaschenen Versfißen«, fortstolpern zu den nachgetupften Gedankenpunkten bis zum »Ru . . . hm« dieser geistigen Existenz, und dann kam das Verdikt:

Denn es dichtet Alfred Kerrul
täglich was sich reimt für Scherul.
Doch er ist kein solches Rossul,
sondern kerrt zurück zu Mossul.

Ecco.

Ich würde die übertriebensten Darstellungen meiner Eitelkeit rechtfertigen, wenn ich auch nur den Versuch machen wollte, das Echo dieses Ecco nachzubilden. Das Sausen dieser Doppelpeitsche drang zu den Ohren des Betroffenen, und nachdem noch im Kreis von Bekannten die Möglichkeit erörtert worden war, daß er diesem Vortrag beigewohnt und die Vorstellung, wie seine Körperlichkeit dem von seinem Wesen aufgewühlten Element standgehalten hätte, lasen sie im Berliner Tageblatt ein Feuilleton von ihm. Es bestand nur aus VIII Absätzen und besprach eine Theaterneuigkeit, deren Inszenierung von einer selbst für Berliner Verhältnisse übertriebenen Widrigkeit sein soll, »Sie selber nennt sich Helsinge«, ein Stück von jenem Stücklen, der so heißt, weil er ein Stücklen von jenem Stucken ist, Neuromantisches mit Neuro-Mantik und so Sachen, die es jetzt gibt. Es könnte einem gar nicht einfallen, was ich damit und nicht dagegen zu tun hätte. Aber dem Herrn Kerr, dem infolge Baufälligkeit allerlei einfällt und an dem sich die gute Akustik des Scharwenka-Saals vorbildlich bewährt hat, fiel das Folgende ein:

VII.

Und indeß vier bis fünf Gleichgiltige Schmerz oder Glück oben verhandeln, denk ich unten an Komiken aus Konzertsälen und Zeitschriften. An Karlchen Kraus, welcher die verbitterte Lustigkeit eines Dorfkrüppels irrig als Rechtsgefühl ausbietet. Oder an einen Völkischen in Hamburg, namens Stapel, der sich für sardonisch hält und Gerhart Hauptmann zum Reichskanzler, mich für das Ministerium des Äußeren vorschlägt – wobei er selbstlos nicht fragt, wer den Marstall übernehmen wird.

VIII.

Das Schönste des Abends war sein Hinterdrein. – –

Das fand ich auch. Denn die verbitterte Lustigkeit eines Dorfkrüppels hat in der Tat so wenig mit Rechtsgefühl zu schaffen, wie die Ausgelassenheit des Herrn Kerr, der auch ein prima Sardoniker ist, mit dem Theaterstück. Ich habe ihn, wie ihm bekannt ist, schon längst durch den Abdruck dessen, was er über mich geschrieben hatte, unmöglich gemacht und ihm also nur noch den Weg auf die Nachwelt offen gelassen. Ich habe in diesem Punkt schon so viel für ihn getan, daß mir zu tun fast nichts mehr übrig bleibt und solche Bewerbungen wie obige eigentlich überflüssig sind. Aber sicher ist, daß, wenn nichts anderes vorhergegangen wäre, die Absichtlichkeit der Anbringung dieser albernen Schmutzigkeit hinreichen würde, um darzutun, aus welchem Grundstoff der Herr Kerr gemacht ist und wie kläglich er bemüht erscheint, sich nach der durch mich herbeigeführten Atomisierung wieder zu sammeln. Für das Ministerium des Äußern hätte ich ihn nicht einmal im Scherz vorgeschlagen. Aber ich habe, weil dieses Hineinspritzen einer Privatwut nicht das Geringste mit der Theaterkritik zu tun hat, die er zu liefern hatte, und die Absicht der Beschimpfung sich aufdrängt, ferner um diese einzigartige und einzige Reaktion auf mein Berliner Auftreten zum Stigma der Berliner Presse zu machen und hauptsächlich, um eine exemplarische Erörterung der Kriegsleistung des Herrn Kerr zu ermöglichen, mit einem Berliner Anwalt die strafrechtliche Verfolgung des muntern Temperaments erwogen. Herr Kerr hätte sichs gewiß vergehen lassen, während oben schlecht Theater gespielt wird, »unten« an mich zu denken oder vielmehr, er hätte es erst recht getan, aber ohne fürder seine Gedanken laut werden zu lassen. Wir befürchteten aber, daß die sichere Verurteilung ohne den eigentlichen Gewinn des Prozesses erfolgen würde: den Verlust einer Autorität, die noch immer davon lebt, daß man in Deutschland vergessen hat, daß einer der beflissensten Heimarbeiter des Kriegshasses neben dem gesunden Lissauer der sensible Kerr war. Ob er damals auf das Motiv »Serbien muß sterbien« sich was gepfiffen hat, weiß ich nicht, aber es gibt von ihm ein Liedel – ich finde es nicht –, in dem die Namen der englischen Politiker (wie Churchill) als Abdominallaute verwertet sind, und wenn ich mich recht erinnere, ist mir da der vornehme Grey in der echt Kerr'schen Zeile »Lügengrey, Lügengrey« aufgestoßen. Doch kaum die Möglichkeit solcher Enthüllung schien der Prozeß zu bieten, geschweige denn die Sicherheit, und vor einem deutschen Gericht eher die entgegengesetzte Wirksamkeit. Und so muß der Tatbestand wieder nur mit der Beachtung jener Leser vorlieb nehmen, die nicht mehr zu überraschen sind. Aber dieses hätten sie sich vielleicht doch nicht vorgestellt:

Ostpreussen.

Ist Dein Land, Imanuel Kant,
von den Skythen überrannt?
Mit Gestank und mit Gelärme
stapfen stumpfe Steppenschwärme.
Hunde drangen in das Haus –
Peitscht sie raus!
Rächet Insterburg, Gumbinnen
Und vertobakt sie von hinnen.
Peitschet, das ist Menschenruhm,
Knutentum, Knotentum.
Reiter, Fußvolk, Rosseschwänze,
Peitscht sie rückwärts an die Grenze.
Sollen über Schmalleninken
In die edle Heimat hinken.
Bei Kraupischken und Pillkallen
Stallupönen und Wirballen
Über ihre Haxen fallen;
Dürfen uns nicht unterkriegen –
Peitscht sie, daß die Lappen fliegen.
Zarendreck, Barbarendreck
Peitscht sie weg! Peitscht sie weg!

Und gewiß nicht dieses:

Militärische Erziehung

4. August 1925

Gestatten Sie mir, daß ich Ihnen für die Veröffentlichung des Vermächtnisses von Franz Janowitz im Juliheft der Fackel meinen tiefsten Dank ausspreche.

Dieser Dichter war wohl einer von den Seltenen, die damals Solches zu denken und zu schreiben wagten. Wäre die Menschheit es wert, so müßten diese lapidaren Sätze auf Millionen von Flugblättern in allen Sprachen über die Erde wandern. Und die Völker der Erde müßten zum Dank dafür am Grabe dieses unbekannten Soldaten die wahre Völkerversöhnung feiern. Aber ich glaube nicht daran! Es würden nur einzelne zu diesem Grab pilgern, um dort zu trauern über eine von Gott verworfene Welt.

– –

Mittel-Breth, 3. August 1925

Ich sende Ihnen hier ein kleines Pflänzchen von Franzens Grab, einen stummen Boten des Dankes für die neue, seinem kurzen Andenken erwiesene Ehre. Leider ist diesmal der tiefe Friede dieser wundervollen Ruhelandschaft aufs Widerwärtigste für Auge und Ohr gestört: Es finden Manöver statt, in den Bergen knallt es, es wimmelt von Uniformen. Während ich schreibe, ziehen Maultiere mit Maschinengewehren vorbei. Grauenhafte Groteske! – –

Bald darauf las ich in der einzigen Tageszeitung, die, selbst im Gegensatz zur Haltung ihrer deutschen Parteigenossenschaft, den furchtbaren Nonsens, unter den die Menschheit ihr Haupt beugte, durch die Leidensjahre seines Waltens aufgezeigt hat, soweit es seine Gewalt zuließ – die rühmlichen Narben der weißen Flecke bezeugen noch stärkeres Wollen –, bald darauf las ich die Sätze:

Daß es zur militärischen Erziehung gehört, den Soldaten etwas über militärische Leistungen früherer militärischer Generationen zu erzählen, soll nicht bestritten werden.

Es soll bestritten werden, wie die militärische Erziehung als solche, und dies eben soll der letzte Streit sein, in den das Volk zu führen ist! Wenn es nicht etwa der Streit wäre, in dem sich die Generation gegen ihre Unterdrücker wehrt, also gegen eben die Macht, die sie »militärisch« haben möchte und die sie durch die ganze Weltgeschichte zum Streit gezwungen hat. Und um die Fähigkeit zu solcher Notwehr wachzuerhalten und auszubilden, dürften wohl auch die militärischen Leistungen früherer Generationen herangezogen werden, aber nicht der militärischen, sondern solcher, die sie in revolutionären Kämpfen oder in der Abweisung tyrannischer Ansprüche des Außenfeinds vollbracht haben.

Was aber die Republik nicht dulden kann, ist die spezifisch habsburgische Tradition, die an Dinge anknüpft, die sich in einem völlig andern Staate und zu Staatszwecken begeben haben, die denen des eigenen Staates widersprechen.

Somit müßten die militärischen Leistungen früherer militärischer Generationen, von denen den Soldaten zum Zweck der militärischen Erziehung erzählt wird und deren Darstellung doch eine rein fachliche Leidenschaft befriedigt, zugleich nationale Leistungen sein, das heißt solche, die die Nation im Kampf gegen die andere Nation vollbringt.

Wenn wir uns heute als ein deutscher Staat fühlen, so können wir nicht dulden, daß das Andenken der Schlacht bei Kolin gefeiert wird und ähnliches, was sich in deutschen Bruderkriegen abspielte, in die uns die Habsburger hineinhetzten.

Aber der Generation, die nun militärisch erzogen werden soll, dürfte es noch weit schmerzlicher fühlbar sein, daß uns die Habsburger in einen Krieg Schulter an Schulter mit den deutschen Brüdern hineingehetzt haben. Wenn ihr über militärische Leistungen militärischer Generationen etwas erzählt werden soll, so dürfte und müßte die Zeit dieses Krieges als die wahrhaft größte und schönste der Nation, mithin genau in dem Stil verherrlicht werden, wie es die Schreibknechte der damals brüderlich vereinten Habsburger und Hohenzollern in der schimmernden Wehr der Kriegspressequartiere, auf Gedeih ihrer selbst und Verderb der andern und allerdings bis zum letzten Hauch von Mann und Roß getan haben. Und also ganz nach dem Geschmack jenes Vaugoin, der freilich noch die Schlacht bei Kolin einbezieht, da ihm die bei Königgrätz weniger aufhebenswert erscheint. Wohl tut er's, um die schwarzweißrote Farbe der überstandenen militärischen Glanzzeit wieder mehr auf schwarzgelb zu restaurieren. Aber vom Standpunkt einer beruflichen Tüchtigkeit, deren Ideal der Generation bewahrt werden soll, wäre doch eigentlich immer noch eher die Schlacht bei Kolin heranzuziehen als die Siege der Nibelungentreue, die schon weit mehr dem Fortschritt der deutschen Chemie, als den eigentlich soldatischen Tugenden zuzuschreiben waren. Nur deren romantische Phraseologie umrankte den Mechanismus des Sterbens, damals, als in den Brüderreichen, fern vom Schuß, beherzte Militeraten, den grausigsten Untergang als Heldentod verklärten; und die Klischees überdauern die Erkenntnis. Dergleichen verirrt sich noch in Dokumente unbezweifelbarer Menschlichkeit, so in einen jener wahrhaften Tapferkeitsbeweise, die in Fällen wie Fechenbach und Wandt die Schande der deutschen Justiz, die Wunde unter der Binde, vor der Menschenwelt enthüllen:

Im Kriege machte er den Vormarsch auf Paris mit und später die Kämpfe um Ypern. Er schlug sich mit großer Tapferkeit.

Doch was wäre der Menschheit nötiger als eine militärische Erziehung, durch die ihr immer wieder zum Bewußtsein gebracht wird, daß die große Tapferkeit damals die Nervenstärke der schimmernden Wehrlosigkeit war, die Ausdauer in Hunger und Dreck und die Bereitschaft, sich vom Wahnsinn der Vorgesetzten, von der Grausamkeit der Natur und schließlich vom Zufall der Maschine schlagen zu lassen! Die kriegerische Komtesse, die aus dem Anblick eines ordenverzierten Hinterlandoffiziers den Schluß zog, der müsse »sich« gut geschlagen haben, wußte freilich nicht, daß die Tapferkeit jener, die all das erlitten, wofür solche Sorte die Orden bekam, der befohlene Selbstmord war. Wäre aber noch die Möglichkeit zur Entfaltung der rühmlichen Eigenschaft im modernen Kriege unversehrt, so würde gleichwohl die Nation besser zum Ziel des Lebens als des Todes erzogen und der Einzelne zur Erkenntnis von der Unsittlichkeit des Zwangs, für ein fremdes Ideal zu sterben, welches ganz ebenso das der »Nation« wie des Herrscherwillens sein kann und ebenso vom imperialistischen Wahn eines Dynasten, eines Diktators wie einer romantisch beduselten »Kammer« der Menschheit oktroyiert. In den Fällen, wo eine Intelligenz mitwirkt, die sonst nur Zeitungsartikel schreiben könnte und mit solchen eo ipso an der Propaganda der Lebensschändung beteiligt ist, nur umso widerwärtiger. Daher die seltene Grauslichkeit des Anblicks, der einen ehemaligen Stammgast des Café Central wie Herrn Trotzki hoch zu Roß zeigt oder mit armen Rotgardisten, die sich auch bei ihren Angehörigen oder ihren Haustieren wohler fühlen würden, Bruderküsse tauschend. Es ist so über alle Maßen und bis zur Hoffnungslosigkeit deprimierend, nach 1914-1918 Ideologie und Allüre dieser Teufelsära unversehrt wiederzufinden und deren geistige Kost als das tödliche Genußmittel solcher, die man für die Ärzte gehalten hatte. Der Wahn, daß das Spiel vom Tode zu einem wesentlich anders gearteten Zweck produziert werde, ist in einer Sphäre, in der es dem Mittel wesentlich ist, an jedem Zweck zu zehren und Selbstzweck zu werden, an und für sich vernichtend; und wie in der Justiz wird sich auf dem der Bestialität noch angestammteren Gebiete das Wahrwort bewähren: »Ein Jud hat kein Bluthund zu sein«. Fruchtbarer als die technoromantischen Anwandlungen derer, die da wähnen, das Reglement des Teufels könne der Menschheit Segen bringen, wenn es seinen Vollstrecker wechselt, dürfte doch die Erkenntnis sein, mit der schon mein Nörgler die Glorie ernüchtert hat und die in der bündigen Feststellung Otto Bauers in Marseille enthalten ist:

daß die Entwicklung der Waffentechnik den Krieg zu etwas ganz anderm gemacht hat, als was er Ende des achtzehnten Jahrhunderts war. Heute, in der Zeit des Gaskrieges, bedeutet eine neuer Krieg, auch wenn er zu den revolutionärsten Zwecken unternommen wird, nicht die Befreiung der Menschheit aus der Armut oder Knechtschaft, sondern das Zurückwerfen in das furchtbarste Elend und die furchtbarste Barbarei.

Und die Gottlosigkeit der Ideologie, die, noch an solchem Fortschritt haftend, solchen Jammer mobil macht, ist die gleiche, ob sie nun den Rifkabylen oder den nationalen Bruder trifft, indem ja gerade die Überschätzung des ethnischen Moments zum Nachteil des ethischen die Entwicklung des Apparats ermöglicht hat, die wieder der Seele keinen andern Anteil läßt als das Pathos des Gedankens, irgendwo zuständig zu sein. Wie sollte aber die Erkenntnis, die Ehre und Nutzen des Krieges in dem Maß seines technischen Fortschritts bestreitet, noch die Möglichkeit einer militärischen Erziehung gewähren und einer Erörterung darüber, was zu ihr »gehört«? Die militärischen Leistungen früherer militärischer Generationen kommen nicht in Betracht, weil die Entwicklung nicht zuließe, ihren Ruhm zu gewinnen, und die militärischen Leistungen der späteren nicht, weil sie deren Ruin gesichert hat.

Vorne Sittlichkeit, hinten Kriminalität

Wien, 17. Juli 25

Herrn Karl Kraus

hier.

Von der Veröffentlichung in der ›Stunde‹, Lanyi und Sie betreffend, erhielten wir erst dadurch Kenntnis, daß uns mitfolgender Artikel eingesendet wurde. Wir beabsichtigen nicht, uns in den Streit zu mischen, haben aber vom Verfasser, einem Berufsgenossen, die Erlaubnis verlangt und erhalten, den Aufsatz Ihnen zu beliebiger Verwendung, auch im Druck, zu übermitteln. Wir betonen jedoch, daß wir den Autor nicht nennen dürfen und jede wie immer geartete Verantwortung ablehnen müssen. Wir betrachten Vorliegendes als Privatbrief, wenn er auch ungefähr unseren eigenen Standpunkt in dieser leidigen Angelegenheit skizziert und nur wenn es im Falle eines Prozesses für den Buchhandel von Nutzen wäre, ihn auch in einem Gutachten, zu dem uns erst Gelegenheit geboten werden müßte, zu vertreten, würden wir aus unserer absoluten Reserve heraustreten.

Wir verbleiben

hochachtungsvoll

Herausgeber und Redakteur der
Oesterr. Buchhändler-Zeitung.

Die Buchhandlung Kärntnerstraße 44 war – – als Treffpunkt der Wiener homosexuellen Intelligenz bekannt. – – Außerdem galt aber dieser Betrieb stets als Zentrale derer um Kraus; ist doch auch die große Kraus-Biographie von Liegel in diesem Verlage in sehr schöner Ausstattung erschienen. Das warf natürlich auch auf Kraus selbst stets ein merkwürdiges Licht, doch scheinen die bezüglichen Redereien nicht über die Kreise der Berufsgenossen des Buchhändlers und des Schriftstellers hinausgedrungen zu sein, sonst könnte nicht jetzt als Überraschung wirken, worüber Eingeweihte seit Jahren den Kopf schüttelten. Einen realen Hintergrund dürften diese Kombinationen aber nie gehabt haben, denn ich war als Angestellter einer anderen Buchhandlung, die unter ihrem gleichfalls längst verstorbenen Inhaber einen gleichgearteten, aber vornehmeren Kundenkreis hatte, in der Lage, den Zirkel der homosexuell und sadistisch veranlagten Personen und, wenn ich mich so ausdrücken darf, die Bedingungen der Aufnahme in denselben kennen zu lernen, und möchte behaupten, daß Kraus die diesbezüglichen Voraussetzungen nicht besaß.

Was die Literatur betrifft, die Lanyi führt – –

Antwort des Verlags der Fackel:

An den
Herausgeber und Redakteur der Österr. Buchhändler-Zeitung

Sie senden Herrn »Karl Kraus, hier« eine Zuschrift, aus deren etwas wirrer Fassung nicht hervorgeht, welche Absicht Sie mit ihr wie mit der gleichzeitigen Darbietung des Manuskripts eines anonymen »Berufsgenossen« verfolgen. Da wir unmöglich annehmen können, daß Sie mit so untauglichen Mitteln bloß die Aufmerksamkeit des Herausgebers der Fackel erregen wollen, so sind wir eher bereit, eine wohlwollende Tendenz zu vermuten, die Sie zu Ihrem Schritte bewogen hat, etwa die, Herrn K., von dem Sie annehmen, daß er sich in eine bedenkliche Affäre verstrickt fühle, Gelegenheit zu geben, sich vor Ihnen und dem allgemeinen Forum gegen den Verdacht zu rechtfertigen, der in dem Manuskript angedeutet wird und, wenngleich von eingeweihter Seite bestritten, immerhin zur Diskussion offen bleibt. Sie haben also in dem Blatt eines Erpressers, dessen Brandmarkung Ihnen seinen Text noch nicht als Informationsquelle entwertet hat, den Angriff gegen die Buchhandlung R. Lányi gelesen, von dem Sie behaupten, daß er auch Herrn K. »betreffe«, und erteilen diesem zunächst die beruhigende Versicherung, daß Sie nicht die Absicht hätten, sich »in den Streit zu mischen«, indem Sie offenbar vermuten, daß es sich zwischen der Fackel und dem Organ eines Erpressers um einen »Streit« handle. Sie haben aber eine Zuschrift zu dieser Sache von einem »Berufsgenossen« erhalten, den Sie nicht nennen dürfen und für dessen Äußerungen Sie »jede wie immer geartete Verantwortung ablehnen müssen«. Bei aller Anerkennung Ihrer Neutralität nach sämtlichen Richtungen müssen wir Ihnen sagen, daß dieser Vorbehalt Ihnen wenig nützen würde, wenn Sie es vorgezogen hätten, die Äußerung Ihres Berufsgenossen statt per Post, durch den Druck Ihrer Zeitung Herrn K. zur Kenntnis zu bringen. Sie »betrachten Vorliegendes als Privatbrief«, wenn er auch »ungefähr Ihren eigenen Standpunkt in dieser leidigen Angelegenheit skizziert«, und nur wenn es im Falle eines Prozesses »für den Buchhandel von Nutzen wäre«, würden Sie aus Ihrer »absoluten Reserve« heraustreten und vielleicht sogar ein Gutachten abgeben, zu dem Ihnen »aber erst Gelegenheit geboten werden müßte«. Wir können nicht beurteilen, was für den Buchhandel von Nutzen ist, sind auch nicht in der Lage, Ihnen zu einem Gutachten Gelegenheit zu verschaffen, dessen freundlichen Sinn wir zwar nicht verkennen, aber auch nicht in Anspruch nehmen, da wir kein Gutachten über eine Angelegenheit brauchen, die uns nichts angeht. Aber wir möchten Ihnen schon nicht das unsere vorenthalten, zu dem uns nun immerhin die Gelegenheit geboten ist, und unsere Ansicht nicht verhehlen, daß Sie, was die absolute Reserve betrifft, besser getan hätten, aus ihr auch nicht einmal mit dem Schreiben an Herrn K. und mit der Übermittlung eines so eigenartigen Schriftstücks wie jenes »Privatbriefes« herauszutreten. Da es nun einmal geschehen ist, stehen wir nicht an, Ihnen und Ihrem Korrespondenten die Aufklärung, die Sie beide offenbar erreichen wollen, zu erteilen. Er wird es in seiner Anonymität hoffentlich weniger schmerzlich empfinden, wenn wir seine Nachforschungen über das Nervenleben und die Neigungen des Herrn K. für eine Unverschämtheit erklären, mit deren Darbietung Sie selbst eine im gesellschaftlichen Verkehr nicht allzuhäufige Aufrichtigkeit bewiesen haben. Ihr Gewährsmann war damit vollkommen einverstanden, daß Sie seine Forschungsergebnisse dem Herausgeber der Fackel »zur beliebigen Verwendung, auch im Druck, übermitteln«, und dürfte nur übersehen haben, daß dieser zwar in der Lage wäre, mit Impertinenzen, die seine Person betreffen, im eigenen Wirkungskreise fertig zu werden, aber nicht das Recht hätte, auch die Schlüsse, die da aus dem pornographischen Betrieb der Buchhandlung Lányi auf die Persönlichkeit des Inhabers gezogen werden, wie die ordinären Andeutungen über dessen Vorgänger, der Öffentlichkeit zu übergeben. Es wäre ausschließlich Sache des Herrn Lányi, gegebenen Falles solchen Frechheiten entgegenzutreten, uns beschäftigt nur der mehr schwachsinnige Versuch, die Vorstellungen, die der Handel des Herrn Lányi in Ihren Berufskreisen erweckt hat, auf die Person des Herrn K. auszudehnen.

Der anonyme Herr behauptet also geradezu, die Tatsache, daß Herr L. pornographische Bücher verkauft und sein Geschäft »außerdem stets als Zentrale derer um Kraus galt« (dessen Biographie noch dazu in sehr schöner Ausstattung erschienen ist) – diese Tatsache habe »natürlich auch auf Kraus selbst stets ein merkwürdiges Licht geworfen«, und zwar nicht bloß, wie man auf den ersten Blick vermuten würde, auf seine geistige und moralische Verbindung mit der pornographischen Literatur, seine aktive oder materielle Beteiligung an dieser, von der ja die Spatzen auf den Dächern der Kärntnerstraße pfeifen, nein, auf seine persönliche Veranlagung. Zum Glück versichert der gewissenhafte Forscher, die »Kombinationen«, die »bezüglichen Redereien« seien »nicht über die Kreise der Berufsgenossen des Buchhändlers und des Schriftstellers« – immerhin weite Kreise, aus denen man schon einen Redner fischen könnte – »hinausgedrungen, sonst könnte nicht jetzt als Überraschung wirken, worüber Eingeweihte seit Jahren den Kopf schüttelten«. Der Herausgeber der Fackel hatte bisher nicht einmal eine Ahnung, daß solche Schafsköpfe geschüttelt wurden – sonst hätte er ihnen darin nachgeholfen –, und er weiß auch nicht, bei welchen der Racheakt eines Erpresssers, der die Brandmarkung durch einen Stärkeren an einem Wehrlosen vergilt, jetzt »als Überraschung« wirkt. Es ist sicherlich feinfühlig von Ihrem Berufsgenossen, daß er, der als Angestellter einer anderen pornographischen Buchhandlung »mit gleichgeartetem, aber vornehmerem Kundenkreis« in der Lage war, »den Zirkel der homosexuell und sadistisch veranlagten Personen und die Bedingungen der Aufnahme in denselben kennen zu lernen«, nun »behaupten möchte, daß Kraus die diesbezüglichen Voraussetzungen nicht besaß«. Wir wollen Ihnen aber unsere Meinung nicht verhehlen, daß, wenn der anonyme Herr schlankweg behaupten wollte, daß Kraus die diesbezüglichen Voraussetzungen besaß, indem er ihn etwa bei der Aufnahme in den Zirkel ertappt hätte, die schlichte Dummheit dieser Lüge weit weniger keck wäre als die streng sachliche Wiedergabe seiner Nichtwahrnehmungen, die er über die diesbezüglichen Voraussetzungen des Herrn K. gemacht hat. Trotzdem wollen wir noch diese Anmaßung einer Kontrolle und des Amtes, hier Bescheid zu geben und gar zu verlangen, mit einer abgründigen Dummheit entschuldigen. Denn dahinter steckt doch offenbar nichts als die Philisterneugier nach allem, was mit dem Geschlechtsgeheimnis verbunden ist, und die gutgläubige Vermutung, daß, weil Herr Lányi Bücher von K. K. und Eintrittskarten zu dessen Vorträgen verkauft, K. auch in irgendwelchem Zusammenhang persönlichster Sympathie mit der sonstigen Geschäftstätigkeit L.'s stehen müsse oder daß mindestens, wenn er sich in diesem Punkte unschuldig weiß, die Enthüllung dieser Tätigkeit auf ihn so überraschend, wenn nicht niederschmetternd wirken werde wie auf jene Eingeweihten, die ihre Schwachköpfe geschüttelt haben, noch bevor er dazu kam, es ihnen zu besorgen. Kurzum auf jene Kreise, die dem Geschrei eines Revolverblattes lauschen, welches seinerseits ganz genau über die völlige Unverdächtigkeit der Beziehung des Herrn K. zu dem Geschäft des Herrn L. unterrichtet, aber sichtlich beglückt ist, enthüllend an der pornographischen Sphäre schmarotzen zu dürfen, eines Blattes, das, wenn ihm nicht Gemeinheit und sensationelles Gelüste noch über seine libertinischen Grundsätze gingen, doch als das erste beflissen wäre, den Verkauf pornographischer Schriften nicht nur zu verteidigen, sondern zu verherrlichen, mindestens als die eigentliche Domäne privatester Sinnenfreuden vor dem Zugriff der Moralpolizei zu schützen. Freilich, weil es sich diesen selbst vorbehalten hat und der Obrigkeit das Protektorat über die Separees neidet, indem ja doch vornehmlich von der ›Stunde‹ gilt, was einer ihrer Angehörigen der republikanischen Beamtenschaft nachsagt: »Demokratie sei ihr der Vorwand, unter die Betten zu gucken«. Denn gerade die Interessen der Bekessy-Journalistik sind ja zwischen der Verteidigung der Menschenrechte und der Erforschung der Nachttöpfe geteilt: sie hat bahnbrechend gewirkt, indem sie die homosexuelle Note in die Theaterkritik eingeführt hat, und kann hinterdrein von einem »vertierten Homosexuellen« sprechen, und sie wird, uneingedenk ihres Verdienstes, Bettpisser interviewt zu haben, sich über pornographische Literatur entrüsten. Es ist die für den Beruf der Prostitution typische Bereitschaft, in einem Atem »I bin a Hur!« zu bekennen und empört »So a Hur!« zu rufen. Wobei es der ›Stunde‹ unfehlbar widerfahren muß, die Unsittlichkeit durch die Reproduktion eines obszönen Titelbildes zu entlarven, das an die Würzigkeit ihrer eigenen Klischees auch nicht entfernt hinanreicht. Weil Sie aber, auf den Alarm eines so praktikablen Sittenrichters hin, dessen publizistisches Vorn und Hinten und Um und Auf die tägliche Genitalparade von süßen Beinchen, Bubiköpfen und sonstigen Schieberdelicen bildet, weil Sie auf das Manöver eines linksradikalen Pupperlorgans von freundlichster Sorge bedrückt zu sein scheinen, wie sich Herr K. aus der »leidigen Angelegenheit« ziehen werde – da nun einmal auch einem weiteren Gesindel enthüllt ist, daß nebst seinen Büchern bei Lányi pornographische verkauft wurden (was bisher bloß aus einem Schwurgerichtsprozeß bekannt war) –, so benützen wir gern die uns dargebotene Gelegenheit, um über die Beziehungen des Herausgebers der Fackel zur Pornographie umfassende Auskunft zu erteilen.

Herr Lányi und kein anderer ist Verkäufer der Karten zu den Vorlesungen Karl Kraus, weil er in diesem Ressort sich als der weitaus zuverlässigste, ordentlichste und beim Arrangement von Wohltätigkeitsvorträgen selbstloseste Veranstalter bewährt hat. Herr Lányi verkauft wie andere Buchhändler Schriften von Karl Kraus und er verkauft davon mehr als andere, weil eine größere Zahl von Interessenten gerade von ihm, der auch die Karten verkauft, die Schriften zu beziehen wünscht. Wir haben schon manchem anderen Buchhändler deren Verkauf entzogen, weil er sich Übergriffe zuschulden kommen ließ, die in der Sphäre der Fackel als solche empfunden wurden, etwa indem diese zum Reklamedienst, für sie selbst oder für andere Literatur, oder zu sonst einer unmittelbaren und äußerst unerwünschten Verbindung mit zweideutiger Geistigkeit mißbraucht wurde. Daß die Buchhandlung Lányi Bücher pornographischen Inhalts verkauft, konnte als ein solcher Übergriff keineswegs empfunden werden, da derlei Geschäft, als außerhalb jeder Literatur wirkend, jeder Möglichkeit einer Verbindung oder Verwechslung mit der Sphäre der Fackel entrückt ist, ganz so wenig wie wir von einem geistigen oder moralischen Standpunkt aus daran Anstoß nehmen würden, wenn wir hörten, daß Herr Lányi andere Reizmittel, Vorbeugungsmittel, Genußmittel oder Toiletteartikel verkaufe. Wir gestehen ohneweiters, daß wir – ausschließlich aus Gründen der Ordnungsliebe und ästhetischen Zimmerreinheit – einem ebenso tüchtigen und anständigen Karten- und Bücherverkäufer, der solche Bedarfs- und Luxusartikel nicht verkauft, den Vorzug geben würden, ziehen aber wieder Herrn Lányi einem unzuverlässigen Verkäufer der anerkannten zeitgenössischen Literatur beiweitem vor. Nach der Meinung des Autors von »Sittlichkeit und Kriminalität«, dem die journalistischen Libertiner der Sexualmoral sonst leider die Standpunkte abzuknöpfen pflegen und der, wenn sie jetzt enthüllen, daß Herr Lányi »vorne Sittlichkeit, hinten Kriminalität« feilbiete, darin keinen Widerspruch, sondern nur eine ihm gestohlene Antithese zu erkennen vermag – nach seiner oft bekundeten Meinung bildet die pornographische Literatur sogar einen Bedarfsartikel. Er hat, bei allem persönlichen Desinteressement an einer ihn langweilenden Sphäre – und ihm selbst gelangte, außer Saltens standard work, nie im Leben ein solches Buch, weder durch Herrn Lányi noch sonst irgendwie, vor die Augen –, er hat nie das geringste Hehl daraus gemacht, daß er diese Sorte Literatur, die eben keine ist, aber offenbar so tauglich wie irgendein anderes Mittel, mündigen Menschen zu einer geschlechtlichen Befriedigung zu verhelfen, für weit unbedenklicher halte als die meiste nichtverbotene moderne Belletristik, die Ihre Berufsgenossen, und leider auch Herr Lányi, feilbieten. Daß dieser Buchhändler aber außer unseren Werken auch andere öffentliche Literatur verkauft, ist uns nicht wegen der Konkurrenz, sondern aus dem Grunde unerwünscht, weil die Fackel solche Literatur perhorresziert und weil ihr ganzer Inhalt einen einzigen Angriff gegen sie bildet. Trotzdem können wir es nicht hindern, weil ja jener kein spezieller Vertreter unseres Verlags, sondern eben Buchhändler ist; und da wir ihm im Gegensatz zu andern Buchhändlern den Vertrieb der Fackel bisher nicht entzogen haben, so ist der Beweis geliefert, daß er die uns wenig sympathische Verbindung mit sonstigem Buchwesen noch nicht auf eine uns störende Art betätigt hat, abgesehen von dem einzigen Fall der gutgläubig und selbstlos vorgenommenen Beilegung eines Nestroy-Prospekts, also einer an und für sich gewiß nicht unsauberen Propaganda, gegen die wir auf der Stelle und öffentlich, gleich auf dem Programm der nächsten Vorlesung, eingeschritten sind. Ein in sich unbedenklicher Fall ist aber die Nachbarschaft des Ressorts, in dem sich der Vertrieb unserer Schriften vollzieht, mit dem Vertrieb von Genußmitteln, die überhaupt nicht das geringste mit Literatur zu schaffen haben, und der offene Verkauf der Bücher der Kerr, Bahr, Edschmid u. s. w. wie so ziemlich der ganzen zeitgenössischen Literatur, von der der Buchhandel in Ehren lebt, erscheint uns weit bedenklicher, gefährlicher, kulturhemmender und ungesünder als der heimliche Verkauf der pornographischen. Nicht daß Herr Lányi die Josephine Mutzenbacher von Salten im »Hintertrakt« für Feinschmecker aufbewahren könnte, empfinden wir als anstößig, sondern daß er imstande wäre, im Vordertrakt, also in unmittelbarer Nähe der Fackel, die Sehnsuchtsschreie desselben Autors nach Jerusalem auszubieten. Daß die pornographische Literatur von einer dem Spießbürgersinn angepaßten Strafgesetzgebung verpönt ist, heftet dem Verschleißer in den Augen des Autors von »Sittlichkeit und Kriminalität« keinen sittlichen Makel an, und es ist purer Schwachsinn, zu vermuten, daß die Enthüllung ihm die Scham in die Wangen treiben und Besorgnisse um seine soziale Position einflößen werde. In seinen Augen verschafft dem, der die sexuelle Notwendigkeit – und sie wird von jeder Art der geschlechtlichen Natur bedingt – gegen ein törichtes Moralverbot und unter dessen Gefahr versorgt, solche Tätigkeit weit geringeren sittlichen Makel als die meisten vom Gesetz geduldeten und in der bürgerlichen Gesellschaft beliebten Geschäfte ihren diversen Trägern, und Geschäfte, die sie beiweitem nicht so dringend braucht wie das pornographische. Es verhält sich mit dem literarischen Ersatz der Geschlechtsbetätigung – ganz abgesehen von der erstrebenswerten Ableitung irregulärer Triebe – ähnlich wie mit der Vermittlung des Beischlafs zwischen mündigen und willigen Menschen, die das Gesetz bestraft, der Autor von »Sittlichkeit und Kriminalität« aber für eine sittlich erlaubte, ja dankenswerte soziale Betätigung hält, millionenfach nützlicher als das Herstellen der meisten Zeitungen und den Verlag der meisten Bücher. Er selbst würde sich keinen Augenblick bedenken, sich auch weiterhin von einer ordentlichen Wirtin bedienen zu lassen, wenn er erführe, daß sie im Hintertrakt ihrer Wohnung Liebespaaren den sogenannten »Unterschleif« gewährt. Er wäre aber der erste, gegen sie die Strafanzeige zu erstatten, wenn sie ihr Geschäft mit Ausbeutung, Nötigung oder Verführung Unmündiger betriebe. Wäre es wahr, was jenes Revolverblatt behauptet – und nur dies, nicht die Denunziation des pornographischen Handels an sich bildet den Schimpf –: daß Herr Lányi »junge Burschen«, und zwar solche, die »vertrauensvoll« nur wegen der »Pamphlete Karl Krausens« in seinen Laden kommen, in dessen Hinterstübchen lockt, um sie zum Ankauf der pornographischen Ware zu überreden, wäre also Mißbrauch der Unerfahrenheit oder auch nur die parasitische Verbindung mit unserer Sphäre gegeben – während doch jenes Hurenblatt sich mit mehr Recht darüber entrüsten würde, daß vertrauensvollen Lustgreisen die Fackel angehängt wird, was uns aber gleichfalls äußerst unerwünscht wäre –, läge wirklich »Auswucherung einer von falschen Flaggen herbeigelockten Jugend«, läge solche Verlockung und solche Verquickung vor, so würden wir ganz gewiß radikalste Anstalten treffen, daß die Literatur von Karl Kraus nicht einen Tag länger der Vorwand für das andere Geschäft bleibe, ja dieses, wenn es die Überlistung der Unverdorbenheit einbezieht, unschädlich gemacht werde. Zwar sind wir nicht der Meinung, daß solche jugendlichen Käufer, die Krausens Pamphlete verlangen, noch zu jener Jugend zählen, deren Unmündigkeit und Wehrlosigkeit ein Rechtsgut zu bilden hat, aber mindestens wäre der deutlich hervortretende Mißbrauch der Literatur für ein wesentlich anders geartetes Geschäft, die Verkuppelung so disparater Interessen widerlich und unerträglich, und wir würden auf die Verbindung mit einem so skrupellosen Händler im Augenblick verzichten.

Der Handel mit Pornographie wird aber Dank der Technik eines infamen Tonfalls so dargestellt, als ob nicht nur jener durch unsere Literatur, sondern auch dieser durch die Pornographie ein Vorteil zukäme, denn er werde von Herrn Lányi »und seinem Anhang« betrieben, und Herr K., der sich als Lányi-Anhänger offenbar einen Namen zu machen sucht, breite »segnend seine Arme« über eine »Bude aus Dreck und Schmutz«, während er doch mit dem Unternehmen des Herrn Bekessy strenger verfährt. Von sämtlichen lausigen Lügen über eine Wirksamkeit, die auf den allerlegitimsten Vorteil, der sich nicht aus der Leistung selbst ergibt, verzichtet und sogar auf diesen, wenn er nur den geringsten Schein mit irgendwelchen fremdartigen Bestrebungen zuließe; über eine Literatur, deren Administrierung in nichts als in der Abwehr jeglicher Zumutung an die Nerven ihres Produzenten besteht – von allen Lügen ist diese wohl am meisten ihrer Ohnmacht bewußt. Und die Vorstellung wieder, daß, weil ein Buchhändler »der Rachevollstrecker der verletzten Eitelkeit Krausens« ist, nämlich genug Ehrgefühl hat, um einen Protest gegen die Schande Wiens zu verbreiten – die Vorstellung, daß dies auf der Gegenseitigkeit einer Förderung seines Geschäfts beruhen müsse, ist ganz des Lausbubikopfs würdig, dem sie entsprungen ist. Unergründlich wie die Stupidität des Zusammenhangs zwischen dem sadistischen Inhalt der geheimen Literatur des Herrn Lányi und der Tatsache, daß das Erträgnis meiner Vorlesungen »immer diversen Korporationen zum Schutz gegen Kindermißhandlung« gewidmet war, womit Herrn Lányi und seinem Anhang die heuchlerische Maske vom Gesicht gerissen wird. Doch das sind Allotria, mit denen sich einer, der am Pranger steht, die Zeit vertreibt.

Es glaubt ja niemand, daß es den schmutzigsten Bemühungen der journalistischen Sensation und der buchhändlerischen Konkurrenz gelingen könnte, den geheimnisfreiesten Sachverhalt in das »merkwürdige Licht« zu stellen, das sie brauchen und das der Herausgeber der Fackel, wenn es wirklich jemals auf ihn »geworfen« war, mit Vehemenz zurückwirft. Der entrüstete Bordellwirt hat schon recht mit seiner Vermutung, daß jener wissend das geheime Geschäft des Herrn Lányi geduldet habe, aber nicht, weil er dazu die geringste Beziehung als Nutznießer oder Konsument oder vermöge »diesbezüglicher Voraussetzungen« hätte, sondern weil ihm dieser Geschäftszweig eben unverdächtiger erscheint als der tolerierte Buchhandel und weil sich da weit weniger eine jener Kollisionen ergeben könnte, die oft genug gegenüber Sortimentern zur Entziehung der Fackel geführt haben. So erschütternd es für das moralische Bewußtsein der ›Stunde‹ sein mag, so offen müssen wir zugeben, daß Herr K. nicht erst durch ihre Enthüllung, sondern sogar schon vor der Freisprechung des Herrn Lányi nach einer andern Denunziation von dessen pornographischem Betrieb Kenntnis hatte und daß nun tatsächlich nicht nur »der Verdacht erweckt«, nein bewiesen ist, daß er »den Hintertrakt der ›ethischen‹ Buchhandlung Lányi gekannt hat, aber mit der Zweiseelentheorie des Herrn Lányi einverstanden war«. Er wäre in dem einzigen Fall mit ihr nicht einverstanden, wenn der so ethisch tuende Buchhändler vorn meine Sittlichkeit und hinten etwa jene Kriminalität auf Lager hielte, die vorn und hinten in jeder Nummer der ›Stunde‹ aufgespeichert ist, deren pornographische Verlockungen sich freilich nur auf familiäre Einzelfälle konzentrieren und mehr noch als auf die sinnliche Befriedigung des Lesers auf die pekuniäre des Sittenschilderers abzielen. Wenn aber die Leumundsnote des Herrn Lányi nichts Schlimmeres enthalten sollte als die Tatsache, deren Enthüllung soeben als Repressalie für eine andere Leumundsnote erfolgt ist, so wollen wir ihm auch weiterhin den Verkauf der Karten und Bücher überlassen.

Sollte darum Ihr Berufsgenosse, der Herrn K. unter den homosexuellen und sadistischen Klienten des Zirkels bisher zum Glück nicht bemerkt hat, ihn nunmehr doch der diesbezüglichen Voraussetzungen verdächtig finden, so wäre das zwar überaus schmerzlich, aber es ließe sich dagegen nichts unternehmen als die Ermächtigung, diesem Verdacht, solange er anonym bleibt, wo's beliebt Ausdruck zu geben. Ob

Ihnen zu einem »Gutachten« über diesen Fall Gelegenheit geboten werden wird, wissen wir nicht und nichts auf der Welt würde uns weniger interessieren. Von dem Standpunkt, den wir in unserem eigenen Gutachten »skizziert« haben, wird uns weder das Kopfschütteln der Esel noch deren Überraschung bei der Lektüre eines Schuftenblattes abbringen, bei dessen gläubiger Lektüre noch einen Menschen in Wien anzutreffen doch die weit größere Überraschung sein müßte. Wenn sich aber noch andere Berufsgenossen finden sollten, die nun erst überrascht sind, daß Herr K. in dieser »Affäre« auf dem Standpunkt steht, den ihre Kunden schon längere Zeit aus seinen Büchern kennen, so mögen sie vernehmen, daß ihnen wegen Anstoßes an ihrer Sittlichkeit der Verkauf dieser Bücher entzogen werden könnte, um wegen deren offenbarten pornographischen Inhalts ausschließlich der Buchhandlung Lányi überlassen zu werden. Diese Antwort sei Ihnen erteilt, weil Sie nun einmal die Unbefangenheit hatten, dem Herausgeber der Fackel einen solchen Berufsgenossen, wenngleich ohne Namensnennung, vorzustellen, und weil wir Ihre Neutralität in einem »Streit« wie Ihre Einmischung in Dinge, die Sie noch weit weniger angehen, doch als den Anlaß willkommen heißen, »unseren eigenen Standpunkt in dieser leidigen Angelegenheit zu skizzieren«.

Hinaus aus Wien mit dem Schuft!

Doch wenn's auch nicht gelänge, und wäre es nicht mehr gewesen als der Ruf zu einem Ausflug in die Umgebung, und hätte er wo immer gelebt – er wird als einer der unverwüstlichsten Spitzbuben der Weltliteratur fortleben, in der ihm der Verbleib gesichert ist durch die Kraft des Humors, die er mir zubrachte; und er bleibt mein Stoff, je mehr die Erkenntnis reift, daß keine der Gewalten, die in anderen Zeiten und Räumen vernichten gekonnt haben, die des Geistes oder die der Tatsachen, ihm etwas anzuhaben vermöchte. Denn wie da aus reinerer Kulturregion mir einer schreibt: daß ihm als »der Höhepunkt der Sprach- und Urteilskraft im edelsten Sinne« mein Vollbringen (das kein Vollenden ist) erscheine und »umso bedeutsamer, als hier von einem Objekte niederster Qualitäten eine Fülle von Abstraktion und Weltbetrachtung abgeleitet wird«, so fühlt doch schon jeder, außer den Mitfühlern der Bekessy-Welt, daß es mir, wenn ich den Auswurf der Menschheit zeichne, darum zu tun ist, ein Bild von ihr zu hinterlassen, die so geartet war, ihn nicht auswerfen zu können, hätte sie's auch gewollt. Nicht leugnend, daß ich mich des Erfolges freuen und rühmen, daß ich ein Denkmal gleich dem des Wienerwaldretters ansprechen würde, wenn's gelungen wäre, den Schuft aus Wien hinauszubringen; zu dem Bekenntnis bereit, daß die Herzensangst, an meinem Sterbetag noch würde hier solche Stunde schlagen, ihn beschleunigen könnte – möchte ich doch erleben, daß mir bis dahin mit dem Grauen der Betrachtung die reine Freude an der Gestaltung des Absonderlichen geglaubt werde. Wohl darf ich nicht ermüden oder verzichten, von den für einen Rest sittlicher Wohlfahrt bestellten Faktoren zu verlangen, daß sie ihre Pflicht erfüllen; und sollte es denn unmöglich sein, das Oberhaupt der Stadt zum direkten Reuebekenntnis über die eingebürgerte Schmach zu bringen, weil solche Form in der Welt der Formen, selbst in der durch eine Revolution eroberten, nicht vorgesehen ist oder, triftiger, weil für ein von allen bürgerlichen Infamien bedrängtes Gemeinwesen die Gefahr der entfesselten Kanaille größer ist als der Gewinn der rehabilitierten Ehre – so bleibt doch die Hoffnung, daß sich jene Körperschaft der Gewalt des Erpressers entziehen werde, in deren Hand es gelegt ist, durch eine strafgesetzliche Neuerung sie unwirksam und unrentabel zu machen. Und da kann allerdings der Zuversicht Ausdruck gegeben werden, daß die vom Ehrgefühl befohlene und von mir vorgezeichnete Linie erreicht sein wird, mag der bedrohte Mitbürger auch alle Minen der Erpressung springen und alle Revolver der Einschüchterung schießen lassen, mag er eben die rabiaten Sicherungen einer papiernen Festung vorkehren, die deren Vernichtung wünschenswert machen. Die Entwicklung der Angelegenheit, die wahrlich die furchtbarste und maßloseste ist, zu der je ein Zeit- und Ortsübel erwachsen konnte, wird es unfehlbar auch ermöglichen, dem Echo gerecht zu werden, das meine Leistung bei allen empfänglichen und nicht empfänglichen Instanzen, die zur Sachwalterschaft in Dingen der kulturellen Ehre berufen waren, geweckt oder nicht geweckt hat, außer dem Rayon der eigensten Wirkung, aus dem der vielhundertstimmige Ruf »Hinaus aus Wien mit dem Schuft!« zu dem schriftlichen Protest der Tausende sich fortsetzt. Welche Genugtuung oder Enttäuschung aber Antwort und Schweigen einer angesprochenen Öffentlichkeit auch immer gewähre, und mag es noch so wichtig sein, die Jämmerlichkeit einer Gesinnung, die sich hinter der Firma eines geistigen Wien auf ihren Interessendreck zurückzieht, gerade an diesem Falle darzustellen, und mag ein Ozean der Ehrlosigkeit eine Inselwelt umgeben, die schließlich erkennen möchte, daß es aussichtslos sei, die Korsaren gegen die Piraten schützen zu wollen – was bedeutet solches Erlebnis mit all seinem Reichtum an Kontrasten gegen den künstlerischen Genuß des Widerhalls, mit dem die unüberwindliche Schande in persona antwortet? Gegen das Schauspiel, das ein Gezeichneter bietet, der sich photographieren läßt, wie er am Pranger tanzt, mit den fröhlichen Untertanen seiner Preßgewalt wie mit Böcklein im Grase springend, als hätte der Leumund Lieder! Und ist es nicht tragisch, vor solcher Zügellosigkeit gehemmt zu sein? Aug und Ohr verschließen zu müssen vor dieser Fülle von Anregung, um nicht versucht zu werden, sie künstlerisch auszuschöpfen? Denn ich darf, zunächst mindestens, nichts tun, wodurch ich den Mitbürgern Bekessys, die nur Stoffliches aufnehmen (das sie erst in der künstlerischen Gestalt für geringfügig erachten), den Vorwand verschaffen könnte, daß die Vergeistigung, die Auflösung in den Humor, der ja diesem letzten Grauen gemäß ist, ihnen den Weg zur Erfassung des Übels erschwert habe, so daß am Ende von mir selbst bestätigt wäre, was sie mir einzuwenden lieben: dieser Bekessy, über den ich selber lache, sei doch nicht ernst zu nehmen. Darum soll, wiewohl dieser Verbrecherhumor so unabweislich ist, daß sich die Kerkermeister vor Lachen ausschütten würden, nur angedeutet sein, wie der Mann auf ein polemisches Hochgericht, das in der Geschichte der sprachlichen Brandmarkungen kaum seinesgleichen hat und dessen Ausspruch in Wort und Schrift erfolgte, reagiert hat.

So umständlich es zugegebenermaßen für solche, die nur einen Kriminalbericht verstünden, herauszubringen war, »wos er will«, so konnte wohl keinem Hörer oder Leser entgehen, daß doch am Ausgang der dunkelsten Gedankengänge, mit vielen Lichtern besteckt, die sichere Laterne einer Leumundsnote stand und daß immerhin auch sonst vielfach Stützpunkte von Worten wie »Schuft« und »Erpresser« ein Abirren im Dickicht der Wendungen kaum zuließen. Man kann sich in der Lobau verirren – daß es aber so gewitzten Pfadfindern wie Bekessy und seinen Cowboys, die ja meiner Schreibweise manches abgeluchst haben, wovon keine Leumundsnote kündet, unmöglich sein sollte, zu verstehen, was ich im Grunde will, das könnte man schier noch schwerer begreifen. Aber wenn man schon überzeugt war, daß einer, der sich in meinem Stil nicht zurechtfindet, deshalb den Weg zum Gerichtssaal verfehlen werde, so hätte man doch immerhin für möglich gehalten, daß er sich bei jener unverkennbaren Laterne aufhalten würde, um ihre Leuchtkraft in Abrede zu stellen. Denn ein Mensch, dessen Beruf die Schamlosigkeit ist, den er noch an keinem Tag seines Wiener Wirkens vernachlässigt hat, würde sich doch wenigstens darauf stützen, daß er schon seinerzeit den Leuten vorgeschwindelt habe, diese Leumundsnote existiere nicht, und die Sache sei damit für ihn erledigt. Zwar hatte er damals nur die Stirn aufgebracht, einen Aktenbeweis zu versprechen, den er, auf ein Gedächtnis mit vierzehntägiger Kündigung rechnend, nie geliefert hat, und der Dummheit seiner Leser selbst die Unterlassung der Frage zugetraut, warum er denn angesichts der technischen Schwierigkeiten nicht aus der eigenen Erinnerung die Fälle der Strafamtshandlungen darzustellen versuche, mit denen er »nur als Anzeiger oder Zeuge« zu tun gehabt habe, wenn man es schon als eine Fügung des staatlichen Waltens hinnehmen müßte, daß ein Diebstahl in die Leumundsnote des Bestohlenen kommt. Aber mindestens hätte man nun erwartet, daß er sich auf das Schindludertreiben mit der Intelligenz und dem Gedächtnis des Publikums von damals berufen und mich einen »Verleumder« nennen werde, der eine längst widerlegte Leumundsnote gegen ihn verwendet und der, ganz wie vor fünfundzwanzig Jahren der Arbeiter-Zeitung, nun einem nicht weniger links gerichteten Demokraten mitspielt, den die Arbeiter-Zeitung zwar, endlich, einen Erpresser nennt, aber wie er vermutet bloß aus dem Grund, weil sie ihm die Verbindung mit den radikalen Börseneinbrecherkreisen nicht gönnt. Und hätte er denn nicht insofern einen günstigen Stand, als er zwar nicht zu jenen gehört, denen man nichts beweisen kann, aber doch zu solchen, denen man nicht beweisen kann, daß sie gesessen sind, daß also die vielfachen Strafamtshandlungen einmal auch zu einem praktischen Resultat geführt haben; denn darin hat er ja nicht die Unwahrheit gesagt, wie schwierig es sei und wieviel Geduld es brauche, Budapester Akten, die noch dazu »teilweise nicht existieren«, herbeizuschaffen. Doch schließlich geht es da wie mit der Entdeckung des Nordpols, der auch bestimmt vorhanden ist, der Pionier zahlt Lehrgeld, und die Nachfolgenden können schon auf seinen Erfahrungen fußen. Aber brauchte er denn überhaupt etwas abzuleugnen? Was hätte denn eine Renaissancenatur zu verbergen? Warum sollte einer, der die Darstellung der wirklichen Ereignisse des Lebens bietet, an der einzigen Realität dieser romantischen Zeitläufte, an der Leumundsnote, vorübergehen? Und was wäre denn die ganze Errungenschaft dieses amoralischen Typus wert, wenn ein Wirklichkeitsvoller nicht jederzeit bereit wäre, seinen dunkelsten Punkt ins hellste Licht zu stellen, vielmehr nach Bürgerehren langte? Die Einbürgerung sichert die Unausweisbarkeit, aber dann braucht man sich doch nicht zu genieren? Der Versuch, wegen Ehrenbeleidigung zu klagen, war ein Bruch in der heroischen Linie; so galt es eine Scharte auszuwetzen und frei vor der Welt in Unehren zu bestehen. Wenn nicht, sich wenigstens zu seinem Problem zu stellen. Zum Ungeheuren hat er uns gewöhnt, und das Unmögliche für möglich zu halten; so erwartete man das Mögliche. Da also der Leumund wieder einmal zu sprechen anhub, sprach er vom Leumund? Er dachte nicht daran; oder vielmehr, er dachte so sehr daran, daß er sich hütete, es zu tun. Das einzige, was solchen Spitzbuben in der engen Wirklichkeit des von ihnen aufgemischten Lebens übrig bleibt, ist die Kurage, einen sogenannten Wirbel zu machen und das Wasser, welches doch schon durch ihren Aufenthalt über die Maßen schmutzig ist, zu trüben, in der Hoffnung, dann aus ihm für eine Stunde »heraus« zu sein. Er ergriff folgerichtig das ihm vorschwebende Motiv, daß einer von etwas abzulenken habe, und das war nun nicht er, der von seiner Leumundsnote mit meinem Auto ablenkt, sondern ich, der ich von meinem Auto mit seiner Leumundsnote ablenken möchte, dem es aber natürlich nicht gelingen wird, weil dieses Auto nun einmal vorhanden ist (während die Leumundsnote von ihm bezweifelt wird) und weil ich dessen überführt wurde, indem die Polizei auch für solche Schweinereien Nummern eingeführt hat. Aber er konnte doch nicht aussprechen, daß das Ding, womit ich vom Auto abzulenken suche, die Leumundsnote ist? Sonst hätte er doch mit ihm auf sie zugelenkt! Was macht man da? Man spricht eben nicht davon, worauf ich zulenke, sondern sagt, daß ich das Auto, welches der dunkle Punkt in meinem Leben ist, zu beschönigen versuche, indem ich behaupte, ich hätte es nur angeschafft: um »eine Nachtigall schlagen zu hören«; so daß mich der Leser, der schon das Auto verdächtig findet, auch noch in dem Verdacht einer Schmockerei haben wird, die größer ist als das Auto. Ich lenke also von diesem ab, jedoch nicht durch den Leumund, sondern durch die Nachtigall! Daß der Spitzbub das satirische Motiv des Geständnisses vor dem Richterstuhl des Erpressers als reales Geständnis ausbeutet, daß er von der grausamen Antithese des Nachtigallenschlags und des Schlags der ›Stunde‹ sich nur der einen Hälfte bedient und die analoge Unterschlagung an etlichen anderen Zitaten einer satirischen Einläßlichkeit begeht – das wird so lange möglich sein, solange sich aus verständlichen Gründen politischer und ästhetischer Zurückhaltung niemand findet, ihm den fehlenden Schlag auf jene einfachste Art zu erstatten, die noch weit erzieherischer wäre als alle Remedur durch eine schon vorhandene oder erst zu kreierende Gesetzlichkeit. Aber es würde, und wenn ein fortgeschrittenes Zeitalter auch hier von der Handarbeit zum maschinellen Betrieb überginge, an ihm abprallen, da er doch in der Polemik nur geistige Argumente kennt. So behauptet er zur Kompromittierung meiner sittenrichterlichen Mission, es sei »festgestellt« und zwar durch belustigte Zuschauer, daß es meine Art ist, »fünfzehn Indianerkrapfen en suite zu schlucken«, wiewohl ich, seitdem Bekessy in Wien aufpaßt, mir auch nicht eines einzigen bewußt bin. Aber wie kommt er gerade auf 15? Jeder Mensch hat eine Lebenszahl, ich machte sofort die Probe und fand, daß die Anzahl der Indianerkrapfen mit der der Punkte in der Leumundsnote, mit den 15 Strafamtshandlungen übereinstimmt. Wie seltsam! Doch als Argument sind die Indianerkrapfen stärker, und er scheint sagen zu wollen, daß bei mir die Wiederholung als erschwerend in Betracht komme, weil ich ja an einem einzigen Abend so oft auf frischer Tat erwischt wurde, während sich sein Appetit auf einen Zeitraum von 1913 bis 1921 verteilt hat. Auch möchte ich von diesen fünfzehn Punkten Bekessys behaupten, daß sie, wenngleich nur mit dem Vorzug eines einzigen, dennoch weit mehr zur Befestigung des demokratischen Gedankens in den Zentralstaaten beigetragen haben als die vierzehn Wilsons. Sie haben zwar einer Demokratie Vorschub geleistet, die etwa auf die Stellung der Preisaufgabe gestellt ist, welche Wienerin den schönsten Popo habe, und ich glaube, die Gasse, die Bekessy der Freiheit gebahnt hat, dürfte wesentlich die Annagasse sein, aber das kann doch nicht daran hindern, daß er sich den Sozialisten als den eigentlichen Vertreter linksradikaler Bestrebungen offeriert, dessen Wirken für ihre Sache weit wichtiger sei als alles was in den Jahrgängen der Fackel enthalten ist, von deren Herausgeber er nur nicht weiß, ob er, Bekessy, sein papierenes Postament, nämlich das der Fackel, vernichtet oder ihm, also mir, zu unverdienter Beachtung verholfen hat. Wie ja auch unentschieden bleibt, ob ich mich, wenn ich den Chefredakteur der Arbeiter-Zeitung drangsaliere, bei meinem Oberlehrer beklagen will oder nur meinen Vorzugsschüler beauftrage; und bloß das eine sicher, daß er »sich schon häufig am Telephon verleugnen läßt«, so daß ich auf diesem Wege noch weniger erziele als Bekessy, wenn er Herrn Reitzes zu sprechen wünscht.

Welchen Rang und welches Verhalten jener nun mir gegenüber auch ein- und annehmen mag, jedenfalls weiß man aus bester Quelle und betont es immer aufs neue, daß er in seiner Abneigung gegen die ›Stunde‹ innerhalb der Partei isoliert ist, denn sie stehe sonst einig und geschlossen hinter Bekessy, wisse »die Bedeutung der ›Stunde‹ zu schätzen« und denke nicht daran, aus diesem Anlaß neuerdings eine Spaltung zu vollziehen. Doch erklärt er, er »verzichte feierlich auf jede Anerkennung« von sozialistischer Seite, wenn weiterhin geduldet werde, daß sie im Parteiorgan einen so widersprechenden Ausdruck findet. Der Grund für dieses begreifliche Verlangen Bekessys nach Klarstellung des Standpunktes der Sozialdemokraten ihm gegenüber war in einem Artikel der Arbeiter-Zeitung gelegen, der für einen der elendesten Bubenstreiche, die jemals der Langmut dieser Bevölkerung angetan wurden, füglich den geistigen Urheber im Milieu der ›Stunde‹ suchte, weil nicht nur die Frage, wem die Tat zum Nutzen gereiche, sondern auch die Nuance der Schlechtigkeit nach jenem dunkelsten Winkel des Wiener Lebens wies, der die Eigenart hat, das Licht nicht zu scheuen. Es hatte sich darum gehandelt, daß in einigen Blättern ein Inserat erschienen war, durch das die Not der Arbeitslosen verhöhnt wurde, indem diesen ein anonymer Bube vorspiegelte, daß Adressen gesammelt würden und für jede 10 Schilling gezahlt, und zwar von dem jungen Schriftsteller, der den

Protest gegen die Schmach der ›Stunde‹ verfaßt hatte, dessen Aktion damit erniedrigt und der zur persönlichen Strafe dem Ansturm der Bewerber und der Wut der Enttäuschten ausgesetzt werden sollte. Was lag nun näher, als in der Untersuchung, »wem es nützt«, auf einen Täter zu schließen, dessen ganzer Begriff von Publizistik doch in nichts als in der Drucklegung falschen Feuerlärms, ja in der scherzhaften Alarmierung der Feuerwehr besteht und dem im gegebenen Fall noch die Lust zuzutrauen war, sie zur Brandstiftung beim Nachbarn heranzuziehen? Was lag näher als der Verdacht, daß die Bloßstellung der Aktion von dem Betroffenen ausgehe und zumal da sie ganz im Stil der Methoden gehalten war, die in dieser Gegend schlicht mit »Lausbüberei« entschuldigt werden, also die Tat mit der Tat, die als solche schon den Strafausschließungsgrund für den Täter bildet, während sie doch eher ein Erschwerungsgrund wäre. Was lag näher, als den Urheber photographischer Ulke und der Spaßetteln des Herrn »Karl Krause« für den Anstifter eines Plans zu halten, der ihm doch noch wirksamere Kühlung seines Mütchens verhieß? Und wann wäre zur Kennzeichnung dieses kulturellen oder linksradikalen Wirkens die sozialistische Kritik zuständiger gewesen, als in einem Falle, wo die Führung des so zwingenden Indizienbeweises den schnödesten Mißbrauch der Arbeitslosigkeit betraf? Herr Bekessy schlug um sich, soweit er wieder bei Kräften war. Denn durch die kritische Zeit, versicherte er, »in den Tagen der wahrscheinlichen Aufgabe und des Erscheinens des Inserates«, sei er »krank im Sanatorium gelegen«. Aber dieses Alibi war insofern eine Fleißaufgabe, als es niemand eingefallen wäre, die persönliche Bemühung eines Mannes zu vermuten, der mit Recht auf den Ernst der Mission verweist, »die Sorge für vier Zeitungen und einige Hundert Angestellte zu tragen«. Selbst wenn er von der Tatsache des Inserats nicht einmal gewußt hätte und nicht als jener Shakespeare-Typus bekannt wäre, der imstande ist, die Ausführung des Mordbefehls mit Ungnade zu belohnen, so weiß man doch, daß in dem Betrieb, aus dem sich täglich eine Weltanschauung so zwischen Renaissancenatur und Rotzbüberei expektoriert, unsichtbare Heinzelmännchen in Fülle sich regen und sonst Gekribbel aller Art, der Richtung des Herrn geneigt, der man eben auch die Taten, um die er nicht gewußt hat, aufs Kerbholz setzt. Wiewohl nun nichts zweifelsfreier wäre, als daß es keinem Menschen in Wien außerhalb dieses Kreises, und wäre er selbst in ähnlicher moralischer Verfassung, in den Sinn kommen könnte, Geld für solche Annoncenscherze hinauszuwerfen; wiewohl in einer Sache, deren Wesen ja die Unbeweisbarkeit ist, es wahrlich kühner war, im Vertrauen auf diese zu leugnen als trotz ihr zu beschuldigen – wagte es Herr Bekessy, von »Grenzen der Niedertracht« zu sprechen, die ein anderer überschritten habe. Und einer, von dem doch gesagt werden kann, daß er in einem Leben der Arbeit und des Kampfes und vermöge der Eigenschaften seines Herzens und seines Verstandes davor gefeit bleibt, anders als durch einen Fußtritt in die Zone des Herrn Bekessy zu gelangen. So benahm der sich, anstatt für den Fall des Wunders, daß ein Bube außerhalb des Stundenkreises der Täter wäre und daß er sich meldete, sich auf die Brust zu schlagen, die Verführung der Jugend durch das böse Beispiel zu beklagen und, was geschehen, auf das Konto Berufsrisiko zu buchen. Im Gegenteil, er genoß den Triumph, daß man ihm in einem Falle, wo er's nicht getan haben wollte, noch weniger beweisen konnte als sonst, wo er etwas getan hatte. Ja er ließ sich frischfröhlich auf die Beantwortung der Frage »Wem nützt es?« ein, und zwar mit dem Gedankenblitz, daß er »auf der gleichen Indiziengrundlage behaupten könnte«, der Protest gegen ihn müsse von mir »honoriert oder angeregt sein«. Als ob nämlich dieser Protest die Tendenz hätte, mir zu nützen und nicht vielmehr dem Herrn Bekessy zu schaden. Als ob die Anregung durch mich geleugnet würde, da er doch ohne mein Auftreten nie entstanden wäre; und als ob er, wenn ich ihn gleich diktiert hätte, nicht einen Namen trüge, der ihn verantwortet, und seine Tat mit einem Betrugsfaktum zu vergleichen wäre, dessen Anonymität doch erst die Frage aufgibt, welchem Täter es zum Nutzen gereicht. Wenn sich Herr Bekessy aber nicht nur zu ihr stellt, sondern sie auch, weil er gebildet ist, in »Cui bono?« übersetzt und meint, dieser Grundsatz sei von Cicero aufgestellt worden, so scheint ihm hier eine Verwechslung mit »Quousque tandem?« widerfahren zu sein, jener Frage, auf die zwar auch nicht der Catilina den Mund zur Antwort aufgemacht hat, die jedoch gewiß dem Cicero den Vorwurf eintrug, wie er sich nur mit einem solchen Subjekt abgeben könne. Aber er ließ sich nicht beirren, sondern richtete angesichts der catilinarischen Existenz, die das Gemeinwesen bedrohte, auch die Mahnung an die Verantwortlichen, sie sollten zusehen, »ne quid res publica detrimenti capiat«.

Von der gleichen Sorge bedrückt, suchte ich mich zu vergewissern, ob bei unseren Consules nicht vielmehr ein passives Zusehen platzgreife, ja ob es wirklich – und dies wäre schon das Debakel – im Bereich der politischen Möglichkeit gelegen wäre, daß an den Flunkereien des Herrn Bekessy, maßgebende Sozialdemokraten hätten ihn ihrer Zuneigung versichert und ihm geradezu Rückendeckung gegen das Parteiorgan gewährt, doch ein Pünktchen Wirklichkeit, das wohl ein dunkles Pünktchen wäre, vorhanden sei; ob nicht mindestens irgendein Akt der Fahrlässigkeit durch einen unstatthaften Verkehr vorliege, da mit jeder Versicherung der Arbeiter-Zeitung, daß die ›Stunde‹ von parteiwegen mißachtet werde, die Frechheit wächst und die Anspielungen auf die »Privatexkursion« solcher Abneigung, die meinem Druck gehorche, kein Ende nehmen. Meine Erkundigungen erzielten einen ausgesprochenen Heiterkeitserfolg, den ich aus dem Grunde bedauere, weil eben die Weigerung, einen Hanswurst der Korruption ernst zu nehmen, seinen Übermut nähren, ihm den Wahn befestigen muß, daß nicht die anderen durch Verachtung immun seien, sondern er durch Erpressung, und weil schließlich die fortwährende Annäherung des bürgerlichen Abschaums an die Arbeitersache für den unerträglich wird, dessen Ekel durch keine Erwägung der Opportunität zu bändigen wäre. Bis zum Wahnsinn unerträglich wäre ja die Vorstellung, daß man aus jenen bedenklichen Rücksichten und Interessenverquickungen, die doch abzuschaffen der eigentliche Sinn allen Umsturzes sein mußte, nicht kurzen Prozeß machte mit einem Individuum, das die Prinzipien der Freiheit für ein Schandgewerbe verwertet und die unbefugte Ausübung der Revolution betreibt. Ist es erhört, daß ein Prostituierter, der sich rühmt, die halbe Stadt in seiner Tasche zu haben, weil er von der andern Hälfte die Tasche hat, seinen Unfug weiter treiben kann, ohne durch den radikalsten Ausspruch der Mächte, die das Publikum zum Boykott seiner Reize bestimmen könnten, gehindert zu werden? Daß hierzulande selbst die Ehrenhaftigkeit im Bann der Furcht leben soll und daß der Inbegriff der Freiheit, die wir gewonnen haben, auf der Stirn des Herrn Bekessy beruht? Er ist es, der in den Wendepunkten seiner Tätigkeit, die man zu ergreifen versäumt, nach der Polizei ruft! Er rief nach ihr, sie möge den Betrüger fassen, der das Inserat aufgegeben hat, und versprach ihr, sie werde »bei ihm jede Unterstützung finden«, bei ihm, der sie tatsächlich durch die Anzeige eines Buchhändlers wegen Unsittlichkeit unterstützt hat und auch weil der Aufruf gegen sein Treiben ohne die vorschriftsmäßige Formalität erschienen war. Aber mehr: er war imstande, »Haltet den Erpresser!« zu rufen, als in der Arbeiter-Zeitung ein Artikel erschien, der die Spezialisierung des den Herrn Bekessy hauptsächlich interessierenden Strafparagraphen in Aussicht stellte. Sollte man es, selbst wenn man es schwarz auf weiß liest, für möglich halten, daß er von der »Selbstverständlichkeit dieser Forderung« spricht? Daß er seiner Überzeugung Raum gibt, es könne keine politische Partei geben, »die dagegen wäre«, ein Gesetz gegen die Bestechlichkeit der Zeitungsherausgeber zu erlassen? Ja, er verlangt express (und ich muß den Druckfehlerteufel vor diesem Wort zur Raison bringen, daß er mir da nicht ein r für ein x vormacht), also express verlangt er, daß »Journalisten, die Geld erpressen oder dafür, was sie schreiben oder verschweigen, Geld fordern und nehmen, das Handwerk gelegt« werde! Daß man »Erpressern und Bestechlichen das Recht entziehe, Zeitungen herauszugeben oder Zeitungen zu schreiben«! Ist es möglich, daß diese Sätze von Herrn Bekessy stammen und daß ein so bewährter Gracche gefunden hat, der Aufruhr müsse strenger bestraft werden? Das könnte sich doch nur in einem Zustand von Amnesie (nicht Amnestie) begeben haben. Schon wäre man versucht, dem Tollkühnen in den Arm zu fallen, ihn zu fragen, ob er denn bei Sinnen sei, ob er auch wisse, welche Bestrebungen er da unterstützt, wie er sich denn so etwas wünschen könne, und ihm vorzustellen, welche Folgen das für ihn hätte. Denn er betont doch sonst immer, daß er sich das Recht nicht nehmen lassen werde, dem »Finanzkapital auf die Finger zu sehen«, und daß ihm da nicht so leicht etwas entgeht, wüßte man, auch wenn er nicht stolz erzählt hätte, wie er auf den Castiglioni aufgepaßt hat. Und nun sollte er den Revolver ins Korn werfen und ein Gesetz gegen Bestechlichkeit begrüßen? Doch Bekessy verblüfft noch den, der sich bereits mit diesem faux pas abgefunden hat. Denn es stellt sich heraus, daß er sich von dem neuen Gesetz hauptsächlich Klarheit darüber erwartet, in wieweit man sich bestechen lassen darf. Er ist nämlich der »ewig wiederkehrenden Anwürfe und Verdächtigungen« müde und hofft, daß es dem Reformwerk gelingen werde, sie »von dem Bereiche des Zeitungswesens fernzuhalten«. Ein solches Gesetz könne »klar umschreiben, was Bestechung und Bestechlichkeit ist«, man wird also wissen, woran man ist, und es wird dann nicht mehr möglich sein, »mit dem Vorwurf der Bestechlichkeit herumzuspringen, wenn man unangenehme Gegner nicht anders zu Boden strecken kann«. Aber um das zu verhindern, brauchte Herr Bekessy doch kein neues Gesetz, es gelänge eigentlich schon jetzt, indem man sich einfach nicht bestechen läßt, um keinen Preis, sich erforderlichenfalls mit Händen und Füßen wehrt und, wenn selbst dann noch eine Verdächtigung vorkommt, zu dem schon bestehenden Paragraphen der Ehrenbeleidigung greift. Ohne Zweifel wird ja das neue Gesetz mit der Bestechung auch die Verdächtigung abwenden, doch um endlich eine Ruh zu haben, wäre es im Grund gar nicht nötig. Gewiß wird es klar umschreiben, was Bestechung und Bestechlichkeit ist; aber daß ein solcher Fachmann wie Bekessy in diesem Punkt der Nachhilfe bedarf, hätte man fürwahr nicht erwartet. Doch Bekessy, der offenbar die Absicht hat, die Zeit bis zum neuen Gesetz tüchtig auszunützen und zu diesem Behufe sogar noch das bißchen Verdächtigung hinzunehmen, meint, es werde dann »im Handumdrehen mit der Vorstellung aufgeräumt sein, daß eine Zeitung Einnahmen aus Erpressungen oder Vertuschungen haben oder gar von diesen leben kann«. Aber abgesehen davon, daß diese absurde Vorstellung hauptsächlich durch seine Unvorsichtigkeit entstanden ist und daß die Hand, die umgedreht wird, vor allem in dieser Vorstellung selbst eine wichtige Rolle spielt, würden ihre Finger kaum ausreichen, um die Fälle aufzuzählen, in denen sich eine Hand schon umgedreht hat. Daß eine Zeitung nicht Einnahmen aus Epressungen und Vertuschungen haben könne, wäre selbst dann eine sensationelle Behauptung, wenn sie nicht ausgerechnet gerade von Herrn Bekessy stammte. Daß man von solchen Einnahmen allein nicht leben kann, ist denkbar, und es erscheint immerhin möglich, daß Zeitungsherausgeber, deren Revolver nicht mehr mit voller Kraft imponiert, zu dem heimlichen Gewinn aus dem Abonnement ihre Zuflucht nehmen müssen. Bisher hat man in der Regel gehört, daß sie von solchen Subsidien nicht leben können und darum auf den Haupterwerb angewiesen sind. Aber es ist schon vorstellbar, daß sich die Zeiten geändert haben und Klagen über spärlichen Eingang aus Erpressungen vorkommen. Und nichts wäre Herrn Bekessy, der sich jedenfalls von der Reglementierung der Prostitution ein sicheres Arbeiten verspricht, erwünschter, als daß man »einfach« die Kontrolle der magistratischen Abteilung, die die Inseratensteuer einhebt, »über das rein Ziffermäßige hinaus erweitert«. Was er da meint, scheint ein sittliches Postulat zu sein, ist aber insofern nicht ganz klar, als sich die Kontrolle nach wie vor nur auf die Büchel erstrecken kann, aber die Strafandrohung doch gegen das Strumpfgeld gerichtet wäre, das bisher verheimlicht wurde. Wie dem auch sein mag, sicherlich hat man noch aus keinem Bordell einen überwältigenderen Ruf nach der Sittenpolizei vernommen. Es bleibt nur die Lesart, daß sich Herr Bekessy wirklich vorstellt, das Gesetz über Bestechung werde den Zweck haben, den Leuten, die gegen Bestechung sind, das Handwerk zu legen. Sonst verstünde man ja mit dem redlichsten Willen nicht, wie er bei allem Galgenhumor auf die Idee verfallen könnte, sich dafür zu begeistern, einen Artikel unter dem Titel »Bestechlichkeit« in der ›Stunde‹ erscheinen zu lassen – was doch schon fast so selbstgefällig klingt, wie wenn ich Kritiken über mich zitiere –, kurzum, des den Mund übergehen zu lassen, wes die Hand voll ist. Aber er hat, seitdem er die Fackel überflüssig gemacht hat, faktisch sogar meine Eitelkeit übernommen, denn er spricht bereits von jungen Leuten, die es sich in den Kopf gesetzt haben, seine Gegner zu werden »und dadurch zu einer Berühmtheit zu gelangen«, ja mehr, er »bedauert schon«, daß er »Herrn Kraus vor dem Sturz in die Vergessenheit gerettet und die Auflage seines (meines) Blattes durch das Interesse, das leider meiner (seiner) Person zugewendet wird, wesentlich gehoben habe«. Ich zitiere wörtlich, aber man wird es dennoch nicht glauben. Leider muß ich sagen, daß Herr Bekessy die Zugkraft seiner Leumundsnote überschätzt und daß diese es bisher nicht einmal vermocht hat, die Auflage der ›Stunde‹ zu verringern, was ich, dem administrative Berechnungen nur für fremde Blätter zuzutrauen sind, doch vornehmlich im Sinne hatte. Gleichwohl ist es bewundernswert, wie Herr Bekessy, der schon die Zuschriften des Herrn Krause »nur ungern« brachte, sein Widerstreben, mir Reklame zu machen, täglich aufs neue niederzukämpfen weiß. Und man kann es ihm doch annähernd so stark nachfühlen wie der Blattlaus das Unbehagen, daß der Baum aus ihr Nahrung zieht.

Also er ist durchaus in jener übermütigen Stimmung, die selbst ein Tänzchen auf freiem Fuße nicht verschmäht. Er steckt voller Einfälle, trotzt allen Schicksalsschlägen, rennt mit der Stunde durch den rauhsten Tag und brächte, wenn ihm ins Gesicht gespuckt würde, einen Wetterbericht mit zeitweise Regen, sonst vorwiegend heiter. Da sein Element das moralische und logische Chaos einer aus den Fugen geratenen Zeit ist, so würde es selbst dem, der sie einzurichten kam, nicht gelingen, mit ihm fertig zu werden; er würde doch, da sein Fruchtgenuß die Schamlosigkeit aller Verkehrung ist, auch hinterdrein der Störenfried bleiben. Wenn er, wie er zu tun pflegt, zum Dank für die ihm verliehene Unabschaffbarkeit seine österreichischen Mitbürger als Musterknaben verhöhnt, so hat man den Eindruck, als wäre ihm seinerzeit, auf der einzigen Bank, von der er keine Pauschalien nahm, prognostiziert worden: »Sie, Bekesi« – denn er nennt sich fälschlich mit der ungarischen

Adels-Endung, seitdem er nicht mehr Braun oder Blau heißt, sondern in der heimatlichen Politik Rot und Weiß gespielt hat – »Sie werden noch einmal bei der ›Stunde‹ enden!« Glaubt einer wirklich, daß ich imstande wäre, nachzuholen, was damals an ihm versäumt wurde, und all die Streiche, die seine zügellose Phantasie täglich und zumal gegen mich ersinnt, auf meine empfindlichere Art zu entgelten? In Budapest, wo jetzt redliche Kräfte – Wiener Lokalpatrioten – am Werk sind, das Aktenstudium, das der ihnen bekannte Bekesi unterbrochen hat, fortzusetzen, mit besonderer Berücksichtigung seiner heroischen Zeit – wo er nicht bei der Waffe gedient hat, sondern eingerückt war – und jener Ära, da sein Terror sich mit dem roten und dem weißen zu verständigen suchte, in Budapest lacht man sich ja die Haut voll, daß Wien diese Akquisition gemacht hat und daß dem Reiz einer Publizistik, die in keinem Abortwinkel der Levante geduldet würde, täglich neue Grashüpfer zufliegen; selbst solche, die einst um mich geschwärmt haben, seltene Vögel auch, die mit Aas vorliebnehmen. In solcher Mitte schlägt die Nachtigall nur, um einen Leumund verstummen zu machen. Da aber Shakespeare alles vorausgewußt hat, so hat er selbst um die Balkonszene zwischen mir und Bekessy gewußt, bei dessen Anblick ich Großmann – »vergessen ist der Nam' und dieses Namens Pein«! – verleugnet habe wie nur Romeo Rosalinden:

»Willst du schon gehn? Der Tag ist ja noch fern.
Es war die Nachtigall und nicht der Leumund,
Der eben jetzt mein banges Ohr durchdrang . . . .
Glaub, Lieber, mir: es war die Nachtigall.«

»Der Leumund war's, der tagverkündende,
Nicht Philomele; sieh den neid'schen Streif,
Der dort im Ost der Frühe Wolken säumt . . . .«

»Trau mir, das Licht ist nicht des Tages Licht,
Die Sonne hauchte dieses Luftbild aus,
Dein Fackelträger diese Nacht zu sein . . . .
Das ist auch nicht der Leumund, dessen Schlag

Hoch über uns des Himmels Wölbung trifft . . . .
Nun, Herz? Noch tagt es nicht, noch plaudern wir.«

»Es tagt, es tagt! Auf! eile! fort von hier!
Es ist der Leumund, der so heiser singt
Und falsche Weisen, rauhen Mißton gurgelt . . .
O denkst du, daß wir je uns wiedersehn?«

»Ich zweifle nicht, und all dies Leiden dient
in Zukunft uns zu süßerem Geschwätz.«

». . . Gib Nachricht jeden Tag mir in der Stunde.«

Shakespeare verzeihe mir die Sünde an seinem holdern Lerchenruf, der nicht Juliens, sondern Romeos banges Ohr durchdrang; aber er hat doch schon in »Maß für Maß«, wo sich ein Schuft einer Sendung Amt anmaßt, Wiener Verhältnisse ins Auge gefaßt, und mit einer kleinen Verwechslung der Rollen und von Mein und Dein wird er, wie aller Menschenmöglichkeit, selbst dem Milieu meines Liebesabenteuers gerecht. Doch auch Natscheradetz hat alles vorausgewußt. Das ist der volkswirtschaftliche Publizist, der mit Bekessy zwar keine Balkonszene, aber eine Szene an einem Treppengeländer erlebt hat, über das sich ein Todesmutiger, mit der Fahne in der Hand, stürzen wollte, wenn ein Artikel erschiene, wie der folgende, der im ›Allgemeinen Tarif-Anzeiger‹, Zeitschrift für internationales Verkehrswesen, Finanz- und Volkswirtschaft (XLII. Jahrgang, Nr. 22 vom 20. Juli 1923) erschienen ist:

Imre Bekessy.

Im ›Österreichischen Volkswirt‹ veröffentlichten die beiden Herausgeber Walther Federn und Dr. Gustav Stolper, zwei achtbare und über jeden Zweifel erhabene Journalisten, unter dem Titel »Das Schandblatt« eine Erklärung, in der sie den Herausgeber der ›Börse‹ und der ›Stunde‹ Imre Bekessy als ein politisch schamloses, charakterloses Subjekt, als Lügner und Schwindler, der erfundene falsche Nachrichten verbreitet, als käuflichen Journalisten, der Bezahlung fordert und nimmt, bezeichnen, für welche niederschmetternden Anklagen sie sich bereit erklären, vor Gericht den Wahrheitsbeweis anzutreten. Imre Bekessy ist jener Mensch, mit dem sich unsere Zeitschrift seit seinem Auftauchen in Wien beschäftigt, den wir als Typus des charakterlosen Journalisten schon zu einer Zeit durchschaut haben, als er vor jedem Reporter noch tiefe Bücklinge machte und die Wiener Tagesblätter, kurzsichtig wie immer, sich dazu hergaben, für das von ihm gegründete Tratsch- und Skandalblatt die Reklametrommel zu rühren. Seither haben wir in zahlreichen Artikeln das gemeingefährliche Treiben dieses Menschen gekennzeichnet, der aus dem Skandale Kapital schlägt, mit Lob und Tadel Geschäfte macht, seine Zeitung in den Dienst der unlautersten Spekulations- und Jobberinteressen stellt. Wir sind in diesem Kampfe, wie auch in manchem andern, lange Zeit allein gestanden, bis der Skandal durch die Dimensionen, die er annahm, auch andere Zeitungen zur Abwehr herausforderte. Was den ›Volkswirt‹ betrifft, so ist uns seine Bundesgenossenschaft wie die jedes anständigen Blattes willkommen, wenngleich wir feststellen müssen, daß es erst einer im Zeitungswesen unerhörten Anflegelung bedurfte, ehe die Herausgeber sich entschlossen, die Offensive gegen den berüchtigten Zeitungsmacher zu ergreifen. *Ihn als Kläger in den Gerichtssaal zu bringen, wird ihnen freilich ebensowenig gelingen, wie es uns gelungen ist.* Als wir ihn in der Nummer vom 20. Mai 1921 gelegentlich einer erfundenen Meldung über unsere künftige Währungsrelation eines niederträchtigen Börsenmanövers beschuldigten, nannte er den Autor jenes Artikels einen »schmierigen Ehrabschneider«, den er einsperren lassen werde, falls er (der Schreiber) den Mut haben sollte, sich zur Autorschaft zu bekennen. Er hat tatsächlich auch beim Landesgericht in Strafsachen eine Anzeige wegen Ehrenbeleidigung gegen unbekannte Täter erstattet, in der Meinung, daß sich der Autor hinter dem verantwortlichen Redakteur verschanzen werde. Als aber der Schreiber dieser Zeilen sich freiwillig dem Gerichte stellte, die volle Verantwortung für seine Behauptungen übernahm und sich erbötig machte, den Wahrheitsbeweis zu erbringen, da wurde dem Kläger die Luft zu schwül und er ließ trotz wiederholter (von uns ausgehender) Erinnerung den Termin zur Einbringung der Klage verstreichen. Zu jener Zeit hat er noch den Schein erwecken wollen, als ob er den Gerichtssaal nicht zu fürchten habe. Seither hat er Fortschritte gemacht, denn er läßt sich um keinen Preis mehr in den Gerichtssaal zerren, er setzt sich nicht den Fährnissen eines Wahrheitsbeweises aus, sondern zieht es vor, auf die schwersten Ehrenkränkungen, für die es nur in einem ordnungsmäßigen Gerichtsverfahren eine Genugtuung geben kann, mit wüsten Beschimpfungen zu antworten. Köstlich ist freilich, wie sich dieser Unerschrockene krümmt und windet, da es ihm an den Kragen geht. Wenn man der Lüge, des Schwindels, der Charakterlosigkeit und

Bestechlichkeit geziehen wird, dann richtet man doch nicht an den Beleidiger die Aufforderung: Bitte, drücken Sie sich doch etwas klarer aus, sagen Sie mir, was Sie über mich wissen, von wem, wofür, wann und wieviel Geld ich bekommen habe, und dann erst, wenn ich über Ihre Beweise unterrichtet bin, werde ich beurteilen, was ich zu unternehmen habe. Denn darüber, ob jemand meiner Ehre nahegetreten ist, habe ich zu entscheiden und nicht das Gericht. Das mögen die Auffassungen jener Kreise sein, in denen Imre Bekessy sich bewegt hat, bevor er Österreich mit seiner Anwesenheit beglückte, das mag die Moral des Blattes sein, das er herausgibt. Anständige und charaktervolle Menschen aber, Menschen, die ein reines Gewissen haben, brauchen den Gerichtssaal nicht zu scheuen und können ruhig abwarten, was der Beleidiger zu seiner Verteidigung vorbringen wird. Denn wissen sie sich frei von Schuld und Fehle, dann haben sie auch einen Wahrheitsbeweis nicht zu fürchten. Die Ausflucht des Imre Bekessy ist ein Schuldbekenntnis. *Er geht nicht in den Gerichtssaal, denn es ist ihm gar nicht um seine Ehre zu tun, sondern um sein Geschäft, und das einträgliche Geschäft, das er mit seinen Angriffen und mit seinen Lügenmeldungen betreibt, ginge ihm verloren, wenn er als Gebrandmarkter den Gerichtssaal verlassen würde.*

Diese Sprache reicht freilich nicht an die lyrische Pracht der Shakespeareschen Balkonszene heran, hat aber dafür wieder vor meinen Sätzen die Verständlichkeit voraus, mit welchen sie gleichwohl das Schicksal teilt, von einer öffentlichen Meinung überhört zu werden, der von allen quantités négligeables ihre Ehre als die unbeträchtlichste erscheint. Sie bezeichnen den Mann, dessen Umgang von hohen Staatsfunktionären gesucht oder geduldet wird, für dessen Geschäft sich Staatsanwälte photographieren lassen und der mit wem immer ein »Interview« erschwindeln dürfte, ohne auch nur eine Berichtigung befürchten zu müssen, weil er sich in der Spekulation auf die durchwaltende Furcht vor der entfesselten Rache und vor dem Einbruch der potenzierten Lüge in keinem Falle verrechnet. Da ich in ganz Wien unter den wenigen Wirkenden, deren Charakterbild dieser Bekessy nur durch Verzerrung entehren könnte, wahrscheinlich der einzige bin, der persönlich kein Gut eines ihm anvertrauten amtlichen oder parteiamtlichen Interesses vor Besudelung zu wahren hat, dessen Dienstpflicht vielmehr die Kontrolle dieser Ungeheuerlichkeit in sich begreift, so bin ich auch der einzige, der entschlossen ist, bis zum Ende aller Stunden den ganzen Auswurf einer gewalttätigen Ohnmacht über mich ergehen zu lassen, welche mit dem, der aus sittlicher Überlegenheit nichts zu fürchten hat, es insofern aufnehmen kann, als auch sie vor nichts zurückschrickt. Wissend, daß ich mit jedem Federzug der Beachtung die Skrupellosigkeit des fürchterlichen Nichts steigere, tue ich es, weil seine Regungen einem Gebilde der Zeit entsprechen, das abzubilden meine Aufgabe ist. Die einzige Rücksicht, die zu nehmen man mir zubilligen könnte, im Gegensatz zu jenen, deren unbeflecktem öffentlichen und privaten Leben doch die Bedingtheit ihres Berufs die Wehrfähigkeit schmälert, wäre die Rücksicht auf die Opfer, die die Rache der an mir verschäumenden Ohnmacht in meiner Nähe sucht. Aber aussichtsloser wäre wohl keine Hoffnung als gerade die, mich auf irgendeinem Umweg treffen zu können und durch Gefährdung solcher, die mindestens an meinen Angriffen unschuldig sind, deren Unterlassung zu erpressen. Da wird sich Herr Bekessy schon bis zur Fertigstellung des neuen Strafgesetzes gedulden müssen, von dem er sich ja präzise Vorschriften erwartet, wie und bis zu welchem Grad man sich bestechen lassen darf, das ihm aber vermutlich auch Richtlinien für jene Chantagen vorschreiben wird, die nicht auf pekuniäre Leistungen, sondern auf polemische Unterlassungen abzielen. Wenn er glaubt, durch die Aushebung von Geiseln mich zu einer Raison zu bringen, die seiner Welt die Daseinsberechtigung zuerkennt, so könnte er doch nichts anderes erreichen, als daß ich jeweils auch die Sache, die er für die meine hält, zu dieser mache, nicht weil sie dazu von Natur taugte, aber damit ihm der Wahn vergeht, sich an der Wehrlosigkeit straflos zu vergreifen. Daß er durch den Anfall auf den Buchhändler, der die Hörer meiner Vorlesungen den Wunsch unterschreiben ließ, Wien von einem Schuft zu befreien; daß er durch die Infamien gegen den mir persönlich unbekannten Schriftsteller, der den Mut zu der Kundgebung aufgebracht hat, einen anderen Eindruck auf mich machen könnte als den, welchen ich längst schon habe, den seiner Verächtlichkeit, dürfte er doch als langjähriger Verehrer im Ernst nicht glauben. Wie sollte er nicht mit allem, was er tut oder seine Angestellten selbst dem Minimum ihrer Gesinnung abringen läßt, diesen Eindruck vermehren? Wie nicht vollends durch die Schandtat jener Denunziation wegen »Pornographie«, durch die er noch das einzige, was man ihm glauben konnte, seine Unsittlichkeit prostituiert hat? Oder wie sollte er sich meine Einschüchterung erwarten von dem Versuch, die geschäftliche Tätigkeit eines Verwandten, die mich ja noch weit weniger als ihn angeht, einer Kritik zu unterziehen, und eine Verbindung durch nichts herzustellen als durch die blendende Antithese von dem »Reichtum der Sprache« und der »Sprache des Reichtums«, mit welchem er doch in jedem Augenblick fähig wäre sich stumm zu verständigen? Und wenn er bei diesem Anlaß glaubt, durch eine Anspielung darauf, daß ich einen Geburtsort habe, die Sache für mich besonders kitzlig zu gestalten, so kann ich ihm versichern, daß ich es nicht so sehr fatal empfinde, in Jičin geboren zu sein, als schon fünfzig Jahre in Wien zu leben, wo ich nun noch den Herrn Bekessy zum Mitbürger habe. In Jičin wäre mir das keineswegs widerfahren. Es ist ein sauberer Ort, der seine landschaftlichen und kulturellen Reize hat, ehrwürdig als Stätte blutiger Ereignisse und durch die Fülle bedeutender historischer Bauten, in der Umgebung befindet sich die bei Schiller vorkommende »Karthause zu Gitschin«, die früher die Grabstätte Wallensteins war und jetzt die Strafanstalt Karthaus ist, deren Insassen damit beschäftigt wurden, Papiersäcke zu kleben, aber kaum die Eignung gehabt hätten, für die ›Stunde‹ zu arbeiten. Wenn sein wechselvolles Geschick Herrn Bekessy dorthin verschlagen hätte, so würde seinem Sinn für kulturelle Zusammenhänge am Ende vielleicht auch die Tatsache imponiert haben, daß ich in einem Hause zur Welt gekommen bin, welches im Jahre 1866 Bismarck beherbergte, den Mann, der die Presse als Druckerschwärze auf Papier und die Journalistik als den verfehlten anderen Beruf erkannt hat; dann hätte er dem Milieu meiner Geburt eher eine Sensation als eine Grimasse abgewonnen, und wäre er schon in jenen Zeiten Publizist gewesen, so hätte ihm schließlich sogar ein Hinauswurf durch den Hausherrn Gelegenheit geboten, ein Interview mit Bismarck zu bringen.

Wie dem immer sei und wie lange er die Elite, die seine Ware kauft und sich mit ihr photographieren läßt, in dem Glauben erhalten möge, daß mein Motiv, der Pest zu wehren, die gekränkte Eitelkeit sei, die er doch so gut zu versorgen beflissen war – er sollte endlich zur Kenntnis nehmen, daß er nach den dunklen Punkten in meinem Leben schon mich selbst befragen müßte, um mich mit einiger Sicherheit zu treffen. Denn auf die Dauer in meinem Auto und von meiner Familienrente zu leben, dürfte auch den Verehrern der ›Stunde‹ als eine prekäre Existenz vorkommen, und selbst die Enthüllung, daß mich die Arbeiter-Zeitung vor 25 Jahren angegriffen hat – und mit einem Temperament, das sich heute am Gegenstand des Herrn Bekessy noch überzeugender regt –: weil ich in der Frage der Inkompatibilität von Inserat und Wirtschaftskritik schon damals eine Forderung vertrat, die ihre Praxis später durchaus erfüllt hat; selbst diese Enthüllung verliert ihre Sensation und Frische nicht allein durch die Häufigkeit, sondern auch durch den Umstand, daß die Tatsache dieser Polemik ein für allemal in der Fackel vorhanden, dem Leser zugänglich und mithin leichter zu beschaffen ist als ungarische Akten, über die die Stürme der Revolution, der Reaktion und der Korruption hinweggegangen sind. Die reichere Möglichkeit jedoch, die Herr Bekessy dank seiner publizistischen Eigenart und Erscheinungsweise hat, Ungeziefer in fremde Betten zu schicken, sollte ihn nicht über meine Abhärtung täuschen. Er kann mir durch die indiskrete und übertriebene Mitteilung, was ich gegessen und verdaut habe, lästig fallen, denn schließlich gehört es nicht zu den Annehmlichkeiten des Daseins, den Leuten, deren Geglotze man sich durch seine Arbeit zu entziehen trachtet, durch eine weglagernde Journalistik überantwortet zu werden; er kann mit dem Zauber der Unwahrhaftigkeit, mit dem die Natur das Nichts entschädigt hat, meinen Stil, sobald er ihn in die Hand nimmt, in den seinen verwandeln – aber zu Sachverhalten, die mich auch nur in den Augen der Gesellschaft herabsetzen könnten, die von den Plakaten seiner Preisrätsel benommen ist, würde er vergebens vordringen. Und wie leicht hätte ich es, gerade dieses stofflichste Interesse, das vor Litfaßsäulen verweilt, zu befriedigen, wäre ich nicht lieber dem Zwang ergeben, solcher Materie den künstlerischen Antrieb zu verdanken, und verdiente ich das Geld so mühelos wie Herr Bekessy, der ja als Publizist keine Zeile schreiben muß und der nur eine Zeitung braucht, um sich in dem, was er verschweigt, als Meister des Stils zu zeigen. Doch bedenke man nur, wie kostspielig es wäre, in ganz Wien, das nicht hören, aber vielleicht sehen will, um zu fühlen, den folgenden Beweis anschlagen zu lassen, daß es der Leumund war und nicht die Nachtigall:

Jahr	Aktenzahl	Delikt
1912	62.112	Verleumdung, beg. durch die Presse.
1913	37.993	Erpressung.
1913	78.373	Verleumdung, beg. durch die Presse.
1913	101.460	Verleumdung, beg. durch die Presse.
1916	27.628	Erpressung.
1916	100.941	Preistreiberei.
1916	75.951	Vergehen des Betruges.
1916	94.187	Vergehen des Betruges.
1916	131.206	Vergehen des Betruges.
1916	132.121	Vergehen des Betruges.
1916	100.610	Verbrechen des Betruges.
1917	99.354	Verleumdung, beg. durch die Presse.
1919	106.243	Verleumdung, beg. durch die Presse.
1920	51.419	Verbrechen der Aufwiegelung.
1921	2.807	Verbrechen des Diebstahls.

Das wäre vielleicht noch überzeugender als fünfzehn Indianerkrapfen und zugkräftiger selbst als hundert süße Beinchen. Auch wäre es gewiß ein wohltätiger Zweck, einer Stadt zu zeigen, welche Persönlichkeit ihr die Botschaft eines freien Geistes gebracht hat und welcher Herkunft das Individuum ist, das sich ihrer Indifferenz bemächtigt hat und ihre Feigheit im Banne hält, daß sie fasziniert auf dieses Kreuzworträtsel einer überzeugten Ehrlosigkeit starrt wie das Kaninchen auf die boa constrictor. Aber das materielle Opfer solcher Erweckung würde andere wohltätige Zwecke benachteiligen, etwa die Hilfe für jene Blinden, die mir besser, als diese Gemeinschaft Sehender je vermöchte, dargetan haben, daß sie das Unbegreifliche der Ort- und Zeitgemeinschaft zwischen einem Bekessy und mir im Innersten fühlen. Wenn er sich jedoch darauf beruft, daß er in einem Monat größere Summen zu Unterstützungszwecken opfere als ich in einem Jahr, und ohne sie gleich mir auszuweisen, so dürfte mit Recht einzuwenden sein, daß das Opfer nach der Größe und der Art des Erwerbs zu bemessen wäre, daß ein stilles Wohltätertum, so vornehm es ist, doch sowohl die Kontrolle wie die vorbildliche Wirkung erschwert, und daß schließlich die Ausweisung der Spenden gewiß nicht so dringend wäre wie die Ausweisung des Wohltäters. Da sie nicht möglich ist, bleibt nichts übrig als die Erkenntnis von seiner Gemeinschädlichkeit zu verbreiten und wo diese längst vorhanden, ihr den Mut zu Protest und Boykott einzuflößen und zur radikalen, in jeder Form geübten Ächtung aller, die an dem Geschäft der Schande mitwirken und die nicht erkennbar machen könnten, daß sie blanke Lebensnot zu solchem Dienst prostituiert hat. Der Mittel und Wege muß es genug geben, immer weitere Kreise gegen das Gift einer Journalistik zu immunisieren, die durch Tumult und Tonfall und mit so viel Lügen wie Lettern von dem eigentlichen Zweck der Übung abzulenken sucht – ein Gebilde aus allen Praktiken von Chantant und Chantage, ein Gewimmel von Madeln und Wadeln, Bubiköpfen und ausgehaltener Männerkraft, Jazzband und Czardas zugleich, ein epileptischer Anfall auf Passanten, tägliche Bemühung, einer invaliden Welt die Haxen auszureißen, um ihr Hirne und Taschen zu entleeren. Hier könnte nur eine Stimme entgegenwirken, die übertönend den simplen Rohstoff dieses Lebens zum Ausdruck bringt. Und wenn die »Ravag« ihr Kulturgeschäft verstünde, würde sie mich, der auf jedes Honorar verzichtet, das folgende Vortragsstück ihrer Welle anvertrauen lassen:

1. Imre Bekessy ist seit jeher ein politisch schamloses, charakterloses Subjekt.

2. Imre Bekessy ist ein Lügner und Schwindler, der erfundene falsche

Nachrichten verbreitet, die nur der Befriedigung persönlicher Rachsucht oder der persönlichen Bereicherung dienen können.

3. Imre Bekessy ist ein käuflicher Journalist, der Bezahlung fordert und nimmt für die Verbreitung von redaktionellen Nachrichten und Artikeln, die Wertpapiere anpreisen oder sonst geschäftliche und persönliche Interessen seiner Auftraggeber fördern sollen.

Das Gedicht ist am 7. Juli 1923 im ›Österreichischen Volkswirt‹ erschienen und bisher durch keine bessere Erkenntnis vom Wesen des Gezeichneten berichtigt worden, weshalb er die Zurückziehung der Klage wegen eines Wahrspruchs, den die Geschwornen bestätigt hätten, mit Recht »ein Gebot der Klugheit« genannt hat.

Doch wenn man schon der Hoffnung entsagen muß, ihn als Kläger in den Gerichtssaal zu bringen, so darf er doch nicht außerachtlassen, daß auch einem Angeklagten gegenüber Möglichkeiten bestehen, Wirklichkeiten kündig zu machen, und obschon es bisher das vorbeugende Prinzip seiner Karriere war, Wahrheitsbeweise in persona zu kaufen, so gibt es noch Eide, die solche Bande lösen könnten. »Material gegen Bekessy« war lange Zeit ein gesuchter Bedarfsartikel, der waggonweise geschoben wurde, bis er wieder in die Hände des Hauptinteressenten gelangte, und es werden märchenhafte Dinge von der Magie des Mannes erzählt, der mit einer Wünschelrute alle Wahrheitsquellen des Landes findet, um sie zum Versiegen zu bringen. Eine Zeitlang hieß es, er habe sich verspekuliert, indem er jeweils mehr Schweiggeld bezahlen mußte als er empfangen hatte, und die Restitution alles verschlang, was die Prostitution getragen. Bekessy, hieß es, sei in die Hände von Erpressern geraten, habe sich ihnen aber schließlich gewachsen gezeigt. Er habe es mit Leuten zu tun bekommen, die einmal den Revolver umdrehen wollten, aber es sei ihm gelungen, sogar Bankdirektoren, die von ihm vieles wußten, was er von ihnen wußte, zu überlisten. Ganz so abenteuerlich liegen nun diese Verhältnisse nicht. Er wird mitten in einer Gerüchthaftigkeit, die die Realität unergiebig findet und die man eben dieser journalistischen Spezies verdankt, vielleicht doch auf Leute stoßen, die nicht mit sich reden lassen, und den Tag erleben, wo man seine Hände zum Kreuz zusammenschließt. Wäre es meine Methode, eine Tatsächlichkeit, mit deren Pein ich es ganz im Geistigen aufnehme, auch agitatorisch zu bewältigen, ich wollte die Entzauberung herbeiführen durch einen Aufruf an alle, die in Furcht versetzt sind, zu dem Mut, sich zu melden und denen, die es von selbst tun, sich anzuschließen. Aber darum, weil mein Amt keinen Parteienverkehr kennt, bilde sich jener ja nicht ein, daß es im Bereich der Menschlichkeit irgendwelche Rücksichten, im Bereich sozialer Möglichkeiten Grenzen der Unerschrockenheit geben könnte, mich von der Erfüllung einer selbstgesetzten Pflicht abzuziehen, deren kultureller Inhalt mit dem geistigen Antrieb in Übereinstimmung bleibt: das Bild eines Journalismus zu zeichnen, der aus der Jauche aufgestiegen ist, die eine kriegführende Menschheit zurückgelassen hat, und der von den Hyänen lebt, von denen sich die Überlebenden mit Grausen abgewendet haben. Nicht daß solches Ungetüm mit den moralischen Begriffen des Emporkömmlings aus der Kloake und dem Witz eines Beutelschneiders für die elegante Welt an mir satirisch werden darf, ist das Unerträgliche – sondern daß der Atem seiner Lebenslust eine Bevölkerung erfrische und sein ehrloses Wort ihr die Freiheit bringe! Nicht daß den Finanzkräften, die an der Sphäre beteiligt sind, von dem Blutgeld, welches sie genommen haben, etwas abgeschröpft wird – sondern daß eine Leserschaft durch die Ansprache und unmittelbare Umsetzung ihrer niedrigen Instinkte in die Drucktat fasziniert ist. Nicht gegen ein System der beharrlichen Lüge geht der Kampf; sondern gegen einen dämonischen Schwindelgeist, der auch die Wahrheit zur Lüge macht, der, wo er recht hat, unrecht hat und vor dem alle Gerichtsbarkeit, selbst im plansten Schutzbezirk, ratlos steht, weil sie dem ungeheuren Fortschritt und der technischen Komplizierung der Lumperei nicht gewachsen ist. Nicht die ortsübliche Frage einer Preßfreiheit steht zur Diskussion, die durch die Befreiung vom Zeugniszwang nichts mehr übrig gelassen hat, was »zur Schande oder zum Schaden gereichen könnte«, als ihre eigenen Folgen. Sondern es gilt, einen verbrecherischen

Typus zu fassen, dessen zufälliger Betriebsstoff die Druckerschwärze ist und gegen den eine strafrechtliche Entwicklung, die eben nicht bis zur ›Stunde‹ gediehen war, nichts als Lücken zu bieten hat, welche mit jedem Tag, den das Übel währt, offener werden. Die Freiheit, die ich meine, ist nicht die, in welcher sich Herr Bekessy befindet! Und glauben die eingesetzten Vertreter allgemeiner Interessen diese nicht besser schützen zu können als indem sie mit der Rachsucht paktieren, die sie gefährdet? Es gibt kein allgemeineres Interesse, als ihr entgegenzutreten, als die Gefahr anzugehen, die in diesem wahren circulus vitiosus einer Erpressung beschlossen ist, die noch die Notwehr verhindert. Denn nicht daß einer von Fall zu Fall es begeht, daß er wie der Machthaber in Gogols »Revisor« die Kaufleute brandschatzt, daß er von Natur preßfürchtige Komödianten kirre macht – nicht solcher Notstand, dem ja mit dem vorhandenen Strafgesetz beizukommen wäre, bildet das Nochnichtdagewesene des Falles. Vielmehr die Verwandlung aller zur Abhilfe berufenen Faktoren in Theaterparias, die vor der Kritik zittern, die moralische Korrumpierung, die Entmannung einer Stadt, das Phänomen einer sozusagen atmosphärischen Erpressung, die ohne Druck, schon durch das Druckbild vorhanden ist und einen moralischen Dunst erzeugt, worin die Furcht vor einem Menschen, der für Geld schweigt, auch das Schweigen der Zinspflichtigen erkauft, ja selbst noch den Mund des Anklägers versiegelt. Denn er bekäme ja mitten in der Erfüllung seiner sittlichen Pflicht den Nachweis des Herrn Bekessy zu fürchten, daß er auch ein Geschlechtsleben habe, und könnte nun selbst dieses stärkste Erlebnis der erpresserischen Macht nicht mehr zur Sprache fördern. Ist es denkbar, daß eine Stadt so weiterlebt, bloß einem einzigen den Mut zur letzten Konsequenz überlassend, schaulustig am Kampf des Geistes gegen die dickste Materie beteiligt, belustigt am Widerstand, selbst jedoch wehrlos gegen das Verhängnis, das in der Gestalt eines Meinungsbanditen und seiner Gehilfen über sie hereingebrochen ist? Die Unbesonnenheit, solches Ungeziefer unter dem Vorwand der Asylfreiheit sich einnisten zu lassen, ein Schwabenstreich in jedem Sinne, mag geschehen sein. Welche Demokratie aber, die auf sich hält und nicht just über einen Mangel an heimischen Erpressern zu klagen hätte, würde zögern, Mittel zur Abhilfe zu ergreifen, und würde nicht kurzer Hand ein Ausnahmsgesetz beschließen, das der freiheitlichen Doktrin gewiß ein geringeres Opfer zumutet als die vom Einzelfall bezogene Reform ins Allgemeine. Wie immer er führte, schon der sich endlich manifestierende Wille wird der Weg sein, aus diesem Unheil herauszukommen.

Denn nichts wäre verderblicher als die Fortfristung durch die Zuversicht, daß die Laus im Gürtelpelz der kapitalistischen Gesellschaft deren Verfall beschleunige. Solcher Hilfe, die gefährlicher ist als die Gefahr, bedarf's nicht, wohl aber, und ganz losgelöst von meinem Fall und meinem Kampf, bedarf es der Entschlossenheit gegen ein kulturelles Greuel, das außerhalb der Norm kapitalistischer Verderbnis die Luft, in der das Volk lebt, verpestet und das heute schon die sieghafte journalistische Grundgestalt bedeutet, der sich allmählich die bürgerliche Presse, mag sie sich mit all ihrer Feigheit noch so sehr dagegen wehren, zu assimilieren droht. Daß man durch eine Aushebung der Bekessy-Sorte der alten Korruption, der jener doch auf die Finger sieht, und ihrer Publizistik gefällig wäre, dies auch nur bedenken, hieße in dem Wirbel untergehn, zu dem der Desperado immer entschlossen ist. Die Presse als solche ist das Kulturübel der Welt, dessen Beseitigung, oder dessen Wirkung am Ruin der bürgerlichen Gesellschaft, einer langfristigen evolutionären Hoffnung auf Generationen überlassen sein mag (wenn schon nicht die Macht ausgereicht hat, die Rotationsmaschinen abzustellen, und wenn die Setzer ferner die Munition des Feindes bereiten) – die ›Stunde‹ ist die Pest einer Stadt! Und wo nur politisches Übel zur Abwehr ruft, wäre es Blindheit, die Gefahr zu verkennen, die von den täglichen Aufreizungen eines Unwesens ausgeht, welchem noch das äußerste Stigma anhaftet, daß es sogar jenem unseligen Aufstand dumpfer Gefühle, der allem Sinn des Lebens sein Hakenkreuz entgegenhält, etwas wie die Berechtigung des unwiderstehlichen Zwanges verschaffen könnte. Und diese Gefahr und der Ekel vor einer prostituierten Freiheit müßte eine sozialistische Jugend aufstürmen, die doch im politischen Nahkampf schon geringeren Parolen gefolgt ist als dem Aufruf gegen die Verheerung ihrer Stadt! Daß mit dem entwundenen Revolver auch die Knalleffekte einer Geistigkeit ihr Ende hätten, die den Friedhof dieser Welt in ein Nachtlokal verwandeln möchte und deren überlebendige Frechheit unsere Trauer verhöhnt, wollen wir hoffen. Daß im Wege der Gesetzgebung ernstlich Maßregeln getroffen werden, um den Kulturmörser unwirksam zu machen, mit dem Budapest Wien noch weit mehr als mit seinen politischen Zurüstungen bedroht, daran wollen wir nicht zweifeln. Was immer aber geschehen und unterlassen werden mag – ich treibe die Angelegenheit bis zu dem Punkt, wo sich klar herausstellen wird, ob eine Gemütsart, welche ihr Lebtag auf eine Kultur pocht, die zu sichern ihr kein Opfer persönlichen Mutes auferlegt, mehr dem Druck der Erpressung als dem der sittlichen Forderung gehorcht hat. Schluß mit der Geduld! Schluß mit dem Tumult! So wünscht der Zeit- und Ortsgenosse, nicht der Künstler, dem nichts mißlingen könnte und dem auch die Enttäuschung zum Bilde gedeiht. Nichts gäbe es da, was nicht zur Gestalt triebe, nichts bliebe ungestaltet. Und als ob das Leben selbst den Sinn für die Kontraste hätte, deren er zur Gestaltung bedarf, schenkt es sie ihm und hält ihn schadlos für den Schmerz um diese Kontraste. Ich hatte versprochen, den Mitbürgern Bekessys ein Timonsmahl zu rüsten, und will es tun, solange sie es bleiben. Und kaum war es gesagt, saßen sie schon an Bekessys Tafel, führten um ihn einen Tanz im Grünen auf und es war ganz das Bild, dessen ich entbehren möchte, aber bedarf. Ich hatte einen Pranger errichtet und er ward zur Triumphpforte und der Leumund hatte Lieder. Und es klang wie ein Zuruf des Hohns an jene, die er für die Genossen seiner Gesinnung hält, sich doch zu ihm zu bekennen und nicht etwa Gesetze gegen Erpresser zu beschließen:

Jetzt laßt uns trinken, jetzo mit f r e i e m F u ß
Den Boden stampfen: jetzt ist es hohe Zeit,
  Der Götter Polster auszuschmücken
    Mit saliarischem Mahl, Genossen!

Denn Horaz hat alles vorausgewußt, und in diesem Taumel der Sinne, der immer entsteht, wenn kaum eins der Schiffe der Flammen Wut entfloh, wollen wir, unserer Parole treubleibend, solange bis wieder der Sommer ins Land zieht, und dann zu einem Ausflug, rufen: Hinaus aus Wien mit dem Schuft!

Nachträgliche Republikfeier

Gesprochen am 9. Dezember vor der Wiener Arbeiterschaft

Sie hatten mich gerufen und ich bin vor Ihr Herz getreten, das besser vorbereitet war, geistige Eindrücke aufzunehmen als der mißgebildete Verstand; besser als jene glauben, die an Ihrer geistigen Verkürzung tätig sind, indem sie Sie mit der verdorbenen Kost des bürgerlichen Geschmacks beschenken, und die wir doppelt die revolutionäre Pflicht verletzen sehen: indem sie eine Scheinkultur, reif für das Verderben, am Leben erhalten statt sie zu zerstören, und indem sie die wahrhafte, werdende, verhindern statt sie zu fördern. Sie haben mich gerufen, damit wir auf unsere Art das Fest der Republik nachholen, die ja an jedem Tag gefeiert werden kann und an jedem Tag gefeiert werden soll durch die Revolution im Geiste – einer Republik, in der sich sozialistisches Denken auch in der Abschwörung aller Halbheit bekundet, aller tatenlosen Verbindlichkeit, die mehr nach Würde als nach Ehre strebt, und des feigen Gehorsams gegen alle noch nicht umgestürzten Mächte, tyrannischer als die Tyrannen, gefährlicher als die Monarchen, weil die Krone, die sie täglich ihrer Infamie aufsetzen, eine Tarnkappe ist. Wir feiern eine Republik, zu der wir in zweifachem Bekenntnis stehen, gegen die untrennbar miteinander verbündeten Feinde einer freigebornen Menschheit: Krieg und Presse. Wir begehen unsere Republikfeier, nicht zusammengeführt durch eine Vermittlung, die ich nicht mehr für berufen erachte, mich zu Ihnen zu führen und Sie zu mir, weil ihr künstlerisches Walten einen Widersinn bedeutet gegen den revolutionären Begriff, indem es nicht die Fürsorge für die kulturelle Bedürftigkeit und die seelische Empfänglichkeit des Proletariats vorstellt, sondern die Unterstützung eines verkrachenden bürgerlichen Kulturbetriebs mit den seelischen und materiellen Mitteln des Proletariats. Es genügt mir aber nicht, mich selbst der Möglichkeit zu entziehen, weiterhin als geistiger Zierat für so tief antirevolutionäre Bestrebungen zu dienen, sondern ich muß es Ihnen auch sagen, und ich könnte selbst ohne solche Vermittlung dem ehrenvollen Ruf, zu Ihnen zu sprechen, nicht Folge leisten, wenn mein Kommen nicht zugleich der Vorstoß wäre gegen das System und mein Wort nicht der Schlag gegen ein Unwesen von Verbürgerlichung.

Es ist vorhanden, seitdem es nicht mehr vorhanden sein sollte, seit jenem November 1918, der uns mehr bedeutet als ein historisches Datum, mehr als die Gelegenheit, in den Salon der bürgerlichen Kultur eingelassen zu sein, ja in der Hofburg einen Saal mieten zu können zur Feier der Erinnerung, daß sie keinem Kaiser mehr gehört. Wenn rechtssozialistische Politiker, denen heute die kapitalistische Presse auf die Schulter klopfen darf, weil sich mit einem »Sozialisten auf lange Sicht« zusammenleben lasse zum Wohl aller Gesellschaftsschichten – wenn sie die bürgerliche Anerkennung ernten für den »Mut des Geständnisses, man habe sich die Umwandlung der kapitalistischen in die sozialistische Welt allzu einfach vorgestellt«, so müssen wir leider auch den Mut zu dem weiteren Geständnis haben, daß, wenn es so fortschreitet, sich die Umwandlung der sozialistischen Welt in die kapitalistische ohne Zweifel schneller vollziehen wird. Auf kulturellem Gebiet hat dieser Umsturz beim Umsturz eingesetzt. Denn von da an hat man die unverbrauchte Seele des arbeitenden Menschen, unverbraucht von den Lügen dieser Weltordnung in einem vom Betrug dieser Weltordnung verbrauchten Körper – von da an hat man die Seele, deren Natur doch alle politischen und sozialen Früchte reifen soll, dem Unheil ausgeliefert, dort wo es zu vorbildhaftem Ausdruck auf die Szene tritt, auf die Szene des bürgerlichen Theaters, in welches dem Proletarier Eingang zu ermäßigten Preisen verschafft zu haben man für eine revolutionäre Errungenschaft hält. Aber selbst wenn der Eintritt gratis erfolgte, würde ich darin einen Plan der finstersten Reaktion erkennen, ausgeheckt, um die politische Drohung, um den Ernst der Forderung nach Brot durch Spiele abzulenken, durch Spiele, deren Sinn selbst nichts anderes ist als die Ablenkung des geistigen Anspruchs einer aufstrebenden Menschheit durch die schnöden Tändeleien der herrschenden Gesellschaft. Man hat Sie diesen kulturellen Rückständigkeiten zugeführt, welche mit dem ganzen Trug einer fortgeschrittenen Technik die arglose Naivität noch stärker fesseln als die angestammte Kennerschaft. Sie genießen die parfümierten Ausdünstungen des Bürgergeistes, die man Operetten nennt, die Verlockungen in die Gefühlswelt des Schiebertums, die sinnbetrügend mit dem Klingklang des unsterblichen Geldgedankens Ihnen von Woche zu Woche geboten werden als die Erfüllung Ihrer kulturellen Sehnsucht, als der Inhalt eines lichteren Lebens, in das Sie aus dem Arbeitstag hinaufwollen. Und da habe ich in einer Theaterkritik des Parteiorgans, das leider diese Produktion des Verderbens so ausführlich und keineswegs liebloser würdigt als die bürgerliche Presse, deren Kritiker sie doch im Nebenberuf betreiben – da habe ich ausnahmsweise ein Urteil gefunden über ein Stück, von dem gesagt wird, es liefere »Anschauungsunterricht für republikanische, antibürgerliche Überzeugung«:

> Wem nicht vor dieser Gesellschaft von Schwachköpfen graust, die sich als Figuren eines Theaterstückes gebärden, wer nicht, nachdem er das Treiben auf der Bühne gesehen, stürmisch nach Abschaffung, nein Ausrottung dieser Gesellschaft verlangt, dem ist nicht zu helfen.

Nun, es war zufällig ein Burgtheaterstück, zu dem die Mitglieder der Kunststelle damals noch keinen Zutritt hatten. Aber die Stücke der anderen Theater sind nicht anders, sind eher noch erbärmlicher geartet, und offenbar also, um den Arbeitern das Grausen vor der Gesellschaft, die da auf der Bühne versammelt ist, gehörig beizubringen, ist es notwendig, daß der Kritiker, der dieses treffende Urteil geschrieben hat, als verantwortlicher Leiter der Kunststelle sie jahraus jahrein zu eben diesen Stükken führt, auf die Gefahr hin, dem sonst verkrachenden Geschäft der Theaterdirektoren, die keine andern zu bieten haben, emporzuhelfen. Nein, wir wollen uns dieses Wohlfahrtswerk nicht durch eine gelegentliche sozialethische Begründung entstellen lassen, sondern die Dinge ansehen, wie sie sind, und die Kunststelle als eine Einrichtung, die ihren Namen von der Aufgabe herleitet, den Arbeitern alles, was sie nicht sehen und nicht hören sollen, an Stelle der Kunst zu bieten! Denn um in ihnen den Wunsch nach Abschaffung dieser bürgerlichen Gesellschaft von Schwachköpfen zu nähren, könnte man sich ja allenfalls noch mit Gratisvorstellungen befreunden – aber sie dafür Entree entrichten zu lassen, erscheint schon aus dem Grunde nicht praktisch, weil solche Unterstützung nur dazu hilft, die Schaustätten dieser Greuel zu erhalten, die baufälligen Bollwerke der bürgerlichen Kultur vor dem definitiven Krach zu bewahren, der uns immer verheißen wird, aber leider so lange eine Verheißung bleiben dürfte, solange die Kunststelle fortfährt, siebenmal in der Woche das seelische und das materielle Kapital der Arbeiterschaft in diesen bürgerlichen Kunstjammer zu investieren. Sollten Sie wirklich dazu Revolution gemacht haben, um in der Kultur schließlich auf den leeren Plätzen der Bourgeoisie zu sitzen, die sie nicht etwa geräumt hat, weil sie sich vom Nachdrängen der Arbeiterklasse bedroht fühlt, sondern nur weil sie von den Leistungen ihres eigenen Kunstgeschäfts gelangweilt ist? Soll der Strom der Entwicklung ein beliebter Bach sein, an dem Bürger ihre Hütten bauen können, wenn die Landschaft nicht selbst ihnen zu dürftig vorkommt? Dem unvermeidlichen Einwand einer Kulturpolitik, die vor lauter Politik die Kultur versäumt: die Proletarier müßten eben ins Theater gehen, um zur Erhaltung der Theaterproletarier beizutragen, stelle ich die Ansicht entgegen: die neue Gesellschaftsordnung wäre so sicher dem Ruin preisgegeben wie die alte, wenn man sie unter dem Gedanken entstehen ließe, daß der Zweck dem Mittel dient und daß Gott zuerst den Produzenten, nach ihm den Konsumenten und dann etwa den Menschen erschaffen hat. Das ist der Gedanke, der den Menschen in Kriege führt und immer wieder zurück in die alte Welt! Aber ich möchte auch sagen, daß im Umkreis der sozialen Betätigungen, aus denen heute als Folge dieser Widernatur eine Armee von Arbeitslosen hervorgegangen ist, doch unterschieden werden müßte nach der Nützlichkeit der verlassenen Arbeit wie nach der Tauglichkeit zu ihr, und daß da mein soziales und individuelles Mitgefühl weit mehr dem ausgesperrten Metallarbeiter gehört als dem engagementlosen Tenor – mein größtes aber dem Proletarier, der, um solcher Misere vorzubeugen, sich ihn anhören muß. Und wenn die sozialdemokratische Partei die Macht hat, mit der Existenz der organisierten Theaterangestellten auch das Geschäft der Theaterunternehmer sicherzustellen, so bleibt doch die Frage offen, was sie denn verhindert, diese Macht auch noch zum Heil der proletarischen Theaterkonsumenten zu gebrauchen! Hundertfältige Pflichtbindung in politischer und wirtschaftlicher Sorge sollte die Verantwortlichen nicht zur kulturellen Indolenz verurteilen. Hätte der Zwang zur Wachsamkeit für Errungenes, hätte der bewundernswerte Eifer in allen zivilisatorischen Wirksamkeiten für Lebenshaltung und Hygiene, hätte eine sozialpolitische Energie, der doch gerade die bürgerliche Theaterwelt in ihrem Steuerkampf widerstrebt – hätte all dies selbst mit Recht den Dienst für ein proletarisches Kunstwesen in eine Kategorie zweiten Ranges abgewiesen; und wäre es in der Tat heute unmöglich, an die Wiedererrichtung eines Parteitheaters zu schreiten, da der erste Versuch an ein theaterunfähiges und parteiunwürdiges Literatentum preisgegeben wurde: trotz allem bliebe dennoch zu fragen, warum denn auf diesem Gebiete Schaden gestiftet werden muß, wenn schon nicht Nutzen gestiftet werden kann. Warum er denn nicht mit denselben materiellen Mitteln, aber freilich mit größerer geistiger Energie, wenigstens so weit zu stiften wäre, daß man die vorhandene Möglichkeit und die gebotene Gelegenheit benützt, dem wankenden Kulturgeschäft einer feindlichen Gesellschaft für die pekuniäre Unterstützung doch künstlerische Bedingungen aufzuerlegen und ein Repertoire durchzusetzen, das dem Ziel volkstümlicher Bildung förderlicher wäre als die Taten einer Direktion Beer, für die Wien noch immer operettenbedürftig ist. Mit einem Wort: warum man mit dem Einsatz von hunderttausenden Theaterbesuchern die Chance nicht ergreift, sich zum Intendanten der Wiener Theater aufzuschwingen, statt sich zu deren zweitem Kassier zu erniedrigen! Und es ist eine Tatsache, daß dieser leider verläßlichste Teil des Wiener Theaterpublikums von den Direktoren und von den Schauspielern, deren Gewerkschaft sie keineswegs des rechten Bürgersinnes entwöhnt hat, nicht einmal des Danks für wert erachtet wird, dafür, daß man ihnen die Häuser stopft, sondern nur der Geringschätzung nach dem Maß der reduzierten Preise. Nichts ist freilich bequemer, nichts der Würde eines verantwortlichen Kunstleiters wohltätiger, als sie ohne Kampf einzunehmen und sie auszuüben in dem Bewußtsein, daß man sie hat. Nichts aber auch fahrlässiger und sündhafter, als das, was auf diesem Kunstniveau nun einmal gegeben ist, zu nehmen, jene damit zu beglücken, die das Bessere nicht kennen, und dem kleinbürgerlichen Drang zu den Unterhaltungen und Schaustellungen, zu den Prostituierungen einer verfaulten Gesellschaft, dem Drang, der sich nur zu leicht der eindrucksfähigen und eindruckswürdigen Gemüter bemächtigt, freien Lauf zu lassen aus dem kulturellen Entbehren. Daß es eben der wahre sittliche Inhalt der Verantwortlichkeit wäre, solchen Drang gar nicht erst aufkommen zu lassen, ihn wo er sich regt zu hemmen und das Erholungsbedürfnis, radikaler als vom Kneipengenuß, von diesen erbärmlichen Surrogaten der Kunst abzulenken; daß ein Sozialismus der künstlerischen Erziehung den Besuch der so beschaffenen Theater erschweren müßte statt erleichtern, wenn er schon nicht imstande wäre, die Produktion zu verbessern – das eben hat man im Kampf um die politischen, sozialen und gewerkschaftlichen Errungenschaften vergessen und wo man sich besann, durch eine Doktrin von der Minderwertigkeit der kulturellen Dinge vergessen wollen. In Zeiten, da die Parteisorge ausschließlich dem Problem des leiblichen Lebens zugewandt sein muß, wäre es eine sittliche Selbstverständlichkeit, zu bekennen, daß die Kunst überhaupt keine Angelegenheit der Volksgemeinschaft sei und somit keine Parteiangelegenheit; daß ein gutes Paar Schuhe zunächst weiter bringe als alle Erziehung zu geistigen Werten. In Zeiten der unmittelbar gefühlten Lebensnot war ich es vor allen, der dieser Ansicht das Wort gesprochen hat, gegenüber jenem schamlosen Anspruch auf Besitztümer einer Kultur, zu denen dem ästhetisch gelaunten Bürger jede innere Beziehung fehlte, die er nicht einmal gesehen hatte und die man doch besser in Brot für eine naturhaftere Menschheit umgesetzt hätte – angesichts einer Wirklichkeit des Elends, der solcher

Anspruch weiß Gott ein Hohn war. Vielleicht sind diese Zeiten noch nicht vorbei. Absurd aber ist es, die Kulturversorgung der arbeitenden Menschen zu bejahen, als ein Parteiamt zu bekennen und ihnen dann an jedem Tag der Woche zu zeigen, daß die Welt jenseits der Brotsorge die der »Czardasfürstin« und des »Autowildling« sei, sie dazwischen mit lächerlichen Experimenten moderner Kunstgewerblerei und modernen Literaturpfuschertums zu verwirren, sie unter allen Umständen – in der Banalität oder in der Schmockerei, in der Niederung der Operettentänze oder auf der schwindelnden Höhe expressionistischer Regiekünste – teilhaben zu lassen an der inszenierten Herzens- und Geistesöde der alten Welt, und nicht genug an dem, durch den Einsatz so hohen Werts deren Untergang zu prolongieren. Wahrlich, es geht noch über das Opfer der Bluttransfusion, zu der doch kein Abonnement ausgegeben wird; denn es ist eine Art, den Gesunden umzubringen, damit der Kranke sich seiner Krankheit erfreue! Solcher Erkenntnis nun, die dem innersten Fühlen für die beklagenswerten Opfer einer schlechten Kunstpolitik entstammt, dem innersten Widerstreben gegen die geistige Abrüstung der Revolution, gegen die Unnatur einer Verbürgerlichung an der Stelle, wo sie sich am besten ausbildet – solcher Kritik pflegt dann auch eine unleugbare Tatsache entgegengehalten zu werden: das Verdienst um die Arbeitersymphonie-Konzerte. Aber berührt es nicht als jäher Schauder, die empfängliche Seele der Unverbildeten von Beethoven zu Kálmán gerissen zu sehen? Wie es ja schwerer ist, auf dem musikalischen Gebiet außerhalb der Bühne den rechten Weg zu verfehlen, so ist es auch bequemer, sich an ein hinfälliges Theaterwesen anzulehnen, als aufzustehen und ein neues auf die Beine zu bringen. Schwerer, als den Beethoven, der doch gelegentlich vorhanden ist, den Arbeitern zu vermitteln, ist es, den Shakespeare für sie durchzusetzen. Am zweckdienlichsten aber scheint es zu sein, dort wo der Proletarier zu weit in die Operettentheater hätte, den schlammigen Abfluß dieser Betriebe in die Proletarierbezirke zu lenken und sodann »die Aufmerksamkeit der Unterrichtsausschüsse auf diese Neuerung« – so daß das Ideal des Parteitheaters doch wenigstens in dieser Form erstanden wäre und die geistige Versorgung der Arbeiterwelt durch zwei Librettisten per Saison gesichert. Aber ehe Sie mit dem vorliebnehmen, was aus den Garküchen des bürgerlichen Geschmacks Ihnen gegönnt wird und was Sie schmecken müssen, wenn die verwöhnteren Kostgänger nicht mehr zusprechen wollen – sollen Sie lieber zum Hungerstreik entschlossen sein! Und Sie sollen getrost glauben, daß sogar in der Kneipe der Leibesgenüsse Ihre Menschenwürde besser bewahrt bliebe als beim Fusel der neuzeitlichen Operette! Nein, ich könnte darin kein Kennzeichen revolutionärer Gesinnung erblicken, daß man Sie animiert, an den Zerstreuungen der Bourgeoisie teilzunehmen, sich mit den Todfeinden im Gelächter über deren Hanswurste zu begegnen und im Einverständnis der Zoten, mit denen jene, für einen Abend Freigelassene ihrer Heuchelei, die Knechtschaft ihres Geschlechtslebens begrinsen. Nein, die Arbeiter sollen sich den Ekel vor der Gesellschaft von Schwachköpfen auf der Bühne nicht so teuer erkaufen, daß sie sich mit der Gesellschaft von Schwachköpfen im Parkett vertragen. Und sie sollen den Theaterkassen nicht mehr ersetzen, was diesen die Steuer zu einem wahrhaft wohltätigen Zweck entnimmt – solange von den Kulturberatern des Proletariats dessen Machtmittel, die Lustbarkeit im Sinne einer seelischen Erziehung zu veredeln, vergeudet werden. Dem Aufruf:

Parteigenossen!
Geistige und manuelle Arbeiter!
Tretet in Massen dem Verein
Sozialdemokratische Kunststelle
bei!

entgegne ich mit der Mahnung: lieber in Massen auszutreten – solange diese Massen eine geistige Nahrung erhalten, die die sozialistische Entwicklung seit 1918 zu einem Kulissenzauber macht und allabendlich die Vorstellung bietet eines theatralischen Burgfriedens, als hätte die bürgerliche Gesellschaft, die in der Revolution vor der Arbeiterschaft auf den Knien lag, die Possenschreiber herbeigerufen, um die Sache zu einem guten Ausgang zu bringen!

Aber sind denn bis zum Abend eines Arbeitstages, wo man Ihnen zu den Belustigungen des Bürgertums Zutritt gewährt, nicht Stunden genug, wo Sie sich vom Greuel des kapitalistischen Geistes umfangen fühlen, als ob es keinen verlorenen Krieg gegeben hätte mit politisch grundstürzendem Ende? Daß die bürgerliche Presse die Macht hatte, ihn zu entfesseln, das mußten wir erfahren. Aber daß sie auch unbesiegt aus ihm hervorgegangen ist und frecher denn je die Stirn erhebt, an der das Kreuz der Käuflichkeit gezeichnet steht, daß die Revolution nicht nur keines der Häupter der Hydra, die den Volkskörper umklammert, abgehauen hat, sondern daß sie zahlreicher denn je die Sonne beleidigen – das ist das furchtbare Erlebnis dieser sieben mageren Jahre, fett nur für die Hyänen, die auch das Schlachtfeld des Friedens profitabel fanden. Denn es ist der Fluch eines heillosen Mißverständnisses, das der politischen Freiheit von Geburt anhaftet und dessen Opfer sie selbst wird: sie hat auch die Preßfreiheit mit sich gebracht, nicht bedenkend, welche Macht sie damit den Feinden der Freiheit in die gewalttätige Hand liefere und den Parasiten der Freiheit, die ihre ärgern Feinde sind, in die schmutzige Hand; nicht ahnend, welch lebensgefährlichen und welch entehrenden Gebrauch sie davon machen würden. Wer der Arbeiterschaft widerrät, an den Theateramüsements der Bürgerwelt teilzunehmen, deren Pesthauch die kulturelle und damit die soziale Schöpfung im Keim vernichtet, der hat zehnmal die Pflicht, vor der Anstekkung durch ihre gedruckte Geistigkeit zu warnen. Fern sei es von mir, alle, die ihr bis heute fern geblieben sind, mit der Schandpresse, welche dieses Wien nun mit Dreck und Lärm verunehrt, erst vertraut zu machen im Sinne jenes Theaterpädagogen: damit sie ein Grausen vor der Geistigkeit empfangen, die sich in ihr spiegelt! Nein, dazu bedarf's nicht des Konsums, und zur Abwehr des Übels genügt nicht die Enthaltung. Auch wo diese Presse nie Aussicht hätte, zur Lektüre zu werden, wie die Operette zur Abendunterhaltung, und wenngleich hier zum Glück kein Kulturfaktor das Abonnement vermittelt, so verpestet sie doch die Luft, in der die Volksseele atmet. Denn die Gefahr dieser Publizistik besteht darin, daß der einzige, der an ihr

Wort nicht glaubt, der ist, der es schreibt. Eben darum wirkt sie weit über den Umkreis jener, die sie lesen, und ist unfaßbar wie das Gerücht. Darin eben unterscheidet sich die neue Form der geistigen Korruption noch von der alten, daß diese bloß durch unmittelbare Berührung ansteckend gewirkt hat, jene aber durch die Luft. Sie betrügt durch den Schrei ihrer Titel und die ihn begleitenden Schreie ihrer Kolportage, ja durch das bloße Dasein, das sich selbst auf den Markt schreit und einen Lärm verführt, der im Grunde nur den Kaufpreis für das Schweigen ausruft. Die Existenz dieser Presse ist nicht mehr der Betrug hinter kulturellem Vorwand, sondern die nackte Kriminalität mit dem Werkzeug der Druckerschwärze, ein vervielfältigter Drohbrief; sie stellt als ganze nichts als eine gefährliche Drohung dar, deren sie entweder selbst oder jeder Privatmann sich bedient, um den Nachbarn mit solchem Machtmittel einzuschüchtern und jedes beliebige Unrecht durchzusetzen. Und diese Volksgefahr, die im Gefolge aller Nachkriegsseuchen einer verluderten Moral über uns hereinbrach, muß mit jedem Tage wachsen, an dem die sozialistische Partei nicht mit aller Macht der ihr zu Gebote stehenden moralischen Mittel ihr entgegenwirkt. Die Absonderlichkeit, daß sozialistische Setzer an der Bereitung der geistigen Giftgase mitwirken und noch im Kampfbereich der unmittelbaren politischen Gegnerschaft in der Munitionsfabrik des Feindes arbeiten, wird allmählich doch zu einem Problem der sozialistischen Politik, wenngleich seiner Lösung das sozialpolitische Problem entgegensteht; sie stellt vielleicht den tragischesten Fall vor zwischen kulturellen und gewerkschaftlichen Interessen, dort wo die kulturellen selbst einen lebenswichtigen politischen Inhalt haben. Aber noch dringender und weit weniger schwierig wäre die prinzipielle und ausnahmslose Bereitschaft zur kulturellen Polemik, der nur jene unseligen taktischen Hindernisse im Weg sein könnten, die es vor einer Menschheitsfrage nicht geben darf. Was man hier vermißt, ist die schonungslose Aufklärungsarbeit einer Parteipublizistik, deren redliches Wollen und richtige Erkenntnis der Gefahr gelegentlich doch Beweise geliefert hat und keinem Zweifel begegnet, vielleicht aber dem Widerstand des offiziellen Parteiwillens. Was man vermißt, ist die leidenschaftliche Bemühung um gesetzliche Reformen, welche die verlassene Gedankenlinie Lassalle'scher Preßächtung aufzunehmen hätten und den Mut bewähren müßten, unter Sicherung des politischen Meinungsrechtes Schluß zu machen mit dem Idol einer Preßfreiheit, die der Würgengel ist der Freiheit. Seit länger als einem Vierteljahrhundert bin ich der Vorposten dieses wahren Weltkriegs gegen die weltverderbende Gewalt, die die Kriege erzeugt durch die nationale und noch mehr durch die geistige Zurichtung der Menschheit. Ebensolange forme ich Bilder der Abschreckung aus dem Schlamm dieser Bürgerlichkeit und verrichte über alle soziale Politik hinaus das sozialistische Werk der Abkehr von der Hölle, in die die Besitzer dieser Welt sie verwandelt haben. Wie sollten meine Sinne, an solches Greuel gewöhnt, aber davon nicht abgestumpft, sich der Wahrnehmung seiner Zeichen enthalten, wo immer sie ihrer gewahr werden? Und wie sollte ich nicht berechtigt, nicht verpflichtet sein, wie könnten mich taktische Rücksichten hindern, vor der Ansteckung durch eine Geistigkeit zu warnen, deren Inbegriff die Taktik ist und brächte sie auch den Tod? Da ich lieber für den Tod bin, wenn er mich nur von der Taktik befreit, so will ich aussprechen, daß die Führer der sozialdemokratischen Partei, deren ehrenvollste Fahne in den Kampf gegen die bürgerliche Presse führt, mich in dem besonderen Feldzug, den ich gegen das schändlichste Beispiel der bürgerlichen Preßkorruption unternehme, im Stich gelassen haben. Ich meine jene maßgebenden Zauderer, deren politische Devise: Tue rechts und scheue jeden! die Revolution um das Pathos verkürzt hat, und denen das Zeremoniell der neuen Macht über den Inhalt geht, wenn sie es nur zum Wohl aller Gesellschaftsschichten entfalten können. Sie sind weit davon entfernt, die Forderung, die kürzlich in einer Arbeiterversammlung beschlossen wurde, zu erfüllen und mich also in einem Kampf »energisch zu unterstützen«, den dieses Postulat als einen »eminent sittlichen« bezeichnet hat. Darüber beklage ich mich nicht, denn ich bedarf keiner Stärkung durch äußere Hilfe, und das Bewußtsein, daß die antibürgerlichen Massen in dem Ziel dieses Kampfes ihre eigene sittliche Angelegenheit erkennen, ist mir Stütze genug. Aber was ich beklage, ist die entsetzliche Nötigung, diesen eminent sittlichen Kampf auf jene auszudehnen, die es unterlassen, ihn mit gleicher Unerschrockenheit zu führen, und durch die Unterlassung nicht allein das Übel nähren, sondern auch den Anschein, daß sie selbst in seinen Bannkreis geraten seien. Denn es begibt sich jetzt in Wien nichts geringeres, als daß ein durch Fahrlässigkeit oder durch Taktik eingebürgerter Budapester Erpresser die Stadt in seine Tasche kriegt, nachdem er schon die Tasche der Stadt gekriegt hat. Ich spreche von dem Eigentümer der ›Stunde‹, der es wagen darf, um sein Handwerk, das einen goldenen Boden hat, auch von außen zu verzieren, sich an die Sozialdemokratie anzuschmarotzen. Solche Annäherung wird nun keineswegs mit dem Tritt des rechten Fußes beantwortet, der die von mir ausgegebene Parole: »Hinaus aus Wien mit dem Schuft!« unterstützen und verwirklichen könnte, eine Parole, die uns sogar schon aus dem Ausland widerhallt, das doch kaum bereit wäre, ihn einzubürgern. Ganz im Gegenteil haben sich die maßgebenden und maßvollen Kreise seit einiger Zeit einer bemerklichen Neutralität zugewendet in meinem Krieg gegen die Pestilenz, die über Wien hereingebrochen ist, und diese Haltung nur verlassen, um im Widerspruch zu der Resolution, die in jener Arbeiterversammlung ausgegeben wurde, den Verbreitern der Pest Unterredungen zu gewähren. Nicht minder bedenklich erscheint der Umstand, daß Unterredungen veröffentlicht werden können, die gar nicht stattgefunden haben, und daß diese Lüge, die das Ansehen untadelhafter Sachwalter des Proletariats befleckt, nicht aus der Welt geschafft wird. Ganz wie die infame Behauptung, die Kunststelle habe mich als Vorleser der Arbeiterschaft aufgezwängt, noch zu einer Zeit unwidersprochen blieb, wo sich die Kunststelle bereits überzeugen konnte, daß eher das Gegenteil die Wahrheit sei. Wenn der gebrandmarkte Macher einer Zeitung, die von der Ausschrotung des Skandals und von der Bezahlung für das Schweigen lebt, sich solcher Duldung und Förderung erfreut, ja rühmt, so kann immerhin der Anschein entstehen, daß er auch diese Gunst oder Schonung erpreßt habe. Alles möge mir in den Abenteuern dieses Kampfes zustoßen, nur nicht das eine: daß die Zurückhaltung, die ich beklage, mich mit der Antwort bedient, man nehme diesen Kampf eben nicht so wichtig, den Fall nicht so ernst wie ich. Ich würde, da ich die maßgebenden Politiker eines solchen Mangels an Erkenntnis nicht für fähig halte, mich von der Geringfügigkeit meines Kampfes abwenden, um nur noch eine Furcht zu bemerken, die vielleicht größer ist. Diese Furcht kann keineswegs gegründet sein, sicher nicht in einem schlechten Gewissen, allenfalls in Bequemlichkeit, in dem Wunsch, nach der Revolution Ruh zu haben, besonders wenn man noch andere als kulturelle Sorgen hat. Wenn es auch ohneweiters denkbar wäre, daß in dem unübersehbaren Getriebe einer großen Partei, deren Aufgabe zum letzten moralischen Bestand dieser faulen Welt gehört, Mißstände und Mißbräuche vorkommen, ermöglicht durch jenen gefährlichen Anreiz bürgerlicher Neigungen, so wäre es doch nicht denkbar, daß man dem Glauben an die wesentliche Reinheit nicht sofort durch Reinigung genügte, nicht lieber durch das Bekenntnis als durch das Geheimnis. Denn es vermöchte doch selbst in Zeiten der schwersten politischen Bedrängtheit und Beengtheit keine taktische Rücksicht zu geben, die besser und haltbarer wäre als die Taktik des sittlichen Gewissens! Nie könnte etwas geschehen sein, was nicht durch Tat und Wort gutzumachen wäre. Unmöglich hier auszudenken, daß das Wissen statt der Sonne dem Erpresser gehören soll, daß es ein Wertobjekt in der schmutzigsten Hand sein könnte, die mit dem Opfer der Mannhaftigkeit immer weitere Opfer errafft. Politik mag stets ins Gedränge führen, aber nie könnte die Arbeitersache in solche Gesellschaft geraten! Unmöglich die Vorstellung, daß Männer, die hinter den edelsten Blutopfern der Revolution schließlich als Funktionäre der Freiheit hervorgegangen sind, mit dem Schmarotzer der Freiheit ein Geheimnis gemeinsam haben könnten. Wer schweigt, scheint zuzustimmen – mit diesem Ausdruck einer alten Erkenntnis hat ein über jeden Zweifel erhabener Parteimann mein Verlangen gutgeheißen, daß gegen das Übel gesprochen werde. Aber an eine Zustimmung zu dem Schändlichsten, was Wien je erlebt hat, kann kein Gedanke sein und die Gefahr ist eine andere: es möchte sich der Anschein verbreiten, daß, wer zum Treiben eines Erpressers schweigt, seine Rede fürchtet. Daß es so sei, könnte niemand außer ihm wissen – und das bildet ja das furchtbare Wesen der Erpressung. Daß es so sei, könnte niemand glauben wollen. Daß die Gefahr solchen Anscheins vorhanden ist, daß er vom bürgerlichen Schiefblick behauptet wird, beweise ich aus den leidvollen Erfahrungen alleingeführten Kampfes, beklage ich vor Gott und jeder irdischen Macht! Freilich, wenn der Erpresser von den Machthabern nichts anderes wüßte, als daß sie ihn eingebürgert haben, so wüßte er Arges genug. Aber das wissen wir leider alle! Wäre noch anderes geschehen, so müßte es im Namen der reinsten Sache, im Zeichen des Glaubens an eine Partei, die nicht wie jene Schwesterpartei den Sündenfall in bourgeoise Korruption erlebt hat und welcher äußere wie innere Umstände gewährt haben, sich des Schmutzes wie des Blutes zu enthalten – so müßte es an den Tag, bevor es an die Stunde kommt! Was da verschwiegen würde, könnte nichts bedeuten im Vergleich zu der Torheit, es zu verschweigen und die Pflicht zur Rede gegen das größere Übel an dieses selbst preiszugeben. Das größte wäre des Übels Duldung, die seine Förderung bedeutet. Und wer wäre denn berufener, die Gefahr der Erpressung darzustellen als der, der sie erlebt hat, wenn er nur endlich den Mut gewinnt, die elementarste Preßfreiheit zurückzuerobern, die wahrlich mit noch höherem moralischen Recht gegen einen Erpresser zu verteidigen ist als gegen einen Staatsanwalt! Der republikanische Schutzbund hat, der republikanischen Pflicht in diesem Sinne eingedenk, von der Parteileitung die energische Unterstützung meines Kampfes gegen die bürgerliche Zeitungspest und ihren extremsten Fall gefordert, meines Kampfes, der, wie er sagte, ein eminent sittlicher sei. In diesem Sinne fordere ich vom republikanischen Schutzbund, von den Arbeitern, vor die ich immer wieder gern treten werde, um die Republik in jedem Sinne zu feiern: daß sie den Parteivorstand nach den Gründen fragen, die ihn bewogen haben, jenen Beschluß ad acta zu legen, und wie er sich denn seinerseits die Entwicklung einer Angelegenheit denke, in der keine Furcht vor keiner

Macht dieses Landes mich hindern wird, bis ans Ende der Gewissenserforschung zu dringen. Daß ich nicht mehr und nicht weniger im Sinne habe, als der Preßhydra das schamloseste ihrer Häupter abzuschlagen und Wien wenigstens von diesem Bekessy – so heißt der Schuft – zu befreien: wissen Sie. Daß ich im Sinne einer politischen Bestrebung nichts anderes will, als die Arbeitersache vor der Besudelung durch eine entartete Freiheit zu bewahren, die empfänglichsten Seelen wie vor den Lügengiften der bürgerlichen Kunst so auch vor dem Verderben durch die bürgerliche Presse: glauben Sie! Der Freiheit, die wir meinen, wären wir nicht wert, wenn wir es bei einem Umsturz bewenden ließen, dem man nachsagen könnte, daß er, erst er, solchem Unwesen zur Existenz verholfen hat! Der Bürgermeister von Wien hat vor meiner Bitte um Entsühnung der Stadt durch ein Wort des Bedauerns, das in einer revolutionierten Welt wahrlich kein Abbruch der Würde wäre, einen diplomatischen Rückzug – und keinen geglückten – in die alte Welt der Formen angetreten. Aber als diese gestürzt ward, als ihre Trümmer rauchten, als noch das Gedächtnis frisch an das Überwundene und meines Anteils an der Überwindung, damals, als Präsident der österreichischen Nationalversammlung, hat er mir »zu dem großen Werk der Reinigung, Versittlichung und Vergeistigung des öffentlichen Lebens« seinen Dank gesagt. Jeder Republikaner werde, so sagte er, dankbar anerkennen, was ich mit meinem Wort »zur Verjagung der alten Gespenster beigetragen« habe. Ich habe ihm, damals, geantwortet: »Vor nichts fürchte sich einer mehr als vor Gespenstern, die man verjagt hat und die noch da sind. Solange wir die Journalisten haben, haben wir sie alle!« Und ich sprach den Wunsch aus, daß die Republik, aus dem Kriegsweh geboren,

die Blutsverwandtschaft erkennend, mit den hinterbliebenen Parasiten der Kaiserzeit wie mit den Mitessern der Revolution ein Ende mache; daß endlich Männerstolz vor Herausgeberthronen einem Gewerbe, welches unter dem ruchlosen Vorwand einer Preßfreiheit das Volk in den Tod lügt, die Maschinen zerbreche. Dann erst – glaube ich, Herr Präsident – werden die Gespenster verjagt sein.

Und wir wollen sie verjagen, alle, die noch da sind und die uns am hellen Mittag erscheinen!

Die Presse

Von Wilhelm Liebknecht

Aus der Festrede, gehalten zum Stiftungsfest des Dresdener Bildungsvereins am 5. Februar 1872

Der schmachvollen Rolle, welche die Presse im Bismarck-Bonaparte'schen Krieg gespielt, habe ich bereits gedacht. Sie that damals nur, was sie immer thut – bloß, daß die Gelegenheit eine ungewöhnlich günstige war, und die Leistungen in das grellste Licht gestellt und mit dem brillantesten Erfolg gekrönt wurden. Der Fetischdienst der brutalen Gewalt, das Kreuziget Ihn! gegen jeden, der dieser verrotteten Gesellschaft die Maske abreißt, die Umdrehung aller Begriffe: die Infamie zur Tugend gemacht, der Koth vergoldet . . die nationalen Vorurtheile gepflegt, der Nationalhaß geschürt, – wann und wo hätte – kurze Lichtblicke abgerechnet – die Presse je eine andere Mission verfolgt? Dienerin des Klassenstaats und der Bourgeoisiegesellschaft – was ihnen förderlich, das unterstützt, das verherrlicht sie, und wäre es der ekelhafteste Auswurf – was im Widerspruch mit ihnen, das begeifert sie, und wäre es das höchste Kleinod echt menschlicher Kultur. Die Charakterlosigkeit wird geachtet, der Charakter in Schmutz gezogen, die Ungerechtigkeit als göttliche Weltordnung gepriesen, die sozialen Schäden mit Schönpflästerchen bedeckt – kurz: Gemeinheit, Lüge, Korruption; Korruption im niedersten Sinn: *Alles für Geld – für Alles Geld.* Wie kein politischer, so ist kein industrieller Schwindel zu schwindelhaft, zu niederträchtig, zu unfläthig um nicht in dieser Presse die begeistertste Unterstützung zu finden – für Geld. Vermittelst der Presse treibt der Börsen- und Gründungsschwindel seine Bauernfängerei im Großen: er stellt die Fallen, legt die Garne und die Presse füllt sie ihm – und dabei sich selber die Taschen.

Die Tagespresse ist der treue Spiegel der Staats- und Gesellschaftszustände; und dem unparteiischen und unerbittlichen Geschichtsschreiber der Zukunft wird ein Jahrgang unserer Zeitungen genügen, um den heutigen Staats- und Gesellschaftszuständen das Verdammungsurtheil zu sprechen.

*

Vom Papst

Der Papst über die Presse als Lebensfaktor
Bei einer Feier zu Ehren des P. Claret

Rom, 7. Januar 1926

Bei einer zu Ehren des P. Claret, des Gründers der Herz-Jesu-Missionen, im Vatikan abgehaltenen Feierlichkeit führte der Papst aus, daß P. Claret ein moderner Diener Gottes gewesen sei, weil er bei seiner Arbeit die neuesten Mittel angewendet habe, welche die alte Welt nicht gekannt habe, und die heute Lebensfaktoren seien, wie die Presse und das Buch. W e n n d e r h e i l i g e P a u l u s h e u t e l e b e n w ü r d e, w ä r e e r J o u r n a l i s t g e w o r d e n. Er, der so viele Briefe an die Völker gerichtet habe, hätte sich sicher für die Propagierung seiner Ideen der Presse bedient.

*

Von Honoré de Balzac

»Die Zeitung, die ein Heiligtum hätte sein sollen, ist ein Mittel für die Parteien geworden, aus einem Mittel ist sie ein Geschäft geworden; und wie alle Geschäftsunternehmungen ist sie ohne Treu und ohne Ehrlichkeit. Jede Zeitung ist . . eine Bude, in der man dem Publikum Worte von der Farbe verkauft, die es haben will. . . . Eine Zeitung ist nicht mehr dazu da, die Meinungen zu erklären, sondern ihnen zu schmeicheln. Daher werden alle Zeitungen nach einiger Zeit erbärmlich, heuchlerisch, infam, lügnerisch, mörderisch sein; sie werden die Ideen, die Systeme, die Menschen töten und werden gerade dadurch blühen und gedeihen. Sie werden die Wohltat genießen, die allen imaginären Wesen zu gute kommt: das Übel wird geschehen, ohne daß jemand daran schuldig ist. . . . Napoleon hat für diese moralische oder, wenn Sie lieber wollen, unmoralische Erscheinung den Grund angegeben; er hat darüber ein prachtvolles Wort gesagt, auf das ihn seine Studien über den Konvent gebracht haben: ›Für die Kollektivverbrechen ist niemand haftbar.‹ Die Zeitung kann sich das abscheulichste Benehmen gestatten, niemand glaubt, sich damit persönlich schmutzig zu machen. . . . Wenn die Zeitung eine niederträchtige Verleumdung erfindet, hat man sie ihr berichtet. Kommt jemand und beklagt sich, so entschuldigt sie sich mit der großen Freiheit. Wird sie vors Gericht gezogen, dann beklagt sie sich, daß man ihr keine Berichtigung geschickt hat; aber wenn man ihr eine schickt, dann lehnt sie sie lachend ab und spricht von ihrem Verbrechen wie von einer Kleinigkeit, die nicht der Rede wert wäre. Schließlich verhöhnt sie ihr Opfer, wenn es Recht bekommt. Wird sie bestraft, hat sie zuviel Geldstrafen zu zahlen, dann denunziert sie den Klagenden als einen Feind der Freiheit, des Landes und der Aufklärung. . . . So sind ihre Verbrechen Kleinigkeiten! ihre Angreifer Scheusale! und nach einiger Zeit glauben die Leute, die sie alle Tage lesen, alles, was sie will. Von nun an ist nichts, was ihr mißfällt, mehr patriotisch, und sie wird nie unrecht haben. Sie bedient sich der Religion gegen die Religion, der Verfassung gegen den König; sie verhöhnt die Behörden, wenn die Behörden sie ärgern; sie lobt sie, wenn sie den Volksleidenschaften schmeicheln. Um Abonnenten zu ergattern, erfindet sie die rührendsten Märchen, führt sie Possenspiele auf wie Hanswurst. Die Zeitung würde eher dem Publikum ihren eigenen Vater zum Frühstück servieren, als darauf verzichten, es unausgesetzt zu interessieren und zu amüsieren. . . . Wir werden es erleben, wie die Zeitungen, die anfangs von Ehrenmännern geleitet werden, später unter das Regiment der Mittelmäßigsten kommen, die die Geduld und die Nachgiebigkeit des Gummielastikums haben, die den wahren Talenten fehlt; oder sie kommen an die Krämer, die das Geld haben, sich die Federn zu kaufen. Wir sehen davon schon jetzt allerlei. Aber in zehn Jahren wird der erste beste Bursche, der vom Gymnasium kommt, sich für einen großen Mann halten, wird in die Spalten eines Journals steigen, um seine Vordermänner zu prügeln, wird sie an den Füßen herunterziehen, um ihren Platz zu bekommen. Napoleon hatte sehr recht, die Presse zu knebeln. . . . Je mehr man den Journalisten Konzessionen macht, um so anspruchsvoller werden die Zeitungen. Heute sind die Journalisten Parvenüs; aber ihnen werden ausgehungerte und arme Journalisten folgen. Die Wunde ist unheilbar, sie wird immer bösartiger, immer fressender; und das Übel wird immer größer, je mehr es geduldet wird, bis zu dem Tag, wo über die Zeitungen durch ihre Üppigkeit und Massenhaftigkeit die Verwirrung kommt, wie in Babylon. Wir wissen alle, wie wir hier sind, daß die Zeitungen in der Undankbarkeit weitergehen werden als die Könige, daß sie in Spekulationen und Berechnungen weitergehen als der schmutzigste Kaufmann, daß sie unsere Intelligenzen zugrunde richten werden, damit sie jeden Morgen ihren Hirnfusel verkaufen. . . .«

April 1926

Hofmannsthal und die Bezüge

In einem Aufsatz des Herrn Hugo von Hofmannsthal – der in der Adelswelt, zu welcher er einen »Bezug« hat, zu den sogenannten Vonerln gehört, die sich im Gegensatz zu den Starhembergs den Adel um keinen Preis nehmen lassen –, also in diesem Aufsatz habe ich bunte Abenteuer bestanden. Der Aufsatz – über Stifters »Nachsommer« – steht in einem Almanach, aber er gehört in ein Lesebuch der abschrekkenden Beispiele, weil die deutsche Jugend von solchen viel mehr lernen kann als von den Mustern deutscher Prosa. Herrn Hofmannsthals Note stellt sich immer deutlicher heraus als das Verbergen eines fließenden Ausdrucks, mit dem er dem Salten das diesbezügliche Wasser reichen könnte, hinter einem geflissentlichen Gestotter, das mit moderigen Floskeln die Bedeutsamkeit herzustellen sucht, die seinen Gedanken abgeht. Er hat sich in der Verfügung über fremde Sprachelemente ein eigenes Mißdeutsch zugelegt, denn je älter der junge Hofmannsthal wird, umso weniger glaubt man ihm den alten Goethe und deshalb muß er schon gehörig nachhelfen. Um den Brechreiz der Charge, in die er sich hineingespielt hat, auszugenießen, lese man Sätze wie diese:

Es äußert sich diese österreichische Besonderheit sowohl in dem besonderen Kreis, worin alles spielt, und in der Art, wie das Gesellige in dem Buch dargestellt wird – in dem Verhalten der Stände gegeneinander und der einzelnen Menschen zueinander –, als auch in dem Sittlichen, wie es erfaßt, wie ausgesprochen und wie weit schweigend geehrt wird, und sogar noch in dem Sprachlichen. Aber an dieser Stelle geziemen sich für den Leser, der ein so gehaltvolles und tiefes Buch zu lesen geendet hat und nun wieder in die alltägliche Lebensluft zurücktritt, keine solchen zarteren Ausführungen, sondern nur eine kurze Zusammenfassung und die Hindeutung auf den Zusammenhang der geistigen Dinge, wenn man sie im großen und ganzen betrachtet und von einem Jahrhundert ins andere hinüberblickt.

Man weiß, der Herr Hofmannsthal hat diesen Blick, denn er tut sich zwar in einer Zeit um, in der der Betrieb schon den Briefwechsel lebender Kompagnons erfaßt, aber er kommt aus einer Zeit, wo einem der Zopf hinten und die Habsburgerlippe vorne hing, und als ich seiner im Speisesaal eines Salzburger Hotels ansichtig wurde, konnte ich mich nicht der Vorstellung erwehren, daß wir noch in der Barockhendlzeit leben. Er hat entschieden einen »Bezug« zu ihr, welchen er denn auch mit Vorliebe statt der Beziehungen verwendet, in denen er zur Gegenwart steht.

Der erstere Bezug ist gleichsam oberirdisch, indem der Name Goethes mehrmals, wenngleich nicht oft, mit der höchsten Ehrfurcht genannt und sein Werk als ein Teil des überlieferten Besitzes bezeichnet wird. Der Bezug auf Jean Paul ist geheimer, aber nicht weniger tiefgehend.

Der Bezug zu beiden dürfte mithin bei Herrn Hofmannsthal vorhanden sein, während unsereins bei dem Wort weniger eine Angelegenheit des Kopfes als des Kissens vor Augen hat. Wie leer die Gedanken eines Schriftstellers laufen, der sie mit entliehenen Sprachstelzen in Gang setzt, zeigt dies:

Wer sich in Gedanken die Welt Balzacs heraufruft und ihr gegenüber die Welt Jean Pauls – – der erkennt die Bedeutung des angedeuteten Gegensatzes.

Worin und womit sonst man sich die Welt Balzacs heraufrufen könnte als in Gedanken, ist sicherlich nicht vorstellbar. Wohl aber hätte die geringste Vorstellung und gedankliche Anstrengung hingereicht, auf die Bedeutung von etwas Angedeutetem lieber zu verzichten. Herr Hofmannsthal mag beim Lesen etwas erlebt haben, beim Schreiben erlebt er bestimmt nichts. Sonst könnte ihm nicht solches Gewurschtel passieren:

Zwei große Gestaltungen deutschen Geistes sind in dem »Nachsommer« einbezogen und der Welt, die in ihm hervortritt, zugrundegelegt – –

Das ist einfach nicht zu dermachen. Besser, man bleibt beim Bezug, da macht sich alles von selbst:

Und die Benennung des ganzen Buches als »Nachsommer« gibt sich zu erkennen als ein Bezug auf jenes reine überstarke Erlebnis – –

Dies ist ein sehr geheimer Bezug, der das ganze Buch durchwaltet.

Der Bezug kann alles, paßt zu allem, was mit ihm oder auf ihn bezogen wird. Er kann auch aus Fäden bestehen:

Offener zutage liegen die Fäden, wodurch das Buch an Goethes dichterische Gestaltungen angeknüpft ist, und am deutlichsten die zu des Gleichen wissenschaftlichen Werken hinführen.

Der Gleiche ist offenbar Goethe, was schon daraus zu schließen ist, daß Herr Hofmannsthal des Gleichen tut. Aber es ist doch nichts mit den Fäden, wenngleich sie ein Buch anknüpfen und zu Werken hinführen können:

Zu zwei Dichtungen Goethes vor allem erkenne ich einen Bezug, der aber nirgends ausgesprochen, vielleicht Stiftern nicht einmal bewußt war.

Wenn Herr Hofmannsthal imstande ist, in diesem Satz – falls er sich ihn als ganzen mündlich auszusprechen traut – »Stiftern« zu sagen, spendiere ich ihm eine italiänische Reise. (Auch dieses Wort müßte man die Herren Hofmannsthal und Rilke hundertmal hintereinander, abwechselnd, sprechen lassen, dann würden sie schon klein beigeben.) Also was tan mr jetzt:

Zum »Tasso« liegt der Bezug des »Nachsommers« darin –

Bin nicht neugierig. Hinreichend mit Goethe versorgt, wenn ich gleich zu der Stelle übergehe:

– – worunter alles gehört, was mit Kunst und Geschmack zu tun hat, auch die Schönheit der Lebensformen und das Geziemende – –

Welches wieder auf »das Gesellige« und auf »das Sittliche« einen Bezug hat, besonders aber auf das Sprachliche und sonstige zartere Ausführungen, die sich für den Leser geziemen.

Zum »Wilhelm Meister« sind die Bezüge mannigfaltig: in beiden geht es um künstliche Veranstaltungen, durch welche das Leben eines empfänglichen jungen Mannes im Sinne eines sehr hohen Erziehungsplanes gelenkt werden soll.

Es ist mithin der pure Zufall, daß Herr Hofmannsthal nicht den »Wilhelm Meister« geschrieben hat. In diesem erscheint das Ziel der Entwicklung

mehr zur tätig-geselligen oder politischen Sphäre hinneigend,

im »Nachsommer« dagegen

als ein mehr privates, in Familienkreis eingezogenes und frommes im Sinne der zarteren allseitigen Ehrfurcht und Pietät.

Er wollte natürlich »zärteren« sagen, hat sich aber doch ein bißl geniert. Der »Nachsommer« hebt sich jedenfalls

zu einer eigentümlichen Höhe.

Sodann spricht Herr Hofmannsthal von einem Weg,

der in der ersten Hälfte des vorigen Jahrhunderts der gebräuchliche war für Begabte aus dem Volk

und vom

Leben als Hofmeister in einer Familie höheren Standes.

Also dort, wo man »Mamu« sagt. Natürlich gelangt so einer bald

mit an die *Spitze der Geschäfte*

und

sehr wichtige Zweige des verwaltenden Dienstes haben zeitweise *in seinen Händen gelegen.*

Offenbar hat er sie immer mit einer Verbeugung dem Vorgesetzten überreicht.

Ganz fern liegt es einem Mann wie Stifter

(warum nicht Stiftern?)

solche Tatsachen und *Bezüge* aufs Vage hin *zu bauen.*

Da ist der Herr Hofmannsthal schon etwas mehr schlampert:

Diese hohen und *machtreichen* Staatsdiener *waren* meist *aus* den bescheidensten Schichten des Volkes: *bäuerlicher Abkunft* noch öfter als kleinbürgerlicher.

Man versuche zu durchdenken, was dieses »waren« hier alles zu besorgen hat. Und nun folgt ein Wettleerlauf von »solche« und »diese«:

solche Tatsachen ... dieser Freiherr ... diese hohen ... solche Haltung ... solchen Laufbahn ... dieses strenge ... solchen Belehrungen ... solche hohe ... solchen Macht ... dieser unbeträchtlichen ... solchen Unterschied ...

Dazwischen geschieht es, daß »in das zarte Fließen der Handlung« etwas »eingefügt« ist. Auch kommen Einsichten vor, die einer »von daher« (statt »von da her«) mit sich genommen hat. Dann aber ereignet sich der folgende Satz, der die Gefahren allzugroßer Schlichtheit zeigt und in welchen Strudel ein Nachfahre Goethes, insbesondere wenn er auch Stiftern nachfährt, durch allzugroße Vorsicht geraten kann:

Indem wir so von der Gestalt aus, die wohl als die Hauptgestalt des

Buches anzusehen ist, uns in ein Bereich geführt sehen, wo das, was unser aller Verhalten und Erkennen im kleinen Leben betrifft, durchdrungen wird von der Einsicht, welche aus der Beherrschung des Großen herkommt, fühlen wir uns an Erscheinungen erinnert, wie die des Solon in der herodoteischen Darstellung, wie er, als ein Erfahrener und Gesetzgeber, nun auf Reisen als ein einzelner Mann über das Geschick der Menschen und das, was man Glück nennt, so schlichte und tiefe Belehrung gibt. Oder, um es mit anderen Worten zu sagen – –

Was dringend nötig, aber überflüssig ist. Und wieder begibt sich etwas Merkwürdiges:

In einer so langen Frist pflegt an ein Dichterwerk ein Augenblick heranzutreten, in dem es stirbt.

Da spricht Herr Hofmannsthal gewiß aus eigener Erfahrung, aber es muß ein Bezug von Schiller hineingeraten sein, nämlich der auf den Tod, welcher rasch den Menschen antritt, also in dem Augenblick, zu dem man grad mit Goethe sagen wollte. Auch möchte ich schier behaupten, daß es Herrn Hofmannsthal zwar nicht an der Wiege, wohl aber an der Fürstengruft gesungen wurde, von einem Dichterwerk zu sprechen, das

keine der unausgesprochenen Fragen, die der Leser an es heranträgt, mehr zu beantworten scheint.

Dagegen ist dieses »mehr« ganz auf neuzeitliche Art fortgerutscht. Nun aber verläuft alles ganz harmonisch, kein »solches« mehr ist störend in den Fluß eingefügt, so daß »dieses«, »diesen«, »diese«, »diesem« und »dies« in 69 Zeilen unbehindert 21mal vorkommen können. Das hat zwar nicht die Plastik der Fülle jenes Daderadada, durch welches Hofmannsthals Filmtext hervorragt und mit dem ich als Vorleser eine ekrasitartige Wirkung zu erzielen pflege; aber es zeigt doch, was auf den Höhen der zeitgenössischen Literatur möglich ist und in der Niederung der Leserschaft erträglich, die dergleichen überhaupt erst merkt, wenn ich es zitiere. Ob Herr von Hofmannsthal, wenn er mit Richard Strauß briefwechselt, sich mehr zusammennimmt? Es dürfte aus dem Grunde zu bezweifeln sein, weil ja die Korrespondenz gleichfalls für die Öffentlichkeit geschrieben war, wenn schon nicht für die Nachwelt, so doch für die Mitwelt. Die Tatsache ihrer Publikation – von den Gedanken abgesehen, die die Kompagnons austauschen – kann einem Besorgnisse einflößen. Denn nehmen wir selbst den Fall an, sie hätten einander bis heute ganz unbefangen und ohne an den Druck zu denken, Briefe geschrieben, die man in den Kasten wirft und deren Geheimnis nicht verletzt werden darf. So unwahrscheinlich es ist, daß sie dabei nicht wenigstens an die Nachwelt gedacht haben, wir wollen einmal ihre völlige Unbefangenheit voraussetzen. Da kommt ein listiger Verleger und ermuntert sie, den Briefwechsel herauszugeben, ja er zahlt ihnen für das, was sie einander so mitzuteilen hatten, Honorar. Diese Bezüge werden nunmehr ein Ansporn sein und sie werden einander künftig noch mehr zu sagen haben. Aber selbst ohne jede materielle Rücksicht und bloß in Voraussicht der baldigen Publikation wird da doch manches zustandekommen, was sonst nicht zustandekäme. Denn da sie weiter zusammenarbeiten und darum weiter einander Briefe schreiben, so ist es doch schlechthin unmöglich, daß sie nicht bei jeder Zeile an den neugierigen Leser denken, ja es kann sogar so weit kommen, daß die Neue Freie Presse bei Herrn Hofmannsthal einen Brief an Herrn Strauß bestellt, während das Neue Wiener Tagblatt auf die Antwort spitzt und Lippowitz auf beides, und daß vielleicht gar schon Vorschüsse auf Feuilletons gezahlt werden, die über weitere Briefe, die noch nicht geschrieben sind, geschrieben werden sollen. So sind nun einmal die Bezüge dieser Welt. Daß es ihr angenehm ist, sich dumm machen zu lassen, habe ich immer gewußt. Aber das sie sich s o dumm machen läßt, setzt mich immer wieder im Bezug auf sie in Erstaunen.

Der Nichtgenannte

Gesprochen am 14. März

> »Und wird er schweigen? Wenn er sich mit deinem
> Geheimnis retten kann, wird er's bewahren?«
> »Ein böser, böser Zufall – freilich! freilich!
> Sesina weiß zu viel und wird nicht schweigen.«

Und jeder hier ist, gegenüber jedem, Wallenstein zugleich und Sesina. Sie haben einander in der Hand und da eine die andere wäscht, ohne durch Einheit zur Reinheit zu gelangen, bleibt die schmutzigste obenauf. Das ist die moralische Situation dieser Stadt, die an Bädern zunimmt wie an Pfützen, dieser Republik, die ein Freistaat geworden ist für jegliche Lumperei. Da gibt es, in Politik und Presse, in Gesellschaft und Verwaltung, keine Macht, die der Ehrlosigkeit nicht die Mauer machte, um nicht einzustürzen. Jedes Wort, das ich seit so langem an diese gräßlichste aller Materien wende und bis heute verschwende, wird täglich wahrer, schon der Auftakt »Bekessys Sendung« war die Wetterglocke, und am Wachstum des Themas erkennt man: der Schmutz hat Epoche gemacht. Das Wort: »Ich kenne keine Parteien mehr, ich kenne nur Feiglinge!« wird zum Kampfruf gegen die Besiegten einer Nachkriegsmoral, die sich und einander nur durch die schweigende Verabredung erhalten, das Unmögliche zu ertragen, zu dulden und möglich zu machen. Eine ganze große Stadt mit allem lebendigen Widerstreit ihrer Willenskräfte und Wirksamkeiten – an allen Punkten ihrer politischen und publizistischen, ihrer bureaukratischen und gesellschaftlichen Führung rettungslos verfallen dem Zauber eines zeitgemäßen Schurken, der die Macht hat, aller Bindungen zu spotten und gleichwohl all deren Hüter zu binden! Der Schwächezustand dieses absurden Gemeinwesens hat keine Stelle mehr, wo jener nicht Sicherungen angebracht hätte. Keine Ritze gibt es, durch die der Geruch der Verächtlichkeit oder gar die Gefahr der Kriminalität dringen könnte; nichts fehlt zum moralischen Bankerott eines entwaffneten Staates als das förmliche Bekenntnis seiner Ohnmacht vor einem Revolver. Immer grausiger füllt sich der Schauplatz der »Letzten Nacht«: die Hyänen haben sich über die Leichen gelagert, doch Erpresser melken noch die Hyänen. Es bilden sich Gruppen, zwischen welchen Politiker eingezwängt sind, die sich den Hyänen nähern wollten und nun von den Erpressern bedrängt werden. Und diese ganze furchtbare Herde, die unter dem Schutz einer verpesteten Freiheit dem Polizeigebot, sich zu zerstreuen, Hohn bietet – weil doch alles, was des Staates ist, bloß den Hunger und die Liebe rächt und die Obrigkeit schwach wird vor der Niedertracht –: wie sollte sie dem Anruf des sittlichen Geistes gehorchen? Nichts vermöchte sein Witz zu erfinden, was da nicht Wirklichkeit werden könnte. Diese durch einverständliche Ehrlosigkeit zusammengehaltene Gesellschaft tut nicht nur, als hätte sie Gesetze, sondern als begehrte sie noch neue, um der Fäulnis Herr zu werden. Aber es wird sich herausstellen, daß der Wirt die Rechnung ohne den Parasiten gemacht hat, und die Gesetzgeber werden just in dem Moment, da sie der Erpressung an den Leib rücken wollen, ihr ausgeliefert sein und müssen eine gesetzgeberische Tat unterlassen, weil sie ihre Dringlichkeit am flagrantesten erfahren. Und dieser circulus vitiosus umschließt alles, was hier öffentliche Meinung und öffentliche Wirkung bildet; er ist wahrhaft die Schlinge, in der ein sogenannter Budapester Hendelfanger unsere kapitolinischen Gänse gefesselt hält. Der grausige Humor des Falles ist bis zu dem Punkte gediehen, wo die Konsorten der Erbärmlichkeit, durch parteiliches Meinen geschieden, durch allgemeines Wissen vereint, auflachen müßten in dem Bewußtsein, vor der belogenen Außenwelt mit gebundener Marschroute die Freiheit darzustellen und mit einer limitierten Moral Entrüstung aufzuführen.

Denn es konnte geschehen, daß man einen ganz andern Erpresser erwischt hat und daß das Aufsehen des Falles zum Asyl für den richtigen wurde. Die Naturwidrigkeit dieses Geschehnisses liegt darin, daß, während in einem normalen Staatswesen der Beginn einer Razzia auch den minder Schuldigen bedroht, hier der Vorkämpfer der Erpressung in der Sensation seine Sicherheit findet und seine Beruhigung in einem Alarm, aus dem kein Ton dringt, der ihn gefährden möchte, und worin sein Name ungenannt bleibt wie eh und je. Und doch könnte es kein stärkeres Indiz für die eigentliche erpresserische Macht geben als dieses Schweigen, in dem sich der ungeheure Druck, unter welchem alle Scheinmächte dieser Öffentlichkeit atmen, zur Aussprache bringt. Denn sie alle meinen ja den Richtigen und müssen mit so verzweifelter Ostentation in die verkehrte Richtung zeigen, daß das Erbarmen des Betrachters fast den Ekel überwindet, der Humor aber die Oberhand behält. Denn jeder nimmt auch das Wort »Feigheit« in den Mund, einer wirft sie dem andern vor, und der einzige Publizist, der doch hie und da von den Erpressungen des Herrn Bekessy zu sprechen wagt, ist der Herr Bekessy; er hat mehr Mut als sie alle und wahrscheinlich weiß er auch mehr auf sich. Aber da Sesina über sie nicht schweigen würde, so bleibt ihnen nichts übrig, als über Sesina zu schweigen, und wenigstens sind sie den Wienern doch ein Spektakel nicht schuldig geblieben. Ich habe, seitdem der Kolportageruf des »Abend« die Straßen unsicher machte, sein antikorruptionistisches Walten als so scheusälig empfunden, daß mir für die schließlich nachgewiesene Korruption keine Mißempfindung mehr übrig bleibt. Ich habe die unbestochene Verwendung der Gesellschaftsübel für das Geschäft der Sensation, das Schmarotzertum der Moral an der Unmoral, die ungeistige Führung des Registers der Fäulnis, die illustrierte Darbietung der bürgerlichen Verkommenheit zur Nährung der kleinbürgerlichen Schaulust, die Ansteckung des proletarischen Geistes mit dem heuchlerisch perhorreszierten Gift – ich habe diese Sorte Publizistik immer für einen Straßenexzeß erachtet, ihre Duldung durch die Sozialdemokratie für ein Schwächezeichen und deren Paktieren mit dem vormals bekämpften Übel für den Fluch jener Taktik, die den Redlichern das Opfer des moralischen Selbstmords auferlegt. Der Nachweis, daß ein Handlanger des Angriffsgeschäfts in so geistwidriger Hantierung mit der Korruption an diese Anschluß gefunden hat, bietet mir keineswegs den Reiz einer Enthüllung. Auch nicht der Einzelfall anderer kleinkalibriger Revolvermänner, wie sie sich aus der Nachbarschaft von Bankannonce und Wirtschaftskritik nun einmal herausbilden, und die florieren werden, solange der Läuterungswille auf diesem Gebiete mit einer relativen Moral sein Auskommen findet. Diese Sorte, mag sie noch so verabscheuungswürdig sein, wirkt, wie sich ja täglich erweist, wenigstens nicht mit der Macht, das Schweigen über ihre Wirksamkeit zu erpressen, und es konnte immerhin geschehen, daß hier, in einem Fall, der doch gleichfalls innerhalb der bürgerlich-kapitalistischen Welt spielt, antikorruptionistische Forderungen vollauf vertreten werden, ohne daß einem der Einwand entgegengehalten würde, die sozialdemokratische Partei habe andere Sorgen. Weit überraschender, schmerzhafter, tragischer als alle diese Enthüllungen ist das Schweigen über den Kardinalfall einer erpresserischen Wirksamkeit, der zugleich eine Kulturregion verpestet und über alle Tatbestände hinaus die Erpressung geradezu als das wirkende Prinzip des Geisteslebens, als eine atmosphärische Erscheinung des örtlichen Klimas darstellt. Das Schweigen über eine journalistische Existenz, die als solche doch schon Erpressung ist und aus jeder gedruckten oder nicht gedruckten Zeile den Kriminalgeruch verbreitet. Und noch sensationeller der Umstand, daß man über Erpressung sprechen konnte, um von ihr zu schweigen, und daß dieses Schweigen dennoch mit der Kraft einer Stentorstimme in die Debatte drang. Ja, daß alle Motive laut werden konnten, die man sich in dieser Debatte nur wünschen mochte, und daß, wo von »ungarischen Erpessern« die Rede ging und also, nach Herkunft und Berufstätigkeit, das Signalement durchaus stimmte, nichts gefehlt hat als der richtige, der autoritative Name. Wie wenig vermöchte mich für solchen Mangel die Fülle der Anerkennung zu entschädigen, die die Arbeiter-Zeitung für mein künstlerisches Wirken bereit hat, und selbst wenn sie im Streifzug gegen Erpresser, die ich nicht meine, an mich als eine moralische Instanz appelliert, so hat sie meine Ansprüche noch lange nicht befriedigt. Denn man vergesse nie, daß meine Unbescheidenheit größer ist als meine Eitelkeit, und daß ich mich keineswegs mit dem Trost begnüge, den jemand jüngst so passend auf die Stellung der Partei zu meiner idealen Forderung zitiert hat: »Weine nicht, mein Liebling, weine nicht, du kannst alles von mir haben, nur das eine nicht!«

Doch ich werde meinem überzeugten Respekt vor der persönlichen Lauterkeit einer fühlenden Brust unter Taktikern nicht untreu werden. Politik, die nach Shakespeare höher thront als Gewissen, kann offenbar auch Sukkurs von einem Pflichtgefühl erhalten, das dem Gegendruck menschlicheren Fühlens standhält und ein moralisches Relativitätsprinzip der Rücksichten und Vorsichten selbst dort befolgt, wo allgemeine sittliche Forderungen erörtert werden. Nicht an den persönlich achtungswürdigen Fall will ich rühren, der mir mehr als andere publizistische Beispiele ein Staunen übrig läßt, wie man mit gebundener Hand schreiben kann und daß so lautes Schweigen nicht die Arbeit stört. Aber ich rede, vor dem unvermeidlichen Tag, wo die Tatsachen noch lauter sprechen werden, die sozialdemokratische Partei an, der ich, mit dem denkbar größten Gefühl für ihre anderen Sorgen, bereits meine Vermutung nicht verhehlt habe, daß das Schweigen über einen Erpresser das greifbarste Indiz seiner Wirksamkeit sei und die Unterredungen, die sie ihm andauernd gewährt, ein noch stärkeres. Sie hat diese Vermutung dadurch bekräftigt, daß sie auch zu ihr geschwiegen hat, und ich fürchte, sie wird noch schweigen, wenn ich ihr sage, daß ich nicht die Korruption, die in jeder politischen Gruppierung Unterschlupf finden kann, für das Übel halte, sondern die Trägheit, die sie nicht ausjätet; die besonnene Dummheit, die die ärgere Korruption befestigt, weil diese um jene weiß; und vor allem die Denkungsart, die um der großen Sache willen, die nicht größer sein kann als die Ehre, eben deren reinste Vertreter zwingt, die Unehre zu decken und die erpresserische Schande zu dulden. Mit einem Tritt hätten sie ihr den Garaus machen müssen, wenn nur ein Wort von all der Anerkennung wahr ist, die der Bürgermeister von Wien meinem reinigenden Tun gezollt hat. Es soll ihn auch weiterhin nicht enttäuschen!

Was sagt er denn zu dem Resumé, das der Berliner Korrespondent der Arbeiter-Zeitung in einer dortigen Zeitschrift über den ›Abend‹-Skandal veröffentlicht hat:

— — Daß der Herausgeber der ›Stunde‹ sein gar nicht mehr fragwürdiges Metier ungestört ausüben kann — darüber geht man stillschweigend hinweg. Nein, nicht ganz stillschweigend: Karl Kraus, ob der Intransigenz, mit der er den Kampf gegen die Presse führt, noch bis vor kurzem in weiten Schichten des Bürgertums, der Arbeiterschaft belächelt, ist zum Führer einer gewaltigen Massenbewegung geworden, die Preßkorruption zum zentralen Problem der österreichischen Politik — —

Zum Führer einer gewaltigen Massenbewegung bin ich weiß Gott nicht geworden, bloß zu einem »einzelnen Schriftsteller«, der nicht einsehen will, daß die sozialdemokratische Partei andere Sorgen hat, wenn ihre Führer nicht gerade im Rathaus Shimmy tanzen. Aber lesen wir nicht Tag für Tag, daß sie entschlossen ist, eine Gesetzesreform, die das schändlichste aller Handwerke unterbinden soll, durchzusetzen? Und sind ihnen nicht sogar die Christlichsozialen, deren Presse mit nicht geringerer Behutsamkeit der Gefahr begegnet, mit einem Gesetzentwurf zuvorgekommen, wiewohl es ihrem Bekenntnis doch eher anstünde, dem Übel nicht zu wehren? Ich kenne keine Parteien mehr, aber ich bin überzeugt, daß die Herren Eldersch und Renner auf der einen, die Herren Ahrer, Gürtler und Heinl auf der andern Seite des Hauses mich nicht enttäuschen und auf das Gesetz gegen die Zeitungserpresser nicht allzulange warten lassen werden. Ich glaube, daß, wenn ich diese Erwartung mit dem 1. Mai befriste, ich der Sache einer entehrten Freiheit die eindrucksvollste Huldigung darbringe, und ich spreche die Hoffnung aus, daß nicht im entscheidenden Augenblick der Wille des Hauses sich in dem Bekenntnis manifestieren wird, das Gesetz gegen Erpressung könne nicht zustandekommen, weil Herr Bekessy die Unterlassung erzwungen habe. Mit äußerster Spannung, wie sie schon nicht mehr einer Novelle zum Preßgesetz, sondern eher einem Kriminalroman angemessen ist, werde ich die »Lesung« verfolgen; wie ich neulich auch mit wahrer Ergriffenheit die Rede las, die ein sozialdemokratischer Abgeordneter in einer Vertrauensmännerversammlung gehalten hat. »Wir sehen die erschütternde Tatsache«, rief er, »daß Zehntausende Proletarier, die politisch und gewerkschaftlich interessiert sind, bürgerliche Tratschblätter lesen. Dieser Zustand ist nicht länger zu ertragen.« Es mag sich nicht bloß daraus erklären lassen, daß die Bildertechnik der Tratschblätter fortgeschrittener ist als die der Parteipresse, sondern die Tatsache wird erst erschütternd durch die Entschuldigung, daß die Proletarier zu den Tratschblättern auch aus dem Grunde greifen, weil sie dort die Interviews mit ihren Parteiführern finden. Ob die Macht, welche die Unterstützung ihres Schandgewerbes in allen Parteilagern erreichen konnte, nicht auch imstande sein wird, die Behinderung durch dieselben Faktoren abzuwenden, wird sich ja zeigen.

Sollte es, gegen allen Glauben an die Träger sozialer Verantwortlichkeit, geschehen, so gebe ich mich der Vorstellung hin, daß für den gegenständlichen Fall, den als Gegenstand der außerparlamentarischen Debatte zu erhalten ich nicht ermüden will, die vorhandenen Gesetze durchaus zulangen werden – so hoch auch die Verbindungen reichen, so kunstvoll die Anstalten sein mögen, damit das Unsägliche nicht genannt und das Unfaßbare nicht gefaßt werde; und so gut etlichen hochgestellten Subjekten die ungarische Küche, die geistige und insbesondere die leibliche, schmecken mag. Noch heute fühle ich mich – und wieder, nach einem Vierteljahrhundert, der Sozialdemokratie gegenüber – als den Vollstrecker des letzten Willens, den das letzte Wort des alten Liebknecht an mich enthalten hat, mich ermächtigend zum Kampf gegen die Helfer des Bösen in Staat und Presse: »Ich will sie peitschen!« Ich geize nach keinem praktischen Erfolg und würde mich gegebenen Falles mit der tabula rasa begnügen, auf der sie alle, von oben bis unten und von rechts nach links, eingezeichnet stehen werden, die aus Schuld oder Schwäche mich verhindert haben, ein im reinsten Sinne wohltätiges Werk zu Ende zu bringen. Mir steht, zum Unheil dieser absurden Gemeinschaft, der ich doch helfen möchte, keine Exekutive zu Gebote, ich kann nicht verhaften und nicht Gesetze machen. Könnte ich's, so wären Redouten schlechter besucht, und es wäre eine Lust, zu leben! Aber darin täuschen sich die Kreaturen eines Erpressers gründlich, wenn sie glauben, daß mit dem Hohn, den sie dem verzweifelten Kampf um die allgemeine Sache antun, und damit, daß ihnen die Befestigung der gemeinen Sache gelänge, der Schlußpunkt der Affäre gesetzt wäre. Die Furcht vor gesellschaftlichen Mächten, die durch nichts als durch ihre Feigheit bestehen, bannt mich so wenig wie die vor dem Übel selbst, dem sie alle unterworfen sind. Die unsägliche Dummheit der Hoffnung, daß auch mein Mund zum Schweigen gebracht würde, die Idiotie, die den Satiriker zu entwaffnen glaubt, da sie ihn täglich rüstet, ist das Element, in dem ich nicht versage. Wenn es eine Stadt, die ihre Bäder vermehrt, nicht unhygienischer findet, im Unflat der publizistischen Infamie zu ersticken, so kann ich ihr nicht helfen. Meine Sache ist die Klarstellung des Falles, die Abziehung des für eine höher geartete Menschheit Gültigen und die Berichtigung des Wahns, mir könnte in der Pestluft, in der sich das Gesindel wohl fühlt, der Atem ausgehen.

Und dazu freilich auch noch ein Restchen Hoffnung auf eine Justiz, von der ich glaube, daß sie nicht bloß jenes dürftige Gesetz wahrnehmen wird, welches mir zunächst verbietet, in eine lebenswichtige Materie einzugehen, die zufällig den faktenmäßigen und dokumentarischen Gegenstand eines Beleidigungsprozesses bildet. Auf die Dauer vermögen solche juristische Episoden, die doch eben den Wert haben, die Hauptsache in Fluß zu bringen, ihr nicht zur Deckung zu dienen, und ich gebe mich der Zuversicht hin, daß die Justiz über allen versagenden Mächten dieses Gemeinwesens ihrer eigentlichen Bestimmung, zum Rechten zu sehen, gerecht werden wird – damit sich das Wort endlich einmal bewähre: extra Hungariam non est vita, weil hier Akten leichter entstehen als verschwinden. Es wäre doch ein satanischer Witz des Schicksals, wenn wir schon vor dem Kehraus der Lustbarkeit halten: daß der Abend angebrochen wäre und die Stunde versäumt! Ich halte das schlechterdings für unmöglich, weil ich glaube, daß sich selbst unter dem stefansturmhohen Schmutz von Zeit und Örtlichkeit elementare Bedürfnisse nicht ersticken lassen. Ihre Befriedigung wäre freilich auf geräuschlosere Art zu erzielen, und ich will die befristete Erwartung, die ich in alle Interessenten dieser Angelegenheit setze, auf die Persönlichkeit ausdehnen, deren Interesse nicht geringer und deren Verläßlichkeit in der Wahl der richtigen Mittel mir bekannt ist: auf ihn selbst, unseren Mitbürger. Er hat, da die Zeit der Feste vorbei ist und das Wiener Klima, besonders um die Abendstunde, rauh, einen Erholungsurlaub angetreten. Ich rate ihm, nicht mehr zurückzukehren. Wenn er es aber schon der bekannten Sorge für die dreihundert Angestellten schuldig wäre, die sonst zu unmittelbar der weit größeren Zahl jener zugesellt würden, die weiß Gott eine ehrlichere Arbeit verlassen mußten – wenn er also gezwungen wäre, seine Angelegenheiten, die mit dem wirtschaftlichen Wohl der Wiener Bevölkerung keineswegs zusammenhängen, persönlich in Ordnung zu bringen, so denke ich mir gleichfalls den 1. Mai als den abschließenden Termin seiner Wiener Wirksamkeit, ohne jedoch seine linksradikale Gesinnung noch zur Teilnahme an dem Festtag des Proletariats zu verpflichten.

Wohl weiß ich, daß ihm sein Hierbleiben jetzt zur Ehrensache geworden ist und in einem höheren Maße als uns allen. Aber ich weiß auch manches andere, ich bin in der beneidenswerten Lage, frei von Menschenfurcht sprechen und handeln zu können, ich lebe außerhalb des Ringes der Interessenten, außerhalb des circulus vitiosus, der die Würdenträger und Ehrenmänner dieses Landes gefangen hält, und so kann ich nie zum Opfer einer Erpressung werden, gegen die ich wirke. Ganz im Gegenteil, Erpresser bin ich selbst, wenn's darauf ankommt, eine Stadt mit der Wiederherstellung der Ehre und Bewahrung des Eigentums zu bedrohen, in der Absicht, die Leistung eines Gesetzes, die Unterlassung von Interviews und die Nichtduldung eines Banditenblattes zu erzwingen. Meine Erpressung an den Politikern aller Parteilager ist ferner auch durch die Drohung gegeben, daß ich, wenn sie nicht aufhören werden, sich vor Herrn Bekessy zu fürchten, ihnen die Furcht benehmen werde, und diese Drohung könnte immerhin geeignet sein, den Bedrohten mit Rücksicht auf die Verhältnisse und die persönliche Beschaffenheit derselben gegründete Besorgnisse einzuflößen. Daß ich aber auch an Bekessy selbst schon die längste Zeit Erpressungen versuche, und mit einer Spannkraft, um die er mich beneidet, ist bekannt. Ich habe jedoch bei ihm bis heute nichts erreicht als eine größere Summe an Prozeßkosten, während er allen Versuchen, ihm auch eine Verletzung an der Ehre beizubringen, Widerstand leistet. Gleichwohl habe ich die ernstesten Absichten mit ihm. Gegen einen Gesetzentwurf wird er sich zu waffnen wissen, solange er auf die Erkenntlichkeit der Politiker hoffen darf. Aber – was sind Hoffnungen, was sind Entwürfe – wir wollen zufrieden sein, wenn wir Gesetze, die wir schon haben, angewendet sehen und wenn mit einem konfiszierten Revolver Bresche geschossen wird in die Mauer, die anrüchige Politiker einem ruchlosen Geschäft gemacht haben und hinter der wir nicht mehr atmen wollen!

Auch die Banditen selbst mussten einsehen, dass ihre Stunde geschlagen hatte

Endlich hat, ungeachtet aller andern Sorgen, die Arbeiter-Zeitung die Sache angepackt. In den Tagen knapp vor dem ›Abend‹-Prozeß, als eben das Ultimatum in der Fackel erschienen war und die Broschüre eines Kenners des Banditenwesens in die grobe Tatsächlichkeit hineinleuchtete (grell genug für den einen Tag, ehe sie der Anführer unter dem sensationellen Vorwand, daß seine Ehre beleidigt sei, konfiszieren ließ) – am 2. April also hat sich die Arbeiter-Zeitung zwar nicht mit solchen Lappalien abgegeben, aber mit großer Symbolik hat sie, zum Zeichen, daß in Wien nun Ernst gemacht werde, mitten in die Aktualität die folgende packende Schilderung gestellt, die auch dem letzten Nörgler den Glauben erstattet und zeigt, wie sie's in Wahrheit meine:

Eine Brigantenjagd in Sizilien

Neapel, im März.

In Sizilien hat, wie die »Neue Züricher Zeitung« berichtet, dieser Tage ein Kampf gegen das Briganten- und Bandentum mit der Gefangennahme der hauptsächlichsten Räuberhorden geendet. Die sizilianischen Briganten von heute sind keineswegs – wie sich eine romantische Phantasie etwa vorstellen möchte – Nachfahren eines Rinaldo Rinaldini, die in großen Schlapphüten und wehenden Mänteln im Gebirge herumstreifen, Reisende überfallen, Söhne reicher Eltern entführen, um Lösegelder zu erpressen, sich ihren Gefangenen gegenüber als richtige Gentlemen zeigen, gar die Unschuld beschützen und das Recht der Armen verteidigen. Nein, diese sizilianischen Briganten sind nicht immer tapfere Männer, mit Dolch und Revolver im roten Gürtel, sondern oft genug gutgestellte Personen, die oft gar in Amt und Würden stehen. Zum mindesten sind es oft solche, die mit den eigentlichen Briganten im Einvernehmen stehen, sie heimlich beschützen, ihnen Unterschlupf gewähren und sie den Händen der Obrigkeit entziehen.

Banden- und Brigantenwesen ist seit alter Zeit in Sizilien heimisch, die Organisationen mit verbrecherischen Zwecken gehen auf eine alte Tradition zurück.. Die Organisationen arbeiteten gut und einträglich. Ihre Häupter hielten oft ein weitverzweigtes Netz von Fäden in der Hand, an denen sie die Geschicke ganzer Gemeinden, ganzer Gegenden leiteten. Sie begnügten sich keineswegs damit, Räuber, Wegelagerer, Viehdiebe und Ausbeuter andrer Art zu sein; sie griffen mehr oder weniger sichtbar auch in die Politik ein. Häufig genug waren es diese Bandenführer, die ihren Einfluß bei politischen Vorgängen, bei Wahlen, bei Abstimmungen durchsetzten; sie präsentierten gar die Kandidaten nachdem sie diesen zuvor das Versprechen abgenommen hatten, ihre geheimen und verbrecherischen Organisationen nicht anzutasten. Und wehe dem, dem sie zu Amt und Würden verholfen hatten, der es wagte, gegen ihr Treiben vorzugehen! Er war seines Lebens nicht mehr sicher. Die Briganten hatten soviel Macht in den Händen, daß es nicht möglich war, sie mit dem Strafgesetzbuch zu fassen, wie anderseits nur selten einer wagte, ihre Verbrechen den Behörden anzuzeigen.

Vor einigen Wochen beschloß die italienische Regierung, energisch gegen dieses moderne Brigantentum vorzugehen und seine rücksichtslose Ausrottung zu versuchen. Es ist der Klugheit und unerbittlichen Strenge des Präfekten Mori von Palermo zu danken, daß diese Versuche zu einem glücklichen und erstaunlich raschen Erfolge führten. Wie groß die Macht dieser Banden war, erhellt daraus, daß ihr Haupt es sogar gewagt hatte, Verbindungen mit dem Präfekten anzubahnen, der gegen das Versprechen, dem Fascismus zum endgültigen Siege zu verhelfen, diesen Banden weitere Duldung verschaffen sollte .... Sie hatten den Briganten einen regelrechten Tribut abzuliefern, sie mußten die Räuber ernähren, hatten ihre Anordnungen zu dulden, sie im Notfall zu verstecken und zu verleugnen, und wehe dem, der es wagte, zu rebellieren! Die wohlhabenden Kaufleute, die reichen Grundbesitzer wurden willkommenes Ausbeutungsobjekt der Bandenführer, die keineswegs immer Räuber im gewöhnlichen Sinne des Wortes waren .. Die Bandenführer waren wohl meistens Leute, die sich irgendeines kleinen Verbrechens wegen durch die Flucht den Händen der Obrigkeit entzogen hatten und dann den Rückweg zu einem geordneten Leben nicht mehr fanden; aber unter den ihren Bünden Angeschlossenen waren häufig genug Leute, die nach außen einen völlig korrekten und bürgerlich ehrenhaften Lebenswandel führten.

Als die Verfolgungen und Verhaftungen begannen, zogen sich die Banditen immer mehr in die Berge zurück . . Von allen Seiten rückten Polizei und Miliztruppen heran, enger und enger wurde das Bewegungsfeld der Briganten. Die Bewohner des Ortes kannten sie natürlich mehr oder weniger alle, wagten aber nicht, sich gegen sie zu erheben oder gar sie auszuliefern; zu lange hatten sie in der Furcht vor diesen Horden gelebt. Als aber die Lebensmittelzufuhr abgeschnitten wurde, als die einzelnen Banden anfingen, sich gegenseitig zu bestehlen, als Zwist unter ihnen entstand, als unter Trommelwirbel ein Abgesandter der Polizeitruppen erschien, mit dem Befehl des Präfekten an die Stadt, entweder die Banditen auszuliefern oder ihr Schicksal zu teilen, mußte sich die Bevölkerung klar werden, wie die Dinge lagen. Auch die Banditen selbst mußten einsehen, daß ihre Stunde geschlagen hatte. . Etwa 150 Banditen wurden festgenommen, unter ihnen auch eine Frau, die hoch zu Pferde den Anführer ständig begleitet hatte . . Die Banditen hatten immerhin auch früher schon mit polizeilichen Ueberfällen gerechnet und sich daher auf diese Gefahr vorbereitet. In ihren Häusern . . gab es unterirdische Gänge, doppelte Wände, verborgene Türen . .

Jetzt ist das Provinzialgefängnis von Palermo überfüllt von Briganten, die ihrer Aburteilung harren . . die terrorisierte Bevölkerung atmet auf.

Man wird nicht in Abrede stellen können, daß dergleichen nur mir zustoßen kann, und erst »im Verlauf der Begebenheiten« – aus jenem Jux, den er sich nicht mehr allzulange machen wird – und wenn erst die Angelegenheiten alle abgewickelt sein werden, dürfte man die gespenstische Übereinstimmung (bis auf Präfekten, Politiker etc., die mit dem modernen Brigantentum im Einvernehmen stehen, und sonstige Begleitumstände) schaudernd erkennen. Als ich es las, wußte ich, daß Satz für Satz aus Sizilien via Neapel und Zürich sich in den Wiener Boden einhaken müsse, und im Lesen lauerte mein Blick auf den Moment, da er das Wort aller Worte bemerkt, nein herbeigeführt haben würde. Hat ihn schon:

Auch die Banditen selbst mußten einsehen, daß ihre Stunde geschlagen hatte.

Nämlich die Angehörigen des Banditenblattes: dessen psychische Lage keine Mißdeutung mehr zuließ, in Tagen, wo die sizilianische Staatsanwaltschaft einen Fall gefunden zu haben schien, in dem »sich das Talent ihrer Leute spiegeln kann« und zwar ohne Rücksicht auf Ruf, Ansehen und Wirtschaftsinteressen der Bande. Es war aber auch unverkennbar, daß die Arbeiter-Zeitung, in der hinter dem Panzer der Parteibindung doch ein Herz schlägt, hier das Erdenklichste getan hatte in der Bedrängnis, in welche die sozialdemokratische Partei durch das Brigantenwesen in Sizilien geraten ist. Freilich hat sie kein Sterbenswort dazu gesagt, daß der Parteigenosse, der jene Broschüre verfaßt hatte, das leibliche Opfer sizilianischer Sitten wurde und daß die Bande, die sich seit Monaten vor den Explosionen der Volkswut hinter Doppelwänden und verborgenen Türen verschanzt, just in den Tagen der Razzia zu brachialer Aktivität sich hervorwagte. Aber ist es nicht eben offenbar, daß die Arbeiter-Zeitung für diese extremste Bedrohung der Preßfreiheit durch eine gewalttätige Libertinage kein sizilianisches Beispiel gefunden hat? Wie dem immer sei, sie hat ihr Möglichstes getan, sie hat nach dem ›Abend‹-Prozeß deutlich ausgesprochen, was sie deutlicher nicht aussprechen konnte, sie hat gezeigt, daß die Sicherheit in Sizilien zu ihren Sorgen gehört, und man weiß, wenn das Provinzialgefängnis von Palermo überfüllt sein wird mit Briganten, die ihrer Aburteilung harren, so wird nicht nur die terrorisierte Bevölkerung, sondern werden auch jene aufatmen, die den sizilianischen Briganten das Heimatrecht in Wien gewährt haben.

Die Stunde des Gerichts

»Gib Antwort! Wer bist du?«

»Ich selbst.«

»Freie Bahn!«

»Einen Umweg gemacht! Groß genug ist der Plan.«

»– Wer bist du?«

«Ich selbst. Kannst du eben das sagen?«

»Ich kann sagen, was ich will; und mein Schwert kann
dich erschlagen!
Sieh dich vor! Hui, hei, da fällt's auch schon sausend!
König Saul erschlug hundert; Peer Gynt erschlug tausend!
– – Was bist du?«

»Der große Krumme.«

»Schau, schau!
Erst war das Rätsel schwarz, jetzt scheint es grau.
Bahn frei, Krummer!«

»Herum um mich, Peer!«

»Durch! – Da fiel er! – Hoho! Sind hier mehr?«

»Nur einer, Peer Gynt, der sich immer wieder erhebt!
Der Krumme, der tot ist und niedergebrochen.
Der Krumme, der tot ist, und der Krumme, der lebt!«

»– Die Wehr ist verhext; muß die Faust denn ans Werk! –«

»Ja, trau du nur auf deine Faust, deine Knochen!
Hihi, Peer Gynt, so gewinnst du den Berg.«

»Hin und zurück, 's ist der gleiche Weg; –
Hinaus und hinein, 's ist der gleiche Steg!
Da ist er! Dort! Rings, wo ich mich weise!
Wähn' ich mich draußen, steh' ich mitten im Kreise.
Nenn' dich! Laß sehn dich! Was bist du, Verkapptes?«

»Der Krumme.«

»– Nicht tot. Nicht lebendig. Ein Gären.
Ein Brodeln. Gestaltlos. Und brummend tappt es
Um einen herum wie halbwache Bären!
– Schlag' um dich!«

»Der Krumme ist nicht so toll.«

»Schlag' zu!«

»Der Krumme schlägt nicht.«

»Er soll!«

»Der große Krumme gewinnt ohne Streit.«

»Wär' hier bloß ein Zwerg, der mich zwicken möchte!
Wär' hier bloß ein Troll, nur zehn Monate alt!
Bloß daß man nicht so in der Luft herum föchte.
Jetzt schnarcht er gar! Krummer!«

»Was gibts?«

»Brauch' Gewalt!«

»Der große Krumme gewinnt alles mit der Zeit.«

»– Krallen ins Fleisch und ritzende Zähn'!
Ich muß mein eigen Blut rinnen sehn.
– – Zu teuer erkauft sich ein Menschensein
Mit solch einer Stunde voll zehrender Pein!«

Und schließlich schwindet doch der Krumme zu nichts zusammen und ruft mit erlöschender Stimme: »Er war zu stark!« Unaufhaltsam schreitet das Schicksal, wenngleich zögernd bei jedem Schritt – als drohte ihm Imre Bekessy, um eine Unterlassung zu erpressen – dem Ausgang zu. Ist er erreicht, so werde ich einmal in Form von Memoiren den Versuch machen, wiederzugeben, welche Leistung und welche Fülle von Bitternissen, welches Übermaß an Wach- und Wirksamkeit noch hinter der unermeßlichen Worttat vonnöten war, um mit der dankbar gefühlten Hilfe der Wenigen und gegen den Widerstand vielfacher Erbärmlichkeit eine Stadt von dem dicksten Unflat ihres morastigen Weichbilds zu befreien. Man wird erfahren, wie der Aufgabe, Gestaltloses zugleich zu gestalten und zu vernichten, unzählig die kleinen Krummen im Wege lagen und welch großer Vögel grausiger Flügelschlag immer wieder hörbar wurde zur Rettung des Krummen, der ein Prinzip ihres gemeinsamen Lebens war. Wie immer jedoch es ausgehen mag, und sollten die Ohnmächte dieses Ausbunds von einem Staat, dem Mitwisser der allgemeinen Niedertracht erliegend, stärker sein als der Drang nach Ehre — das versprochene Gastmahl des Timon würde ihnen nicht vorenthalten bleiben! Wenn es sich herausstellte, daß die Naturgewalt der Moral die schwächere Erpressermacht wäre, im Ernstfall eines diës nefastus, des Tags, an dem kein Gericht gehalten wird – dann würde es doch gelingen, das Interesse Europas auf die Besonderheiten dieser Landschaft in einem Maße zu lenken, welches aller Bestrebungen zur Hebung des Fremdenverkehrs spotten wird! Denn niemals, solange ich lebe, würde, selbst wenn Akten auch in Österreich verschwinden könnten, die für alle Zukunft eroberte Wahrheit aus ihnen verschwinden über das, was den klimatischen Verhältnissen zufolge hier wachsen und wuchern und die hiesige Menschheit erfreuen konnte.

Zunächst, mit bisher nicht enttäuschter Hoffnung, daß eine moralisch gleichgestimmte Tatkraft die rechtlichen Maßnahmen zur Beseitigung des Greuels lenke, bleibt nichts zu tun als — soweit eben diese es gestatten — über den Stand der Entwicklung zu berichten. Ich habe dem Imre Bekessy einen Rat erteilt, wie ihn besser sein bester Freund ihm nicht erteilen könnte: am 1. Mai den Schauplatz seiner Tätigkeit zu wechseln und ein Land aufzusuchen, das ihn, wenngleich es sich nicht darum reißen würde ihn einzubürgern, doch vielleicht aufzunehmen bereit wäre, falls er sich nicht entschlösse, in seine Heimat zurückzukehren, von der er keineswegs als Flüchtling zu uns kam und wo er, politisch ungefährdet und nach Tilgung seiner Verfehlungen, als Erpresser ein neues Leben beginnen könnte. Wollte er das nicht, so wäre, da Deutschland und die Schweiz sich seiner Etablierung abgeneigt zeigen, vielleicht Paris abenteuerlustig genug, ihn zu beherbergen. Ich habe an sein Nervensystem appelliert, das doch unmöglich so stark sein kann wie sein Ehrgefühl, um den Druck einer Ächtung, wie ich sie über ihn verhängt habe, und dazu die beständige Unsicherheit auf die Dauer zu ertragen. Denn schließlich hat nicht nur er Wien, sondern auch Wien ihn unsicher gemacht, und so riet ich ihm denn, auf seine Gesundheit zu achten und lieber zu gehen als zu sitzen. Bis zu dieser ernsten Möglichkeit, der er doch bis heute mit einer fast unvorstellbaren Routine entkommen ist, wollte ich ihn noch davor bewahren, die Empfindungen durchzumachen, die seine Opfer durchmachen mußten: die Pein des Menschen, der einer Erpressung wehrlos ausgeliefert ist. Hat ein Mann von seinem Format es nötig, alles, was er seiner Tüchtigkeit verdankt, wieder an Leute hinzuopfern, die zufällig wissen, wie es erworben wurde, und die umso anspruchsvoller werden, je näher der Augenblick kommt, wo sie darüber wahre Zeugenaussage ablegen könnten? Man erzählt sich Schauderdinge von der wachsenden und drängenden Begehrlichkeit jener vor keiner irdischen Gewalt verantwortlichen freien Geister, deren wirtschaftliche Existenz von allem Anfang an weniger auf Fähigkeiten aufgebaut war als auf einem Fachwissen um die Karriere des Mannes, der sie selbst weit allgemeineren Kenntnissen verdankt. Ich kann diese Verstrickungen nicht mitansehen, und mit derselben Leidenschaft, mit der ich bereit bin, das korrupteste Finanzkapital von seinem Parasiten zu befreien – aus einem tiefer gefühlten Sozialismus als dem, der andere Sorgen hat, und weil ich eben zum Umsturz der alten Welt die Erhaltung der moralischen Grundgesetze brauche –, mit demselben Anteil also empfinde ich noch die Qual, der der ausgenutzte Parasit preisgegeben ist. Ich habe, wie alles, auch den Termin des 1. Mai reiflich erwogen, dessen Wahl von dem Wunsch, die sozialdemokratische Sache zu entsühnen, zwar nicht just diktiert, aber doch sinnvoll mit der Gelegenheit verbunden war. Als ich den Termin setzte, wußte ich, daß er schon in eine kriminale Prozedur fallen würde, deren Zweck die Untersuchung wäre, ob Imre Bekessy im streng technischen Sinn der Tätigkeit schuldig sei, deren ich ihn hauptsächlich und immer wieder, ungestraft den Ungestraften, öffentlich oder vor mehreren Leuten, in Druckwerken und verbreiteten Schmähschriften, namentlich oder durch auf ihn passende Kennzeichen geziehen habe. Denn daß er diese Tätigkeit und nichts außer ihr ausübt, wußte eine Stadt, die seit Jahren in erpreßter Luft atmet. Darin war ja die ganze bürgerliche Welt, ja selbst die hervorragendsten Funktionäre der sozialdemokratischen Partei mit mir einig; darin war alles, was ein amtliches, ein geschäftliches und insbesondere ein Privatleben hat, so sehr meiner Meinung, daß sie lieber schwiegen und duldeten, lieber den Anschein der Erbärmlichkeit und den Verdacht der verborgenen Korruption ertrugen, als die Befreiung vom Erpresser Großwiens mit dem persönlichen Unglimpf zu erkaufen, der sein letzter Racheakt wäre. Darin waren sie so sehr auf meiner Seite, daß sie den Kampf ganz und gar mir überließen, der ja als Außenstehender und einzelner Schriftsteller weniger zu besorgen hatte. Sie alle standen mir, wenn's keiner sah, mit ihren wärmsten Wünschen bei, beschuldigten einander der Feigheit, und durchdrungen von der Not, der ich den Ausgang schaffen sollte, waren sie alle. Kurzum, Ophelia hätte eher an der Sonne Klarheit und an der Sterne Licht zweifeln mögen als irgendjemand in Wien, daß der Bekessy ein Erpresser sei. Ich tat, was ich konnte. Ich wurde nicht müde, ihm an der Hand seiner Vergangenheit wie seiner Gegenwart die zahllosen nicht erlittenen Strafen zum Vorwurf zu machen, aber es gelang mir nicht, ihm die Notwendigkeit ihrer Nachholung in einem Beleidigungsprozeß zu beweisen. Alles konnte ich bei ihm durchsetzen, selbst eine gewisse Herabsetzung seiner Aktivität, eine Ermäßigung seines Temperaments und seiner Preise, nur nicht daß er mir jene Gelegenheit geboten hätte. Da ich jedoch ohne seine Einwilligung nicht zu Gericht gehen kann, wenn es sich um seine Ehre handelt, so blieb nichts übrig als diese aus dem Spiel zu lassen, was ein Kinderspiel war, die Materie seines Lebens, losgelöst von dem hinderlichen Ehrbegriff, zu betrachten und die Angelegenheit mit allen glücklichen Weiterungen, die sich aus ihr ergaben, so zu führen, daß sich mangels eines privaten Anklägers der öffentliche mit ihr befassen mußte.

Sie verläuft in jedem Falle katastrophal: indem das Unheil, das im Zuge ist, welchen Lauf es will nehmen mag, und dennoch ans Ziel kommt. Denn sie würde ja, wenn es möglich wäre, daß eine Katastrophe einträte und die Justiz der Erpressung erläge, die sie verfolgt, noch weit katastrophaler verlaufen. Aber das besondere Erlebnis, daß das rechte Wort eines Staatsanwalts, die Justiz dürfe nicht zur Hure der Politik werden, coram publico berichtigt würde und daß ihr eben ausholender Arm gebannt wäre von dem Zuhälter solchen Verständnisses – nein, diese Vollendung meines Weltbilds hoffe ich nicht zu erleben! Und doch würde niemand ahnen, wie mir für die Rettung des Restes von einem Glauben an diese Staatlichkeit, an die Ehre dieses österreichischen Lebens, bange im Herzen ist. Wie ich, furchtlos in meiner Sache, zittern muß bei dem Gedanken, daß eines Tags der Schwächezustand vor dem größten aller Räuber in Form Rechtens mit dem Fazit besiegelt wäre: Und wenn man tausend Louisdor böte, wer ihn lebendig liefert, und wenn ein Arbeitsloser elf lebendige Kinder hätte, dem Mann könnte nicht geholfen werden – denn jener habe ja nicht selbst erpreßt, sondern durch Boten, die ihm die Treue halten, und seine persönlichen Opfer fürchteten zwar nicht den Meineid, wohl aber die Rache des Erpressers bis zum Grab und übers Kriminal. So konnte zwar der Dilettant Weiß, der, vom Kapital angesprochen, einmal selbst Anspruch erhob, der Justiz verfallen, aber ohnmächtig sei sie gegen den geborenen Erpresser, der den Naturdrang in ein System gebracht hat, der von einem Zentralbureau aus eine ganze Stadt in Kontribution setzt, eine ganze Armee von Geschäfts-, Staats- und Privatmännern befehligt und überhaupt keine andere Form des sozialen Umgangs kennt als die der Erpressung. Den Journalisten, der zum Verbrecher wird, zu fassen, sei nicht schwer. Unfaßbar aber, verkappt in immer wechselnder Gestalt, aller gesetzlichen Normen spottend und nur dem Tribunal der Sittengeschichte überlassen bleibe der Verbrecher, der zum Journalisten wird.

Empfindet man, welche Sorgen mir dieser Mitbürger macht? Und dabei bin ich doch fast der einzige Wiener, der ihn nicht zu fürchten hat und dessen Nerven er, auch wenn er mich als Erpresser entlarvte, durch nichts Pein bereiten könnte als höchstens durch die Überfülle von Anregung, durch die Vermehrung der Arbeit, die ihm freilich zur größeren Pein erwächst.

Wie könnte, und wenn tagtäglich wieder das moralische und logische Chaos über mich hereinbräche und die ganze Wanzenbrut gegen mich entfesselt wäre, wenn die selbst durch ihr Untalent nicht zu entmutigende Frechheit wieder und wieder ein falsches Bild von mir gäbe, um ihre eigene Grimasse zu verbergen – wie könnte heute noch der Glaube vorhanden sein, daß Krausens Tatkraft je zu erschöpfen wäre! Alle diese Nebengeräusche, die mit dem großen Greuel einherlaufen, werden so gut es geht kriminalistisch versorgt. Aber vergebens würde es der Bube versuchen, die Energie zu verwirren und abzulenken, die zum großen Schlag gegen den Erpresser ausholt, der sich schon überzeugen wird, daß sich ihre Methode nicht »in Berichtigungen und Querelen auslebt«. Schwer kränkt mich darum der Glaube, den er und die Seinen nähren, wie alle Bekenner einer Sinnesart, die in der Deutung geistiger Notwendigkeit nur auf die Motive der Eitelkeit und der Ranküne gerät. Der Glaube, daß es »nie so weit gekommen wäre«, wenn er nicht zufällig auch mich beschmutzt hätte, und daß sich seine Situation noch heute besser gestalten könnte, wenn er seinem Prestige das Opfer abränge, mich fürder zu verschonen. Die Inschrift über Dantes Höllenpforte ist ein »Hereinspaziert!« im Vergleich zu der Hoffnungslosigkeit, die sich dem Wahn eröffnet, meine geistigen Entschließungen zu beeinflussen, von denen ich doch sagen kann, daß sie selbst von mir als dem Besitzer privater Nerven unabhängig sind. Die Objektivität, die an mir verübte Büberei als Zeichen der habituellen zu werten und in dem, was mich betraf, das Schuftengesicht zu erkennen, das aller Menschenehre spottet – sie sollte nimmer mit einem persönlichen Interesse verwechselt werden. Nein, die Attake auf das Sexualleben der verhaßtesten Repräsentanten der bürgerlichen Welt, der Räubergriff in die Tasche der ärgsten kapitalistischen Verderbnis, die hedonistische Fratze des Zuhälters der Freiheit – all dies hätte mich auch ohne die persönliche Unbill und hat mich schon zu einer Zeit gespornt, wo aus so schmutzigem Gefäß mir noch Milch und Honig floß. Unerschöpflich hätte ich mir diese Gaben erhalten können – der Auswurf hat selbst solche Andeutung nicht verschmäht –, wenn ich nicht angefangen, nein auch noch, wenn ich innegehalten hätte. Nur für Lob hatte ich mich zu rächen und Eitelkeit hätte wahrlich töricht gehandelt, in einen Angriffskrieg gegen ihren Schmeichler einzutreten. Wer aber, der nicht von Sinnen ist, könnte glauben, daß, wenn sich mir der Bube nicht gezeigt hätte, der Erpresser und Unzuchtmeister dieser Epoche mir verborgen geblieben wäre. Von der ersten Stunde an konnte kein Lob und kein Tadel meines Wirkens diesen ruchlosesten Gebraucher des Drucks in beiderlei Gestalt vor seiner letzten Stunde bewahren.

Sie kommt, und wenn der ganze Schnee verbrennt! Denn ich habe es satt, mit Herrn Emmerich Bekessy die Luft einer Stadt zu atmen, wenigstens außerhalb ihres Gefängnisses, und lieber säße ich mit ihm drin, als ihn weiterhin freien Fußes seine Tänze und Eskapaden, seine Feste und Ausflüge, seine Nasführungen und Zaubereien veranstalten zu sehen. Ich habe es aber auch satt, auf dem Weg zum heiß erkämpften Ziel, auf dem Weg, der hinaus aus Wien oder hinein ins Landesgericht führt, immer wieder der Zufälle gewärtig sein zu müssen, mit denen das Unwesen der politischen Machthaberei im Ratschluß einer unerforschlichen Korruption den Glücksritter begünstigt. In dem allseits geführten, allseits isolierten, in dem atemerstickenden, atembefeuernden Kampf gegen die mit allem Zufall und allem Verfall verbündete Schufterei; in einer produktiven Arbeit, die täglich von neuem das Chaos zu bewältigen hat; in einer hoffnungsvollen Entwicklung, die bisher auch durch die Wirbel der Schamlosigkeit nicht beeinträchtigt werden konnte, sind doch immer wieder Rückschläge zu erleben, die die Freude an den positiven Errungenschaften trüben müssen. Die positivste ist die Tatsache, daß überhaupt untersucht wird, und ich halte unter allen heimischen Gepflogenheiten die der Vorerhebungen nach § 98 b derzeit für die weitaus sympathischeste, für viel dringender als eine Fahnenweihe des polizeilichen Männergesangvereins, und für eine solche, die einem den Glauben an dieses Vaterland wiedergeben könnte. Der vorläufige Erfolg: daß ein Prokurist und Verwaltungsrat der Bande festgenommen wurde, während der Chef selbst noch vorhat, die schönsten Beine bei einem Strandfest zu prämiieren, ist keineswegs zu unterschätzen, da er, selbst wenn besser Ding Weile braucht, außerordentliche Perspektiven in das volkswirtschaftliche Leben eröffnen dürfte. Ein weiterer Erfolg ist das langsame Auftauen einer im Dreck erstarrten öffentlichen Meinung, wie es da und dort in schüchternen Gerichtssaalnotizen zum Ausdruck kommt, ist vor allem die wenngleich noch etwas unfreie Sprache, die die sozialdemokratische Partei in Parlament und Presse wiedergewinnt, freilich nicht ohne daß ihr im Nu vom Erpresser aus dem Schatzkästlein seines Wissens »vorderhand« einige Perlen gezeigt werden. Sie wird erkennen, daß sie um ein volles Jahr zu spät die Abschaffung des individuellen Terrors versucht hat, dessen Einbürgerung und Duldung von allen Taten und Unterlassungen seit dem Umsturz die verhängnisvollste war. Immerhin ist meine Genugtuung über das kleinste Zeichen der Einkehr größer als mein Schmerz über die Ungebühr, welche die Disziplin des schlechten Gewissens einem, der ihr von Natur wegen abtrünnig ist, durch Geister geringen Kalibers zu bieten gewagt hat. Da es schwerlich gelingen dürfte, mich blöd zu machen, also auf das Niveau solcher Polemik zu bringen, und weil doch die Selbstironie der Tatsachen mein stärkster Beistand ist, so gebe ich die Zuversicht nicht auf, Männer, denen ich nicht als Gegner, sondern als Verteidiger ihrer Sache gegenüberstehe, wieder auf dem rechten Weg zu treffen. Hätte es nach allem, was geschehen und nicht geschehen ist, noch eines Beweises bedurft, daß hier eine politische Macht nicht anders als ein braver Ehemann nach dem Seitensprung in den Banden eines Erpressers keucht, so hat ihn wohl der beschämende Umstand erbracht, daß der Wicht nunmehr die öffentliche Drohung wagen konnte, um sich sofort Ruhe zu verschaffen. Kein Zweifel, dieses Schweigen war ein stärkerer Beweis für die Wirksamkeit der Erpressung, als ihn die stärkste Antwort produziert hätte. Gleichwohl bewahrt man das Vertrauen, daß der gute Anlauf nicht dauernd rückgängig gemacht sei, sondern daß es eben wie bei der Springprozession drei Schritte vor und zwei zurück gehe (und nicht am Ende umgekehrt). Ich hoffe, daß wir in Erkenntnis und Tat weiterkommen, daß einem, der keinen Beistand braucht, doch die schmählichste Behinderung erspart bleiben wird, und was meine persönliche Geltung betrifft, so glaube ich, daß die Sozialdemokratie einmal noch alles unterschreiben wird, was sie einmal über mich geschrieben hat. Als bemerkenswerter Erfolg in einem Kampf, der unter allen Umständen mit dem Ehrverlust der Neutralen enden wird, erscheint ein Beschluß des Reichsverbandes der öffentlichen Angestellten, welcher es »allen österreichischen Beamten zur Pflicht macht, die ›Stunde‹ weder zu abonnieren noch zu kaufen«, die der Reichsverband als »Schandblatt« bezeichnet, dem er die Entschädigung gönnt, daß es den Finanzminister zu seinen Freunden zählt. Und hier eben wäre einer jener Rückschläge zu verzeichnen, die immer wieder den Plan der Sanierung unseres Kulturlebens zu bedrohen scheinen. Daß in der Atmosphäre der Ehrlosigkeit, die das Geschäft des Herrn Bekessy in dem Maße stärkt, als sie davon genährt wurde, der vorbildliche Entschluß der Beamtenschaft keine Nachahmung finden wird, dürfte keinem Zweifel unterliegen. Es hat ja auch des Anstoßes der Standesbesudelung durch einen bestimmten Artikel bedurft, um die Beamten zu einem so außerordentlichen Schritte zu bewegen. Aber welche Interessengruppe fühlte sich hier verpflichtet, gegen das, was die Menschensitte verpönt und das Gesetz erlaubt, für die Allgemeinheit zu demonstrieren? Wer außer mir und etwa einem Redakteur der ›Stunde‹ hätte bisher nachgewiesenermaßen gewagt, sie ein Banditenblatt zu nennen? Entsetzlicher ist die moralische Frigidität dieses Landes wohl nie in Erscheinung getreten als durch das Faktum, daß ein Finanzminister, der den Herrn Bekessy hochleben ließ, es auch nur eine Stunde länger noch sein konnte. Die vom 1. Juni bot ein Bild des Grauens. Man sah vor gedeckter Tafel einen umfangreichen Mann, der, die Hände über dem Bauch gefaltet, sich in sein Schicksal zu ergeben schien, das in Gestalt des Herrn Bekessy ihm zur Seite saß, und der offenbar sprach, was ihm dieser nebst vielem Tranke eingegeben hatte. Es war in Baden, auf einem jener »Ausflüge der ›Bühne‹«, durch die Herr Bekessy den Wunsch, daß er aus Wien hinauskomme, wenigstens ratenweise befriedigt. Im Stadium eines Vorverfahrens wegen Erpressung konnte er feststellen, daß »alles gut klappte«, vom Wetter angefangen, und daß unter den ahnungslosen Teilnehmern nur fröhliches Lachen herrschte. Es war, wie er treffend bemerkte, »ein echt wienerisches Fest« und eines, das gleichzeitig erkennen ließ, »wie tief der demokratische Gedanke bereits in Österreich Wurzeln fassen konnte«. Denn es hatten sich »völlig zwanglos, ohne jede Etikette und ohne jede Nebenabsicht Politik, Presse, Künstler und die breite Masse« zusammengefunden, wobei nur nicht unterscheidbar wurde, ob Herr Bekessy die Presse oder der Künstler war und ob Herr Kollmann die Politik oder die breite Masse vorstellte. Aber vielleicht war mit dieser das Administrationspersonal des Kronos-Verlages gemeint, das in zwei reservierten Waggons befördert worden war und von Politik und Presse, also vom Finanzminister und vom Finanzerpresser, im Restaurant »bereits erwartet« wurde. Herr Kollmann, noch zwei Wochen vorher wegen seines geringeren geistigen Umfangs, wegen der »Primitivität seiner Gedanken« verhöhnt, hielt nun eine »klug-versöhnliche und äußerst humorvolle Rede«, in der er dem Wunsche Ausdruck gab, daß Bekessy und die Seinen »sogar die Steuerbeamten liebgewinnen« mögen und daß die ›Bühne‹ und die ›Stunde‹ hochleben sollen, wobei er wiederholt sein Glas auf das Wohl des Herausgebers leerte. Dieser, der in der Öffentlichkeit selten als Sprecher auftritt, hatte über die Bestrebungen geklagt, welche heutzutage darauf abzielen, »Zeitungen und Leser zu entfremden«, und gegen die, sofern sie auch aufs Landesgericht übergreifen, ein umsichtiger Herausgeber rechtzeitig Schutz bei der Regierung sucht. Der demokratische Gedanke, der da Wurzeln faßte oder eigentlich schon Wurzen, war demnach so unverkennbar wie die Nebenabsicht, ohne die sich Politik und Presse zwanglos zu einem Werk der Gastfreundlichkeit zusammengefunden hatten. Soweit nun die Regierung keine Verächterin der ungarischen Küche und der ungarischen Weine ist und Ursache hat, das Wohlwollen eines Erpressers sich zu erhalten anstatt es mit einem Fußtritt abzuweisen, könnten solche Gastereien in und außer Hause ihn allerdings in dem Wahn bestärken, daß es ihm gelingen könnte, auch die Justiz zu benebeln. Wäre selbst nur die Möglichkeit vorstellbar, so bliebe ja nichts übrig, als den Ehrlichen »Hinaus aus Wien!« zuzurufen und die Pestluft mit einer solchen Axt zu durchschneiden, daß es auch der zurückbleibenden Mehrheit unbehaglich würde. Aber schon, daß solche Tendenzen in Tat, Wort und Bild sich schamlos, zwanglos, ohne jede Etikette entfalten können, überschreitet das Maximum von Unmöglichkeit, welches selbst den wienerischen Erscheinungen eingeräumt ist. Herr Bekessy, der Überspanner, soll diesen Kollmann bereits in der Nacht vor dem Freudentag überrumpelt, traktiert, animiert und zum Fest präpariert haben, und die wohlgefügte Bitte, »daß der Blätterwald, den er beherrscht, zu allen Zeiten über Baden seine schützende Hand hält«, soll unser Finanzminister bereits in einem Zustand gesprochen haben, in welchem er für die Bedeckung des Budgets keine Verantwortung übernehmen konnte. Doch auch wenn es nicht behauptet würde, könnte ja – nüchtern herausgesagt – die Anomalie, daß ein Minister einen Staatsbürger, der sich im Stadium der Vorerhebungen nach § 98 b befindet, hochleben läßt und ihm auf das Wohl seines Handwerks zutrinkt, kaum mit Anheiterung durch dessen lebfrische Gegenwart, sondern nur mit Volltrunkenheit erklärt werden. War es nicht ein echt wienerisches Fest, bei dem in ganz Europa fröhliches Lachen herrschen durfte? Ist die Möglichkeit, daß es zu einem solchen Exzeß kommt, nicht etwas, was der Sinn für die republikanische Ehre, was »der demokratische Gedanke in Österreich« mit Wurzel und Stiel auszurotten hätte? Ist es erträglich, daß sich ein Knotentum, welches kaum in der Livree des Amtsdieners vorstellbar wäre, auf der Ministerbank räkelt, um am Sonntag zur Beute eines Schwindlers zu werden, der bis zum letzten Augenblick seiner Karriere noch fähig ist, den Desperado hinter dem Juxbruder zu verbergen? Vielleicht glaubt er, nicht nur der Welt einreden zu können, sondern sich selbst, daß es ihm gelingen werde, wenn er die Politik prostituiert hat, die Justiz zur gemeinsamen Hure zu machen. Man braucht nur die Sicherheit zu bemerken, mit der er in den Tagen, da ihm sein Prokurist entrissen ward, dem schüchternen Versuch eines sozialdemokratischen Abgeordneten, auf diesen Trauerfall hinzuweisen, entgegengetreten ist. Die Offenheit, mit der er auf seine Beziehungen zu einem früheren Finanzminister pochte, der ja auch umgänglich war und ihm nicht minder als dem Trunke ergeben. Ja, er weiß die Menschen bei ihrer schwachen Seite zu packen, er kitzelt Achillesfersen, und um zu verführen, bedarf es nicht einmal immer der Korrumpierung, es genügt schon die animierte Tischunterhaltung, die den eigenen Wissensdurst befriedigt und dem Partner reinen Wein über sonstige Bedürfnisse einschenkt. Einen unverkennbaren Zuwachs an Lebensmut aber brachte dem Sanguiniker die Kunde, daß der wichtigste seiner steirer Verbündeten, der Herr Rintelen, auf den Posten des Unterrichtsministers berufen würde, was offenbar auf eine Zurückdrängung der humanistischen Bildung zu Gunsten der finanzwissenschaftlichen hinausliefe. Vollends dessen fernere Aussicht auf den Posten des Bundeskanzlers schien Herrn Bekessy dermaßen zu beleben, daß er die Sozialdemokratie, der er es verdankt, ein Wiener zu sein, von sich abschüttelte, und mit fliegenden Fahnen zu den Christlichsozialen überging, die es ihm nun noch ermöglichen sollten, nicht unterzugehen. Aber solange solches Schicksal nicht mir selbst widerfährt, so lange kann er sich auf die Unbeeinflußbarkeit der Justiz verlassen und darauf, daß ich die Haare auf ihrem Haupte bewachen werde, damit keines ihr gekrümmt wird, und sträuben will ich sie vor einer Fülle von Kriminalität, an der vielleicht ihre Fassungskraft, doch nie ihr Fassungsraum versagen könnte! Die Schieber, die Tabaklieferanten, die Geschäftsfreunde der Herren Castiglioni und Kiazim Bey mögen Portefeuilles ergattern und bis zum Kanzleramt vordringen, und die österreichische Politik mag in dreier Teufel Namen der steirische Saustall bleiben, der sie ist – aber die Hoffnung: die einzige Instanz, die da noch Wandel schaffen kann, die Justiz selber in ihn einzusperren, wird nicht erfüllt werden und könnte es der Fall sein, so wär's eine Causa, die ich vors europäische Tribunal brächte! Steirer wage es und mache einen letzten Versuch zugunsten Pesters, von dem Wien befreit sein will! Ich weiß ja noch nicht, ob es mir passen wird, von Herrn Rintelen regiert zu werden – nämlich wenn nicht gleichzeitig Herr Castiglioni Bundespräsident wird –; aber ich würde ihm raten, zu seiner Tätigkeit als Landeshauptmann, die mir keine Aufmerksamkeit abgewinnen kann, heimzukehren und nicht in Wien zu bleiben, um hier die Zügel der Regierung in die Hand zu nehmen und sie den Begierden schießen zu lassen. Er würde sich einem Erpresser noch mehr verpflichten, als er es schon getan hat, und die Interessen des Bundes mit dem Bund der Interessen allzusehr belasten. Helfen würde es weder jenem noch diesem Bund; denn wahrlich, so stark könnte keine steirische Wasserkraft sein, um den Betrieb des Herrn Bekessy dauernd zu speisen. »Die berüchtigten Beziehungen, die Herr Rintelen von Graz aus gepflogen hat, wird er in Wien nicht fortsetzen dürfen«, so hat ihm, mit deutlicher Beziehung auf den Nichtgenannten, das Organ der Sozialdemokratie zugerufen, und ich werde es mir angelegen sein lassen, auch die Wachsamkeit, die da verheißen wird, zu überwachen, während der Periode, wo nicht Beziehungen, sondern Erhebungen zu pflegen sind. Es ist ja nun ernstlich nicht zu denken, daß sich die Drei aus der Steiermark, so schlaue Köpfe wie die Herren Gürtler, Ahrer und insbesondere Rintelen, darauf einlassen werden, dem Bundesgenossen zuliebe an eine Sphäre zu rühren, der man sich mit geschäftlichen Absichten nicht ohne Gefahr nähert, und sie werden wohl eher klug genug sein, sich gegebenenfalls der Beseitigung eines Erpressers nicht in den Weg zu stellen. Aber was sie vermissen lassen, ist eine deutliche Berichtigung des frechen Geflunkers mit Einflüssen, das den sittlichen Ernst kriminalistischer Forschung in einen eklen Dunstkreis von Gerüchten zerrt und noch die Entscheidung über die Ehre eines Landes mit dem gräßlichen Odium des landesüblichen Glaubens an Hintertürln besudelt. Kommen dazu die Liebkosungen, mit denen die Metze Fortuna einen Schiebernakken immer zur Unzeit aus der Schlinge kajoliert, so könnte man schon den Mut sinken lassen – hätte man nicht das Vertrauen in ein Naturgesetz, das hier schließlich doch, allen Widerständen zum Trotz, die Anwendung des Strafgesetzes bewirken wird.

Angenehm ist mir ja diese Geschichte mit Haasenstein & Vogler, der Annoncenfirma, die ihm – wenn's wahr ist – das Jagdrevier abgepachtet hat, keineswegs. Nicht als ob die »vollständige Trennung von Redaktion und Administration« etwa eine Beunruhigung darüber zuließe, daß künftighin jede Beutemöglichkeit ausgeschlossen sei. Aber ich plage mich und in dem Augenblick, da ganz unabhängig von juridischen Entschließungen einem außen und innen verkrachenden Geschäft die letzte Stunde geschlagen hat, erscheint der Retter und fristet das Leben, welches abzukürzen die sittlichste Aufgabe bedeutet, die einem hier und heute doch gegeben ist. Mindestens tritt mir nun die Pflicht hinzu, die Möglichkeit der Annullierung eines Vertrags zu erwägen, der offenbar dem allgemeinen Interesse zuwiderläuft und ohne mein Wissen geschlossen wurde, aber vom Teilnehmer kaum geschlossen worden wäre, wenn er mit meinem Wissen sich die Sache besehen hätte. Auch sein privates Interesse wäre ja schwer geschädigt, wenn ihm etwa die Wahrheit über die kriminalistische Situation des Unternehmens beschönigt worden wäre. Dafür sind hinlänglich Verdachtsgründe vorhanden, indem Herr Bekessy in den Tagen der Unterhandlung sich lebhaft, aber vergebens bemüht hat, das einzige Tagesblatt, das die Nachricht von dem gegen ihn schwebenden Verfahren gebracht hat, die ›Wiener Neuesten Nachrichten‹, zum kommentarlosen Abdruck einer Berichtigung zu bewegen, welche er, da er die Anerkennung der Unwahrheit nicht durchsetzen konnte, lieber wieder zurückgezogen hat. Wie die Leumundsnote erscheint auch die Anekdote von dem zerbrochenen Topf um einen Punkt vermehrt, indem er mit außerordentlicher Gewandtheit sogar in den Kreisen der ihm feindlichen Presse die Version verbreitet: erstens sei gegen ihn nie eine Voruntersuchung eröffnet worden, zweitens sei sie längst eingestellt, drittens werde sie zu nichts führen und außerdem werde sie schon niedergeschlagen werden. Es gibt nun Leute, die es schlüssig finden und insbesondere von der frechen Verwendung des Motivs, daß auch ein Ungar sich in Österreich alles richten kann, so fasziniert sind, daß sie ihm helfen, Bankschulden zu zahlen, die er mit dem Revolver nicht mehr begleichen könnte. Ob sie unter den gegebenen Umständen auf ihre Kosten kommen werden, wird sich bald herausstellen. Ich könnte, im Angesicht von hunderttausend Arbeitslosen, die eine ehrliche Arbeit hinter sich haben, nicht sentimental werden bei dem Gedanken, daß die Fortdauer eines Unternehmens garantiert sein müsse, dessen Mitwirkende im Wesentlichen an der Erzeugung von Werten beteiligt waren wie der Berichterstattung über die Nachttoilette der »Beckerbaby« oder die unproduktive Arbeit geleistet haben, bloß für ihr Wissen um solche Angelegenheiten entlohnt zu werden. Die Vorstellung, daß mitten in dieser Sphäre Herr Breitner mit Interviews vertreten ist, ohne auf der Stelle die Lustbarkeitssteuer einzuheben oder der Inseratensteuer nachzuforschen, war nicht so sehr imstande, mir das Ganze in eine sozialere Region zu rücken, als das Gefühl einer Unappetitlichkeit einzuflößen und vor allem die schwere Besorgnis, welche Rücksicht auf Parteiinteressen wohl imstande sei, einen so rigorosen Mann zu solchem Verkehr zu zwingen und zu solchem Abfall von seiner bekannten Verachtung der Sorte. Aber Mitleid mit den Chanteuren, die den textlichen Vorwand für den erpresserischen Ernst des Lebens zu liefern hatten, könnte meine Aktionskraft, die ich für eine wahrhaft soziale Energie halte, nicht behindern. Selbst das Schicksal jener beträchtlichen Zahl geistiger Arbeiter, die sich um Herrn Bekessy nur geschart haben, um ihre Kenntnisse aus seiner Biographie zu verwerten, vermag mich nicht in dem Maße zu rühren wie das Schicksal derer, die vielleicht noch heute in Finanz- und Industriebetrieben tätig wären, wenn deren Unternehmer nicht so große Opfer für Herrn Bekessy gebracht hätten.

Nein, ich halte das Fortbestehen seiner Betriebe, auch wenn die Zügel einer neuen Regierung und die Fesseln eines neuen Gesetzes seinen Erpresserdrang hemmten, wenn die Schändungen des Privatlebens nur auf den legitimen Gewinn durch Sensation abzielten, ja selbst wenn um der christlichsozialen Konjunktur willen die Libertiner sich zur Erzeugung von illustrierten Traktätchen bekehrt hätten, nicht für unerläßlich. Wir wollen sicher gehen und die Verunreinigung Wiens sowohl für die Vergangenheit gesühnt wie für alle Zukunft verhindert wissen. Wenn der Ausbeuter der Schwächen sämtlicher politischer Parteien jetzt so oft darauf hinweist, daß sie öffentlich streiten und insgeheim paktieren, so wünschen wir, daß sie sich öffentlich auf die Plattform der Beseitigung des Herrn Bekessy einigen und es sich ja nicht umgekehrt beifallen lassen, in das geheime Einverständnis der allgemeinen Korruption die Tolerierung des Wissers aufzunehmen. Der leiseste Versuch, den Arm der Gerechtigkeit zurückzubiegen, würde einem Gewaltakt gleichkommen, dessen Offenkundigkeit sich in vielfachen Verstauchungen politischer Renommees heillos rächen würde. Die nachweisbare Tatsache, daß ein Skrupelloser, der vor der Entwertung keines Werts zurückscheut, mit so furchtbarer Möglichkeit als einer ihm erreichbaren Gewißheit zu spielen und zu prahlen wagt, muß allein schon als Herabwürdigung einer Justiz gefaßt werden, die nie das Werkzeug eben der Durchstechereien abgeben könnte, die sie zu verfolgen hat. Könnte das Unvorstellbare geschehen, dann stelle ich mir die Entwicklung einer Sache, die solange ich hier aushalte, nicht zur Ruhe kommen wird, folgendermaßen vor:

Von dem größten Skandal abgesehen, den je eine zwischen Justiz und Politik um ihr Recht betrogene Welt erlebt hätte, würde die Angelegenheit, die aus ihr hinausgeschwindelt werden sollte, vielfach und immer wieder in Erscheinung treten. Wurde mir kürzlich das Talent zu einem »Polizeikommissär« nachgerühmt, so bekenne ich frei, daß ich, wenn es um die Bedrängung des schlechthin Nichtswürdigen geht, selbst den Rang eines Großinquisitors nicht verschmähen würde, ganz unbeschwert von Individualpsychologie, Soziologie und sonstigen Bedürfnissen. Für den sittlichen Zweck anschlägiger als hundert Schurken, staune ich so oft über deren Hineintölpelungen, die ich nun ein Jahr lang betrachte oder herbeiführe, stets bedauernd, daß sie – mir Arbeit und sich Verdruß zu ersparen – nicht rechtzeitig sich Rat bei mir geholt haben. Denn der geschickteste Schelm fängt sich doch in der Schlinge, die ihm schon der Anblick des sittlichen Widerparts legt, dessen Kapazität unbeirrbar und unverwirrbar in der Sphäre waltet. Wie anders stünde das ganze Schurkenwerk heute da, wenn ich in Vertretung des blinden Zufalls, der da gearbeitet hat – selbst nur als Druckfehlerteufel, der das übelste Deutsch berichtigt –, den Redaktionskonferenzen, den Verabredungen hätte beiwohnen können. Der aus Fortunas Füllhorn begabte Spieler sämtlicher Klassenlotterien weiß, daß er in meinem besonderen Falle verspielt hat und daß kein Manöver die Schicksalswende, die ihm mein Dasein bedeutet, abwenden könnte. Die Hoffnung, daß mein Wirken nur Literatur und zwar für »Itzige« sei, unwirksam gegen sein lebendiges Leben, ist zerbrochen und wäre sie's noch nicht, so würde ich sie durch die populärste Erscheinungsform, der Wochenschrift, des Flugblattes, der Extraausgabe zerbröckeln: um dem schon bewegten Gewissen einer Stadt den letzten Ruck zu geben, um mit Feuerzungen Fakten zu verbreiten, die nicht mit Feuerzangen anzufassen sind, um im Keine zu ersticken, was sich an Frechheit wieder regen mag, um den Kampf zu Ende zu führen und bis dahin jedem Versuch der Verwirrung zu entziehen. Ganz unabhängig von solcher Notwendigkeit würde der Humor in seine Rechte treten und für die Literatur, die nur auf die Fernwirkung abzielt, die Gestalt erhalten bleiben, mit der ich fürs Leben ausgesorgt habe, völlig im Einverständnis mit jenen Lesern, die das künstlerische Abbild der Zeitdinge für alle Trübheit und Monotonie des Stoffes entschädigt. Dessen Gestaltung und Vernichtung wären vollständig getrennt, wie sonst nur Redaktion und Administration. Diese ist lebenswichtiger, und ich wünsche auf jede nur mögliche Art in das Leben einzugreifen. Einen Kampf gegen die Korruption, wie er mir vor einem Vierteljahrhundert angestanden hat, führe ich damit beiweitem nicht. Was ich praktisch will, ist die Befreiung einer Kulturregion von dem journalistisch verkappten Verbrechertum, das sich heute zu ihrer eigentlichen Repräsentanz aufgeschwungen hat. Zu dem Ende bin ich Detektiv, Kommissär, bereit eine ganze Polizei aus mir zu etablieren, um den staatlichen Apparat zu ergänzen oder zu ersetzen; verschmähe nicht die Befassung mit jenem untersten Rohstoff meiner Produktion, der »Material« heißt, ja scheue selbst den Vorwurf nicht, daß ich mit »Anspielungen« arbeite. Denn ich bin ein Erpresser um Gottes Lohn und zu wohltätigem Zweck. Anspielungen, keineswegs bloß dem Objekt verständliche, mache ich, weil ich doch nicht das geringste geistige Interesse an der Beschäftigung mit ungarischen Lebenstatsachen habe, solange ich zu verhindern hoffe, daß sich ihr Aroma im Wiener Boden für immer festsetzt. Was gehen denn mich und uns Schiebereien mit Wurst und Seife an, solange wir glauben können, daß ihr Einfluß auf das Wiener Geistesleben mit einer flüchtigen Erinnerung abzustellen sei? Und genüge ich nicht einer Pflicht der Humanität, wenn ich diesen Zweck mit möglichster Schonung der Persönlichkeit verfolge, der die geschäftliche Betätigung außerhalb unserer Publizistik nicht verkümmert werden soll? Und kann man denn eigentlich Delikatesse mit Anspielung verwechseln? Gewiß, ich habe etwa auf die Verdienste Bekessys als Feuerwerker eines Feldartillerieregiments hingewiesen. Aber durfte ich nicht annehmen, daß es der Schamlosigkeit, die sich an die Sache der Freiheit anschmarotzt, genügen würde, und war ich genötigt, umständlich zu erzählen, daß es im Krieg auch einen Armeerevolver gab und daß der Herr über Leben und Tod von Einjährig-Freiwilligen Geldforderungen mit der jeweiligen Entscheidung verknüpft hat? Schließlich sollte man doch glauben, daß die Freiheitsmänner Österreichs genügend Anlaß gehabt hätten, weiterzuforschen, sich bei mir zu erkundigen und den Bundesgenossen aus der Machtzone, die sie ihm nach dem Krieg eröffnet haben, wieder hinauszuwerfen. Und wer, der die polemische Arbeit durchgeht, die ich zu eben diesem Endzweck vollbracht habe, wird denn ernstlich zu behaupten wagen, daß sie sich mit Anspielungen begnügt hat und einer deutlichen Sprache ausgewichen ist? Sollte diese nicht deutlich genug gewesen sein, so liegt es wohl an der künstlerischen Formung und ich mache diesen Fehler gut, indem ich mich bereit erkläre, den Herausgeber der ›Stunde‹, ›Bühne‹, ›Börse‹ und ›Sphinx‹, von allen Rätseln frei, einen bisher unbescholtenen Erpresser, Betrüger, Meineidigen, Zeugnisfälscher und Verleumder zu nennen und ihn zum letzten Male aufzufordern, den Gegenbeweis nicht nur vor dem Schöffengericht, dessen Anrufung ja seinem freien Willen entrückt ist, sondern vor dem Schwurgericht anzutreten. Wiche er dieser Gelegenheit aus, so kann ich ihn zu seinem Glück nicht zwingen. Bliebe ihm die andere durch ein Wunder erspart –

vor dem ich den Glauben an die irdische Gerechtigkeit verlieren würde –, so könnte sich Folgendes ergeben: Zunächst würde das Exempel der Straflosigkeit in so weithin publikem Falle jeden Menschen berechtigen, die gleichen Verbrechen zu verüben wie Imre Bekessy, und jeder dürfte auch ungestraft diese Verbrechen gutheißen, ja zu ihrer Verübung auffordern. Täte ich's, so würde ich es auf eine Art und Weise tun, daß die Anklagebehörde, zur Eindämmung der Anarchie, gezwungen wäre, mich vor die Geschwornen zu stellen, vor denen ich Gelegenheit hätte, die Fülle der Erpressungen auszubreiten, die in Österreich straflos geblieben sind, weshalb ich in dem guten Glauben war, sie als eine den Machthabern erwünschte Betätigung rekommandieren zu können. Dies wäre eine Möglichkeit. Eine andere wäre, daß die Bereinigung mit einem Schwamm drüber – zusamt dem Wirbel, den Herr Bekessy machen würde – mich als einen Ehrabschneider erscheinen ließe. Er selbst würde sich zwar hüten, mich einen solchen zu nennen und mich zu beschuldigen, daß ich wider besseres Wissen ihn beschuldigt hätte, weil ihm ja bekannt ist, daß ich für eine konkrete Sache mit ihm auch als Angeklagten vorlieb nehme und diese Gelegenheit gleichfalls zur Aufrollung der Materie tauglich wäre. Aber es könnte doch sehr leicht geschehen, daß irgend jemand anderer mich, mündlich oder durch die Presse, einen Lügner nennt, weil ich den Bekessy einen Erpresser genannt habe. Was tun wir dann? Was tun wir in einem Falle, wo ich die Möglichkeit habe, vor dem Bezirks- oder dem Schwurgericht das Ergebnis der beendeten Untersuchung nach § 98 b aktenmäßig aufzurollen und die Arbeit des Untersuchungsrichters mit sämtlichen Zeugen wieder aufzunehmen? ja den Erpresser selbst als Zeugen gegen den Vorwurf der Lüge zu führen, damit er von seinem Entschlagungsrecht Gebrauch mache, weil ihm die Aussage Schande und Schaden oder gar unmittelbare Gefahr bringen könnte. Wie retten dann die Mächte, um die sich einer jetzt politisch bemüht, sich und ihn vor einer Verhandlung, durch welche die ungeheuerliche Tatsache ad absurdum geführt würde, daß nur die Inkassanten eines Erpressers strafbar waren, aber der Anstifter als publizistischer Machthaber wirksam blieb. Ich glaube, er hat meine kriminalistischen Fähigkeiten unterschätzt, die, gepaart mit den schriftstellerischen und mit der Überzeugung, der lautersten Sache dieses Landes zu dienen, es von der Schmach, die auf ihm lastet, schon befreien werden. Ich habe treue Helfer und auch sie sind durch Unerschrockenheit und durch das Bewußtsein einer Ehrenpflicht gewappnet gegen jedes Rachegelüste und gegen jeden Versuch, ihr geistiges und sittliches Tun mit dem immer vorrätigen Dreck zu bewerfen. Er hat es gewagt, auf diese Art meinem Anwalt, dem er sonst anders heimzuzahlen pflegte, zu begegnen, indem er ihm Unwissenheit und Sucht nach Querelen nachsagte, einem überaus gewissenhaften Kriminalisten, der sich wirklich in selbstlosester Weise bemüht, ihn wenigstens für einige Zeit den Gefahren der publizistischen Tätigkeit zu entziehen. Und wie undankbar hat er erst an mir gehandelt, der wieder nicht müde wurde, ihm zur Schonung und zu dauernder Luftveränderung zuzureden. Nun heißt es, daß ihm, just in den Tagen, wo er durch die Sorge um seinen leidenden Prokuristen und auch sonst an Wien gefesselt wäre, die Ärzte Bad Wildungen verordnet haben, daß er sich aber mit der Absicht trage, wenn die Krise vorbei und auch die Untersuchung des eigenen Zustands im optimistischen Sinne abgeschlossen sei, an die Stätte seiner Wirksamkeit zurückzukehren. Täte er's freiwillig, so wäre es die erste unkluge Handlung seines Lebens. Ich glaube, er wird nicht; denn wenn man sich zu viel zumutet – einmal hat jede Leistungsfähigkeit ihre Grenze, und auch eine eiserne Konstitution klappt schließlich zusammen. Kollmann ist ein schlechter Konsiliarius, der oft nicht weiß, was er redet. Gürtler schwankt in der Diagnose. Rintelen, der auf seine eigene Gesundheit schauen muß, wird sich mit einem hoffnungslosen Fall nicht abgeben.

Aber was geht mich die Medizin an? Wenn ich Wien von der Pest befreit habe, kommen wieder meine andern Sorgen. Aus Worten, nicht aus Taten beziehe ich das Gespenst der Zeit, und mein Stil taugt nicht zum Stallbesen, mag sich auch alles, was da schreibt, in der Schweinerei wohl fühlen. Nicht die Fakten der Korruption fesseln meine Aufmerksamkeit, sondern die Erscheinung, daß deren Vertreter heute ausschließlich berufen sind, Vermittler und Erzeuger kultureller Werte zu sein. An dem schaudervollsten Beispiel, worin der Betrug der öffentlichen Meinung auf die Instinkte des nackten Verbrechertums zurückführbar war, mußte der Zustand bis zur tabula rasa offenbart werden. Die simple Käuflichkeit des Journalisten als solche würde mich so wenig bekümmern wie der vielfache Mißbrauch, den der Beruf des Politikers ermöglicht und wie der allgemeine Schmutz des Kapitals. Ein Wort wie »Steweag«, das mich mehr fasziniert als die Sache, male ich an die Wand und deute es gleich als die Anspielung auf einen Untergang. Aber anders als der Prophet erkenne ich im Namen das Wesen, sehe ich im Zeichen des Greuels dieser Nachkriegsverstümmlungen, in der Mechanik aller Sprachschändung sich das Schicksal vollziehen und lache der materialistischen Flachköpfe, die mich immer wieder belehren wollen, daß das Mißgebilde der Presse nur eine der Formen der noch vorhandenen Gesellschaftsordnung sei. Wahr ist freilich, daß die korrupten Journalisten ihre Existenz von der der verdienten Parteimänner fristen, welche, die einen mit ihrer relativen Moral, die andern mit ihrer absoluten Unmoral, die Verbindung von Politik und Wirtschaft so lange ausgenießen, bis es die betrogene Menschheit satt bekommt. Aber ebenso wahr ist, daß dieser ganze Betrieb von Interessen hinter Phrasen ohne die Pflanzstätten der Phraseologie nicht möglich wäre, dieser große Humbug der Politik nicht ohne den größeren Humbug der Presse. Was der Zauber des verantwortungslosen Wortes der Menschheit zugefügt hat, kann durch keine ökonomische Umwälzung gutgemacht werden, und ein Tag der Gehirnbetäubung durch Minderwertige, denen es die Technik ermöglicht, das sittliche und sprachliche Gehudel einer Kommiswelt in autoritäre Meinung umzusetzen, raubt der Kultur mehr, als sie im Jahr von ihren Nährvätern empfängt. Aber wenn die Presse – was ich den Zeitgemäßen und Journalisten ohneweiters zugestehe – nur ein Ausdruck der Zeit ist, wie wäre deren Abscheu besser als an dieser täglichen Lieferung zu erkennen? Und warum sollte ich mir die Erkenntnis just an dem penetrantesten Fall versagen, vor dem aller Gestank, den je die

Zeit aus den Zeitungsporen dringen ließ, zum Weihrauch wurde? An dem Fall, der den unmittelbarsten Aus- und Abdruck aller in der Zeit vorrätigen Niedrigkeit bedeutet, welche, ehemals durch den Zauber der Autorität verklärt, nun durch den Reiz der Intimität propagiert wird. Man braucht mich nicht auf die »wirtschaftlichen Zusammenhänge« zu verweisen, die ich in meiner Betrachtung des Unwesens der Presse schon nicht übersehe. Daß sie selbst sie noch besser kennt als ich, daß sie mit dieser Kenntnis ihre Existenz erpreßt, dient mir als Mittel, mit ihrer größeren kulturellen Gefahr kurzen Prozeß zu machen. Versuche es niemand, ihn aufzuhalten! Wage es kein Politiker, schützend seine Hand über den Blätterwald des Imre Bekessy zu breiten, wenn er nicht in den Verdacht kommen will, daß er dort Schätze zu vergraben hat. Wer da begünstigt, würde bald des Vorschubs oder des Unterschleifs schuldig werden. Der Zuzug von Politikern zum Landesgericht, der sicherlich mehr im Vertrauen auf die eigene Immunität als auf die gute Sache erfolgt, werde tunlichst ferngehalten. Kein Zweifel, jeder Machthaber dieses Landes hat einmal, in materiellen oder sonstwie menschlichen Belangen, seine schwache Stunde, welche die starke des Herrn Bekessy wurde. Aber der Zwang soll nicht bis zur Hilfe in der Not des Bedrängers fortwirken. Und auch nicht bis zu der indirekten Hilfe, welche die Furcht gewährt, indem sie vor der Strafanzeige, ja vor der Zeugenschaft zurückbebt. Es gereicht gewiß jedermann zur Schande, von einem Bekessy geschädigt worden zu sein. Aber eine größere wäre es, ihn noch zu fürchten, wo er nicht mehr schädigen kann. Mit vollster Beruhigung mag sich der Zuzug der Opfer, die nach der Tasche ihr Herz erleichtern wollen, zum Landesgericht vollziehen und in dem Gedränge müßte auch keiner Angst haben besonders aufzufallen. Wenn ganz Wien sich zur Pforte drängt, so wird es an der Polizei sein, die Ordnung aufrechtzuerhalten, was auch sie bereits mit voller Beruhigung tun kann, nachdem sie so lange gezögert hat, für die Sicherheit zu sorgen.

Ich kann ganz Wien beteuern, daß seine Dummheit zwar der richtige Boden für einen zugewanderten Erpresser war und die Wiener Eigenschaft, Maulaffen feil zu halten, einzig die Erhaltung der feilen Sensation ermöglicht hat; daß aber heute nichts mehr zu fürchten ist und bald nichts mehr zu begaffen sein wird. Allenfalls werden die Wiener es Herrn Bekessy nachtragen können, daß er um ein Spektakel sie betrog; denn ob er von der Badereise zurückkehrt, ist noch unbestimmt. Aber er hat sie in einem Zeitpunkt angetreten, wo sie nicht mehr die Befolgung meines Rats war, sie gilt nicht, und es könnte der Fall eintreten, daß er, der nicht aus Wien hinauswollte, herein kommen muß. Ich habe es nicht gewollt; sondern ihm im Gegenteil wie ein guter Arzt, der auch ein guter Mensch sein muß, zugeredet. Da er den Ausgang, wie ich mir ihn immer für die Affäre gedacht habe, vermieden hat, so wird er gerecht sein müssen und selber zugeben, daß kein anderes Mittel als das jetzt angewandte geblieben ist, um ihm das Handwerk in Wien zu legen. Man wird es mir nicht glauben, aber ich empfinde es schon als eine sittliche Genugtuung, dem Castiglioni Ruhe verschafft zu haben. Doch die weiteren guten Wirkungen sind unabsehbar. Immerhin wird nach der Reform an Haupt und Gliedern der Rumpf sich nicht in den bisherigen Lebensformen betätigen können. Wir sind, auch ohne Taschenraub, gelangweilt von dem Animo der stets bewegten Frechheit, ermüdet von den täglichen Schenkelparaden, von den Strapazen der Schamlosigkeit mit Musik; wir sind hinreichend angewidert von dem ganzen Treiben der Jazzbanditen. Dafür, daß man es in jeder Hinsicht billiger geben wird, glaube ich mich verbürgen zu dürfen, der so wenig wie dem Chef irgendwelcher Namenlosigkeit, die sich nun selbständig machen wollte, Pardon geben wird und nicht daran denkt, der Pietät bei Erhaltung des Geschäfts Rechnung zu tragen. Mitwisser und Mittäter werden nicht so stark in den Vordergrund treten dürfen. Es mag schwer gewesen sein, das kaufmännische Geheimnis stets auch vor Gericht als Redaktionsgeheimnis zu wahren; aber auf seiner Grundlage weiterhin öffentliche Meinung zu fabrizieren, wird nicht gelingen. Die Kolportage der neuen Weltanschauung, die die Freiheit als den Zustand des Nichteingesperrtseins erkannt und ausgenossen hat, ist unterbunden, und wie wir eine verhöhnte Würde, und wäre sie noch so fragwürdig, der Autorität der Lumperei vorziehen, so ist uns die bureaukratische Lebensenge als Hort gegen die Revolution imbeziller Unzucht hochwillkommen. Fürchte darum auch niemand die Möglichkeit, daß ihm die Anzeige gemeiner Verbrechen als »Denunziation« verübelt wird: das Manöver eines Banditenstolzes, der den Revolverangriff gegen das Kapital in Sozialismus umgeschwindelt hat wie den Sexualklatsch in Geschlechtsfreiheit – so verständlich, wie daß der Dieb die Strafanzeige wegen Diebstahls sittlich beanstandet und sich dem Märtyrer eines politischen oder moralischen Vorurteils gleichstellt. In Wahrheit ist es aber ein sittliches Gebot, die Strafanzeige wegen einer Erpressung zu erstatten, deren Opfer man selbst wurde, und geradezu eine altruistische Pflicht, den Nebenmenschen, der im Banne der Furcht lebt, zu erlösen. Der Geruchsschwindel, der da mit dem Wort »Denunziation« vorgenommen wird, als wäre der Ankläger ein Angeber, als wäre nicht das Verbrechen, sondern der Schutz gegen dieses verpönt und der Staatsanwalt gleichsam der Hehler des Bestohlenen – solcher Wirbel wird dem idealsten Werk der Sittlichkeit: das Problem der ›Stunde‹ kriminalreif gemacht zu haben, nichts von seiner Ehre absplittern. Ja es würde wie in einer Vollendung triumphieren, wenn zu allem Interesse der Strafbehörde, das da endlich flottgemacht wurde, auch noch das der Steuerbehörde käme, welche ganz im Sinne unseres Finanzministers zu prüfen hätte, ob Herr Bekessy die Steuerbeamten schon liebgewonnen und ihnen seine sämtlichen Bestechungen rückhaltlos anvertraut habe. Das berüchtigte Steuerspitzeltum, gegen das er einen erbitterten Kampf geführt hat, würde in diesem Falle dem hohen ethischen Zweck entsprechen, daß die Öffentlichkeit entweder über die Bonität des Unternehmens beruhigt wäre oder es je eher je lieber zusammenkrachen sähe. Nimmer wollte ich mich des Ruhms entschlagen, Denunziant gewesen zu sein, oder doch Anreger so vieler Denunziationen, und die langmütige Hermandad auf die Schätze hingewiesen zu haben, die in einer Räuberhöhle zu finden sind. Es gab einst Zeter und Mordio in Deutschland, weil ein Journalist gefesselt über den offenen Marktplatz geführt wurde; aber wären es nicht, fragte ich, noch traurigere Zustände, wenn ein

Journalist den Staatsanwalt gefesselt über den Marktplatz führte? Die Lage scheint sich zu bessern, und wenn wir auch ein Preßgesetz haben, welches den Täter gegen sein Opfer schützt, so besinnt man sich doch, daß das Strafgesetz auch für die Presse gilt. Insonderheit aber der Erlösung dienen soll aus dem furchtbaren circulus vitiosus, in welchem der Gewalttäter sein Opfer gefangen hält, aus dem Zwang jener systematischen Erpressung, die fortwirkt, wenn sie enthüllt ist, und deren Tatbestand geradezu in der Unterlassung der Anzeige erkennbar wird. Meine Anregung auf andere psychologische Motive zurückzuführen als die weithin sichtbaren, wird nicht gelingen; Deutungen auf Angst vor den Enthüllern meines Wohllebens, auf Gewissensskrupel, auf ein schlecht verdrängtes Automobil und sonstige Triebe, werden mich nicht bändigen. Kein Herumfuchteln mit der Waffe, die durch mich bald zu allgemeiner Unwirksamkeit verurteilt ist, wird etwas an meinem Entschluß ändern, die strafrechtliche Remedur in jeder Weise zu fördern und ihre Störung mit aller Macht zu verhindern. Die tieftrauernden Hinterbliebenen des Herrn Bekessy mögen versichert sein, daß die Vermutung, zwischen meinem Sein und meinem Wirken bestehe ein »Dualismus«, keine Schrecken für mich hat, wiewohl ich bei ihnen der vollen Deckung nach § 98 b sicher bin. Die Meinung, der ganze Kladderadatsch sei darauf zurückzuführen, daß »ein großer Revolutionär sich geängstigt hat, wegen seines guten Appetits angegriffen zu werden«, ist unzutreffend. Zunächst, weil sein Appetit weiß Gott nie auf fünfzehn Indianerkrapfen, sondern immer auf sechzehn noch dunklere Punkte gerichtet war. Von Angst kann wohl nicht so sehr bei dem die Rede sein, der ihnen mit unerbittlicher Zähigkeit nachgeforscht hat, als bei einem, der aus diesem Grunde auf Urlaub ging; und den Glauben, daß welche Andeutung oder Enthüllung immer meine Tatkraft lähmen könnte, werde ich jedem, der sich ihm hingibt, aus dem Kopf schlagen. Die Zeiten sind vorbei, wo der Erpresser noch den Mund des Anklägers verschließen konnte durch den Schurkengriff an die Scham, durch den Hinweis, daß jener auch ein Geschlechts- oder sonst ein Privatleben habe; und für mich hatten sie nie begonnen. Schmach und Schande einer Stadt, die, sündig oder nicht, jahrelang unter dem Fallbeil solcher Gaunerei leben konnte! Wo sich gedruckt das Unaussprechliche verbreitet hat, nicht allein geduldet sondern geschützt von eingeschüchterten Politikern und einer allverbindlichen Polizei, die im Preßprodukt den Fingerabdruck des Verbrechers nicht erkannte. Ehre einem Staatsanwalt, der den Bann gebrochen, den Bann verhängt hat und Mut gezeigt mitten in der Gewissensträgheit einer Bevölkerung, deren Matadore die Faust in der entleerten Tasche ballen konnten. Bald ist sie von der Seuche der Nachkriegszeit befreit und wird nach der Rettung schaudernd fragen, wie solches denn möglich war. Eine Großhyäne hatte einen Vampir genährt, weil er wußte, wie klein sie angefangen hatte. Und diesem Blut verdankte sich das Dasein ungezählter Parasiten, die einer Stadt freie Meinung und Lebensfreude beigebracht haben. Der letzte Funken Ehre, der ihr geblieben ist, um sich endlich des Greuels zu erwehren, wird nicht zertreten werden. Ich fache ihn zum Feuer, das die ganze Pest verzehrt!

Ein Friedmensch

Wesen und Erfolg meiner polemischen Satire beruhen in dem Phänomen, daß der von ihr Betroffene fortlebt, um ihre Berechtigung zu erweisen. Wie alles von mir herausgearbeitet wurde, hält es ihn in der Bahn fest, verführt ihn zur Übertreibung, und der Unfug seiner ferneren Existenz erscheint nun auch solchen sinnfällig gemacht, die bis dahin nichts gemerkt und sich eher am Abbild als an der Natur gestoßen haben. Das von mir Umgebrachte ist also nicht tot, sondern bleibt in furchtbarer Scheinlebendigkeit den Blicken der Gegenwart ausgesetzt und zum Vollgenuß des Nachruhms lebenslänglich verurteilt. Was ich als Zitat der Wirklichkeit entnahm, schreitet jetzt an ihr als Zitat aus meinem Text vorbei, und was bis dahin meine Karikatur war, erscheint als natürliches Motiv in jene übernommen: ich erblicke rings Gestalten, deren Taten als Gedankenraub an meinem Bericht dessen Wahrhaftigkeit bezeugen. Daß zum Beispiel die Schalek, die doch längst eine Vorstellung geworden ist, in diesen unwiderruflich letzten Tagen der Menschheit nicht allein weiterschreiben, sondern auch durch das Radio sprechen kann, ist eine meiner glücklichsten Erfindungen dieses technisch unersättlichen Zeitalters. Vollends jedoch habe ich heute das Gefühl, daß der Alfred Kerr nichts mehr unternehmen kann, was ich ihm nicht eingeflüstert hätte. Denn er ist keineswegs in jener Epoche, wo er sich am ›Pan‹ verblutete und ich seinen Geist aufgab, abgestorben, sondern er lebt eben infolgedessen weiter, dank meinem Dasein und den Einfällen, die ich ihm verleihe und die ich freilich auf das niedrigste Niveau herunterschrauben muß, um sie als die seinen glaubhaft zu machen. Aber die Berliner Hinterbliebenen, welche die Geistverlassenschaft antreten, sind sich dessen kaum bewußt, daß diese Armseligkeit mein Werk ist und daß ihr Liebling, der ehedem mit der linken Hand ganz gewandte Arbeiten für Breslau und Königsberg verrichten konnte, ohne mein Hinzutun beiweitem kein solcher Mießnick wäre, wie es ihr Geschmack verlangt. Seit mein Auge auf dem deutschen Literaturleben ruht, nehmen sich seine Teilhaber so zusammen, daß die Flausen von selbst abfallen und alles, was da erscheint, auf den Kern der Wesenlosigkeit reduziert erscheint. Denn wenn ich es schon mit dem Weltkrieg gemeinsam habe, die Guten besser und die Schlechten schlechter zu machen, so haftet speziell den Literaturen, die unter dem Strich flanieren, kein Trug mehr an. Daß trotzdem noch immer Leser verlockt werden mitzugehen, gehört in das Kapitel meines zeitlichen Mißerfolges; aber neben der fortwirkenden Nichtswürdigkeit besteht doch ihr unverrückbares Konterfei, dessen Echtheit sie wirkend bezeugt und bestätigt.

Wie jener Kerr in einer seiner zufriedenen Reminiszenzen an die überstandenen Pariser Tage sich mit seinem Mitreisenden Thomas Mann auseinandersetzt, hat er ja vollständig recht:

III.

Nicht ohne Schnippischkeit, ei, ei, beschuldigt er mich aber doch des Wunsches, ihn zu töten. Töten wollen ist ein vorbeitreffendes Wort – wenn jemand seine ganz abweichende Gattung ausdrückt. Es gibt kritisierte Gestalten, die schlechter als Mann, und solche, die besser sind: ohne daß man bei der Wertung an ihren Tod dächte. Sie leben alle fort. – –

Sie leben alle fort. Selbst wenn man ihnen gar nichts zufügt, sondern bloß wiederholt, was sie geschrieben haben. Dann sollten sie doch, möchte man meinen, kaputt sein; aber sie leben fort. Sogar der Selbstmord des Kerr, den ich an ihm vollzogen habe, indem ich seine Sätze über mich abdruckte, hatte keine andere unmittelbare Wirkung. Gleichwohl würde er sich, wenn er diesen Mißerfolg mit der Tragweite meiner Tat verwechseln wollte, so stark täuschen, daß die Mark Twain'sche Berichtigung auch in der Variante möglich wäre: die Meldung von seinem Fortleben sei stark übertrieben. Denn in Wahrheit beruht dieses auf der konsternierenden Tatsache, daß er mir seine Lebensrettung verdankt und kein Hund so länger leben möchte. Man vergegenwärtige sich nur das Gefühl eines Literaten, bei jedem Absatz einer asthmatischen Verrichtung, die er bis zu seinem Namenszug hinanklimmt, daran denken zu müssen, daß ihn kein Einfall mehr davor bewahren wird, keinen zu haben, da alle von mir vorweggenommen sind. Man stelle sich das vor: in meinem Spiritus konserviert, als Exemplar meiner Sammlung, nur mehr Forschungszwecken zu dienen, oder fortzuleben als Figur in meinem Panoptikum, und nicht einmal ausschließich für Erwachsene, nein, auch Kindern zum warnenden Exempel! Benommen von diesem Mißbehagen, an der Entfaltung seiner Naturgaben gehindert, bleibt ihm nichts mehr übrig als nachzuschreiben, was ich ihm nachgeschrieben habe. So etwa brauchte ich nur die Ekelvorstellung, die ich von seiner Mundart hege, in das Bild zusammenzufassen, er sei

als Friedenstaube oder, um in seiner Sprache zu reden, als Friedenstäuberich, mit dem Ölzweig im Rosamündchen

in die Welt gesandt worden, und schon spricht er in seiner Polemik gegen Thomas Mann davon, daß

zwei deutsche Schriftsteller als Friedenstäuberiche

nach Frankreich gingen, daß aber »die Erörterung zwischen den zwei Ölzweigträgern« nicht von ihm stamme. Ohne Zweifel stammt jedoch das, was er in meiner Erörterung, wenngleich ohne »ei, ei«, gefunden hat, von ihm und er mußte sie gar nicht einmal gelesen haben, um an sich zu nehmen, was ihm zugehört.

Daß er sie aber gelesen hat, beweist ein Feuilleton, betitelt »Erinnerung an Paris«, welches – für den, der an Ort und Stelle sich über das Erlebnis des Herrn Kerr Vergewisserung holen konnte – von einer Schamfreiheit zeugt, die die Physiognomie des Verfassers nunmehr zu voller Geltung kommen läßt. Denn mit dem Mündchen, das solche Version über Kriegsschuld und Pariser Frieden zu verbreiten wagt, erscheint auch die Stirn von jener Haarhaube entblößt, die lange Zeit die letzte publizistische Hemmung des Losen gebildet hat. Selbst ein Pavian, der doch nichts zu tun unterläßt, was sein Prestige vermindern könnte, würde so rasiert nicht unter Leute gehn und hat eine Stelle, wo er noch errötet, wenngleich er bedenkenlos genug ist, auch diese vorzuzeigen. Herr Alfred Kerr jedoch ist von altersher eine Schelmenhaut, nie verlegen, sich mit Schnickschnack und kleinen Sentiments coram publico zu produzieren, er hat von Heine gelernt, mit der tränenfeuchten Wimper zu klimpern, und ist aus Nietzsches Kurs ein Tänzerich. Er war heiter in ernster Zeit, und er wird gefühlsduselig, wenn er an Paris denkt, wo er als Friedensfreund auftreten konnte, »wo der Weltenwahnsinn für eine Schar von Menschen zehn Tage lang, zehn Tage lang wich«; wo Herr Gémier ihn als Missionär der Völkerliebe hochleben ließ, »kurz: wo das Mittelalter, für eine Gruppe bewußter Gefährten auf diesem Stern, schwand und schwieg – zehn Tage lang, zehn Tage lang«. Er wird nach den Strapazen dieser Reise und wiewohl der letzte der zehn Tage schon wieder mittelalterlich umflort war, nicht müde es zu wiederholen und notiert, mit der ausgeborgten einsamen Träne, die ihm ja den Blick trübt, und mit den originalen Klammern, die ihm das Herz bedrücken:

(Hinterdrein kam bei uns die Parole, den guten Vorgang zu schmälern. Landesbrauch. Also die heitere Bestätigung.)

Dennoch und wenn die Welt voll Teufel wär':

II.

Die zehn Tage waren das Herrlichste *mit*, was ich auf meiner verwunderlichen irdischen Bahn erlebt.

Einmal *muß*, *muß*, *muß* – ohne *Kümmernis* um Unken und Hyänen – ein Dank an die Freunde gesandt sein, die dazu gehört haben; die es mitempfanden; die mir nahe bleiben, *bis zum letzten Tag*.

Und alles das hat mit Politik nichts zu tun.

Aber die böse Welt, ihrerseits ohne Kümmernis um Quallen und Mausis, will es anders, stört dem an die Menschheit angeschlossenen Vertreter Deutschlands den Pariser Frieden, und er muß ihr die Wahrheit sagen, klipp und klar, ohne Umschweiferl:

Daß zu »Feinden« (die es nicht sind, *wie ich es nicht bin*), daß zu *Friedmenschen* in ihrer Sprache geredet wurde, stempelt man zu einem Unrecht – mit Unrecht.

Das sitzt. Die Sprache ist eben »ein Verständigungsmittel«, aber »kein mystisches Prinzip«. Und das Leben (wenn es sonst einem Kinderhemd gleichen mag) ist kurz wie ein numerierter Absatz von Kerr.

... Soll man sich da Zwang antun? Das Wort nicht simpel handhaben für eine Klärung; für das Ende des *Bestialischen*; für den Tod *überalterter Schmierigkeit*?

Man soll sich absolut keinen Zwang antun und vom Bestialischen wie von der überalterten Schmierigkeit, deren Vorkämpfer man in größerer Zeit war, bis zur Selbstverleugnung abrücken. Doch wenngleich die Sprache das Verständigungsmittel der Commis voyageurs und das mystische Prinzip der Dichter ist, so hat sie bei Herrn Kerr nicht einmal erstbesagte Funktion und wir erfahren deshalb nicht, ob es mehr im Sinn der Völkervereinigung läge, daß die Deutschen mit den Franzosen fortan französisch oder daß die Franzosen mit den Deutschen deutsch reden. Vielleicht wäre es eine noch größere Errungenschaft, wenn im Gebiet des früheren Feindes die eigene Sprache zur Geltung käme, und für den größten Erfolg erachte ich es, wenn ich, der ich an der Sorbonne nicht französisch gesprochen habe, sogar in der Heimat und speziell mit Herrn Kerr deutsch rede. Denn selbst Richard III., der doch an Bestialischem Erkleckliches geleistet hat, würde nicht die frische Schmierigkeit aufbringen, hinterdrein zu fragen, ob je in solcher Laun' die Friedensgöttin gefreit ward. Während hingegen, da nun unsre Brauen Siegeskränze zieren und die schart'gen Waffen als Trophä'n hängen, Alfred (IV.) wie folgt seine heroische Epoche abschließt:

> Laßt sie schelten, laßt sie scheelen. Zehn Tage lang währt ein wacher Augenblick dieser schlafenden Welt. Du hast ihn erlebt. Man klimmt hernach besänftigter in die Urne.
> Und alles das hat mit Politik nichts zu tun.

Klimmst denn nicht! Aber nein, er tut noch den letzten Seufzer, dem weitere sechzehn folgen:

V.

> Wie lange noch sind Künstler und Politiker getrennt? – –

Und hat eine Vision:

> Mir war: als säh' ich in der ganzen Welt zwei große Auto-Wagen mit je zwei Stockwerken. Sie möchten zueinander. – –

Mir ist: als säh' ich dies nicht zu einer Vereinigung, sondern zu einem Zusammenstoß führen und als wäre die Vision total verhatscht. Doch Kerr – auf Seher soll man sagen – sieht in jedem der beiden Autobusse »obendrauf die Künstler, die Willigen«, unten dagegen hausen die Staatsmänner oder »die Portefölchkletten«, wie er sie in seiner quicken Laune benennt. Die Künstler möchten zu einander. Unten aber »wird gebremst« – wenn wir, »die Arme hissend, liebreich entern möchten«.

> Das ist der tragische Humor.

Bemerkt der Visionär in einer separaten Zeile, die schon von unserm Salten sein könnte, nicht ahnend, wie recht er hat, nicht bedenkend, daß die Bremser offenbar den Zusammenstoß, den die Künstler wollen, zu verhindern suchen.

Ja, wir oben sind heut' einig. Was uns betrifft: so wäre der ewige Streitfall aus. Doch die Chauffeurmannschaft besorgt immer noch die Weltgeschichte. Wann werden Künstler zu Chauffeuren?

Wenn sie aufhören, Chammer zu sein, die den Wunsch haben, daß zwei vollbesetzte Autowagen aufeinander losfahren. Er hätte, wenn er schon zu Autobussen aufgelegt ist, erzählen müssen, ihm sei gewesen, als wollten die Künstler hüben und drüben aussteigen, um einander (nach langer Trennung durch Kriegsgedichte) in die gehissten Arme zu fallen, die Staatsmänner aber wollen nicht bremsen, so daß, wenn sich nicht einer von jenen ins Mittel legt, unfehlbar eine Katastrophe da ist. Ich bin es, der bremst, wenn zwei Vergleichssphären in einem mießen Bild zusammenstoßen könnten. Aber Herr Kerr, von dem ich mich nicht chauffieren ließe, selbst wenn meine Tante Räder hätte, wirkt weiter an der Vision, ohne zu merken, in welche Gefahr er sich begibt:

VII.

Seht hin. Sogar auf dem Verdeck regte sich (bis vor kurzem) Feindschaft, Widerstand, Argwohn . . . von einem Weltomnibus wider den andern. Das ist erst jetzt vorbei.

Seit Paris. »Jetzt wissen die Geistigen dort«, daß auch in Berlin Geistige sind.

Wir können bloß die Stimmung heben. Wir können bloß ein Quäntchen davon durch die Luft jagen. Wir können bloß vorbereiten.

Wir haben es versucht. Wir haben es gekonnt. Das Bewußtsein hiervon ist ein Lebensglück.

Er ist »kein Sachlichkeitsheuchler«, er »beichtet die vielleicht eitle Lust«: daß man in den Menschen dort »etwas wecken konnte«. Brechreiz? Nein, Zusammengehörigkeitsgefühl:

daß alles aufeinander einging vom ersten Augenblick bis zum letzten; und daß manche Worte, die dort erschollen, mir ein Besitz für immer sind.

»Jenseits von amtlichen Ehrungen« – die mag ein anderer zusammenstellen. (Immerhin, mit schlichter Rührung, beiseite:)

Sie waren übrigens von einer nicht gewöhnlichen Anmut.

Und nun beginnt er den Staatsmännern, denen er dank seiner pazifistischen Mission begegnet ist, hineinzukriechen, bloß »als Privatgeschöpfen«, wiewohl sie auch als Politiker nicht zu der Chauffeurmannschaft gehören, die durch rechtzeitiges Bremsen so viel Unheil anrichtet. Denn es sind Ausnahmen, Politiker, mit denen sich reden läßt, wenn man ihnen vorgestellt wird. Schuld an seinen Kriegsgedichten war Poincaré; aber Painlevé soll wissen, was er für ein Ausbund von einem Friedmenschen ist. Und Paul Clemenceau. Und natürlich Berthelot. Und auch Daladier. Und überhaupt alle, die sich da auf der »Insel in der See des Weltenwahns« ausgerechnet um Herrn Kerr geschart haben. Über alle und alles aber geht ihm der Herr Gémier, dessen Regie – eine in Paris verlachte Reinhardt-Kopie – es vermocht hat, ihn den Staatsmännern und Gelehrten als deutschen Pazifisten vorstellig zu machen. Er will – »ganz unzimperlich gesprochen« – durchaus nicht die Freude darüber verhehlen:

wie ich vernahm (Menschen san m'r alle), daß etliches aus meiner Arbeit in französischen Dissertationen Platz gefunden hat. Soll man das Gedenken daran züchtig leugnen?

Nicht doch. Obschon diese Arbeit, im Wesentlichen aus Interjektionen bestehend, leichter zu übersetzen sein dürfte als meine fester gefügten Perioden. Darum habe ich es auch vorgezogen, die Szene »Kerr am Schreibtisch« den Zuhörern an der Sorbonne aus dem Original vorzulesen, und es geschah mit einer Wirkung, welche sogar die französische Rede des Herrn Kerr an der gleichen Stätte übertroffen haben soll. Er ist aber im siebenten Himmel und im XIV. Absatz, wenn er an alles zurückdenkt und insbesondere konstatiert, daß auch der Empfang durch die ›Comoedia‹ eine Insel in der See des Weltenwahns war, wenngleich das Essen auf ihr abgesagt wurde.

– – Es ist, als ob Menschen, die bald auseinandergerissen werden

(durch die Vorsicht von Chauffeuren)

sich für einen Augenblick vernünftige Worte sagen dürfen, dürfen, dürfen.

Sie mußten es dreimal sagen, weil sie es sonst vielleicht doch nicht kapiert hätten.

Sie wissen, daß die Welt im Argen liegt – und daß hier ein Versuch zur Lösung, zur Erlösung w i t t e r t . . . jenseits von Politik.

Der deutsche Gesandte – Herr Kerr ehrt ihn schlicht mit der Bezeichnung »der Tischnachbar Hoesch« – kapiert natürlich sofort; er »zählt für uns Künstler« zu den Wertvollen, »weil er etwas von unserem Saft in seinen Adern führt«, während wir etwas von seinem Saft, den bekannten fabelhaften Weinen der Deutschen Gesandtschaft, übernehmen. Und aus dieser angeregten Stimmung heraus beurteilt Herr Kerr auch jenen Abend, wo französische Greise »auf das Podium geklettert« sind, um ihm zu lauschen, als er »über die Möglichkeit, entrohenden und entdummenden Einfluß durch die Kunst zu üben, sprach«.

Es war ein köstliches Einvernehmen; eine brausende Harmonie.

Die leider gestört wurde, als auf dem Podium auch serbische Jünglinge sich zeigten. Das ficht aber einen alten Kriegslyriker nicht an:

Drollig, daß (meist in deutschen Provinzblättern) der Versuch zweier serbischer Studentlein, zu stören, mit einem gewissen Ernst dargestellt worden ist. Sie erklärten mich für den Verfasser gereimten Blödsinns, den ich nie geschrieben.

Es gelang für den Augenblick, dies glaubhaft zu machen, ohne erst umständlich sagen zu müssen, welchen gereimten Blödsinn man eigentlich geschrieben habe, und so mußte denn Serbiens Widerstand sterbien, nicht ohne sich sofort umzugruppieren und dem Applaus loyal anzuschließen.

So heitere Fälle sind nicht hoffnungslos.

Und nachdem er noch

– mag auch die Erwähnung hier b e i n a h taktwidrig scheinen –

»gern an etliche schöne Stunden bei Paul Block«, dem Korrespondenten des Berliner Tageblatts, gedacht hat, zugleich aber »an die Unverwüstlichkeit meines Freundes Joseph Chapiro« – von der auch wir hierzulande ein Lied zu singen wissen –, fährt er fort, nämlich aus Paris und zu

XIX.

Ein Blättchen sei erwähnt, weil es in den Fälschungen hemmungsloser ist als der Provinzdurchschnitt. Der kleine Kraus in Wien, dessen schlechtes Deutsch auch durch Wut nicht zu erklären bleibt, gibt ungeschickt Erfundenes – zum Kugeln. Er serviert mittendrin einen höchst kriegsfeindlichen Aufsatz (aus der »Neuen Rundschau«!) als einen kriegshetzenden ... Ganz spaßlos-dumm. Oder: er druckt ein Kriegsgedicht über die »Masurischen Seen« (das nicht nur grausam, sondern grausam schlecht ist) und schwindelt einfach, es sei von mir. Ich hab's nie gesehn.

Unlängst schrieb ich hier, daß »Karlchen Kraus die verbitterte Lustigkeit eines Dorfkrüppels irrig als Rechtsgefühl ausbietet.« Aber deshalb ein Gedicht zu nennen, das ich nie verfaßt – und eins nicht zu nennen, das ich verfaßt (es heißt: »Die schale Haut«), das ist anheimelnd. Man muß ihn wieder mal vornehmen.

Aber was sich da der Herr Kerr in Überschätzung seiner geistigen und sittlichen Kräfte vornimmt, garantiert ihm das Mißlingen. Ich habe ja schon mit weit mehr Mausis in meinem Leben zu tun gehabt als ich Speck hatte, sie zu versorgen. Doch mit solch einem Friedmausi hatte ich es noch nicht zu tun. Was aber die Lausis betrifft, so ist es eine alte Erfahrung, daß je größer und zäher sie sind, umso prompter das »Blättchen« auftaucht, zu dem ihnen die Fackel einschrumpft, die gleichwohl Raum für sie alle bietet. Dies, und der kleine Kraus in Wien, und sein schlechtes Deutsch, und alles was den Kerr sonst »zum Kugeln« bringt, sobald ich ihn drehe – ist es nicht die Grundform journalistischer Wertberotzung, unermüdlicher Leserermüdung, überzeugten Mißbrauchs von Druckerschwärze, den die bewußte Wahrheitswidrigkeit als letzten Trumpf der Ohnmacht ausspielt? Ließe sich ein krasserer Fall von Selbstlosigkeit feststellen als der Versuch der leibhaftigen Wut, mir, der ich doch jedem Tierchen mein Pläsierchen danke und dem lieben Gott, daß er den Kerr erschaffen hat, mir, dem immer Angeregten, eben die Regung nachzusagen, an der meine Widersacher zugrundegehen, nachdem sie mein Dasein entmannt hat? Und bestürzt frage ich: wirke ich denn schon so zerstörend, daß einem solchen in der Polemik gegen mich nur die Dummheit einfällt, es könnte einen Trottel geben, der ihm glaubt, ich schriebe ein schlechteres Deutsch als Herr Kerr, der doch überhaupt kein Deutsch schreibt?

Und gibt es einen, dem so ein numeriertes Häuferl von Dreck, solche zum Kugeln bestimmte Ausscheidung von Geistlosigkeit wirklich als Kraftprobe gegen mich genügte? Und kann Vermessenheit der Selbstvergessenheit so weit reichen, daß ein erwischter Schwindler wähnt sich herauszuhauen, indem er mich des Schwindels bezichtigt? Auch nur vor den Tröpfen, die ihn mit der Gedankenlosigkeit lesen, zu der er sie angeregt hat? Wann ersteht mir endlich der Widerpart, der, nicht schon durch den Mut gegen mich geschwächt, beim Anlauf nicht unter das Niveau seines dümmsten Publikums hinuntertölpelt? Wenn ich mir jedoch eine Auto-Vision erlauben darf, so sehe ich auf der Landstraße eine Gesellschaft, die auseinanderstiebt, aber einen unter sich hat, der sich in outrierten Gebärden, zuerst des Mutes und dann des Schreckens, nicht genugtun kann: er stellt sich in den Weg, um im letzten Moment mit einem hochkomischen Schrei zur Seite zu springen. Es ist der unverwüstliche Humorist der Truppe, der den Mittrotteln um des glücklichen Einfalls willen, den er vor jedem Auto produziert, heitere Anerkennung abringt. Herr Kerr, der schließlich unter den deutschen Tagschreibern nicht der dümmste ist, übernimmt sich und spielt den Kretin. Aber es widerfährt ihm, daß die Umgebung nicht mehr mittut, er kann sie nicht davon überzeugen, daß ihm gar so spaßhaft zu Mute sei und daß ich ihn nicht in Gefahr brächte. Denn wer – außer dem deutschen Koofmichel, der überhaupt von mir noch nie etwas gehört hat und darum gar nicht weiß, was er sich unter dem »kleinen Kraus« vorstellen soll – wer wird glauben, daß ein so witzloser Geselle wie dieser Kerr, und kraft solcher Leistung, es mit mir aufnehmen könnte und mit solchen Sprüngen auch nur einen Fuß breit von dem Pranger käme, an den ich ihn gestellt habe? Und ausgerechnet mit mir werden dem Herrn Kerr die Kokolores, wie man in Berlin W. C. sagt, gelingen, mit denen er sich aus der Pariser Klemme befreien konnte! Er hat das Glück gehabt, auf einen schlecht informierten Serben zu stoßen statt auf einen gut informierten Rumänen, aber er hat das Pech gehabt, daß der Irrtum über den antiserbischen Blödsinn die Wahrheit seiner eigensten blutrünstigen Idiotismen gefördert hat. Er ahnte nicht, daß sein Glück auch das Glück jener war, die nun erst Gelegenheit hatten, ihn zu fragen, was er denn eigentlich während des Krieges geschrieben habe, und die freche Farce dieses pazifistischen Gastspiels zu enthüllen. Wäre ihm das kleine Malheur, mit dem er im

Handumdrehen fertig werden konnte, nicht zugestoßen, so hätte sein Unterfangen, in Paris als Völkerverbrüderer aufzutreten, an Format und Beträchtlichkeit eingebüßt. Man hätte vielleicht ein Reuebekenntnis, das vorausgegangen war, angenommen, weil man ja ohne ein solches die Unbefangenheit des Humanitätsdebüts kaum begriffen hätte. Erst die Entrüstung, mit der er den gegenständlichen Irrtum zurückwies, als ob ihm überhaupt nie dergleichen in den Sinn gekommen wäre, erst der Protest, der ein Geständnis vermied, erst seine Wahrheit, welche seine Lüge offenbar machte, hat den Fall zum Range der Sensation erhoben. In Paris konnte ich die Versicherung hören, daß noch nie auf einem Gesicht ein solcher Wechsel von Leichenblässe und Lebensfrische zu bemerken war wie damals, als Bankos Geist erschien, um mit einer falschen Anklage abzuziehen. (In bärtigen Zeiten wäre es nicht so aufgefallen.) Aber ich konnte auch erfahren, daß analog der Wiederbelebung des Herrn Kerr ein Aufatmen durch die Kreise der Pariser Kultur gegangen ist, als er selbst von dannen zog. Denn wenngleich der Abend gerettet war, so wußte man doch, daß etwas nicht stimmte, und wer nicht inzwischen über die Kriegstaten des Friedmenschen sich informiert hatte, glaubte jetzt, daß er mindestens der Autor der ihm angedichteten Verse sei. Sein Gedächtnis mag bloß der rosigen Wendung des Erlebnisses nachhängen und den Mißgriff des Serben zu einem zehn Tage langen Fest der Menschlichkeit prolongieren – den Mißgriff der Einladung hat man in Paris gefühlt und war froh, als der Täuberich abgeflogen war. Nun glaubt er, mit der gleichen Sicherheit wie vor einem Serben auch vor mir bestehen zu können und mir unvernünftige Worte sagen zu dürfen, dürfen, dürfen. Aber ich muß, muß, muß ihm antworten, daß er da kein Glück haben und daß sich das Pech, welches er mit der Ableugnung eines ihm zugeschriebenen Blödsinns hatte, nur in größerem Maßstab wiederholen wird.

Also ich nehme ohneweiters an, daß er nicht lügt und so wenig, wie er Serbien sterbien ließ, die bestialische Freude über den Ertrinkungstod der Russen in Scherzreime für Berliner Zeitungsleser gebracht hat. Aber wie ist es denn nur möglich, daß ich da »einfach schwindle« und Herrn Kerr einer solchen Schandtat für fähig hielt? Gedichte, die »nicht nur grausam, sondern grausam schlecht« sind, hat er doch während des Krieges überhaupt nicht geschrieben? Wie komme ich nur auf die Idee? So sei denn, damit meine hemmungslosen Fälschungen, meine ungeschickte Erfindung und mein einfacher Schwindel für alle Zeiten zu klarer Übersicht festgestellt seien, zunächst alles das verzeichnet, was während des Krieges und lange vor dem Pariser Frieden von Herrn Kerr als sein bisher unbestrittenes, wenngleich noch nicht fatiertes geistiges Gut erschaffen und in der Fackel bereits dargeboten wurde.

Den Rumänen hat er, als die Chauffeurmannschaft des Deutschen Reiches in ihre Region und dem Künstlerwillen entgegen bremste, bekanntlich das Folgende gewidmet:

In den klainsten Winkelescu
  Fiel ein Russen-Trinkgeldescu,
Fraidig ibten wir Verratul –
  Politescu schnappen Drahtul.

Alle Velker staunerul,
  San me große Gaunerul.
Ungarn, Siebenbürginescu
  Mechten wir erwürginescu.

Gebrüllescu voll Triumphul
  Mitten in Korruptul-Sumpful
In der Hauptstadt Bukurescht,
  Wo sich kainer Fiße wäscht.

Laider kriegen wir die Paitsche
  Vun Bulgaren und vun Daitsche;
Zogen flink-flink in Dobrudschul,
  Feste Tutrakan ist futschul!

Aigentlich sind wir, waiß Gottul,
  Dann hereingefallne Trottul,
Haite noch auf stolzem Roßcu,
  Murgens eins auf dem Poposcu!

Am Unterseebootkrieg hat er sich mit der Unappetitlichkeit beteiligt, die er »Pupillarische Sicherheit« benannte:

Wir lachen, wenn der Feind uns droht
  mit Hungertod.
Uns nährt (und bläht) Kartoffelbrot.

Wir essens, wir gedenken auch
Sir Edward Grey's – mit manchem Hauch.
Der Donner rollt wie Sturm auf See
Und grollt den Namen Edward Grey.

(Doch mancher Hauch sagt flüsternd still:
Churchill! Churchill!)

Den Einfall der Russen suchte er durch den folgenden Einfall zu paralysieren:

Ist Dein Land, Imanuel Kant,
von den Skythen überrannt?
Mit Gestank und mit Gelärme
stapfen stumpfe Steppenschwärme
Hunde drangen in das Haus –
Peitscht sie raus!
Rächet Insterburg, Gumbinnen
Und vertobakt sie von hinnen.
Peitschet, das ist Menschenruhm,
Knutentum, Knotentum.
Reiter, Fußvolk, Rosseschwänze,
Peitscht sie rückwärts an die Grenze.
Sollen über Schmalleninken
In die edle Heimat hinken.
Bei Kraupischken und Pillkallen
Stallupönen und Wirballen
Über ihre Haxen fallen;
Dürfen uns nicht unterkriegen –
Peitscht sie, daß die Lappen fliegen.
Zarendreck, Barbarendreck
Peitscht sie weg! Peitscht sie weg!

Man wird zugeben, daß von da bis zu dem Wunsche, der Geschmack des Wassers möge sie nicht überraschen, »wenn sie in die Seen Masurens versinken«, nicht mehr so weit ist, daß man dem, der ihn dem Herrn Kerr zugetraut hat, nicht bloß einen Irrtum, sondern einen Schwindel zur Last legen müßte. Aber alle Nationen mit einem Bruderkuß umschlingend, hat er gedichtet:

Heiliges Rußland! wenn es doch gelänge
Und du kriegtest die verdiente Senge.

Logisches Vernunftgebot –
Scharfe Dresche tut dir not.
Möge dann dein Volk mit Nutzen
Ungehindert revoluzzen.

Weises England! deine Mörser müßten
Platzen – fern von unsren Küsten.
Hoher See bewegter Gang
Mach' dich katzenjammerkrank.
Wünsche dir mit letzter Suada
Alle Freuden der Armada.

Edles Frankreich! wurdest überstimmt,
Wenn der Knutusoff die Zügel nimmt . .
Allen Führern bei der Deutschlandhetze
Wünsch ich Bandwurm, Hühneraugen, Krätze,
Zur Ernährung schimmelfeuchtes Stroh –
Und noch Rheumatismus im Popo.

»Es geht nicht«, schloß Herr Kerr diesen X. Absatz eines »höchst kriegsfeindlichen Aufsatzes« in der ›Neuen Rundschau‹, der offenbar die Grundlage seines Glaubens gebildet hat, daß es speziell im edlen Frankreich gehen werde. Diesen höchst kriegsfeindlichen Aufsatz, den er mit starker Übertreibung »Aus dem Kriegsbuch eines Hirnwesens« nannte, habe ich, Schwindler der ich bin, »als einen kriegshetzenden serviert« (wiewohl ich doch nur dessen Verse zitiert habe). Hier wird der Versuch einer Blödmacherei unternommen, der vielleicht an Lesern gelingen könnte, welche Anlage haben oder durch Kerr-Lektüre empfänglich sind, mich jedoch keineswegs aus dem Gleichgewicht meines Schwindels bringen wird. »Ganz spaßlos-dumm« behaupte ich nunmehr ausdrücklich, daß der Kriegsfeind ein Kriegshetzer war. Die Kriegsfeindlichkeit besteht nämlich darin, daß der Herr Kerr, wie alle deutschen Patrioten, denen der tägliche Sieg nicht das tägliche Brot ersetzen konnte, froh gewesen wäre, wenn die Sache bald ein siegreiches Ende gehabt hätte, daß er aber nicht kriegsmüde genug war, um nicht gegen die Völker zu hetzen, die nach vorschriftsmäßiger Überzeugung angefangen hatten. Der Begriffsmogler tut so, als hätte man ihm vorgeworfen, daß er den Krieg um des Krieges willen gewollt habe; das ist ihm natürlich nicht eingefallen, für die andern Nationen war er schon ab 1914 Defaitist. Natürlich war er »gegen den Krieg« und eine Premiere bei Reinhardt war ihm ohne Zweifel lieber, selbst wenn er zur persönlichen Teilnahme an dem andern Ereignis definitiv uneingeladen blieb. Er hatte sich angeboten: »Landsturm mit Waffe.« Denn er hatte sich gesagt:

Sie sollen nicht.

Und:

. . . Die Hunde.

Er hat – in jenem Kriegsbuch eines Hirnwesens – notiert (und zwar sechstens):

> Aus dem Schlaf erwacht; gepeitscht von dem Bewußtsein, daß die Engländer Togo besetzen . . . .

Sie sollen nicht. Er hat sich gemeldet. Doch auch ein zweites Gesuch wird abgewiesen. Er will darin von seiner »mittleren Schießfähigkeit« sprechen, »im Kahn und im Walde zur Not bewährt«. Schreibt aber »den Satz nicht hin. Menschenköpfe.«

Setze dafür die Mitteilung, daß ich Französisch wie ein Franzose sprechen und schreiben kann.

Aber das Regimentsbüro dachte, das werde ihm nach dem Krieg zugutekommen, und wies ihn an: »das Aufgebot abzuwarten«. Es kam nicht dazu. Das Vaterland erkannte die Unabkömmlichkeit. Unerträglich.

> 22.
> Und wie dem dreimal sei: zu Hause stirbt man und erstickt, wenn sie einen nicht mitnehmen.
> Wir wollen kämpfen: für Deutschland . . . .

Und zwar bis zum letzten Hauch von Mann und Roß? Nein:

> 23.
> Wir treten hin, Mann für Mann, fest in dem Schwur: Wir wollen helfen bis zum letzten Hemde; bis zum letzten Fingernagel; bis zum letzten Wurf Speichel . . . .

Und noch einmal (24.):

> . . . . bis zum letzten Hemde; bis zum letzten Knochen, bis zum letzten Hohnwort. Die Seelen zittern. Es gibt nur einen Herz-

schlag in dieser Stunde: Deutschland, Deutschland über alles.

Ich halte das letzte Hohnwort noch zurück. Aber wenn das Mündchen noch einmal aufgetan wird, so bin ich imstand und drucke den ganzen höchst kriegsfeindlichen Aufsatz ab (aus der ›Neuen Rundschau‹! September 1914!) in seiner ganzen katastrophalen Komik. Nein, er hat nicht zum Krieg, er hat nur zum Sieg gehetzt und alle die Mächte mit Couplets befehdet, denen er schuld gab, daß sein unschuldiges Vaterland nicht zum Gewaltfrieden gelangen konnte. Vermutlich wäre sogar Ludendorff schon im Herbst 1914 einem solchen nicht abgeneigt gewesen; doch ganz gewiß hat es diesem besser als dem Romain Rolland gefallen, wie die Parole »ernst, aber zuversichtlich« in dem Kriegsbuch eines Hirnwesens zu gereimtem Ausdruck kam:

Eins ist klar – wie es auch kommt:
  Wir arbeiten prompt.
Eins ist klar: wir arbeiten stramm
  Nach dem Programm.
Eins erkennt man deutlichen Blicks:
  Wir arbeiten fix.
  Diese Handlungsweise ist sehr zu billigen,
  Denn die Feinde wollen uns vertilligen...

Wie kommen nur solche Verse in einen höchst kriegsfeindlichen Aufsatz? Und wie bin ich, von aller Zuversicht im Herzen und von allem Rheumatismus im Popo der Feinde abgesehen, nur darauf verfallen, dem Friedmenschen ausgerechnet einen Wunsch wie den masurischen anzudichten? Nun, ein Kerr-Forscher hatte über mein Ersuchen in der Berliner Staatsbibliothek gearbeitet, um Blutspuren auf der den Nationen dargereichten Bruderhand zu entdecken. Das Ergebnis waren außer dem kriegsfeindlichen Aufsatz, welcher Bandwurm, Hühneraugen, Krätze und weitere Übel als Liebesgaben an den Feind enthielt, etliche Schock Gedichte, die im sogenannten »roten Tag« der Firma Scherl in den Jahren 1914 bis 17 erschienen und mit dem Pseudonym »Gottlieb« unterzeichnet waren. Diese Kriegslivree des Hauses Scherl trug nebst dem deutschnationalen Publizisten Nordhausen Herr Kerr, der damals noch nicht von dem weniger blutrünstigen Mosse übernommen war. Um die Autorschaft der beiden Träger des Pseudonyms zu unterscheiden, ist kein besonderer Stilsachverstand erforderlich. Gleichwohl wird man nicht in allen Fällen einer Gesinnungsbrüderschaft, die autorrechtlich abzugrenzen doch wahrlich keine Verpflichtung besteht, unzweifelhaft bestimmen können, welche Ordinärheit der eine und welche der andere auf dem Kerbholz hat, und man hätte ohne Zweifel das Recht, jede jedem von beiden, die sich freundbrüderlich in den Ruhm der Produktion teilten, zuzuschieben. Der gewissenhafte Forscher hat etliche Erzeugnisse, die offensichtlich nicht die spezifische Marke Kerr'scher Fröhlichkeit tragen, mit einem Fragezeichen versehen, und wiewohl es richtig ist, daß der Dreck über jene masurische Untat, welche in aller Ewigkeit eine Schmach dieses Planeten bleiben wird, mehr von der geformten Art ist als von der gequirlten, die der Humor des Herrn Kerr bezeichnet, so mochte jener – und ich mit ihm – glauben, daß dem Gemüt, welches den Feinden »zur Ernährung schimmelfeuchtes Stroh« gewünscht hat, auch die Versorgung des Durstes mit Sumpfwasser nicht gerade unangemessen wäre. Das stilistische Moment, der Mangel der tänzerischen Note, konnte umsoweniger bedenklich stimmen, als sich ja just an dem von den Russen bedrohten Königsberg gezeigt hatte, daß Herr Kerr, wenngleich nicht viel, so doch auch anders könne. Was aber die Ernährung der Russen anlangt, so wage er, in einem Falle, wo man bei einheitlicher Gesinnung der Pseudonymträger sich getrost auf das stilistische Unterscheidungsvermögen verlassen darf, die Autorschaft der folgenden Verse in Abrede zu stellen. Man erfahre hier zum erstenmal, was der Pariser Friedmensch am 20. August 1914 ausgehungerten russischen Kriegsgefangenen für Gelüste angedichtet hat:

Stallupönen

Mancher Herr und manche Dame
Wagten dich als Nest zu höhnen.
Doch von Kriegsruhm blinkt dein Name,
Stallupönen; Stallupönen.

Frecher Feindesvorstoß – brausend
Ist er hier kaputtgegangen;
Rüde Russen sind dreitausend
Stücker fest von uns gefangen.

Spürten einen Kitzel innen,
Wollten mal was Leckres haschen,

Und sie tappsten gen Gumbinnen,
Dort zu naschen. Dort zu naschen ...

Hütet nun die struppige Beute.
Wanzenpulver nicht vergessen!
Und »bewahrt das Licht«, ihr Leute,
Weil sie jeden Wachsstock fressen.

Gottlieb.

Und nun erdreiste sich der Mann, der schon seit jeher den »Krieg der Besten gegen die Bestien« propagiert haben will – nun erdreiste er sich, die Vermutung, daß er im Krieg der Bestien in Grausamkeit versiert war, in jener scheußlich gewitzten Grausamkeit, die das eigene Leibeswohl hinter der Schanze eines Schreibtisches deckt, für »einfachen Schwindel« zu erklären! Das schlichte Alibi der Unschuld »Ich hab's nie gesehn« wird er hier kaum riskieren, aber er sollte niemanden für so dumm halten, zu glauben, daß es ihm im andern Fall etwas helfen könnte. Er hat mit Herrn Nordhausen in der Scherl'schen Livree des Kriegsdienstes alterniert; er hat gewußt, daß die nationalen Kunden der Firma, die beim Frühstück als Ersatz für Bohnenkaffee blutige Witze haben wollten und dabei sicherlich keine stilistischen Untersuchungen angestellt haben – daß sie die Einheitsgesinnung, die unter der Marke »Gottlieb« geführt wurde, goutierten und vielleicht gar nicht ahnten, daß es zwei Brüste waren, in denen die eine Seele gewohnt hat. Er hat sich gegen die flagrante Möglichkeit, daß auch bessere Kenner, und schon damals, ihm die Niedertracht über den masurischen Tod zuschrieben, mit keinem Sterbenston gewehrt. Und daß er nicht gelesen, nicht nachgesehen hätte, was an jedem zweiten Tag der Kriegskamerad unter dem gemeinsamen nom de guerre schrieb, wird er einem Zulukaffer einreden können, also einem Angehörigen der einzigen Nation, mit der Deutschland vielleicht nicht Krieg geführt und an der er sich infolgedessen nicht mit gereimtem Unflat versündigt hat. Er mag heute den Gefährten ernster Tage, mit dem er Schulter an Schulter Gedeih und Verderb teilte, durch den Tadel verleugnen, jener habe nicht nur grausam, sondern grausam schlecht gedichtet. Wie gefällt ihm aber das Folgende, das am 31. Januar 1915 das Licht einer durchhaltenden Welt erblickt hat:

Chronik

Der Russe wankt in den Beskiden,
Man hört es innerlich-zufrieden.
Auch anderswo, gewißlich,
Geht es ihm bald przemißlich.
Man hat sogar Indizien
Für Ostgalizien . . .

Du schielst indes, Metropolit,
Nach galiläischem Gebiet.
»Im heiligen Land steigt Rußlands Wappen
Alleinbeherrschend auf zum Licht!«
Der hat wohl mit dem nassen Lappen
Eins abgekricht?

*

Rumänien liefert uns Getreide.
Und sind ihm die Waggons auch knapp,
Uns ist es eine Herzensfreude.
Man schickt es nicht? Wir holen's ab!
Wir setzen alles flink ins Werk,
Behend eilt der Prophet zum Berg.

*

Die »Daily Mail« zeigt unverwandt
Auf Dernburg mit geballter Hand,
Mit Redeschwall und Wortestrom
Als das germanische Phantom
Und lügt – und zeigt ihn fahl beglänzt
Als ein Gespenst.
Und lügt . . . Gewaltig in der Tat
Ist leider dieser Mailvorrat.

*

Es starrt die Zeit von unbequemen
Volkswirtschaftlichen Grundproblemen.
Heut fesselt uns das eine bloß:
»Wie werden wir die Schweine los?«

Gottlieb.

Und wie gefällt ihm dieses, das am 24. Februar 1915 an den ›Tag‹ gekommen ist:

Chronik der Lage

Ja, wir dürfen stolz versichern:
Hindenburg verdunkelt Blüchern.
Wie er Väterchen verdrischt,
Mensch, damit vergleicht sich nischt.

Russenbär – zu unsrer Freude
Zeigt das rüde Fell der Räude.
In zerzauster zottiger Pracht
Hinkt er durch die Gegenwacht.

*

Welch ein ausgepichter Schnapphahn
Ist die gelblich-kesse Japan.
Das Millionenvolk von China
Wünscht es zum ergebnen Diena.

Ohne Säumnis, lieber Leser,
Wirft es sich auf die Chineser –
Während England angstverdrossen
Zusieht mit gebundne Flossen.

*

Deutsches U-Boot unterjocht
Jeden englischen Transpocht.
Hungern sollst du, John, – aoh dear!
So ich dir, wie du mir.

*

Alles, was die Gegner hoffen,
Ist bisher nicht eingetroffen.
Selbst der Bierpreis (Kupferwährung!)
Schafft in Deutschland keine Gärung.

Einigkeit im Preußenlandtag
Herrschte bei dem Fürsorg-Antrag.
Gar nicht unwirsch, sondern wirsch
War sogar Genosse Hirsch.

*

Strebt ihr, Deutschland abzusondern
Von der Welt? Ihr sollt euch wondern!
Ungebrochen lebt der Mut –
Kartenbrot schmeckt doppelt gut.
Schickt nur Ghurkas! Hottentotten!
Seht, wir sind nicht auszurotten.
Michels Schiff hat schiere Schotten.

Gottlieb.

Ist dies alles am Ende ganz so spaßlos-dumm wie das Unterfangen, ihn danach einer kriegshetzerischen Gesinnung für fähig zu halten? Nicht doch, wir haben es damals verstanden, »die Stimmung zu heben«. Wir haben es versucht, wir haben es gekonnt. Ein Quäntchen davon durch die Luft gejagt (27. Januar 1915):

Vorrat

Daß nicht unsre Kraft erlahmt,
Wird der Vorrat schlagbenahmt.
Sorgsam wird der Kluge geizen
Mit dem Roggen, mit dem Weizen.

Den Bedürftigen wird zum Glück
Diese Monopolitik.
Wütend mag das Ausland schielen,
Wenn wir froh auf Teilung spielen.

Künftig, ob der Feind auch berste,
Husten wir auf Rußlands Gerste.
Jeder Deutsche lächelt leis.
Wenn er sich vom Yankee-Mais
Auch noch unabhängig weiß.

Die Kommunen schaffen Heilung
Durch gerechte Brotverteilung.
Wermuth steht, wie Werthers Lotte
Vor der lieben Kinderrotte,
Schneidet schnell und nicht zu knapp
Jedem seine Scheibe ab,
Daß wir keinen Hunger leiden –
England aber wird sich schneiden.

Gottlieb.

Es hat sich geschnitten. Und nicht geschnitten hat sich der Geistige, der nach der folgenden einprägsamen Weis' für die Kriegsanleihe geworben hat (26. Februar 1915):

Kriegsanleihe

Zeichne, Mensch, in erster Reihe,
Jetzt die zweite Kriegsanleihe.
Montecucculi, der Graf,
Wußte, was den Krieg betraf.

Dreierlei gebot der Held;
Erstens, zweitens, drittens: Geld!
Mit der Wimper zucke nie,
Denk an Montecucculi.

Hast von Malkunst keinen Schimmer?
So viel zeichnen kannst du immer.
Freu dich, wenn das Kampfgetrieb
Fern von deiner Scholle blieb.

Tausend in den Schützengräben
Wagen still für dich ihr Leben.
Scheust du kleine Opfertat?
Draht ist noch nicht Stacheldraht.

»Kauftest«, ruft der Krieg als Mahner,
Einstens mieße Mexikaner –
Sei heut klüger. Kaufe prompt
Was dem Vaterlande frommt!«

Hier wird keine Pleite grinsen,
Denn du kriegst solide Zinsen.
Zeichne, Mensch, und mucke nich –
Denk an Montecucculich!

Gottlieb.

Daß er Feind um Feind bedrängte
›Tag‹ für ›Tag‹ mit der Poenkte
Und sie mit dem Spotte hieb,
War dem Schlachten-Gotte lieb.

Daß freilich nicht alles nach Wunsch und Voraussicht eingetroffen ist, zumal was die Pleite betrifft, die es sich doch schließlich nicht nehmen ließ, zu grinsen, ist nicht seine Schuld; man ist eben nur Satiriker und kein Prophet. Daß man aber jenes auch im eigenen Vaterland sein konnte, bewies Herr Kerr durch das Folgende, welches der tieferen Erkenntnis schon damals, am 29. Januar 1915, nicht entbehrt hat und eigentlich das Motiv des Abonnenten und des Patrioten aus den »Letzten Tagen der Menschheit« in Versform bringt:

Englischer Gefechtsbericht

Was braucht man für ein Seegefecht?
Und wodurch wird der Feind geschwächt?
Zunächst durch Taten
Und Granaten.
Sodann, genügt das Schießen nicht,
Durch den Bericht.

Wenn dir ein eignes Schiff zerbricht,
Ersteht es auf in dem Bericht.

Wenn es ein böses Ende nimmt,
Erkläre deutlich und bestimmt:
»Es schwimmt.«

Und wenn es auf den Grund versank,
So schreib': »Noch lebt es, Gott sei Dank!«

Es ist ein argloses Vergnügen
Sich in die eig'ne Tasch' zu lügen.

Ecco. Das war es allerdings in jener Zeit, in deren Besitz noch Lemberg und deren Tasche so groß und so leer war wie ihr Maul, welches man ihr nur mit den Lügen der Berichte und der Gedichte vollstopfen konnte. »Aber deshalb« noch heute zu lügen, ein Gedicht zu nennen, das man nie verfaßt und die vielen nicht zu nennen, die man verfaßt hat, »das ist anheimelnd«, aber dumm. Schließlich kann ich doch selbst als Stilsachverständiger nicht darauf angewiesen sein, bei Herrn Kerr anzufragen, welcher »Gottlieb« von ihm ist und welcher von dem gewiß nicht minder gewandten Genossen einer großen Zeit, den er heute die Stirn hat zu kuranzen wie der avancierte Heinz den Falstaff. Warum entschließt er sich denn nicht, frei zu bekennen, daß er überhaupt kein Kriegsgedicht, kein grausames und kein grausam schlechtes, zwischen 1914 und 17 verfaßt habe? Warum weist er nicht nach, wie schwindelhaft und wie frivol es ist, ihm auch nur die geringste Beziehung zu dieser Branche nachzurühmen? Daß ich ein Gedicht nicht nenne, welches er verfaßt hat (es heißt: »Die schale Haut«) wäre unter allen Umständen schon darum ein entschuldbareres Versäumnis, weil es ja doch kein Kriegsgedicht ist. Ferner steht es ohnehin in seinen gesammelten Werken, in die er seine Kriegsgedichte nicht aufgenommen hat. Diese zu finden – das ist die Aufgabe, durch Pseudonym und Vergriffenheit leider erschwert. Wenn ich mich bemühe, sie alle mit der Zeit zusammenzustellen (und in der Fülle einmal strauchle), so bin ich doch nicht bemüßigt, gleichzeitig auch den andern Mist, der mit dem Kriegsthema gar nichts zu tun hat, herbeizuschaffen, bloß weil er die überalterte Schmierigkeit von einer andern Seite zeigt? Da müßte ich ja jede Äußerung des Friedmenschen, die gewiß nicht unbeträchtlicher ist als das Werk des Tyrtäus, zitieren und der Arbeit wäre kein Ende. Gerade im gegebenen Fall trifft die Rüge umsoweniger zu, als ich ja das Gedicht »Die schale Haut«, dessen irreführender Titel auf Autobiographisches schließen läßt, bereits vor fünfzehn Jahren, im Juli 1911 (Nr. 326-328, S. 30) abgedruckt habe. Aber da Herr Kerr gar so stolz auf den Selbstmord ist, den er damals verübt hat, als der kleine Pan noch stank, so mache ich mich gern erbötig, ihn noch einmal an ihm vorzunehmen. Er nannte ihn schelmisch ein »leichtes Capricho-Lied«:

V.

Krätzerich; in Blättern lebend,
  Nistend, mistend, »ausschlag«-gebend.
Armer Möchtegern! Er schreit:
  »Bin ich ä Perseenlichkeit . . . !«

Wie der Sabber stinkt und stiebt,
  Wie sich's Kruppzeug Mühe gibt!
Reißen Damen aus und Herrn,
  Glotzt der arme Möchtegern.

Vor dem Duft reißt mancher aus,
  Tachtel-Kraus. Tachtel-Kraus,
Armes Kruppzeug – glotzt und schreit:
  »Bin ich ä Perseenlichkeit . . . !«

Alfred Kerr.

Das hat er also tatsächlich in seine Gesammelten Werke aufgenommen, aus denen etliches in französischen Dissertationen Platz gefunden hat; ich nannte es damals »das Stärkste, was ich bisher gegen Herrn Kerr unternommen habe«. »Gewiß«, sagte ich, »ich habe ihn in die Verzweiflung getrieben; aber er, er hat vollendet. Ich habe ihn gewürgt, aber er hat sich erdrosselt«. Und wie sehr es mein Verhängnis ist, daß mir die Leute, die ich (im Gegensatz zu Herrn Kerr) töten will, unter der Hand sterben: das hat kein Fall so exemplarisch dargetan wie der seine. Der Erfolg, mit so schlichten Mitteln erzielt, war von Dauer. Denn das macht ja eben den Unterschied zwischen meiner Polemik und der meiner Gegner, daß die meine schon mit der Zitierung der gegnerischen auskommt. Während alles, was je gegen mich geschrieben wurde – höchstens mit Ausnahme des rein Krankhaften – in meinem Druck nachzulesen ist, haben die Verfasser noch nie gewagt, das Wort, das ich dazugetan, zu wiederholen. Und wie überflüssig war jede Zutat zu dem sorgfältig reproduzierten Text des Herrn Kerr! Die literarische Jugend Deutschlands, die kurz vorher mit Kundgebungen an seine Seite getreten war, erließ Nachrufe und wurde seit damals durch ihre eigenen Exzesse nicht um die Besinnung gebracht, das beobachterische Häcksel, welches da das Berliner Theater zur Welt und die Welt zum Berliner Theater macht, unbeträchtlich zu finden und zu erkennen, daß die Sicherheit, in Deutschland unmöglich zu sein, noch keine

Chance für den Anschluß an die Nationen bildet. Die Friedensübung der Flinserln und Psycholozzelach, die bei Mosse numeriert erscheinen, seit die Kriegsdrommete bei Scherl schweigt, hat man nachgerade kotzüber. Kritiken wie jene über einen Ungarn namens Fodor:

– – Welcher vielleicht aus jenem Pariser Viertel stammt, wo Exportstücke verladen werden.

Oder schlechthin aus dem Land Följetonia: wo die vorauszusehende Replik wächst; wo Beete voll aller Dagewesenheiten druckerschwarz glänzen; wo der Künstlerich mühsam entkommt.

Fodor, Fodor. Es gibt einen guten Zeichner Fodor.

Als man ihn zuletzt sah, hat er noch vorteilhaft ausgeschaut. Fodor, Fodor.

II.

– –

Fodor; Fodor.

nimmt man als nux vomica. Und wie erst die Vorstellung, daß solch ein Piepmatz jemals im deutschen Blätterwald Furore machen konnte und daß in einem Fall, wo nur Räuspern und Spucken abzugucken war, von der längst ernüchterten Jugend ein Genie ausgerufen wurde. Leider verdankt sich ihm die gewisse adjektivische Regsamkeit jenes neuen Feuilletonismus, der zu den Eingeweihten blinzelnd und mit der Willkür eines e so und esoterischen Wesens darauf aus ist, dem Ding, dessen er im Wort nicht habhaft wird, Nuancen abzugewinnen. Dergleichen spielt alle Farben, ohne eine einzige zu bekennen, und der Züchter des Unwesens, mag er auch in der Roßtäuscherwelt des Berliner Theaters »eine Nummer« sein, ist dem Bewußtsein der literarischen Generation entschwunden. Der Weltkrieg, nach dessen Abschluß Herr Kerr in einem gewissen Maße gefährdet war, hat ihr den ganzen Mann offenbart. Diese heroische Epoche seines Lebens reicht vom Jagow-Durieux-Skandal bis zu dem Versuch, aus einem näheren Theater- und Familienklatsch politisches Kapital zu schlagen und ein glücklich vermiedenes Kopfstück zu einem Martyrium im Harden-Format auszuschlachten.

Was er in ihr geleistet hat und was keineswegs geeignet scheint, friedmenschliche Versuche aussichtsvoll zu gestalten, sammle ich. Er schließt seine Erinnerung an das erste Mißlingen mit der Klage, daß es allzu langsam gehe:

XXI.

– – Aber das Bewußtsein, daß wenigstens die Kunst (und hier müßte jetzt eine himmlische Melodie von Franz Schubert erklingen) – daß wenigstens die Kunst auf ihrem Gefild Menschen, zwecklos Geschiedene, für eine kurze Frist aneinanderzuführen vermocht hat: das bleibt etwas Leuchtendes

Ganz fruchtlos kann es nicht gewesen sein.

Das finde ich auch. »Ein menschlicher Schritt vorwärts ist getan«, dem ich mit einem Tritt sekundiert habe.

Es war herrlich. Ein Beginn. Carlyle sagt: »Arbeiten und nicht verzweifeln!«

Das sage ich auch, und darum sammle ich alle Kriegsgedichte, wiewohl ich mir zu den meisten keine Schubert'sche Melodie erklingen ließe. Und sollte der Sänger noch nicht den Rheumatismus an der Stelle spüren, wo er ihn den ihm befreundeten Völkern zugedacht hat und darum noch einmal der Lieder süßen Mund auftun, um gegen mich zu zeugen, so verspreche ich ihm, nun erst mit einer Fülle von Nachweisen ihn anzuheimeln: wie ich dazu kam, hemmungslos zu fälschen, ungeschickt zu erfinden, einfach zu schwindeln, und ihm ein Gedicht aufzubinden, das er nie verfaßt hat. Denn Gottlieb Kerr hat noch ganz andere geschrieben, die es verdienten, über jenen Zeitpunkt hinaus aufgehoben zu werden, den er kürzlich so pazifistisch bezeichnet hat: »über den Weltkrieg hinaus, über die Kriegsschande hinaus, über den Blutschwindel hinaus«. Schon jetzt dürfte er ja annähernd eine Vorstellung von »vertobaken« haben und wie einer dastehn, der wohl mit dem nassen Lappen eins abgekricht hat. Aber er wird schon noch merken, daß ich auch Wanzenpulver nicht vergesse, und überhaupt den Glauben an ä Perseenlichkeit wiederfinden, der es zwar nicht gelingt, einen Zeitgenossen zu vertilligen, wohl aber, ihm das Fortleben in fragwürdiger Gestalt zu sichern. Wir arbeiten prompt, stramm und fix, und wir verzweifeln nicht. Ein Beginn. So viel Senge und so viel Dresche konnte ein Friedmensch den Nationen gar nicht wünschen, als er sich zuziehen wird, wenn ihn »wieder mal« der Drang anwandeln sollte, sich etwas »vorzunehmen«, dem er nicht gewachsen ist: mich!

Georg Jahoda

gestorben am 24. November 1926

(gesprochen zur Einäscherung am 27. November)

Träufte mir von Segen, dieser Mann,
Wie ein milder Stern aus bessern Welten!
Und ich kann's ihm nicht vergelten,
Was er mir getan.

Nein, es konnte keinen Dank geben, der nicht, verglichen mit der Gabe, den Beschenkten hätte undankbar erscheinen lassen vor sich selbst: so sehr war ich ihm vom ersten bis zum letzten Tag verpflichtet durch ein Vierteljahrhundert. Die Werkhilfe dieses Selbstlosesten, dessen Glaube an das Werk mir den Glauben an die Menschheit erhielt, sie war das trostreiche Gegenbild des Schauspiels einer Entartung, das in dem Abdruck dieser Epoche dargestellt ist. Er ist ihm, buchstäblich, bis zum letzten Atemzug gefolgt. Nie hat es in der Geschichte geistiger, nie unter menschlichen Verbindungen ein Band gegeben wie dieses, nie wird eines wieder sein wie dieses. Autor und Drucker – in einer Welt mechanisierten Daseins ferne Sphären, zu Nutzen und äußerem Zweck voneinander berührt: in welcher Nähe der Blutsverwandtschaft ist hier eine Leistung gewachsen, deren Anteil und Verdienst ich für den Mitarbeiter kaum abzusondern vermöchte, weil, so nah der Autor den

Wirkungen des Druckwesens, so nahe der Drucker dem Geheimnis des Worts gelebt hat. Wollte ich Beweise davon erbringen, wie hier, für den Sinn der kleinsten Letter besorgt, eine treue Seele der Ehre des eigenen Handwerks und wahrhaft dem Geistwerk des andern im Schatten diente, man würde sie weniger glauben als die Beteuerung, daß es so war. Denn es waren, tagtäglich durch ein volles Vierteljahrhundert erlebt und bestaunt, Opfergaben: über alles Maß redlichster Pflichterfüllung dargebracht dem reinsten Menschenglauben. Mag man in der Welt, die anders wertet, die Zerstörung ihrer Werte nicht als Wert anerkennen. So möge sie die Hingabe an die fremde Tat über diese stellen, den großen Beweis von Menschentum in ihr Gedenken aufnehmen, und ich werde um dieser Regung willen mit ihr versöhnt sein! Was aber könnte ich, über das Grab des edlen Helfers hinaus, Höheres zum Preise seines Wesens und Wirkens sagen als die Worte, die ich ihm zu einem glücklichen Tage widmen durfte. Alle, die meinen Verlust mit mir teilen, bitte ich, sie wieder und wieder zu lesen, damit uns in der Trostlosigkeit vor diesem Tod, nein, in der Trostlosigkeit dieses Lebens die Empfindung nicht verlasse, das Andenken eines seltenen Menschen zu ehren. Und wenn nach allem, was dort gefühlt ist, mein Schmerz das Wort hat, welches andere könnte er haben als das des Dichters Claudius bei dem Grabe seines Vaters:

Ach, sie haben
Einen guten Mann begraben,
Und mir war er mehr.

Ein Bübchenstreich

Gesprochen am 24. Oktober

Auf dem Berliner Polizeikongreß, durch den unserer Stadt und ihren vorbildlichen Sicherheitseinrichtungen schon durch die Wahl des Vorsitzenden alle Ehre widerfuhr, hat ein Vertreter der Wiener Polizei festgestellt, daß »der Journalist und sein oft verhöhnter Widersacher«, nämlich der Polizist, »in bestem Einvernehmen miteinander stehen«. War man nun geneigt, in dieser Anerkennung eines de facto längst gegebenen Zustands eine Stellungnahme zum Fall Bekessy zu erblicken und die Absicht einer Erklärung, wie es möglich war, daß sich die Macht des Erpressers durch Jahre schrankenlos entfalten konnte, so wurde man durch die weiteren Ausführungen des Redners eines Besseren belehrt. Er sagte nämlich, daß die Zusammenarbeit von Polizei und Presse dem »Wohl der Menschheit« diene, indem die Publizisten zu »freiwilligen Helfern« werden und so sich bald »die richtige Spur findet, die dann zu berichten erlaubt: ›Es ist der Polizei gelungen . . .‹«. Darin vermöchte man also keinesfalls eine Anspielung auf den Fall Bekessy zu erkennen, denn der einzige freiwillige Helfer war in diesem Falle ich, und die richtige Spur hätte dann höchstens zu berichten erlaubt, es sei der Polizei gelungen, den Bekessy nicht zu erwischen. Wenn ich dies sage, so will ich ihr freilich doch einen aktiveren Anteil an der Entwicklung der Sache zubilligen als er etwa in der Formel zum Ausdruck käme, daß es der Polizei nicht gelungen sei, den Bekessy zu erwischen. Ich möchte aber den Erfolg kriminalistischer Bemühungen überhaupt nicht so sehr in dem Resultat erblicken, daß es in der Zeitung steht, als darin, was der Polizei gelungen ist, und ich könnte mir ganz gut auch eine solche publizistische Beihilfe vorstellen, die alles das verzeichnet, was der Polizei nicht gelungen ist. Das Gebiet nun, auf dem sich die Presse der Polizei nützlich erweist, um ihr zu dem von ihr angestrebten Resultat zu verhelfen, ist nebst dem des Mordes, sofern er nicht durch eine Mobilisierungsorder bewilligt wird, das der Prostitution; an die Mitwirkung der Journalisten zum Nachweis von Erpressungen wird vorläufig noch nicht gedacht. Daß es der Presse gelingt, durch die Aufspürung und Ausschlachtung eines Mordfalls oder auch nur der Lüge von einem Mordfall die geistige Disposition zu einem weiteren Dutzend zu schaffen, weiß man und es ist gewiß erfreulich, daß die Polizei endlich die Notwendigkeit erkennt, die Attachés der Sensation, die die Untersuchung in solchen Fällen längst an sich gerissen haben, aber vom Verdienst noch immer etwas abgeben können, in aller Form zu beglaubigen. Wie vorbildlich im Sinne der polizeilichen Ansprüche aber die Presse arbeitet, wenn es Fälle von Prostitution zu fassen gilt, nämlich von der, die nicht die Käuflichkeit des männlichen Geistes, sondern die des weiblichen Fleisches, also nur das Geschäft der öffentlichen Mädchen, nicht das der öffentlichen Herren betrifft, solches erweist eine Berliner Begebenheit, die sich knapp vor dem Polizeikongreß zugetragen hat.

Welcher Schmutzigkeit publizistische Reinemacher fähig sind, die irgendwann irgendwas von meiner Kritik der Annoncenmoral läuten gehört haben, kann der entwöhnte Blick aus einem Heft der Berliner ›Weltbühne‹ ersehen, der Zeitschrift, deren polemische Leistungen in Gebieten, wo den dort Nichtbeschäftigten der Eintritt verboten ist, nun schon eine stattliche Hahnebücherei füllen dürften. Da findet sich ein getreulich nachgebildeter Abriß der Masseusen- und Maniküreninserate eines Berliner Mittagsblattes, überschrieben mit den Worten »Als Freudenmädchen empfehlen sich...«, ein Titel, welcher an sich schon die witzlose Absicht bekundet, ein Metier herabzusetzen, das doch offenbar nicht nur wohltuender, sondern auch weniger gesundheitsgefährlich ist als das der Journalisten. Aber der Autor des Artikels bietet nebst seiner Enthüllung auch das überraschende Motiv, welches ihn zu ihr veranlaßt habe, indem er nämlich behauptet, er sei »von seinem journalistischen Gewissen getrieben« worden, einem der dreißig Massagesalons, die er annonciert fand, »einen Inspektionsbesuch abzustatten«. Das journalistische Gewissen – sollte es ein besseres Beispiel für einen lucus a non lucendo oder vielmehr für einen canis a non canendo geben? –, dieses Gewissen also, von den Masseuseninseraten des Berliner Mittagsblattes beunruhigt, beruhigte sich erst, als er in Anmaßung einer Funktion, die der Berliner Polizeikongreß erst später der Presse einräumen sollte, Erhebungen gepflogen hatte. Sie zeitigten ein Resultat, dessen sich kein gelernter Inspektor zu schämen hätte und über das der Polizeibericht vermutlich mit den Worten berichten würde: »Es ist der Polizei gelungen...«, ohne aber der spannenden Entwicklung der Dinge so gerecht zu werden wie der Originalbericht des freiwilligen Helfers. Denn während der Polizeibericht die Phantasie des Lesers wie eh und je auf die Vorstellung anweist, daß sich in dem Massagesalon, den auszuheben der Polizei gelungen ist, sogenannte »Pärchen« ein »Stelldichein« gegeben haben, welches man ehedem auch Rendezvous nannte; während er nur hin und wieder auch dem Gesamtbild Rechnung trägt, indem Herren der Lebewelt dort ein- und ausgegangen seien oder »Damen«, zumeist natürlich in Anführungszeichen, einander die Türklinke gereicht haben – das direktere Wort »Frauensperson« habe ich ihm abgewöhnt –, liebt der Originalbericht jene plastische Herausarbeitung des Details, die, vom Einzelfall bezogen, doch das Typische zur Geltung bringt. Da ist zunächst das Gespräch mit der Geschäftsinhaberin, die mit ironischem Respekt »die Dame des Hauses« genannt wird und die ganz scheu durch den Türspalt den Besucher fragt, ob er »zum Fräulein wolle«. Sodann führt sie ihn

durch Vorhänge und Portieren und geheimnisvolle Türen in ein – zweibettiges Schlafzimmer.

Kein Zweifel, daß schon dieser Umstand allein den Verdacht erregen mußte, dem der Gedankenstrich auch beim Leser zum Durchbruch verhilft. Denn wenn im Schlafzimmer nur ein Bett gestanden wäre, so hätte der Besucher doch nicht sofort gemerkt, als was sich die Masseuse entpuppen werde, aber zwei Betten machten die Sache eindeutig. Die Dame des Hauses tat nun ein Übriges und fing zu lächeln an:

»Na, was willst du anlegen, Bübchen?«

»Anlegen – wieso? Ich wollte mir die Nägel schneiden lassen.«

»Aber Bübchen, das kannst du doch bei jedem Friseur machen lassen. Also sag: was kannst du zahlen?«

War man schon erstaunt, daß eine annoncierte Adresse ein so geheimnisvolles Entree habe, so kann man die nun verlangten zwanzig Mark wetten, daß der Dialog nicht stattgefunden hat. Die Masseuse müßte in der Verstellung, die doch erst nachgewiesen werden soll, so talentlos sein wie ein Journalist in der Erfindung, wenn sie sich durch solche Heimlichkeit des Empfangs und solche Offenheit des Gesprächs demaskieren und sich ein Geschäft verderben sollte, das immerhin auf der erotischen Illusion der außergeschlechtlichen Verrichtung beruht. Es wäre müßig, ein Reporterhirn, das den Ehrgeiz hat, ein Polizistenhirn zu sein, darüber aufzuklären, daß gerade in diesem Gebiet der Prostitution, wo der ästhetische Reizwert vor einer völligen Neutralität verschwindet, jeder andere Anspruch unbefriedigt bleiben darf außer dem der Phantasie. Gewiß, wie gegenüber aller publizistischen oder behördlichen Betastung des Rechts, nach der eigenen Façon selig zu werden, wäre auch hier ein Lebenswert zu verteidigen, der die ›Weltbühne‹ und ihren Inspektor einen Schmarren angeht. Doch welche Form erotischer Befriedigung immer die als Körperpflege verkappte Prostitution gewähren mag, jedenfalls ist die Untersuchung, ob hier unter Vorspiegelung falscher Tatsachen andere nicht weniger erlaubte gegeben sind, ob also die annoncierende Masseuse eine solche oder »eine solche« ist, ein weit schlimmeres Zeichen publizistischer Entartung als die Aufnahme ihres Inserats in die Tageszeitung, die wahrscheinlich nie, weder vorne noch hinten, etwas Anständigeres oder Harmloseres gebracht hat. Nicht ob die annoncierende Masseuse eine versteckte Prostituierte ist, sondern ob der redigierende Journalist nicht ein versteckter Annonceur ist, darauf kommt es uns an; und ganz gewiß auch, ob die Enthüllungen, die »ein solcher« macht, nicht unsauberer sind als das Enthüllte. Sie sind es, selbst wenn man sich in den Angelegenheiten des Liebesmarktes auf den Moralstandpunkt stellen und den steuerzahlenden Prostituierten (als solchen) eine legitime Gelegenheit des Angebots sperren wollte. Denn die Pauschalbehauptung, man habe es hier mit Prostituierten zu tun, könnte sich höchstens auf die niedrige Zuversicht stützen, daß die Angeprangerten ja doch nicht zu Gericht gehen werden. Da sie ohne Zweifel die Berechtigung zur Ausübung des Massage-Gewerbes nachweisen können, ohne die sie kaum zu annoncieren wagten, hätte es ein derartiger Ankläger, wenn er zum Angeklagten würde, nicht leicht, in jedem einzelnen Fall den ihm obliegenden Nachweis zu erbringen; es wäre denn, daß er zur schäbigen Rolle des Inspektors im Dienste einer lüsternen Leserschaft die noch schäbigere des Lockspitzels übernimmt. Doch auch im Fall des Gelingens bliebe die Denunziation von Frauen, die verhungern müßten, wenn ihnen die Polizei die Tätigkeit oder deren Propaganda verwehrte, eine Kraftleistung, die sich selbst im Land des publizistischen Knotentums sehen lassen kann. Da der Inspektor nicht davor zurückscheut, die unter dreißig Adressen angeführten Existenzen zu gefährden, so wird der Widerwille des Lesers nur durch die Hoffnung aufgewogen, daß die Polizei doch einsichtig genug sein werde, ihnen die unbezahlte Reklame der ›Weltbühne‹ gut anschlagen zu lassen, unter deren Lesern sich gewiß viele die Adressen herausgeschrieben haben. Warum soll die Unmoral nicht auch ein Geschäft machen, wenn für die Moral nebst der Entrüstung sichtlich die Chance bestimmend war, durch einen so pikanten Ausschnitt der Wirklichkeit Zugkraft zu gewinnen? Daß der Inspektor diese Wirklichkeit wildromantisch aufmacht, gehört zum Betrieb. Nachdem er erfahren hatte, daß die Behandlung, auf deren Art er schon durch das zweibettige Schlafzimmer hingewiesen war, »von zwanzig Mark an« koste, entfernte er sich:

> Ich bin auf die Tür zugegangen. Ob ich heil hindurchkomme? Ich habe nur meine Fäuste, falls hier »Büchse der Pandora« dritter Akt gespielt werden sollte. Aber es geht gut: die Dame des Hauses läßt mich, wenn auch wütend, unbehelligt fort.

So undenkbar es nun freilich ist, daß ein Alwa auf ihn gelauert hätte – weil die Dame des Hauses in solchem Fall doch gewiß nicht mehr inserieren könnte –, so wäre ein Hinauswurf durch einen Schigolch ganz entsprechend gewesen. Welch kühne Abenteuer doch ein Mann, den sein journalistisches Gewissen treibt, zu bestehen hat. Man denke nur: in ein »Dirnenquartier« geraten und mit heiler Haut davongekommen!

Aber der Unbehelligte, der somit bloß die Dame des Hauses behelligt hat, wird, nachdem sein Leben nebst der Pikanterie des Falles geborgen ist, sozialkritisch. Denn wenngleich er versichert, nichts dagegen zu haben, daß die Prostituierten inserieren, seinethalben auch plakatieren, ja »Listen in den Verkehrsbüros« auflegen, so könne man doch »die Sache auch anders ansehen«, und er muß daran denken, daß die Polizei diese Dinge toleriere, während sie nicht nur »alle halbwegs linksradikalen Künstler«, sondern auch »jede armselige Kuppelmutter« verfolge. Den nächstliegenden Schluß, daß solcher Wahnsinn eben zu jener Vermummung zwingt, vermeidet er und denunziert die Möglichkeit, daß sich hinter einem rechtmäßig erlangten Gewerbeschein eine Wahrheit verbirgt, die er für anstößig hält. Was aber die linksradikalen Künstler anlangt, so glaube ich schon, daß sie feigherzig genug sind, lieber in der Unterdrückung dessen, was sie Kunst nennen, als im staatlichen Boykott der Natur eine Gefahr für die Menschheit zu erblicken. Vermutlich hat solche freiheitliche Kritik einmal etwas davon läuten gehört, daß ich die Masseusenannoncen der bürgerlichen Presse mit der gesellschaftlichen und behördlichen Heuchelei konfrontiert habe, und glaubt nun, in jenen sei das Anstößige und man müsse diese darauf hetzen. Und vielleicht war in der ›Fackel‹ die Rede davon, daß die sittliche Entrüstung einer im wahren Sinne prostituierten Presse einem Treubruch gegen die inserierenden Inhaberinnen von Absteigquartieren und Massagesalons gleichkomme. Aber wann hätte ich je einen Zweifel darüber gelassen, daß diese die besten Originalbeiträger des Herrn Lippowitz sind und nützlichere Mitglieder der bürgerlichen Gesellschaft als die Zeitungsunternehmer, die ihnen Unterschleif gewähren und die sich ihren Lesern durch keinen Zweig ihrer Tätigkeit so »empfehlen« können wie durch diesen? Und stehen nicht auch sittlich die annoncierenden Kupplerinnen über eben deren publizistischen Gelegenheitsmacherinnen, welche von ihnen Vorteil ziehen, ohne je den Zusammenstoß mit der Polizei zu riskieren, auf den jene täglich gefaßt sein müssen?

Doch von keiner höheren Moral getragen ist die Mission einer Publizistik, die Masseuseninserate kostenlos in den redaktionellen Teil übernimmt, um ihre wohlfeile Ironie an der Vorstellung zu weiden, daß auf dem größten Markt der Welt der Nachfrage ein Angebot antwortet und daß öffentliche Mädchen in einer Lage sind, in die öffentliche Bübchen so selten kommen: sich zu empfehlen. Vor allem wäre nichts in so geringem Maße beifallswürdig als die Feigheit der Bloßstellung wehrloser Geschöpfe, die wohl hin und wieder zur Peitsche greifen, um einen Kunden zu befriedigen, aber nicht mit der Waffe der Polemik hantieren können. Die ganze viehische Roheit der bürgerlichen Welt, die sich an der Prostitution zur Rache dafür austobt, daß sie ihrer bedarf; das herzbrechende Schauspiel dieser menschheitlichen Selbsterniedrigung, der kein Staatenumsturz ein Ende bereiten wird, solange Revolutionäre nur geharnischte Philister sind und Bürger mit Spieß; der ganze Exzeß der Moralbestie, so unausrottbar wie die Kriegsbestie – er findet seine Ergänzung in einer journalistischen Gewitztheit, die als fertigen Hohn die Vorstellung übernimmt, daß Freudenmädchen sich zu empfehlen wagen. Aber die Mitteilung ihrer Adressen in der Absicht der Warnung bleibt, wenn sie nicht den gegenteiligen Erfolg hat, das Stigma einer Zeitschrift, welche die Tendenz vorzeigt, in das deutsche Kulturleben das Menschentum einzuführen. Wahrscheinlich werden sich die Bürger dieser Zone auch nach hundert Jahren politischer Freiheit in den Nachtlokalen und in der Friedrichstraße nicht menschenwürdiger benehmen. Aber daß eine demokratische Zeitschrift, knapp nachdem ein deutsches Gericht erkannt hat, daß »Vollmassage eines nackten Körpers, die von einem Andersgeschlechtlichen vorgenommen wird«, Zuchthausstrafe verdiene, solcher Infamie Opfer zutreibt, ist selbst in diesem Klima beängstigend, und die wahre Enthüllung besteht darin, daß eine freiheitliche Publizistik der Sittenjustiz Material liefert. Ein Bordell nach dem andern wird gesperrt, während die Journalisten, sooft ihre Betriebe wegen strafwürdigerer Handlungen zusammenbrechen, doch immer wieder Unterschlupf finden. Die Ausspielung dieser sozialen Überlegenheit zur Verhöhnung und Gefährdung derer, die bloß körperliche Genüsse, aber weit reellere verkaufen, wird die geringe Ehre eines Berufes nicht erhöhen, der mehr von der Erweckung der Furchtempfindungen als der Lustempfindungen lebt. Freudenmädchen empfehlen sich besser als Schreckensburschen – auch wenn der Berliner Polizeikongreß, auf dem die Reklamebedürfnisse aus aller Herren Ämtern vertreten waren, beschlossen hat, sie als Organe der öffentlichen Sicherheit anzuerkennen, und speziell der Vertreter Wiens so entgegenkommend war, die Presse als »die Führerin des Volkes« anzusprechen. Vielleicht war die Tat, mit der sich ein freiwilliger Helfer zur Inspektion von Massagesalons empfahl, der Anstoß zu diesen Ehrungen. Aber als Präludium zu den Kongreßfeierlichkeiten erschien in Berliner Blättern das Folgende:

Verzweiflungstat einer Fünfzehnjährigen. In einem großen Café am Potsdamer Platz sprang gestern nachmittag die 15 Jahre alte Alice Simon aus der Gr. Frankfurter Straße 91, die eben von Beamten der Sittenpolizei festgenommen werden sollte, von der 5 Meter hohen Balustrade in den Parterreraum des Cafés hinunter und zog sich mehrere Knochenbrüche zu. Sie wurde zur Rettungsstelle in der Eichhornstraße und von dort in das Urban-Krankenhaus gebracht. Die Beamten hatten sich als Gäste zu ihr und ihrer Freundin gesetzt und die beiden in ein Gespräch verwickelt. Als die Beamten sich schließlich auswiesen und sie zum Mitkommen aufforderten, beging das junge Mädchen in ihrer Angst diese Verzweiflungstat.

Warum sollte eine Journalistik, die in diesem Fall den Erfolg bloß verzeichnet und nicht herbeigeführt hat, warum sollte sie, von ihrem Gewissen getrieben und von der offiziellen Ermunterung gespornt, sich nicht fortan auch in den großen Cafés nützlich machen und unter deren weiblichen Besuchern nach solchen umsehen, die ihr der unbefugten Prostitution verdächtig scheinen? Befugt und noch aller behördlichen Kontrolle entrückt bleibt nur die der Zeitungsschreiber, und man bedient sich ihrer, um die andern zu fangen. Der Berliner Polizeikongreß hat die Wichtigkeit der journalistischen Assistenz in Fällen, die das Wohl der Menschheit betreffen, anerkannt, und man kann sagen, daß in einem Zeitalter, in dem so viele Verbrechen durch die Presse begangen oder doch angeregt werden, nichts übrigbleibt als wenigstens ihre Hilfeleistung bei der Feststellung der andern in Anspruch zu nehmen.

Diese Verbindung von Obrigkeit und Niedrigkeit, die gewiß auch einem Drang der Zeit entspricht, ist ja sichtlich der Notwehr abgerungen, in deren Zustand sich die Polizei der Kriminalität gegenüber befindet, soweit sie mit dem Werkzeug der Druckerschwärze arbeitet. Es ist ferner aus der Geschichte des Banditenwesens bekannt, daß sich die Verbindungen mit Funktionären oft für beide Teile als nutzbringend herausgestellt haben, und auch die Erscheinung, daß Banditen sich schließlich in offiziellen Wirkungskreisen betätigt haben, ist im Räuber- und Wächterspiel der erwachsenen Welt so notorisch wie die Wechselbeziehungen, die in korrupten Staaten zwischen Aktiengesellschaften und staatlicher Aufsicht obwalten. Was sich aber neuestens herauszubilden scheint, ist eine Verbindung von Polizei und Journalistik zur Belästigung des Privatlebens, eine gegenseitige Aushilfe, die allein schon die behördliche Toleranz gegenüber den Preßverbrechen erklären würde, welche recht eigentlich in dieser Sphäre ihren Nährboden finden. Dem Polizeibericht wie der ihn ergänzenden »Information« verdankt die Banditenpresse manchen ergiebigen Wink und vice versa, und in den Tagen, wo Moralkoller und Skandalsucht gleichmäßig gedeihen, ist die Allianz von Erpresser und Sittenpolizist nicht mehr zu verkennen. Sie wissen beide, was verboten ist; jener, der die Erlaubnis propagiert, erweitert diesem das Feld der Übertretung, dieser jenem das der Beute; Verwalter der Furcht im Felde der Lust, verfügen sie über das Fallbeil, das die Menschheit über sich aufgerichtet hat: der zuletzt doch sieghaften Erkenntnis, daß naturalia turpia sunt. Die Zutreiberdienste, welche die Presse der Polizei auf diesem Gebiet leistet, können sowohl die Form einer Entrüstung annehmen, die unmittelbar den Normen gemäß ist, wie die einer Bejahung aller Freiheit, sofern sie nur nicht einer sittlichen Geistigkeit, sondern der Gier nach Sensation entstammt. Beiden Formen der journalistischen Befassung mit der geschlechtlichen Materie, der moralistischen und der amoralischen, ist das stoffliche Behagen gemeinsam; beide kommen der Tendenz behördlicher Bevormundung des Privatlebens zustatten. Man hat der Polizei, der auf dieser Spur zu viel gelingt, manches hingehen lassen in einer Zeit, wo einen der Ekel vor der journalistischen Libertinage von dem Gebiet wichtigster Menschheitsinteressen abgerückt hat, das zwischen Sittlichkeit und Kriminalität der Tummelplatz obrigkeitlicher Lebensfremdheit bleibt; in einer Zeit also, wo als das unmittelbar ärgere Übel, eben wegen der Kompromittierung des Freiheitsbegriffs, das Dasein dieser Luderpresse beachtet werden mußte und wo man hoffen konnte, konservative Werte, Gewissen und Ehrgefühl des Staates gegen sie zu mobilisieren. Da die Polizei sich dafür entschieden hat, Huren zu verfolgen und Erpresser laufen zu lassen, da es einer außerstaatlichen Exekutive gelungen ist, dieser habhaft zu werden, da die männlichen Huren am Pranger stehen, so wird sich die kulturelle Aufmerksamkeit wieder einer Obrigkeit zuwenden können, die fortfahren würde, das Wohl der Menschheit ausschließlich durch jene Prostitution bedroht zu sehen, welche kein Machtmittel an der Hand hat, den behördlichen Eifer von sich abzulenken. Die Sympathieerklärung für das andere Gewerbe, die auf dem Berliner Polizeikongreß ausgesprochen wurde, ist gewiß ein Symptom des Fortschritts, und es mag einem Verkehrsinteresse entsprechen, daß die öffentlichen Herren nunmehr sozusagen offiziell der Polizei helfen sollen, die Schandtaten, die sie nicht selbst begehen und die ihr also nicht grundsätzlich verborgen bleiben müssen, zu »recherchieren«. Wenn sie ihr aber auch helfen werden, die Stätten, wo der Staatsbürger ein Privatleben hat, auszukundschaften, so wird die Menschheit eben frei und stark genug werden müssen, um die Kompagnie unbefugter Sittenwächter aus dem Freudenhaus zu jagen, einer Gelegenheit, die erst durch solche Gäste zum Sündenpfuhl wird. Sie haben dort nichts zu suchen, wenn nicht auch sie das suchen, was sie anstößig finden. Der Herr, der, von seinem journalistischen Gewissen getrieben, einen Massagesalon kontrolliert, anstatt dort seine Nerven auf eine Art zu beruhigen, die seine Leserschaft nichts angeht, ist über die Jahre hinaus, von der Dame des Hauses ein Bübchen genannt zu werden. Er ist ein Bube!

Winke für die Schwangerschaft

Ein Leser der Fackel schreibt aus Prag:

— — Eine Dame meiner Bekanntschaft erzählte mir neulich, daß sie in den letzten Monaten vor der Geburt ihres Sohnes nichts anderes als Ihre Schriften lesen konnte. (Es war dies vor ungefähr 13 Jahren.) Der ohnehin sehr scharfe Sinn der Dame für alles Edle, Ungekünstelte hatte in jener Zeit, geschärft durch ihre grenzenlose Mütterlichkeit, die in allem Verlogenen eine Gefahr für ihr Kind erblicken mußte, nur Ihr Werk bejaht. Und als man ihr einmal zufällig Harden und einen damals sehr gerühmten französischen Roman brachte, reagierte sie mit wiederholtem Erbrechen. — —

Diese Erscheinung ist in der gynäkologischen Literatur nicht unbekannt, während die andere Literatur über diesen Punkt noch immer in einer Selbsttäuschung befindlich scheint. Wenngleich nun meine Eitelkeit unter dem Maß dessen zurückbleibt, wozu sie der Anblick meiner literarischen Zeitgenossenschaft berechtigen würde, so möchte ich doch den Fall der edlen Mutter, von dem mir berichtet wird, für keinen Ausnahmsfall halten, und zwar weder was die Einwirkung meiner eigenen Schriften betrifft, noch die, welche die Leistungen meiner literarischen Zeitgenossen auf Schwangere hervorzubringen vermögen. Ich will beiweitem nicht behaupten, daß die gemütsformende Macht der Eindrücke, die in der wichtigsten Epoche des mütterlichen Daseins an die Trägerin der künftigen Menschheit herantreten, in meinem Fall gerade die Entstehung von solchen Naturen garantierte, deren Lebenswert in meinen Schriften als Gegenbild der heutigen Generation bejaht wird. Daß sie aber den eugenetischen Zweck besser fördern, als wenn eine Frau in schwangerem Zustand etwa die ›Stunde‹ liest und daselbst womöglich die Meldung, daß sie schwanger sei, daran lasse ich nicht rühren. Ohne Zweifel kann das Kind schon im Mutterschoß so gut den Abscheu vor der Niedertracht wie die Freude an ihr empfangen. Ich bin weit davon entfernt, zu bestreiten, daß die Menschheitshoffnung reiner und sicherer behütet war in einer Zeit, in der das Ideal menschlicher Gesittung vom Schrifttum unmittelbar und nicht erst durch Anschauung von Beispielen der Schande abgenommen werden konnte und wo man einer Mutter nur zu raten hatte, die Wiegenlyrik von Claudius zu lesen, damit ihre Hoffnung nicht dereinst von Verzweiflung abgelöst werde; wo sie das Abendlied vernehmen konnte, ohne, vor ihrer Stunde, des Grauens teilzuhaben, daß jeden Augenblick der Ruf des »Abeeend« an ihr Ohr dringen könne; wo Gott uns mit solchen Strafen verschonte und uns ruhig schlafen ließ und unsern kranken Nachbarn auch. Aber wenn ich in der heutigen Literatur Umschau halte, so glaube ich doch, daß meine Bilder des Schreckens, bestimmt, dem Menschen zu sagen, was er leidet, mehr zur Wesensbildung im positiven Sinne beitragen als alles Positive, das die heutige Literatur ihm zu bieten hat. Anderseits bin ich überzeugt, daß die sittlichen Mißgeburten, die sich heute in Politik, Presse und Gesellschaft zur Geißel des Zeitalters aufgeschwungen haben, überhaupt nicht das Dunkel dieser Welt erblickt hätten, wenn man sich rechtzeitig mehr um die Lektüre der Mütter als um den Kriegsruhm der Väter gekümmert hätte, und daß noch weit Ärgeres zu verhüten wäre, wenn man die heutige Literatur, die doch von dem Geist dieser sittlichen Mißgeburten unmittelbar berührt und erfüllt ist, von den werdenden Müttern fern hielte. Wollte ich dieses Thema ausspinnen, so müßte ich den Inhalt meiner künftigen Sammlung »Literatur und Lüge« wiedergeben, um alles das aufzuzählen, was Schwangere nicht in ihren Gesichtskreis einzulassen hätten, und ein fluchwürdiges Gesetz könnte zum Glück auf diese geistige Form von Fruchtabtreibung nicht angewendet werden, die leider in den seltensten Fällen geübt wird.

Daß eine Schwangere auf die Lektüre Hardens mit Erbrechen reagiert hat, ist gewiß nicht unbegreiflich, wiewohl es sich hier ja nicht um einen monströsen Fall von ethischer Verlogenheit, sondern nur um eine etwas unverdauliche Stilnahrung handelt, die auch in normalem Zustand ein Menschenmagen nicht verträgt. Verdauungstörungen kommen bei dieser Lektüre häufig vor, kein Wunder also, daß der Entbindungakt Schwierigkeiten begegnet, und da das für ihn unentbehrliche Genetiv-s im Schlunde stecken bleibt, tritt eben noch am Geburttag vomitus ein. Aber dieser Fall erscheint ja heute fast ehrwürdig neben allem, was sich seither in den Vordergrund deutscher Geistigkeit geschoben hat und daselbst von der Langmut eines verdorbenen Geschmacks ertragen wird. Man male sich nur die Wirkung aus, wenn eine Berlinerin, die vielleicht doch der Natur nicht so ganz abgeschworen hat, daß sie nicht auch einmal in andere Umstände gelangen könnte – wenn sie also auch in dieser Lage fortfährt, achtundzwanzig Absätze einer Kerr'schen Reisebeschreibung zu schlucken. Da wehrt sich die Natur vielleicht nicht mehr durch Erbrechen, aber sie rächt sich durch den Wechselbalg, der zur Welt kommt, ein Wesen, nicht Fisch, nicht Fleisch, nicht gestuft und nicht geballt, und was wird aus ihm? bestenfalls ein Tänzerich, ecco. Oder man stelle sich unter gleichen Umständen die Wienerin vor, die ein Feuilleton von Salten liest, mit den suggestiven Untertiteln: Schneller! – Noch schneller! – Nicht hinlegen! – Bravo! Ja, da weiß sie nicht, was sie zuerst tun soll, wie man's macht, ist's nicht recht, und es kann schief gehn. Zu spät seine Mahnung: Ruhe! Ruhe!! Ruhe!!! Das mag bei Burgtheaterkrisen helfen, aber nicht in dieser.

Unruh halte man fern. Er ist unter jenen, die Zukünftiges auswirken, einer der gefährlichsten, nur sehr geübten Mänaden nicht abträglich, die ohnedies ein Gefäß des Göttlichen werden wollen; Impulse sollen von ihm ausgehn heißt es, wo er hintritt, wächst Kosmisches, aber dafür könnte, wenn die Berge kreißen, ein Mausi geboren werden. Über diese und ähnliche Wirkungen wissen wir manches aus den Berichten einer sage-femme der Kultur, der Zuckerkandl, bei der die Generationen ein- und ausgegangen sind. Der Ausblick auf die Wechselbeziehungen, die sich da zwischen Leben und Literatur ergeben haben, ist keineswegs erfreulich. Seitdem die Wiegen von der Wiener Werkstätte errichtet werden, entstammt ihnen ein blutarmes Geschlecht, welches sich durch die Buchhandlung Heller zu regenerieren sucht und für das, was ihm die Natur versagt hat, in der Psychoanalyse Ersatz findet. Leider hat es diese unterlassen, bis zu den Eindrücken vorzudringen, die das ungeborene Kind von der Lektüre der Mutter empfängt und die die allein entscheidenden sind. So mancher Geist käme da in den sokratischen Ruf, daß er die Jugend verderbe, und eine richtige Geburtshilfe müßte Böcke und Schafe sondern, um dann beide aus der Wochenstube zu verdrängen. Selbst Hofmannsthal zum Beispiel wäre mit Vorsicht zu genießen, weil sich bei ihm doch unaufhörlich Bezüge ergeben und die Schwangere eine Frühgeburt tun und den alten Goethe zur Welt bringen könnte. Bei Werfel dürfte desgleichen etwas herauskommen, wovon die Spur nicht in Äonen untergeht, wenn die Presse als Geburtshelferin assistiert. Wie es in diesem Bezug mit Rilke steht, möchte ich dahingestellt sein lassen, und ob er wie in allen Lebenslagen auch in dieser den Frauen zart entgegenkommt. Sein Name besiegelt gleich dem Hölderlins alle bis zur Erhabenheit verstiegenen Gefühle und manch eine Mänade, umso tiefer empfindend, was sie nicht ganz versteht, fühlt sich ihm als Idiotima verbunden. Hat er sie doch alle mit dem Symbol des Einhorns beglückt, das durchaus keine beunruhigende Mitgift vorstellt, Einhorn ist Keinhorn, und das heute in der Lyrik die Stelle jener blauen Blume vertritt, die nicht vorhanden, aber schön war und die solange getragen wurde, bis man es aufgab, sie zu suchen. Doch neuestens wandelt eine jüngere Kraft in seinen Spuren, eine Art Puerilke, welcher gleich ihm zwei Vornamen besitzt, deren einer Maria ist, weshalb er dem Meister ein Gedichtbuch gewidmet hat, das mit einem Ave Maria beginnt und die Avant-Maria in keiner Zeile verleugnet. Der Dichter heißt Alexander Maria Lernet-Holenia, ist von Hermann Bahr, der auf diesen Namen aufmerksam wurde, entdeckt worden und tut für das Einhorn, was er kann. Aber darauf kommt es nicht an, die Hauptsache ist der Edelgehalt und die ungekünstelte Sprache. Gleich dem Vorbild reimt Herr Maria Lernet alles, Präfixe, Präpositionen, Silben, Artikel, wie und die, hält Konstruktionen durch Strophen durch, atmet in einer Vitrine, verdinglicht Ätherisches und kann »die Liebe leisten«, kurz, er ist nur noch der Schatten der Maria. Das Folgende dürfte zur Anschauung dessen, was im heutigen Buchwesen möglich ist, und zur Einführung des neuen Mannes, dem sich bald auch die Theater öffnen sollen und schon der Kleist-Preis zuerkannt wurde, förderlich sein:

Sieg über Sisera

Als fiel die Schlacht herunter von den Höhn
der Ebene, war vorn durch Wand von Schreien
der schmale Fürst und seine Reitereien
verdeckt und nicht mehr einzusehn,

wo er verstürbe. Rückwärts das Aufweinen
der seinigen Mutter um ihn verlief
unhörbar aus in von der Landschaft einem
entferntesten Ende schon durch Wölbung schief

im hoch in Mittags staubigem Winde dürrer
stehnden Palast, wo sie in Tränenflüssen
um seine Wiederkehr herumgerissen

wie armer Staub war, eingekehrt in die
Winkel aus steiler Überschneidung ihrer
Ängste und wie eine Hündin schrie,

und seine Lieblingin, der die
Kiefer in lautlose, unausgeruhte
Weinung herunterstand, als schälten sich

die Zähne aus dem Mund des langen, wie
pferdäugigen Gesichtes einer Stute,
verging, wie eine Sterbende verblich.

Also, ob das gerade etwas für Schwangere wäre – ich weiß nicht. Und gar, wenn er von einer solchen sagt, daß sie

wie Himmel über einen zieren
Schläfer erlaucht herbiegen, bog die ihren
über den Ungebornen, der sie querte....

In diesem Falle kommt denn auch tatsächlich Kain zur Welt. Wie aber, wenn sie das Gedicht liest, welches den Titel führt »Totgeborenes Kind« und also anhebt:

Aber die vorläufig herumgestellten
Verwandten, welche knieten, merkten nicht
dieses auf einmal namenlose Gelten
im kleinen, fortbestehenden Gesicht....

Nein, die totgeborenen Kinder der neuen Lyrik, die syntaktischen Mißgeburten, deren Satzgliederverwachsungen nicht einmal die Unterscheidung zulassen, wo nicht Hand und wo nicht Fuß ist – sie sind der Natur, die sich zum Schaffen bereitet, kein gutes Omen.

Mehr Beruhigung bietet Ehrenstein. Zwar, ein besonderes Gottvertrauen wird die Wöchnerin angesichts des Haders, der zwischen Gott und diesem Autor entbrannt ist und der nur für verschiedene Verleger gewendet wird, kaum fassen. Aber dafür wird sie auch ihre Hoffnung auf ein Minimum herabsetzen, namentlich wenn sie zu der Stelle kommt, wo wahre Selbstbescheidung die Erkenntnis fand: »Der Mensch ist Schleim, gespuckt auf eine Schiene.« Ich denke, das kann man jeder Mutter getrost in die Hand geben, und wenn dann der Junge kein Literat wird, so ist es noch immer eine angenehme Überraschung. Im Gegensatz zu Ehrenstein, durch dessen Weltanschauung sie von vornherein angeleitet ist, sich auf das Mieseste gefaßt zu machen, gewährt Hans Müller himmelblaue Aspekte, und gerade dies birgt Gefahren. Eine Mutter, die den schicksalsvollen Augenblick in der festen Zuversicht erwarten wollte, daß der Mensch gut sei, und überzeugt wäre, daß er es mit dem Beistand Müllers auch werden muß, könnte eine Enttäuschung erleben. Denn der Mensch würde am Ende so gut, daß sie bedauern müßte, nicht rechtzeitig etwas Großmann gelesen zu haben. Damit soll keineswegs gesagt sein, daß Großmanns ›Tagebuch‹ als Wochenschrift in Betracht kommt. Recht unerfreulich werden die Folgen des Falles geschildert, wo sich eine an Liebstöckl versehen hat, in der Hoffnung, einen Krishnamurti zur Welt zu bringen, und es ward ein Freudenmädchen. Da die Frauen in schwangerem Zustand sonderbare Gelüste haben, verlangen sie gern nach der Lektüre Jobsens, dessen zügellose Phantasie schon mancher Mutter Bilder vorgegaukelt hat, deren Erfüllung das Leben schuldig blieb. Da hüpfen Schwalben von Ast zu Ast, Raben heben den Fremdenverkehr, Adler, denen man aus Geldgier die Flügel stutzt, trinken ihr eigenes Blut, während Pelikane ihre Jungen leer ausgehen lassen, Spinneriche erscheinen mit Konjunktursamen, Großbürger schreiten mit Vorurteilsgepäck hinter einer Ampel einher, Kaufmannsdampfer verkehren im Mittelalter, alles rennet, rettet, flüchtet, Mädchen wimmern unter Trümmern, den Leib vom Weinen gekrümmt wie eine Gerte, die übers Knie geschwungen wird, und Mütter irren, wenn sie glauben, daß derartiges für Kinder zuträglich ist, die, aufgewachsen bei Metaphern, nicht gut tun. Dabei kann sich ein Junge noch schlecht und recht durchs Leben schlagen, bei der Zeitung unterkommen und so. Wie aber, wenn die Mutter auf die Schalek erpicht ist und es wird ein Mädchen? Nicht auszudenken! Einer Schwangeren sollte man den Text der Zeitungen in jenem gesiebten Zustand darbieten, wie ihn ehedem die Monarchen erhalten haben, die ja trotzdem der Versuchung nicht widerstehen konnten, einen Weltkrieg zu unternehmen. Im Zusammentreffen mit der Geistesfrucht wird die Leibesfrucht immer den kürzeren ziehen, Totgeborenes hat Macht, und darum ist es unerläßlich, daß neben der Hebamme auch ein Zensor am Wochenbett steht. Bedarf es muckerischer Gesetzesreformen »zur Bewahrung der Jugend«, die die schlechte Publizistik ja doch nicht eindämmen, sondern nur um die Proteste des Freisinns vermehren werden? Man bewahre die Jugend, bevor sie entsteht! Unser Zeitalter ist nicht so hart, um die Einrichtung eines Taygetos zur Aussetzung lebensunfähiger oder entarteter Kinder zu haben, und es ist nicht so barmherzig, um schon vorher insoferne zum Rechten zu sehn, daß es den Abtreibungsparagraphen ausmerzt. Aber es sollte im Geiste christlicher Nächstenliebe, wie sie ein Hermann Bahr lehrt, verhindern, daß Mütter in der kritischen Zeit sein »Tagebuch« in die Hand bekommen.

Mutterschutz gegen Schmock und Barock, gegen die Inflation von Adjektiven, gegen die Fülle von Reizungen formaler und stofflicher Art, die aus einer Zeitungsspalte hervorbricht und auch das widerstandsfähigste Gemüt zum Wanken bringt, gegen das Gebrüll der Titel, gegen das Komplott von Presse und Gasse – das wäre lebenswichtiger als eine Fahnenweihe der Polizei. Und hat man sich jemals schon der Absurdität besonnen, daß diese lästige Öffentlichkeit in alles private Leben dringt, mit dem frechen Anspruch auf dessen eigenste Stelle, ja mit dem Hohn, ihren akustischen Terror noch in das Schlafzimmer zu tragen? Wie der Mensch zwischen Teppichklopfen und Fußmarsch dahinwelkt, zwischen den Ausbrüchen einer Halbmenschheit, die sich nicht anders zu entschädigen weiß als durch Raub am Lebensgut der andern? Ist einem schon einmal der Gedanke gekommen, daß diese scheußlichen Explosionen der Massenseele, diese Aufmärsche des Troglodytentums jeglicher Couleur, diese Höllenmusik des Sonntags, zu der die Rädelsführer aller politischen Gesinnungen die arme Menschheit mißbrauchen – daß diese Tobsucht als Gruß in ein Zimmer dringt, wo ein Mensch geboren wird, nein, entsetzlicher, als Lebewohl eingeht in das Ohr eines Sterbenden? Es ist ja trostlos, was alles die Menschen zum Ersatz für das, was sie nicht haben, einander antun!

Aber am schrecklichsten sind sie doch in ihrem Wahn, im Genuß den Genuß zu finden. Ob's dem Kind im Mutterleib recht ist, danach fragt eine nicht, wenn sie ihre Phantasie mit den Nichtsnutzigkeiten der Romanschreiber anfüllt. Immerhin hilft sich die Natur selbst so weit, daß sie wenigstens den Besuch von Theater und Kino in den entscheidenden Tagen ausschließt – die Folgen wären katastrophal. Leider hat die listige Erfindung des Radio dieser Vorsicht der Natur wieder ein Schnippchen geschlagen und keine Tiermutter würde vor ihrer schweren Stunde die Geräusche über sich ergehen lassen, nach denen die menschlichen Mütter Verlangen tragen. Die nächsten Jahre schon werden einen Überblick über die Folgen dieser Erfindung ermöglichen, an einem Geschlecht, in dessen Gehörgang sich die »Ravag« eingepflanzt hat und die Bereitschaft keimt, durch den Zauber dieses Wortgebildes einen Ozean von Dilettantismus zu empfangen. Mit der Technik kann es im Fortschritt ja kein Erziehungsgedanke aufnehmen, doch wo die Sprache auf das Mittel des gedruckten Wortes beschränkt bleibt, ließe sich das Ärgste verhüten. Es ist schon erfreulich, daß die szenischen Neuerungen, wie sie auf Berliner Bühnen gezeigt werden, den Frauen in den Tagen, wo das Nervensystem jedem Chok ausgeliefert ist, verborgen bleiben. Bei Piscators »Räubern«, die ich mitgemacht habe, hätte es ein Parterre von Fehlgeburten gegeben, der Mann, der elf lebendige Kinder hat, war gestrichen und der Frau hätte nicht geholfen werden können. Mit den Vertretern des dramatischen Expressionismus, soweit sie in Buchform vorliegen, hat man noch keine Erfahrungen. Einer Hochschwangeren aber Bronnen in die Hand zu geben, hieße das Kind mit dem Blutbad ausschütten, indem es direkt mit Vatermordinstinkten auf die Welt käme, und anderseits läßt sich wieder voraussehen, daß, wenn die Mutter in einem Zustand, wo sich schon die Alteration durch Namen bemerkbar macht, Brecht liest, sie beim Lesen brecht. Es bleibt der geburtshilflichen Wissenschaft, die diese Erscheinungen kennt, aber vielfach noch im Dunkeln der psychologischen Seite des Menschheitsmysteriums tappt, vorbehalten, alle diese Möglichkeiten und Gefahren einer Einwirkung der Literatur, die heute nicht mehr bestritten werden kann, zu untersuchen, festzustellen und nach Tunlichkeit zu paralysieren. Versuche sind unerläßlich, aber man wird sie gewiß nicht so weit treiben dürfen, die nachteiligen Folgen einer wahllosen Lektüre erst an der Leibesfrucht zu erkennen, vielmehr wird eine wohlverstandene Prophylaxe bei den ersten Anzeichen einer üblen Reaktion die Vorsorgen zu treffen haben, die zur Sicherung eines gesunden Nachwuchses dienlich sind und in weiterer Folge auch zum Entstehen einer gesunden Literatur.

Zur Aufhebung des Fremdenverkehrs

Da ich nicht aufbauen, sondern nur niederreißen kann, so bin ich natürlich auch nicht für die Hebung des Fremdenverkehrs, sondern für dessen Aufhebung. Mit dieser Tendenz verfolge ich aber doch wieder ein positives Ziel, indem ich nämlich der Ansicht bin, daß durch die Hebung des Fremdenverkehrs, das heißt durch die ausschließliche Konzentrierung des Wiener Gedankenlebens auf dieses Ideal eine Senkung des geistigen Niveaus und zwar unter den Nullpunkt eingetreten ist. In meiner Jugend, als ich das erstemal von den Fremden sprechen hörte, und wie alles in Wien bemüht sei, ihnen das Leben so angenehm als möglich zu machen (nicht so wie in Tauris, wo nach einem dunklen Brauche am Altar Dianens jeder Fremde sein Leben ließ, während er Wiens wirtlicheren Sitten zufolge bloß Geld zu opfern hat), in meiner Kindheit also hatte ich den Wunsch, dereinst Fremder zu werden. Diesem Wunsch habe ich bis heute nicht entsagt, nur daß ich nicht mehr Fremder in Wien sein möchte, sondern außerhalb. Ich bin nämlich im Lauf der Zeit dahintergekommen, daß sich die Sache mit den Fremden in Wien ganz anders verhält, daß der Fremdenverkehr nur Chimäre ist, wenngleich eine, die den Wiener unterhält, und daß seiner Phantasie da schon die geringste Andeutung genügt. Ich habe entdeckt, daß die Fremden nicht viele und immer die gleichen Leute sind, die immer wiederkehren, aber nicht weil es ihnen hier so gut gefällt, sondern weil sie müssen, weil sie angeworben sind. Es sind jene, die man, in eigenen Autobussen verpackt, über die Ringstraße ziehen sieht und die einem oft leid tun, weil sie der Neugierde der Einheimischen ausgesetzt sind, weil man die Empfindung hat, daß ihre Anlagen dem Schutze des Publikums empfohlen, mithin allen möglichen Unbilden und speziell Anfechtungen preisgegeben sind, und dann, weil es überhaupt traurig sein muß, so gemeinsam die Vorzüge einer alten Kultur genießen zu müssen. Aber das Mitleid ist nicht am Platz, denn erstens sagt man sich sofort, daß sie es sich selber zuzuschreiben haben, und zweitens, daß sie dazu da sind, indem sie doch zu keinem andern Zweck gehalten werden als eben zur Hebung des Fremdenverkehrs. Als ich dahinterkam, war es aus mit meinem Jugendtraum, denn dazu würde ich mich nie und nimmer hergeben. Die Sache hat auch mit der Zeit zu allerlei Unzukömmlichkeiten geführt, da es häufig vorkam, daß sich Wiener unter die Fremden einschlichen, um die Stadt kennen zu lernen; es wurde Mißbrauch mit dem Vertrauen der Bevölkerung getrieben, indem sich Personen für Fremde ausgaben, um eine höfliche Auskunft zu erhalten, welche zum Glück aber, da das Mutteraug sie sogleich erkannte, mit der gebührenden Grobheit abgefertigt wurden, während anderseits wieder Fremde, die hier bereits wie zuhause tun wollten, Demütigungen zu erleiden hatten. Solch unliebsame Quiproquos vermochten aber von den eigentlichen Bestrebungen des Fremdenverkehrs nicht abzulenken, und um die Fremden zu vermehren, worauf es ja hauptsächlich ankommt, ist man auf die tollkühnsten Gedanken verfallen. So heißt es, daß man sich im nächsten Sommer nicht begnügen will, sie, wie es die Delphine mit den Mitgliedern des Wiener Männergesangvereins und diese mit jenen taten, durch Gesang anzulocken, sondern es soll auch jedem Wiener aufgetragen werden, auf eigene Faust »mindestens einen Fremden« herbeizuschaffen, was, mit einiger Tatkraft durchgeführt, zur Verdrängung der Einheimischen oder zu einer katastrophalen Steigerung der Obdachlosigkeit führen würde. Es besteht aber Hoffnung, daß man im letzten Augenblick diese Folgen einer übertriebenen Heimatliebe bedenken und es bei der natürlichen Anziehungskraft des Musikfestes bewenden lassen wird. Ein eigenartiger Vorschlag, von dem man gleichfalls noch rechtzeitig zurücktrat, war auch der, einer Gesellschaft von Amerikanern eine ebenso große Anzahl von Wiener Schneidern bis Paris entgegenzuschicken, die dort auf dem Bahnhof jedem einzelnen das Maß für ein Steirergewand zu nehmen und es dann bei der Ankunft in Wien mit den Bücklingen des Dorfschneiders im Märchen in fertigem Zustand zu überreichen hätten. Die Ausführung dieser zweifellos sinnigen Idee unterblieb aber wohl aus dem Grunde, weil das Steirergewand inzwischen zu anrüchig geworden war, als daß man mit ihm amerikanischen Geschäftemachern eine Freude bereitet hätte, man verzichtete also darauf, ihnen in Paris Maß zu nehmen, und begnügte sich damit, sie in Wien auszuziehen. Denn man ist überzeugt, daß man auch auf diese Art eine dauernde Erinnerung an Österreich erzielen kann, und man würde sich gewiß entschließen, den Fremden noch mit kleinen Aufmerksamkeiten wie etwa Seife in den Eisenbahnaborten entgegenzukommen, wenn Österreich nicht auch Einheimische hätte, die sie wieder forttragen. Denn wiewohl diese stark dafür interessiert sind, daß die Fremden ins Land kommen, so sind sie doch um ihretwillen zu keinem Opfer bereit. Wenn also schon nicht Toilettegegenstände, so sind doch Bestrebungen im Zuge, um da gründlich Wandel zu schaffen und dafür zu sorgen, daß die Vorteile, auf welche die Fremden berechtigten Anspruch erheben können, nicht den Einheimischen zugutekommen. Ein scharfer Trennungstrich soll gezogen werden, und seit einigen Jahren hat man, um die Institution der Fremden vor Verfälschung zu schützen und jeden von ihnen sofort als solchen kenntlich zu machen, die Kongresse eingeführt. Die Kongresse gehören zu jenen fortschrittlichen Errungenschaften, zu deren Hervorhebung man nichts weiter zu sagen braucht, als daß sie uns bisher gefehlt haben. Da man sich von ihnen, seit jenem vorbildlichen Wiener Kongreß, die Hebung des Fremdenverkehrs verspricht, so glaube ich zur Zerstörung dieser Illusion am besten dadurch beizutragen, daß ich das Geheimnis der Zusammensetzung der Kongresse verrate. Woche für Woche liest man jetzt, daß Europa, darin schon geeint, beschlossen habe, die Vertreter seiner wichtigsten Kulturinteressen nach Wien zu entsenden, die abwechselnd als Soziologen, englische Hoteliers, deutsche Schriftsteller und Journalisten, Kulturbündler, Penbrüder, Paneuropäer oder gar Europäer schlechtweg hier zusammentreten und auf Staatskosten essen sollen. Wäre dies wirklich der Fall und wäre es somit wahr, daß speziell die deutschen Schriftsteller und Journalisten, also Leute, die jeden andern kongreßwürdigen Beruf verfehlt haben, als Gäste der Bundesregierung in Schönbrunn bewirtet werden und Kulturbündler, also Menschen, die nicht einmal selbst wissen, welche Spezies von Unfug sie treiben, im Rathaus, so würde ich ganz ungescheut zur Steuerverweigerung auffordern. Ich bin jedoch überzeugt, daß die Berichte über diese Fressereien und Empfänge, über dieses Getue einer verkrachten Würde und dieses Geschmuse einer dubiösen Kultur erfunden sind. Zwar Herrn Ramek, dem Chef einer stark alkoholhaltigen Regierung, mochte ja mancherlei auf diesem Gebiete zuzutrauen sein; aber eine sozialistische Gemeinde hat, mit den Opfern der Kriegs- und Nachkriegswelt im Rücken, andere Sorgen als die Patronanz solcher Lustbarkeiten, denen sie sich wohl mit einer Steuer, doch mit keiner Bewirtung zu nähern hat. Ich glaube aber nicht, daß es diese Kongresse gibt. Vielmehr bin ich überzeugt, daß es sich um die alte Einrichtung der Fremden handelt, die man jetzt scheinbar rudelweise, also kongreßweise vornimmt, um – wie es Provinzbühnen mit ihrer dürftigen Komparserie machen, die immer ab- und zuzugehen hat – die Fülle vorzutäuschen und den Verkehr der Fremden zu dessen Hebung zu benützen. Ein Blick auf die Bilder in den illustrierten Blättern, die uns seit Wochen die jeweiligen Kongreßteilnehmer vorführen, bestätigt diesen Verdacht. Es sind, absichtlich etwas verschwommen gehalten, immer die nämlichen Gestalten, ob sie nun die englischen Hoteliers oder die Interessenten für kulturelle Zusammenarbeit, mit ihren Gattinnen, vorzustellen haben. Der Unterschied ist nur, daß oben rechts im Oval entweder das Antlitz des Hoteliers Sukfüll zu sehen ist, des Bahnbrechers, der wie Drake die Kartoffel, so die Fremden in Österreich eingeführt hat, oder das des Dichters Hofmannsthal, die man aber gleichfalls verwechseln kann. Die Fremdenführer, welcher Branche immer sie angehören mögen, der Kultur oder dem Gastwirtgewerbe schlechthin, wechseln; die Fremden bleiben dieselben. Was insbesondere die englischen Hoteliers betrifft, so hat man sie berufen, nicht nur weil sie Fremde sind, sondern weil gerade sie in der Lage sein müssen, Anregungen zu geben, wie man mit Fremden umgeht. Denn was der Skarabäus den Ägyptern, das bedeutet für die Österreicher der Fremde. Also welcher Kongreß hier immer zusammentreten mag, es sind einfach Fremde, die gar keinen anderen Beruf haben und gar kein anderes Interesse, als hier fremd zu sein und deshalb nicht zu wissen, was man mit ihnen vorhat, nämlich daß sie ausschließlich zur Hebung ihres eigenen Verkehres, zur Fremdeninzucht, dienen sollen. Wüßten sie das, sie kämen nicht wieder. Denn die österreichiche Monroe-Doktrin: Österreich den Fremden! hat ihre Kehrseite: sie sollen eine Sehenswürdigkeit für die Einheimischen abgeben. Indem ich dieses Geheimnis verrate, hoffe ich die erste Bresche in den Fremdenverkehr gelegt zu haben, zu dessen Aufhebung ich, wenn ich geselligerer Natur wäre, längst einen Verein ins Leben gerufen hätte. Denn wenn ich das ökonomische Prinzip, daß der Mensch den Gastwirt zu ernähren hat, für einen Gottesbetrug halte, so halte ich die Forderung, daß der Fremde den Gastwirt zu ernähren habe, für eine Affenschande. Wie es anders zu machen wäre, weiß ich nicht, und mehr, als auf einem Kongreß von Nationalökonomen herauskommt, muß ich nicht bieten. Eine

Fremde fragte mich neulich, ob es wahr sei, daß ich nicht aufbauen könne, sie habe es von verschiedenen Seiten gehört. Nach längerem Zögern und da es sich nicht mehr verbergen ließ, entschloß ich mich, es zuzugeben, nicht ohne mich aber zugleich einer positiven Fähigkeit zu rühmen, nämlich daß ich niederreißen kann.

Vaugoins Traum

Eine der unverständlichsten Begleiterscheinungen der Sozialdemokratie sind die Illustrationen eines gewissen »Chat roux«. Das ist der Mann, der die Quadratur des Zirkels zum Weltbild erhoben hat, eine quadrierte Menschheit auf Würfelbeine postiert und an einer Vision zu leiden scheint, die den realen Abscheu einer politischen Gegenwelt weit überbietet. Diese Vierschrötigkeit der Bäuche und Bärte, Nacken und Haxen ist von einer derart anwidernden Uniformität, daß hier offenbar eine fixe Idee am Werke sein muß, die die eigenen Parteigenossen nicht anders sehen würde, wenn sie nicht ein abgegrenztes Feld der Betrachtung hätte. Man hat es hier mit einem umgestürzten Schönpflug zu tun und diese Plage ist sicherlich das Gegenstück zu dem dilettantischen Veitstanz, der einem an der Front der ›Wiener Stimmen‹ die Gestalten der sozialistischen Führer verrenkt und verhatscht vorführt, mit seltsamen Protuberanzen, gleichsam an die Wand des luftleeren Raumes geklebt und in einer Perspektive, die jeder menschlichen Optik spottet. Vielleicht, daß der Herr Chat roux kunstgewerblerisch etwas avancierter ist als der gschnasfestlich zurückgebliebene christlichsoziale Kollege, aber die Widerlichkeit wird dafür durch das schmerzliche Gefühl verschärft, daß doch kein Publikum von Vereinsbrüdern und Kerzelweibern, sondern Arbeiter die Empfänger dieses grauslichen Parteihumors sind und daß man ihre Augen in Schutz nehmen möchte gegen die spezifischen Mißgeburten, ehe man ihnen gewährt, das legitime Grauen dieser Welt zu erblicken. Nun ist dem Herrn Chat roux – vorausgesetzt, daß er selbst Idee und Legende seiner Verzeichnungen beistellt – kürzlich etwas passiert, das jedenfalls komischer war, als er beabsichtigt hatte. Da stand, unter der Aufschrift »Vaugoins Traum«, der Mann, der, wie immer er aussehen mag, so bestimmt nicht aussieht, auf seinen Quadrathaxen und gebot mit einer raumdurchquerenden Geste:

– Ich befehle, daß von nun an die republikanische Hymne auf die Melodie von »Gott erhalte« gespielt wird...

Aber was tut Gott, er hat diese Hymne mit dieser Melodie schon erhalten. Denn abgesehen davon, daß es doch die äußerste monarchistische Dummheit wäre, sich dergleichen zu wünschen, und viel eher eine republikanische List sein müßte, der unverwelklichen Melodie den neuen Text anzuschmiegen; abgesehen davon also, daß solches nie Vaugoins Traum sein könnte – ist er bereits in Erfüllung gegangen. Herr Vaugoin würde es doch gewiß lieber hören, daß das Gebet um Erhaltung des Kaisers nach der Melodie irgendeines Nechledil- oder Leharmarsches gesungen wird, als der Dank für die Entfernung des Kaisers nach der Melodie Haydns. Und eben dies habe ich nach dem Umsturz den Vaugoins angetan, zur höchsten Freude der Arbeiterauditorien, die nun lesen müssen, daß die Verwendung der herrlichen Musik, die Gott erhalten möge, für eine republikanische Hymne, ein monarchistischer Traum sei. Aber freilich, die offizielle Sozialdemokratie hat, eingedenk der Lorbeerreiser, die sie sich im Weltkrieg wand, gern vergessen, »was ich mit meinem Wort zur Verjagung der alten Gespenster beigetragen habe«, und was mich auch später berufen erscheinen ließ, die Gedenktage der Republik zu feiern. Sie bewahrt nur die Erinnerung an das dichterische Unternehmen des Herrn Renner und darum ist in ihrem Umkreis der Einfall möglich, daß die Verbindung der Haydn'schen Melodie mit einem republikanischen Text ein scherzhaftes Absurdum sei. In Wahrheit ist sie geradezu die Erfüllung des republikanischen Gedankens, des »Traums« eines Republikaners, und eine weit geringere Verletzung Haydns als die lächerliche Flucht vor einem Kunstwerk, dem man doch bei »Deutschland, Deutschland über alles« nicht entgeht und nicht entgehen will. Die Albernheit des Witzes, daß der Vortrag einer Republikhymne nach der ehrwürdigen Melodie »Vaugoins Traum« sein soll, ist erst zu ermessen, wenn man sich vorstellt, daß die Anschlußbereitschaft der Republikaner sich keinen Augenblick bedenkt, den Text Hoffmann von Fallerslebens, der einem internationalen Gefühl doch kaum geringere Pein zu bedeuten hätte als der Johann Gabriel Seidls, in der alten Melodie anzuhören und erforderlichenfalls mitzusingen. Und mit welcher Leidenschaft, bewies bald darauf der Herzensschrei, durch den ein Leser der ›Arbeiter-Zeitung‹ die sogenannte »Ravag« animieren wollte, ihrem täglichen Programm »die schöne Bundeshymne von Kienzl« anzuschließen, deren schlichter, aber gemütvoller Text von Herrn Renner stammt. Dieser Anspruch stützt sich auf die traurige Tatsache, daß es in Deutschland keine Radiostation gibt, die nicht

»Deutschland, Deutschland über alles«, in der herrlichen Vertonung von Haydn (unser ehemaliges Kaiserlied) bringen würde. Für den Österreicher verliert die Hymne den bitteren Beigeschmack der Erinnerung an die monarchistische Zeit, wenn er weiß, daß dieses Lied heute die erklärte deutsche Bundeshymne ist, die Hymne der deutschen Republik.

Auch auf das Vorbild des englischen Senders wird hingewiesen, der täglich Gott um Schutz des Königs bittet, des französischen Senders, der die Marseillaise »durch den Äther« klingen läßt, und sogar des italienischen, der den Fascistenmarsch der Welt offeriert. »Jede Nacht« muß sich unser Republikaner (der »jede Nacht die betreffende Landeshymne« hört) »über unsere Ravag ärgern«, weil sie sich nicht mit der unsrigen anschließt. Abgesehen nun davon, daß der Mißbrauch des Äthers für die unterschiedlichen Chauvinismen – musikalisches Vorspiel zu den Vergasungen – gerade kein Erlebnis ist, das den sozialistischen Hörer ansprechen müßte; abgesehen davon, daß die Menschen, die sich dergleichen täglich anhören, wohl zu den beklagenswertesten Geschöpfen dieser fortschrittlichen Erde zu zählen sind, wird hier das Musikwerk Haydns als eine Kostbarkeit anerkannt, die in Verbindung mit einem postumen Text durchaus den Traum des Republikaners zu erfüllen scheint. Darüber regt sich freilich wieder die ›Reichspost‹ auf, die die ›Arbeiter-Zeitung‹ beim Wort nimmt und ihrerseits bei jener unseligen »Ravag« durchsetzen möchte, daß sie nun allabendlich die Haydnhymne draufgibt, die ja auch den Sozialdemokraten so gut gefalle. Denn wenn diese nicht die Komposition verdammen, so streben wieder die Christlichsozialen mehr nach dem Text oder wenigstens danach, daß sich dessen Gedankeninhalt zu den Tönen einstelle. (Ich muß nämlich meine Unwissenheit bekennen, ob die verschiedenen Sender bloß ein Orchester oder auch einen Chor für den nationalen Zweck arbeiten lassen. Im ersten Fall hätte der Melodie des deutschen Senders der Sozialdemokrat das Anschlußgefühl abgelauscht, der Christlichsoziale die Kaisersehnsucht.) Was aber ausschließlich zu wünschen wäre, ist, daß es Österreichs »Sendung« bleibt, seine Bewohner, die tatsächlich andere Sorgen haben, mit jeglicher Art von Nationalhymne zu verschonen und solche Enthaltung als den einzigen Vorrang vor den anderen Staaten stolz zu bewahren. Jede dieser Hymnen hat schon zu einer Zeit, wo sie noch nicht allabendlich im Schlafzimmer zu hören waren, Menschenopfer unerhört gekostet und die Begeisterung für »Deutschland, Deutschland über alles« ist just nicht der idealste Ertrag aus dem österreichischen Umsturz. Wenn man zu einer Hymne, die den antimilitaristischen Gedanken auf den Flügeln eingelebten Gesanges dem Volksbewußtsein zuträgt, nicht den Mut hat, so möchten wir auch die Gefühle des völkischen Spießers nicht schmackhaft finden, die auf diese Musikart zubereitet werden. Außerhalb des Deutschtums ist freilich Bela Reinitz zugkräftiger als Haydn und ihm die musikalische Hut alles Revolutionären anvertraut, wiewohl ich ihm eigentlich nur eine fesche Elegie auf den Hingang Bekessys zutrauen würde. Was aber die anderen Gespenster betrifft, die ich verjagt habe: die der monarchistischen Welt, so würde ich sie mir im Zweifelsfalle doch lieber von Daumier als von Chat roux illustriert wünschen.

Gefallen zur Hebung des Fremdenverkehrs

Daß doch keine menschliche Phantasie den Kothaufen zu ermessen vermöchte, der sich Menschheit nennt! Wähnt man den Gipfel erklommen, immer noch will es höher hinauf:

Paris, 21. Dezember. (Telegramm der »Wiener Allgemeinen Zeitung«.) Ein Finanzsyndikat hat an die Regierung das Angebot gestellt, unter Investition vieler hundert Millionen Francs in der Umgebung von Verdun Riesenhotels, Restaurants, Kaffeehäuser, Bars und Spielsäle zu erbauen, um den Fremdenverkehr zu fördern. Das Konsortium ersucht die Regierung, verschiedenes Kriegsmaterial, wie alte Kanonen, verrostete Tanks usw. zur Verfügung zu stellen, da die Gesellschaft bereit wäre, das Verduner Schlachtfeld zu rekonstruieren.

Wenn es wahr ist und nicht bloß ein Telegramm der ›Wiener Allgemeinen Zeitung‹ (in welchem Fall die französische Gesandtschaft zum Rechten sehen müßte), so hätten die Reklamefahrten zur Hölle, die seinerzeit von Basel ihren Ausgang nahmen, durch eine Ehrenpforte des Menschengeschlechts geführt. Dies Phantom haben die blut- und weinbesoffenen Ungeheuer meiner Tafelszene denn doch nicht geschaut! Der Teufel, den ich an die Wand gemalt habe, war ein Possenreißer. Nichts, was ich vorausgesagt habe, ist eingetroffen. Alles wurde Lügen gestraft durch eine Wahrheit, gegen welche die meine ein Schmeichelwort an die Menschheit war.

»Offenbach-Renaissance«

(Zum Vortrag von »Pariser Leben«)

Nun ist die Tat, die ich mir gleich der Erweckung Nestroys zuschreibe, in all den lebendigen Jahren, da ich das Zeitliche verflucht habe, nun ist dies »Positive« in den Geltungsbereich der öffentlichen Meinung eingetreten. Ohne Ansehen des Urhebers, der aber auch nicht ansehen möchte, was die Theater als eine Offenbach-Renaissance praktizieren; nicht Zeuge sein wollte der Barbareien, mit denen das szenische Unwesen, Behältnis anmutlosesten Lebens, dem großen Zauberer einer versunkenen Welt seine Ehren erweist. Denn seit den »Helena«- und »Orpheus«-Schändungen des Herrn Reinhardt, der – bis zu Gogols »Revisor« – schon manche meiner geistigen Direktiven mißbraucht hat, glaubt dieses Aufmachertum ihn durch musikalische Verödung, textliche Verkitschung und hundert süße Beinchen dem Geschmack einer Jazzbanditengesellschaft annähern zu müssen. So uneitel bin ich wahrlich nicht, mit solcher Renaissance meine Offenbach-Gestaltungen, durch die sie doch neuestens angeregt wird, in einen Qualitätsvergleich bringen zu wollen; immerhin so unbescheiden, zu sagen, daß diese Stadt, wenn sie, über die kleine Gefolgschaft der Geistverbundenen hinaus, noch einen Funken echten Theatersinns hätte, die wahre Erneuerung Offenbachs nicht dreimal, sondern hundertmal in einem vollbesetzten Saal erleben müßte, um dann endgültig die Serienschmach der neuen Operette abzubrechen, und garantierte sie auch jedem der Genießer im Zwischenakt ein »Girl« auf den Schoß. Doch ein Theaterschwätzer, der alle Symptome dieser »Renaissance« anführt, ohne ihren eigentlichen Hort und Ursprung auch nur zu bemerken, hat – in der Zeit, in der eine vielleicht physiologisch nachweisbare Idiotie berufen ist, dem Operettengedudel den Text anzumessen – die Erklärung gewagt, es müsse »doch wohl lediglich an den albernen Texten liegen«, daß, von den Ausnahmen der »Helena«

und des »Orpheus« abgesehen, »der Name Offenbach so selten auf dem Spielplan der Operettentheater erscheint«. Womit also gesagt wäre, daß im Vergleich mit jenen Werken – in deren Text gerade der Wiener Knödelhumor Orgien feiert und auf Kosten der Grazien, die ihn ursprünglich zubereitet haben, den Mehlspeisgeschmack dauernd anspricht –, daß im Vergleich mit dem theaterüblichen und immer neu aufgewärmten Helden- und Göttergspaß die Texte von »Blaubart«, »Die Großherzogin von Gerolstein« und »Pariser Leben« selbst nach Wiener Maßen »albern« sind. Und da ist es denn notwendig, von einer Höhe herab, von der es überhaupt keine Verbindung mit einer geistigen Gegenwart gibt außer der der Verachtung, sich zu der Albernheit dieser Texte zu bekennen; und da ist es wichtig, einiges von dem zu wiederholen, womit in meinem Aufsatz »Grimassen über Kultur und Bühne« (1909) die Distanz abgesteckt war zwischen dem tiefen Unsinn, der das Wesen, und dem flachen Sinn, der das Unwesen der Operette bedeutet.

»Die Funktion der Musik: den Krampf des Lebens zu lösen, dem Verstand Erholung zu schaffen und die gedankliche Tätigkeit entspannend wieder anzuregen. Diese Funktion mit der Bühnenwirkung verschmolzen, macht die Operette, und sie hat sich mit dem Theatralischen ausschließlich in dieser Kunstform vertragen. Denn die Operette setzt eine Welt voraus, in der die Ursächlichkeit aufgehoben ist, nach den Gesetzen des Chaos, aus welchem die andere Welt erschaffen wurde, munter fortgelebt wird und der Gesang als Verständigungsmittel beglaubigt ist. Vereint sich die lösende Wirkung der Musik mit einer verantwortungslosen Heiterkeit, die in diesem Wirrsal ein Bild unserer realen Verkehrtheiten ahnen läßt, so erweist sich die Operette als die einzige dramatische Form, die den theatralischen Möglichkeiten vollkommen angemessen ist. . . . Zu einem Gesamtkunstwerk im harmonischesten Geiste vermögen Aktion und Gesang in der Operette zu verschmelzen, welche eine Welt als gegeben nimmt, in der sich der Unsinn von selbst versteht und in der er nie die Reaktion der Vernunft herausfordert. Offenbach hat in seinen Reichen phantasiebelebender Unvernunft auch für die geistvolle Parodierung des Opernwesens Raum: die souveräne Planlosigkeit der Operette kehrt sich bewußt gegen die Lächerlichkeit einer Kunstform, die im Rahmen einer planvollen Handlung den Unsinn erst zu Ehren bringt. Daß Operettenverschwörer singen, ist plausibel, aber die Opernverschwörer meinen es ernst und schädigen den Ernst ihres Vorhabens durch die Unmotiviertheit ihres Singens. Wenn nun der Gesang der Operettenverschwörer zugleich das Treiben der Opernverschwörer parodiert, so ergibt sich jene doppelte Vollkommenheit der Theaterwirkung, die den Werken Offenbachs ihren Zauber verleiht, weit über die Dauer der politischen Anzüglichkeiten hinaus, auf welche die Nichtversteher seines Wesens den größten Wert legen. An der Regellosigkeit, mit der sich die Ereignisse in der Operette vollziehen, nimmt nur ein verrationalisiertes Theaterpublikum Anstoß. Der Gedanke der Operette ist Rausch, aus dem Gedanken geboren werden; die Nüchternheit geht leer aus. Dieses anmutige Wegspülen aller logischen Bedenken und dies Entrücken in eine Konvention übereinanderpurzelnder Begebenheiten, in der das Schicksal des Einzelnen bei einem Chorus von Passanten die unwahrscheinlichste Teilnahme findet, dies Aufheben aller sozialen Unterschiede zum Zweck der musikalischen Eintracht und diese Promptheit, mit der der Vorsatz eines Abenteuerlustigen: ›Ich stürz' mich in den Strudel, Strudel hinein‹ von den Unbeteiligten bestätigt und neidlos unterstützt wird, so daß die Devise: ›Er stürzt sich in den Strudel, Strudel hinein‹ lauffeuerartig zu einem Bekenntnis der Allgemeinheit wird – diese Summe von heiterer Unmöglichkeit bedeutet jenen reizvollen Anlaß, uns von den trostlosen Möglichkeiten des Lebens zu erholen. Indem aber die Grazie das künstlerische Maß dieser Narrheit ist, darf dem Operettenunsinn ein lebensbildender Wert zugesprochen werden. ... Eine Gesellschaft jedoch, die das Lachen geistig anstrengt und die gefunden hat, daß sich mit dem Ernst des Lebens bessere Geschäfte machen lassen, hat den blühenden Unsinn zum Welken gebracht. Sie imponierte sich mit ihrer Pfiffigkeit, als sie die Unwahrscheinlichkeit einer Operettenhandlung entdeckte. ... Der aufgeweckte Verstand hat den Unsinn entlarvt und seine Rationalisierung durchgesetzt. Was geschieht? Der Unsinn, der früher das Element war, aus dem Kunst geboren wurde, brüllt losgebunden auf der Szene. Unter dem Protektorat der Vernunft entfaltet sich eine Gehirnschande, welche die dankbaren Dulder ärger prostituiert als die spekulativen Täter. Die alten Operettenformen, die an die Bedingung des Unsinns geknüpft bleiben, werden mit neuer Logik ausgestopft, und der Effekt läßt sich etwa so an, als ob jetzt die opernhafte Lächerlichkeit von einer Bande entfesselter Tollhäusler demonstriert würde. Die Forderung, daß die Operette vor der reinen Vernunft bestehe, ist die Urheberin des reinen Operettenblödsinns. Jetzt singen nicht mehr die Bobèche und Sparadrap, die Erbprinzen und Prinzessinnen von Trapezunt, die fürchterlichen Alchimisten, in deren Gift Kandelzucker ist, keine musikalische Königsfamilie wird mehr vom bloßen Wort ›Trommel‹ hingerissen, kein Hauch des Tyrannen wirft einen falsch mitsingenden Höfling um. Aber Attachés und Leutnants bringen sachlich in Tönen vor, was sie uns zu sagen haben. Psychologie ist die ultima ratio der Unfähigkeit, und so wurde auch die Operette vertieft. Sie verleugnet den romantischen Adel ihrer Herkunft und huldigt dem Verstand des Commis voyageur .... Der Drang, das Leben der musikalischen Burleske zu verifizieren, hat die Gräßlichkeiten der Salonoperette erschaffen, die von der Höhe der ›Fledermaus‹ – des Übels Urquell – über die Mittelmäßigkeit des ›Opernballs‹ in die Niederung der ›Lustigen Witwe‹ führen. Von der natürlichen Erkenntnis verlassen, daß ein phantastisches oder exotisches und jedenfalls ein der Kontrolle entrücktes Kostüm notwendig ist, um das Singen in allen Lebenslagen wahrscheinlich zu machen, und ohne Ahnung, daß ein singender Kommis im Smoking eine Gesellschaftsplage bedeutet, wagt diese neue Industrie das Äußerste.«

Wie trostlos zu denken, daß in eben dieser Kulturregion sich die Wiedergeburt Offenbachs vollziehen soll mit Hilfe einer Auffassung, die dem Geist und der Grazie durch die bewußte Antithese des Schwachsinns und der Gemeinheit zur Wirkung verhilft; und auch mit Hilfe der Techniken und Praktiken, die die neue Operettenszene zum Schauplatz von allem gemacht haben, was mit dem Theater nichts zu tun hat, von gymnastischen, kosmetischen und sonstigen Geschäften zur Beschönigung des Zusammenbruchs. Was der Komikerhumor schon vor dem des Kommis an den Texten Offenbachs vollbracht hat, die Erinnerung daran wurde mir durch das Studium aller möglichen Soufflierbücher mit den eingetragenen »Extempores« beklemmend lebendig. Allerdings vermag selbst die dickste Zutat von Alfanzerei, die sich die zwei beliebtesten Werke Offenbachs durch die Jahrzehnte gefallen lassen mußten – nun der Erneuerung aus unerschöpflichen Wiener Reserven gewärtig –, nicht an das Gesamtgreuel einer neuzeitlichen Operettenhandlung hinanzureichen, denn während dort das Orchester doch immer wieder Unfug und Minderwertigkeit der Szene sieghaft zudeckt und die Geistesluft mit dem Ungeruch fertig wird, der sich einzumischen wagte, bedeutet das Geblödel und Geknödel nebst der Wiener Einbrenn von Gemüt, womit eine Fleischbank garniert ist, die eigentliche Geistigkeit, ohne die sich die Amoretten der Herren Lehar und Kalman gar nicht entfalten könnten. Gewiß, auch hier waltet etwas wie die musikalisch-textliche Einheit, die das Wesen der Operette bildet, aber freilich so, daß man im Nebeneinander von Banalität und Ordinärheit empfindet, wie sehr diese Zugkräfte einander gemäß und würdig sind. Wäre nun der Text der wahren Operette (die ich für die Erfüllung des wahren Theatersinns halte) loslösbar von der Musik, so wäre der von Meilhac und Halévy – nehmen wir etwa nur die Grog-Episode in der »Großherzogin« – auch als Ausdruck einer rational erfaßlichen und heiter bewegten Wirklichkeit, also als Lustspiel, ein Ewigkeitswert, verglichen mit allem, was seit mehr als drei Jahrzehnten Gedankenmilieu und Wortbestand der Hurengassenhauer bildet. Es beweist aber völlige Kunstfremdheit, den Operettentext als solchen mit literarischem Maß messen zu wollen. Wohl schlägt der Idiotismus der neuen Operettenverse über die Grenze der Möglichkeit, von der Musik bewältigt zu werden. Doch wenn im Vergleich mit solcher Affenschande von einer Fragwürdigkeit der alten Operettentexte überhaupt gesprochen werden darf, so waren sie gerade so schlecht und so gut, daß sie sich der organischen

Verbindung mit der Musik nicht entziehen konnten. Welch ein bukolisches Gedicht jene Verse »Ich bin dein, du bist mein«, wenn sie die Musik des »Blaubart« auf ihre Flügel nimmt, wieviel Wonne und Weh in dem Auferstehungslied der fünf Frauen; wie lieblich und rührend die mädchenhafte Erwartung in dem Brief- und Kuß-Quartett der großherzoglichen Ehrendamen: und all dieser Zauber nicht trotz, sondern vermöge der Durchschnittlichkeit eines Wortwerks, das eben die Gabe hatte, solchen Tönen entgegenzukommen. Das Doppelkunstwerk, welches die große Musik und das große Gedicht vereinigt, besteht nicht, denn das Aneinander ist weniger Kunstwerk als das eine und als das andere. Dagegen vermag die scheinbare Albernheit eines Verstextes, zu dem gewiß keine lyrische, aber eine musiktheatralische Begabung erforderlich ist, das Element eines Gesamtkunstwerks vorzustellen, und die Geringfügigkeit dessen, was die Töne der Offenbach und Lecocq zum Schwingen brachte, war wohl von Natur eine andere als die des Stichworts für die Lehar und Kalman. Die Wiener Bearbeitungen der Meilhac' und Halévy'schen Texte durch Julius Hopp und Carl Treumann sind in manchen Verspartien dem Original ebenbürtig, wenn sie es nicht gar übertreffen, in manchen freilich fallen sie jäh ab in eine lokale Niederung und Beiläufigkeit, die auf der musikbelebten Szene zwar möglich waren und es noch immer wären, aber im Munde des Vortragenden sich von der Musik lösen und den sprachlichen Unwert erkennbar machen würden. Die Arbeit an diesen unerläßlichen Reparaturen birgt insofern das ganze Problem des Operettenverses in sich, als das Ergebnis keineswegs etwa so beschaffen sein durfte, einen sprachlichen Wert, losgelöst von der Musik, erkennbar zu machen, sondern nur eine analoge Operettenmöglichkeit herzustellen. Darum eignen sich – mit Ausnahme der Coupletstrophen, die ja auf eigenstem geistigen Terrain entstehen – die Erneuerungen so wenig zur Publikation wie der beste Operettentext. Hingegen wäre wohl die sprachliche Leistung, die an die Veränderung gewendet erscheint, einer Betrachtung wert, durch die sich erweisen ließe, daß die Arbeit wertvoller ist als das Produkt: neue Worte auf vorhandener Grundlage entstehen zu lassen, aber so vertraut mit der Musik, als hätten sie ihr immer schon gedient, und ohne von der Patina theaterberühmter und unbedingt zu erhaltender Stellen abzustechen. Keine Veränderung oder Erneuerung wäre erträglich, die, sei es im Vers oder in dessen dialogischer Nachbarschaft gegen den Geist der Sphäre ginge, wollte sie sich nun gegen diese durch ein Plus oder durch ein Minus an Gedanklichkeit selbständig machen. Die ganze Entartung des Genres wird ja von der Trennbarkeit der in ihm ursprünglich vereinigten Elemente bezeichnet. Aber eine theaterfremde Zeit nimmt die Trennung auch dort vor, wo Einheit waltet, wo eine Realität, die losgelöst vom Klangzauber den kahlen Unsinn vorstellte, zu einem grotesken Märchen wird, darin er in Blüte prangt.

Zu solchem Wechsel und Eingang in die andere Sphäre, ohne dessen Möglichkeit nichts als die äußerste Gehirntortur übrig bleibt – und in dem Maße der Vernunftmäßigkeit, Wahrscheinlichkeit oder gar Psychologie des Geschehens –, zu solcher Verwandlung wäre die neue Operette nicht einmal mit Hilfe des Kostüms fähig, welches ja diese theatralische Lebensform erst zu beglaubigen scheint. Doch dem Genie Offenbachs gelingt selbst die Verzauberung der dem Verständnis erreichbaren, mit den Sinnen greifbaren aktuellsten Gegenwart seiner Lebzeit. Darum ist »Pariser Leben« sein stärkster Geniebeweis. Es spielt in dem Jahr, in dem es auf der Bühne erschien. Wenn ich nun als Vortragender die närrische Erotik und Königsposse einer unkontrollierbaren Vorzeit wie im »Blaubart«, wenn ich den Hohn einer militaristischen Wahnwelt in der »Großherzogin« vertreten kann, was ginge mich, der zwischen Shakespeare, der Pandora und den eigenen Schrullen einer Sprachlehre die unzugänglichsten Geistesgüter verwaltet, ein noch so brillant musiziertes Pariser Lebemannsabenteuer an? Alles mögliche schon den Nachbildner gegebener oder gewesener Welten, wenn es bloß die gültige Gestalt eines Stücks Freudenwelt, eines Beispiels verflossener Anmut wäre. Aber es ist, mit jener Kraft der Entstofflichung, die den Nachfahren der Operette gemangelt hat, die merkwürdigste Zauberposse, die dem Zauberer je gelungen ist. Denn wie noch ungleich wundersamer war es, statt Götter und Helden, statt Kartenkönige und Märchenprinzen in Menschen, eben diese in Marionetten zu verwandeln. Hier, wo die Operette mit der Oper schon sich selbst travestiert, tritt die Narrheit des gegenwärtigsten Lebens in so verkürzte Erscheinung, daß ein Expressionist Genie haben müßte, um zu solcher Albernheit imstande zu sein, wie sie sich da auf der Ankunftseite eines Pariser Bahnhofs, in der Vorhalle zum Paradies, abspielt, wo die Fremden kaum aus dem Coupé gestiegen sind, um sich in den »Strudel Strudel« zu stürzen, schwedische Ehegatten gleich ihre Sonderwünsche äußern, ein Brasilianer mit allem verfügbaren Schmuck und Bargeld die schon wartenden Grisetten bewirft und das Leben beinahe so unwahrscheinlich ist, wie es ist. Diese Raum- und Zeitverkürzung, diese Folgerichtigkeit im Irrationalen, diese Verwandlung des Lebensfaktums ins blaue Wunder konnte nur in einem musikalischen Rausch gelingen, der wohl der hinreißendste ist, der jemals auf einer Szene entfesselt wurde. Wie nüchtern in solchem Vergleiche die in allen Motiven des Rausches getreue Nachbildung einer »Fledermaus«, wo eben der Zauber ungetan ist, weil die an und für sich künstlerisch hochwertige Musik eines Undramatikers, selbstgenügsam und unverbunden, neben einem Text einherlebt, dessen unverwandelte Materie der Verstandeskontrolle ausgesetzt bleibt. »Pariser Leben«: eine Orgie lebendigster Narrheit aus einer ganz gegenständlichen Handlung heraus (darum sträflich jener Versuch einer Sprechbühne, sie mit musikalischer Verkümmerung, mit Ausmerzung des Chors, in ein Vaudeville, ein Liederlustspiel zurückzuverwandeln); die »Fledermaus«: reales Lustspiel mit Gesang, der eigentliche Ausgangspunkt der Richtung, die über den »Opernball« zur »Lustigen Witwe«, zum Greuel der Salonoperette geführt hat. Alle Essenzen, die das eigenste, unnachahmliche Wesen Offenbachs bilden und Werke wie »Blaubart«, »Die Großherzogin von Gerolstein«, »Die Prinzessin von Trapezunt« zwischen »Helena«, »Orpheus«, »Hoffmanns Erzählungen« und den vielen verschollenen Kostbarkeiten (wie »Schönröschen« und »Die Zaubergeige«) zum amor et deliciae eines besseren Theatergeschlechts gemacht haben – in »Pariser Leben« sind sie wahrlich zu einem Eßbukett von betäubender Wirkung vereinigt. Und die unnachahmliche Doppelzüngigkeit dieser Musik, alles zugleich mit dem positiven und dem negativen Vorzeichen zu sagen, das Idyll an die Parodie, den Spott an die Lyrik zu verraten; die Fülle zu allem erbötiger, Schmerz und Lust verbindender Tonfiguren – hier erscheint diese Gabe am reichsten und reinsten entfaltet. Es ist der Gipfel eines Genres, worin sich das Unnatürliche so von selbst versteht wie daß im Versdrama Leben und Sterben im Hochschritt des Sprachgedankens geschehen. Enthielte dieses Werk nichts als den musikalischen Champagnertaumel des Domestikenfestes (den man sich wohl kaum durch eine, in der Fledermaus-Soiree mögliche »Konzerteinlage« unterbrochen denken könnte), so wäre es noch immer ein Schatz der heiteren Bühne. Aber es enthält unter all den Perlen die Briefarie der Metella, jenes unbeschreiblich süße Gedicht, das den entfernten Schreiber – den armen Baron Frascata, der im Norden von den Pariser Seligkeiten träumt und an deren Spenderin den Überbringer empfiehlt – in seinem rührenden Nichtvorhandensein zu der einprägsamsten Gestalt des Stückes macht. Dies, als einen der stärksten Augenblicke, die das Bühnendasein überhaupt kennt, und alles rund herum, was da aus den Abenteuern der Herren Gardefeu und Gondremark gediehen ist, die als solche unsereinen sonst blutwenig angingen, reklamiere ich als »Theater der Dichtung« im besten, edelsten Sinne. Daß die anderen Bühnen, jene, die eine Szene mit Dekorationen zur Verfügung haben, nicht alles daran setzen, dieses einzigartige Werk würdig herauszubringen und im Repertoire zu erhalten; daß die stärkste Extravaganz, die sich die Opernhäuser gestatten, immerzu die »Fledermaus« sein soll und nicht deren unerreichtes Vorbild, zeigt, in welcher Entfernung vom Theater die Bühnen leben. Aber sie bescheiden sich wohl in der Erkenntnis jenes Wagner-Wortes, das heute keine Kränkung eines Ensembles mehr bedeutet, sondern nur den Rat zur Vorsicht: »Soweit die vorhandenen Kräfte reichen« – ehedem ein Maß derer, die der Entwicklung nicht nachkommen konnten, heute derer, die sich von ihr tragen lassen müssen, weil sie nicht die Kraft haben, stehen zu bleiben, dem Unfug zu wehren und es mit der Kunst auch auf die Gefahr hin zu versuchen, daß sie dem Gesindel nicht zeitgemäß erschiene.

Promesse

Die Verarbeitung der Tageseindrücke zu dem von ihren Erzeugern und sonstigen Dummköpfen dauernd mißverstandenen Glossenwerk der Fackel erfolgt nach keinem Plan, der auf »Aktualität« gerichtet wäre. So dürfte von den Stofflesern, die der Teufel endlich aus dem Leserkreis der Fackel holen möge, gerade diesmal thematisch allerlei vermißt werden, was die phantastischen Möglichkeiten dieses Balkanstaates jüngst an Schmutz und Lüge, so zwischen Ahrer und Bekessy und aus dem tätigen Vulkan der politischen Schamlosigkeit, auftauchen ließen. Da ich mein persönliches Interesse an dem Ereignis, zu dem hier das moralisch Unzulängliche erwächst, vielfach mit dem Mittel einer strafrechtlichen Remedur verknüpfe, so bewirken auch gesetzliche Hindernisse den Aufschub von Bereinigungen, die schon durch die Überfülle der Anlässe zu kurz kommen müßten. So kunstvoll der Bau dieser Mißwelt erscheinen mag, den ein Heft der Fackel darstellt: so zufallsmäßig, dem ersten Blick und Griff überlassen, erfolgt die Herstellung seiner Teile. Wollte ich all das, was mir am Herzen liegt, jeweils in den Zusammenhang retten, der sich doch wie ein Wunder immer wieder ergibt, er würde nicht in Erscheinung treten, bevor er ein Heft von fünfhundert Seiten umfaßte. So bleibt nichts übrig, als daß die Leser: solche, für die, und solche, gegen die es geschrieben ist, so viel Geduld haben wie der Autor, auf die Gefahr hin, daß sie länger dauere als der Anreiz, den ihm der Stoff gewährt. Irgendeinmal kommt er irgendwie doch zum Vorschein, und was immer da abfalle, dem Bild der Region, der er entstammt, bleibe ich ja doch nichts schuldig. Denn mag es auch Zeiten geben, wo ein Geheimnis der Sprache stark genug ist, mir im Lärm der Sprecher Schweigen aufzuerlegen – zu verdienten Gunsten einer Sache, der in der Sachwelt viel reiner Menschenglaube verbunden bleibt –; mag es geschehen, daß mir das Problem des Reims beträchtlicher dünkt als das der Kandidatur des Herrn Eldersch: so kommt doch wieder der

Moment, wo mich kein Strahl des schöpferischen Geistes stärker zu blenden vermöchte als die unwidersprochene Nachricht, daß jener eine Wahlrede mit den Worten geschlossen habe: »Wir Sozialdemokraten sind die wahren Nachfolger Christi. In der Schrift steht: Eher geht ein Kamel durch ein Nadelöhr, als ein Reicher in das Himmelreich. Die Vertreter der Einheitsliste sind die Vertreter der Reichen, wir Sozialdemokraten sind die Vertreter der Armen.« Und dies unter dem Jubel vieler, die durch kein Nadelöhr gehen, und hinter dem Rücken eines, der sich bisher fürs Himmelreich keines Hindernisses von Herrn Eldersch versehen konnte. Die große Entscheidung, ob die Pfründner des Fortschritts, denen ich ein völlig wirkungsloses »Weg damit!« zugerufen habe, und die des Rückschritts – welche den legitimeren Anblick des Grausens bieten – wieder ihrer Pfründen und aller damit verknüpften Gelegenheiten teilhaft werden sollen, ist vorüber und der Trost, daß kein teures Haupt fehlt, bildet die Entschädigung eines Volkswillens, der die Stimme hat, um sie abzugeben, und dem eine machtverteilende Wahllist verwehrt hat, das Nichtgewünschte zu durchstreichen. Welcher Parteinahme bin ich verdächtig, wenn ich dort, wo Reinheit Bedingung ist und nicht Vorzug, den Schmutzfleck mehr hasse als den Schmutz der Welt, der er doch zugehört und die ihn auf die Gegenwelt abfärben ließ? Meiner Wahlpflicht gegen die bürgerlich-sozialdemokratische Einheitsfront habe ich durch Enthaltung genügt, und die Parteinahme für mich, der da Partei nimmt für die Menschheit und gegen die Macht, an die er sie verraten sieht, ja das letzte Echo meiner Rede schlage ich in den Wind – den mir keine Lüge, die vom Ideal frißt, keine Mittelmäßigkeit, die den Zweck verzehrt, jemals vormachen wird! Ich kenne keine Parteien mehr, ich kenne nur Bürger; und ihr gemeinsames Streben im Widerstreit der Interessen hat gesiegt. Mitbürger Bekessys, auch wenn sie's nicht mehr sein wollen und es nicht wahr haben wollen, daß sie sind, was ich sie genannt habe: »Zuständige eines Landes, das keinen Richter brauchen wird, weil sich alles von selbst prostituiert.« Kostgänger einer Preßfreiheit, die die Feigheit immunisiert, die namenlose Lüge zur Einrichtung macht und die Haltung von

Freigelassenen vorsieht, welche die Wahrheit für ihren Verzicht auf Erfolg als »Eitelkeit« besudeln. Was immer ich versäume, weil mir im Anblick jedes Lumpen die Lumperei neu erfunden erscheint und zu jedem Dummkopf etwas einfällt – ich komme nach! Nicht gelingen wird es, meinen Abscheu vor aufgeschwungener Minderwertigkeit durch die Verknüpfung mit einer bürgerlichen Region zu kompromittieren, deren beglaubigter Todfeind ich war, bevor jene lesen und nicht schreiben gelernt haben. Wem, der sie zu fordern nicht berechtigt ist, wäre ich je Rechenschaft schuldig geblieben? Wir wollen es, in einer Welt, der ich die Konsequenz meiner Widersprüche biete, auf die Entscheidung ankommen lassen, wer das Urbild des Menschentums treuer bewahrt hat, ein »Affe der Gerechtigkeit« oder die Praktiker der relativen Moral, Pharisäer, die den Glauben selbst als Abfall ächten, Tyrannen der Gemeinschaft, Pensionäre des Ideals, in deren Händen kein rechtes Gut gedeiht! Wie, ich sollte, weil ich den neuen Zweck bekenne, ihn denen glauben, die ihn täglich durch die Mittel entheiligen, wodurch von altersher Macht erlangt und behauptet ward? Nein, die Glieder einer Hierarchie der Freiheit: die schwerer Würden Vollen und die Leibwächter, die dahinter sind – sie entgehen dem Schicksal nicht, an jeder Tat und an jedem Ton in Übereinstimmung gebracht zu werden mit dem Abbild einer Bürgerwelt, das ich in Jahrzehnten gezeichnet habe zum Entzücken und zur Nährung eines scheinrevolutionären Geistes, zur Nachbildung durch alle Freibeuter, und als das eigentliche Vorbild ihrer angelangten Bürgerlichkeit. Die »Verjagung der alten Gespenster«, dieser wahren Revenants, beginnt von neuem, und würden mit ihnen tausend Stoffleser verjagt – der Ruf »Bekessy ante portas!« schreckt mich nur auf, den Erschreckten zu helfen, damit sie mir zum Schluß den Sieg davontragen. Was ich erlebt habe in dieser Kluft zwischen Ansehn und Erbärmlichkeit, in diesem Schlammgrund, dessen Ausdünstung alle Hygiene wettmacht, in diesem Abenteuer, da ich einen ganzen Staat mit seinen sämtlichen Ohnmachthabern den Klauen der Erpressung entriß – das auszudrücken könnte keine Rücksicht, keine Vorsicht je verhüten, höchstens die

Laune einer Betrachtung vertagen, der manchmal doch ein Konjunktiv wichtiger scheint als ein Kujon. Nein, den Inhalt einer allbürgerlichen Würde, die Beethoven gefeiert hat mit der Ahrerfurcht im Herzen, hoffe ich noch hundertfältig zur Gestalt zu bringen; und in die späteren Lesebücher den Ruhm einer Stadt, die ein Bollwerk des Ostens war gegen die drohende Gefahr der Kultur.

Warnung in letzter Stunde

Der Schuft, den ich aus Wien verjagt habe, Emmerich Bekessy, vom Landesgericht wegen Erpressung und falscher Zeugenaussage verfolgt, hat sich der Gefahr der Auslieferung durch die Flucht aus Paris nach Budapest, dem Ausgangspunkt seiner Laufbahn, entzogen. Sein Advokat, der bekannte Militärauditor Preminger, hat ihm zufolge des Umstands, daß ihm bei der Aufnahme in den österreichischen Heimatverband die Bescheinigung des Austritts aus dem ungarischen »durch besonderes Entgegenkommen der Gemeinde Wien erlassen wurde«, die Anerkennung seiner ungarischen Staatsbürgerschaft erwirkt, offenbar für die Verdienste, die er sich nach dem Sturz der Kommune durch Überlieferung rotgardistischer Soldaten an den weißen Terror erworben hatte und durch weitere Leistungen noch erwerben dürfte. Der im Krieg wegen Ausbeutung Untergebener militärgerichtlich abgeurteilte Erpresser, der durch fünf Jahre Wien gebrandschatzt und sämtliche Machtfaktoren der österreichischen Öffentlichkeit unter dem Druck übler Mitwisserschaft in wirtschaftlichen Dingen oder der Beschmutzung ihres Privatlebens gehalten hat, betreibt nunmehr mit derselben erpresserischen Gewalt, mit der er ehedem die Staatsbürgerschaft erlangte, deren Annullierung, um, statt seiner Auslieferung an das Wiener Gericht, die nicht mehr erfolgen kann, die Auslieferung der ihn betreffenden Strafakten an das Budapester Gericht durchzusetzen. Gelänge dieser Plan, so stände nach dem kurzen Prozeß, den die ungarische Justiz mit dem Wiener Aktenmaterial machen würde, und nach erfolgter »Rehabilitierung« den ferneren Geschäften, die er im Gebiet einer besudelten öffentlichen Meinung Mitteleuropas vorhat, kein Hindernis mehr im Wege. Zur Förderung dieser Sache hat er im Neuen Wiener Journal, welches sich die Sensation des Originalbeitrags eines steckbrieflich Verfolgten nicht entgehen ließ, seinen Revolver vorgezeigt, der mit etlichem Wissen oder Lüge über Angelegenheiten sozialdemokratischer

Politiker und mit starken Hinweisen auf seine Verbindung mit Herrn Bosel geladen war. Meine Voraussage, daß im letzten Stadium der strafrechtlichen Verfolgung des großen Erpressers seine Tätigkeit sich auf den Staat selbst ausdehnen werde, scheint sich nunmehr erfüllen zu wollen, und es sind Anzeichen vorhanden, daß die Parteien der Herren Eldersch und Mataja, wie vielleicht auch jene Partei, der Herr Bosel unangenehm zu werden gedroht hat, sich dem Druck auf ein administratives Verfahren, durch das die Entbürgerung und in weiterer, schlimmerer Konsequenz die Abtretung der Akten an Ungarn herbeigeführt würde, nicht widerstrebend zeigen. Diese Legalisierung des Verbrechens, diese Abrüstung der Staatsgewalt vor einem Waffentüchtigeren wäre jedoch kein Plan der Vorsicht, der darauf abzielte, einen lästigen Erpresser ein für allemal los zu sein und über die schmachvolle Episode seiner Mitbürgerschaft Gras wachsen zu lassen. Vielmehr wäre es ein Plan der Dummheit, da die Aushändigung der einzigen Gegenwaffe, die den Erpresser von Österreichs Grenzen fernhält, wenn sie ihn schon nicht erreichen kann: der Verzicht auf die kriminale Drohung, nie und nimmer ihn selbst entwaffnen, da im Gegenteil das offene Bekenntnis staatlicher Ohnmacht die Gefahr, die allen Parteien und Interessengruppen droht, vervielfachen würde. Wir wollen, wenn wir einer Politik der Korruption schon die Staatsbürgerschaft des Imre Bekessy zu verdanken haben, auf diese nicht mehr verzichten! Wir wollen, daß er unser Mitbürger bleibe, weil nur dies die Sicherheit bietet, daß er nicht mehr zu uns heimkehrt! Aber wir wissen, daß seine Ausbürgerung erst seine wahre Einbürgerung zur Folge haben würde. Denn nach allen fehlgeschlagenen Versuchen, die der Abenteurer zur Ausbeutung der öffentlichen Meinung in der Fremde unternommen hätte, bliebe ihm zum Schluß ja doch das Wiener Terrain, in dem er so erfolgreich gewirkt und bei dessen Hütern er sich eines Entgegenkommens bis zur Unterwerfung der staatlichen Hoheit zu erfreuen hatte. In letzter Stunde erfolgt die Warnung an die Maßgebenden vor dem heillosen Schritt dieser Ausbürgerung; im Angesicht der größten Öffentlichkeit erfolgt das Gelöbnis, daß den Geschäftspolitikern, die sich zu augenblicklicher Erleichterung einen Mitwisser zu Dank verbinden wollen, mit Bekessys schnödem Undank meine unerbittliche Aufmerksamkeit gesichert bleibt und daß ich bemüht sein werde, alles, was sie dann begraben wähnen, ans Licht zu fördern. Sie werden seine Ansprüche ins Maßlose steigern und die meinen nicht befriedigen. Ich will sie dort treten, wo sie der Schuh drückt! In dem beispiellosen Kampf zu ihrer Befreiung, zur Befreiung der Stadt von einer Journalistik, die die schuftigste seit Erfindung der Druckerschwärze war, hat bisher ein einziger Faktor standhaltend sich bewährt: die Justiz. Das Wort des Staatsanwalts »Die Justiz darf nicht zur Hure der Politik werden«, es wird nicht an den Praktiken von Zutreibern zu Schanden gehen, die sie an ein Budapester Bordell verschachern wollen. Geschähe es, dann wäre es die Katastrophe eines Staats, der in der Verfolgung eines Erpressers ihm selbst zur Beute ward!

Der Hort der Republik

– – Hiebei hat der Ministerrat der Überzeugung Ausdruck verliehen, daß es Euer Hochwohlgeboren durch seltene Umsicht und zielbewußte Tatkraft, die in jeder einzelnen Phase des Geschehens den gegebenen Ereignissen vollkommen Rechnung trugen, überhaupt durch eine vorbildliche Leitung des Euer Hochwohlgeboren unterstellten Apparats gelungen ist – – Dieser nicht hoch genug einzuschätzende Erfolg, dessen Bedeutung von allen staatsgetreuen Bürgern unseres Vaterlandes und überdies von den maßgebenden Faktoren des Auslandes anerkannt und auch in der Geschichte der Republik Österreich gebührend gewertet werden wird, ist auch darauf zurückzuführen, daß die Polizeidirektion in Wien sich abermals als der festeste Hort der staatlichen Ordnung bewährt hat. Alle Angehörigen dieses musterhaft organisierten Apparats, voran die Wachkörper, die in erster Linie zur Abwehr der verbrecherischen Angriffe auf den Staat berufen waren, aber auch die gesamte Beamtenschaft der allgemeinen Verwaltung haben durch ihre beispielgebende Treue und durch ihr hervorragendes, bis zur Selbstaufopferung hingebungsvolles Verhalten dargetan, daß der »gute Geist«, der den Angehörigen der Wiener Polizeidirektion seit langem nachgerühmt wird, mehr denn je lebt und daß die Bürger dieses Staates auch in den schwersten Zeiten mit vollster Beruhigung und Zuversicht auf die altbewährte, pflichtgetreue Tätigkeit der Polizeidirektion in Wien unter der vorbildlichen Leitung ihres hervorragenden Präsidenten blicken können. – –

Seipel.

– – So bedauerlich die Vorfälle am 15. und 16. Juli auch gewesen sein mögen, so hat sich doch erwiesen, daß die Polizeidirektion Wien ihren altbewährten Ruf, die sicherste Stütze in diesem Staat zu bilden, nicht nur vollkommen gewahrt, sondern vielmehr noch wesentlich gefestigt hat. Zu diesem Ergebnis, das in erster Linie Ihr unauslöschliches Verdienst ist, beglückwünsche ich Sie, hochverehrter Herr Präsident, auf das wärmste und bitte Sie unter einem, auch allen Ihren Beamten meine besondere Anerkennung und meinen Dank zur Kenntnis zu bringen.

Hartleb.

Der Bundeskanzler:

— — Und noch eine Bitte habe ich an Sie alle am heutigen Tage. Verlangen Sie nichts vom Parlament und von der Regierung, das den Opfern und den Schuldigen an den Unglückstagen gegenüber milde scheint.

Nach der Neuen Freien Presse:

Noch eine Bitte habe ich an Sie: Verlangen Sie vom Parlament oder der Regierung nicht, was Milde scheint an den Schuldigen der Unglückstage, aber grausam wäre gegenüber der verwundeten Republik — —

Abgeordneter Dr. Otto Bauer:

Ich und einige meiner Freunde haben folgendes mitangesehen. Von der Richtung der Oper zum Parlament ging eine Schwarmlinie von Sicherheitswache vor, eine richtige Schwarmlinie, die Männer nebeneinander im Abstand von etwa einem bis anderthalb Schritten. Die Ringstraße war zu dieser Zeit leer, nur auf der andern Seite der Ringstraße standen ein paar hundert Leute, nicht Demonstranten, sondern Neugierige, die zugeschaut haben, wie der Justizpalast gebrannt hat. Es waren unter ihnen Frauen, Mädchen und Kinder. Da geht nun eine Abteilung vor, ich habe sie gehen gesehen, das Gewehr in der Hand, Leute, die zum großen Teile nicht schießen gelernt haben, sie stützten den Kolben auch beim Schießen auf den Bauch und schossen links und rechts auf die Seite und wenn sie Menschen sahen — es war eine kleine Gruppe vor dem Stadtschulratsgebäude, eine größere Gruppe gegenüber dem Parlament —, da schossen sie. Der Menschen bemächtigte sich eine wahnsinnige Angst; sie haben zum großen Teile die Abteilung gar nicht gesehen. Man sah die Leute in blinder Angst davonlaufen, und die Wachleute schießen den Laufenden nach. — — Auf dieser Seite waren keine Menschen mehr, ganz allein stand ein alter Herr, der sicher nicht zu den Demonstranten gehört hat. Ich habe es persönlich gesehen und eine Reihe meiner Freunde mit. Wir bieten uns alle als Zeugen an, wie Oberkommissär Strobl persönlich diesen alten Mann mißhandelt hat. Ein alter Mann und fünfundzwanzig Wachleute! Sie werden mir nicht sagen, daß das Notwehr gewesen ist. Ich will Ihnen eine zweite Szene erzählen, von der Lerchenfelderstraße. Die ist nicht abzustreiten, denn ein Zufall hat es gefügt, daß sie photographiert worden ist. Auf dieser Photographie kann man eine Menge sehen, die rasend läuft und hinter ihr, auf die Menge schießend, eine Polizeiabteilung und auf der andern Seite mit der entgegengesetzten Front eine zweite Abteilung, in die Menge schießend! Die Menge läuft vor dem Schießen weg, man schießt ihr nach und während sie glaubt, sich durch Laufen retten zu können, kommt eine andere Polizeigruppe, die auf sie schießt! Der Kommandant in der Lerchenfelderstraße war allem Anschein nach Regierungsrat Kraft, ein Herr, dessen Verhalten ich in der Lichtenfelsgasse persönlich beobachtet habe. Ich will noch ein Beispiel erzählen, weil ich gegen die Sicherheitswache gerecht sein will, und es ist die schwerste Anklage gegen solche Leute wie die Herren Strobl und Kraft, daß andre Kommandanten es mit andern Mitteln versucht haben.... Die Wachleute waren aufgeregt, aber es ist nicht geschossen worden und keinem Menschen ist etwas passiert. Seit wann muß man denn schießen, wenn man ein paar Hundert Leute von der Straße wegbringen will, noch dazu so eingeschüchterte Leute, wie es damals der Fall war? – –

Neue Freie Presse:

– – er (Abgeordneter Bauer) nennt sogar einzelne Namen der Kommandanten, er prangert sie an, er stellt sie bloß, er wirft sie der Volksempörung hin, ohne den Schatten eines Beweises, ja ohne daß er selbst den Mut hätte, apodiktisch zu erklären, daß seine Information die richtige ist.

Der Vizekanzler:

»Lügen Sie nicht immer von hundert Toten, wenn es fünfundachtzig sind!«

»– – Im Zusammenhang mit den Ausschreitungen vom 15. und 16. Juli sind insgesamt 85 Personen getötet worden – ich betone dies ausdrücklich, weil immer wieder von 100 Toten gesprochen wird; angeblich soll im Spital noch einer gestorben sein, das wären dann also 86, aber nicht 100. – – Wenn sich unter ihnen gewiß auch zufällig an die Schauplätze der Ausschreitungen gekommene und an denselben gänzlich unbeteiligte Personen befinden, so muß ich doch, schon um die Erzählungen von der ohne jeden Grund auf harmlose Passanten feuernden Sicherheitswache zu kennzeichnen, darauf hinweisen, daß zweiunddreißig der Toten, und zwar zwölf wegen Verbrechen, vorbestraft erscheinen. – –

Schließlich muß in diesem Zusammenhange noch hervorgehoben werden, daß 74 von den 281 verletzten Zivilpersonen gerichtlich vorbestraft sind, und zwar 35 wegen Verbrechens und 39 wegen Vergehens, beziehungsweise Übertretungen.«

»Wann kommt die Leumundsnote der getöteten Kinder heran?« »Es ist kein Kind getötet worden, nein!« »Das fünfzehnjährige Kind, das erschossen worden ist, das zählt für Sie nicht?« »Von wem das Mädel erschossen worden ist, wird auch noch die Untersuchung feststellen; darüber reden wir jetzt noch nicht!«

Freitag gegen 5 Uhr nachmittags wurde nahe dem Deutschen Volkstheater durch den Schuß eines Polizisten ein etwa sechsjähriges Kind getötet. Ein Passant hatte den Wachmann, der den tödlichen Schuß abfeuerte, im Auge behalten und forderte nun vom Inspektor Nr. 872 die Nummer des Wachmannes. Der Inspektor versprach zunächst, diesem Wunsche nachzukommen, behauptete jedoch, nachdem er zu dem Wachmann hingegangen war, der betreffende Polizeibeamte habe keine Nummer bei sich.... Auf Verlangen meldete der Inspektor diesen Vorfall dem Oberkommissär Strobl, der anscheinend die Abteilung beim Deutschen Volkstheater kommandierte. Der Beschwerdeführer, dessen Name und Adresse uns bekannt ist, ließ sich hierauf dem Oberkommissär Strobl vorführen und verlangte auch von ihm die Nummer des Wachmannes, der das Kind erschossen hatte. Oberkommissär Strobl fragte zunächst: »Ist der Bub tot?« Auf die bejahende Antwort erwiderte er: »Ist auch kein Schad' um ihn!« Sodann gab er einem Wachmann mit drei Rosetten den Befehl, den Mann gegen die Neustiftgasse fortzudirigieren. Das geschah. Unmittelbar darauf hörte der Mann im Weggehen, wie der Inspektor hinter ihm einem Beamten und sechs Wachleuten den Befehl zum Feuern gab. Er hatte, da im Augenblick weit und breit keine Demonstranten zu sehen waren, den bestimmten Eindruck, daß er, der unbequeme Zeuge eines Kindermordes, erschossen werden sollte. Zum Glück wurde er nicht getroffen.

Gegenüber dem Deutschen Volkstheater ist ein Haus mit einem Gerüst eingeplankt. Der kaum 15jährige Karl Franze erkletterte mit einigen Freunden das Gerüst, um, von jugendlicher Neugier getrieben, die Vorgänge in der Nähe besser beobachten zu können. Schüsse krachen, eine Polizeiabteilung säubert die Straße. Alle laufen davon, so rasch als die Füße sie zu tragen vermögen. Die Jungen oben auf dem Gerüst können nicht so schnell hinunterklettern; ein Wachmann legt an, zielt und schießt den Karl Franze, der schutzlos oben auf dem Brett steht, herunter. Samstag mittag hat Karls Vater den armen Jungen auf der Totenbahre im Allgemeinen Krankenhaus wiedergefunden.

Der Spenglermeister Rudolf Huck, Hernals, schreibt: Ich sage Ihnen vorweg, daß ich kein Genosse bin, eher alles andere, aber was gestern die Polizei in Szene setzte, das mußte auch einem Andersdenkenden das Herz im Leibe umdrehen. Ich schämte mich, Mensch zu sein und das mitansehen zu müssen; wer die erste Attacke der Berittenen miterlebt hat, dem sind die weiteren Ereignisse kein Rätsel. – – Der größte Teil der Menge, darunter auch ich, flüchtete in den Rathauspark, in dem guten Glauben, dort sicher zu sein, aber, obwohl zu dieser Zeit viele Mütter mit ihren Kindern in dem Parke weilten, wurde er von den Berittenen gestürmt, in einer Art, die jeder Beschreibung spottet. Über kleine Kinder und über Kinderwagen hinweg ging die wilde Jagd. Besonders ein Wachmann, der mit gezücktem Säbel, hervorquellenden Augen und brüllend in dem schon längst gesäuberten Park und auf dem leeren Rathausplatz herumsprengte, ist mir in Erinnerung geblieben. Ich bin fest davon überzeugt, daß der Mann irrsinnig war. – –

Gemeinderat Schleifer schreibt: – – Beim Burgtheater stießen sie eine Frau nieder, die sicherlich keine Arbeiterin war, und ein Polizist hieb vor meinen Augen auf die Liegende mit dem Säbel ein. Als ich mich um die Frau bemühen wollte, umstellten sie einige Berittene, ein Polizist, der mich erkannte, sagte zu mir: »Schauen Sie, daß Sie weiterkommen, Sie haben hier nichts zu suchen, wenn Sie auch Gemeinderat sind, heute haben wir die Oberhand!« und bedrohte mich mit dem Säbel. – –

Etwa um $^{3}/_{4}$ 4 Uhr nachmittags begab ich mich mit dem Gemeinderat Reismann vom Parlament zu der von einer Sanitätskolonne des Schutzbundes im Café Reichsrat errichteten Sanitätsstation. Obgleich vor dem Kaffeehaus eine rote Fahne mit dem weißen Kreuz gehißt war, wurde von der Polizei auch diese Sanitätsstation beschossen. Während unserer Anwesenheit erhielt ein Sanitätsmann, der beim Kaffeehauseingang stand, einen Bauchschuß.

Ein Arzt, der auf dem Hilfsplatz im Rathaus beschäftigt war, erzählt: Zwischen drei und vier Uhr nachmittags marschierten Polizisten mit gefälltem Gewehr durch die Lichtenfelsgasse. Gegenüber dem geschlossenen Gittertor des Rathauses stellten sie sich in zwei Fronten auf und brachten die Karabiner in Anschlag. – – Im Hofe wurden Verwundete verbunden, Ärzte und Sanitätsgehilfen versahen ihren schweren Dienst. Im nächsten Augenblick krachte eine Salve; die Polizei hatte durch das Gittertor in den Verbandsplatz geschossen. Die Wirkung der Salve war grauenhaft. Einem Werkmeister, Vater von fünf Kindern, wurde die Schädeldecke weggerissen und das Gehirn buchstäblich aus dem Kopf geschleudert; andre brachen verletzt zusammen und wälzten sich klagend am Boden. Die Polizei aber setzte das Feuer, das sie gegen den Sanitätsplatz eröffnet hatte, fort, obwohl sie die rote Fahne mit dem weißen Kreuz sah.

Auch ein andrer Vorfall beweist, daß ein Teil der Wache vor der Sanität nicht halt machte. Ein Arbeiter, der dem Kreuzfeuer der Wache entrinnen wollte, wurde in der Nähe des Rathauses von einem Polizisten angehalten, der ihm zurief: »Hände hoch!« Der Arbeiter gehorchte, blieb stehen und streckte die Arme empor. Im nächsten Augenblick trat ein zweiter Polizist auf ihn zu und streckte ihn durch einen Schuß in den Bauch nieder. Der Mann stürzte unmittelbar neben einem Sanitätsauto zu Boden; einer der Sanitätsleute sprang aus dem Auto, um den Verwundeten in Sicherheit zu bringen. Als er ihn aufheben wollte, ging die Wache mit Gewehrkolben auf ihn los und verhinderte, daß er den Schwerverletzten zu sich ins Auto nahm. Da er nicht weichen wollte, wurde er mit Kolbenschlägen verjagt.

Um 3/4 8 Uhr abends fuhr der Sanitätsmann des Schutzbundes, Neubauer, Hasnerstraße, auf dem Rade bei dem Planetarium vorbei. Die Polizei schoß und ein Verwundeter fiel in der Nähe Neubauers nieder. Dieser schwang die Sanitätsfahne und wollte den Verwundeten aufnehmen. Aber ein Wachmann schoß trotz dem Zeichen des Sanitätsmannes noch einmal auf den bereits liegenden Verwundeten und tötete ihn.

Die erste Regierungs-Kundmachung:
– – Bei den geschilderten Unruhen sind außer den beiden getöteten Sicherheitswachebeamten und einem erschossenen Kriminalbeamten über 100 Sicherheitswachebeamte größtenteils schwer verletzt worden; aber auch auf Seite der Demonstranten, vielleicht auch Neugieriger sind mindestens 40 Todesopfer zu beklagen. Über

300 Verletzte haben in Spitälern Aufnahme gefunden oder Hilfe gesucht. – – Störung des Fremdenverkehres – –

Im Wege der Konsulate:
Köstlichen Frieden atmen die Landschaften von Salzburg und dem Salzkammergut. Heitere Geselligkeit und künstlerische Feste, schöne Frauen und bezaubernde österreichische Musik machen jeden Tag in den in Vollbetrieb stehenden Kur- und Badeort von Salzburg und dem Salzkammergut zu einem Freudentag. Die in den Zeitungen berichteten Ausschreitungen eines verhetzten Pöbels (15. Juli) haben sich lediglich auf einen kleinen Teil der Stadt Wien beschränkt. Die österreichischen Alpenländer sind von den bedauerlichen Vorkommnissen gänzlich unberührt geblieben. Die feste Haltung der Bundesregierung in Wien hat den Sieg behauptet und bürgt dafür, daß sich in Österreich politische Tumulte nicht wieder ereignen werden. Kommen Sie in die Berge, an die Seen, in die Wälder von Salzburg und dem Salzkammergut! Die Salzburger Festspiele dauern vom 30. Juli bis 28. August 1927.

Bezirksrat Ascher schreibt: – – Was sich nun einzelne Wachleute an Bestialität leisteten, ist nicht zu beschreiben. Ein Vorfall, den ich mit eigenen Augen gesehen habe, wird genügen. Als die wilde Flucht begann, suchten sich auch Passanten, die mit der Demonstration gar nichts zu tun hatten, die von ihr gar nichts wußten, in Sicherheit zu bringen. So flüchteten einige junge, gut gekleidete Mädchen in die Tornische des Hauses Hansenstraße Nr. 4. Hinein konnten sie nicht, weil das Tor unglaublicherweise verschlossen war, und so duckten sie sich in die Nische. Da stürmte ein Berittener den Gehsteig hinauf, versperrte die Tornische mit dem Leibe seines Pferdes und hieb mit seinem Säbel bestialisch in die schreienden und mit aufgehobenen Händen um Erbarmen flehenden jungen Mädchen hinein, bis sie blutüberströmt zusammenfielen ... Das war knapp vor 10 Uhr vormittags, zu einer Zeit also, da noch nirgends etwas passiert war.

Eine Frau aus Floridsdorf:
Ich hatte Freitag vormittag gegen 10 Uhr im Rathaus zu tun. – – Als ich endlich glaubte, ich werde jetzt mit vielen andern auch aus dem Tore kommen, wurden wir von den Wachleuten mit den Revolvern

und mit Säbelhieben empfangen. Sie taten das ohne jeden Grund, denn wir hatten ja doch gar nichts getan. Wir hatten gar keine Ahnung, was die Polizei von uns wollte. Links und rechts lagen die Verletzten blutüberströmt auf dem Boden; ich flüchtete in den Gasthausgarten gegenüber und setzte mich dort nieder, da ich vor Aufregung nicht mehr weiter konnte. Die Leute schrien alle Pfui gegen die Wache und es dauerte nicht lange, so schoß sie wieder los, aber diesmal nicht mehr mit Revolvern, sondern mit den Karabinern, und zwar mitten in die Menschenmenge hinein. Ich sprang sofort hinter eine Steinsäule am Eck der Wachstube und habe gesehen, daß die Wache in den Rathaushof hineinschoß, wo viele Verletzte und auch Tote lagen. Dort entstand großer Tumult. Ich habe da auch gesehen, daß manche von den Wachleuten in die Luft geschossen haben, aber andere haben direkt auf Menschen gezielt; ich habe in meinem Leben so etwas noch nicht gesehen. Ich bekam einen Schüttelfrost und einen Weinkrampf und konnte mich nicht mehr auf den Füßen halten. Wie lange ich so in der Ecke war, weiß ich nicht, und als ich wieder gehen konnte, wollte ich um die Ecke in die Bartensteingasse um fortzugehen, ich war aber kaum zwanzig Schritte weit, als hinter mir ein ganzes Rudel Polizisten mit den Gewehren in der Hand in die Gasse hineinrannte und eine Salve losging. – –

Da sehe ich einen alten Mann mit schneeweißen Haaren und einem buschigen, langen, weißen Schnurrbart im Park drinnen umfallen, der Mann hatte einen Schuß durch die Brust. Ich bin hingelaufen und holte die Sanität, und die ist auch gleich gekommen, trotz der Lebensgefahr; sie war überhaupt sehr mutig. Erst um $^1/_2 5$ Uhr konnte ich fort, und auch da wurden wir einmal von zwei Seiten beschossen und flüchteten in ein Kaffeehaus, wo die Rote-Kreuz-Fahne herausgesteckt war. Da riefen die Schutzbündler: »Frauen zuerst hinein!« Ich mußte unwillkürlich lachen, trotz der schrecklichen Situation, weil man um die Weiber Angst hatte. Die Männer blieben draußen, es waren meistens Schutzbündler, als wenn es um ihr Leben nicht ebenso schade wäre. Ich habe nie mit dem Herzen zu tun gehabt und bin nicht herzkrank, aber da bekam ich Herzkrämpfe und kann mich seitdem nicht erholen von Herzbeklemmungen, vor lauter Entsetzen darüber, daß die Wachleute so vorgehen konnten, weil ein paar Burschen Pfui gerufen haben; den Schuldigen ist bestimmt nichts geschehen, und die Unschuldigen zahlen drauf, denn es gibt gute und schlechte Wachleute, so wie auch Menschen da waren, die nur gern recht viele Krawalle sehen wollten und die Sache verschlechtert haben.

Gewiß aber haben bei der Rathauswachstube die Wachleute angefangen, das kann ich mit einem Eid beschwören.

– – Als sie die Straßen vor dem Rathaus in der Richtung gegen die Bellaria säuberte, indem sie blindlings in die Menge hineinschoß, und die Menge entsetzt flüchtete, konnte ein Mann nicht mehr recht mit. In der Stadiongasse sprang er auf den dort befindlichen Steinhaufen, öffnete seinen Rock, breitete die Arme weit aus und rief der anstürmenden Wache entgegen: »Schießt her, wenn ihr euch traut!« Und das Unfaßbare geschah. Die Wache gab auf den wehrlosen Mann eine Salve ab – der Mann brach auf dem Steinhaufen blutüberströmt zusammen.

Neue Freie Presse:

Nehmen wir den Fall an, einen Fall, den wir für gänzlich unmöglich halten, daß tatsächlich viele unter den Toten durch Fehler oder Grausamkeiten einzelner Wachorgane gestorben seien. Was um des Himmelswillen hätte das mit der Bourgeoisie und ihrer Gesinnung zu tun?

Dr. Edmund Wengraf im Neuen Wiener Journal:

– – Was ist denn nun aber eigentlich diese Ordnung, für die wir mit Treue und Opfermut und angeblich sogar mit »Bestialität« einstehen? Sie ist für die große Mehrzahl der Menschen im Grunde eine recht geringfügige Sache: ein klein wenig Hab und Gut, kaum der Rede wert, in Wertziffern ausgedrückt meist eine Bagatellsumme; dazu eine Anzahl Freundschafts-, Familien- und Geschäftsverbindungen, in die wir seit so und so viel Jahren eingesponnen sind; ein bescheidenes Maß von Erwerbssicherheit und von Lebensgewohnheiten, die damit zusammenhängen. . . . Unser Stück Welt, auf dem wir leben und sterben wollen. . . . Das ist unsere Ordnung! Und gegen jeden Versuch, sie uns zu rauben, wollen wir uns wehren, bis aufs Äußerste, wenn's sein muß, auch bis zur Bestialität.

Boston, 23. August. (Reuter.) Der Abschiedsbrief Saccos an seinen Sohn lautet: »Sei stark und weine nicht! Vergiß nicht, den Armen zu helfen und die Verfolgten zu unterstützen, denn es sind Deine besten Freunde. Sie sind die Kameraden Deines Vaters und Vanzettis, die für die Freiheit der Arbeiter gekämpft haben und gefallen sind.«

Eine Präsidentenkonferenz der landwirtschaftlichen Hauptkörperschaften erklärt: »Die Todesstrafe muß wieder eingeführt werden, da nur in der Todesstrafe ein entsprechendes Repressions- und Sühnemittel erblickt werden kann.« Die Reichsparteileitung des Landbundes fordert »die Wiedereinführung der Todesstrafe in dem neuen Strafgesetzbuch«. Im steirischen Landtag stellten die Parteien der Einheitsliste (Christlichsoziale und Großdeutsche) den Antrag: »Die Todesstrafe ist wieder einzuführen.«

Neue Freie Presse:
– – An diesen beiden Tagen sind *vielfach Leute* in Kraftwagen gefahren, *die wohl noch nie zuvor ein Auto bestiegen hatten* und welche die *Verwundung zahlreicher Personen* mißbrauchten, um auch einmal in den Straßen Wiens *nobel spazieren zu fahren*. – –

Frankfurter Zeitung:
– – Es scheint aber, daß die Sozialdemokratie die Führung über die losgebrochenen Massen rasch verloren oder überhaupt nicht besessen hat. Eben das beweist nun wieder, wie sehr der Aufruhr *der Ausbruch eines an sich edlen Gefühls, des Gefühls verletzten Rechtes* gewesen ist.

Aus dem Tagesbefehl des Polizeipräsidenten:
– – Aus allen Kreisen der Bevölkerung und von zahlreichen Zeugen des heldenmütigen Verhaltens der Sicherheitswache kommen mir unausgesetzt Kundgebungen des Dankes und der *Bewunderung* für die Polizeibeamten zu. Ich selbst stehe schmerzvoll und *reinen Herzens* an der Bahre pflichtgetreuer Beamten und ich verspreche ihren Hinterbliebenen ihnen nach Kräften beizustehen.
– – Gebe Gott, daß dieser Kampf der letzte gewesen ist und mögen die fürchterlichen Opfer dieser Tage allen die Augen öffnen über den Abgrund, in den unser Staatswesen durch *die Zwietracht der Bürger* geführt wird. – –

Wiener Mittagszeitung:

Tabarin

– – – – – –

Weihburg-Bar

– – – – – –

Capua

– – – – – –

Femina

– – – – – –

Bisher 99 Tote

– – – – – –

Neue Freie Presse:

Auf Grund der tragischen Ereignisse wird in der nächsten Zeit die Propagandaaktion der Fremdenverkehrskommission noch eine besondere Intensivierung erfahren, um die schädlichen Folgen der traurigen Tage für den Fremdenverkehr möglichst abzubauen.

Neue Freie Presse:

– – Und nicht viel besser als den Wienern in der Fremde geht es den Fremden in Wien. Man kommt in eine unbekannte Stadt, von der man sich Freude, Entspannung, eine Fülle reicher Eindrücke, künstlerische Genüsse erhoffte. Aber in den Straßen dieser Stadt wird geschossen. In dieser Stadt fährt keine Straßenbahn, kein Auto, man kann nicht telephonieren, die Theater sind geschlossen, der Justizpalast, den der Reiseführer als Sehenswürdigkeit rühmt, steht in Flammen. Man ist auf die Sehenswürdigkeiten dieser Stadt nicht mehr neugierig.

Neue Freie Presse:

– – Die Arbeit ist jetzt um so wichtiger, als die Vorgänge vom 15. Juli die Fremdenverkehrswerbung schwer geschädigt und die Arbeit zurückgeworfen haben. Das verlorene Terrain muß wiedergewonnen werden.

Hier wandern die Holländer fleißig herum und schauen sich an, was nur zu sehen ist. Samstag gab es eine Autorundfahrt, auch zum abgebrannten Justizpalast, abends einen Ausflug in den Prater, Mittwoch geht es auf die Rax, Samstag in die Wachau.

Von Sanitätsgehilfen wird berichtet: – – Selbst auf Verwundete wurde geschossen. Ein Mann, der mit zerschossenem Bein auf der Straße liegen blieb, erhielt noch vier Schüsse, davon einen, der seinen Kopf zertrümmerte und ihn tötete.

Hofrat Dr. Helmer vom Oberlandesgericht erzählt: ». . Da stellte sich uns eine Gruppe des Schutzbundes entgegen, und ich muß sagen, wenn diese Leute nicht gewesen wären, würde ich heute nicht mehr unter den Lebenden weilen. Ich hatte, als ich durch das brennende, bereits mit dichtem Rauch erfüllte Gebäude rannte, mit meinem Leben abgeschlossen.«

Hofrat Dr. Heinrich Gasser schreibt: Bei der Kreuzung Josefstädterstraße-Albertgasse standen Freitag den ganzen Nachmittag und Abend Gruppen von Menschen, welche die Ereignisse besprachen, ohne auch nur mit einem lauten Wort oder Ausruf zu demonstrieren. Es waren ungefähr sechzig bis siebzig Menschen, die ununterbrochen wechselten. Vorüberkommende blieben stehen, andre entfernten sich wieder, bei den Haustoren standen da und dort Hausbewohner in ruhigem Gespräch. Etwa um 10 Uhr abends sah ich von meiner Wohnung aus plötzlich eine Abteilung der Polizei, in Schwarmlinie aufgelöst, aus der Innern Stadt kommend, durch die Josefstädterstraße ziehen. Ich hatte dies kaum bemerkt – die Passanten und die diskutierende Gruppe hatten sie noch gar nicht recht wahrgenommen –, als die Polizei gegen diese Gruppe ohne den geringsten Anlaß eine Salve abgab. Die Menschen stoben schreiend auseinander, worauf mehrmals geschossen wurde.

– – Als sie zum Allgemeinen Krankenhaus gekommen waren, machten sie auf einmal halt und wendeten sich gegen die Ordnerkette der Ärzte, Angestellten und Arbeiter, die den Eingang des Spitales schützten. – – Als die Ärzte und Beamten nicht sofort von der Stelle wichen, trat einer der Polizisten vor und versetzte einem Arzt einen Kolbenschlag auf den Schädel. – –

Aus den weitesten Kreisen der Bevölkerung laufen täglich unzählige Zuschriften bei der Polizeidirektion ein, die voll von begeisterten Worten der Anerkennung sind für das mutige und dabei doch besonnene Verhalten der Polizeibeamten, insbesondere der Sicherheitswache. . . . Von überall kommen Anerbieten, in denen die Bereitwilligkeit erklärt wird, Wachleuten einen kostenlosen Erholungsurlaub zu gewähren, die Kurverwaltung Gleichenberg will Wachleuten unentgeltlich Heilungsmöglichkeit bieten, eine Anzahl von Hotel- und Gasthofbesitzern hat sich erbötig gemacht, Wachleute kostenfrei zu beherbergen und zu verköstigen. – Der Herr Polizeipräsident hat das Angebot angenommen.

Ein Wachmann berichtet: Wir älteren Wachleute, die schon seit Jahren im Dienste stehen, waren empört über das Vorgehen der jungen, erst vor kurzem eingestellten Wachleute, die man sofort bewaffnet hinausgeschickt hatte, während unsere Abteilung erst gegen 9 Uhr abends Gewehre faßte. Ich war, wie viele andere, zum gewöhnlichen Straßendienst am Morgen ohne Revolver gegangen. Als wir beim Justizpalast zur Absperrung herangezogen wurden, standen wir an einer Mauer. Vor uns waren die Demonstranten, die nicht wegzubringen waren. Das war, als schon der Justizpalast brannte. Da kam eine Abteilung der Jungmannschaft, befehligt von einem rücksichtslosen Kommandanten, der die Leute, die ihm nicht genug scharf waren, anschrie. Als dort geschossen wurde, nahm man auf uns keine Rücksicht. Bei der ersten Schießerei wurden sechs Wachleute von ihren Kollegen angeschossen. Wir sind empört, wie wir von unseren Vorgesetzten geopfert wurden.

Samstag abend wurden zwischen halb 10 und 11 Uhr neun Jugendliche, unter ihnen einige, die mit den Ereignissen gar nichts zu tun hatten und im Begriffe waren, nach Hause zu gehen, dem Polizeiamt Hernals eingeliefert. Als sie die Wachstube betraten, wurden sie mit Säbeln und Knütteln furchtbar mißhandelt, so daß man gellende Aufschreie bis auf die Gasse hörte. Nach etwa einer Stunde war ihre Einvernahme beendet und zwei der verhafteten Burschen wurden vom ersten Stock ins Parterre in den Arrest geführt. Auf dem Wege vom ersten Stock ins Parterre wurden beide von einem in Zivil gekleideten Polizisten mit einem Gummiknüttel geschlagen, bis aus klaffenden Kopfwunden das Blut in Strömen floß. Dann wurde einer von ihnen über die Stiege geworfen, und blieb bewußtlos liegen. Zwei Wachleute mußten ihn halten, damit die Wunde ausgewaschen werden konnte. Für die Reinigung der Wunde verwendete man Wasser in einem schmutzigen Waschbecken. Der halb Erschlagene wurde dann, ohne jede ärztliche Hilfe, in den Arrest geschleppt. Eine Beschwerde, die bei dem Stadthauptmann vorgebracht wurde, erledigte dieser mit der Erklärung, daß sich der Arrestant angeschlagen hat. Im Bezirke war gestern das Gerücht verbreitet, daß der Mißhandelte bereits gestorben sei. . . .

Ein Beamter berichtet: Ich wurde am Freitag nachmittag mit einer Mitteilung vom Parlament in das Verbandsheim der Buchdrucker geschickt. Auf dem Rückweg nahm ich ein Auto und fuhr in die Neustiftgasse. Da wurde ich von einem Wachekordon aufgehalten, der vom Oberkommissär Strobl befehligt wurde. Ich sprang vom Wagen, ging auf ihn zu und begehrte Durchlaß, da ich eine Meldung in das Parlament zu überbringen hatte. Statt jeder Antwort griff Oberkommissär Strobl nach einem Gewehrkolben und schrie: »Schauen Sie, daß Sie weiterkommen, sonst ...« Seine Haltung war so drohend, daß ich mich schleunigst zurückzog und auf einem Umweg ins Parlament ging. Oberkommissär Strobl hat aber auch Sanitätsautos, die man am roten Kreuz erkannte, aufgehalten und sie am Weiterfahren verhindert. – –

Ein Arzt der Rettungsgesellschaft teilt mit, daß sich unter den in seinem Blutrayon ermordeten Personen auch eine hochschwangere Frau und drei kleine Knaben befanden. Einer von ihnen war rittlings auf den Schultern des Vaters gesessen, als ihn die tödliche Bleikugel traf.

Die sechzehnjährige Hilfsarbeiterin Marie H. wurde Freitag um 7 Uhr abends beim Schottentor verhaftet, weil sie Rufe gegen die Polizei ausgestoßen hatte. Sie wurde zur Polizeidirektion gebracht; unterwegs stieß sie ein Wachmann mit dem Gewehrkolben in das Kreuz. Als sie schrie, packte sie ein anderer brutal am Arm und rief: »Halt die Goschen, sonst hau' ich dir eine auf den Schädel, daß du hin bist!« Auf der Polizeidirektion stieß sie ein Wacheorgan in den Rücken und rief: »Geh' schon, Canaille!« – –

»Ich spreche den Polizeiorganen für ihr energisches und doch maßvolles Verhalten den Dank und die Anerkennung der Bundesregierung aus.«

Wir bleiben fest!

Man hat versucht, uns niederzutreten – wir stehen aufrecht. Man hat es unternommen, die Wiener Zeitungsburg des österreichischen christlichen Volkes niederzubrennen – – eines der wichtigsten Verteidigungsmittel des christlichen Volkes, ein Wall seines Rechtes und seiner Freiheit – – und haben einmütig und mit festem Willen beschlossen, alles vorzukehren, um sofort wieder die uns obliegenden publizistischen Aufgaben erfüllen zu können.

Die Aufräumungsarbeiten sind im Zuge, – – so hoffen wir, daß unsere Freunde die erlittenen Wunden uns nicht zum Nachteil anrechnen und daß wir binnen kurzem die vorhandenen Mängel beheben werden. – – Wir werden es schaffen. Jawohl, im Vertrauen auf Gott, auf die Hilfe des christlichen Volkes, für das wir ringen und streiten, und sicher der eisernen Kraft, die uns die freudige Hingabe aller unserer geistigen und technischen Mitarbeiter in unseren Aufgaben gewährt, werden wir es schaffen!

Wien, am 18. Juli.

Dr. Friedrich Funder.

Ein Arzt schreibt: — — Vielfach wurden diese Wirkungen durch Salven hervorgerufen, bei denen die Karabiner direkt gegen das Pflaster gerichtet waren. Eine Unmenge tiefliegender Verletzungen, besonders Bauch- und Rückenschüsse, kam bei dieser Art, »in die Luft« zu schießen, zustande. So erzählt ein Assisstent einer chirurgischen Spitalabteilung von einem Unglücklichen, der buchstäblich mit dem Darm in seinen beiden Händen liegend ins Spital eingeliefert wurde. Diese Art von Bauchschuß mit Gellerwirkung konnte keine ärztliche Hilfe mehr finden. Waren doch außer den Därmen auch die Blase, die Milz und die Leber schwer verletzt. Dabei ist dieser Mann nichts ahnend auf dem Schottenring gestanden, um seine Frau und sein Kind zu erwarten. Ein großer Teil gerade der schrecklichsten Verletzungen wurde durch die Nahschüsse erzeugt, die unsere ordnungsliebenden Polizeiorgane in präziser Weise knapp vor, mehr aber noch hinter ihren Opfern abfeuerten. Solche Schüsse, die manchmal aus einer Entfernung von einem halben Meter abgegeben worden sein müssen, erzeugten gleichfalls viel schrecklichere Verletzungen, als dem »gewöhnlichen« Lauf einer Kugel entspricht. Sie zeigen oft, zum Unterschied von Dumdumgeschossen, nicht nur riesige Ausschuß-, sondern auch ungewöhnlich große Einschußöffnungen. — — In Ärztekreisen spricht man mit ganz besonderer Empörung von jenem Polizeibüttel, der mit seinen zwanzig Wachleuten in die Krankenzimmer einer chirurgischen Abteilung eindringen wollte. Eine Tat, die jedem zivilisierten Menschen die Haare sträuben muß, sollte geschehen, um vielleicht eine Verhaftung mehr vornehmen zu können. Der Abteilungsarzt sprach von der Gefahr für die hochfiebernden Verwundeten, wenn sie durch eine Polizeiabteilung in Schrecken versetzt würden. Aber diese und andere Vorstellungen nützten nichts, und erst, als der mutige Arzt erklärte, nur, wenn man ihn selbst erschießen würde, würde der Weg ins Krankenzimmer frei werden, zog der Büttel wieder ab.

Genosse Ludwig Matheisl aus St. Pölten hält sich seit einiger Zeit in Wien auf, weil er wegen einer Fußverletzung bei Professor Lorenz im Allgemeinen Krankenhaus in Behandlung steht. Als er Freitag aus dem Krankenhaus in seine Wohnung zurückkehren wollte, geriet er zwischen 2 und 3 Uhr in der Nähe des Rathauses in eine Menschenmenge, die vor der schießenden Wache floh. Nach der Salve zogen die Wachleute die Säbel und Matheisl, der wegen seines kranken Fußes nicht rasch genug laufen konnte, erhielt einen Säbelhieb über den Arm. Er wurde vom Schutzbund verbunden und in einem Sanitätsauto ins Rudolfsspital gebracht. Hier wurde sein Verband erneuert, dann wollte er in seine nahegelegene Wohnung gehen. Auf der Straße fragten ihn Vorübergehende, was ihm passiert sei, und er sagte, er habe einen Säbelhieb erhalten. In diesem Augenblick packten ihn ein Revierinspektor und ein Bezirksinspektor bei den Armen und führten ihn ins Wachzimmer des Polizeikommissariats der Juchgasse. Sie nahmen seine Nationale auf und schrien ihn an: »Du roter Hund, du Gauner, du Pülcher, wannst nicht die Goschen hältst, kriegst eine, daß du in den Gang hinausfliegst.« Und schon bekam er einen Stoß, daß er zur Tür hinausflog. – – »Was, einen Säbelhieb haben Sie gekriegt? Hat er Ihnen geschadet?«

Der Bundespräsident Dr. Hainisch hat sich in einem Schreiben befriedigt darüber geäußert, daß Herr Julius und Frau Olga Krupnik in ihren Bestrebungen, die heimische Produktion zu fördern, nicht erlahmen.

– – Ein Mann, dessen Alter ich auf siebzig Jahre schätzte, erhob sich nach dieser Salve von der Bank, auf welcher er in dem kleinen Rondeau gesessen hatte, humpelte mit einem Stock mühsam die Starhemberggasse hinauf und versuchte dort durch die Polizeisperre zu kommen. Bei dem an der Ecke Starhemberggasse-Gürtel befindlichen Gasthaus wurde er von einem Polizisten gestellt, dem er einige Worte sagte, die ich nicht verstehen konnte. Ich sah und hörte nur, nachdem ich mittlerweile näher gekommen war, den Schluß der Szene. »Ram di, olter Griaßler!« Dieser Bescheid war begleitet von einem Schlag des Gewehrkolbens in das Gesäß. – –

Neue Freie Presse:

Ein prominenter Holländer hat an den Polizeipräsidenten Schober folgenden Brief gerichtet:

»Hochverehrter Herr Präsident! Ich bitte um Verzeihung, falls ich Sie belästige, aber seit den schrecklichen Ereignissen vom 15. und 16. Juli weilen meine Gedanken öfter bei Ihrem Korps, das mit seltener Opferfreudigkeit und vollkommenem Selbstvergessen sich dem Wohle der anständigen Bevölkerung Wiens widmete.

Ich bin Holländer .... fast täglich bei der Opernkreuzung beobachtete ich, mit wieviel Höflichkeit und Takt die Polizei die Leute auffordert, sich einen Moment zu gedulden, und oftmals sage ich zum Wachmann: »Mir ist's eine angenehme Pflicht, Ihnen zu gehorchen, und Ihnen zu lieb möchte ich, daß alle Leute so dächten wie ich, dann würden Sie es leichter haben.«

– – Verzeihung! leider Gottes kann ich nur wenig schenken, aber vielleicht wollen Sie, Herr Präsident, die Güte haben, meine kleine Gabe zu verwenden für ein wenig Behaglichkeit für Ihre Verletzten im Spital, damit sie ersehe, daß auch fremde Herzen Sinn und Verständnis haben für alles, was die Wiener Polizei schon geleistet und geschafft hat und in Zukunft noch leisten und schaffen wird.

Die Unterredung mit Ihnen in der gestrigen ›Neuen Freien Presse‹, ein Feuilleton eines Reichsdeutschen in der ›Neuen Freien Presse‹ vom 19. d., dies alles muß doch Anklang finden bei den feinfühlenden, kunstsinnigen Wienern ....

Wien ohne Ihre Polizei würde Wien nicht mehr sein.

Glauben Sie mir, verehrtester Herr Präsident, meinen Gefühlen aufrichtigster Sympathie und tiefster Hochachtung

Ihr ergebenster.«

Neue Freie Presse:

– – Sensationell ist der von uns bereits erwähnte Brief einer hervorragenden Dame – –

Neue Freie Presse:

Von einem reichsdeutschen Schriftsteller, der Augenzeuge war und dessen Name und Adresse der Redaktion bekannt sind, erhalten wir folgende packende Schilderung der blutigen Ereignisse:

– – Der Pöbel, der sich gröhlend und raublustig um den Justizpalast gewälzt, hatte sich in einen Schwarm Hasen verwandelt. Seine Wut war haltlose Angst, seine Rachgier Feigheit geworden. Er verkroch sich in die Nebengassen und duckte sich dort lauernd zusammen. – – Die Wiener wissen gar nicht, was sie an ihrer Sicherheitswache haben. – –

Zahlreiche Autos, hie und da auch mit Pärchen besetzte Motorräder, belebten die Fahrstraße, auf den Promenaden lustwandelnde Tausende von Menschen.

»Bitt' schön, weitergehen! Bitte, nicht stehen bleiben!« hörte man unermüdlich die Wachleute mahnen. — — Hier tönte durch die dienstliche Forderung schon wieder die Versöhnung, das Bestreben, das Schreckliche zu vergessen. »Bitt' schön, weitergehen!« — Mit dieser gutmütigen Zurede sind aber die Wiener wohl doch etwas verwöhnt worden. Fast scheint es, als hätten sie die Ritterlichkeit ihrer braven Polizei allgemach für Schwäche ausgelegt. — — Der Offizier, der .. entschlossen »Feuer« kommandierte, wird Undank ernten. Und doch hat er Wien vor dem Untergang, vor Plünderung und wahrscheinlich noch Schlimmerem bewahrt. Wien hat die geduldigste und verläßlichste Polizei.

Wir erhalten folgendes Schreiben des Herrn Dr. Helmut Legerlotz, dessen Urteil, da es sich um einen unbeteiligten ausländischen Beobachter handelt, der obendrein, wie er ausdrücklich feststellt, kein Sozialdemokrat ist, wohl den Anspruch erheben kann, als unbefangen zu gelten . .: Gestatten Sie mir, der ich mich für einige Wochen in Wien aufhalte und die Dinge mit der Unparteilichkeit und der Reserve, die dem Fremden ziemt, betrachte, einen kurzen Kommentar zu den furchtbaren Vorgängen der letzten Tage zu geben. Die Wiener Polizei bezeichnet sich auch im Ausland gern als die beste Polizei der Welt. Mit welchem Recht, das erkannte man, wenn man selbst mitangesehen hat, wie in zahlreichen Fällen Gruppen von vier, fünf oder noch mehr Wachleuten, die ein oder zwei Personen, Übeltäter oder Unschuldige, festgenommen hatten, die wehrlosen Geschöpfe in brutalster Weise vor sich herstießen und mißhandelten. Selbst der Leidenschaftsloseste muß bei solchem Anblick sein Blut sieden fühlen. Und wie unvergleichlich furchtbar muß es auf die Stimmung der Masse wirken, daß tatsächlich fast ausschließlich auf wehrlose, fliehende Menschen geschossen wurde, die von starken Trupps bis an die Zähne bewaffneter Wachmannschaften in rücksichtslosester Weise verfolgt wurden. Es steht wohl einwandfrei fest, daß bei weitem die meisten der mit schweren Verletzungen in die Spitäler eingelieferten oder ihren Verwundungen erlegenen Personen von Schüssen durchbohrt waren, die in den Rücken der erbarmungswürdigen Opfer abgegeben wurden. Einer der zahlreichen Ärzte, die mir dies bestätigten, äußerte sich: »Es ist eine

Kulturschande, was wir in diesen beiden Tagen in Wien erlebt haben.« Wahrhaftig, eine Glanzleistung der »besten Polizei der Welt«! – – Es ist selbstverständlich, daß sich in einer nach Zehntausenden zählenden aufgeregten Menge auch Elemente finden, die ihre besonderen Ziele verfolgen. Aber ebenso selbstverständlich ist es, daß eine staatliche Behörde die Pflicht hat, sich durch Provokationen einzelner nicht zu Handlungen hinreißen zu lassen, die unermeßliches Unglück über zahllose Unschuldige bringen. Die untadelige Disziplin der überwältigenden Mehrheit der österreichischen Arbeiter ist höchster Anerkennung wert; ich erkläre hierbei ausdrücklich, daß ich nicht Sozialist bin. Wir Ausländer, die Zeugen der Vorgänge waren, werden jedenfalls das Verhalten der österreichischen Justizbehörden und das Schicksal der Verhafteten im Auge behalten, denn wir empfinden das, was die »beste Polizei der Welt« angerichtet hat, als einen europäischen Skandal.

Ein »langjähriger Bezieher der Reichspost«:

Nach Kenntnis des Schicksalsschlages, den unsere ›Reichspost‹ durch die traurigen Ereignisse des 15. Juli erlitten, war mein erster Gedanke, ob nicht hiedurch wieder ein Bollwerk gegen den Kulturkampf vernichtet wurde und harrte in bangen Stunden der Nachricht, daß unsere geliebte ›Reichspost‹ wieder erscheine. Und siehe, meine Erwartung verwirklichte sich rascher, als ich es dachte. Wie ein kleines Kind, dem die Mutter einen großen der größten Wünsche erfüllte, empfing ich unsere wiedererschienene ›Reichspost‹.

Ich sehe nun, daß Sie sich als Vertreter der Wahrheit auch durch solchartige Schicksalschläge nicht irre machen lassen und beeile mich, Sie zu bitten, mir zwecks Überweisung von S 4·– einen Posterlagschein zu übermitteln, mit dem gleichzeitigen Bemerken, daß ich alle Bezieher der ›Reichspost‹ und ›Wiener Stimmen‹ bitte und ihnen den Vorschlag mache, einen Bezugspreis, so wie ich, unserer lieben ›Reichspost‹ ohne Gegenleistung als Wiederaufrichtungsbeihilfe zu widmen.

Ich bin selbst ein ganz kleiner Beamter, Vater dreier Kinder, und ist es mir nicht möglich, mehr zu geben, aber ich glaube, daß jeder Abonnent unseres Blattes an seinem Bestande und seiner bisherigen Führung ein derartiges Interesse nehmen muß, ja, ich es sogar als eine hohe Pflicht unseres Kreises ansehe, unserer Presse nun, da sie treuer Freunde bedarf, zuhilfe zu kommen, um ihr Ansehen zu vergrößern und ihren Aufgabenkreis zu erfüllen.

Ein Abonnent der Reichspost schreibt der Arbeiter-Zeitung:

Ich bin kein Marxist, sondern stamme aus einer streng katholischen Familie; meine Mutter ist Mitglied des Katholischen Müttervereins. Freitag habe ich so manches gesehen, wie es wirklich war, und staune nur, wie die ›Reichspost‹ derartig lügen und verdrehen kann. Ich sah, wie im Rathauspark ein Polizist auf einen ahnungslosen Mann feuerte und eine Frau mit einem Kinde am Arm schwer verletzte. Der Polizist war nicht im geringsten bedroht. — — Ich erkläre ganz offen, daß ich nie mehr die ›Reichspost‹ lesen werde, denn ich sehe jetzt, daß dieses »Unabhängige Tagblatt für das christliche Volk« ein Lügenblatt ist und mit wirklichem Christentum nicht das geringste zu tun hat. Mit vollster Achtung Josef Driak, 4., Mommsengasse Nr. 24.

Ein bisheriger Abonnent der ›Volkszeitung‹ schreibt uns: Ich hatte vormittags geschäftlich in der Stadt zu tun. Auf dem Heimweg sah ich, daß ich nach keiner Seite aus dem ersten Bezirk kommen konnte. Bei meinem Herumirren kam ich auch in die Nähe des »Schlachtfeldes«, von wo man schon die ersten Verwundenten abtransportierte. Ein alter Mann, von den Säbeln der Wachleute förmlich skalpiert, ein zweiter, ähnlich zugerichtet, war das erste, was ich sah. — — Während der Schießerei kam ein Wachmann mit Gewehr und aufgepflanztem Bajonett zu uns. Er mußte sich vor den Kugeln seiner eigenen Kameraden retten. — —

Ein bürgerlicher Gewerbetreibender schreibt uns: Ich habe die erste Attacke der Wache mitangesehen. Mir fiel dabei ein berittener Wachmann mit drei Goldrosetten auf, der wie ein Wahnsinniger schrie, mitten im Park herumritt, auf eine schwangere Frau losging und sie niedertrampelte.

Ein Favoritener Fürsorgerat schreibt uns: Freitag um 1/4 8 Uhr abends standen einige kleine Gruppen neugieriger Menschen an der Ecke der Gumpendorferstraße. Auf einmal, ohne jeden Anlaß, kam die Wache im Laufschritt mit erhobenen Gewehren aus der Eschenbachgasse. An der Ecke fing sie zu schießen an und schon lag blutüberströmt Leopold Schmid am Boden. Wir hoben den Toten auf und trugen ihn zu der andern Ecke, wo zwei Wachleute standen. Ich bat sie mit aufgehobenen Händen: »Ich bitte euch, habt doch ein Herz und seid Menschen. Wo sollen wir den Armen hintragen?« Und da geschah das Unglaubliche: sie erhoben ihre Gewehre und der eine Wachmann rief: »Marsch, oder –« und setzte sein Gewehr zum Schießen an!

Ein reichsdeutscher Lichtdrucker erzählt: Freitag um halb 6 Uhr abends stand ich auf dem Ring und sah mir den brennenden Justizpalast an. Weit und breit gab es keine Menschenansammlung, nur wenige Passanten gingen vorüber, nur kleine Gruppen von drei, vier Leuten standen umher. Auf einmal marschierten Polizisten mit gefällten Gewehren auf, blieben stehen, luden und gingen wieder vor; im nächsten Augenblick krachte eine Salve. Die Wache hatte in die friedlichen Menschen, unter denen man kaum einen Arbeiter sah, hineingeschossen, ohne ein Aviso zu geben, ohne die Leute aufzufordern, sich zu entfernen. Es wurden dreißig bis vierzig Schüsse abgegeben, niemand weiß, warum. Ich habe manches für möglich gehalten, aber dieses Vorgehen der Wiener Polizei war so ungeheuerlich, daß ich es noch immer nicht fassen kann. Als ich später wieder über den Ring ging, sah ich auf dem Boden eine riesige Blutlache, in der Gehirnklumpen lagen. Nur stumpfe Geschosse können diese Wirkung haben.

Abgeordneter Dr. Otto Bauer:

Dazu kommt noch ein Unglück, das die Größe der Katastrophe miterklärt. Jede österreichische Tragödie beginnt, wie ich gesagt habe, mit einem Pallawatsch und mit einer Schlamperei. Die Dispositionen des Hofrates Tauß, das war der Pallawatsch. Nun kommt aber die Schlamperei. In der Assistenzvorschrift des Heeres heißt es ausdrücklich, daß bei Assistenzausrückungen keine Scheibenschießmunition ausgegeben werden darf. In der Marokkanergasse hat man aber an die Wachmannschaft Scheibenschießmunition ausgegeben!

Daß die Wachmannschaft mit Scheibenschießmunition beteilt war, kann unmöglich bestritten werden, denn ich habe sie hier in der Hand. Sie sehen hier (der Redner zeigt sie dem Hause) zwei Magazine Scheibenschießmunition. Sie wurde hier im Hause gefunden, die Polizei, die im Hause untergebracht war, hatte diese Munition. Jeder, der beim Militär war, kennt diese Munition und weiß, wie gefährlich sie ist. Beim Militär geht man in der Vorsicht so weit, daß man die Leute in den Kasernen mit solcher Munition nicht beteilt, sondern sie auf den Schießplätzen verwahrt. Die Polizei hat diese Vorsicht nicht geübt! Wir werden Ihnen bei der Untersuchung Wachleute vorführen, die diese Munition benützt haben! Es steht also durch Munition, die aufgefunden wurde, und durch Zeugenaussagen fest, daß Scheibenschießmunition verwendet wurde, und es ist ein höchst unwürdiger und für die Polizei höchst aussichtsloser Versuch, das abzuleugnen.

In der Sitzung des Nationalrates vom 26. d. hat Dr. Bauer einige Magazine Gewehrmunition mit der Aufschrift »Scheibenschießpatronen« und der Jahreszahl 1922 vorgewiesen, die aus den Munitionsbeständen der Sicherheitswache stammen. Hierzu verlautbart die Polizeidirektion, daß am 27. d. bei einer vom Sachverständigen Obersten Ingenieur Gustav Geng im Munitionsmagazin der Sicherheitswache vorgenommenen Nachschau festgestellt worden ist, daß sich in diesem Magazin keine aus dem Jahre 1922 stammende Scheibenschießmunition befindet...

Entscheidend ist .. daß nach Aussagen von Wachleuten die Polizei in der Polizeikaserne Marokkanergasse Scheibenschießmunition erhalten, diese am 15. Juli verwendet und später im Parlament an Wehrmänner verschenkt hat; daß diese Munition nachher von zwei Polizeibeamten, dem Waffenmeister Riemer und dem Munitionsreferenten Brunner, in ganz Wien abgesammelt wurde.

Neue Freie Presse:

Verbrecherische Leichtfertigkeit.
Völlige Widerlegung der sozialdemokratischen Beschuldigung wegen der Munition der Wache.

Manchester Guardian, 20. Juli:
Gestern abend habe ich telegraphiert, daß nach Angaben der Sozialdemokraten die Polizei ungeschützte (uncased) Bleigeschosse verwendete, die ungewöhnlich schlimme Wunden erzeugten. Heute wurde diese Behauptung von berufener Seite der Polizei (by police authority) bestätigt. Nach meinem Gewährsmann war die Polizei auf solche Unruhen nicht vorbereitet und hatte lediglich die zum Scheibenschießen verwendete Munition bei der Hand. Diese Geschosse reißen außerordentlich schlimme Wunden, insbesondere bei Gellern, und das ist die Ursache, warum so viele Verwundete im Spital gestorben sind.

Contemporary Review, Septemberheft, »Einige Eindrücke von den Wiener Unruhen von G. E. R. Gedye:

– – Als Sonderkorrespondent der »Times« während der französischen Besetzung des Ruhrgebietes und der separatistischen Unruhen von 1924/25 habe ich eine große Anzahl von Straßenkämpfen gesehen, trotzdem fand ich es schwer, am folgenden Tage einen logischen Bericht über die Ereignisse des blutigen Freitags in Wien niederzuschreiben. Das eine ist gewiß, daß bis zu dem Moment, wo Kugeln und Steine zu fliegen begannen, kein Mensch an Gewalt gedacht hatte. In der Polizeidirektion, mit der ich die ganze Zeit in enger Fühlung stand, wurde die spontane Natur des Ausbruches niemals auch nur einen Augenblick bezweifelt .... Der Entschluß, zu streiken und zu demonstrieren, war spontan und die sonst üblichen Vorbereitungen der sozialistischen Führer waren unzulänglich.... Die faltigen Gesichter der älteren Arbeiter in der Menge blickten besorgt drein, die jüngeren und die Fabriksmädchen waren zornig und riefen Spottrufe zu den unbeweglichen Reihen der Polizei, die das Gebäude beschützte. Plötzlich sah man in der Entfernung eine Abteilung berittener Polizei durch das letzte Ende des Zuges reiten – ein zweifellos überflüssiges Abweichen von jenem Takt, der sonst der Wiener Polizei eigen ist. Sofort entstand wilde Verwirrung, einige riefen: »Sie reiten uns nieder! Zu Hilfe!« In einer Menge, die gegen die Freisprechung von drei Nationalisten demonstrierte, die auf eine sozialistische Demonstration in Schattendorf im Burgenland gefeuert und einen Kriegsinvaliden und einen kleinen Jungen getötet hatten, mußte dieser Ruf besondere Wut erwecken. – – Mehrere Männer fielen dicht bei mir tot zu Boden. Kaum um die Ecke und dadurch gedeckt, sammelte sich die Menge wieder, holte sich neue Wurfgeschosse und lief herum, um die Polizei von hinten anzugreifen. Der Aufruhr war bereits Revolte gegen das Vorgehen der Polizei. – –

Als das Anzünden begann, griff die Polizei zu dem Mittel des Salvenfeuers in die wahnsinnige Menge, zuerst mit Revolvern und dann mit Gewehren. Das letztere hatte schreckliche Wirkungen, insbesondere weil Geschosse mit weichen Spitzen verwendet wurden. Die Polizei, die über die ganzen Ereignisse offenherzig Mitteilungen machte, erklärte mir, daß sie in der schweren Notlage die Munition genommen habe, die gerade bei der Hand war, darunter auch die Geschosse mit Bleispitzen, die zum Scheibenschießen bestimmt sind. – – Obwohl auf beiden Seiten heftig gekämpft wurde, fehlten die wesentlichen Elemente eines revolutionären Umsturzversuches – – einige Waffenhandlungen wurden geplündert, um Waffen zu holen, aber sonst kamen außerordentlich wenig Plünderungen vor, obgleich es im Bereich der Unruhen eine Menge großer Geschäfte und viele Wohnungen wohlhabender Leute gab. Die Unruhen verloren niemals den allgemeinen Charakter einer Demonstration gegen die Klassenjustiz, die durch einen zufälligen Zusammenstoß mit der Polizei in Gewalt umgeschlagen war. Es war eine gewaltige Masse von unter gewöhnlichen Umständen besonnenen Arbeitern, zur Raserei getrieben durch den Anblick ihrer toten und verwundeten Genossen, auf die die Polizei in einem verzweifelten Versuch, die Flammen des Aufruhrs zu ersticken, schoß, die aber in den Augen der Arbeiter wie »proletarische Hunde« niedergeschossen worden waren, weil sie gewagt hatten, gegen die Erschießung von Arbeitern in Schattendorf zu protestieren.

Derselbe:

Es liegt mir fern, mich irgendwie in österreichische politische Kontroversen einzumengen, aber angesichts dieser Notiz (der Mitteilung der Polizeidirektion, daß sie weder Herrn Gedye noch einem andern Journalisten eine derartige Auskunft erteilt habe) bin ich gezwungen, zu erklären, daß meine Information nicht von der Preßstelle der Polizeidirektion stammte, die scheinbar dieses Dementi autorisiert hat, sondern von einem hohen maßgebenden Polizeifunktionär, der in der Lage war, die Tatsachen zu kennen. Seine sehr bestimmte, bereitwilligst abgegebene Erklärung habe ich selbstverständlich wiedergegeben, ohne irgendwie dazu Stellung zu nehmen. Die Preßstelle der Polizeidirektion hat offenbar von meiner Quelle nichts gewußt. Genau dieselbe Auskunft hat am gleichen Tag mindestens ein andrer Korrespondent einer englischen Zeitung, sowie ein amerikanischer Journalist erhalten; in diesem Sinne haben manche englische und amerikanische Zeitungen auch berichtet.

Neue Freie Presse:

London, 21. Juli.

Die »Times« bringen an hervorragender Stelle das Schreiben des österreichischen Gesandten, der allen Personen, die nach Österreich zu reisen beabsichtigen, mitteilt, daß sie nun nach Wien und anderen Gegenden Österreichs in vollster Sicherheit fahren und dort verweilen können. Sogar zur Zeit, als die Unruhen ihren Höhepunkt erreicht hatten, seien die Fremden in keiner Weise belästigt worden, da die Österreicher, mögen sie welcher Bevölkerungsschicht immer angehören, die Besucher ihres Landes immer mit Freuden begrüßen.

Paris 21. Juli.

Der Amerikanische Klub in Paris, dem alle ständig in Paris lebenden Amerikaner angehören und dessen Versammlungen auch alle Europa besuchenden prominenten Amerikaner beigezogen werden, hat den österreichischen Gesandten Dr. Grünberger eingeladen, über die derzeitige Lage Österreichs zu berichten und über die letzten Ereignisse Aufklärung zu geben.

Die Versammlung des Amerikanischen Klubs ist heute unter dem Vorsitze des Pariser Chefs des Bankhauses Morgan, Jay, abgehalten worden. Dr. Grünberger gedachte zunächst der guten Beziehungen — —

3. Es ist besonders festzustellen, daß die österreichische Währung in diesen Tagen keinerlei Schwankungen unterworfen war.

4. Das Leben in Österreich ist wieder vollkommen normal. Der Fremdenverkehr hat in keiner Weise gelitten. Die Wiener Theater sind geöffnet, die Salzburger Festspiele werden stattfinden und bieten gerade heuer besondere Anziehungskraft. — —

Zum Schlusse verlas der Gesandte die vom »Newyork Herald« veröffentlichte Erklärung des Bundeskanzlers Dr. Seipel, die stürmischen Beifall fand.

— — In dem Aufruf heißt es unter anderm: »Am letzten Freitag war Wien der Schauplatz von Ereignissen — — Sagen Sie Ihren Freunden, daß kein Fremder angegriffen oder verletzt wurde und daß Wien noch immer die schöne und gastfreundliche Stadt ist, die sie immer war.«

Wiedereinsetzen des Fremdenverkehrs.

— — bestehend aus 40 Personen, programmgemäß hier eingetroffen — —

Aus Ischl:

— — In den Straßen herrschte ein außergewöhnlich lebhaftes Treiben; es bildeten sich an allen Ecken und Enden Gruppen, deren Gesprächsthema sich selbstverständlich nur um die Wiener Vorfälle drehte, insbesondere wurden sie von den hier weilenden Ausländern einer scharfen Kritik unterzogen. — —

Auf eine Umfrage bei den führenden Hotels erfährt man, daß diese bei Eintritt der Verkehrseinstellung voll besetzt waren und die durch Abreisen frei gewordenen Zimmer in den nächsten Tagen wieder besetzt sein werden.

In der Volksgartenstraße flieht die Menge vor den Schüssen. Ein Mann, scheinbar schon verletzt, kann nicht mehr weiter. Er drückt sich an die Mauer. Ein Wachmann geht auf ihn zu, der Arbeiter steht reglos an der Wand und hebt die Arme hoch. Der Wachmann, der übrigens gar keine Nummer trug, schießt ihm mit seinem Revolver zwischen die beiden Oberarme und sagt dazu: »Gelt Schuasta, da schaugst!«

In der Museumstraße fand ich eine Tragbahre, die elf Einschüsse aufwies. Ein Teil dieser Schußlöcher war blutig umrandet. – –

In den Hof der Inva hatte sich eine große Menschenmenge, vor allem Frauen, geflüchtet. Auch befanden sich dort sehr viele Verwundete und etliche Tote. Die Wache drang in den Hof ein und räumte ihn mit Revolvern und Gewehrkolben. Eine Frau, die von einem hysterischen Weinkrampf befallen war, riß ein Wachmann derart an den Haaren, daß ihre Kopfhaut blutete. Als der Hof geräumt und die Menge etwa zwanzig Schritt von dem Gebäude entfernt war, stellte sich die Wache im Tore auf und schoß den Leuten nach.

Auf zwei Bahren wurden zwei Verwundete zur Inva gebracht. Bei ihnen befand sich ein Arzt im weißen Mantel. In der Nähe stand eine Gruppe von Wachleuten mit Gewehren. Der eine der beiden Verwundeten ballte gegen die Wache die Faust. Daraufhin wurden beide Verwundeten von den Bahren heruntergerissen. Die Träger und der Arzt wurden mit Kolbenhieben bearbeitet, die Verwundeten mit den Füßen nahezu zertreten. – –

Ein Disponent schreibt: – – Es entstand eine fürchterliche Panik und die nichts ahnenden Passanten, unter denen auch ich mich befand, schlossen sich den Flüchtenden an. Nach ungefähr fünf Minuten rasten zwei große, staubgraue, geschlossene Polizeiautos die Ringstraße von der Oper gegen das Stadtschulratsgebäude heran. Ungefähr in der Höhe des Kunsthistorischen Museums wurde die Fahrt langsamer, und bevor die zwei Autos noch ganz stillstanden, eröffnete die Polizeimannschaft ein wahnsinniges Trommelfeuer gegen alles, was sich auf der Straße befand. Von einer Warnung vor Beginn der Schießerei war keine Rede. Die Panik, die nun entstand, läßt sich nicht schildern. Gleich zu Beginn des ungefähr fünf Minuten dauernden Trommelfeuers fielen Menschen, die zufällig des Weges kamen, zu Boden.

»Ein höherer Polizeioffizier« in der Reichspost:

– – Einzelne meiner Leute schießen; immer wieder müssen wir verfügen: Sparen, sparen, wir haben wenig Munition. Plötzlich erscheint in unserer Mitte Polizeivizepräsident Dr. Pamer, ruhig, gefaßt, und spricht uns Mut zu. Ich weiß nicht, wo er hergekommen ist. – –

Neues Wiener Tagblatt:

Die dem Polizeipräsidenten Schober seit dem 15. d. zur Verfügung gestellten Spenden erreichen bereits eine beträchtliche Höhe. Es spendeten unter andern der Bankenverband 60.000 S, der Hauptverband der Industrie im Verein mit dem Industriellenklub 100.000 S und die Handelskammer 50.000 S.

– – Mitten in einer Gruppe entsetzter Flüchtlinge duckte ich mich, so gut es ging, hinter dem steinernen Untersatz des Volksgartengitters, das hier zum Burgtor einschwenkt. Die Eingänge waren geschlossen, Flucht unmöglich.

Plötzlich fahren hinter uns zwei Mannschaftsautos auf, werfen etwa dreißig Mann Polizei aus, die das verängstigte Häuflein Menschen – unter ihnen mehrere Frauen mit Kindern – aus dem Unerwarteten anspringen.

Keine Warnung, keine Aufforderung, keine Verhaftung, nur ein Kommando: »Feuer!« Zwei Salven krachen, ich sehe, wie eine Bürgersfrau, die sich hinter ihrem aufgespannten Regenschirm zu decken versucht – Tragikomik des Entsetzens! –, zusammenbricht. Wir werfen uns hinter einen Haufen Feinschotter, der zufällig entlang des Gehsteiges aufgeschüttet ist, über uns donnert minutenlang und ohne Pause Salve auf Salve, dann werden wir »Hände hoch« mit geschwungenen Kolben gegen den Opernring gejagt, immer wieder bedroht von Gewehren im Anschlag. . . .

Drei Menschen, verwundet oder ohnmächtig, blieben auf dem Platze.

Neue Freie Presse, Bericht aus Paris:

. . . Die Polizei, die plötzlich den Befehl erhielt, die Boulevards freizumachen, drang mit ungewöhnlicher Roheit auf die Menge ein, unter der sich zahlreiche Spaziergänger befanden. Die Kaffeehausterrassen, die mit zahlreichen Neugierigen und harmlosen Gästen besetzt waren, wurden von der Polizei im Sturm genommen. Dutzende von Personen wurden zu Boden gerissen und mit Füßen getreten.

Neue Freie Presse:
Wir haben viel Trauriges erduldet und mitansehen müssen, wie das Mitgefühl mit der menschlichen Kreatur tief verletzt wurde, wie Ströme Blutes vergossen wurden, wie alle Überlieferungen der Kultur plötzlich ihre Geltung und ihren Wert verloren. Es ist aus diesem Grunde doppelt bemerkenswert, daß der Fall Sacco und Vanzetti die Gemüter so sehr erschüttert, so lebhafte Diskussionen und so viel seelische Unruhe auslöst. Noch ist eben glücklicherweise nicht alles verloren, noch gibt es einen Menschheitsgedanken und ein Menschheitsgefühl, und es wäre nur zu wünschen, daß diese humanen Regungen viel stärker hervortreten, daß sie sich immer einstellen, wenn Unrecht geschieht oder zu geschehen droht, wenn die Gewaltsamkeit triumphiert und die Brutalität einen Vorstoß wagt oder einen Sieg zu verzeichnen hat.

Neue Freie Presse:
Aber was bedeutet das alles gegenüber der Tatsache, daß man in Massachusetts, also in einem demokratischen Rechtsstaate, den Vorwurf leicht nimmt, die Justiz dem Parteivorteil unterordnet zu haben...

Neue Freie Presse:
Der Kampf gegen den Justizmord, der in dem fernen Massachusetts begangen werden sollte, diese spontane Kundgebung der Solidarität aller Anständigen, aller Pflichtbewußten, aller Widersacher des Unrechts beweist jedoch, daß eines Tages die Geduld der Geduldigsten reißt, die Unbekümmertheit verschwindet und die Erkenntnis dessen, was im eigenen Interesse und im Interesse der Allgemeinheit geboten erscheint, durchbricht. Überall dort, wo man mit der Apathie, mit der Abgestumpftheit der Völker, der Menschheit rechnet, möge man deshalb gewarnt sein. Diesmal sind die brausenden Stimmen über den Ozean hingeklungen, um zwei Unglücklichen Hilfe zu bringen, ein andermal werden sie ein anderes Ziel erwählen, wenn die Notwendigkeit es erfordert. Wer das Recht mit Füßen tritt, hat fortab die Abwehr der Welt zu fürchten. Das ist ein sehr wesentliches Ergebnis der internationalen Protestbewegung, deren Zeuge wir in den jüngsten Tagen waren.

Neue Freie Presse:

Viele von denen, die sich für Sacco und Vanzetti teilnahmsvoll ereifern, würden besser tun, vor der eigenen Tür zu kehren und uns eine häßliche Tartüffszene zu ersparen. – –

Neue Freie Presse:

[Vor der Hinrichtung von Sacco und Vanzetti.] »Das Weltbild« bringt in seiner soeben erschienenen Nummer ein Momentbild von einer Demonstration für die Freilassung der beiden Verurteilten. Die reich illustrierte Nummer enthält noch folgende spannende Aufsätze: »Der gute Chester« von Decobra, »Herr Honigsaft, der Lump...« von Ignat Herrman, »Die Sommerwohnung«, und »Reise an das Meer« von Jo Hanns Rösler sowie die Erlebnisse Frank Highmanns »Unter internationalen Mädchenhändlern«. »Das Weltbild« ist um 40 G. überall erhältlich.

– – Der Mann blutete außerordentlich stark und wurde quer durch den Schmerling-Park von sechs seiner Genossen im Laufschritt getragen. Zwei hielten je einen Fuß, zwei je einen Arm, einer stützte den Kopf, einer den Rücken. Als dieser Transport die Stiege erreicht hatte, über die man in den Ministertrakt des Parlaments gelangt, trat ihnen ein Mann mit einer Kamera in der Hand entgegen und wollte den Verwundeten photographieren. – –

Neue Freie Presse:

»– – ›Mein lieber Sinclair Lewis, Sie sind Romanschriftsteller. Das ist ein total unromantischer und langweiliger Beruf. Journalist sollten Sie einmal sein. Da würden Sie endlich wissen, was Romantik ist, und würden vergessen, wie Langeweile ausschaut.‹ – ›Aber bitte, das möchte ich ganz gern. Und am liebsten würde ich einmal über eine Revolution berichten wollen.‹ Und als nun die Meldungen aus Wien kamen, da hat mich Frau Thompson eben auf drei Tage engagiert. Für Längeres dieser Art bin ich nämlich durchaus nicht eingenommen, aber schon gar nicht. Drei Tage höchstens, das ginge noch.« – – Eine Äußerung über die Ereignisse dieser Tage lehnte Mr. Lewis mit der Begründung ab, daß er sich in der mitteleuropäischen Politik überhaupt nicht auskenne. Auf die Frage, ob nach seiner Meinung die Vorfälle dem Fremdenverkehr nach Wien sehr schaden würden, antwortete er mit den tröstlichen Worten: »Aber gewiß nicht, die Menschen sind nicht so, in drei Monaten längstens denkt man nicht mehr daran.«

Die Stunde:

— — Leider sind die Ereignisse der letzten Tage auch an unserem Reiseprogramm nicht spurlos vorübergegangen: die durch sie bedingte Unterbrechung der Vorbereitungen hat nämlich eine kurze Verschiebung der Abreise erfordert. Anstatt — —

Zweihundertfünfzig Personen dem Landesgericht eingeliefert.
Im Zusammenhang mit den Juliereignissen.

— —

Einstellung des Strafverfahrens gegen Leon Sklarz und Siegfried Neuhöfer.

— —

Neue Freie Presse:

Nunmehr, da seit den folgenschweren Unruhen vom 15. und 16. d. eine völlig ruhige Woche verflossen und eine sachgemäße Beurteilung der Ereignisse möglich ist, hatte Polizeipräsident Schober die Freundlichkeit, einen unserer Redakteure zu empfangen und sich im Rahmen einer Unterredung folgendermaßen zu äußern:

»Sie dürfen es mir glauben, daß die schrecklichen Opfer, welche die Tage der Unruhe an Leben und Gesundheit der Bevölkerung gefordert haben, keinem tiefer ans Herz gegriffen haben können als mir. — —

Trotzdem hoffe ich, daß das, was ich in meinem Tagesbefehl gesagt habe, zur Wahrheit wird, daß die fürchterlichen Opfer dieser Tage allen die Augen öffnen werden, den Abgrund zu sehen, an den unser Staatswesen durch die Zwietracht der Bürger geführt wird.«

Verteidiger: Nach Ihrer Verhaftung sind Sie auf die Wachstube Elisabethstraße gebracht worden. Was ist dort mit Ihnen geschehen? — Angekl.: Es wurde ein Protokoll aufgenommen. Wie der Beamte fertig war, hat er gesagt: »So, jetzt in die Watschenmaschine.« Da sind die Wachleute über mich hergefallen und haben mich blutig geschlagen. Bevor man mich der Polizeidirektion überstellt hat, hat man mich abgewaschen.

An die verehrliche Redaktion der »Neuen Freien Presse« in Wien.

19. August.

— — 3. Was die von der »Arbeiterzeitung« schon mehrmals gemachte Behauptung anbelangt, daß der Polizeipräsident an seiner

Stelle klebe usw., so wird wohl die Feststellung genügen, daß der Polizeipräsident im Jahre 1918 nach dem Zusammenbruche der Monarchie sofort seine Entlassung erbeten hat .... Der gegenwärtige Polizeipräsident hat den seit November 1918 in Österreich bestandenen Regierungen im Jahre 1919 fünfmal die Bitte um Enthebung vom Amte und im Jahre 1920 zweimal Pensionsgesuche vorgelegt. Auch seither hat der Polizeipräsident der Regierung Mayr und der ersten Regierung Seipel, ebenso später der Regierung Dr. Ramek wiederholt die Bitte um seine Versetzung in den Ruhestand unterbreitet. Übrigens erliegt auch bei dem gegenwärtigen Herrn Bundeskanzler Dr. Seipel ein schon lange vor den Ereignissen vom 15. Juli 1927 eingebrachtes Gesuch des Polizeipräsidenten um seine Pensionierung.

– – Ich bitte als Chef der Polizeidirektion die verehrliche Redaktion um Aufnahme dieser Mitteilung, da ich bei dem Hasse, den die Haltung der »Arbeiterzeitung« in den letzten Wochen offenbart, auf eine Berichtigung in der »Arbeiterzeitung« selbst kaum rechnen kann und mir übrigens diesbezüglich auch die Selbstachtung Zurückhaltung auferlegt, denn, wie Friedrich Rückert sagt: »Nicht Achtung kannst du dem, der dich nicht achtet, schenken. Oder du mußt sogleich von dir geringer denken!«

Mit dem Ausdruck vorzüglicher Hochachtung
Schober

Ein Arzt teilt mit: Ich führte am Freitag ein Sanitätsauto, in dem sich Verwundete befanden. In der Nibelungengasse schoß die Wache auf uns; ich ging auf den Kommandanten zu und rief: »Um Gotteswillen, schießen Sie doch wenigstens nicht auf Sanitätsautos! Nicht einmal im Kriege hat man auf das Rote Kreuz geschossen!« Der Polizeioffizier erwiderte: »Mit Verlaub, ich scheiß auf das Rote Kreuz! – –«

Reichspost:

Ein kräftiges Wort der Soldaten aus Neusiedl.

Von der Landgruppe Burgenland des »Wehrbundes« erhalten wir ein Schreiben, in dem es u. a. heißt:

»In der ›Arbeiter-Zeitung‹ vom 22. d. erschien ein Artikel über unsere Garnison unter dem Titel ›Kopflose Offiziere‹. Wir wollen feststellen, daß nicht ein einziger Offizier, am allerwenigsten aber unser verehrter Kommandant den »Kopf verloren« hat.

In dem Artikel ist übrigens nur eines richtig: »Wir haben geglaubt, man wird uns abmarschieren lassen.« Ja, dies wollten alle unsere braven Leute und dieser Satz gereicht unserem schönen Baon und der Schwadron zu Ehren.

Treue um Treue!

Nehmen wir uns ein Beispiel an dem Vorbild an Selbstlosigkeit, Mut und Widerstandskraft, das uns ›die Reichspost‹ selbst in diesen Tagen gegeben hat. Unerschütterlich und treu seiner Pflicht hielt ihr Stab in einem Hause, das halb zur Ruine geworden ist, zwischen den zerstörten Einrichtungsgegenständen und dem Wust, den die Wut des Hasses angerichtet hatte, aus und erfüllte, ohne auch nur einen Tag des Atemholens nach den Schrecken, seine Aufgabe im Dienste des christlichen Volkes weiter, der ihm stets vor allem andern ging.

Diese Panzerautos, erzählt die Polizeidirektion, »sind mit schußsicheren Panzerplatten gewappnet und beherbergen zwei bis vier Maschinengewehre und zehn bis zwanzig mit Gewehren ausgerüstete Polizisten in ihrem Innern«. »Nur die Mündungen der Gewehre und der Maschinengewehre blinken aus dem Panzer hervor.«

Die Stunde:

Polizeipräsident Schober gab schließlich seiner Überzeugung Ausdruck, daß die Polizei seit Freitag abends die Lage mit Sicherheit beherrsche. Bisher seien erst ungefähr 600 Polizisten mit Karabinern bewaffnet worden und schon diese Zahl habe genügt- – – Die Zahl der bewaffneten Polizisten könne ohneweiters auf 10.000 gebracht werden, doch werde sich nach der gegenwärtigen Sachlage hiezu schwerlich eine Notwendigkeit ergeben.

Arbeiter-Zeitung:

– – Die Herren Emmerich Bekessy und Alexander Weiß sind der Typus dieser »modernen« Journalistik, die es zuwegebringt, daraus ihr eigentliches Geschäft macht, die Synthese zwischen Sensation und Erpressung herzustellen . . . . Auch in der Nachkriegszeit waren die großen bürgerlichen Zeitungen zur Stelle und ihre Beherrscher haben sich immer für die eigentlichen Tragsäulen der Wiener Presse gehalten; aber in einer bestimmten Zeit, in der Zeit eben, da sich das Urteil über die Wiener Presse bildete, waren es doch die zwei Revolverjournalisten, die den Ton angaben. Man glaube nun ja nicht, daß der Ruf der Presse einer großen Stadt unversehrt bleibt, wenn Revolverjournalisten ihre Wortführer sein können. Wien, wenn man seine Presse betrachtet, bleibt doch die Stadt, die einmal zwei Revolverjournalisten in Bann gehalten haben, und danach schätzt man dann das, was man öffentliche Meinung nennt, in Wien eben ein.

— — Das Gespräch wurde ausschließlich mit dem Polizeipräsidenten geführt; sonst war niemand dabei . . Nur das Revolverblatt des Alexander Weiß konnte über die Besprechung, und zwar schon am andern Tage, einen Bericht bringen; von welcher Seite konnte es von dem Stattfinden und von dem Inhalt der Besprechung Kunde erhalten haben? . . . In allen jenen Tagen dürften diese Besprechungen die einzigen gewesen sein, welche sozialdemokratische Abgeordnete mit dem Polizeipräsidenten gehabt haben: von beiden hat das Revolverblatt Kenntnis erhalten . . . . sind wir danach nicht berechtigt, zu sagen, »daß über Gespräche, die sozialdemokratische Abgeordnete mit dem Herrn Polizeipräsidenten gehabt hatten, Mitteilungen an das Revolverblatt des Alexander Weiß gelangt sind?« . . . . Die Verbindung der Polizeidirektion mit den Revolverblättern steht also fest . . . .

— — Auf die Frage, ob sie sich schuldig bekenne, antwortete die Angeklagte: »Ich weiß von gar nichts mehr. Ich wurde auf der Polizei derart geschlagen, daß ich überhaupt nichts mehr weiß. Mir ist das Blut aus Mund und Nase geströmt, dann bin ich drei Tage bewußtlos gelegen.«

Richter: Haben Sie eine Anzeige wegen der behaupteten Mißhandlungen erstattet?

Angekl.: Nein. Ich wurde ja eingesperrt. Und wie sollte ich das denn beweisen? Ich wurde ja ganz blöd geschlagen. Ich habe unzählige Ohrfeigen abgefaßt.

Ein schwerverwundeter Arbeiter ist zu uns gekommen und hat uns erzählt, wie es ihm erging. Er lief, mitten in einem Haufen fliehender Menschen eingekeilt, durch die Mariahilferstraße, wo ebenfalls geschossen wurde, gegen den Ring. Auf einmal sah er, in einem Haustor versteckt, einen Polizisten, der das Gewehr gegen ihn anlegt; ein Schuß krachte, der Mann war getroffen, sein linker Arm zerschmettert. Einige Arbeiter wollten ihn zur Sanität führen, aber die Polizei bemächtigte sich seiner und schleppte ihn in die Wachstube auf dem Schillerplatz. Dort trat ein Inspektor dem Schwerverletzten entgegen und schrie ihn an: »Sie waren ja auch dabei!« — »Ich bin nur gelaufen, ich habe nichts gemacht!« erwiderte der Mann; anstatt einer weiteren Antwort fiel man über ihn her und schlug ihn ins Gesicht, so daß er vor Schmerzen weinte. Dann schrieb man seinen Namen auf und warf ihn mit Fußtritten über einige Stufen hinab, hinaus auf die Gasse. Ein andrer, der eingeliefert worden war, wurde mit Füßen getreten und mißhandelt.

Das Grand Hotel teilt mit: Wir legen das größte Gewicht darauf, Ihnen mitzuteilen, daß die höchst bedauerlichen Ereignisse, die, wie auch in anderen Staaten, diesmal bei uns von den Kommunisten planmäßig in Szene gesetzt wurden, auf die Sicherheit und Bequemlichkeit der ausländischen Gäste in den Hotels von gar keinem Einfluß gewesen sind, was Sie durch Rundfrage selbst feststellen können. Wir bitten Sie daher im Interesse unseres Landes und im Interesse des Reiseverkehrs, dies in Ihrem Blatt ausdrücklich feststellen zu wollen, wofür Ihnen die ohnedies in Mitleidenschaft genommene ganze Öffentlichkeit zu tiefstem Dank verpflichtet sein wird.

Ein Oberbeamter der Versicherungsgesellschaft Phönix berichtet: — — Vor der Bellariastraße ließ der Herr die Abteilung halten, trat an die rechte Seite der Schwarmlinien und kommandierte, ohne daß irgend ein Grund vorhanden war, Feuer. Die Wachmannschaft gab mehrere Salven ab. Die Wirkung dieser Gewehrsalven war entsetzlich. Ich betone nochmals, daß zu diesem wahnsinnigen Feuer gar kein Anlaß bestand. Ich lege deshalb so großen Wert auf diese Feststellung, weil der reichsdeutsche Herr von der ›Neuen Freien Presse‹, den Sie sehr richtig als Ordnungsbestie bezeichneten, von einer Bedrohung der Wache bei der Bellaria faselte. — — Eine Frau, die ich ganz fassungslos im Stadtschulratsgebäude traf, erzählte, sie sei von einem Wachmann angerufen worden, sofort in das Haus zu gehen, sonst schieße er. Sie konnte das Tor nicht öffnen, vielleicht war es gesperrt, vielleicht versagten ihre Hände. Der Wachmann schoß, traf aber zum Glück nicht die herzkranke Frau, die zusammenbrach und dann gelabt werden mußte.

Herr Fritz Brestan schreibt: In der Arbeiter-Zeitung wurde der Name des Kommandanten (Franz Schuster) genannt, der die Polizeiabteilung befehligte, die am 15. d. gegen 3/47 Uhr abends die Lastenstraße gegen die Babenbergerstraße abzuriegeln hatte. Ich war Zeuge, wie diese Abteilung ohne jeden Grund in Passanten brutal und ohne jede Warnung hineinschoß, worauf drei Männer tot oder schwer verletzt liegen blieben. – – Ich habe gesehen, daß der Kommandant, obwohl er von den Passanten mindestens dreihundert Meter entfernt und der Raum dazwischen leer war, durch Gesten und wahrscheinlich auch durch Kommandoworte *den Befehl zum Schießen gab*, worauf seine Leute ganz gemütlich, langsamen Schrittes vorgehend, in die aus nicht mehr als 150 Menschen bestehende Zuschauermenge hineinschossen. Einige schossen hoch, einige in spitzem Winkel aufs Pflaster und einige *geradeaus in die flüchtende*, nichts ahnende Menschenmenge.

Feuerwehrleute, die bei der Löschaktion in der Lichtenfelsgasse Dienst machten, schreiben: – – Ein junger Schutzbündler, der im Vertrauen darauf, daß er der Feuerwehr bei der Rettungsarbeit geholfen hatte, stehengeblieben war, hob zum Zeichen seiner friedlichen Absicht, als die Polizei heranstürmte, beide Hände hoch. *Sieben Polizisten schlugen mit ihren Gewehrkolben auf ihn ein, bis er liegen blieb.* Dann *schossen sie ins Rathaus hinein*, weil hinter dem Gittertor einige Menschen »Pfui!« gerufen hatten.

Ein Chauffeur erzählt: Freitag zwischen $^{1}/_{4}$5 und $^{1}/_{2}$5 Uhr ging gegenüber dem Stadtschulratsgebäude Polizei in Schwarmlinie vor. Die wenigen Leute flüchteten und deckten sich, so gut es ging. Zwei Wachleute nahmen *einen hinter einem Baum gedeckt stehenden Mann* aufs Korn und *schossen ihn nieder*. Man hatte den Eindruck, als ob die Wachleute sich aus dem Beschießen der Menschen ein Theater machten, denn nachdem der Mann zusammengebrochen war, rief ein Polizist mir, der ich mit meinem Auto hinter der Schwarmlinie stand, zu: »*Dort liegt aner, holts euch ihn!* – –«

– – Wenn wir das einmal erreichen, dann wird vielleicht auch so manchem von Ihnen zum Bewußtsein kommen, daß am entscheidenden Freitag, am 15. Juli des Jahres 1927, zur Herbeiführung wirklich geordneter Zustände in unserem Österreich die Polizei *wacker und treu* beigetragen hat. (Lebhafter, anhaltender Beifall und Händeklatschen rechts. Der Vizekanzler wird beglückwünscht.)

Neue Freie Presse:

– – Der Bericht, der erste, *wirklich authentische* über den Verlauf der Unruhen – –

Vizekanzler Hartleb: »Sie werden niemandem weismachen, daß Wachleute vom Auto aus geschossen haben!«

Ein Reisender schreibt: – – Plötzlich wurde ein zweites graues Auto sichtbar, auf dem nur ein Chauffeur und ein Zivilist vorn saßen. Es war ein sogenannter Schubwagen, kastenförmig, geschlossen. Die Menge legte diesem Auto keine weitere Bedeutung bei, da es ganz harmlos schien. Plötzlich stellte es sich schräg über die Straße, rückwärts wurde eine Tür sichtbar, die eine mit Eisenstäben vergitterte Öffnung zeigte. Plötzlich gellen scharfe Schüsse – ohne vorherige Warnung! Mehrere Salven werden aus dem Innern dieses Wagens – an den Eisenstäben des Gitters vorbei – abgefeuert. Verwundete und Tote liegen auf der Straße. Nach diesen Schüssen saust das Auto wieder weiter in der Richtung zum Parlament.

Ein Arbeiter schreibt: Ich war Freitag vormittag durch einen Zufall in der Nähe des Justizpalastes und habe dort manche herzzerreißende Szene miterlebt. Für zwei Uhr nachmittags hatte ich mit meiner Frau eine Verabredung bei der Bellaria. Ich traf sie vor dem Stadtschulratgebäude, wo sich eine Sanitätsstation befand. Eben trug man einen Schwerverletzten auf einer Tragbahre herbei. Meine Frau, die während des Krieges Pflegedienst versehen hatte, sprang hilfsbereit hinzu, um ihre Kenntnisse zur Verfügung zu stellen. In demselben Moment aber kamen vom Schwarzenbergplatz her im schnellsten Laufschritt Polizisten mit Gewehren und obwohl hier gar kein Auflauf war, ja nicht einmal Rufe gegen die Polizeimannschaft ausgestoßen wurden, begann diese eine wilde Schießerei. Vergeblich suchten die Leute der Sanitätsstation, die durch ein rotes Kreuz kenntlich gemacht war, mit Zurufen und Händehochheben die Polizisten zu besänftigen, diese schossen aber wie toll just in die Station hinein. Eine wilde Panik entstand. Ich wurde von meiner Frau weggerissen und fand gerade noch hinter einer Säule Deckung. Das letzte, was ich von meiner Frau sah, war, daß sie sich über einen Verwundeten beugte.

Als sich der Feuersturm verzogen hatte, kam ich wieder hervor und hielt Ausschau nach meiner Frau. Ich fragte einen mir bekannten Genossen, der beim Stadtschulratgebäude Dienst hatte, ob er denn nichts von meiner Frau wisse. Der aber gab mir eine ausweichende Antwort. In qualvoller Angst fuhr ich darauf in meine Wohnung in die Simmeringer Hauptstraße Nr. 201. Meine Frau war nicht zu Hause! Ich kehrte wieder um und fuhr zurück zur Bellaria. Nichts zu sehen von meiner Frau. Viermal machte ich den Leidensweg Bellaria–Simmeringer Hauptstraße Nr. 201 und immer wieder zurück und immer wieder vergeblich! Was dann folgte, war die entsetzlichste Nacht meines Lebens.

Am nächsten Vormittag ging ich ins Allgemeine Krankenhaus. Es waren 48 Tote dort, unter ihnen eine einzige Frau. Diese Frau war die meine. Hier also fand ich sie wieder, hier also fand ich die fürchterliche Wahrheit.

Später erzählte mir der Genosse, den ich am Abend vorher nach meiner Frau gefragt hatte, daß er mir aus Mitleid die schreckliche Nachricht verschwiegen habe. Gerade als sie sich über den Verwundeten geneigt habe, sei die tödliche Kugel gekommen und habe ihr den Hinterkopf zerschmettert.

Wer soll nun all das Leid ertragen? Ich muß für ein achtjähriges Kind leben – sonst folgte ich sofort meiner armen Frau in den Tod.

Mit Freundschaft Ihr unglücklicher

Franz Bolzer.

Neue Freie Presse:

Wenn man selbst zugeben würde, daß einzelne Verfehlungen vorgekommen sind, was aber bisher durch nichts bewiesen ist, selbst dann müßte man doch sagen – –

... der Walzer »Du mein Herz«, der wertvollste Einfall der Operette, ein richtiges Heurigenlied »So a Wein«, der vergnügt wirbelnde Marsch »San m'r lustig« und der Polkaschlager »So ein kleines Tanzerl«. Das alles ist stellenweise erfrischend und animierend wie ein Feingespritzter ....

Jetzt genügt der Blick auf die Esplanade, in zwei oder drei Kaffeehäuser und zum berühmten Zuckerbäcker Zauner, um Ischl komplett beisammen zu haben. Alle seit vier Wochen wegen Schönwetters abgesagten Rommypartien sind bereits wieder in Gang. Librettisten halten Konzilien ab. Theaterdirektoren verkünden ihre winterlichen Aktionsprogramme und lassen sich dazu noch einen Indianerkrapfen geben. Und majestätisch tosend fährt das neueste Auto eines Operettenhierarchen vor.

Der Schlager:

So ein Weiberl, zum Küssen, pickfein,
Und dazu noch ein gut's Glaserl Wein,
Sodann noch ein Braterl, ein feines,
Vom hintersten Teile des Schweines.
Dann ein Backhenderl, nur nicht zu klein,
Und dann wieder ein gut's Glaserl Wein,
Ein herziges Fußerl, ein saftiges Busserl,
Ein bisserl a Geld!
Nur so sieht man immer im rosigen Schimmer
Die schöne Welt.

Bericht der Untersuchungskommission des Gemeinderates:

– – Achtundachtzig Todesopfer sind zu beklagen, unter ihnen auch Frauen. Zeugenaussagen berichten von furchtbaren Szenen außerhalb des eigentlichen Schauplatzes der Demonstration. So wurde zeitlich nachmittags das Dienstgebäude Babenberg der Straßenbahn beschossen, während Mannschaft dort im Dienste war. Eine kleine Gruppe neugieriger Menschen wurde um 1/2 8 Uhr abends Ecke Eschenbachgasse und Gumpendorferstraße angeschossen. Wache legte dort das Gewehr zum Schießen selbst auf die Leute an, die einen Toten forttragen wollten. Vor 5 Uhr nachmittags wurde bei der Goethegasse geschossen, ohne daß es dort eine Demonstration gegeben hätte. Gegen 1/2 6 Uhr gab es Schüsse beim Schottentor. Um 7 Uhr abends wurde die Mariahilferstraße hinauf geschossen, ohne daß von einer Bedrängung der Wache gesprochen werden konnte. Um 4 Uhr nachmittags geriet ein Auto mit Sanitätszeichen, das zwei verwundete Frauen in das Wiedener Krankenhaus bringen sollte, vom Museum her in Gewehrfeuer. Zwei Sanitäter wurden verwundet, eine der Frauen getötet. Gegen 7 Uhr gab es bei der Kreuzung der Siebenstern- und Stiftgasse eine Schießerei. Gegen 3 Uhr wurde von der Lerchenfelderstraße in die Langegasse auf die Passanten geschossen. Um 1/2 7 Uhr schoß Wache vom Getreidemarkt gegen die Gumpendorferstraße. Einigen wenigen Leute, die »Pfui!« riefen und sich in die Fillgradergasse flüchteten, wurde noch nachgeschossen. Fliehenden Leuten wurde über die Rahlstiege nachgeschossen. In das Deutsche Volkstheater wurde hineingeschossen. Gegen Mitternacht wurden bei der Stafa wegen Pfuirufe drei Salven gegen den Gürtel abgegeben. Nach 2 Uhr nachmittags wurde die Menge, die auf der Bellaria stand und aus der Pfuirufe ertönten, beschossen. In der Babenbergerstraße wurde auf kleine Menschengruppen geschossen. In der Universitätsstraße schoß Wache auf eine fliehende Menge. Auf dem Ring wurde gegen 7 Uhr auch in der Richtung Oper geschossen, obwohl nur wenig Menschen auf der Straße waren. Um etwa 9 Uhr abends gab es eine Salve gegen die Paulanerkirche zu, um 8 Uhr abends von der Sezession her auf den fast menschenleeren Naschmarkt. In der Lerchenfelderstraße und in der Lichtenfelsgasse wurde wiederholt geschossen, auch wenn nur wenig Menschen auf der Straße standen. Ecke Hütteldorferstraße und Breitenseerstraße kam es Samstag den 16. Juli abends zu einer Schießerei. Daß bei so vielen schießenden Abteilungen die Menschen auch in ein Kreuzfeuer gerieten, ist nicht verwunderlich. Solche entsetzliche Fälle werden berichtet, als das Schießen vor dem Justizpalast begann, dann auch von der Gegend Universitätsstraße und Ebendorferstraße zwischen 5 und 6 Uhr, aus der Gegend Herrengasse und Mölkerbastei um ungefähr 7 Uhr. Daß bei solchem Schießen auch Verwundungen von Wachleuten durch Schüsse der Wache entstanden sein können, ist klar. Eine Frage, die die Kommission darüber an die Polizeidirektion gestellt hat, ist unbeantwortet geblieben. Als besonders schrecklich wird geschildert, daß die Wache aus fahrenden Autos auf die Straße schoß. Dies wird von der Opernkreuzung zwischen 5 und 6 Uhr nachmittags, von der Babenbergerstraße um 3/4 4 Uhr, von der Ottakringerstraße am 16. Juli um 1/2 4 Uhr nachmittags berichtet. Die Polizeidirektion wurde, da derlei Fälle in ihrem Bericht nicht erwähnt sind, darüber befragt. Auch auf diese Frage wurde die Antwort verweigert. Einige Beobachter sagen, daß die Straßen nicht abgesperrt wurden und immer wieder, sobald Menschen angesammelt waren, geschossen wurde.

Daß es dabei auch zu Akten der Grausamkeit, begangen von einzelnen, gekommen ist, wird von mehreren Zeugen berichtet. Krasse Fälle: Auf einen niedergestürzten Studenten (neben dem Volkstheater) legt ein Wachmann das Gewehr auf zwei Meter Distanz an; der Schuß geht nicht los, offenbar ist kein Magazin mehr im Gewehr. Da haut er mit Kolbenhieben auf den Hinterkopf des Studenten so, daß dieser mit dem Kinn auf das Pflaster aufschlägt. Selbst ein Auto der Rettungsgesellschaft, das durch die Lerchenfelderstraße fuhr, wurde, obwohl der Lenker vorher die Wache fragte, ob er passieren könne, beschossen. Nach der Säuberung der Bartensteingasse stellte sich ein einzelner Mensch, mit ausgebreiteten Armen auf den Sandhaufen Ecke Stadiongasse. Er wurde nicht weggejagt, sondern erschossen. Beim Anzengruber-Denkmal war ein einzelner Mensch, der dort Deckung suchte. Von der Ecke des Parlaments her zielte ein Wachmann auf ihn; von den drei Schüssen traf ihn einer. Vor dem Stadtschulratsgebäude wurde eine Frau, die sich als ehemalige Krankenpflegerin über einen Verwundeten beugte, erschossen.

Der Polizeibericht erklärt ganz allgemein »die Behauptungen, daß vielfach Gewehrschüsse in ruhige, ja sogar flüchtende Demonstrantengruppen abgefeuert worden wären«, für unrichtig. Alle diese Aussagen, die der Kommission vorlagen, wurden der Polizeidirektion zur Äußerung übermittelt. Sie verweigerte die Antwort darauf, versprach allerdings, selbst untersuchen zu wollen, ob es schuldtragende Organe gibt, die zur Verantwortung zu ziehen wären.

»– – Die Sache steht nun so, daß der Tag, der ein Urteilstag über die Wiener Polizei werden sollte, ein Ehrentag für die Polizei, für den Polizeipräsidenten und für den Bundeskanzler geworden ist.« (Stürmischer Beifall.)

Bericht der Untersuchungskommission des Gemeinderates:

Geradezu sonderbar ist, wie der Polizeibericht den Abschluß dieses Ereignisses schildert: »– – Die Sicherheitswachebeamten mußten hierbei, da sie ihre Revolvermunition bereits verschossen hatten und daher wehrlos waren, Zivilkleider anlegen, um nicht erkannt zu werden und der sinnlos wütenden Menge zum Opfer zu fallen.« Woher bekamen die dreißig Wachleute die Zivilkleider? Der Polizeibericht erwähnt nicht mit einem Wort .... die heldenhafte Aktion des Schutzbundes zur Rettung der in der Verbrennungsgefahr befindlichen Wachleute im Justizpalast, er spricht kein Wort darüber, daß die Schutzbündler ihre Kleider hergaben, um die Wachleute gegenüber einer wutentbrannten Menge unkenntlich zu machen, und sich dafür selbst Prügel und Verwundungen holten. Der Polizeibericht weiß nichts von dem umfassenden Sanitätsdienst zu berichten, den die Schutzbundabteilung eingerichtet hatte und der Dutzenden Wachleuten .. zugute gekommen ist, manchen vielleicht das Leben gerettet hat .... Er weiß nichts darüber zu berichten, daß diese Sanität auf Bitten der Wache zweimal zum brennenden Justizpalast vordrang, um verwundete Wachleute zu bergen. Er weiß nichts davon, daß sechs Wachleute von diesen Elektrizitätsarbeitern vor der Wut der Menge gerettet wurden, indem sie ihnen ihre Monturen und Kappen gaben. Der Polizeibericht weiß nichts davon, daß Polizeiabteilungen auf Schutzbundketten, die im Dienste der Ordnung zum Beispiel den Justizpalast absperrten oder die Stadiongasse abriegelten, geschossen haben. Er weiß nichts davon, daß elf Schutzbündler am 15. Juli in Ausübung ihrer Pflicht den Tod gefunden haben .... zum Beispiel der Fall des Ordners Bezpalec, der beim Justizpalast einen durch Schläge halb bewußtlosen Wachmann zum Wachkordon brachte und, als er sich umdrehte, um zurückzugehen, zwei Schritte entfernt, durch einen Schuß so schwer verletzt wurde, daß er an der Verwundung starb. Der Polizeibericht weiß nichts davon, daß einer der fünf Schutzbündler, die mittags den Eingang des Hauses Lichtenfelsgasse, in dem die ausgebrannte Wachstube ist, bewachten, von heranrückender Sicherheitswache mit Kolbenhieben derart mißhandelt wurde, daß er zweimal zu Boden sank. Der Polizeibericht weiß nichts darüber, daß ein Schutzbündler, der der Feuerwehr geholfen hatte, Wachleute in der Lichtenfelsgasse in ein Nachbarhaus hinüberzubringen, um sie vor der Wut der Menge zu retten, hinterher, um 3 Uhr, als einzelner, auf der Straße stehender Mann mit Kolbenhieben traktiert wurde, bis er liegen blieb. Es ist sehr bedauerlich, daß die Polizeidirektion ihren Bericht für ausreichend hält, obwohl er dringend der Ergänzung und Richtigstellung bedarf.

»– – Die gesamte Bevölkerung straft Sie Lügen und ist der Bundesregierung und der Polizei bis ins Innerste des Herzens dankbar.« (Stürmischer Beifall und Händeklatschen. – Redner wird beglückwünscht.)

Ich bin kein Sozialdemokrat. Schon gar nicht bin ich ein Freund des Bolschewismus. Wenn ich aber die nachstehenden Erlebnisse mitteile .. so geschieht dies als flammender Protest gegen die einseitige Darstellung des Verhaltens der Bundeswachmannschaft, wie solche von der Polizeidirektion Wien, der Regierung und in den bürgerlichen Wiener Blättern produziert wird.

Ich kann nachstehende Erlebnisse auch als Zeuge vor Gericht bestätigen und stehe keineswegs allein!

– – Es herrschte keine gefährliche Stimmung. Plötzlich schoß die Wache ohne jeden Anruf, ohne jede Warnung in die angesammelte Menschenmenge. Alles flüchtete. Erst jetzt erschollen Pfuirufe und

Rufe wie »Mörder« aus der Volksmenge. Es fielen verwundete Männer und Frauen. Jeder Hilfeversuch scheiterte am Salvenfeuer der in Schwarmlinie quer über die Straße nach Kosakenmanier vorgehenden Wache, die in den Rücken der Fliehenden wiederholt mehrere Salven abgab. Es gelang mir, in das Deutsche Volkstheater zu flüchten . . . . Ohne daß irgend jemand Anlaß dazu gegeben hätte, gab die Wache auch mehrere Salven gegen uns in das Deutsche Volkstheater ab. Solcherart aus dem Deutschen Volkstheater vertrieben, liefen ich und andre in der Richtung Mariahilferstraße. Die Polizei schoß hinter uns drein. Viele Leute flohen über die von der Mariahilferstraße hinüberführende Stiege. Die Polizei schoß auch dorthin. Wieder fielen viele Verletzte! Ich und einige andre liefen weiter, in eine der Quergassen. Nun machte die Wache Front und feuerte uns in die rettende Seitengasse mehrere Salven nach. Schließlich gelangte ich zum Ring . . . . Und abermals schoß die Wache ohne Anruf, ohne Warnung. . . . Plötzlich kommt vom Kärntnerring ein Polizeiauto im schärfsten Tempo gefahren. Die Wachleute schießen nach allen Richtungen. In der Nähe der Tramwayhaltestelle fällt eine Frau, die dort neben einem Herrn stand. Solch mörderisches Vorgehen erfordert eine strenge Untersuchung und Sühne.

Oesterr. Automobilklub
Wien I. Kärntnerring Nr. 10

Wien, den 20. Juli 1927.

Hochverehrter Herr Präsident!

Die unter Ihrer Leitung stehende Bundespolizei hat in den Tagen des 15. und 16. Juli die härteste Probe seit den Tagen der Republik bestanden.

Recht und Verfassung dieses schwer um seine Existenz ringenden Staates wurden allein durch beispielgebende Pflichterfüllung und Opfermut der Beamten unserer Polizei geschützt und erhalten. Dankbar und stolz blickt jeder aufrechte Patriot auf jene Männer, welche solche Charakterstärke zu einer Zeit bewiesen haben, in welcher die Achtung für ideelle Werte so sehr ins Wanken geraten ist.

– – Der Oesterreichische Automobilklub hat sich durch die Zeichnung von fünftausend Schilling an die Spitze gestellt.

– – Er ist sich jedoch bewußt, damit weder seine Dankesschuld abgetragen, noch eine im Vergleich zur Größe der vollbrachten Tat nennenswerte Leistung geboten zu haben. Ideelle Taten können mit materiellen Gütern niemals verglichen werden – –

Die wahrhafte Anerkennung der Bevölkerung kann den Beamten der

Bundespolizei nur das herzliche und freudige Empfinden bringen, mit welchem die Gutgesinnten unserer jungen Republik fortan jedem einzelnen unserer Bundespolizei begegnen werden, die tiefe Hochachtung, welche nunmehr im höchsten Ausmaß Ihren Organen entgegengebracht werden wird.

Wir entbieten Ihnen, hochverehrter Herr Präsident, als dem vornehmsten Vertreter einer Körperschaft, welche keine Grenze der Pflichterfüllung kennt, die aufrichtigste Verehrung, mit welcher zeichnet

Das Präsidium des Oesterreichischen Automobilklubs.

Branddirektor Anton Wagner:

Jetzt, als wir mit Hilfe der Stadträte bereits weit genug vorgedrungen waren und mit der Löscharbeit beginnen wollten, ertönten auf einmal von allen Seiten Gewehrsalven. Es entstand eine fürchterliche Panik; die Feuerwehrleute und die Geräte wurden vielfach überrannt. In unseren Geräten fanden wir dann nachträglich unzählige Einschüsse. Von den Löschmannschaften ist durch einen glücklichen Zufall niemand verletzt worden. Ich selbst erhielt von einem Geller einen Streifschuß am Stiefel. – –

Bericht der Untersuchungskommission des Gemeinderates:

– – Dieser Darstellung der Polizeidirektion stehen Aussagen entgegen, die feststellen, daß es nach allerdings sehr großen Anstrengungen des Schutzbundes bereits gelungen war, der Feuerwehr den Weg zu bahnen, und eben mit der Löscharbeit hätte begonnen werden können, als die erste Salve krachte. Der Löschwagen der Feuerwehr wurde selbst beschossen und zeigte Einschläge. Was die zweite Begründung für das Schießen anlangt, daß die Gefahr des Verbrennens der Wachleute im Justizpalast nicht anders abgewehrt werden konnte, so steht dem die entschiedene Aussage vor allem des Generals Körner entgegen, daß die Wachleute bereits in Sicherheit gebracht waren, als das Schießen begann. Er selbst hat es dem Kommandanten einer schießenden Wacheabteilung zugerufen, nachdem eine Salve vorüber war. – –

– – General Körner verwies in seiner Aussage auf das Bild einer schießenden Wacheabteilung, das in der »Woche« vom 30. Juli abgedruckt war, und schilderte, was auf diesem Bild zu sehen ist: Da steht ein Rudel von zwanzig Mann, wobei ein Soldat von jedem sagen kann, daß man dem Mann kein Gewehr in die Hand geben soll.

Der eine hält es so, als ob der Verschluß verrostet wäre; der andere so wie eine Jagdflinte; der dritte hat das Gewehr fertig; der vierte hat den Lauf nach aufwärts. Der fünfte hat es am Bauch und beim Fuß, zwei Rückwärtige haben es geschultert, der rechts rückwärts hält den Lauf genau auf den Vordermann. Das heißt man Fertignehmen. Das Fertignehmen sieht man, aber daß keine Menge vor ihnen ist, sieht man auf den ersten Blick. Warum die Leute fertig nehmen, ist unerklärlich.

Ich habe es später beim Herübergehen gesehen, wie schon die Menge gelaufen ist, und hatte genau denselben Eindruck: das ist eine Horde, ein Rudel, und ich habe mich vorn hingestellt und habe gesagt, das ist ein Wahnsinn .... Wenn man zwanzig Mann so einsetzt, muß man sie in zwei Glieder ordnen, sie müßten Bajonett auf haben und ordentlich vormarschieren, dann würde die Menge ohne Schuß laufen. Aber das war ein Rudel, das gejagt hat, das nichts vor sich gehabt hat, und ich alter Soldat habe vor Empörung aufgeschäumt. Ich habe gesagt, das ist Feigheit von den Leuten, zu schießen. Ich habe vor innerer Wut gezittert.

Der Bundespräsident hat einer Reihe von Funktionären der Polizeidirektion sowie zahlreichen Mitgliedern der Sicherheitswache Auszeichnungen verliehen. Die feierliche Überreichung der Dekorationen erfolgte gestern im Beisein zahlreicher Festgäste im Hofe der Sicherheitswachkaserne in der Marokkanergasse durch den Polizeipräsidenten Schober, der folgende Ansprache hielt:

»Die Haltung der Wiener Polizei in den Tagen des 15. und 16. Juli 1927 hat eine verschiedene Beurteilung erfahren: Auf der einen Seite stehen diejenigen, die mit der Polizei unzufrieden waren und sie angreifen, auf der anderen Seite steht die Majorität der Bevölkerung Österreichs, die in rührender und in zum Herzen sprechender Weise der Wiener Polizei ihren Dank zum Ausdruck gebracht hat. Tausendfach sind die Spenden von je 1 S., den der Geschäftsdiener, die Hausgehilfin in der Polizeidirektion hinterlegt, bis zu den Millionen der Reichen, die auf diese Weise der Polizei ihren Dank abstatten wollen dafür, daß sie in diesen Tagen, ohne viel zu fragen, ihre Pflicht erfüllt hat! — — Was den Tadel und die Beschimpfungen anbelangt, habe ich sie mit Ihnen geteilt. Was die Anerkennungen anbelangt, weise ich sie für meine Person zurück; es war nur das Verdienst der Polizei, daß sie ihre selbstverständliche Pflicht in diesen Tagen erfüllt hat, wie sonst! – –

Und nun hat sich auch der Herr Bundespräsident entschlossen, Ihnen Auszeichnungen zu verleihen. – – Betrachten Sie die Auszeichnung nicht als eine Auszeichnung für Ihre Person, sondern denken Sie, daß jeder seine Auszeichnung für 150 andere trägt, für 150 andere brave Männer, die Auszeichnung des höchsten Repräsentanten des deutschen Volkes in Österreich. Ich will wieder ein Zitat anwenden:

»Das wahre Glück, o Menschenkind, o glaube doch mit nichten,
Daß es erfüllte Wünsche sind – es sind erfüllte Pflichten!«

Und in diesem Sinne wollen wir heute wieder geloben, daß das deutsche Volk in Österreich, daß seine Bevölkerung keinen festeren Hort hat als die Wiener Polizeidirektion. – – Und daß dem immer so sei, das walte Gott!«

Die Liste der Dekorierten.

Es wurde verliehen: Das große silberne Ehrenzeichen in Email für Verdienste um die Republik Österreich den wirklichen Hofräten Wladimir Tauber, Dr. Albert Tauß und Dr. Bernhard Pollak; – –

das goldene Ehrenzeichen für Verdienste um die Republik Österreich den Oberpolizeiräten . .;

das silberne Ehrenzeichen für Verdienste um die Republik Österreich den Polizeiräten . . Dr. Anton Kraft . . sowie den Sicherheitswacheoberinspektoren erster Klasse . . Anton Strobl . .;

das goldene Verdienstzeichen der Republik Österreich den Polizeioberkommissären . .;

das silberne Verdienstzeichen der Republik Österreich den Sicherheitswacheoberinspektoren . . Franz Schuster . .;

die goldene Medaille für Verdienste um die Republik Österreich den Sicherheitswacheabteilungsinspektoren . .;

die große silberne Medaille für Verdienste um die Republik Österreich den Sicherheitswachebezirksinspektoren . .;

die silberne Medaille für Verdienste um die Republik Österreich den Sicherheitswacherayonsinspektoren . .

Berliner Tageblatt, 31. Juli:

Von einem süddeutschen Polizeifachmann, der die Wiener Verhältnisse aus eigener Anschauung kennt, wird uns geschrieben:

»Die Toten in Wien . . sind in erster Linie die Opfer einer mangelhaften Polizeiorganisation. Die Wiener Tage haben bewiesen, daß die Polizei der österreichischen Hauptstadt zu den mittelalterlichsten Einrichtungen gehört. Der internationale Polizeikongreß, der vor einigen Jahren in Wien abgehalten wurde und der die modernsten Polizeimänner Europas in Wien sah, ist praktisch für Wien ohne Bedeutung geblieben. – –

Die Wiener Vorgänge aber haben bewiesen, daß der Grund für das Versagen der Polizei, denn es war ein Versagen auf der ganzen Linie, nicht in der gesetzmäßigen Verteilung der Machtbefugnisse, sondern in dem Fehlen einer auf die Bedürfnisse einer Großstadt zugeschnittenen Organisation liegt. – –

Die Mängel sind augenfällig. – –

Alle europäischen Hauptstädte, die sich in Zeiten der Gefahr nicht auf das Militär verlassen, haben ihre besonderen Organisationen, die auf die Kontrolle großer Massenbewegungen abgestimmt sind. Der leitende Gedanke dabei ist: Möglichst wenig Blut vergießen. Dieser Überlegung aber kann nur auf folgende Weise gedient werden: – – Weil man in Wien eine solche Organisation nicht kannte, eine Organisation, die sich des hochwertigsten technischen Materials und der hochwertigsten Beamten bedient, darum hat man jetzt die hundert Todesopfer zu beklagen.

Daß man in Wien über alle organisatorischen Fehler hinaus auch noch die Polizei mit sogenannter Übungsmunition versorgte, die eine dumdumgeschoßähnliche Wirkung hatte, das spielt bei dieser Erörterung nur noch eine untergeordnete Rolle. (Man kann dazu nur noch bemerken, daß man in Deutschland diese Art von Halbmantelgeschossen überhaupt nicht kennt und gebraucht. – –)

Soll ein moderner Polizeiapparat, wie er oben beschrieben, auch wirklich funktionieren, so ist notwendig, daß die in den hohen Alarmzeiten in Aktion tretende Polizeitruppe eine andere ist als diejenige, die den gewöhnlichen, den Publikumsdienst ausübt. – –

– – Aus meiner genauen Kenntnis der reichsdeutschen Polizeieinrichtungen, glaube ich mit Bestimmtheit sagen zu können, daß man eine Revolte vom Umfang der in Wien vorgekommenen mit einer geringen Zahl von Toten hätte unterdrücken können. Als einen Erfolg für die Polizei aber kann man den Ausgang eines solchen, ja manchmal unvermeidlichen Zusammenstoßes nur dann ansehen, wenn überhaupt kein Todesopfer zu beklagen ist.«

Wir veröffentlichen diese hochinteressanten Äußerungen eines

Mannes, dessen Sachkenntnis außer Zweifel steht . . jetzt erst, nachdem es feststeht, daß nicht durch eine parlamentarische Untersuchung wirkliche Klarheit über die Vorgänge in Wien erzielt werden wird. Wir verhehlen nicht, daß wir die Ablehnung eines parlamentarischen Untersuchungsausschusses für einen schweren politischen Fehler halten. In Deutschland wäre diese Verweigerung durch die parlamentarische Mehrheit überhaupt nicht möglich — — In Österreich ist dem nicht so, und die Mehrheit will die Untersuchung der polizeilichen Fehler der Polizei selbst überlassen, ein Verfahren, das unmöglich zu einem befriedigenden Resultat führen kann. Man kann auch nicht verhehlen, daß die uneingeschränkten und von vornherein ausgesprochenen Vertrauenskundgebungen für die Polizei nach einem solchen Blutbad geradezu Befremden erregen müssen. Auch der Laie muß ja, ganz unabhängig von allen politischen Erwägungen, der Meinung zuneigen, daß ein solches Ergebnis polizeilichen Eingreifens nicht einer sachgemäßen Taktik entspringen kann. Wenn trotzdem sofort, und ohne daß noch irgendeine Untersuchung stattgefunden hat, von den verschiedensten Stellen ausgesprochen wird, daß die Polizei richtig gehandelt habe, so zwingt das fast das Urteil auf, daß aus politischen Gründen eine nähere Untersuchung vermieden werden solle. Darum ist die Meinung des Sachverständigen, die wir oben wiedergeben, von umso größerer Bedeutung.

Berliner Tageblatt, 17. August, Replik des süddeutschen Polizeifachmannes auf die Antwort des Polizeipräsidenten:

Die Angaben im Briefe der Wiener Polizeidirektion sind zum Teil irreführend, zum Teil direkt unrichtig. — — Es ist also irreführend, zu sagen — — Unrichtig ist die Behauptung — — Irreführend ist es — — Unrichtig ist es — — Irreführend ist es weiter — —

Das Resultat entsprach den allgemeinen und besonderen Mängeln: keine vorherige Kenntnis von der herannahenden Demonstration, keine geschlossenen Bereitschaften . . keine moderne Nachrichtenübermittlung, keine Vorkehrung zur genügenden Verpflegung der Beamten. Folge aller dieser Fehler: die katastrophalen Opfer!

Aus dem Justizausschuß:

Schon Abgeordneter Dr. Bauer hat gegen bestimmte Wacheorgane im Hause sehr schwere Anklagen erhoben und eine Anzahl von Abgeordneten und sonstigen Personen hat sich als Zeugen angeboten. In elf Fällen ist gar vom Chefredakteur des ›Kleinen Blattes‹ eine

Strafanzeige an die Staatsanwaltschaft erstattet worden. Der erste Fall betrifft den Meuchelmordversuch des Wachmannes Nr. 801. Der Wachmann hat vor dem Justizpalast auf einen Mann, der ruhig auf dem Straßenbahngeleise stand und ihm den Rücken zukehrte, mit einem Revolver geschossen. Für diesen Fall sowie für alle folgenden Fälle werden Zeugen angeboten. In einem zweiten Fall hat ein Rayonsinspektor auf der Ringstraße, die in diesem Moment menschenleer war, auf einen am Boden liegenden Verwundeten geschossen und ihm den Schädel zerschmettert. – –

– – Einem Verwundeten (Sanitätsplatz des Rathauses) wurde die Hirnschale weggerissen. Einem älteren Mann wurde die Brust durchschossen. Einem andern wurde das linke Auge herausgeschossen. Auch für diesen Vorfall hat sich eine Reihe von Zeugen gemeldet, unter ihnen auch die Ärzte, die den Dienst versahen.

Besonders kraß ist der Fall des Ordners Bezpalec, der am 15. Juli vor dem Justizpalast Dienst machte. Er befreite einen Wachmann aus der Menge, stützte ihn und geleitete ihn zum Wachkordon. Kaum hatte er aber der Wache den Rücken gekehrt, als ein Wachmann aus der Schwarmlinie gegen ihn das Gewehr ansetzte und ihn niederschoß.

Zwei schwer verwundete Frauen, die in einem offenen Auto über die Lastenstraße geführt wurden, wurden in der Nähe des Planetariums am Freitag nachmittags zwischen 3 und 4 Uhr von einer Polizeiabteilung, obwohl die Straße menschenleer war, unter Feuer genommen. Ein Schuß zerschmetterte einer der Frauen den Kopf und tötete sie. Die anderen Schüsse verwundeten zwei Samariter.

Am 15. Juli nachmittags 3 Uhr passierte ein junger Mann die Lerchenfelderstraße, Ecke Lastenstraße. Als er etwa dreißig Schritte von der dort aufgestellten Postengruppe entfernt war, legte ein Wachmann auf ihn an und schoß ihn nieder. Der junge Mann brach mit durchschossener Schläfe tot zusammen.

Am Abend desselben Tages ging der Handelsvertreter Karl Bellak durch die Wiedner Hauptstraße. Auf der Straße waren nur Passanten und keine Menschenansammlungen. Unweit der Paulanerkirche fielen plötzlich drei Schüsse, deren einer Karl Bellak tötete.

Am Nachmittag des 15. Juli ging Rudolf Kreuzer mit seiner Frau über die Ringstraße in Richtung des Schiller-Denkmals. Die Straße war völlig ruhig, es gab nur harmlose Spaziergänger. Da fiel in der

Nähe des Schiller-Denkmals eine Salve. Die beiden liefen gegen die Oper. Dort fiel eine zweite Salve. Ein Schuß traf den Hals der Frau, verletzte die Wirbelsäule und bewirkte eine allgemeine Lähmung. – –

Von den mehr als hundert Fällen, die uns bekannt sind, mögen noch folgende angeführt werden: Während der Schießerei vor dem Justizpalast hatte ein einzelner Mann hinter dem Anzengruber-Denkmal Deckung gesucht. Ein Wacheinspektor an der Ecke des Parlaments nahm diesen Mann aufs Korn und streckte ihn mit drei wohlgezielten Schüssen nieder.

– – Ein Verwundeter, der sich auf dem Gehweg vor dem Justizpalast auf allen vieren kriechend fortschleppte, wurde von mehreren Polizisten in kniender Stellung durch Schüsse niedergestreckt. – –

Am 15. Juli um 2 Uhr nachmittags saß ein alter Mann auf einer Bank im Schmerlingpark. Eine Polizeipatrouille gab auf diesen Mann eine Salve ab. Er brach mit einem Schuß auf der linken Rückenseite zusammen. Sechs Leute stürzten herbei und wollten ihn aufheben. Darauf eröffnete die Polizei auf diese sechs ein Feuer. Alle sechs wurden schwer verletzt.

Der Mediziner Karl Kautsky gibt an, daß er selbst gehört hat, wie sich ein junger Wachmann gegenüber einem andern Wachmann gerühmt habe, einen jungen »Hebräer« niedergeschossen zu haben, weil er es gewagt hatte, sich zu rühren!

– – Die Leute flüchteten. Mehrere Polizisten stürzten einem Schutzbündler nach und schlugen ihn mit Gewehrkolben so heftig auf den Kopf, daß man die Schläge weithin hören konnte. – –

Samstag nachmittag fuhr ein Polizeiauto durch die Kufsteingasse. Die Polizisten sprangen heraus und begannen auf die Menschen mit dem Gewehrkolben einzuschlagen. Eine Frau namens Katharina Pokorny erhielt einen Gewehrkolbenhieb auf den Kopf und brach bewußtlos zusammen. – –

Der Student Rauchinger kam am selben Tage um etwa 2 Uhr auf die Lastenstraße. Da fiel eine Salve. Er lief, stolperte und stürzte zu Boden. Ein Polizist legte in einer Distanz von zwei Meter auf ihn an, da aber das Gewehr versagte, holte der Polizist mit dem Gewehrkolben aus und hieb auf den Kopf des auf dem Boden liegenden Mannes ein.

Alle diese angeführten Fälle sind durch Zeugenaussagen belegt. – – Der Chefredakteur des ›Kleinen Blattes‹, Julius Braunthal, der das Vorgehen der Polizei aufs schärfste kritisiert hat, wird strafgerichtlich verfolgt .... Die Sache wird jedenfalls vor das Schwurgericht kommen und es wird Gelegenheit gegeben sein, die Morde der Polizei gerichtsordnungsmäßig zu beweisen. Es liegt mir natürlich fern, alle Wachebeamten als unanständige Menschen und als Mörder zu bezeichnen, es gibt auch unter ihnen brave und anständige Menschen; aber einzelne Wachleute und Kommandanten haben am 15. und 16. Juli wie Banditen gewirtschaftet. Daß das ohne Strafe und Sühne bleiben soll, obwohl die Anklage durch eine Menge von Toten bestätigt wird, ist unmöglich.

Strafanzeige:

Ich betreibe in Hietzing ein kleines Gemischtwarengeschäft. Mein Sohn Alexander war als Zuckerbäckerlehrling in der Hütteldorferstraße Nr. 111 A bedienstet. Am 16. Juli 1927 gegen 9 Uhr abends kam er von seiner Arbeit in mein Geschäft und blieb, weil ich ihm das Abendessen in einem Gefäß hingebracht habe, mit meiner Frau und meinem zweiten Sohn Ernst zum Abendessen im Geschäftslokal. Ich selbst ging inzwischen in die wenige Minuten entfernte Wohnung, um mich, wie täglich, am Abend zu waschen. Ich war gerade beim Abtrocknen – es dürften, seit ich meinen Sohn Alexander verlassen hatte, höchstens zwanzig Minuten vergangen sein –, als ich eine Salve krachen hörte. Gleich darauf kam mein Sohn Ernst und teilte mir mit, daß mein Sohn Alexander erschossen sei. Nach Angabe meines Sohnes Ernst spielte sich die Sache so ab: Die beiden Burschen gingen auf dem Nachhauseweg an der Ecke Hütteldorferstraße und Breitenseerstraße vorbei, wo sich eine Tramwayhaltestelle befindet. Der Verkehr war eher geringer, als er sonst an Samstagen zu sein pflegt. Durch die Hütteldorferstraße kamen von der Stadt her zwei Polizeiautos, die in die Breitenseerstraße einbogen und beim Einbiegen in die Richtung auf die Tramwayhütte schossen. Meine beiden Söhne flüchteten in die Hütte hinein, mein Sohn Ernst warf sich nieder, während Alexander getroffen wurde und sofort tot war. Durch einen Zufall war meine Frau zurückgehalten worden, sie wäre sonst wahrscheinlich miterschossen worden.

Nach Angaben der Zeugen war an dieser Stelle zu dieser Stunde nicht der geringste Anlaß zum Schießen. Diejenigen Personen, die geschossen haben, können dies nur in der grundlosen Absicht, zu töten, oder in einer sonstigen feindlichen Absicht oder infolge größter Leichtfertigkeit begangen haben.

Ich stelle den Antrag, festzustellen, welche Wachepersonen am 16. Juli 1927 zwischen 9 und 1/2 10 Uhr abends in zwei Polizeiautos schießend von der Hütteldorferstraße durch die Breitenseerstraße in die Bartholomäusgasse gefahren sind. Weiter stelle ich den Antrag auf Vernehmung der derartig eruierten Schießenden als Beschuldigte und Vernehmung folgender Zeugen über die Vorgänge auf der Straße: Ernst Schwarzer (Die Adressen aller Zeugen werden in der Anzeige mitgeteilt), Rudolf Serednicky, Georg Bauer, Karl Bauer, Karl Matzner. Vom Ergebnis der Untersuchung beantrage ich, mich zu verständigen.

15. September. Eduard Schwarzer.

St. 6425/27—2.

Die Staatsanwaltschaft Wien II findet keinen Grund zur Verfolgung der unbekannten Täter wegen Tod des Alexander Schwarzer wegen Verbrechens der §§ 134, 335 St. G. aus Anlaß der von Ihnen gegen diese eingebrachten Anzeige.

Hiervon werden Sie gemäß § 48, Zahl 1, St.P.O., verständigt.

20. September. Staatsanwaltschaft II,
Wien, 8., Hernalsergürtel Nr. 6-12.
J. Charwat m. p.

(Bundespräsident Dr. Hainisch auf der Murmeltierjagd.) Aus St. Anton am Arlberg wird uns geschrieben: Dienstag und Mittwoch weilte Bundespräsident Doktor Hainisch in Begleitung seines Kabinettsdirektors Sektionschefs Dr. Löwenthal und des Landeshauptmanns Dr. Stumpf in St. Christoph am Arlberg zur Murmeltierjagd. Am ersten Tage schossen Dr. Stumpf drei Murmeltiere, Dr. Hainisch eines. Der zweite Tag war von wundervollem Wetter begünstigt. Unten auf der Arlbergstraße knatterten die Automobile und Motorräder im Training zum Arlbergrennen, hoch oben auf der Albonalpe saß unser Staatsoberhaupt mit Jäger Johann Falch, genoß die Ruhe und Pracht der Bergwelt und freute sich über sein Weidmannsheil, indem es ihm gelang, zwei Murmeltiere zu erlegen. Die Ruhe und Sicherheit seiner Schüsse erregten die Bewunderung seines Jagdgefährten, der meinte, mit achtundsechzig Jahren habe er noch keinen Schützen derart sicher zielen und schießen gesehen. Wer weiß, daß Dr. Hainisch weder Nikotin noch Alkohol genießt, wird darin wohl eine Erklärung finden. An den Abenden saß man in St. Christoph behaglich beisammen; Landtagsabgeordneter Walter Schuler und Herr

Kusche leisteten den Herren Gesellschaft und die heiteren Gespräche drehten sich meist um die beiden Lieblingsthemen des Präsidenten, die Viehzucht und die Jagd. Nachdem Dr. Stumpf am Mittwoch nachmittag nach Innsbruck zurückgekehrt war, verließ auch Donnerstag morgen Dr. Hainisch in Begleitung des Landtagsabgeordneten Schuler und des Sektionschefs Löwenthal den Arlberg, um sich ins Paznauntal zu begeben. Die schlichte und herzliche Art unseres Präsidenten hat auch diesmal ihre tiefe Wirkung auf diejenigen, die mit ihm zusammenkamen, nicht verfehlt.

Neue Freie Presse:

Es bedarf wahrlich keiner besonderen Versicherung, um es glaubhaft zu machen, wenn Präsident Schober den Posten des Chefs der Wiener Polizei als keinen begehrenswerten bezeichnet angesichts der politischen Gegnerschaft zwischen Bundesregierung und Landesregierung. Wir wissen, daß es gerade mit eines der Verdienste des Polizeipräsidenten von Wien ist, zwischen diesen beiden Lagern eine Stelle zu bleiben, auf die sich beide gleichmäßig verlassen konnten.

Plakat vom 17. bis 19. September 1927:

An den Polizeipräsidenten von Wien
Johann Schober

Ich fordere Sie auf,
abzutreten.

Karl Kraus
Herausgeber der Fackel

Wien, am 20. September 1927.

Sehr geehrter Herr Polizeipräsident!

Wiederholt – zuletzt am 4. April l. J. – haben Sie unter Berufung auf Ihre durch das Übermaß der an Sie gestellten Dienstesanforderungen geschwächte Gesundheit das Ersuchen gestellt, von Ihrem Amte enthoben zu werden.

Wenn ich Sie immer wieder in kurzem Wege gebeten habe, auf Ihrer Demission nicht zu bestehen, so geschah es in der Überzeugung, daß unser Vaterland Sie und Ihre Arbeitskraft noch keineswegs entbehren kann.

Die Richtigkeit dieser Erkenntnis hat sich mir und meinen Ministerkollegen angesichts der Ereignisse der letzten Monate besonders deutlich aufs neue erwiesen.

Daß auch die überwiegende Mehrheit unserer Bundesbürger dieses Urteil der Bundesregierung teilt, ist eine unanfechtbare Tatsache, die Ihnen Ihr schweres Amt wohl zu erleichtern vermag.

In dieser Erwägung hat der Ministerrat auf Grund eines Referates des Herrn Vizekanzlers Hartleb und unter Berücksichtigung des erfreulichen Umstandes der fortschreitenden Besserung Ihres Gesundheitszustandes am 20. d. M. beschlossen, Ihnen zu eröffnen, daß er Ihrem Pensionsgesuch nicht stattgeben kann und Sie vielmehr ersucht, dieses zurückzuziehen.

Empfangen Sie, sehr geehrter Herr Polizeipräsident, den Ausdruck meiner vorzüglichsten Hochachtung.

Seipel.

An das

Dreck Schwein
Karl Krauß

Wien III
Hintere Zollamtsstrasse 3

An den Karl Krauß mit den Affenponem. –
Sie in die Menschenhaut Hineingestohlenes Schwein. – Wer sind Sie denn! Ein Revolver Journalist, wegen dem sich jeder andere Reporter schämen muß. – Ersparen Sie sich Ihre Plakatspesen, Sie sind ja in Wien nur ein gedultes Individium, welches nichts mehr zu Fressen hat. – Überspannen Sie nicht Ihre Frechheit, – die Watschen und Hundspeitschen sind für Sie reservirt um Ihnen Ihr Affengefrieß zu moderniesiren, Sie Dreckfrechling. –

Viele Wiener aus den III. u. XI. Bezirk. –

Hüte dein Freches ungeputztes Dreck maul sonst wird es Dir zum Verhängnis werden. –
Die Zeit ist eine andere geworden. – Du gehörst in Affenkäfig, angehängt. –

Verehrter Herr Kraus!

Dank, innigsten Dank für den jüngsten Beweis Ihrer unerschütterlichen Kampfbereitschaft gegen Unrecht und Gewalt und deren Urheber.

– –

Der Obmann der Vereinigung der Konzeptsbeamten der Polizeidirektion Wien ersucht namens der Organisationen sämtlicher Beamtenkategorien dieser Polizeidirektion um die Aufnahme nachstehender Zeilen:

Der Herausgeber der ›Fackel‹, Karl Kraus, hat es für notwendig befunden, die öffentliche Aufmerksamkeit wieder dadurch auf seine Person zu lenken, daß er in einem an den Polizeipräsidenten in Wien gerichteten Ukas diesen auffordert, abzutreten. Wenngleich die Lächerlichkeit dieses reklamehaften Beginnens es ernsten Menschen schwer macht, sich damit zu befassen, so sehen sich alle Organisationen der Wiener Polizeibeamten dennoch veranlaßt, hiezu Stellung zu nehmen, weil diese überhebliche Aufforderung nur ein Glied in der Kette hemmungsloser Angriffe und unverantwortlicher Verdächtigungen ist, die sich in einem Teile der Öffentlichkeit gegen die Person unseres verehrten Präsidenten richten, dessen zielbewußte Führung der Wiener Polizeibeamten erst vor kurzem Bürgertum und Arbeiterschaft vor unabsehbarem Unheil bewahrt hat.

Herr Kraus ist sicherlich der letzte, der geeignet ist, in dieser Beziehung als Dolmetsch des Willens der Wiener Bevölkerung aufzutreten. Er möge dies beruhigt den hiezu allein berufenen Faktoren überlassen.

Die Wiener Polizeibeamten aber, die erst in der letzten Zeit dem Polizeipräsidenten treue Gefolgschaft gelobt haben, benützen diesen Anlaß, um neuerlich zu erklären, daß sie in allen sich ergebenden Situationen voll und ganz hinter ihrem Präsidenten Schober stehen.

Zuschrift eines Staatsbeamten:

Sehr geehrter Herr!

Die in den bürgerlichen Zeitungen vom 18. d. erschienene Kundgebung der Konzeptsbeamten der Polizeidirektion veranlaßt mich, die folgende Tatsache zu Ihrer Kenntnis zu bringen:

Bosel hat in den Sommern 1924 und 25 ein Stockwerk des ihm gehörigen Hotels Kreuzstein am Mondsee den Konzeptsbeamten der Polizeidirektion zur Verfügung gestellt. Dieses Angebot wurde angenommen und es verbrachten eine Anzahl von Polizei-, Hof-, Regierungs- und anderen Räten den Urlaub in Kreuzstein, wo sie von Herrn Bosel in Pension genommen wurden.

— —

Neue Freie Presse, 21. September:

Schober ist heute nicht nur eine österreichische, er ist eine europäische Figur....

Die Menschheit, die für die Idiotie ihrer Vaterländer sich ins Chaos gestürzt hatte und überlebend, ihren seelischen Selbstmord überlebend, die größere Schmach nicht mehr empfinden kann, den größeren Weltkrieg zu ersehnen, alles vergessend und nichts mehr im Sinne als den Fortschritt der Vernichtung – welch eine Idylle! Welch eine Idylle, wenn der technisch avancierte Fleischerknecht, der sie trotz allem Humbug politischer Freiheit regiert, nur gegen den Sohn der anderssprachigen Mutter wütet! Hier – an einem Tag des Wehs, dessen Gedenken der Ruf dieser scheußlichen Gemütlichkeit durch die Jahrhunderte mitnehmen möge – war er gegen die »Eigenen« losgelassen. Hier haben das povere Hirn der Vorschriftsmäßigkeit, die sanierte Dreckseele, das Fibelchristentum – mit dem die Luft einer Friedenswelt zu atmen schon tödlich war –, hier hat eine Menschenart, die in ihrer unbesiegbaren Jämmerlichkeit doch den Phönix des Weltbrands vorstellt, hier hat der überschüssige Haß der besiegten Nation, die Rache der geistigen Unterernährung, das dumpfe Gefühl, die anrüchige Spezialität der europäischen Zivilisation zu bilden – hier haben sie, im Bunde und Dienste welttüchtigerer Mächte, befohlen, gebilligt und bejubelt: daß hundert Herzen zu schlagen aufhören, Hunderte aus den Qualen der furchtbarsten Verwundung bleibendes Siechtum davontragen und Invalide eines Polizeikriegs, vom Vaterland preisgegebener als seine ruinierten Beschützer, auf den Straßen betteln werden, über die ihr Blut geronnen ist. Das ist geschehen, wir haben es erlebt, und wir fliehen nicht zu den Wölfen vor einer Mitbürgerschaft, der das Herz in der Tasche sitzt und die sich mit Diebsfingern die Ohren zuhält vor jedem Menschenton der Klage und Anklage, um tagtäglich die Litanei der Ordnung zu plärren; vor diesem schmählichen Blutbündnis berufsmäßiger Gottesdiener mit den Idealisten des Besitzes, denen das Leben des Nächsten nichts gilt, wenn es gilt, den Raub am Nächsten zu schützen.

Wie es einst unmöglich war, der Glorie der Niedertracht mit der Vorstellung der plansten Sachverhalte zu begegnen; wie mit allem Empfinden auch die primitivste Achtung vor der Wahrheit im Nebel einer Phrase erstickt war, die es dem Schuldbewußtsein ermöglicht, als Machtbewußtsein zu vegetieren – ganz so ist es nun, ganz so hoffnungslos, mit den Kujonen, die, fern vom Schuß des heiligen Verteidigungskrieges der Polizei, entronnen der Strategie des Zufalls, die Generalstabsberichte goutierten, sich über Menschliches wie über Wirkliches zu verständigen. Die Justiz läßt sich, den Göttern gleich, die siegreiche Sache gefallen, das Parlament untersucht nicht und die Wahrheit gemeinderätlicher Feststellungen, mit aller Bereitschaft zur eidlichen Erhärtung, zerstiebt wie Spreu im Winde. Daß, was immer am Vormittag jenes Unglückstages geschehen wäre, die beispiellose Vergeltung der folgenden Stunden nicht rechtfertigen kann; daß durch die Missetat einiger Steinwerfer, Brandleger und Plünderer die einer Überzahl von Ordnungsstützen nicht Sinn und Sühne empfängt, daß die mörderische Razzia gegen Wehrlose, Ahnungslose und Unschuldige für alle Zeiten ein Brandmal Wiens bleiben wird – unmöglich, mit solcher Erkenntnis die Macht des Tonfalls zu entwaffnen. So daß – wie nach der Katastrophe der Menschheit, aus der die Phantasiearmut siegreich hervorging – dem sprachlosen Herzen, wenn es sich doch vergebens der Menschen erbarmt, die Unrecht tun, in dieser ausweglosen Wüste nur der Wunsch bleibt, sie mögen versuchsweise am eigenen Leib das Weh erleben, über das sie in so sicherer Deckung für den Nebenmenschen verfügen. Und solche Sündenknechtschaft, die nie sich der Lästerlichkeit des Gedankens bewußt wurde, daß die Erhaltung einer Menschenlunge von der Entscheidung abhängig sei, ob in einem Polizeiamt »Einschießpatronen« oder »normale« ausgegeben wurden, wagt es, meinen Aufstand gegen das Attentat auf die Schöpfung mit einem schäbigen Beachtungsdrang zu erklären, oder mit irgendwelcher Interessenbereitschaft für eine politische Partei, als ob nicht, auf dem Weg ins Menschliche, hundert naturgegebene und zeitgewachsene Hindernisse, mit den realsten Weiterungen, zwischen ihr und mir stünden, und als ob nicht gerade deren Hintansetzung – in der Minute, wo wieder wie im Krieg alles soziale Denken auf die Formel der menschlichen Existenz herabgesetzt ist – mein Eintreten für die geschändete Kreatur beglaubigen möchte! Als ob im Stande nackter Lebensnot Parteinahme Parteisache wäre! Was das Lumpenpack »Schützenhilfe« nennt – und es möge überzeugt sein, daß der Schütze die moralischen Einschießpatronen gegen die Polizei nicht ableugnen wird –; was der Sozialdemokratie, im Blatt eines großen Räubers, gar den Vorwurf zuzieht, daß sie »nun schon alle möglichen Bundesgenossenschaften mobilisiere«: das ist nichts als meine, die Gemütsleere erschreckende, der Gehirnleere unfaßbare Eigenwilligkeit einer geistigen Entschließung, so wenig von Parteiwünschen beeinflußt wie meine Haltung vom ersten Tag des Weltkriegs an, freilich genährt von dem erschütternden Eindruck, daß diese entseelte Bürgerwelt nicht mehr willens, nicht mehr imstande ist, die Sache mißhandelten Menschentums zu führen. Geschändet wie niemals durch den aberwitzigen Auftrag des Vaterlands gegen Außenfeinde, bleibt es Programmpunkt einer politischen Partei, die, mag sie welche Schuld immer tragen durch Kurzsinn und Verblendung, Halbheit und Lässigkeit, durch den Sündenfall jeglicher Macht, durch den Fluch der eigenen Verbürgerlichung, durch alle Begleitübel, die mich in unblutigen Tagen zum Kampf nötigen, doch Hüterin der himmelschreienden Wahrheit bleibt: daß am 15. Juli unschuldiges Blut geflossen ist. Denn die Inhaber der bürgerlichen Kulturehre einer Stadt, die ihre Gaben wie keine andere auf dem Erdenrund auszubieten weiß und deren Einwohner sich mit einer Art von Geusenstolz unaufhörlich als »die Wiener« bezeichnen; die Wortführer einer öffentlichen Meinung, die peinlich das Dekorum ihrer geistigen Unzulänglichkeit wahrt: sie haben sich, froh, vor der Polizei in Sicherheit zu sein, verkrochen wie in den Tagen der üppigsten Kriegsschande, sie ertragen nicht allein das Gedenken dieser achtundachtzig hingemordeten Mitmenschen und Mitbürger, sondern auch die spezifische Unehre eines Gemeinwesens, worin die protegierte Pest des Naderertums umgeht und jedes Stinktier von nebenan über Rechtsgüter und Schicksale bestimmen kann. Sie ertragen in dieser dem Kriegsleid entrungenen Republik die Vorstellung der tausend von Büttelarmen aus ihrem Lebenswinkel gezerrten, von Büttelfäusten in Wachstuben traktierten Unglücklichen, die nichts getan haben – wenn nicht die Tat des Wortes, zu dem die Kulturträger zu feige sind, des einzigen Wortes, das der erbarmungslosen Hinschlachtung Fliehender, der Erbärmlichkeit des Triumphes gebührt hat und das wie kein anderes auch dieser schuftigen Rache an den Empörten gebührt: Pfui!

Nein, keiner von der Gesellschaft, die auserwählt ist, für die Schätze des österreichischen Gemütslebens um eine europäische Beachtung zu schnorren, die sonst bloß den fehlenden hygienischen Vorrichtungen des österreichischen Eisenbahnwesens zugewandt bliebe – keiner hat sich berufen gefühlt, aufzustehen und zu bekennen: die Brandröte des Himmels über dem Wien des 15. Juli müsse verblassen vor der Scham über die Taten und das kannibalische Wohlsein einer staatlichen Autorität und einer bürgerlichen Publizität, deren einzige Sorge damals die Beeinträchtigung des Fremdenverkehrs war, dessen Hebung doch eine Sisyphusarbeit bleibt, solange das Stückchen Seife immer wieder von den Einheimischen gestohlen wird, dessen Problem aber kein Weltuntergang von der Seele des Österreichers nehmen wird, und wenn's schon der Posaunenengel zu übertönen suchte. Doch bange machen gilt nicht bei einer Nation, die zu allem was ihr mißlingt auch das Pech hat, nicht untergehen zu können, und gleich hatte dieses organisierte Lazzaronitum die Geistesgegenwart, sich für den Brand des Justizpalastes durch dessen Ruine schadlos zu halten und sie als Sehenswürdigkeit den Fremden darzubieten. Aber keiner von jenen, die den Mut haben, das Ausland über unsere moralische Verkommenheit durch Hinweis auf unsere landschaftlichen Vorzüge täuschen zu wollen, ist aufgestanden, um zu erklären: daß das Wiener Blut erst wieder präsentabel, fibelreif und operettenfähig sein wird, wenn der Einfall, es auf der Ringstraße fließen zu lassen, gesühnt ist; daß angesichts des Ausbruchs unserer eigentlichsten Spezialität dieses ewige Fremdenführertum doch eine Vorspiegelung falscher Tatsachen bleibt und nebst seiner Zudringlichkeit die schamloseste Anmaßung; und daß man Wien samt Umgebung auch für den Inländer erst dann als menschenmöglichen Aufenthalt erkennen wird, wenn das große Verbrechen des 15. Juli durch eine Erfassung, Bestrafung oder Amtsentsetzung sämtlicher Schuldtragenden und Rädelsführer gebüßt, wenn allen wie immer orientierten Bordellen der öffentlichen Meinung, in denen wochenlang Freudentänze aufgeführt wurden, insbesondere der Neuen Freien Presse, dem Tagblatt und dem Neuen Wiener Journal, die Kundschaft abgetrieben und jeder bürgerliche Schmierer, der, eingedenk der Lorbeerreiser des Kriegspressequartiers, Anteil an der Lobpreisung der Niedertracht hatte, deutlicher erkennbar gemacht sein wird als eine bezahlte Notiz! Sie alle haben der Bestialität applaudiert – keiner ist aufgestanden, zu sagen: daß er im Namen des heiligen Geistes, dessen Walten weit über den Begriff des Herrn Seipel hinausgeht – daß er, wenn er es schon hinnehmen könnte, einen Priester der Religion der Liebe den Opfern seiner Regierungsmethode die Milde versagen zu hören, es doch satt habe, die noch vom Kot der großen Zeit schmutzigen Phrasen der Bravheit und Strammheit, nebst den eo ipso verächtlichen Ehrenzeichen, an die Organisatoren des Gemetzels verliehen zu sehen und die Ehre der republikanischen Ordnung in den Händen eines Polizeipräsidenten zu wissen, der einmal zeigen wollte, daß es auch außer Zeitungstinte einen ganz besonderen Saft gibt. Kurzum, keinen prominenten Lumpen hat es gegeben, der zu jenem Pfui entschlossen war, das so viele Namenlose verantworten müssen: über die unnennbare Tat, wie in die Rücken Spazierender und Fliehender, wie aus Polizeiautos und in Sanitätsautos geschossen wurde, auf einzelne und auf Gruppen, zur Strafe für Neugierde, für Barmherzigkeit, die einem Sterbenden beisteht, im Namen der Ordnung und mit der einleuchtenden Ausrede, daß die Löschung eines brennenden Gebäudes durch Salven in die Feuerwehr gefördert wird; wie die Justiz des blindwütigen Zufalls Männer und Frauen, Greise und Kinder ohne Ansehen der Person, mit einer Unparteilichkeit, deren sich wahrlich noch keine Behörde rühmen konnte, mit Schuß und Stich, mit

Säbel und Gewehrkolben bedacht hat. Und zu jenem dreimal triftigen Pfui für den seelischen Auftrieb solcher Greuel, der kein anderer war als die Angst vor dem Rechtsgefühl und vor dem Hunger, diesen Besitztümern der Armen in einer verlumpten Welt, vor den Elementen, die einer Ordnung des Raubes doch gefährlicher sind als die »Elemente«, auf die sie sich für ihre Gewaltübungen ausredet und die sie mit einer Wasserspritze verjagt hätte! Ja, in allem Exzeß und trotz aller Torheit der symbolischen Vernichtung einer Justiz, deren Gesetzeshärte gerade weitab von der Möglichkeit eines Schattendorfer Urteils wirkt, war es eine Bekundung der Menschheitsehre, die Demonstration lebendigsten, lautersten Fühlens, die da, führungslos und behördlicher Unfähigkeit preisgegeben, schließlich an den Machtmitteln der nacktesten Herzensleere zusammenbrach – welcher kein Waffensieg es ermöglichen wird, ihre Scheinherrschaft entgegen den Naturgesetzen fortzufristen. Denn die Gabe, sich das Leid des Mitmenschen nicht vorzustellen, mag sich mit ihr auch regieren und zeitungschreiben lassen, ist auf die Dauer kein zulänglicher Schutz gegen die revolutionären Gewalten, die von naturwegen und nicht von parteiwegen die Ordnung dieser Dinge abänderlich finden. Durch die Anteilnahme für Sacco und Vanzetti, die in jeder Faser ihres gemarterten Leibes mehr Seele hatten als alle noch unversehrten Stützen der Gesellschaft – und die Monstren, die sie dennoch getötet haben, werden es, sterbend in Qualen ohne Elektrizität, erkennen –, durch dieses Hochgericht des Erbarmens hat die Welt auch den kleinkalibrigen Tyrannen, die sich fürs fehlende Format durch die Fülle der Taten entschädigen, das Urteil gesprochen. Und was ist die planvolle Grausamkeit, die, ein bewußter Widerpart der Humanität, ihre Opfer durch sieben Jahre röstet, gegen die Unverantwortlichkeit der blutigen Schlamperei, die den elektrischen Stuhl à la minute liefert, ohne Verfahren, weil Technik und Phrase ihr alle Vorstellung abgenommen haben! Gegen den kriegsentstammten Typus, der Menschenopfer unerhört fordert, ohne einer Fliege ein Haar krümmen zu können, und dessen treublaues Auge selbst jene Humanität, deren Proteste über den Ozean fliegen, zu Vertrauenskundgebungen überredet. Nein, keiner der schreibenden Wichte, von Dreyfus bis Sacco und Vanzetti freisinnig orientiert und überall dort gegen Gewalt gerüstet, wo ihre Abwehr keine Gefahr bedeutet, ist aufgestanden, um zu sagen: Ich werde es mein Leben lang als einen brennenden Makel auf meiner Seele tragen, daß ich dieses mein Leben, diese meine Möglichkeit, gegen Fuller zu protestieren und Schober zu akklamieren, dem Zufall verdanken soll, an jenem unseligen Tage heil an meinen Schreibtisch gelangt oder dort nicht gegangen zu sein, wo ich in ein Kreuzfeuer der Sicherheitsbehörde geraten wäre; mich nicht irgendwo aufgehalten zu haben, wo ich, ungehindert und ungewarnt, glaubte meiner Wege gehen zu können und, vor der Einschießpatrone fliehend, ihr doch nicht entgangen wäre oder der aus der andern Richtung mich zur Scheibe geboten hätte – preisgegeben der Jagdwaffe, die die wilden Jäger aus Schlamperei zu sich gesteckt hatten, den Dumdumgeschossen dieser entfesselten Stupidität oder auch nur dem blutigen Dilettantismus einer Ordnungsmacherei, die sich human begnügte, auf das Pflaster zu feuern und jene »Geller« zu erzeugen, die, so hoch das Lied vom braven Mann in der Polizeidirektion klingen mag, seinen Ruhm schmerzlich übergellen werden! Nein, keiner ist aufgestanden, zu erklären: Blutige Abweisung mag, wie für den Frömmsten, der's mit dem bösen Nachbarn zu tun bekommt, eine fürchterliche Notwendigkeit dort sein, wo die Polizei selbst am Leben bedroht ist: jede Sekunde darüber hinaus, ob durch Plan, Rausch oder Unfähigkeit prolongiert, wird zum ärgsten Greuel, den die Menschheit erlebt hat, seitdem sie sich einer Zivilisation berühmt. Soll ihn »Kopflosigkeit« entschuldigen, dann mögen doch die Ruhmesposaunen schweigen, dann ist hinreichend Grund zu Demut, Buße und Opferung der Verantwortlichen. Aber daß für eine Tat des Grauens – vor der das Massaker von Dinant, dieses Fanal der Kriegsbestialität, an Ehre, Raison und Menschlichkeit gewinnt – die Täter dekoriert werden: Kriegshelden in neuer Adjustierung, denen der Eifer, das an der Front Versäumte auf der Ringstraße nachzuholen, den Abscheu einer republikanischen Gemeinschaft sichern müßte; daß höchste

Würdenträger, deren Stirn kein Geistesblitz erhellt, des Einfalls habhaft werden, die Ehren des Freistaats für dessen Prostituierung zur Freistatt der Menschenjagd auszuteilen, den Opfern die Milde zu versagen, der großen Trauer den Kranz, dem himmelstürmenden Schmerz den einen, letzten Gruß, nein: den Toten ein Vorstrafenverzeichnis nachzurufen – das mit lebendigen Nerven zu erleben, ist wohl die quälendste Zumutung, die dieses unreine Staatswesen jemals an die Menschen gestellt hat, die durch den Zufall ihrer Geburt ihm verbunden sind und den Zufall ihres Sterbens ihm bisher nicht zu verdanken hatten! Dem Unsäglichen, daß über dieses Regentengesicht, dessen starre Maske uns allen Trost der Religion spendet, den sie in diesen knappen Zeiten zu vergeben hat, keine Regung des Mitleids huscht; daß hinter dem würdigen Bart, der einem Oberhaupt zugehört, als das erste Wort seit dem Tag, der so viele Invalide gemacht hat, die Bitte an die Firma Krupnik vernehmbar ward, in ihren Bestrebungen nicht zu erlahmen – diesem Unsäglichen gebührt vielleicht, in der Erkenntnis, daß der liebe Gott es doch unmöglich so verkehrt gewollt haben kann, schon etwas wie Ehrfurcht. Wie sollte man von den Kulturträgern, von den Leuten, die diese Lebenszeichen der österreichischen Welt in ihren Blättern verzeichnen und lesen, eine Spur von Auflehnung dagegen erwarten, wo selbst unsereins doch immer mehr sich in die Einsicht ergibt, daß dies alles offenbar so sein müsse und daß es darum gut sei. Wie sollte in einer Örtlichkeit, die alle Fieberflecken der Zeit am weitaus grellsten zur Schau trägt – wie sollte in einer Wirklichkeit, die mit dem Pathos und dem Hohn ihrer Fakten tagtäglich jede Empörung und jedes Gelächter im Keim erstickt, noch der Ausdruck gefunden werden, der dem Ungewöhnlichen angemessen wäre, den Verblüffungen, mit denen diese gigantische Trivialität dem letzten Anspruch eines Naturgefühls zusetzt! Wohl ist man verurteilt, stumm zu leiden und stumm sich zu trösten, wenn in den Tagen, da ein Wort der Gnade ersehnt wird, deren Repräsentant dem edlen Weidwerk nachgeht und sich dort aufhält, wo es keine Amnestie für Murmeltiere gibt. Wenn man in einer weltläufigen Epoche, der der Flug über den Ozean eine Jobber-

Usance geworden ist, die Befehlshaber von Panzerautos sich mit Fibelsprüchen ermutigen hört. Wenn die Geistigkeit einer Tyrannis in jedem Zeitungsblatt, in das sich diese preßfürchtigen Dschingiskhane flüchten, als die Bravheit des Musterschülers sich empfiehlt; und wenn der Sieger, von dem man doch glauben möchte, er ruhe auf Lorbeeren aus, mit Mädchenalbum-Zitaten das Ruhekissen seines guten Gewissens ziert. Denn was ich diesen Machthabern sagen muß und was eben den eigentlichen Beweggrund meines Aufstands bildet, ist dies: Blut mag zum Himmel schreien, aber weit entsetzlicher ist doch, daß sein Ruf in die Melodie »Üb' immer Treu und Redlichkeit«, gesungen von einem Chor von Konzeptsbeamten, eingefangen ist! Die Geistigkeit, die uns seit dem 15. Juli gebannt hat, das Bestreben, dem Klassenkampf mit dem Rüstzeug der Elementarschule zu begegnen, die Dürftigkeit dieser parlamentarischen Behandlung des Elementaren, die den Gehirnen nichts als das Wort »Elemente« eingab, nebst der endlosen Mahnung, einen »Trennungsstrich« zu ziehen, den man doch nur zwischen sich und solcher geistigen und seelischen Povertät ziehen kann – das alles ist noch weitaus schlimmer als das Schlimmste, was geschehen ist. Als ob statt der versagten Milde die Salbe der Einfalt auf die Wunden gelegt werden sollte, haben wir täglich Sätze zu hören bekommen, deren Sprecher unvermittelt von den kurzen Hosen der Achtzigerjahre zu den langen Bärten der Gegenwart gelangt scheinen. Sich vorzustellen, daß es das gleichzeitig mit Ozeanflügen, Radio, Fernphotographie und Gesprächen mit Tokio gibt, muß auch den Freidenker an Gottes Wunder glauben lehren. Und wie sollte man nicht in die Knie sinken vor der Ahnungslosigkeit, mit der das »Glockenkomitee der Votivkirche« am 6. August, drei Wochen nach dem 15. Juli – bevor die Schuh verbraucht, womit kein Staatswürdenträger den achtundachtzig Leichen folgte –, »an die Redaktion der Zeitung Die Fakel« (welche in diesem Vorsatz, recht zu schreiben und niemand zu scheuen, untrüglich den Kasmader erkennt, der auf meine Sympathien rechnet) eine gute Gabe gelangen läßt: die endlich erschaffene Volkshymne, den »Seipel-Marsch«, der auf die energischen und doch maßvollen Worte komponiert ist:

Unser Seipel lebe hoch!
Danken wir ihm alles doch,
Aus dem tiefsten Mißgeschick
Führt' er uns zu neuem Glück.
Der sein Leben uns geweiht,
Unser Land von Not befreit,
[: Gott erhalt' ihn lang uns noch,
Unser Seipel lebe hoch. :]

Die Autoren gibt es: die Töne sind von R. H. Dietrich, die Worte von Anton Odič. Auf dem Titelblatt jedoch die Reproduktion eines – wie die Erläuterung, lange vor dem Scheitern des Mehlkartells, versichert – von Professor Josef Engelhart »gemalenen Porträts« des Hochwürdigsten Hausprälaten Seiner Heiligkeit. Die doch immerhin den Versuch unternommen hat, für Sacco und Vanzetti zu intervenieren.

Doch da der Gefeierte alles Verdienst, die Republik gerettet zu haben, auf die Polizeidirektion abwälzt, so möchte die Fakel auf einen Schober-Marsch nicht mehr allzulange warten, bereit, ihn, eingedenk der Lorbeerreiser, auch selbst herzustellen. Eingedenk vor allem der Rückert-Zitate, die ein schlichtes Gemüt – schon physiognomisch alle Vorzüge der österreichischen Landschaft mit Gletscher und himmelblauem Gewässer darbietend – auf ein Massengrab gepflanzt hat. Denn das mit dem 15. Juli war nur Zufall. Ist denn in dieser österreichischen Wirklichkeit nicht alles bloß symbolisch gemeint, und hat man nicht kürzlich ein Festschießen erlebt, wobei Kinder hinter Maschinengewehren saßen und Priester Salven für die regina misericordiae abgaben? Ja, am 15. Juli waren es Böllerschüsse einer Fahnenweihe, bei der ein weißgekleidetes Mäderl – hinter ihm, voll und ganz stehend, die Konzeptsbeamten – ein Sprüchlein aufsagt, mit dem verglichen die Worte des Seipel-Marsches etwas von der Unergründlichkeit der Goetheschen Alterspoesie haben. Und dies eben sind Schobers Sprüchlein und Widersprüchlein. Ehrenpräsident der Rettungsgesellschaft, die am 15. Juli durch das andere Institut, dem er vorsteht, erheblich in ihrer Tätigkeit gefördert, doch auch vielfach behindert war, vereinigt er in seinem Wesen – soweit es sich nicht in Originalbeiträgen für Lippowitz erschöpft – mannigfache Kontraste; und ich will es gleich sagen, daß sie mich als den Kenner der innern Natur jener reinen Lamperln, die wir eh' sind, schon lange beschäftigen. Seit der Zeit, da der Herr Bosel, um von seinen sonstigen Kreationen abzulenken, die Lilien in der Polizeidirektion gekleidet hat (in welchem Staat der Welt wäre dergleichen möglich!), sind wir ja der Autorität von einer menschlicheren Seite nahegekommen, wie es sich eben in einer richtigen Demokratie gehört; und wir entbehren keineswegs des Verständnisses dafür, daß sie sich nunmehr auch angewöhnt hat, im Zeichen der Mildtätigkeit für ihre eigenen Opfer Scherflein von Unternehmerverbänden und Spielerklubs anzunehmen. Sicherlich, der brave Mann, der an sich selbst zuletzt denkt, schlicht und bescheiden lebt und sich nur hie und da den Luxus eines Rückert-Zitats gönnt, wird dabei vor Anfechtungen – außer denen, die er vornimmt – bewahrt bleiben. Dies eingeräumt, wird es aber dem Herrn Schober kaum erspart werden, daß die Rose, die den Garten, den Friedhofsgarten zu schmücken glaubt, wenn sie sich immer wieder selbst schmückt, nach dem Juliprangen in rauher Herbstluft zu welken beginnt. (Und mit ihr jenes viel zu wenig beachtete Veilchen Pollak, das im Verborgenen blüht, der einzige Polizeiwürdenträger, dessen Wachstum sich ohne den Segen der Reklame durchsetzt, der sonst der Vegetation unentbehrlich ist.) Es wird nicht alles nach Wunsch gehen und wie es nach der Übereinstimmung von Polizeireglement und Fibel vorgesehen ist. Denn so brav wie Herr Schober ist und wie er sich die Menschen dieser österreichischen Wirklichkeit, soweit sie nicht zu den Elementen gehören, vorstellt, bin ich noch lange nicht. Mir geht der strenge Tugendkurs, wie man ihn als Grenadier des Königs von England in Marienbad durchmachen konnte, mein Lebtag ab, ich habe aus dieser Vorschule zum Bundeskanzleramt nicht im Neuen Wiener Journal plaudern können, und mangels eines Degens habe ich denselben vor einem toten Kaiser von Österreich auch nicht ritterlich gesenkt. Bin ich aber schon nicht wacker, so bin ich doch so lange als möglich gutgläubig, und was mich auszeichnet, ist die Fähigkeit, an Verrätern Verrat zu üben. Maßvoll und doch energisch, und wenn die Welt voll Konfidenten wär! Jene Doppelzüngigkeit des von der Weltgeschichte dahingerafften Wappenvogels, die manchem seiner tieftrauernd Hinterbliebenen als das Letzte geblieben ist nebst der Ehre: sie auch im Spielraum der intellektuellen Beschränktheit zu erfassen – das ist meine Spezialität, das ist meine Passion, und da schrecke ich vor keinem Abenteuer zurück. Und so wiederhole ich denn die schon plakatierte eindringliche Aufforderung an Herrn Johann Schober, Polizeipräsidenten von Wien, ehestens seinem Nachfolger, wie immer dieser beschaffen sein möge, Platz zu machen und tunlichst seine Helfershelfer mitzunehmen, eben jenen Pollak, der ihm die geistige Einrichtung besorgt und, einer angesehenen Zeitungsfamilie entstammend, für den halbamtlichen Verkehr mit Erpressern gleichsam Naturgaben mitbringt, wie den Herrn Pamer, der ihm unerwünschte Verantwortungen abnimmt und sich übrigens schon, wenn ich nicht irre, im Jahre 1902 durch ein kühnes Reiterstückchen in der Babenbergerstraße ein Paar Sporen verdient hat. (Selbst auf die Gefahr hin, daß namentlich die Erfahrenheit des erstgenannten Funktionärs ein Hindernis für eingreifendere Personalveränderungen bilden sollte.) Ich versichere dem gegenwärtigen Polizeipräsidenten, daß das Ziel seiner Abdankung sich ganz in der Linie meines Kampfes gegen Herrn Bekessy befindet und ich mich damit nicht der geringsten Inkonsequenz schuldig mache. Sie liegt mir am Herzen, mehr noch als die Hinauspeitschung des Stundenmannes, an der Herr Schober ein berechtigtes, wenngleich nicht gern betätigtes Interesse gehabt hat. Des Erpressers, von dem er wohl wußte, daß er mehr getan hat als Autoinsassen zum Verwundetentransport zu nötigen; des Verbrechers, dessen Krimina zu fassen post tot discrimina endlich gelungen ist und für dessen Steckbrief mir zu danken Herr Schober so viel Ursache hat, ohne daß sein Amt sich als findige Post bewährt hätte. Des Bekessy, der schließlich doch ein Stümper war, aber mit dem Wissen um die Personalien sämtlicher Parteien, wie es Herr Schober besitzt, der größte Journalist geworden wäre, während er selbst sich damit notdürftig als kleiner Polizeipräsident erhält, um nur im Nebenamt für Blätter tätig zu sein.

Denn das ist ja eben der Horror des Blutregententums vom 15. Juli, daß dessen Format die Maße des Herrn Schober so sehr übersteigt. Und das ist das Unerträgliche unserer großen Greuel, daß sie von so winzigen Menschlichkeiten verantwortet werden, ja von den Formen einer Verbindlichkeit gedeckt sind, die selbst nach der Verwandlung Wiens in eine Nadererhölle – und an dem Tag, da das Polizistenwort von der Wachstube als »Watschenmaschine« gemeldet wird – es einem liberalen Machtlecker ermöglicht, von »diesem vornehmen, gütigen Menschen, diesem weichherzigen, diesem humansten aller Polizeipräsidenten« zu leitartikeln; ihn zu einem »Schreckensbild, zu einem Nero in Taschenformat« zu stempeln, könne nicht gelingen. Nein, Gräber, Kerker und Spitäler füllen – es geschieht, aber es sieht uns nicht ähnlich. War es nicht der technoromantische Zauber jener großen Zeit, daß man Rechnungsräte in Attilas und dann wieder Attilas in Rechnungsräte verwandelt sah? Und daß im August 1914 wie im November 1918 nichts anderes diesen Vaterlandsbekennern nachzusagen war als: »Nicht wieder zu erkennen!« Ja eben dieses blutige Sumpertum, das schon am nächsten Morgen das Alibi seiner Umgänglichkeit parat hat, eben diese österreichische Scheinbarkeit ist tausendmal gefährlicher als die Wirklichkeit des ausgewachsenen Nero, die durch die volle Deckung der Tat mit der Person wenigstens die Sicherheit der Gefahr verbürgt. Und hier wäre es geboten, sich mit der Forderung auseinanderzusetzen, die, wieder als ein Motiv aus großer Zeit, diesen Polizeikrieg begleitet hat: »Man darf nicht generalisieren«; und wie damals zu erwidern, daß die Untat, zumal wenn sie dekoriert wird, stärker in Erscheinung tritt als ihre Unterlassung und daß es Pflicht ist, an ihr und ihrer Möglichkeit das System zu brandmarken, dringender als die Anerkennung einer Mehrzahl von Fällen, wo nicht gemordet wurde. Wer so denkt, wird selbst der Entartung gerecht werden, denn er erkennt das Walten der blutigen Mechanik, die einen gutartigen Durchschnitt bestialisiert und der die größere Schuld anheimfällt: ihn zum Mörder zu machen. Wenn Egmont, auf die Wache zeigend, ausspricht, daß diese ein hohles Wort des Herrschers treibe, nicht ihr Gemüt, so meint er die

Pflichterfüller, nicht die Entfesselten; doch in einer Welt, die keine Albas, aber Funktionäre hat, Menschen, die zu Taten fähig sind, weil sie zu deren Vorstellung unfähig sind, da muß man gar der Erkenntnis fähig sein, daß es eine anonyme Gewalt der Unverantwortlichkeit ist, die auch die Untergebenen wehrlos der eigenen Macht überliefert und an ihrer Seele so unnennbaren Schaden stiftet. Ein besserer Geist als der »gute Geist«, den ein Regent selbst in Anführungszeichen setzt, hielte noch die Wüteriche der Ringstraße in der Bahn des Menschentums. Wie aber unsere Greuel in der Freiheit gewachsen und unsere Menschlichkeiten zusammengeschrumpft sind – das bildet vielleicht das Um und Auf der Tragik dieses umgestürzten Österreich, und fast fürchte ich, es könnte als monarchistisches Bekenntnis gedeutet werden, wenn man daran erinnert, daß die alte Ära doch über Persönlichkeiten verfügt hat, die – lange vor dem Entschluß maßgebender Lemuren zum Totentanz – zu viel Blut in den Adern hatten, um das der Untertanen zu verkosten, zu viel Menschenwürde, um zum Machtbeweis die der Schutzbefohlenen zu kränken. In Erinnerung etwa an einen Mann wie den Richter Heidt oder auch an einen Vorgänger des Herrn Schober wie den Präsidenten Brzesowsky, deren echtes Österreichertum sich doch keiner Gebärde verleugnet hat; vor dem kulturellen, geistigen und moralischen Abstand einstiger Träger konservativen Geistes, in Justiz und Verwaltung, zu dem, was sich heute der Verfügung über die Rechte gottgeschenkten Lebens und errungener Freiheit erdreistet, muß den fanatischesten Republikaner ein Grausen angehen. Nein, die machtbetrunkene Mittelmäßigkeit ist die denkbar unerwünschteste Begleiterscheinung des politischen Fortschritts, und selbst von sozialistischer Seite konnte nicht geleugnet werden, daß in der Monarchie schon der Popularitätsdrang, die Grußbeflissenheit des Oberhauptes ein gewisser Schutz gegen Beamtenexzesse war und einen Polizeipräsidenten, der auch nur einen Toten auf der Ringstraße zu verantworten hatte, nicht einen Tag über das Schrecknis hinaus geduldet hätte. Und sich vorzustellen, daß eine Erscheinung wie dieser Hartleb die Ministerbank gedrückt und aufstehen hätte dürfen, um vor den Ohren des Reichs nach dem Konzept der Beschuldigten deren Missetat zu verklären – dazu mag schon eine historische Phantasie vonnöten sein. Bei allem folkloristischen Interesse, das die auf die Großstadt losgelassene Provinz auch in der heikelsten Situation gewähren mag – wiewohl da, wenn schon denn schon, nackte Knie dem Staatsgewand vorzuziehen wären –, muß doch gesagt werden, daß einer Demokratie, die nicht nur Stimme, sondern auch Sitz, und so breiten, dem Neandertalertum einräumte und Kräfte, die sonst nur für eine Kirchweih mobilisiert werden, zum Scheibenschießen auf Stadtleute entfesselt hat – daß solchem Unfug noch immer eine Bureaukratie vorzuziehen wäre, die, nicht gestützt auf die Erlaubnisse jener, auch nicht zu Ausschreitungen des Machtwillens inkliniert. Der falsche Freiheitsbegriff allerdings, der zu dem Nonsens gelangt, die Richter des gesetzlichen Buchstabens zu verdammen, denen das Geschwornenurteil über Schattendorf doch ein Greuel ist, und die Geschworenen anzuklagen, die ihrer liberalen Befugnis zur Stimmungsjustiz doch entsprochen haben – der ist zu allerletzt berechtigt, vom blutigen Ausgang der Posse eines Staatslebens überrascht zu sein, dessen Politik ausschließlich in der Gewandtheit besteht, Sachverhalte durch Phrasen unkenntlich zu machen. Die Tragikomödie dieser freiheitlichen Entwicklung ist der Aufstieg einer Menschenart, deren geistige Nahrung die Lesefrucht der zweiten Bürgerschulklasse bildet, deren Horizont von der Kaiserlithographie dieser Örtlichkeit begrenzt wird und deren Instinkte gegen eine komplizierte Umwelt Mühe haben, sich hinter der Fassade des Biedersinns zu verbergen, um eines Tags mit den tödlichen Mitteln der Zivilisation gegen sie selbst vorzugehen. Das Walten dieser Elemente, die nichts im Kopf haben als die Sehnsucht nach dem angestammten Herrscherhaus, läßt solchen Drang freilich umso absurder erscheinen, als sie doch mit den politischen Fördernissen der Republik eine weit umfassendere Möglichkeit haben, sich kulturell bemerkbar zu machen. Es ist richtig, man ist in den Zeiten der Monarchie mit einem Druck im Gehirn erwacht, sooft sich das Bewußtsein, einem gesalbten Imbezillen untertan zu sein, zur Klarheit von Traumgesichten verschärft hatte, mit denen die äußersten Majestätsbeleidigungen abreagiert wurden. Aber schließlich schien aller Aberwitz des staatlichen Lebens und der Formenwelt in der einen höchsten Region abgeriegelt, und wenn er nicht zum Weltkrieg ausgeartet wäre, man hätte sich zur Not mit dem Unwesen abgefunden, so schmerzlich das Hervortreten dieser Individualitäten von Ausstellungseröffnern auch den Nerven zusetzen mochte. Der beste Monarch – wenn es wahr ist, daß ohne diese Einrichtung die Menschheit nicht gebändigt werden kann und daß dieses Vogelvolk einen Popanz braucht, der zugleich Scheuche und Idol vorstellt –, der beste wäre einer, der längst tot ist und durch kein Lebenszeichen das tödliche Mißverhältnis zwischen Macht und Wert verraten könnte. Daß die heutige Republik, in der jeder Trottel einen lebendigen Monarchen stellt, nicht den wünschenswerten Ersatz bedeutet, kann so wenig einem Zweifel unterliegen wie die Nullität der Personen, die sie regieren. Gestalten, die einen in einem älpischen Gasthof darauf aufmerksam machen, daß es außer diesem auch noch eine »Tepetanz« gebe, auf verantwortlichen Posten der Verwaltung zu begegnen, ist dem Inländer fatal und dem Fremdenverkehr nicht förderlich. Vollends bedenklich die Überflutung der Ringstraße mit dem stämmigen Geschlecht von Bauernsöhnen, die Herr Schober zur Belebung des Stadtbildes herangezogen hat, die man in vielleicht unberechtigter Generalisierung als die »Mistelbacher« bezeichnet und die leider den Verlockungen des großstädtischen Nachtlebens durch Vorsichhertreiben der Prostituierten ausgesetzt sind. Diese scheußliche Strategie hat auch seit dem 15. Juli keine Milderung erfahren, wiewohl sie schon bis dahin nur als Kaisermanöver für eine andere Offensive verständlich gewesen wäre. Herr Schober weiß, daß selbst die mir entlehnte Betrachtung der Sittenpolizei durch ein Libertinertum, gegen das ich kämpfen mußte und dem er gegen mich Sukkurs geleistet hat, nie imstande war, meinen Ekel zu verhalten vor einer Erniedrigung des Menschentums in Tagen, wo es noch nicht in einem grausigeren Sinne Gefallene auf der Ringstraße gegeben hat. Dieses dunkelste aller sozialen Kapitel, in dem ja leider Gottes auch die fortgeschrittenste Legislatur ihr Banausentum und die Unabänderlichkeit der männlichen Geschlechtsheuchelei offenbart, hat seine tragische Illustration gefunden in dem Bilde des von einem Polizisten gejagten »Kontrollmädchens«, das sein Verbrechen, für Bundessteuer und Polizeitaxe die gewerbliche Gelegenheit eines Trottoirs benützen zu wollen, mit dem Tod durch ein Automobil büßen mußte. Aber die Geistestat eines Frank Wedekind und die Wirksamkeit des Buches »Sittlichkeit und Kriminalität« wird für das Wiener zwanzigste Jahrhundert nicht durch das Belieben eines Mistelbachers hinwegdekretiert werden, mag er auch von seinen Vorgesetzten ermächtigt sein, auf der untersten Stufe weiblicher Wehrlosigkeit sein Herrentum auszuüben. Nicht zu spät wurde das Bild meiner Phantasie einverleibt, um mir das Bekenntnis zu ermöglichen: daß ich die letzte der Gestalten, die unbefugt ein Ringstraßentrottoir beleben, für existenzwürdiger halte als die Heerschar ihrer Bedrücker und den ganzen Korso männlicher Verdienermißgeburten, zu deren Schutz diese beordert sind! Ich weiß zwar nicht, ob sich bei Rückert ein Sprüchlein zum Preise der Huren findet, aber bei Shakespeare, der ihm vielfach an die Seite gestellt wird, finde ich das Zitat: »Du schuft'ger Büttel, weg die blut'ge Hand! / Was geißelst du die Hure? Peitsch dich selbst! / Dich lüstet heiß mit ihr zu tun, wofür / Dein Arm sie stäupt.« Und wie das schon so bei Shakespeare ist, finde ich gleich nach diesem Zitat den Satz, der wohl auf einen Kontrast zwischen der Jagd auf Pfuirufer und dem urbaneren Umgang mit Leuten wie Castiglioni und inbesondere Bosel anspielt: »Zerlumptes Kleid bringt kleinen Fehl ans Licht, / Talar und Pelz birgt alles. Hüll in Gold die Sünde, / Und harmlos bricht der starke Speer des Rechts; / In Lumpen – des Pygmäen Halm durchbohrt sie.« Da wir aber in der freiheitlichen Entwicklung an dem Punkt angelangt sind, wo das »Gehorchen« als die eigentlichste Betätigung des Republikaners empfohlen werden kann (und sogar in der Zuschrift eines »prominenten Holländers«, der schon sein Geld wert ist, indem er keinen größeren Genuß kennt als, wenn er nach Wien kommt, einem Mistelbacher gehorchen zu dürfen, ja um diese Erlaubnis direkt einzukommen scheint) – so findet der Blick, der in Shakespeare eben doch mehr als in Rückert findet, knapp vor dem Wort von der Hure und dem Büttel die Erkenntnis: »›Sahst Du wohl eines Pächters Hund einen Bettler anbellen?‹ ›Ja, Herr!‹ ›Und der Wicht lief vor dem Köter: da konntest du das große Bild des Ansehens erblicken; dem Hund im Amt gehorcht man.‹« Ich weiß aber freilich nicht, ob der Obmann der Vereinigung der Konzeptsbeamten der Polizeidirektion Wien, namens der Organisationen sämtlicher Beamtenkategorien dieser Polizeidirektion, Shakespeare für befugt hält, in dieser Beziehung als Dolmetsch des Willens der Wiener Bevölkerung aufzutreten. Weil ich jedoch der letzte bin, der dazu geeignet ist, so tue ich es mit der Kraft, von der so viele, die in Betracht kämen, keinen Gebrauch machen und die darum brachliegt, und versichere dem Herrn Schober, daß ihn die Exekutive der bürgerlichen Instinkte auch in dem Lebensgebiet, wo noch der feilste Sklavensinn das Wort »benützen« aufbringt – ich denke nicht an die Journalistik, sondern an die nützlichere Prostitution –, in meinen Augen amtsunwürdig macht. Aber durch welche seiner Handlungen und welche seiner Unterlassungen wäre er es nicht? Sein System: die Bemäntelung des Kulturwidrigen durch die rechtschaffene Ausrede – in welcher seiner mannigfachen Agenden hätte es sich nicht schon allzu lange bewährt? Seine Geschicklichkeit, so unter der Hand, die die andere wäscht, und hinter demokratischen Vorwänden die Republik in einen Obrigkeitsstaat zu verwandeln, worin als Kaiserersatz der Polizeidirektor fungiert; sein Talent, achtundachtzig Tote und tausend Gefangene zu zählen und doch die Sicherheit der Republik zu gewährleisten, wenn der Republikaner nicht gerade über die Ringstraße geht – in jeder andern Ära, in jedem anderen Staat hätte es ihn problematisch gemacht. Im heutigen Österreich wird er es nicht einmal durch die Versicherung des Herrn Seipel, daß »die Polizeidirektion der festeste Hort der staatlichen Ordnung« sei. Wohlverstanden, nicht etwa die Polizei – was doch schon pervers genug wäre –, nein: die Polizeidirektion! Wäre es wahr, so müßte ein Parlament Mann für Mann Selbstmord begehen, wenn doch der schmählichste Sachverhalt, der je ein Staatswesen befleckt hat, von regierungswegen bestätigt wurde: daß es der Institution, die auf Taschendiebe und Schnellfahrer aufzupassen hat, durch ein Massaker unter Passanten gelungen ist, die republikanische Ehre zu retten! Wäre es wahr, so könnte es doch nur als der ingrimmigste Hohn eines Reaktionärs gemeint sein, der der Republik einen Tort antun will. Aber es ist brav und rechtschaffen gemeint, wie eben, allen Voltaires zum Trotz, absolvierte Bundesbürgerschüler sich den Inhalt der Freiheit vorzustellen haben, bezüglich deren es in Ordnung ist, daß statt des Nationalrats ein »Polizeikoat« die Verfassung tunlichst behütet. Und als eben in der Kaserne, der die Einschießpatronen entstammten, die Ehrenzeichen verteilt wurden, erwiderte Herr Schober – nicht ohne einen Reim von »erfüllten Pflichten« auf »mit nichten« – dem Lob des Vorgesetzten mit dem Gelöbnis: »daß das deutsche Volk in Österreich, daß seine Bevölkerung keinen festeren Hort hat als die Wiener Polizeidirektion«. Man würde erwarten, daß auf diesen Treuschwur hin – der die Volksvertreter offenbar in einen Starrkrampf der Beruhigung versetzt hat – endlich ein Zustrom von Fremden erfolgt, die sich diese sonderbare Republik in der Nähe anschauen wollen, diesen Kanzler und diese ihre verfassungstreue Polizeidirektion, weil es derartige Dinge ja zwischen Honduras und Saloniki in der Geschichte noch nicht gegeben hat – wobei noch die Hoffnung bestünde, durch ein Scherflein für Besichtigung der Ruine des Justizpalastes die Spesen für den Wiederaufbau hereinzubringen.

Hätte ich gewähnt, durch mein Plakat die Position des Herrn Schober unmittelbar zu gefährden, ich hätte mich wirklich so »blamiert«, wie der kopfschüttelnde Schwachsinn annimmt. Denn wie sollte die schlichte Aufforderung eines »Privatmannes«, abzutreten, Erfolg haben, wenn selbst die Erklärung des Herrn Seipel, daß die Polizeidirektion der festeste Hort der Republik sei, ihre satirische Ekrasitwirkung verfehlt hat! Nicht die Gewalt der erlebten Tatsachen, welche doch an den kugelsicheren Bürgerherzen abprallt – nicht die Penetranz einer Geistigkeit, die den bösen Naturgewalten mit dem Vorbild des Fleißes und der guten Sitten begegnet, nichts vermag hier irgendetwas vom Fleck zu bewegen. Und da sollte ein plakatierter Satz, der in seiner Gedrungenheit das Erlebnis nur dem Mitfühlenden gestaltet, es imstande sein? Vergessen wir nie, welch eine Welt es ist, in der wir – solange wir dürfen – atmen; und daß moralische Werte keine andere Bestimmung in ihr haben als die: Zierat ihrer Abgründe zu sein, damit diese der Staatsbürger wohnlich finde und in der Gefahr das Heil erblicke. Hätte man es sich jemals vorstellen können, daß in der Stunde, da eine feile Feder das »tiefe Menschlichkeitsgefühl« dieses Polizeipräsidenten rekommandiert – »Ein edles Wild soll zur Strecke gebracht werden« –, ein Unglücklicher im Gerichtssaal von seiner blutigen Mißhandlung auf der Wachstube erzählt und von seiner Abwaschung vor dem Transport in die Polizeidirektion, und daß der Richter vor dieser Selbstverständlichkeit weder Miene macht, gegen die Beschuldigten noch gegen den Beschuldiger irgendetwas zu unternehmen? Und gegen die Lethargie des sittlichen Empfindens – diese einzige Erscheinung, die sich hier noch an Formen und Normen hält, während mein Aufstand gegen sie mit Unflat beworfen und mit Todschlag bedroht wird –, da sollte ich mit einer plakatierten Aufforderung an ihren populärsten Repräsentanten durchzudringen wähnen? Nein, ich bilde mir nicht einmal ein, mit der gründlichen Motivierung – die die Schwachköpfe auf dem Plakat vermißt haben – das Bollwerk der moralischen Quallenhaftigkeit, die diese österreichische Welt hieb- und stichfest macht, erobern zu können. Ich mag durch den Erfolg in der Bekessy-Sache, der mir schließlich sogar den Gang unserer Justizdinge als einen Ausweg aus dem moralischen Labyrinth gezeigt hat, übermütig geworden sein. Aber so die österreichischen Möglichkeiten überschätzen hat er mich nicht gelehrt, um im Fall Schober mehr zu erwarten, als durch ein zu motivierendes Postulat Eindruck auf das Gewissen einer moralischen Inselwelt zu machen, ohne deren Vorstellung doch kein weiterer Atemzug in dieser Gegend möglich wäre. Auf dieser durchaus optimistischen Grundlage kann füglich kein weiterer Erfolg gedacht werden als der der Anerkennung von Beweggründen, die dem Verlangen seine sittliche Berechtigung und dem Ausspruch die Autorität des sittlichen Beispiels verleihen. Der Einwand der Inkompetenz des »Privatmannes«, dem die Belehrung zuteil wird, daß »über das Verbleiben eines hohen staatlichen Funktionärs auf seinem Posten die verfassungsmäßig zuständigen Instanzen zu entscheiden haben«, entspricht der Norm der Trottelei, die hierzulande die ausschließliche Quelle einer öffentlichen Meinung bildet. Ganz abgesehen davon, daß etwa der anonyme Leitartikel, der die Demission einer Regierung fordert – welche über das Amt des Polizeipräsidenten zu verfügen hat –, doch keiner anderen Kompetenz als der Privatmeinung eines Schlieferls entstammt oder dem Motiv korrupten Privatinteresses, kann ja nur die leibhaftige Dummheit dem Wunsch nach Beseitigung eines Übels, der, in welcher Form immer, ein staatsbürgerliches Recht bleibt, die Idee imputieren, auf diese Beseitigung einen legitimen Einfluß zu haben. Als ob ich den Herrn Schober hätte eigenhändig entfernen und nicht vielmehr ihm zureden wollen, die Entscheidung der verfassungsmäßig zuständigen Instanzen in einem bestimmten Sinne zu beeinflussen! Die österreichische Vorstellung, daß ein Polizeipräsident von Natur sakrosankter sei als seine Vorgesetzten – weil er doch unmittelbar mit einer Gefahr für Leben, Freiheit und Ehre verknüpft ist –, hat dazu beigetragen, daß unter der Faszination meines Plakats sich die Idiotenanstalt, die diese öffentliche Meinung bedeutet, noch irrer und wirrer als sonst gebärdet hat. So gescheit werden aber die Insassen doch noch sein, um einzusehen, daß sie mir für eine Polemik zu blöd sind. Erscheinungen wie diese Reichspost und diese Wiener Neuesten Nachrichten, das kann's doch in einer andern Sprache gar nicht geben, und das Verhängnis bei diesen Zusammenstößen zwischen mir und diesem Wien ist nur, daß die Dummheit durch mich dümmer wird, während sie mich zu stets neuen Einfällen anfeuert. Da ist denn Beherrschung geboten und bezüglich der Reichspost, die geschrieben hat, »man erinnere sich«, daß ich einmal »einem meiner Angriffsobjekte das Diktum an den Kopf geworfen habe: ›Ich fordere Sie auf, sich zu erschießen!‹«, darf ich mir höchstens eine Glosse vorbehalten unter dem Titel »Kasmader in der Schlinge oder: Man erinnert sich«. Da wird man schon sehen, wie lustig es ist, wenn die heilige Einfalt an mir satirisch wird. Denn woran sich die

Reichspost, feststellend, daß »die – Erde sich weiter gedreht hat«, nicht erinnert, ist die Tatsache, daß sich auch die – Reichspost gedreht hat, seitdem sie durch jenes, ganz anders geartete Diktum in einen Begeisterungstaumel versetzt war, woran wieder ich mich erinnere. Wie ich der Presse entgegenkomme und wie sich der Gerechte sogar des Neuen Wiener Journals erbarmt, beweise ich dadurch, daß ich die Aufmerksamkeit der Polizei auf einen Diebstahl lenke, der wohl einzig in seiner Art dasteht. Dem Neuen Wiener Journal ist nämlich die wertvolle Betrachtung, die es meinem Plakat gewidmet hat, vom Frankfurter General-Anzeiger gestohlen worden – eine Sensation, die die eigenartige Betätigung eines Anzeigers beleuchtet und in der Kriminalgeschichte ähnlich vermerkt werden müßte, wie wenn es der Polizei einst gelungen wäre, einem Diebstahl an Manolescu auf die Spur zu kommen. Was die Wiener Neuesten Nachrichten, die in großdeutscher Sprache verfaßte Zeitung, anbelangt, so möchte ich ihr – wenn ich sicher wüßte, daß der Gewinst nicht unter ihre Schriftleiter verteilt wird – ein Preisrätsel suggerieren: wie sie wohl zu der Version gelangt sein mag, daß ich »an Litfaßsäulen Maueranschläge« (das kommt davon, wenn man das Fremdwort Plakat scheut!) »angeblich sogar auch selbst anklebte«. Dieses Gerücht hat als perfekte Tatsache auch unter den Sudetendeutschen Eingang gefunden und die ›Silesia‹ bringt einen Bericht aus Wien, worin die Szene genau und in Sperrdruck beschrieben wird, nebst dem Aufsehen, das unter der mich umgebenden Menschenmenge entstand, »so daß die Verkehrspolizei e n i a t n i a e n i a eingreifen mußte«. (Wenn's nämlich der Setzmaschine in Sudetenländern zu dumm wird, beginnt sie zu lallen.) Nun bin ich sicherlich einer der meistbeschäftigten Menschen Wiens oder wie unsere großdeutsche Zeitung sagen würde: einer der v i e l beschäftig s t e n; aber mir zuzutrauen, oder wie sie sagen würde: zuzumuten, daß ich auch noch der »Wipag« ins Handwerk pfusche, das verbitte, oder wie sie sagen würde: verbiete ich mir. Die Bezeichnung »Fackel-Kraus«, als ein Stück aus dem Inventar der Wiener Geistigkeit, überrascht mich weniger als die eines »Reklame-Kraus«, da es doch bisher nicht bekannt war, daß ich einen Bestandteil der Welt bilde, deren Schreiber ihre Existenz von der Möglichkeit fristen, daß dem Essig-Huber eine Variante zu Goethes »Über allen Gipfeln« einfällt. Aber die großdeutsche Publizistik hat es heraus – »den Wienern erscheint es klar« –: daß es »sich um einen Reklame-Trick des Fackel-Kraus handelt«, den er ersonnen hat, um der dem Plakat folgenden Fackel eine größere Verbreitung zu sichern. Diese schnöde Absicht, die Motivierung eines gemeinnützigen Verlangens im größten Umkreis vorzubereiten, um die vertretene Sache vor der ganzen Öffentlichkeit, der sie dient, zu führen – wie könnte sie zu ethischem Vergleiche auch nur in die Nähe der Propagandamittel gebracht werden, die die anständige Publizistik anwendet, welche, selbstlos der Annoncierung aller Bedürfnisse dienend, doch nie noch für die eigene Leistung Reklame gemacht hat? Wie wäre sie etwa zu vergleichen mit der Propaganda für eine Kulturrevue wie ›Das Weltbild‹, deren spannendem Inhalt die bürgerliche Presse unter dem Titel

Vor der Hinrichtung von Sacco und Vanzetti

gerecht wurde?

Aber die Absicht meines Plakats, von welchem das Blatt des Herrn Sieghart, im Punkte der Reklame wahrlich ein unbeschriebenes Blatt, auch gesagt hat, es sei »nichts als ein Stoß in die Luft oder ein Schlag ins Wasser«, war doch noch eine ganz andere, wiewohl sie schon mit dem Wunsch zusammenhängen mag, meinem Urteil über Herrn Schober die denkbar größte Publizität zu sichern. Denn das Plakat sollte ein Stoß in die unreine Luft, ein Schlag ins faule Wasser sein! Es schien mir angebracht, die lange Frist bis dahin, wo die der Dummheit schwerer verständlichen Sätze erscheinen, mit der knappsten Formulierung dessen, was ich seit länger als dem 15. Juli empfinde, auszufüllen – mit einem Satz, durch den ich dem Vorurteil, daß mein Stil unverständlich sei, einmal begegnen wollte, und von dem ich glaube, daß er bei aller Verständlichkeit doch nicht des Reizes sprachlicher Gestaltung entbehrt, indem er, wie etwa das berühmte »Lebt wohl« in der »Iphigenie«, einen starken psychischen Inhalt im kürzesten, ja vorhandensten Ausdruck lebendig macht und gleichsam das Erstmalige des immer Gesagten herstellt. Man könnte freilich noch ein anderes Zitat zum Vergleich heranziehen, zwar keins von Rückert, aber den Ausspruch eines anderen Manifestes, dessen Prägnanz wahrlich keines geringeren Aufsehens teilhaft wurde und das allerdings zwölf Millionen Tote gekostet hat, während das meine bloß achtundachtzig rächen wollte. Trotz der andauernden Weigerung der Bürgerwelt, das andere für eine Blamage zu halten, möchte ich doch behaupten, daß ich das meine reiflicher erwogen habe! Auf eine Zustimmung in dem Maße der Verständlichkeit habe ich keinen Augenblick gerechnet, wiewohl ich genug Beweise auch für jene erwarten durfte und empfangen habe; doch selbst was die Verständlichkeit betrifft, konnte ich es mir genügen lassen, sie beim Adressaten zu finden, und ihrer war ich so sicher wie seiner Weigerung, von ihr plötzlichen Gebrauch zu machen. Ein unmittelbarer praktischer Erfolg ist immerhin in der Bekundung seines Bedürfnisses zu erblicken, sich von seinen Untergebenen wie von seinem Vorgesetzten die Unentbehrlichkeit bestätigen zu lassen, und in dem drolligen Einfall des Herrn Seipel, eines der zahllosen Pensionsgesuche des Herrn Schober, das vom 4. April, ausgerechnet am 20. September, dem Tag nach Schluß meiner Plakatierung, im Namen der »überwiegenden Mehrheit unserer Bundesbürger«, abzulehnen. Dem Ärgernis der andern, ihn an seinem Amtssitz, und nun vollends mit so viel Blut, kleben zu sehen, war Herr Schober mit dem Hinweis auf seine vielen ergebnislosen Versuche, der Bürde ledig zu werden, entgegengetreten, und auch Herr Seipel hat mit leichter Ironie auf diese mit Gesundheitsrücksichten zusammenhängende Übung, gehen zu wollen und sich halten zu lassen, hingewiesen, auf das, was in der französischen Operette »fausse sortie« heißt und wenn es sich wiederholt: »même jeu«. Denn man muß ja wissen, daß die Demission dieses Polizeipräsidenten bereits eine Einrichtung des österreichischen Staatslebens geworden ist und daß die Regierungskreise ihr längst mit der Erwartung des »Blaubart«-Chors gegenüberstehen, der der Meldung vom Hingang der Soundsovielten mit dem Ausruf antwortet: »Das hat er uns schon oft gesagt!« Die Version freilich, die ein Polizeiwind verbreitet: daß es diesmal schon ernst war und glücken sollte, bis mein Plakat erschien, um die gegenteilige Wirkung zu erzielen, entbehrt durchaus nicht der Glaubwürdigkeit für den, der das »Just nicht!« als die einzige österreichische Regierungsmaxime begriffen hat. Da aber doch wieder der »Goldfüllfederkönig«, vom beifälligen Grinsen der Bürgerwelt begleitet, die Aufforderung an Herrn Schober erscheinen ließ, nicht abzutreten, so wird es sich weisen müssen, ob Herr Seipel die Konkurrenz nicht unerträglicher findet als ich. Man soll nichts überstürzen, und der gute Österreicher hat in solchen Fällen, wo es sich um die Erwägung des praktischen Erfolges handelt, das Sprüchlein bereit: »Aufgeschoben ist nicht aufgehoben« oder »Gut Ding braucht Weile«. Die Blamage eines Beginnens, die keineswegs schon damit eingetreten ist, daß die Esel es nicht verstehen, könnte doch nie im Ausbleiben der Erfüllung eines Begehrens, sondern füglich nur in der Unzulänglichkeit seiner Argumente erkannt werden, und wenn ein Plakat und ein Kopf zusammenstoßen und es klingt hohl, so muß nicht immer das Plakat schuld sein, sagt ungefähr Lichtenberg, der, in Göttingen vor genau 150 Jahren, einen Anschlagzettel hat erscheinen lassen, durch den es ihm glückte, einen »von der gebildeten und ungebildeten Menge angestaunten Zauberer« zu vertreiben. Die Zeiten haben sich geändert, die Dummheit ist stärker geworden als die Satiriker, die nichts zu lachen haben, die Konzeptsbeamten haben sich vermehrt und die Post in Wien befördert mehr schmierige Karten als die damals in Göttingen. Doch wenn ich meinem Plakat auch nie den Sinn bestreiten wollte, daß er ein rechter Anschlag war, und einer, dessen Wirkung auch das Mißlingen nebst allen Widerwärtigkeiten in sich begreift – »den Wiener Polizeipräsidenten unter den Druck der Straße zu setzen«, wie die Reichspost meint, habe ich keineswegs geplant, angesichts einer Bürgerschaft, die es lieber erträgt, daß die Straße unter den Druck des Wiener Polizeipräsidenten gesetzt wird. Aber was ich gewollt habe, war: lange bevor ein Wortwerk erscheint, das trotz allem Erlebnisinhalt von der maßgebenden Wurstigkeit in die Kategorie »Literatur« abgetan wird, den Trägern eines Menschengefühls ein erwartetes Zeichen zu geben, wie ich zu dem Ereignis stehe, das ihnen das Herz bewegt und der überwiegenden Mehrheit der Bundesbürger es verhärtet hat. Das habe ich erreicht, und ich kann dieser überwiegenden Mehrheit, mag sie nun toben oder grinsen, protestieren oder ihre Dummheit für meine Blamage halten, mag der Furor für Ordnung und Sicherheit sich im Walten von Säbelklingen auf Litfaßsäulen oder in einer ganzen vaterländischen Literatur von Pissoir-Inschriften auf noch unversehrten Plakaten betätigen – ich kann dieser die Kultur überwiegenden Mehrheit gar nicht sagen, was es auf der Welt geben könnte, das mir gleichgültiger wäre als ihre Reaktion!

Freilich hat diese sozusagen ihren offiziellen Stempel erhalten durch die Kundgebung der Konzeptsbeamten, die mindestens solch ein Novum in der öffentlichen Polemik bildet wie der Gebrauch des Rechtes, seine Meinung auf ein Plakat zu setzen. Gegenüber dem Obmann der Vereinigung der Konzeptsbeamten der Polizeidirektion Wien namens der Organisationen sämtlicher Beamtenkategorien dieser Polizeidirektion muß ich allerdings den kürzeren ziehen. Da habe ich wirklich einen schweren Stand. Was einen Obmann als solchen betrifft, speziell einen, der sich, entgegen der sonstigen Gepflogenheit von Polizeibeamten, in der Zeitung nicht nennen läßt, so wäre man gewiß versucht, der alten Begriffsbestimmung durch die Frage, ob er ein Mann ist, näherzutreten. Denn im Vertrauen auf die Unwegsamkeit der Geschwornenjustiz im Amtskleid Schmähungen zu publizieren, ist ein Beginnen, nicht just geeignet, das Gefühl der Sicherheit im Umgang mit der Polizei auszubauen und zu vertiefen. Fiele nicht schon der Vorwurf »unverantwortlicher Verdächtigungen«, in deren Kette das Plakat »ein Glied« sei – durch keine Anführung einer Tatsache begründet oder je zu begründen –, mit beispielhafter Deutlichkeit auf die Urheber zurück, so müßte doch wohl gesagt werden, daß die Kritik »reklamehaften Beginnens« ein Fastnachtsscherz ist, wenn sie einem Rayon entstammt, dessen Insassen ihr Lebtag die Öffentlichkeit mit der Beteuerung behelligt haben, daß es ihnen gelungen ist, auch wenn ihnen nichts anderes gelang, als »die öffentliche Aufmerksamkeit auf ihre Person zu lenken«. Im Hause des Stukart von Reklame zu sprechen; im Hause des Gorup, der heute Kronprinz Rudolf-Sensationen plakatiert; in der Sphäre, der das Klischee »Spielvogel und Zawadil« angeheftet bleibt; an der Quelle einer Publizität, in der auf einen Taschendieb zehn verdienstvolle Kriminalinspektoren kommen; und in treuer Gefolgschaft hinter Herrn Schober, der doch eine leibhaftige Zeitungskolumne wäre, selbst wenn er nicht zu Weihnachten die Judenpresse und zu Ostern die bodenständige belieferte – das würde traun selbst dann von Tollkühnheit zeugen, wenn es nicht gegen einen Autor vorgebracht wäre, der sich das Glück, totgeschwiegen zu sein, nachweislich noch nie durch ein Interview, eine Einladung, ein Rezensionsexemplar, ein Bild, ein Wort an die Presse gestört hat. Ohne Zweifel habe ich schon durch meine bisherige literarische Tätigkeit es den ernsten Menschen, als die sich die Herren Polizeibeamten vorstellen, »schwer gemacht«, sich mit einer Äußerung von mir zu befassen. Aber Identifizierungen, die doch eigentlich eher ihr Ressort sind, habe ich ihnen niemals erschwert, und ich bin gewiß nicht schuld an dem Mißgriff, zu vermuten, daß durch mein Plakat die öffentliche Aufmerksamkeit auf meine Person gelenkt werden sollte und nicht vielmehr auf die ihres Vorgesetzten. Ob nun die Herren Beamten (an deren Konzept, wiewohl es den rechtschaffenen Ton dieser österreichischen Zeitläufe wahrt, ein Israelit nicht unbeteiligt sein dürfte), ob nicht eben sie »die letzten« sind, die geeignet wären, als Beurteiler der Autorität meines Wirkens aufzutreten, und ob nicht gerade sie »dies beruhigt den hiezu allein berufenen Faktoren überlassen« sollten, darüber wollen wir ein Amtsgeheimnis breiten. Sie haben offenbar vergessen, daß sie zwar ein Amt haben, aber ich Satiriker bin, und einer, der seine Equipierung und sonstige Wohltaten keinem Finanzmann verdankt und seine Amtshandlungen unbeeinflußbar, rückhaltlos und vor jeder Instanz der Erde und des Staates verantwortet. Was meine Befugnis betrifft, vor den Ohren der Welt und selbst der Wiener Bevölkerung das Wort zu nehmen – und eines, das der Sprache der

Nation verwandter ist als sämtliche Kundmachungen dieser Polizeidirektion und jener großdeutschen Presse, die sie »treffend« nennt –, so werden wir schon keinen Richter darüber brauchen und wollen es dahingestellt sein lassen, ob das Votum der Konzeptsbeamten oder etwa das der Sorbonne gewichtiger und am Ende maßgebender sein wird. Damit aber doch einmal glaubhaft dargetan sei, wie sich das mit meinem Ansehen verhält, wenngleich von einem solchen hieramts nichts bekannt sein mag, und mit meinem Recht, aufzustehn zu den Konflikten, die sich zwischen den Ansprüchen der Menschheit und den Besonderheiten der österreichischen Staatlichkeit ergeben, aufzutreten als der Beschreiber des Unbeschreiblichen, das in den »Letzten Tagen der Menschheit« enthalten ist, gegen eine Wiedergeburt der Toten, die das Leben bedrohen – so sei der wesentliche Unterschied der Auffassungen von hieramts und außerhalb an einem sinnfälligen Beispiel wahrgenommen. Es ist sicherlich bemerkenswert, daß dieser furchtbaren Landesüblichkeit: der aus den Tiefen des Troglodytentums bezogenen Idee von einem »Fackel-Kraus«, der ein Geschäft machen will, die analoge politische Gesinnung in dem führenden deutschnationalen Blatt Berlins, der ›Täglichen Rundschau‹ des Herrn Stresemann, gerade jetzt (21. August 1927) ein Bekenntnis entgegensetzt, das sich »Der Triumph des Thersites« betitelt. Der Thersites (den die Sudetendeutschen »Thersides« schreiben) bin aber diesmal nicht ich, sondern der Autor des Buches vom »braven Soldaten Švejk«, an dessen schärfste Ablehnung, aus dem alldeutschen Gesichtspunkt, sich der folgende Satz schließt:

Wir trennen ein Buch, dessen literarischer Unwert sich mit Niedrigkeit der Gesinnung paart, von Werken, die genialer Gestaltungskraft, der reinsten Absicht und der tiefsten Einsicht den Ursprung verdanken, wie jene »Letzten Tage der Menschheit« des einzigen Karl Kraus, der berufen war, einem Staate den Fluch und Hohn nachzurufen, dem er durch Jahrzehnte ins Angesicht getrotzt hatte....

Dieser unverfälscht deutschnationalen, also wesensfeindlichen Anerkennung meiner Befugnis, in die vitalsten und moribundesten Angelegenheiten der vaterländischen Welt mehr als ein Heer von Konzeptsbeamten dreinzureden, ließen sich auch klerikale Zeugnisse einer geistigen Achtung anschließen, deren Kontrast zu den Ausflüssen unseres Kasmadertums einem wirklich die Frage nahelegt, was man hier noch zu suchen hat. Es bleibt doch eine stinkende Schande dieser Presse – mit Einschluß des Amtsblattes –: einen Wisch nicht in den Papierkorb geworfen zu haben, von dem sie alle wissen, daß in ihm die Machthaberei zu der Ungebühr eines Tons mißbraucht wird, dessen sich nur die Unverantwortlichsten unter ihnen selbst vermessen; ein quasi offizielles Urteil über mich zu verbreiten, das den Tadel der »Überheblichkeit« und der »Lächerlichkeit« vor Mitteleuropa auf seine Urheber lenkt. Aber weitaus beträchtlicher als das Wagnis der in unauffindlicher geistiger Region Lebenden, von mir als dem »letzten« zu sprechen, ist doch die Huldigung für den Herrn Vorgesetzten, die sich mit einem Aplomb gibt, als ob man von den Beamtenkategorien dieser Polizeidirektion eine Abrückung von ihr erwartet hätte. Bitte, »voll und ganz stehen sie hinter ihrem Präsidenten Schober«! Man könnte fragen, wo sie denn sonst stehen sollten, wiewohl man sich den Beruf des deutschen Vereinsmannes, eine Sache »voll und ganz« zu unternehmen, gemeinhin nicht stehend ausgeübt vorstellt. Denn man kann für eine Sache, die seit jeher durch diese Phrase verdächtig wird, voll und ganz einstehen, selbst zu ihr voll und ganz stehen, aber hinter jemandem, also leiblich so zu stehen, ist eine Unvorstellbarkeit, die noch die letzte aller Phrasen korrumpiert, und höchstens ein Bild, worin die amtliche Subalternität mit der geistigen voll und ganz zur Deckung kommt. Es ist ja für das Niveau dieses Handels so bezeichnend, daß nebst den gewissen Elementen und dem »Trennungsstrich« des Schulbürgertums keine Redensart so häufig wiedergekehrt ist als diese, und es ergibt sich nun der Aspekt einer Schlachtordnung, in der, während Herr Schober »für die Haltung der Polizei an jenen zwei Unglückstagen voll und ganz eintritt« – was doch weiß Gott mutig ist –, die Konzeptsbeamten voll und ganz hinter ihm stehen. Aber wenn es, und speziell in Österreich, voll und ganz zugeht, so kann man Gift darauf nehmen, daß es schon leer und halb sein wird. Voll, und ganz, waren bloß die Hosen, die vom Herrn Bosel spendierten, als der Herr Bekessy zu drohen begann, um sich die Verfolgung wegen Erpressung vom Hals zu schaffen! In einem Maße – daß die Leumundsnote eine Retusche erfuhr: durch einen Akt, der in der Geschichte bureaukratischer Dinge einzig dasteht, als Akt des Verrats beispiellos in der Geschichte kampfgenössischer Verbindungen.

Und damit wären wir am springenden Punkt angelangt! Nichts, nichts, nichts, keine Gefahr, der Gesetzlichkeit oder der Gewalt, keine Pein, keine Drohung wird mir das Konzept verrücken oder entwinden, des Planes: die Wahrheit zu sagen über die atembeklemmende Erniedrigung, in die sich die Autorität in einem flagranten Fall bedrohten öffentlichen Interesses gefügt hat – damit man dereinst wisse, wer sie befleckt hat und wer sie behütet! Die Erfüllung des Begriffs einer Sicherheit, wie ich sie persönlich jetzt erfahre, tagtäglich von der Bestialität bedroht und ihr preisgegeben, weil ich im Begriffe bin, den verlogensten Schein, der jemals diese hirnlose Welt geblendet hat, mit erlebter und erlittener Wahrheit zu verjagen – welch eine Nuance der tragischen Groteske, die wir seit den Julitagen wie im Fieber durchträumen. Aber ob Mißhandlung oder Tod durch die Hand Kasmaders – Furcht flößt mir höchstens die Gefahr der Berührung ein, die damit verbunden wäre! Die dienstwilligen Federn, die da hämisch von dem »famosen Plakat« schreiben und daß damit »gleichzeitig die Höhe des Kampfes gegen Schober erreicht und unfreiwillig ins Lächerliche gezogen war« – sie werden sich sträuben vor der Erkenntnis, daß sie in gewisser Beziehung recht hatten. Es war famos; die Höhe war erreicht; und lächerlich wird die Sphäre, deren Kontraste von großen Taten und winzigen Menschlichkeiten, von einer Parade der Ordnung und einem Versteck der Korruption, offenbar werden. Daß »Pflichterfüllung vielleicht die charakteristische Eigenschaft des Wesens Schobers ist« – dies laßt der Welt, die noch nicht weiß, mich sagen, der wie Horatio Stöß' und Gaben vom Geschick mit gleichem Dank empfängt und sich für seine Person den Teufel um eine Meinung schiert, deren Recht auf Öffentlichkeit er doch als einen Fluch der Hölle erachtet. Wenn dieser Schober nicht in dem Moment, da Lippowitz ihn einen »integren, ehrenhaften Mann« nannte, abgedankt hat, dann wird es gewiß schwer sein; aber wir wollen es doch mit allen Kräften einer verkannten Vaterlandsliebe versuchen! Und vielleicht wird dann auch Herr Sieghart sein Bedürfnis nach einem Balzac befriedigt finden, »der die Sittengeschichte der Bekessy-Zeit zu schreiben hätte«. Vielleicht dann selbst Herr Benedikt, der, im brennenden Schmerz persönlichster Schändung, dankbar bereit war, mein Bekessy-Werk zu verherrlichen, wenn er meinen Undank nicht zu fürchten gehabt hätte – vielleicht eines Tages zugeben, daß es nunmehr erst seine Krönung fand: im Kampf gegen ein Muster der Pflichterfüllung an der Sicherheit Wiens. Vielleicht bekennen, daß es doch eine ethische Sache war, auch den Mann entfernt zu wünschen, der es beinahe verhindert hätte, daß der balkendicke Titel erschien: »Exit Herr Bekessy! Wien von einem der übelsten Gesellen befreit.« Das alles wird sich zeigen und Sinn wie sittliche Bestimmung eines Plakats offenbar werden, ohne dessen lapidares Vorwort die flammendste Rede vielleicht ungehört bliebe. Denn das Ereignis achtundachtzig Toter und tausendfachen Menschenwehs reicht ja hierorts wahrhaftig nicht aus, um das ungewohnte Ansinnen eines Privatmanns an einen Polizeipräsidenten zu rechtfertigen, darüber lacht man doch nur, und da man die Fackel zwar liest, aber nicht lesen kann – wegen der großen Sätze, die die gesuchte Sensation verbergen –, so hat man eben nicht gemerkt, daß in ihr schon lange vor dem 15. Juli, dessen Ereignis die Stellung des Polizeipräsidenten nur festigen konnte, und zwar im Sommer 1926, in dem Aufsatz, betitelt »Die Stunde des Todes«, ein Menetekel enthalten war: ganz danach angetan, eine seiner Demissionen zu rechtfertigen. Man lese es nach! Beherzigt hat es der Polizeipräsident zwar nicht; wohl aber verstanden. Verstanden den Hinweis auf das Bild eines entehrten Staates: »mit Akten der Felonie, mit Würdenträgern, die träger waren die Würde zu behaupten, als sie an einen Schurken zu verlieren, vor dem sie wie Wachs im Feuer dahinschmolz«. Verstanden den an ihn gerichteten Appell, eine üble Sache aus der Welt zu schaffen. Denn er äußerte, endlich, im wachsenden Gefühl des Ernstes einer Erkenntnis, die mir nunmehr sein Wesen auch von der satirischen Seite erschloß, im Frühjahr 1927 das Verlangen nach einer »Aufklärung von Mißverständnissen«. Worauf ich ihm mit dem Bescheid gedient habe: daß ich als Bundesbürger zwar einer Vorladung Folge zu leisten hätte, aber den Wunsch nach Aufklärungen, die ich im übrigen für aussichtslos hielte, bloß auf gesellschaftlicher Basis – wenn eine solche noch möglich war – gewähren könne, also durch Empfang der Person, die mir etwas mitzuteilen wünscht; daß ich jedoch der Meinung sei, es gebe auf meiner Seite kein »Mißverständnis« und eine »Aufklärung« könne nur durch Erfüllung meines unmißverständlichen Begehrens erfolgen: Pensionierung des schuldtragenden Funktionärs oder – falls die konkret erhobene Beschuldigung für unstichhaltig erachtet werde – Kommuniqué, amtliche Berichtigung oder strafrechtliche Verfolgung. Das wurde dem vermittelnden Konzeptsbeamten – dessen achtungsvollem Betragen ich den Verdacht, an dem Unfug gegen mich beteiligt zu sein, ersparen möchte – mit der denkbar größten Unmißverständlichkeit telephonisch geantwortet; und hinzugefügt: daß ich Schriftsteller sei, das Amt der Urteilsbildung unbeeinflußbar ausübe und die Verwechslung mit einer Publizistik ablehnen müsse, an der der Vorgesetzte mitarbeite und die man behufs Entgegennahme von »Aufklärungen« herbeiwinken könne. Diejenige, die ich selbst der Öffentlichkeit zu geben hatte, wurde nun, Gott sei's geklagt, durch die Bindung an einen Strafprozeß des Herrn Bekessy verzögert, dem, solange er nicht abgeschlossen ist, einen Akt – eben jenen monströsen Nachweis polizeilicher Möglichkeiten – zu entnehmen das Gesetz verwehrt. Diese Strafsache – einen Beleidigungsfall mit großer Perspektive – abzuschließen, ist im Interesse der letzten Sicherheit Wiens vor einer Bekessy-Renaissance nicht opportun erschienen. Nun sind höhere Interessen der Sicherheit rege geworden. Man versuche, wenn man Phantasie für Seelenvorgänge hat, das Erlebnis meines Schauders zu ermessen vor einer Tyrannis, deren Vertreter ich in seiner Menschlichkeit erschaut hatte, aus dem Abenteuer einer Verbindung heraus, die ich in der unerbittlichen Notwendigkeit des Kampfes gegen die Pest von Wien eingehen mußte und im reinsten Vertrauen in das Gehaben korrekter Mittelmäßigkeit eingegangen war – welche ja gegenüber dem Greuel des auszurottenden Libertinertums wirklich als jener Hort der Sicherheit erschien, der zu sein sie verpflichtet ist. Als die Gewähr der Förderung öffentlichsten Interesses an unerläßlichen Feststellungen – soweit Hilfe von einer preßbefangenen Amtlichkeit erwartet werden konnte, die immerhin doch das Glück empfand, daß ein unerschrockener Privatmann ihr den Todesstoß gegen die Macht der Erpressung abnahm. Sie ist ihr, mitten auf dem Weg der einverständlichen Verfolgung, erlegen. Ich weiß nicht, ob eine Vertrauenstäuschung, die die gemeinsam geschmiedete Waffe gegen den Kampfgenossen kehrt; die mit der Zusage des Nützlichen und Notwendigen, des Vereinbarten, auf den Lippen insgeheim schon das Gegenteil besorgt hat; eine Erfüllung ankündigend, die buchstäblich der nächste Morgen als die phantastischeste Verkehrung, als die handgreifliche Unterstützung des Feindes offenbart – ich weiß nicht, ob solch ein moralischer Sachverhalt imstande ist, nebst dem Glauben an die persönliche Ehrenhaftigkeit auch die sichtbare Position eines Machthabers zu erschüttern. Damit mag man es unter den gegebenen Verhältnissen des österreichischen Charakterklimas halten, wie man will. Das aber weiß ich, daß, wenn nicht der Verrat, doch der Inhalt des Verrats jene Position erschüttern muß, und wäre sie mit Ketten an die österreichische Indolenz geschmiedet: Die Preisgabe der Sicherheit, die zu wahren die Pflicht des Amtes wie des Bündnisses geboten hatte. Die Unterdrückung, statt der Geltendmachung, eines Wissens um Verfälschungen und Erschleichungen ungarischer Dokumente. Eine amtliche Ehrenerklärung als die noch nicht dagewesene Anerkennung einer »Eingabe«, deren Schwindel ein Unikum in der Kriminalgeschichte bildet. Die ausdrückliche, geradezu feierliche Rehabilitierung eines Verbrechers in voller Kenntnis seiner

Milliardenerpressungen und nach rezenter Erfahrung von Betrügereien, deren zugesagte Feststellung der Kenner schuldig blieb. Und dies alles auf dem Höhepunkt eines Kampfes von titanischem Umfang und für den Mißbrauch zu einem Gerichtsverfahren, dessen Ausgang unfehlbar die Befestigung der Erpressermacht herbeigeführt hätte, wäre die Zähigkeit des Alleinkämpfers nicht stärker gewesen als der Verrat! Ähnliches ist nie erlebt worden, mit ähnlichem Mut, durch den Umfall zu verblüffen, nach ihm zu schweigen und zu wähnen, daß der Verratene nun zufrieden sein und wohl gleichfalls die Sache preisgeben werde. Nie noch ein Fall, wo die Verfolgung eines Erpressers, in dem Moment, da er der Behörde selbst den stärksten Beweis seiner Fähigkeit anbietet, in seine Ehrenrettung umschlägt. Von allen Erlebnissen des beispiellosen Kampfes war dieses das erschütterndste, und das lesende Auge wehrte sich, einem Aktenstück das vollkommene Gegenteil von dem zu glauben, was ein glaubendes Ohr noch tagszuvor gehört hatte. Aber es war nicht anders: während ich mit Herrn Schober, der meinem gemeinnützigen Beginnen durch Monate mit der Sympathie und Hilfsbereitschaft folgte, die ihm die beschränkten Mittel der Amtlichkeit und Persönlichkeit zu gewähren schienen, über die Möglichkeit beriet, den Aktenschiebereien des Erpressers auf die faßbare Spur zu kommen – hatte dieser die Hintertreppe zu einem Funktionär gefunden, der offenbar Macht hat, die Entschließungen des Vorgesetzten zu beeinflussen. Genau vermöchte ich den Zeitpunkt und den Modus anzugeben, wann und wie der Erpresser von der Gefahr Kunde erhalten hat, daß die Polizei im Begriffe sei, sich zu einer Ergänzung der Leumundsnote aufzuraffen, die durch die Mitteilung von Betrugsfakten an das Landesgericht für ihn einen unmittelbar katastrophalen Charakter annehmen konnte. Und es gelang ihm, dieser Ergänzung den Sinn einer Berichtigung, eines Widerrufs selbst der vorhandenen Feststellung zu verschaffen, daß er ein bestechlicher Journalist sei! Es gelang ihm, wie ich weiß, durch einen friedfertigen Hinweis auf seine »Besserung« seit jener infamen Bedrohung des Privatlebens von Funktionären, mit der er, wie später festgestellt werden konnte, in den Tagen erfolgreich operiert hat, als einer seiner Angestellten wegen des Verdachts der Erpressung in Haft genommen wurde. Die Lahmlegung der Autorität, nach dem erneuten Versuch, unter meinem Antrieb die Stadt vom Erpresser zu befreien, bietet in diesem Zusammenhang wohl den traurigsten Anblick, den menschliche Hinfälligkeit im Amtskleid jemals geboten hat, und die Hand des Herrn Bosel dürfte sich auch hier erkennen lassen, wie nicht minder in der Möglichkeit, daß der trotz allem vom Staatsanwalt Verfolgte über die Grenze gelangen konnte. Ich führe, was ich da erlebt habe, auf eine Begegnung zurück im Schnittpunkt der Schieber- und Schoberwelten, auf den bizarren Zufall, der in einem Warteraum es dem Herrn Bosel ermöglichte, den hoffnungslosen Versuch meiner Bekanntschaft zu machen, der über die Nennung seines Namens nicht hinausgedieh. Damals ahnte ich, welche Stunde es geschlagen hatte.

Ich glaube noch heute nicht, daß sein hochgestellter Freund leichten Herzens das sittliche Werk so über Nacht preisgegeben hat. Aber wenn er es tun konnte; wenn er verderblichen Einflüssen ausgeliefert ist; wenn er so schwach war, sein Schweigen und meinen Appell am Ausgang des Kampfes, den ich ohne ihn und gegen ihn gewonnen habe, zu ertragen – dann ist er auch nicht stark genug, die große Leichenfeier dieses Sommers zu verantworten! Energisch und doch maßvoll? Nur maßvoll, wenn ich bitten darf! Vor mir wird man sich nicht größer machen als man ist, denn wie kein anderer in Wien kenne ich das Maß. Einer ist unter meinen Augen – trotz aller Tatkraft, mit der sie ihn inzwischen am Werke sahen – zum Privatmann eingeschrumpft, und entschlösse er sich, diese Wandlung auch öffentlich zu besiegeln, so bewahrte ich zwar die Erinnerung an den spannendsten Roman, aber nicht mehr das Recht, mit dessen Kapiteln die Welt zu fesseln. Er mag für alle Taten und selbst für alle Worte, die zu ihrer Bemäntelung gedient haben, der Verantwortung ledig sein und wirklich nur das schlichte Gemüt, das von Schlinge zu Schlinge getreten ist und sich doch die Gabe bewahrt hat, manchen Sinnspruch aus Herzblättchens Zeitvertreib einer erwachsenen Freiheit darzubieten.

Aber er muß weg! Nicht die Tat des 15. Juli, sondern seine Unzuständigkeit für ihr Bewußtsein, die Absurdität der Vorstellung, ihn voll und ganz hinter ihr stehen zu sehen – dies war der Antrieb meiner Aufforderung. Ganz Wien hat über sie gelacht? Er nicht! Es fehlt nur noch, daß er etwas Konsequenz darin zeige, sie ernst zu nehmen, damit ich meiner Veranlagung zum Trotz einmal inkonsequent sei. Außergewöhnliche Umstände, zu denen die Ereignisse seit dem 15. Juli unstreitig gehören, rechtfertigen in Wien noch keineswegs die Anwendung so außergewöhnlicher Mittel wie die plakatierte Aufforderung an einen Polizeipräsidenten, uns seine wohlverdiente Ruhe zu gönnen. Und ich muß gleichfalls gestehen, daß ich lieber eine »Sprachlehre« über den gutgebauten Satz schriebe, als mich dem entfesselten Troglodytentum, das ihn nicht erfaßt, auszusetzen. Aber was bleibt mir übrig? Ich glaube, daß ich, seitdem die Herren Konzeptsbeamten eine Meinung haben, so recht erst ein Amt in Wien bekommen habe. Wer hier und dort berufen ist, darüber wollen wir nicht rechten. Die Ehrlichkeit meiner Motive hat der Polizeipräsident erlebt, und daß die Konsequenz meines Handelns von keiner Erwägung des persönlichen Nutzens oder Schadens bedingt ist – um solche Unabhängigkeit einer nicht eingekleideten Macht mag er mich beneiden, aber er muß sie anerkennen. Für ihre Ausübung werde ich vielleicht Opfer bringen müssen – von meinem Posten zu entfernen bin ich nicht! Er möge mir Gelegenheit geben, ihm, nach so langer Zeit, Aug in Aug gegenüberzustehen und ihm zu sagen, daß er den Dimensionen, die seine Amtsführung angenommen hat, nicht gewachsen ist. Den Beruf, dafür zu sorgen, daß weniger Menschen auf der Straße verunglücken, hat er verfehlt. Er lasse sich durch die Ehrerbietung des Herrn Seipel, die diesem wahrlich nicht von der Gegend kommt, wo Christenmenschen das Herz haben, nicht zum Ausharren verleiten. Eher wäre er noch als dessen Nachfolger möglich; eher denkbar die Wiederholung der Burleske einer Repräsentanz vor Europa, gestützt auf den Vorzug, in Marienbad Englisch gelernt zu haben. Er lasse sich nicht durch das Lob einer Presse blenden, der er so blamable Erinnerungen als Beitrag spendet. Selbst ein Mann von seinem geistigen Wuchs muß erkennen, daß er als Polizeipräsident unmöglich geworden ist, wenn nicht wegen der Taten, so wegen der Worte, deren Lächerlichkeit doch auch ihre tödliche Wirkung hat – und in unempfindlicheren Klimaten sollte das eigene Schamgefühl mit gutem Beispiel vorangehen. Denn wenn Herr Bosel die alte Maxime der österreichischen Korruption bestätigen kann, daß man mit Sittensprüchen keine Aktiengesellschaften gründet, so ist es doch umso fataler, den Namen Rückert, dessen Träger so wenig die beste Poesie vertritt wie Herr Schober die beste Polizei, mit den Schüssen auf Fliehende assoziiert zu sehen. Ich möchte ihm ins Gesicht sagen, daß ich ein System, wonach es heute jedem Lumpen, der auf die Wohnung des Nachbarn lauert, glücken kann, diesen in den Polizeiarrest zu bringen, für keine Errungenschaft der Republik halte, deren festester Hort er ist! Ich möchte ihm zeigen, daß er nicht überall in der Welt seine gute Presse hat, und wie etwa die reichsdeutsche – mag sie sich in meine geistige Verachtung mit der heimischen redlich teilen – doch bereit war, gegen die Gewaltakte der Unfähigkeit aufzutreten. Wenn ich einen Degen hätte, ich würde ihn ritterlich senken vor einem Gegner, dessen Position als »europäische Figur«, zu der ihn seine Presse gemacht hat, nicht einmal durch das europäische Gelächter erschüttert werden konnte über den Empfang, der dem Pionier eines Luftgeschäfts von viertausend Polizisten bereitet wurde, die ihre Tatkraft mangels anderer Enthusiasten an vierzig journalistischen Freunden schadlos hielten. Doch sie haben es einer Amtsführung, die mit der Herstellung des Pallawatsch geradezu begrifflich verbunden ist, nicht weiter übelgenommen und sich nach dessen blutiger Fortsetzung versöhnt gezeigt. Und wir haben es erlebt, daß eine Bestialität in Lettern gegossen ward und zu ihrer Deckung eine Unwahrhaftigkeit, vor denen das Geistesarsenal des Weltkriegs zusperren konnte.

Aber im Angesicht der Wortschande, die, wie einst für das Vaterland, nunmehr für dessen Hotelgeschäft dem Menschenmord applaudiert hat; im Milieu einer behördlichen Geistesgegenwart, die zu solchem Schauspiel den Fremden köstlichen Frieden, heitere Geselligkeit, bezaubernde österreichische Musik, Salzburger Festspiele, den Vollbetrieb eines Freudentags, schöne Frauen und die feste Haltung der Bundesregierung verhieß – an diesem Ende aller Scham gelüstet's mich, voll und ganz, die Gefahr zu bestehen, die der Zustand dem Bewahrer der Naturgesetze eröffnet. Es ist doch, nach dem dreißigjährigen Krieg gegen eine Gesellschaft, die ihre Ordnung dem Hohn auf eben jene verdankt, endlich einmal eine Entscheidung – für die ich gerüstet bin wie am ersten Tag! Zu allen Stellungen gerüstet. Als Ankläger werde ich mich dagegen zu schützen wissen, daß mein Wort angetastet wird – innerhalb der Grenzen dieses Staats und in Europa: wenn's sein muß auf eine Art, die dem durch die Ereignisse ungestörten Fremdenverkehr abträglich wäre. Als Zeuge stehe ich jedem gekränkten Recht zu Gebote. Voll und ganz. Als Angeklagter jedem Unrecht. Voll und ganz. Als Republikaner begehre ich, dem festesten Hort der Republik gegenüberzustehen – voll und ganz. Meinetwegen vor den Schattendorfer Geschwornen. Nicht auf den Ausgang kommt es an, nur auf die Gelegenheit, der Welt zu sagen, »wie alles dies geschah«, sie wieder einmal von Taten hören zu lassen, »fleischlich, blutig, unnatürlich, zufälligen Gerichten, blindem Mord; von Planen, die verfehlt, zurückgefallen auf der Erfinder Haupt«. Und von einem Aktenstück, vor dem ihr die Augen übergehen werden, wenn ich es mit einem Steckbrief konfrontiere! Die unbeglaubigte Aussage des angeklagten Privatmanns will es mit einem Amtseid aufnehmen – womöglich unter Zuziehung eines ungarischen von gleichem Range. Die Wahrheit gegen eine Welt, der mit dem Sonnenaufgang die Lüge erscheint – wäre man sie nicht den Toten schuldig, sie wäre doch die geringste Erkenntlichkeit für den Glücksfall, daß man nicht zu ihnen zählt! Und an derselben Stelle, wo diejenigen, die den Verwundeten Automobile zugedacht hatten, als Erpresser gebrandmarkt wurden, will ich die Frage aufwerfen, ob dieser Polizeipräsident diesen Fall als den ersten erkannt hat, auf den die Verbrechensmerkmale zutreffen. Wie? Er hat sich – und vor einem Interviewer der ›Stunde‹ – gerühmt, daß die Polizei zehntausend ihrer Leute mit Karabinern bewaffnen könnte? Mag sein – aber ich kann beweisen, daß er vor einem einzigen Revolver die Flucht ergriffen hat, ohne Scheu, die staatliche Ordnung zu gefährden, deren festester Hort er ist! Gelingen wird's, auch wenn's mißglücken sollte. Und wenn's mißglückt, dann werde ich es als eine Ehre erkennen, vergleichbar der des Prytaneums: mir den Kerker geöffnet zu sehen, der dem Sandor Weiß verschlossen bleibt!

Das Ereignis des Schweigens

Gesprochen am 13. Januar

Mit dem denkbar größten Widerstreben, das eigene Wort einer Hörerschaft mitzuteilen, deren ehrlichste Empfänglichkeit den Sprecher nie über die wachsende Unwirksamkeit des Geistigen im Gegenwärtigen hinwegtäuschen wird; mit diesem deprimierenden Gefühl, dem ich mein ganzes Leben lang durch die Flucht in die geliebteste Welt satirischer Musik entsagen möchte – bin ich doch gelegentlich zu dem Unternehmen gezwungen, das unter dem Namen »Vorlesung aus eigenen Schriften« sich andauernd einer Anziehungskraft erfreut, die ich selbst als Hohn auf die Unbeweglichkeit der von mir gepeitschten Zeitmaterie empfinde. Ich bin zu solcher Ausnahme, als Wortführer meiner Welt vorzutreten, gezwungen: nicht, wie man vielleicht meint, um dem plumpen Mißverständnis zu begegnen, als ob ich das gedruckte Wort nicht unter jede Verantwortung zu stellen bereit wäre, deren persönlichste Form nun einmal als die leibliche vorgestellt wird. Nein, ich wäre keineswegs genötigt, dem eselhaften Einwand nachzugeben, der das Problem des persönlichen Mutes aus dem Punkte der Körpergefahr betrachtet. Mit einem Fußtritt in effigie an die Adresse aller anonymen Schufte, die mir Schimpf und Todesdrohung per Post schicken – und ich hoffe schon noch das Bild dieser Preisgegebenheit zeichnen zu können und dazu den Kontrast dieser heimlichen Zusprache und dieses lauten Schweigens –, mit einem gedruckten Fußtritt nur brauchte ich die tiefbürgerliche Erbärmlichkeit abzutun, die in der Problemstellung als solcher gelegen ist und zumal dort, wo die namenlose Feigheit an brachialen Mut appelliert. Denn so wahr ein geistiger Mensch kein Jota und kein Komma dessen, was er schreibend bekennt, einer persönlichen und selbst vitalsten Rücksicht opfern wird, so klar kann es doch in diesen Belangen, die freilich nicht national zu erfassen sind, nur das eine Problem geben: das des berechtigten Selbstschutzes gegen das Troglodytentum, eben zur Erhaltung der Möglichkeit, gegen dieses zu wirken, eben zur Bewährung des Mutes, kein Jota und kein Komma seiner Wahrheit der Gewalttätigkeit zu opfern. Gleichwohl bin ich, gegen alle Richtung der Nervenwünsche, die mein Podiumdasein in lichtere Regionen weisen, gelegentlich gezwungen, das zu tun, was ich im Bereich des polemischen Mutes – woselbst ich doch weiß Gott mehr bodenständig bin als ganz Deutschösterreich – für ein Übriges halte. Und zwar in einer jener »sich ergebenden Situationen«, in denen pflichttreue Konzeptsbeamte hinter ihrem Vorgesetzten stehen und in denen ich genötigt bin, beide zurückzustellen, kurzerhand, nämlich ehe das Wort im Druck erscheinen könnte – um Feststellungen oder Klarstellungen von Sachverhalten vorzunehmen. Freilich, solche Situationen hat es seit dem 15. Juli schon gegeben, und ich mußte es mir am gedruckten Wort genügen lassen: mit einer Genügsamkeit, von der ich freilich, bei Zuhilfenahme der mir innewohnenden Eitelkeit, glaube, daß sie das bürgerliche Schrifttum seit den Zeiten nicht aufgebracht hat, da freie Geister das Wort verwandten, um eine freche Gewalt in Schranken zu bannen oder in die Schranken zu fordern. Was mich jedoch bis heute abhielt, einen Ton des großen Kampfes, der großen Anklage, der gnadelosen Julijustiz, die ich halte, – in einer anderen Sprache als in der der pathetischen Musiksatire – an das Ohr des Wiener Hörers gelangen zu lassen, war ein Bedenken besonderer Art, welches ich kürzlich vor meinem Auditorium an der Pariser Sorbonne ausgesprochen habe, bevor ich eben diesem die ersten vier Seiten meiner Abrechnung »Der Hort der Republik« vortrug bis zu dem Schlußpunkt des sekundierenden Rufes »Pfui!«. Ich sprach die erläuternden Sätze:

In Wien hat es am 15. Juli 89 Tote auf der Ringstraße gegeben. Dieses Faktum erschien den überlebenden Spaziergängern, die damals fern vom Schuß waren, geeignet, im Polizeipräsidenten von Wien den festesten Hort der Republik zu feiern. Als ich ein Plakat erscheinen ließ, worin ich ihn kurz und bündig aufforderte, abzutreten, lachte diese Gesellschaft. Der Sinn meines Plakats war aber nicht, daß in der Tatsache der 89 Toten, die ja dazu nicht ausreicht, die Unmöglichkeit dieses Polizeipräsidenten zu erkennen sei, sondern in einem grellen Widerspruch, den ich erlebt hatte. Auf diesen Widerspruch habe ich in einem Heft der Fackel, betitelt »Der Hort der Republik« hingewiesen und er wird in einem folgenden Heft der Fackel gründlich dargestellt werden. Der Widerspruch besteht darin, daß der Mann, der 500 Karabiner gegen die Wiener Bevölkerung mobil machte, sich selbst vor einem einzigen Revolver in Sicherheit gebracht hat: nämlich vor einem Preßrevolver, in der Hand des berüchtigten Erpressers Emmerich Bekessy, des Mannes, den ich nach einem mehrjährigen Schreckensregiment aus Wien verjagt habe und der nach Paris ging, um daselbst als »auteur autrichien« Versuche einer Etablierung zu unternehmen. Die unmittelbare Gefahr der Verhaftung durch die französische Behörde zwang den von der österreichischen Justiz steckbrieflich Verfolgten, an den Ausgangspunkt seines Wirkens, nach Ungarn, zurückzukehren. Wie der Polizeipräsident von Wien den Erpresser begünstigt hat, wird, wie gesagt, gründlichst dargelegt werden. Ich spreche nunmehr die Einleitung des Aufsatzes »Der Hort der Republik« und zwar zum erstenmale. In Wien habe ich diese Anklage zwar zum Druck befördert, aber nicht gesprochen. Keineswegs aus Bedenken für meine eigene Person, vielmehr um mein Auditorium nicht in Gefahr zu bringen, das leicht hingerissen wäre, in den Ruf »Pfui!« einzustimmen, dessentwegen so viele Zeugen des Entsetzlichen in den Julitagen zusammengefangen wurden. Der Vortrag vor ausländischen Hörern, die solcher Gefahr nicht preisgegeben sind, erfolgt ganz in dem Sinne meines Versprechens, Europa auf seinen sehenswürdigsten Staat aufmerksam zu machen.

Selbst wenn nun die hier bezeichnete Gefahr für Wiener Hörer vorbei wäre, so habe ich doch das Gefühl, daß die Entwicklung der Angelegenheit in ein Stadium gelangt ist, wo, wenigstens für den Augenblick, das Pathos der Anklage von der erschütternden Nüchternheit notwendiger Feststellungen überholt erscheint. Denn wir dürfen uns doch keiner Täuschung darüber hingeben, daß dieses Pfui, welches wir ja immer noch hören und weiterhin in Ehren halten wollen, derzeit von einem durchdringenden, ohrenbetäubenden, markerschütternden Schweigen übertönt wird. Wohl ist es unerläßlich, den ganzen Gefühlsgehalt dessen, was im »Hort der Republik« steht, innezuhaben und den ganzen Hohngehalt dessen, was im späteren Heft dargestellt wurde, um eine Tatsache zu erfassen, deren Mitteilung den eindringlichsten Nachruf bedeuten wird, den ich als Autor jener Betrachtungen dem jüngst gefallenen 90. Todesopfer schuldig bin. Bevor ich diesen Nachruf halte, muß ich erwähnen, daß einer der elendesten Bestandteile der öffentlichen Meinung Wiens – der von den Firmen Gerngroß, Gerstl, Schein, Orendi, Weinberger und insbesondere Krupnik ausgehaltenen öffentlichen Meinung Wiens –: das Neue Wiener Journal, zu dessen wenigen Originalmitarbeitern der Polizeipräsident zählt, kürzlich dem Votum eines sogenannten objektiven Amerikaners Raum gegeben hat: »daß es sehr bedauerlich sei, wenn auch unbeteiligte Zuschauer zu Schaden kamen, daß aber jeder wissen muß, daß er sich in eine große Gefahr begibt, wenn er sich bei Krawallen nicht schleunig entfernt.

Selbst der Besitz einer schönen Kamera und der Wunsch, sie zu gebrauchen, sei keine genügende Rechtfertigung.«

Diese kanaillenhafte Verklärung des Todes so vieler Menschen, die mit dem angeblichen Aufstand so wenig zu tun hatten wie der objektive Amerikaner; die nicht einmal durch Neugierde mit dem Ereignis verknüpft waren wie er, der sich doch »als Augenzeuge« betätigt hat; die, ohne Absperrung der Kriegszone und ohne Warnung, der rasenden Strategie des Zufalls preisgegeben waren – dieser Kommentar des Unheils, der das größte Verbrechen aller zivilisierten Zeiten mit den Verlockungen einer schönen Kamera entschuldigt, welche noch das Vorstrafenverzeichnis ergänzt, das die Polizei ihren Opfern nachgerufen hat – diese Niedertracht wird, wenn durch nichts anderes, so durch den Fall des letzten Toten zur Blasphemie der heiligen Wahrheit und des heiligen Menschenlebens.

Hans Erwin Kiesler, 16 Jahre alt, sündenloser und liebenswerter als alle Repräsentanten der Macht, die ihn getötet hat, ging am 15. Juli nachmittags auf einem Botengang durch die Berggasse. In die Leiste getroffen von einem jener Geschosse, deren Verwendung im Gerichtssaal zu beweisen weder Anklägern noch Angeklagten jemals gelingen wird, lag er ein halbes Jahr im Wasserbett, bis der Tod, gnadelos wie nur ein christlicher Regent, endlich doch seine unschuldige Seele aus den Qualen eines bis ins Gehirn vereiterten Leibes erlöste. Die Trauerfeier, an der der Bürgermeister mit vielen offiziellen Personen teilnahm, deren Anwesenheit bei Begräbnissen sonst die bürgerliche Presse zur Beachtung von Toten zwingt, entsprach der Tragik des besonderen Falles, die im Schmerz der armen Mutter noch die unvergeßliche Klage überklang um jene vielen, die ein erbarmungsvollerer Tod schon ein Halbjahr früher erlöst hatte. Ich stelle fest, daß die bürgerliche Presse, trotz der Anwesenheit des Präsidenten der Kultusgemeinde, eines Generalstabsarztes und anderer, die sie sonst bemerkt, von diesem Begräbnis, von diesem Ereignis keine Notiz, buchstäblich keine Notiz, genommen hat. Mit der einzigen Ausnahme der christlichen Reichspost. Sie brachte am 5. Januar 1928 – und ich muß die Hörer bitten, vor der niederwerfenden Sachlichkeit, die dem Falle gerecht wird, die Fassung zu bewahren, weil uns ja doch sonst nichts übrig bliebe, als zu den Wölfen zu entfliehen – wortwörtlich die folgende Notiz:

Zum Begräbnis des angeblichen Apothekerlehrlings Kiesler wird der »Reichspost« vom Pharmazeutischen Reichsverband für Österreich geschrieben: Vor einigen Tagen wurde in einigen Wiener Zeitungen unter der Aufschrift »Das Leichenbegängnis des Apothekerlehrlings Hans Erwin Kiesler« über das Begräbnis eines 15jährigen Burschen berichtet, der am 15. Juli durch einen Schuß schwer verletzt worden war und in den letzten Tagen des abgelaufenen Jahres gestorben ist. Die Leitung des Pharmazeutischen Reichsverbandes legt nun Wert darauf in der Öffentlichkeit darauf hinzuweisen, daß es in der Pharmazie Lehrlinge, geschweige denn 15jährige, überhaupt nicht gibt.

Die Worte »Lehrlinge .. überhaupt nicht gibt« sind gesperrt gedruckt, der Bursche von mir selbst. Auch der darauf gelegte, auf dieses Grab gelegte Wert. Ich bekenne, nach dem dreißigjährigen Krieg, den ich mit den geistigen und moralischen Mächten dieses Bürgertums geführt habe, daß mir ein ähnliches Dokument noch nicht untergekommen ist. Es tönt wie der Epilog eines österreichischen Nachkriegsdramas, wo die vollkommene seelische Erstarrung eben noch dieses Ausdrucks eines Denkvorgangs, dieser Konstatierung, dieser tatsächlichen Richtigstellung habhaft wird. Ein Troglodyt riesenhaften Formats, an dessen Gehör unsäglichster Menschenjammer um einen Mord an blühendem Leben gelangte, richtet sich auf und zieht – den Trennungsstrich. Schüttelt die Botschaft von sich ab und schiebt die Sache in das Gebiet jener Unglaubwürdigkeit und Angeblichkeit, durch die eine unschuldige Polizei zu Falle kam. Da es 15 jährige Lehrlinge in der Pharmazie nicht gibt, so hat es auch die Leiden eines sechsmonatigen Wasserbettes nicht gegeben, und wenn doch, so hat es sich der Bursche, der offenbar ein Element war, selber zuzuschreiben. »Ist der Bub tot? . . Ist auch kein Schad' um ihn!« sagte in einem Präzendenzfall eine dekorierte Stütze der Ordnung. Der Vorgesetzte hat unter dem Christbaum bei Lippowitz mit jener unerschütterlichen Bravheit, die allen diesbezüglichen Zweifeln trotzt, die gegen ihn gerichteten Angriffe fürsorglich »in zwei Gruppen« geteilt und beteuert:

Es wird jedoch die Zeit kommen, wo auch alle diese Vorkommnisse

– nämlich »bezüglich der ersten Gruppe« –

rückhaltlos öffentlich erörtert werden können, und ich bin heute über den Ausgang dieser öffentlichen Erörterung und über die Beurteilung durch vorurteilslose Menschen vollkommen beruhigt.

Ich nicht! Ich möchte sie weiter der strafgerichtlichen Untersuchung anvertrauen, wiewohl ich ja zugeben muß, daß wieder einmal in einem eklatanten Fall sich die Unwahrheit der diesbezüglichen Ausstreuungen herausgestellt hat. Bitte – Erwin Kiesler war nicht 15, sondern 16 Jahre alt, als ihn, weit vom Kriegsschauplatz, ein Dumdumgeschoß traf, und er war nicht Lehrling in einer Apotheke, das gibt es nicht, sondern Volontär in einem Drogenhaus. Wobei freilich zu aller Sachlichkeit, die die Gemeinschaft mit einem Juliopfer ablehnt, auch noch die erschütternde Gewißheit tritt, daß der pharmazeutische Blick, der in der Meldung bloß vom 15. Juli fasziniert war, die Ziffer auch in die 16-Jährigkeit hineingelesen hat – eine Gewißheit, die nur von der Hoffnung gemildert werden könnte, daß nicht auf ähnliche Art eine Medikamentenverwechslung zustandekommt.

In welcher Luft atmen wir. Wäre der Tod durch des Troglodyten Hand nicht Befreiung aus dem Zwang, mit ihm zu leben? Nein, Spaß beiseite, in den hier alles Unheil entartet; weggesehen von der Grimasse, die eine tragische Maske zum österreichischen Antlitz verzerrt – seien wir noch sachlicher. Was also die strafgerichtliche Untersuchung betrifft, der ich insbesondere diesen 90. Fall anvertraut wünschte, so meint allerdings der Polizeipräsident – zu Weihnachten bei Lippowitz und neben einer Plauderei des Castiglioni –:

Schon die bisherigen Ergebnisse der strafgerichtlichen Untersuchung sind ausreichend, die Angriffe zu entkräften.

Das glaube ich ihm ausnahmsweise aufs Wort. Aber ich habe einen Ehrgeiz, der sich bei diesen Ergebnissen nicht beruhigen will, sondern sie gewissermaßen ausbauen und vertiefen möchte, wie es in treuen Gegenden von jeher der Brauch war. Das könnte füglich durch eine Anklage gegen solche Elemente geschehen, die dem Pfui-Ruf, der in unmittelbarer Ausübung eine Wachebeleidigung dargestellt hat, für welche es keinen Wahrheitsbeweis gibt, sei es im Druck, sei es mündlich, einen Motivenbericht unterlegen. Zu diesen Elementen darf ich mich zählen. Wenn ich nun die »Aufreizung«, deren Tatbestand zwei Hefte der Fackel füllt, mündlich wiederhole, indem ich sage: daß am 15. Juli in den Straßen Wiens gemordet wurde – anders als im Krieg, wo es keine Ahnungslosen gibt, wo Spaziergängern und Neugierigen der Aufenthalt in der Feuerzone verwehrt ist, wo der Zivilist im Trommelfeuer keine Botengänge macht und wo schließlich auch jedes Opfer einer Fliegerbombe durch die vorherige Kriegserklärung gewarnt war –; wenn ich Aufreizung begehe, indem ich mündlich sage: was ist der Kampf aller Mutigen der Welt gegen das Unrecht aller Justiz wert, wenn diese Massenverurteilung Unschuldiger zum Tode ungesühnt bleibt?; indem ich sage: dieser Zustand sei unerträglich und in die Ewigkeit unerträglich das Bewußtsein, daß Mörder Ehrenzeichen erhielten, all dies unerträglich auch vom Standpunkt des ordnungsbeflissenen Bürgers, der an den Plan einer Revolution glaubte und von der Notwendigkeit blutiger Unterdrückung überzeugt war; wenn ich Aufreizung begehe, indem ich sage: die für dieses Unheil, für den Nachmittag des 15. Juli Verantwortlichen seien amtsunwürdig und strafbar und so viele Polizeipräsidenten, so viele Regierungen könne es gar nicht geben, als um des einen 16jährigen Märtyrers willen sich augenblicklich trollen müßten; wenn ich sage: dieser Ruf wird nicht verstummen und das Schweigen, das ihm antwortet, wird ihn nicht ersticken; wenn ich also mündlich ausspreche, was im gesetztechnischen Sinn eine Aufreizung bedeutet – so erwartet mich von rechtswegen kein anderes Los als mich erwartet, da ich alles das gedruckt habe: vor das Schwurgericht gestellt zu werden. Und da fürchte ich, daß dieses Los so lange auf mich warten wird, wie ich auf das große Los. Nun gibt es freilich noch einen anderen, auch nach meinem Dafürhalten praktikableren Weg, wenigstens einen Teil der Sachverhalte, die meiner Anklage zugrundeliegen, einer gerichtlichen Entscheidung anzuvertrauen: den Weg zum Bezirksgericht. Auch ich habe da, nämlich für meine Angriffe auf den Polizeipräsidenten, die Einteilung in zwei Gruppen. »Was die erste Gruppe anbelangt«, so habe ich insbesondere durch das Dezemberheft »Mein Abenteuer mit Schober« vielfach das Vergehen nach Artikel V des Gesetzes vom Jahre 1862: Beleidigung einer Behörde, begangen, welches aber, wenn ich den Inhalt mündlich wiederhole, als Übertretung vor das Bezirksgericht gebracht werden konnte. Um diesen Weg zu bahnen, wiederhole ich also klipp und klar: daß die Polizeidirektion Mißbrauch der Amtsgewalt durch wissentliche Begünstigung des ihr bekannten größten Erpressers der Wiener Zeitungswelt begangen hat, Vorschubleistung für seine weitere Wirksamkeit in dem Augenblick, da es dieser den Garaus zu machen galt, durch wahrheitswidrige Interpretierung seines Handwerks und durch listige, obschon vergebliche Umredigierung der ursprünglich ausgestellten Leumundsnote. Ich wiederhole ferner den Vorwurf: sie habe nachträglich, in einem

Zeitpunkt, als sie wußte, daß die Enthüllung dieser Praktiken bevorstand, in einer Zuschrift an den ›Österreichischen Volkswirt‹ sich des untauglichen Mittels der Lüge und der Fälschung zu dem Zwecke bedient, den ihr vorgeworfenen Amtsmißbrauch zu verhüllen. Ich habe behauptet und wiederhole: daß sie in eine amtliche Urkunde Worte hineingefälscht hat, was zwar nicht den Vorwurf einer Urkundenfälschung, wohl aber den Vorwurf der literarischen Fälschung eines Beweisstückes, also im vollsten Ausmaß den Vorwurf amtlicher Unhonorigkeit bedeutet. »Freier darf ich über die zweite Gruppe sprechen«, sagt der Polizeipräsident. Ich kenne hinsichtlich oder rücksichtlich solcher Freiheit keinen Unterschied zwischen meinen Gruppen und ich möchte bezweifeln, ob der Polizeipräsident bezüglich dieser oder jener Gruppe freier zu sprechen wäre. Meine zweite Gruppe, die den ganzen Fall – bei voller Beziehung zu den Belangen des 15. Juli und dem Aspekt von maßvoller Energie – in das Gebiet persönlicher Eigenschaften abrückt, betrifft die Privatehrenbeleidigung, begangen an Herrn Johann Schober, derzeit Polizeipräsident von Wien, von dem ich behauptet habe und nunmehr mündlich wiederhole: daß er an mir einen Akt der Felonie begangen hat. Auch dieser Vorwurf würde, wie jener andere, der sich auf die amtliche Tätigkeit bezieht, hätte ich ihn lediglich in der Fackel erhoben, in die Kompetenz des Schwurgerichts fallen. Herr Johann Schober sucht das Schwurgericht zu vermeiden. Mit vollem Recht, auch wenn seine Sache eine bessere wäre. Aber es kann im sozialen Leben, mit dessen Ehrenpunkten er doch weit inniger verknüpft ist als ich Außenseiter – es kann vorkommen, daß man selbst ein Glücksspiel eingehen müßte, wenn bloß auf diese Art die Möglichkeit gegeben wäre, einen klar umschriebenen Sachverhalt vor der Welt darzustellen. Ich würde, wenn mir Herr Schober das vorgeworfen hätte, was ich ihm vorgeworfen habe; wenn er mir nachgesagt hätte, daß ich einem markierten Erpresser zuerst die Mauer gemacht und dann das Loch zum Durchschlüpfen, daß ich mit Urkunden manipuliert, daß ich an ihm, Schober, einen Akt der Felonie begangen habe, indem ich das Gegenteil von dem tat, was ich ihm versprochen hatte – ich würde ungescheut auch vor das Schwurgericht gehen, ganz ohne Rücksicht auf den Ausgang, bloß der unerläßlichen Feststellung der Wahrheit zuliebe. Ihm kommt es freilich mehr auf den Ausgang an, darum meidet er mit Recht das Schwurgericht, und darum komme ich ihm entgegen, indem ich das Gedruckte mündlich wiederhole, wissend, daß meine Position vor dem Bezirksgericht eine schwerere ist, aber eben weil mir an dem Ausgang gar nichts und alles an der Feststellung der Wahrheit gelegen ist – welche auf diesem Wege einer größeren Öffentlichkeit zugänglich wird, die ja sonst einzig auf das amtliche und journalistische Schweigen als Informationsquelle angewiesen wäre. Es würde auch keiner schwierigen Erhebungen wegen des Textes, den ich gesprochen habe, bedürfen, da dieser, wie er gesprochen wurde, rechtzeitig und vor Ablauf der Verjährungsfrist im Druck erscheinen wird.

Man sieht also, daß ich dem Polizeipräsidenten in jeder nur möglichen Weise entgegenkomme. Ich kann heute verraten, daß ich ihm auch mit dem letzten Heft entgegengekommen bin, insoweit nämlich, als ich es, wiewohl die ganze Auflage schon vor Weihnachten zur Ausgabe bereit war, damals nicht erscheinen ließ. Und warum? Weil nicht nur Gott in aller Herzen blickt, wie Schober unter dem Christbaum gesagt hat; weil ich eben wußte, wie seine Gemütsbeteiligung gerade an diesem Fest nicht allein durch Mitarbeit an den Weihnachtsnummern zum Ausdruck kommt, sondern auch in Ansprachen an die Kinder. Es wäre nicht schön gewesen, »Mein Abenteuer mit Schober« erscheinen zu lassen, wenn er eben im Begriffe war, den Kindlein, die das Treugelöbnis für die Polizei darbrachten, das selbst in Fibeln schon rare Zitat ans Herz zu legen: »Treue ist kein leerer Wahn«, ferner die Beteuerung, »daß wir alle reinen Herzens sind«, und schließlich den Satz, den gleichfalls kein Zögling einer Elementarschule mehr zustandebringt: »daß wir auf unsere Treue und Hingabe zurückblicken dürfen«. Denn das wäre eine schöne Bescherung gewesen, wenn die Polizeikinder das Schulbeispiel von Treue erfahren hätten, das zu den sentimentalsten Erinnerungen meines Lebens zählt! Ich habe also die Weihnachtsstimmung respektiert, aber zum glücklichen neuen Jahr war ich nicht mehr zu halten. Es dürfte übrigens wenig bekannt sein, daß der Christbaum, dieses schöne Symbol, das die Biederherzen sich expektorieren läßt und dem Bürgersinn so viel Rührung, aber keine Milde entlockt – es dürfte kaum bekannt sein, daß der Christbaum von dem großen Burgtheatertragöden Anschütz nach Wien verpflanzt wurde. Das war der sprachgewaltige Künstler, dessen »Lebt wohl« in der Iphigenie uns von einem nachfolgenden Meister als der Ausdruck des erhabensten Abschieds überliefert ward. Ich glaube, mit den schlichten Worten meines Plakats, dessen Sinn nun endlich begriffen wird – und von dem ich auch nicht das Komma opfern möchte –, mich ganz auf dieser künstlerischen Höhe gehalten zu haben, wo mit den knappsten sprachlichen Mitteln der stärkste psychische Inhalt bewältigt wird. Diesem Eindruck, daß ein Urgefühl wie erstmalig und also klassisch gemeistert sei, indem das Trivialste als neu erschaffen wirkt, könnte natürlich kein praktisches Mißlingen etwas anhaben. Ich bin mir ja der vollen Unwirksamkeit, mit geistigen und sittlichen Behelfen die Materie dieser Zeit und insbesondere dieser Örtlichkeit zu bewegen, mit einer Klarheit bewußt, die mich niederwerfen könnte, wenn es mir um nichts anderes ginge, als mit diesen Exempeln der Menschendarstellung Spitzbuben und die sie schützenden Ohnmachthaber und Unwürdenträger einzelweis aus dem Feld zu schlagen. Nein, um das erkannt Unüberwindliche zum stärksten Augenschein zu bestätigen und in seiner Wirksamkeit immer wieder vorzustellen, verfolge ich es, und verfolge das Schweigen, mit dem es mir erwidert, bis in seinen letzten Schlupfwinkel!

Und wahrlich, es hat, seitdem die Einrichtung der Wahrheit, die Einrichtung der Öffentlichkeit besteht, noch nie ein sensationelleres Schweigen gegeben als dieses da. Dem viermal erwartungsvollen Chor bei Offenbach »Was wird jetzt geschehn, was wird jetzt geschehn« antwortet hier das dumpfe Nichts. Und es ist inzwischen doch auch schon von Solisten die Frage gestellt worden. Der Abgeordnete Otto Bauer hat am 5. Januar den Satz erscheinen lassen:

– – Man erwartet zumindest, daß Herr Schober auf die schweren Beschuldigungen, die Karl Kraus gegen ihn erhoben hat, antworte! Aber man wartet vergebens. In diesem Falle wäre es nämlich allzu schwer, sich auf die »Manipulationsorgane« auszureden!

Gewiß, hier hatten die Vorgesetzten eigenhändig manipuliert und es war ein Fall, der darum unvergleichlich aufschlußreicher ist als die einem Mörder erwiesene Gunst des Leumunds, weil ja die Förderung eines Mörders in der Linie des 15. Juli liegt, während die Kapitulation vor dem journalistischen Revolvermann das hohnvolle Gegenbild zur respektgebietenden Machtfigur bildet. Der Herausgeber des ›Österreichischen Volkswirt‹, das Unikum eines bürgerlichen Journalisten mit Gesinnung, sagt am Ausgang eines größeren Aufsatzes, der den Titel »Bekessy und Schober« führt (7. Januar) und den Inhalt meines Kriminalromans exzerpiert:

Für alles übrige, und es gibt noch viele wahrhaft spannende Einzelheiten, zu deren Wiedergabe uns der Raum fehlt, und für die etwaigen Gründe des polizeilichen Umfalls müssen wir unsere Leser auf die 112 Seiten der »Fackel« selbst verweisen. Wir aber wiederholen, was wir im Oktober und November geschrieben haben, daß der Polizeipräsident zu diesen Beschuldigungen n i c h t s c h w e i g e n k a n n . . . .

E r k a n n. Es ist mit menschlicher Phantasie gar nicht auszusinnen, was in einem Bund alles gekonnt wird, im staatlichen wie in dem Bund der Treue, von dem wir unterm Christbaum das schlichte Wort vernommen haben, daß er »die Polizei miteinander verknüpft«. Alles ist möglich – nichts macht unmöglich. Es ist sogar möglich, daß das Schweigen als ein schimpflicher Zustand einbekannt und dennoch betätigt wird. Das glaubt man nicht? Hier der Beweis; ein Beweis, wie dieses ganze Phrasengebilde von Rechtschaffenheit die eigensten Sachverhalte preisgibt, als bliebe es ihrer unbewußt und als spürte es nicht den Hohn, wie die Redensart, die die Tat von gestern deckt, von der morgigen Lügen gestraft wird. Das Schaurige an dem Erlebnis ist ja nicht der moralische Zwiespalt, sondern die Kaschierung – die unsägliche intellektuelle Dürftigkeit, die mit dem Anspruch der Herzenseinfalt uns Gehirnkrämpfe verursacht. Ist es denn möglich, daß der Biedersinn das Schweigen zu konkreten Anschuldigungen ausdrücklich als Schuldbekenntnis qualifiziert und es dennoch weiterhin übt, wie nur Treu und Redlichkeit? Doch, es ist möglich. Denn als der Polizei von sozialdemokratischer Seite vorgeworfen wurde, daß ihr das Festnehmen von Autobanditen weniger gelinge als das von Pfuirufern, da hat – am 6. Januar – der brave Mann, der an sich selbst zuletzt denkt und höchstens auf seine Treue zurückblicken kann, verlautbart, daß es »selbstverständlich ein ganz zweckloses, aber auch ein der Behörde gar nicht würdiges Beginnen« wäre, sich mit den Verbreitern solcher Lügen einzulassen:

> Worauf aber die Behörde Wert legen darf und muß, ist die Information der Öffentlichkeit als solcher, zumal diese, wenn derartige Ausstreuungen unwiderlegt bleiben, leicht den Eindruck gewinnen kann, daß »doch etwas Wahres daran sein muß.«

Welchem Zweck also ihre »nachstehenden Feststellungen« dienen sollen. Aber könnte es eine glaubhaftere Feststellung geben als die, die ich nach diesem Bekenntnis vorzunehmen habe? Nämlich die Feststellung: daß gegenüber dem Schweigen zu meinen Ausstreuungen – selbst wenn der Herr Polizeipräsident deren Verbreiter noch mehr verachten sollte als die Sozialdemokraten – die Öffentlichkeit, auf deren Information die Behörde Wert legen darf und muß, leicht den Eindruck gewinnen kann, daß doch etwas Wahres daran sein muß. Ich glaube, daß dieser Eindruck in meinem Falle in hervorragendem Maße gewonnen und von Tag zu Tag befestigt wird. Aber was schadet das den Wertlegern! Was schadet das einer Behörde, von deren Wirken in einer einzigen Gerichtssaalspalte gemeldet wird, daß eine Frau auf der Wachstube mit Füßen getreten wurde und daß ein Zeuge das Wort sprach: »Wir haben tüchtig in die Demonstranten hineingefeuert!« Nein, dieses Schweigen, dem vor sich selbst bange werden müßte, das in jedem andern Staat ein Ereignis, eine Katastrophe wäre – hier wird es von der bürgerlichen Presse totgeschwiegen. »Was haben wir zu fürchten, wer es weiß? Niemand zieht unsre Macht zur Rechenschaft«, sagt die schlafwandelnde Lady Macbeth, die freilich auch mit eins, zwei den verdammten Blutfleck wegkriegen möchte. »Was wird jetzt geschehn?« Nichts; nichts mir, nichts ihr. Denn die bewegenden Kräfte dieses österreichischen Nachkriegsdramas, das ich in jeder meiner Zeilen geschrieben habe, und das mir in der Verknüpfung dieser Welten von Presse und Fibel schon zur szenischen Form gedieh, sind die Ehrlosigkeit und der Schwachsinn. Ja, ich habe in ihrem Machtbereich Narrenfreiheit, die Wahrheit zu sagen. Nur daß die, die sie mir gewähren, gar nicht ermessen können, wie undankbar es ist, sie zu gebrauchen. Denn waren schon die Könige nichts nutz – wie sollte man sich an einem Hort der Republik schadlos halten!

Worte Kierkegaards

Mitgeteilt von einem Hörer des Vortrags vom 13. Januar

Das Zeichen, woran erkannt wird, ob ein gegebener Zustand reif ist zum Untergang

1854 (»Die Tagebücher«, ausgewählt und übersetzt von Theodor Haecker, S. 367)

... Wenn das Verhältnis in einer Zeit so ist, daß nahezu jeder privat weiß, daß das Ganze verkehrt ist, unwahr ist, während keiner offiziell es sagen will; wenn die Taktik, die von den Regierenden gebraucht wird, ist: Laßt uns die Sache bloß hinhalten, tun als wäre nichts, zu jedem Angriff schweigen, denn wir wissen nur allzugut selber, daß das Ganze faul ist, daß wir falsch spielen: ja dann ist ein solcher Zustand eo ipso kondemniert, er soll fallen. Wie man davon redet, daß der Tod einen gezeichnet hat, so ist dieser Zustand das Symptom, das unbedingt Angriff gebietet. Hier kann nicht die Rede sein von einem Wahreren gegenüber etwas, das doch ehrlich sich selber für wahr hält. Nein, hier geht der Kampf gegen die Lüge.

1849 (S. 33)

Ein einzelner Mensch kann einer Zeit nicht helfen oder sie retten, er kann nur ausdrücken, daß sie untergeht.

Der Vogel, der sein eigenes Nest beschmutzt

Gesprochen in Paris am 9. Dezember 1927

Bevor ich in einem Pariser Saal aus meinem Kriegsdrama »Die letzten Tage der Menschheit« vorlese, fühle ich mich zu einer Klarstellung bemüßigt. Sittlich hinreichend begründet wäre die Vorlesung als solche schon in der Erkenntnis, daß die Menschheit, von der ja das Drama handelt und die sich dem Autor doch in jeder Hörerschaft vorstellt, den Krieg vergessen hat und lieber einen neuen haben möchte. Darum darf und muß man ihr vom Kriege sagen. Es ist aber leider auch unerläßlich, den sittlichen Beweggrund klarzustellen für das Auftreten vor einer ausländischen Hörerschaft mit eben dem Werke, worin das allgemein Menschliche vom Lokalen aus betrachtet und eine Vision des Untergangs geschöpft wird von den Beispielen des dem Autor nächsten nationalen und kulturellen Milieus. Wie wäre ihm auch eine andere Quelle erschlossen? Ich habe in dreißig Jahren keine Zeile geschrieben, in der nicht die allgemeinste Kulturkritik, die Umfassung des zeitlichen Verfalls vom besondersten und erlebtesten Anlaß bezogen war. Ich habe freilich auch dreißig Jahre lang anzukämpfen gehabt gegen das stupide Unvermögen, diese Perspektive zu erkennen, gegen den bösen Widerwillen, ihr gerecht zu werden, gegen das elende Komplott zeitverdorbener, journalisierter Gehirne, die mir das Glück, totgeschwiegen zu sein, noch durch die Aussage und Ausrede stören möchten, die kleinen und lokal beschränkten Anlässe seien eben das, was meinen Gedanken den Zutritt

Während der ersten Pariser Vorlesung hatte eine deutschnationale Demonstration stattgefunden, indem ein Verwandter des Berliner Lokalanzeigers mit einem sonst andersgläubigen Literaten den Saal verließ. Wegen der Verse »Berliner Theater« und – namentlich – der Glosse, die »Unruh« heißt. Am Schluß des zweiten Abends, der mit dieser Rede eingeleitet wurde und hierauf die »Letzte Nacht« brachte, hat der Vertreter der Deutschen Botschaft, deren jene sich annehmen wollten, dem Vortragenden gedankt.

zur Welt unmöglich mache. Welch raffiniertes Selbstberuhigungsmittel der ungezählten Dummköpfe und Spitzbuben, an deren Beispielen ich das große Thema, das größte aller Themen: den Naturverrat dieser entleerten Zeit dargestellt habe! Sie möchten sich durch den bescheidenen Hinweis auf die eigene Winzigkeit darüber hinwegbetrügen, daß sie durch mich todsicher auf die Nachwelt gelangen werden; aber es nützt ihnen nichts, sich noch so klein zu machen, wenn ich doch jeden von ihnen zum ganzen Übel vergrößere. Der zeitferne Leser wird es verstehen, daß sie Symbolwert hatten, und der ortsferne spürt es, und fehlten ihm auch alle Voraussetzungen. Nur Leute, deren Sprachgenosse zu sein ich das Unglück habe – ein Unglück, weil ich die deutsche Sprache für die tiefste halte und ihre heutigen Sprecher für die seichtesten –, nur diese werden auch in der Fremde mir mit dem Einwand hinderlich sein, ich wäre mit meinen kulturellen Abneigungen auf das lokalste Verständnis angewiesen. Dazu glauben sie noch die Chance zu haben, sich des hoffnungslosesten Argumentes bedienen zu können, das die Idioten sämtlicher Vaterländer immer gegen den bereit hatten, der den Mut bewährt hat, seinen Landsleuten die Wahrheit zu sagen. Des Argumentes: daß man diese Wahrheit vor Fremden nicht wiederholen dürfe. Aber wenn es Mut war, sie zu sagen, und vielleicht der wahre Mut im Kriege, sie im Kriege zu sagen, warum sollte es nicht sittlich sein, sie immerdar und allerorten zu sagen, vorausgesetzt natürlich, daß sie den Wert allgemein menschlicher Nutzanwendung hätte und den besonderen Fall nur als den unmittelbar geschauten hervortreten ließe. Warum sollte ich die Tragik der von der Vorstellungsarmut in den Tod gepeitschten Menschheit – und dies ist das Problem des Dramas – warum sollte ich es nicht dieser Menschheit im weiteren Umfange vorstellen, wenngleich das Erlebnis nur vom Zustand der Volksgenossen abgeschöpft war? Ich behaupte, daß im Krieg jeder geistige Mensch ein Hochverräter an der Menschheit war, der nicht gegen sein eigenes kriegführendes Vaterland aufgestanden ist – mit allen Mitteln, die ihm seine geistige Natur gewährt hat. Ich behaupte, daß das Schauspiel ausgedienter Kriegslyriker und Speichellecker der eigenen Kriegsgewalt, die da nach Friedensschluß ins Feindesland kommen, um die schmierige Hand den Völkern entgegenzustrecken, die Hand, die mit Tinte das Blut gemehrt hat – ich behaupte, daß diese Wendung der Völkerverbrüderer noch weit schandvoller ist als ihre Wirksamkeit im Krieg, die sie verleugnen möchten. Als ich zum erstenmal hier aus meinem Kriegswerk vorlas – worin freilich die mir nächstliegenden Beispiele als die abschreckenden vorgeführt sind, um die allgemeinste Schmach zu treffen und gültig zu formen –, wer würde sagen wollen, daß mich da die Absicht geleitet hat, mich der andern Nation anzubiedern, der ich doch auch die direkte Wahrheit über das Schrecknis nicht vorenthalten habe jener »Reklamefahrten zur Hölle«, worin der Heldentod zum Ausbeutungsobjekt der Fremdenindustrie erniedrigt wird. Nein, ich hatte anderes im Sinn, aber ich wollte auch meine wahre Berechtigung dartun, im Ausland aufzutreten, frei von dem Verdacht, der heute mit Recht in jedem pazifistischen Gast einen ehemaligen Kriegsdichter wittert. Wäre ich, geartet wie ich bin, im fremden Sprachgebiet geboren, so wären die »Letzten Tage der Menschheit« vielleicht als eine solche Darstellung entstanden, die von den falschen Kunstrichtern als ein ausschließlicher Angriff auf den französischen Militarismus mißverstanden worden wäre, wie sie heute als Dokument des Hasses gegen die sogenannten Zentralmächte verschrien sind. Soll man dem nationalen Kretinismus ernsthaft auch noch über Prozesse der geistigen Natur Rechenschaft ablegen? Wenn er es hören will, so empfange er das Bekenntnis, daß ich kein Vaterland habe außer meinem Schreibtisch, den ich aus irgendwelchen Gründen privater Art nicht in eine Gegend übersiedeln kann, deren Lebensform meinen Nerven tatsächlich genehmer ist und die mir vor allem den wünschenswertesten aller Vorteile bietet: daß ich da immerhin sicherer wäre, wenigstens die Sprache, in der ich denke und der ich darum als einer Herrin diene, nicht prostituiert zu sehen, nicht stündlich in Lettern und Lauten geschändet zu empfangen. Nun, man möge zur Kenntnis nehmen, daß ich wirklich das bin, was sie mit der dümmsten, niedrigsten, ungesehensten Metapher zu bezeichnen lieben: Der Vogel, der sein eigenes Nest beschmutzt. Ich frage den Menschen, der die Tierwelt durch den Vergleich mit sich beschimpft, der es wagt, seine schäbige Denkart in die Sphäre freier Gottesgeschöpfe einzuschmuggeln, und der seine Eitelkeit im wahrsten Sinne des Wortes mit fremden Federn schmückt – ich frage ihn, ob er denn wirklich glaubt, daß ein Vogel es vorziehen wird, das fremde Nest zu beschmutzen, weil der Mensch ihm das zutraut und weil er seinerseits solche Gemeinheit für praktisch hält. Der Mensch, der die Redensart ersonnen hat, in der seine ganze Selbstsucht mit so naiver Schamlosigkeit zum Ausdruck kommt, ist da offenbar in eine falsche Redensart hineingetreten, in die vom Kuckuck, der seine Eier in fremde Nester legt, und hat diesen Akt des Egoismus in der ihm nächsten Richtung des Schmutzes ausgebaut und vertieft. Doch die Seichtigkeit des Anwurfs, der dieser Redensart zugrundeliegt, ist gar nicht auszuschöpfen. Um Schmutz handelt es sich allerdings. Aber weil der Vogel, der sein Nest schmutzig findet, der Vogel, den sein eigenes Nest beschmutzt, es reinigen möchte, weil er Lust und Mut hat zu dieser Arbeit, so sagen die anderen Vögel, die sich im Schmutze wohl fühlen, er »beschmutze« das Nest. Der Zusammenstoß zwischen einer Wirklichkeit und einer Metapher ist immer eine Katastrophe: der Zustand der Schmutzigkeit und dessen Darstellung, die ein Beschmutzen genannt wird von jenen, die den Schmutz zwar haben, aber verbergen wollen. Nun, ich habe mein ganzes Leben hindurch nichts anderes als dieses Beschmutzen getrieben und mir dafür den Haß der Schmutzigen bis zu einem Grade zugezogen, der in der Geschichte des Geisteslebens ohne Beispiel sein dürfte. Dieser Haß, der das Machtmittel der Presse durch dessen Ausschaltung betätigt, durch die Exekutive des Totschweigens – dieser Haß ist noch gewachsen durch das vernichtende Gefühl der vollkommenen Wehrlosigkeit, in der sich die Mächtigen mir gegenüber befinden, die Mächtigen dieser Erde, die Preßtyrannen, vor denen die Ohnmachthaber der Staaten und Kunstwelten im Staube liegen und die bei mir keinen Respekt durchzusetzen vermögen. Der vernichtenden Wehrlosigkeit, da sie erkennen, daß mich der Verzicht auf ihre Gunst und Gnade nicht geschwächt hat, sondern gestärkt, und daß mein Pfeifen auf diese Gunst schon ein Pfiff ist, der mit Vehemenz ihr Totschweigen durchdringt und es ihnen selbst unheimlich macht. Daß nun mit solchem Ausdruck völliger Wurstigkeit gegen jedweden äußeren Erfolg es etwa das Trampeln abgehender Hörer aufnehmen könnte, wie es neulich hier erlebt wurde, ist natürlich eine Wahnidee. Solche Reaktion der Minderwertigkeit könnte doch nur als Verletzung der Gastfreundschaft im engsten und im weiteren Sinne in Betracht kommen; es ist Sache des Hörwilligen, sich gegen die gewalttätige Störung ihres Rechtes zu schützen, und es wird erforderlichen Falles an ihnen sein, den Triumph des freiwilligen Abganges rechtzeitig in die Niederlage des unfreiwilligen zu verwandeln. Unbeschadet aller Befugnisse des Hörers, seinem Beifall oder seinem Mißfallen in einer der üblichen Formen Ausdruck zu geben, bin ich als Sprecher natürlich keineswegs gesonnen, zu dulden, daß sich individuelle Teile von der Hörerschaft loslösen und sich gebärden, als ob für sie oder gegen sie gesprochen wäre. Ich spreche nur zu allen, die ich mir, um überhaupt sprechen zu können, vorstellen muß als solche, die mich entweder schon verstehen oder mich verstehen lernen wollen. Ich habe keine Geschäfte im Sinn und keine Machtstütze als die meines Wortes. Wer es nicht versteht, mag es nicht verstehen, wer es verschmäht, mag es verschmähen; nur hüte er sich, anderen, die es annehmen und verstehen wollen, das Geräusch der eigenen Persönlichkeit aufzudrängen, die in diesem Saal nicht das Wort hat, solange ich es habe. Wenn es niemand hören wollte, so erlebte ich weiß Gott keine größere Enttäuschung als die, deren Gefühl doch der Inhalt meines ganzen Wirkens ist. Man sieht, es ist wieder einer der zahllosen winzigen Anlässe, um zu menschheitlich Gültigem, Prinzipiellem zu gelangen, und es hängt mit dem Problem dieser Darbietungen vor dem Ausland zusammen. Soweit dieses Problem eine Taktfrage ist, wird es von Tramplern schwer zu einer befriedigenden Lösung gebracht werden und die Art, wie an deutschem Wesen die Welt genesen soll, wird, glaube ich, schon eine andere sein müssen. Als neulich hier der Name des fragwürdigen Repräsentanten deutscher Kultur fiel, gegen den im Auslande zu wirken einer wohlverstandenen Mission für die deutsche Kultur gemäß ist, entstand pünktlich etwas Unruh. Da ein Zitat gebracht wurde, wo er selbst den Eindruck vom Milieu der deutschen Botschaft beschreibt und übertreibt, so sagte ich freilich, es fehle der Welt für das, was da hörbar wird, der Glaube. Aber sollte sie ihn gewinnen, wenn es sich in Trampeln und Türenzuschlagen manifestiert? Ob nun kleine deutschnationale oder gar libertinische Literaten sich hier als Schützer der deutschen Sache aufspielen – ich glaube ihr mit jedem Wahrwort besser zu dienen und meine Kulturkritik weist es von sich, mit diesem widerlichen Aufgehebe von nationalen Ehrenpunkten, mögen sie nun die deutsche oder welche Botschaft immer betreffen, irgendetwas zu tun zu haben. Ein sonderbarer Zufall wollte es, daß ich wenige Minuten vor der Belästigung im Zimmer da hinten ein Telegramm aus Deutschland empfangen habe, das den Wortlaut hat:

Herzliches Gedenken heutiger Vorlesung als wirklicher Repräsentation deutschen Geistes.

Ja, ich neige mit dem Absender dem Wahne zu, daß ein freies, von keiner Macht nationalen Irrsinns beeinflußbares Wirken gegen die Übel im eigenen Lebenskreise den wahren Dienst an dessen Kultur bedeutet, die wahre Huldigung für deren hohe und so tief kompromittierte Schätze. Ich glaube, daß der Autor, der kürzlich hier den während des Krieges geschriebenen Satz gesprochen hat – in der Satire auf die österreichischen Kriegsschulaufsätze wie »Die Hauptgestalten in Goethes Egmont oder der verschärfte U-Bootkrieg« –, den Satz: »wir Deutschen möchten schließlich doch der Welt mit dem Egmont noch mehr imponieren als mit dem verschärften U-Bootkrieg« – ich glaube, daß dieser Autor frei von dem Verdacht wirken kann, er sei ein Verkleinerer deutschen Wertes in der schmählichen Absicht, sich der fremden Macht anzubiedern. Und ich glaube nicht, daß Schopenhauer auf ausländischem Terrain ein Jota von seiner Kritik der landsmännischen Verhunzer und Besudler seiner edlen Sprache verleugnet oder unterdrückt hätte. Um aber meiner Berufung zum Angriff gegen die heimischen Übel jedes Mißverständnis fernzuhalten, und zur Ehre der heimischen Sache, möchte ich darauf hinweisen, daß selbst deren extremste Schützer noch lichte Momente haben, in denen sie der Erkenntnis zugänglich sind, daß auch der Angreifer ihr auf seine Weise dient. Unmöglich hätte sonst in der repräsentierenden Zeitung der deutschnationalen Politik vor einigen Monaten die folgende Kritik meines Kriegswerkes erscheinen können unter dem Titel »Der Triumph des Thersites«. Der bin aber nicht ich, von dem es doch heißt:

> Wir trennen ein Buch, dessen literarischer Unwert sich mit Niedrigkeit der Gesinnung paart, von Werken, die genialer Gestaltungskraft, der reinsten Absicht und der tiefsten Einsicht den Ursprung verdanken, wie jene »Letzten Tage der Menschheit« des einzigen Karl Kraus, der berufen war, einem Staate den Fluch und Hohn nachzurufen, dem er durch Jahrzehnte ins Angesicht getrotzt hatte . . . .

Ich bedürfte eines solchen Zitats aus dem Blatte des Herrn Stresemann nicht zu meiner Rechtfertigung, aber es diene zur Zurückweisung des frechen Anspruchs, mir in Sachen des Geistes Beschränkungen diktieren zu wollen, die dem Maße der Beschränktheit entsprechen. Daß hier ein beliebiger deutscher Literat, der sich vielleicht durch Trampeln besser als durch die Sprache vernehmbar macht, es wagen wollte, die deutsche Sache, die deutsche Botschaft gegen mich zu vertreten, daraus könnte mir doch keine Einschüchterung erwachsen, sondern höchstens eine Satire. Ein für allemal: ich habe mein ganzes Leben lang nichts anderes geschrieben als Dinge, durch die ein ideales Ziel im Menschlichen aus der Unvollkommenheit des Vaterländischen gefördert wird. Wer mich der Niedrigkeit für fähig hält, daß ich um des stofflichen Ausgangspunktes willen, eben zu dessen Erniedrigung, das Gehör des Auslands suche, macht sich solcher Gesinnung selbst verdächtig und ist ein Vogel, der zu dem Vorteil, sein Nest verlassen zu haben, auch noch das Geschäft machen möchte, reiner Herkunft zu sein. Mein ganzes Werk und insbesondere mein Kriegswerk besteht aus nichts anderem als aus dem, was der Menschheit ist, ihrer Ehre und ihres Geistes, in der Sprache und in der Materie des deutschen und österreichischen Erlebnisses. Daß ich mit dieser Sprache und mit dem Mut, sie zu sprechen, ein deutscher Schriftsteller war, das zu verleugnen wird mir nicht gelingen; das hoffe ich von einem ferneren Forum anerkannt zu erhalten.

Für Hildegard Scheller

Wäre meine Vorstellung nicht an hundert Formen dieses Sündenerbrechens, das sich Bürgerwelt nennt, zugleich gebunden, wahrlich ich hätte, wie damals, als ich ihrer pharisäischesten Partie »Sittlichkeit und Kriminalität« abgewann, mich ganz und gar dem Fall zugewendet, wo sie ihre verdorbene Lust in der Hetzjagd auf ein junges Mädchen befriedigt hat. Auf eine Sechzehnjährige, die, entspräche sie dem Bilde, das die alliierten Treibjäger in Staat und Presse von ihr der genießenden Kanaille Öffentlichkeit vermittelt haben, sittlich noch turmhoch über dem Babel stünde, dessen Honoratioren sich da des Sittenamts vermessen. So aber mußte es sich mein Blick, gebannt und ermüdet von allen Greueln der näheren Nachbarschaft, genügen lassen, die Gerichtsspalten zu durchfliegen, das tausendmal Erlebte als vorhanden zu erkennen und höchstens bei dem furchtbaren Frage- und Antwortspiel zu verweilen, das eines jener fortgeschrittenen Blätter fixiert hat, die das Sensationsgeschäft schon unter dem Vorwand freiheitlicher Kritik betreiben:

Eine peinliche Szene

– – Vorsitzender: Haben Sie dann auch mehr gemacht, als sich geküßt?

Hilde schweigt.

Vors.: Wie, was, er, Sie, ihn, wie?

Schließlich sagt Hilde: Ich habe Paul nur geküßt. Zu mehr ist es nicht gekommen.

Vors.: Zu unsittlichen Berührungen mit der Hand?

Hilde schweigt.

Vors. (der das Schweigen als Zustimmung auffaßt): Also ja, sagen Sie mal, was für einen Eindruck hatten Sie denn von ihm? Hatte er sie gerne?

Hilde: Ich glaube, er hatte mich gern.

Vors.: Sagen Sie mal, wer war denn der Tätigere von euch beiden? – –

Hilde schweigt hartnäckig, und was sich jetzt abspielt, ist eine sehr peinliche seelische Tortur.

Der Vorsitzende will Hilde unbedingt zwingen, im großen Gerichtssaal über ihre intimsten Erlebnisse auszusagen. – –

Vors.: Haben Sie Krantz Vorwürfe gemacht, weil er sich Ihnen immer aufdrängte?

Hilde: Nein. – –

Vors.: – – Auf dem Rückweg haben Sie sich also geküßt. Haben Sie auch verabredet, daß Sie zusammen schlafen werden?

Hilde (entrüstet): Nein.

Vors.: Aber das war doch bei Ihnen beiden stiller Wunsch und unausgesprochene Vereinbarung.

Hilde: Nein. Er kam zu mir und sagte, er könne nicht ins Zimmer zu Günther hinein. Und ich bin dann zu ihm gegangen und dann haben wir uns geküßt.

Vors.: Ist es auch zu regulärem Verkehr gekommen?

Hilde: Nein.

Vors.: Oder zu etwas, was fast so war?

Hilde: Nein.

Vors.: Aber hat es auf seiner Seite eine solche Wirkung gehabt? Wissen Sie etwas darüber?

Hilde schweigt.

Vors.: Wie . . . was . . . nicht . . . ja . . .?

– – Da Hilde noch immer hartnäckig schweigt, fragt der Vorsitzende weiter: »Haben Sie sich erheblich sexuell eingelassen? Wie . . . was . . . wie . . . nicht?«

Hilde antwortet endlich: Nein. – –

Vorsitzender: Aber es war doch nahe daran, wie . . . nicht . . . wie?

Gewiß, es war einer der stärksten Alpe, die ich jemals in meinem täglichen Nachtwerk berufen war durch das Wort von den Herzen der wenigen abzulösen, denen dergleichen noch den Schlaf raubt. Doch ich mußte fürchten, daß es in der größeren Quantität, die ungestaltet bleibt, begraben würde, geboren und verschlungen von einer Zeit, die nichts hat als Quantität, und daß mir nicht einmal der Abdruck des Alps vergönnt wäre, um für eine gequälte Zeugin mit einem Menschenton zu zeugen. Da hat sie sich selbst zum Wort gemeldet, und ihre Bitte um Schutz schützt sie besser, als die Abwehr aller Unbill es vermöchte. Ich bekam eine Zuschrift, an deren Echtheit ich mit umso mehr Recht zweifeln konnte, als ich kurz vorher in einem »Schriftsatz« die Behauptung gefunden hatte, daß von tausend Menschen an der Spree kaum einer die Fackel kenne, und ich selbst dieser Behauptung als einer übertriebenen Aussage von der Verbreitung der Fackel in Berlin widersprochen habe, die doch gewiß nicht zwei- bis dreitausend Menschen dort bekannt sei. Und wie sollte zu der geringeren Zahl gerade die kleine Zeugin im Krantz-Prozeß zählen?

Berlin-Steglitz, den 20. II. 28
Albrechtstr. 72 c

Sehr geehrter Herr Kraus!

Durch die entstellten Prozeßberichte bin ich zu einer so traurigen »Berühmtheit« geworden. Keine Zeitung findet sich, mich zu rechtfertigen. Alle fürchten den Rechtsanwalt Dr. Frey. So wende ich mich in meiner großen Not an Sie, den ich durch Lesen Ihrer »Fackel« als den einzigen Anwalt des Rechts erkannt habe.

Mit der Hoffnung auf Ihre Hilfe

verbleibe ich Ihre ergebene
Hildegard Scheller.

Unmittelbar darauf hieß es, Fräulein Scheller sei in ein Landpensionat gebracht worden, und ich ließ durch einen Berliner Bekannten bei den Eltern nachfragen, ob ihnen von der Absendung jenes Briefes etwas bekannt sei. Seine Echtheit wurde dem Nachfragenden bestätigt, der dann von einem juristischen Berater der Familie folgende Zuschrift erhielt:

Im Anschluß an unser gestriges Ferngespräch beehre ich mich Ihnen wie folgt zu schreiben:

Fräulein Hildegard Scheller hatte mir als einem Freunde der Familie – ich bin kein Berufsjurist – gelegentlich ihrer Abreise in ein ausländisches Töchterpensionat anvertraut, daß sie sich während der letzten Tage des Krantz-Prozesses in ihrer Verzweiflung und Verlassenheit an Herrn K. K. gewendet und ihn um Ehrenschutz gebeten hätte, der ihr von Seiten der Presse nicht zuteil wurde. Ich hatte Fräulein Scheller versprechen müssen, für den Fall daß Herr K. K. sich für ihre Sache interessieren sollte, ihm an ihrer Stelle alle notwendigen Informationen zu erteilen und ihm vor allen Dingen diejenigen Dokumente auszufolgen, deren Veröffentlichung hier niemand wagen würde. Daß Herr

K. K. sich überhaupt eventuell des Fräuleins Scheller annehmen würde, hätte ich nie erwartet, ich hatte s. Zt. den Brief des Fräuleins Scheller als »jugendliche Tollkühnheit« bezeichnet, freue mich aber umsomehr, daß ich hier im Unrecht war.

Die Zuschrift erzählt nun einiges von dem Zusammenwirken von Sensation und Autorität, »um ein junges Mädchen von wirklich beispiellos vornehmer Gesinnung und hervorragenden Geistesgaben seelisch zu martern und gesellschaftlich zu ruinieren«, und schließt mit der Bitte um eine Unterredung in Gegenwart der Eltern. Bevor es zu dieser – nach Abschluß der Vorlesungen – kam, wurde mir in Berlin der folgende Brief übermittelt:

– – 28. III. 28

Sehr geehrter Herr Kraus!

Gern wollte ich Ihnen persönlich alles erzählen, doch ich bin für längere Zeit in diesem hiesigen Pensionat. Hier hoffte ich Ruhe zu finden, aber man hat erfahren, wer ich bin.

Ich will versuchen, Ihnen so gut es brieflich geht, zu schildern, wie alles war.

Vorausschicken muß ich, daß ich mich durchaus nicht reinwaschen will. Denn, wenn man überhaupt von Schuld sprechen kann, gebührt auch mir ein Anteil.

Aber wie gegen mich und vor allen Dingen gegen meinen armen Bruder vorgegangen ist, das ist das Empörende.

Alle nur erdenklichen Sünden und Fehler wurden unserer Familie angedichtet.

Gab es wirklich etwas zu kritisieren, was bei jedem Menschen vorkommt, so wurde das riesenhaft vergrößert und entstellt.

Natürlich ist es die Pflicht eines Verteidigers, alles daran zu setzen, um seinen Klienten frei zu bekommen. Aber Herr Dr. Frey befand sich gar nicht in dieser Notwendigkeit mir gegenüber, da meine Aussage seinen Mandanten ja in keiner Weise in Gefahr brachte, und somit war die ganze Quälerei doch wirklich überflüssig.

Ich stand schutzlos ohne Rechtsbeistand einem gehässigen Verteidiger und einer sensationslüsternen Presse ausgeliefert.

Es wurde mir kein Schutz bewilligt, denn immer wieder wurde betont, ich sei nur Zeugin. Daß ich schlimmer als der Angeklagte selbst verhört wurde, beachtete niemand.

Ist es nicht ein Leichtes für einen Rechtsanwalt wie Dr. Frey, mir, die ich nichts von »Recht« und Gericht verstehe, die Worte im Munde umzudrehen?! Immer wieder konnte ich beteuern, es sei doch wirklich nicht so, wie er es sagt. Niemand hörte es.

Wie ein abgekartetes Spiel kamen mir gewisse Zeugenvernehmungen vor. Ich weiß nicht, ob ich es beurteilen kann, aber Frage und Antwort waren so wunderbar auf einander abgestimmt, daß es auffallen mußte. Doch es wollte niemand merken, es war ja gegen mich und so schön sensationell.

Mit dem festen Vorsatz, die reine Wahrheit zu sagen und Krantz so viel als möglich zu schonen, bin ich hingegangen. Doch ehe ich schon den Mund auftat, wurde meine Glaubwürdigkeit von Herr Dr. Frey bezweifelt. Und kein Mittel scheute er, meine Glaubwürdigkeit zu erschüttern.

Sie werden es sicher gelesen haben, wie er eine Unwahrheit nach der andern vorbrachte, meine Schlechtigkeit, meinen Leichtsinn und somit meine Unglaubwürdigkeit zu beweisen. Und wie sich dann herausstellte, daß alles, was er mir nachsagte, auf Unwahrheit beruhte. Die Widerlegung seiner Beschimpfungen hat die Presse natürlich nicht richtig gebracht, und ich bin nicht stark genug, mich gegen solche Angriffe und gegen solche Gegner zu wehren, habe auch vor allem hierzu nicht die Möglichkeit.

Aus diesem Grunde wagte ich es, Sie um Schutz zu bitten, und ich danke Ihnen herzlichst, daß Sie auf mein Schreiben eingegangen sind. – –

Ihre ergebene

Hildegard Scheller

Diesem Schreiben, dessen Wahrhaftigkeit die Apparate der Lügenmacht in Plunder verwandelt, ist noch ein Dank gefolgt für die Unterredung, die inzwischen stattgefunden hatte. Die Aufschlüsse, die diese an der Hand von Dokumenten brachte, betreffen das Walten der amtlichen Sittlichkeit und das Wüten der Sensationsbestie, jener Mißbraucher der Tageszeiten, die des Morgens, des Mittags und des Abends die Menschenerde besudeln. Was die amtliche Sittlichkeit betrifft, so hat sie wie immer funktioniert, das heißt so, daß man, wenn man ihre Protokolle veröffentlichen wollte, von ihr wegen Verbreitung unzüchtiger Schriften belangt werden müßte; und es wäre auch, solange es nicht unerläßlich ist, geradezu peinlich, das Bekenntnis eines beherzten Mädchens mit der Erinnerung an die ihm angetane Häßlichkeit, soweit sie nicht schon durch die Gerichtssaalberichte belegt ist, zu konfrontieren. Was die Zutreiber der öffentlichen Moral betrifft, so wäre festzustellen, daß sie Interviews erlogen und erpreßt, Photographien geraubt und sich unter allerlei Fiktionen wie der eines ausgebrochenen Brandes den Einlaß ins Familienzimmer erkämpft haben und daß, was immer da erschienen ist, aus den schmierigen Fingern gesogen war. Auch die Presse hat also funktioniert wie immer.

Da kommen wir mit vollem Trab,
Verzeiht! es ging nicht gütlich ab.
Wir klopften an, wir pochten an,
Und immer ward nicht aufgetan;
Wir rüttelten, wir pochten fort,
Da lag die morsche Türe dort. – –

Wo immer menschliches Glück zu zerstören ist, ob bei Philemon und Baucis oder wo Knaben und Mädchen wohnen, die drei Gewaltigen: die vom Morgen, vom Mittag und vom Abend leisten ganze Arbeit:

– – In wilden Kampfes kurzer Zeit,
Von Kohlen, rings umher gestreut,
Entflammte Stroh. Nun lodert's frei,
Als Scheiterhaufen dieser drei.

Denn auch hier geschieht, was längst geschah. Den Lynkeus, der es nicht sieht, zu solchem Fall geschwiegen hat und nur »Es sei wie es wolle, es war doch so schön!« behauptet, löst der andere ab:

Sollt ihr Augen dies erkennen!
Muß ich so weitsichtig sein!

Aus Redaktion und Irrenhaus

Gesprochen am 9. Februar*

Ich erfülle doppelte Dankespflicht, wenn ich meiner Öffentlichkeit, die mit mir die furchtbare Notwehr gegen den sieghaften Ungeist mitmacht, Kunde gebe von dem seit Jahren einzigen positiven Erlebnis, das ich einem Zeitungsblatt verdanke. Es handelt von der dichterischen Produktion eines Irren, und um sie zu würdigen, ist es unerläßlich, vorher von vielerlei geistigen Eindrücken zu sprechen, die man der Welt außerhalb des Irrenhauses verdankt, welches gut tut, sich gegen sie durch eine Mauer abzusperren.

Wir müssen es hinnehmen, daß wir in diese Zeit Verbannten lebenslänglich verurteilt sind, die Usurpierung der sprachlichen Machtmittel durch Schurkerei und Idiotismus zu ertragen; ohnmächtig müssen wir zusehen, wie, nach völliger Abtötung aller schöpferischen Möglichkeit durch eine selbsttätige Technik, die entleerten Formen des Geistes zum Ornament des Schwachsinns, zum Aufputz der Niedertracht taugen. Wir erleben im täglichen Umgang und in dem Abdruck eines geschändeten Lebens, der womöglich noch dessen Niveau unterbietet, im Rotwelsch der Lebensbetriebe und im Kauderwelsch jeder gedruckten Zeile, einen Triumph der Erbärmlichkeit, der uns bis zu dem Zweifel deprimiert, ob nicht alles das in Ordnung sei und nur der eigene Sinn versehrt, der die Dinge so betrachtet. Wenn mein Blick ein Zeitungsblatt durchfliegt – und nie noch hat er darin lustwandelt –, so ergreift er, ohne mehr an der selbstverständlichen moralischen Verworfenheit zu haften, eine solche Fülle von Beispielen gedanklicher und sprachlicher Mißform, daß mir für die Zukunft einer Nation, die diesen Unflat als geistige Nahrung zu sich nimmt, nur die Hoffnung bleibt, sie werde bei fortschreitender Verblödung schließlich nicht mehr imstande sein, zu lesen – was dann den Ruin der Presse, und in weiterer Folge die geistige Erholung der Menschheit herbeiführen wird. Immer wieder

* Ohne den Absatz »Aber wir wollen ....« bis ».... erhalten blieb« (S. 366 bis 369), der erst später entstanden ist.

versuche ich, der nicht unter Leute kommt, mir vorzustellen, daß sie, so beklemmend ihre Sprechart im Vorbeigehn auf mich einwirkt, doch geistig hoch über den Personen stünden, von denen sie sich die Zeitung liefern lassen, weil es doch unmöglich ist, sich vorzustellen, daß sie noch unter ihnen stehen. Immer wieder glaube ich ja, mit einem unzerstörbaren Glauben an die Naturkräfte im Menschen, daß etwa der Abendblatt-Leitartikel der Neuen Freien Presse, von ihrem letzten Leser geschrieben, doch menschenmöglicher wäre als das imbezille Wirrsal, das er schlucken muß, dieses schreiend komische Sammelsurium rein privater Ausrufe, die sich durch die unmöglichsten Spationierungen den Weg zum Ohr der Öffentlichkeit erzwingen wollen, ungeachtet der Erfahrung, daß sich da durch Gewalt so wenig richten läßt wie beim Beten. Es ist undenkbar, glaube ich immer wieder, daß ein beliebiger Provinzabonnent, und selbst einer, dem diese Sprache Respekt einflößt, die miserable Gesinnung, die sich ihrer bedient, nicht sachgemäßer und wortsauberer, also publizistischer auszudrücken vermöchte. Oder betrachten wir diese inveterierte Landplage des Sonntagsglossators: welcher Leser würde, wenn er den Gedanken zu verarbeiten hat, daß zwei völkische Abgeordnete wegen der bekannten Negerschmach zum Bundeskanzler gehen, und wenn ihm dazu die Krawalle im Parlament einfallen, die Assoziation nicht logisch etwa so vollziehen, daß die Parlamentarier nicht nur im Hause, sondern auch außerhalb des Hauses Krawall machen. Nur dem Berufsschäker kann es passieren, daß er da schreibt, es hätten sich Parlamentarier gefunden, »die zur Abwechslung statt gegeneinander, gegen die schwarze Tänzerin wüteten«. Doch die völkischen Parlamentarier haben nie gegeneinander gewütet und die sozialistischen nicht gegen Josephine Baker. Aber ist die Banalität, die einem da täglich um die Ohren geschlagen wird, nicht an sich noch schmerzhafter als alle Unlogik, die der Journalist braucht, um keinen Humor zu haben? Wäre es denn denkbar, daß der Leser nicht schamrot wird bei dem Gedanken, er selbst wäre gezwungen, die ausgekotzten Redensarten in den Mund zu nehmen, die er, wie alljährlich so auch heuer, als »Ansprachen auf dem Concordiaball« serviert bekommt? Dieses ewige Geschäker erwachsener Würdenträger bei der Vergewisserung, daß »die Jugend und die Freude das Zepter führen«; diesen Einfall eines Unterrichtsministers, den versammelten Schapseln das Vorbild Schuberts zu empfehlen, der es »doch auch« verstanden habe, »mit guten Freunden einmal einen klingenden Feierabend bei einem guten Tropfen Wein zu begehen«! Darf sich die Phrase wirklich schon jedes Attentat auf die fünf Sinne erlauben? Muß man den Ausspruch über sich ergehen lassen, mit dem der kostbare Advokat des Herrn Ahrer dessen Verteidigung führt, die vor Gericht zu führen ihm durch den Zwang der Umstände verwehrt ist, den Ausspruch, wonach der Geschäftsfreund des Herrn Bosel und Tischkumpan des Herrn Bekessy makellos dastehe: »hierüber« werde sich »jeder objektiv denkende Mensch« sein Urteil selbst bilden können, »da« der Herr Ahrer, seinem Rate folgend, »in absehbarer Zeit seine Memoiren der Öffentlichkeit übergeben wird«. Kein Zweifel, sagt man sich, der Memoahrer hat den einzig richtigen Weg zur endgültigen Feststellung der Wahrheit betreten. Man ist jedoch neugierig, wann denn das Ziel aller Publizistik, die Öffentlichkeit dumm zu machen, endlich so zufriedenstellend erreicht sein wird, daß die weitere tägliche Bemühung überflüssig wäre. Aber vielleicht ist der Zustand schon eingetreten und die Zeitungen wissen es nur nicht und strapazieren sich noch mit jeder gedruckten Zeile. Denn wenn es doch so ist, daß gerade die unzulänglichsten Köpfe berufen sind, öffentliche Meinung zu machen, und das Publikum sie dergestalt hinnimmt; wenn es sogar Menschen geben soll, die sich an den Einfällen dieses unbezahlbaren Jobs erquicken und nicht wie unsereins wissend, sondern mit echtem Behagen an dem Reichtum dieser bildnerischen Phantasie und an der barocken Fülle von Metaphern, die diesem unversicherten Geiste einfallen wie die Brücke zwischen dem Nichterlebten und dem Nichtgedachten; wenn wirklich solches Druckwesen seine Genießer findet – so frage ich mich schließlich, ob nicht das Publikum vielleicht doch noch dümmer ist als die Presse, die es sich hält, wiewohl mir für diesen Grad schon jedes Maß einer Vorstellung fehlen würde.

Wenn ich freilich die Druckwelt betrachte, in der sich schlichte Arier hoffnungslos abquälen, den jüdischen Kollegen die Petites nachzumachen, das Anreißertum und die Brillanz der Schmucknotiz, den Hautgout der Sensation (den sie wahrscheinlich Hugo nennen), diese armen Teufel, die das Pech haben, nicht von Miskolcz eingewandert, sondern bodenständig zu sein und wohl auf Lebensdauer zu bleiben, und die für den Journaldienst nichts mitbringen als das Analphabetentum, ohne die Fähigkeit es zu gebrauchen – dann freilich werde ich eher des

Zusammenhanges gewahr zwischen dem Zeitungwesen und einer Volksart, die auf dem Weg der Rückbildung zum Neandertalertum rapide Fortschritte macht, während es mir immer ein Problem sein wird, wie Juden nicht finden sollen, daß ihnen die Neue Freie Presse zu blöd ist. Da haben wir also die Wiener Neuesten Nachrichten, eine Zeitung, der ich öfter schon nachgewiesen habe, daß sie in großdeutscher Sprache geschrieben ist. Sie und die Reichspost sind in diesen Tagen etwa der Ausdruck der Gedanken, die ich einmal in der Beschreibung des Wiener Straßenlebens, durch das ein Neger chauffiert, festzuhalten versucht habe: »A Näägaa –!«, »Geh hörst'rr schau drr den schwoazen Murl an!«, »Hörst Murl, wosch di o!«, »Geh ham, Schwoazer, verschandelst uns jo die gonze Stodt!«, »Do fohr oba, zur Daunau und wosch dii –!« Während die vorkämpfende Deutschösterreichische Tageszeitung, als der eigentliche Schutz- und Trutzgoi auch »Dötz« genannt, diesen Rat nebstbei noch bezüglich der bodenständigen Schweißfüße erteilt und im ärztlichen Briefkasten die schlichte, aber unwiderstehliche Auskunft gibt:

Fußreinigung. Laues Wasser mit Seife.

Denn offenbar hatte einer der Mannen, die die schwarze Schande nicht mehr ertragen können, sich die Sache weit komplizierter vorgestellt, als sie im Grunde ist, und angefragt, wie man das eigentlich mache. Vielleicht einer von den Unentwegten, die viel auf dem Trottoir vor der Oper herumgehen müssen, wenn Jonny aufspielt. Also laues Wasser mit Seife – das Ei des Columbus ist nichts dagegen! Was aber die Josephine Baker betrifft, die vielleicht mehr Zusammenhang mit der Gottesschöpfung erkennen läßt als ein ganzes flaches Land, auf dem Bodenständige wohnen, so hat sie es sich schließlich selbst zuzuschreiben, daß sie Bekanntschaft mit dem dunkelsten Zentraleuropa gemacht hat. Daselbst erscheint nun die Reichspost, die ihrem Verdruß in dem schlichten, aber treffenden Titel Luft macht:

Die Schwarze ...

mit drei ganz idiotischen Punkten und nicht ohne der Mißdeutung wehren zu können, daß sie von sich selbst spreche. Man erfährt jedoch gleich, daß es sich um die Baker handelt, von der erzählt wird, daß sie »Nacht für Nacht«, man denke nur, in den Folies Bergères tanzt, »um schließlich zuletzt ganz privatim in ihrem eigenen Etablissement am Montmartre noch Sondervorstellungen zu besonderen Preisen zu geben«. Nach dieser Hundsordinärheit, die ihre Peitsche verdient hat und mit der der arme Preßgoi leuchtenden Auges seine Dankesschuld an die jüdische Sensationspresse abträgt, beginnt er diese, wie er sagt, zu »kennzeichnen«. Da kommt nun der tiefe Schmerz zur Geltung, daß Nackttänze von Kerzelweibern noch nicht begehrt sind. Es folgt die Bitte, der Menschheit Würde, die in eure Hand gegeben ist, zu bewahren. Noch gebe es Gott sei dank

Tausende und aber Tausende, denen die Kultur unserer Heimat Atem reinster Lebensfreude bedeutet . . . .

Sie müßten sich zu einem flammenden Protest sammeln und »die in Oberflächlichkeit Eingelullten« aufrütteln. »Lange reicht hiezu die Zeit nicht mehr«, mahnt der Reichspostler mit einem Blick auf die Uhr des Stefansturmes, und schließt mit dem Memento (von Schriftleitern auch Momento genannt): Josephine Baker in der Stadt Schuberts »mit dem Bananenschurz tanzend«

ist es nicht ein letztes Haltesignal vor der Fahrt ins Weite, Unermeßliche des Abgrundes?

Aber wenn die Baker das letzte Haltesignal ist vor dem Abgrund, vor dem wir immer stehn tun, anstatt endlich herzhaft unterzutauchen, so hätte ja der Wiener etwas zum Anhalten und der Fremdenverkehr brauchte nicht alleweil um den Justizpalast zu branden. So denken und schreiben also diese Schriftleiter, die nicht wissen, wohin sie die Schrift leiten sollen, welche es ihrerseits schon gar nicht weiß. Vollends als blinde Kuh fühlt sie sich in den Wiener Neuesten Nachrichten. Da wird der praktische Vorschlag gemacht, Schubert, der dieses Jahr doch ausersehen ist, die Schlappe Beethovens bezüglich des Fremdenverkehrs wettzumachen – also ihn dafür, daß die zeitgenössischen Wiener ihn »fast verhungern« ließen, heute wenigstens durch Austreibung der Baker zu entschädigen. Die Bevölkerung ist schon sehr erregt. Denn es ist doch, heißt es, unerträglich, daß jener, dem es bei Lebzeiten so schlecht ging und der später bekanntlich von Hoteliers und Librettisten ausgewurzt ward – also daß er »auch jetzt sich mit einer tanzenden Negerin zu 50 Prozent ausgleichen soll«; sagt das Organ der

Großdeutschen. Es bleibe dahingestellt, ob Schubert das Plus, das ihm da angeboten wird, nicht mit dem Hinweis darauf ablehnen würde, daß er die tanzende Negerin für eine musischere Gestalt erachte als geschäftstüchtige Troglodyten, die um Fremdenzuzug betteln und dabei die Frechheit haben, dem europäischen Geschmack ihre Unappetitlichkeit aufzudrängen. Aber so wahr die deutschvölkischen Belange keine Sehenswürdigkeiten sind, so wahr ist die deutsche Sprache, die von ihren Vertretern gesprochen wird, eine Hörenswürdigkeit. Denn während man von den Negern überzeugt sein kann, daß sie die Sprache, in der sie sich untereinander verständigen, auch beherrschen, widerfährt den Wiener Neuesten Nachrichten in dem Eifer, das Deutschtum gegen die ihm drohende Schmach zu schützen, im Hinblick auf Schubert der folgende Satz:

Wie wenig ist dieses eine Jahr der Freude und Begeisterung d a g e g e n g e h a l t e n, was ihm, s o l a n g e er unter uns wandelte, s c h u l d i g g e b l i e b e n w u r d e.

Man möchte ja glauben, daß ein Volkscharakter, der um Bewahrung seiner Eigenart ringt, deren Existenzwürdigkeit vor allem darin zum Ausdruck bringen müßte, daß er sich selbst die Sprache bewahrt hat, die ihm die Außenfeinde beeinträchtigen. Aber wie viel wird da schuldig geblieben von unsern armen Schriftleitungschristen, welche die Redaktionsjuden noch um die Fähigkeit beneiden, sich zur Not auszuquetschen, von diesen wahren Gojim in den Gauen der Sprache, in der sie bodenständig sind!

Ach, hüben wie drüben täglich eine Fülle der Probleme, wie dieses elende Gehudel von Kneipe und Comptoir, dieser privateste Mißbrauch von Sprachehre und Verstand nur überhaupt publik werden kann und daß die Hand des Setzers, ja die Maschine selbst sich nicht gesträubt hat, den Dreck wie er ist in bleibende Gestalt zu verwandeln! Meine Ohnmacht der ganzen Erscheinung gegenüber drückt sich vielleicht am stärksten in dem tragischen Konflikt aus, den ich durchmache, wenn ich jedem einzelnen dieser Beispiele geistiger Minderwertigkeit gegenüberstehe, die sich mir aufdrängen, da ich im Blätterwald so für mich hingehe, um nichts zu suchen und weiß Gott mit der inbrünstigsten Sehnsucht, nichts zu finden. Von jedem einzelnen wäre ich imstande, das Gesicht der Zeit, der Nation, der Stadt abzuzeichnen, immer glaube ich, dies eine sei das geeignetste, das mir für alle Zeit die Befassung mit den übrigen ersparen wird, und ich sammle sie doch alle und komme in Kämpfen stofflichster Art nicht dazu, unter ihnen die Wahl zu treffen, geschweige denn sie alle auszustellen zur Heerschau über die Macht, die den Geist mit Krieg überzog und demgemäß mit Läusen.

Wie schwer wird es da erst, sich dem Dank für das positive Erlebnis zu widmen, das man einmal in unheiligen Zeiten aus einem Zeitungsblatt empfangen hat! Aber um die Umgebung zu schaffen, in der es auch andere empfangen können, müßte ich besonders auf die eigentliche Welt der Normen weisen, die uns beklemmend umgibt. Denn der Strahl des Geistes, den ich auffing, drang aus der Nacht des Irrendaseins. Und man versuche sich vorzustellen, daß es just an dem Tage geschah, an dem ich die Weihnachtsbotschaft las jenes unschuldigsten Fibelgemütes, welches angesichts des neunzigsten Toten unterm Christbaum Kindern das Treuegelöbnis für die Polizeidirektion abgenommen hat und den Gedanken aussprach, daß die Treue kein leerer Wahn sei, was ich doch längst nicht mehr geglaubt hätte. So setzt einem die Welt der Normen zu und verlangt noch, daß man seine Sinne beisammen halte! Das ist nicht leicht, sage ich mir, und wiewohl ich nach Rückert weiß, daß nicht so sehr erfüllte Wünsche das wahre Glück bedeuten als vielmehr erfüllte Pflichten, so deprimiert mich doch die Erfahrung, daß hier, wie man sich auch plage, nichts vom Fleck kommt. Aber Kopf hoch, sage ich mir, zumal wenn ich das traurige Los meines erfolgreicheren Rivalen, des Goldfüllfederkönigs, bedenke. Er, der die Aufforderung plakatiert hat, daß der Polizeipräsident *nicht* abtrete, sitzt im Irrenhaus! Er hat, was er verlangte, doch unstreitig durchgesetzt, und befindet sich nunmehr auf der psychiatrischen Klinik. Und da er dort über eine Schreibmaschine verfügt, beklagt er sich in einem Schreiben an mich über krassen Undank. Jetzt kommt er drauf, daß ich recht hatte. Hört, hört:

...Im September vorigen Jahres habe *ich mich noch hinreißen lassen*, den Behörden resp. der Polizeidirektion *auf Verlangen von oben* mit großen Versprechungen einen großen *unvergeßlichen Dienst* zu erweisen und *den Polizeipräsidenten* durch meine *unvergängliche* »*Aufforderung*« zu *rehabilitieren.*

Nun, diese Produktion eines Irren, die noch in der Welt der Normen wurzelt, meine ich nicht, wenn ich von einem Strahl des Geistes spreche. Vielmehr erblicke ich den äußersten Kontrast zu allem vorschriftsmäßigen und diesbezüglichen Denken in einem andern Dokument, welches mir am Weihnachtstag und zwar aus Rumänien zukam. Und da sei vorweg, auf die Gefahr hin, daß man meinem eigenen Wort den Ursprung in der Irrsinnssphäre suchen wollte, der Glaube ausgesprochen, den ich dieser Botschaft verdanke: Der größte heute in deutscher Sprache denkende, vielleicht der einzige große Dichter, und einer der größten, die je gelebt haben, ist ein Schlosser, der in der Irrenanstalt von Czernowitz lebt.

Aber wir wollen uns das Wunder, das uns bevorsteht, verdienen, indem wir uns erst nach der Lyrik umsehen, die der Welt der Normen entsprießt. Freilich böte das Talentierteste, das da nur zu finden ist, Kontrast genug, um ein für allemal jegliche Produktion der Normalgehirne als bedenklich erscheinen zu lassen, die sich ja der Sphäre des produktiven Irrsinns höchstens durch Hysterie anschmarotzt. Doch sei hier nicht die Leistung eines Literatentums betrachtet, das mit der Geschicklichkeit, einen Naturzwang vorzutäuschen, immerhin den Geschmack und die Mode der heutigen Lyrik angibt. Wir wollen vielmehr in jenes abgründige Gebiet eintreten, wo das beglaubigte Normalgehirn sich in der Befugnis austobt, die dagewesensten und unerlebtesten Empfindungen in das Käsepapier von Vershüllen zu kleiden, die kein Abfallbehälter behalten würde. Was da in deutschchristlichen Sonntagsbeilagen zwischen Graz und Linz, also namentlich in Wien, andauernd geboten wird, davor scheint es noch immer mehr der Sau zu grausen als den Bauern, die darauf abonniert sind. Wunderbar wird erst aller Fortschritt der Technik, wenn man ihn, aus dem Gesichtspunkt der Gleichzeitigkeit, mit der Zurückgebliebenheit der geistigen Einrichtungen zusammenhält. Man versuche einmal ohne Furcht für das Gleichgewicht des Verstandes, sich vorzustellen, daß ein und derselbe Tag die Nachricht bringt, man werde demnächst von New-York nach Wien blicken können, und den Inhalt der »Damenspende des Deutschösterreichischen Schriftstellerballes«. Der ehrwürdige Kernstock etwa, der im Weltkrieg seinen Dilettantismus der Hebung des Blutdurstes zur Verfügung gestellt hat, widmet »Einer Wienerin« das zarteste Gedenken:

Denn lebensfrisch, echt wienerisch
Wallt immerdar dein Blut
Wie edler Wein: ein Prachtgemisch
Aus Sonnenkraft und Glut.

Während andern der geringste Anlaß Herzenspein schaffe, ihr »kostet's nur ein Seufzerlein«, denn in ihrer Brust »verhohlen quillt der Jungborn Poesie«, welcher bei Kernstock offen ausfließt. Und man kann überzeugt sein, daß hunderttausend deutsche Leser, die es in den christlichen Blättern zitiert finden, sich daran als dem Inbegriff aller Lyrik erquicken. Solche, die mehr heimischen Urlauten zugeneigt sind, wieder an dem Folgenden:

Is nea r oaner in Ort...
Von Karl Bacher
Is nea r oaner in Ort,
Daß i schau auf und o',
Und um den tats mer load,
Wonn der Bui mi nit mo'.

Was »r« bedeutet, ist rätselhaft, das später vorkommende »ollwl« ist offenbar »alleweil«, die Angelegenheit spielt nämlich im Znaimer Kreis und dürfte schon in Oberhollabrunn auf Schwierigkeiten stoßen:

Und war ah der Znoamer Kroas
So groß, als i moan,
Mocht mer koaner mehr hoaß
Ols wia r er nea r alloan.

Man versuche sich vorzustellen, daß Damen, ohne zu stolpern, unter dem Eindruck dieser Spende getanzt haben. Zum Schluß ergibt sich ein gewisser Anhalt:

Is nea r oaner in Ort –
Und wonn i 'n nit kria',
Aft gschacht mer so load –
Und i möcht, daß i stir(w)...

Beim letzten Wörtlein pflegt in solchen Fällen immer nachgeholfen zu werden. Die Heimatdichter unterlassen es nimmer, zum Beispiel das »bi« für alle Fälle mit einem (n) zu versehen, wiewohl eine solche Anweisung gerade hier überflüssig erscheint; »stir« also bedeutet soviel wie »sterbe«, das sich auf »kriege« reimt, nämlich (w) bedeutet eigentlich (b). Das sind nun so die schalkischen Erlaubnisse der Dialektpoesie, von der man ja zugeben mag, daß ihr Sprachboden, wenngleich nur in Znoamer Grenzen, noch immer zeugungsfähiger ist als das Papier, aus dem hochdeutsche Dilettanten schöpfen. Und da ist es freilich ein Problem für sich, daß man der Angehörige einer Republik sein muß, zu deren hervorstechendsten Freiheiten die ihres Präsidenten zählt, schlechte Verse zu machen. In der sich aufdrängenden Parallele zwischen der Produktion des Oberprimaners Krantz und der unseres Staatsoberhauptes dürfte die Untersuchung wohl jener als dem Ausdruck komplizierteren Denkens den Vorrang zuerkennen. Und ohne den Verdacht legitimistischer Gesinnung auf sich zu lenken, muß man doch sagen, daß einem Versuche des Monarchen, Verse zu produzieren oder gar zu veröffentlichen, wie sie da wieder unserm Hainisch eingefallen sind, sich wohl alle Mächte des Zeremoniells, wenn nicht die Besinnung der eigenen Würde, entgegengestemmt hätten. Herr Hainisch hat es sich nicht versagen können, uns in die Stimmung eines »Sonntags im August« wie folgt zu versetzen:

Wer kann, hat längst die Stadt verlassen
Und viele Fenster sind verhängt,
Die Bahnen führen fort die Massen,
B e v o r d i e S o n n e s i e v e r s e n g t.

Ich habe schon mit dieser einen Zeile einen Saal alarmiert, da ich nämlich wieder mir es nicht versagen konnte, den König Bobèche – in der Szene, wo der reine Froh- und Schwachsinn als ländliche Idylle musikalisch verklärt wird – die Verse seines Kollegen Hainisch aufsagen zu lassen.

U n d w e r i n W i e n z u r ü c k g e h a l t e n,
Der fliegt am Sonntag gern hinaus,
Um sich im Wald zu u n t e r h a l t e n,
D o c h i c h b l i e b o f t g a n z s t i l l z u H a u s.

Ganz still, nämlich nicht dem Schreiben, sondern dem Lesen hingegeben.

Wo sonst die Räder Staub entfachen
Und jeder strebt nach seinem Ziel,
Da hört man heute Kinder lachen,
Sie spielen *irgendwo* ihr Spiel.

Hainisch jedoch, der »gar oft bei offnen Scheiben saß«, ließ sich durch »sonntägliches Treiben« in seiner Arbeit nicht stören. Ich hinwiederum ließ den Prinzen Saphir, der entzückt vernimmt, wie auch das Stadtleben seine Reize hat, ausrufen: »Is das aber schön!« »Was, da staunen S'?« »Sagn S', das hat er ganz allein g'macht?« »Ganz allein! Sind S' so gut – so was wird er doch schon treffen, er is doch nicht mehr so jung! Das kommt alles aus dem eigenen Staatsoberhaupt«; und zum Beweise zitierte der König Bobèche noch die folgende Strophe, die er der Damenspende des arischen Schriftstellerballes entnommen hatte:

Gar nie in meinem ganzen Leben
War mir so leicht der Arbeit Last,
Die Stimmung, die mich rings umgeben,
Die hat mich machtvoll auch erfaßt.

Nun, unser Präsident hat leicht schaffen und der Hörer leicht lachen. Aber ich muß schon bekennen, daß zu den Problemen dieser Republik, die mir immer wieder den Austritt nahelegen, nebst der Treue und Beharrlichkeit ihres Hortes die unerschütterliche Produktivität ihres kreuzbraven Präsidenten gehört, der zwischen Murmeltierjagd, Dekorierung schießender Polizisten und Begnadigung von Erpressern solchen Unfug mit der Sprache treibt. Doch da man gleichfalls ausharren muß, bleibt nichts übrig, als sich aus dieser täglich vorhandenen und dennoch unvorstellbaren Welt der Normen, aus der Region beispielgebender Banalität, aus der Untiefe des Voll- und Ganzsinnes, dorthin entrücken zu lassen, wo das Absurde von Offenbachs Klängen weggespült wird. Oder sich hinzudenken in ein Reich des Wahnsinns, wo das sprachliche Urbild der Natur erhalten blieb.

Ein Schreiben also, an den Verlag der Fackel gerichtet, hat den Wortlaut:

Den beifolgenden Zeitungsausschnitt bitte ich Herrn K. K. mit meinen . . Grüßen zu übermitteln. Vielleicht werden die darin enthaltenen Proben von Dichtungen Irrsinniger Herrn K., dem der Nachklang dessen, was sich heutzutage als deutsche Dichtung ausgibt, so wehe im Ohre liegt, eine kleine Freude bereiten. – –

Der Ausschnitt aus einem Czernowitzer Blatt, der beilag, ist beiweitem das Anständigste, was ich seit langem, beiweitem das Wichtigste, was ich je in einer Tageszeitung gefunden habe. Der Autor selbst ist der Einsender, er nennt sich mit einem Pseudonym Uliu. Er erzählt davon, daß ein ihm befreundeter Arzt (wie er mir späterhin mitteilt, der Sekundararzt der Czernowitzer Landesirrenanstalt Dr. Walter Kipper) Beweise für die Theorie sammle, daß der Irrsinn »bei vorher ganz unschöpferisch konstituierten Menschen die geistigen und seelischen Fähigkeiten in einem derart außerordentlichen Maße steigere, daß diese Menschen erst im Irrenhause zu Dichtern und Künstlern werden«. Ihm liege nunmehr die Sammlung vor, in welcher »das Typischeste und Schönste aus der großen Menge von Briefen, Zetteln, Zeichnungen, Tagebüchern und Dichtungen von Geisteskranken« vereinigt sei. Zunächst zitiert er die Stelle eines Briefes, den ein Mann geschrieben hat, der wegen zweier Mordtaten ins Gefängnis kam, dort tobsüchtig wurde und »von dem es sich später herausstellte, daß er auch seine Tat in geistiger Umnachtung verübt hatte«. Der Brief sei im Gefängnis geschrieben; die in der zitierten Stelle enthaltenen Angaben entbehrten jeder tatsächlichen Grundlage und seien Gebilde freier Phantasie. Man vernehme nun dieses Wunder einer Prosa, das der Berichterstatter mit Recht »ein überströmendes und erschütterndes dichterisches Gleichnis des Schmerzes und der Hoffnungslosigkeit« nennt:

. . . und mein Schmerz ist so groß, daß alles Gute und Teuerste der Welt meine wehbrennenden Wunden nicht mehr heilen kann. Die Sonne weint, der Wind ist traurig; der Schnee ist ganz blau geworden und die Au still. Der Mond ist vertieft; denn alle leiden meinen Schmerz. Von meinen Tränen zerspringt der Beton der Kerkerzelle. Das schwere Eisen frißt sich langsam zu meinen Knochen durch. Alles, alles fühlt, alles sieht mein Leid und mein unverschuldetes Unglück, Totes und Lebendiges, nur ein menschliches Wesen nicht. Unglücklich bin ich, ja der Unglücklichste unter Unglücklichen. – Nach meiner

Gefangennahme in tiefster Trauer, ist mein Jagdhund gestorben; gleich darauf alle Hühner; gleich darauf meine Kuh. Mein Kind wurde geboren und die Sonne hat ihm weinend durchs Fenster mein unverschuldetes Unglück verkündet und nach ein paar Tagen wurde es traurig nach dem Vater und ein paar Tage später verließ es die verhaßte Welt – und gerade heute wird es zu Grabe getragen, ohne Vater und Mutter, nur von Fremden begleitet; denn der Vater wird gemartert und die Mutter hat fast ganz die Welt vergessen, und das Kind und den Vater, liegt aber still im Bette, die Kerze in der Hand haltend und sieht gen Himmel. Ich habe nichts mehr, nichts auf Erden.

Nach Bruchstücken aus zwei Reimgeschichten eines Irren – die eine von rührendem Humor, die andere von tragischem Hohn, diese begleitet von Zeichnungen, von denen der Berichterstatter sagt, daß sie »des Pinsels eines Van Gogh oder Goya würdig wären« – folgt nun das Ungeheure. Drei lyrische Gedichte eines geisteskranken Schlossers, dessen Handschrift und Orthographie so dürftig seien, »daß sie von jedem Volksschüler übertroffen werden«. Der Berichterstatter gibt ihnen – und solange er selbst spricht, mag man noch zweifeln – das Vorwort:

Aber dafür die Gedichte! Man steht förmlich vor den rätselhaften Offenbarungen eines aus anderen Sphären schwingenden lyrischen Geistes, der durch das Medium dieses zerbrochenen Mundes spricht. Welcher Brunnen der Worte, welches Atmen der Erde! Seit den Tagen Christian Günthers und der anderen edlen Barocklyriker ist solche Stimme nicht mehr gehört worden. Ich übertreibe? Hier die Beweise.

Und er übertreibt wirklich nicht, er sagt noch viel zu wenig; nichts Gesagtes aber könnte einen Begriff von dem geben, was dieser Dichter zu sagen hat, und um das Wunderbare zu ermessen, bedarf es eines ungeheuren Antriebs im Leser und im Hörer, die Seelenkräfte zusammenzufassen und aus der Sprachwüste, in der man lebt, zurückzufinden zu dem Anfang, wo das Wort war. Man höre, wenn man kann:

Einen Trunk der Liebe

Laß uns in dem Silberglanz,
den die Birken grün umhüllen,
unsrer Herzen Krüge ganz
mit der tiefen Stille füllen!

Laß uns mit dem letzten Atemhauch,
mit des Blutes letzter Welle
so hinübermünden in den Strauch,
wie ins Wurzelwerk die Quelle!

Alles Irdische muß wesenlos
ohne Trauer von uns fallen;
kindgeworden in des Waldes Schoß
sind um uns nur Nachtigallen.

Dies ist das erste der drei Gedichte. Nur auf den höchsten Gipfeln deutscher Lyrik, dort, wo Ruh ist; in wenigen Strophen von Claudius, Hölderlin oder Mörike, heute in Zeilen Trakls oder der Lasker-Schüler, ist, im erhabenen Einklang von Gesicht und Gehör, so Gestalt geworden, was ein Herz und die Natur einander zu sagen haben. Verse wie »unsrer Herzen Krüge ganz mit der tiefen Stille füllen«; wie dieser heilige Gedanke der Nachtigallen um uns »kindgeworden in des Waldes Schoß« – wiegen ganze Bibliotheken von Lyrik auf. Das eigentliche Wunder ist, daß die Naturgewalt des Irrsinns, der man die Entbindung der Vision ohneweiters zutraut, auch diese unglaubliche Gesetzmäßigkeit bewirkt oder zugelassen hat: über die Symmetrie im Wechsel der kurzen und der längeren Verse und die ihr entstammte psychische Wirkung ließe sich ein Essay schreiben: über das große Pathos etwa, das die überzähligen zwei Silben diesem »letzten« Atemhauch vorbehalten. Die gleiche Erscheinung im Elementaren und zugleich Kunstvollen, in der höchsten Formmeisterschaft, mit der das Geschaute und Gefühlte zur Gestalt gebracht ist, erstmalig und unvergänglich dastehend, in dem Gedicht

Frühling

Ohne Ende sind
Wege, die zum Frühling führen:
und der laue Wind
öffnet rings geheime Türen.

Wenn die Sonne lacht,
möchtest du zum Himmel wallen,
und in tiefer Nacht
hörst du warme Tropfen fallen.

Alles Schwere sinkt
von den Dingen, die sich weiten,
und die Erde trinkt
Wunder der Entbundenheiten.

Du hörst wahrhaftig in tiefer Nacht warme Tropfen fallen, und es sind wahrlich Wunder der Entbundenheiten, diese Worte, die der arme Schlosser im rumänischen Irrenhaus geschrieben hat. Was soll man nun aber zu der folgenden erotischen Vision sagen, vor der noch das Lebendigste, das deutsche Lyriker dem Frauenleib abgesehen und abgesungen haben, zu Papier wird:

Junge Tänzerin

Eine große Glockenblume
wehte fort vom Frühlingsbaum:
lichtem Frühlingstag zum Ruhme
tanzt sie sich in sanften Traum.

Eine Wolke weißer Seide
spiegelt rauschend jeden Schritt;
mystisch wandeln unterm Kleide
Blut und Haut und Atem mit.

An des Körpers Blüten-Stengel
schwingt des Rockes Glocke sie,
und der Beine Doppel-Schwengel
läutet leise Melodie.

Eine große Glockenblume
wehte fort vom Frühlingsbaum:
lichtem Frühlingstag zum Ruhme
tanzt sie sich in sanften Traum.

Schon die Anschauung der Tänzerin als einer fortgewehten großen Glockenblume ist einzigartig. Wann aber ist je ein Rock so gestalthaft zur Glocke geworden, daß man ihn läuten hörte; wann haben Rock und Glocke je einen derart zauberhaften Akkord entdecken lassen; wann ward je das Geschaute so zugleich gehört! Und die unübertreffliche Herrlichkeit von Blut und Haut und Atem, die unterm Kleide mystisch mitwandeln, noch mit dem Rauschen der Wolke rauschend zur Melodie des Doppel-Schwengels. Mystisch, unerforschlich der Weg, auf dem solches Element der Anschauung durch ein wundes Hirn zu solcher Kunstvollendung gelangt ist! Der Berichterstatter darf mit rührender Überzeugtheit sagen, diese Proben die einem einzigen Irrenhause entstammen, möchten einen Schluß darauf erlauben, »wieviele verschüttete Beweise des Lichtes, das in der Finsternis scheint, noch in den trüben Verliesen der geistigen Umnachtung, die es gibt, zu finden« wären.

Meine Erkundigung hat ergeben, daß der größte deutsche Dichter, also der im Czernowitzer Irrenhaus lebende Schlosser Karl Piehowicz heißt. Wenn auch seine irdische Person, Gott seis geklagt, hiefür nicht in Betracht kommen kann – seinem Genius, der ihre Stelle vertritt, seiner Dichtung gebühren sämtliche Dichterpreise, die Deutschland zu vergeben hat. Denn sie entschädigt für alle Lyrik, die aus Normalhirnen über uns hereinbricht, und sie wiegt alles auf, was eine deutsche Dichterakademie in diesem Fache beherbergt. Ich würde ihm insbesondere den Schillerpreis der Herren Werfel und Unruh verleihen, meinetwegen ohne den Aufschlag durch die Lingner-Werke, deren großmütiges Angebot den Weg weist, den die Kultur vom Idol zum Odol des deutschen Volkes genommen hat, und symbolisch ausdrückt, daß dessen Sprache heute dazu gut sei, sich den Mund auszuspülen! Und demgemäß weiß ich, daß keine der Zeitschriften, die in deutscher Sprache zu erscheinen scheinen, die Gedichte des armen Schlossers nachdrucken wird. Auch von seiner Selbstbiographie, die er, wie ich erfahre, zu schreiben begonnen hat, und auf die ich doch weit gespannter bin als auf die Memoiren eines Bundesfinanzministers, wird kein Aufheben gemacht werden. Aber ich weiß dafür auch, daß, wollte man dieser deutschen Jugend nichts anderes als solche Lyrik zu lesen geben, ein korruptionsfreieres Geschlecht aufwüchse. Denn zwischen dem verdorbenen Wort und der verdorbenen Seele gibt es Belange, von denen sich weder die Schulweisheit noch die Politik etwas träumt. Nun, von der Schmach der Sprache, mit der wir umgeben sind und aus der es keinen Lichtblick gibt als die Hoffnung auf die Negerschmach – vom Tagwerk der Redaktionen zu der Vorstellung zu gelangen, daß in Irrenhäusern solche Andacht verrichtet wird, grenzt an Blasphemie. Und man könnte den Verstand verlieren bei dem Gedanken, daß eben diese der Trost ist: die Schöpfung lebt, da sie sich in die Irrenzelle geflüchtet hat. Wenn Gloster in Lear ihr »zertrümmert Meisterstück« erkennt – hier wahrlich schuf sie aus Trümmern ihr Meisterstück!

Das Land, dem anzugehören man die Ehre hat

Ich ersuche Sie, sich mit dem nötigen Ernst der Sache zu widmen. Gestern mußte ich schon Ihre Bemerkung »in einem Lande wie Österreich« rügen. Ich kann nicht dulden, daß ein Land, dem anzugehören ich die Ehre habe, beleidigt werde.

Der Vorsitzende im Prozeß der Industriebank.

Landesgerichtsrat Schedy (Strafbezirksgericht I): Wenn man sich jemanden aufzwickt auf der Kärntnerstraße, so was kommt ja vor, so muß man doch auch bezahlen. – Edi: Mein Freund hat gesagt, es wird nichts kosten. – Richter: Haben Sie geglaubt, es wird ganz umsonst sein? Das Mädchen wird sich damit begnügen, daß Sie das Hotelzimmer zahlen? – Edi: Ich hab' auf neun Schilling gerechnet. – Richter: Sie sagt, Sie haben ihr nur vier Schilling gegeben, das war ihr zu wenig, deswegen ist sie weggegangen und Sie haben sie aus Zorn angezeigt, daß sie Ihnen neun Schilling weggenommen habe. – Edi: Das ist nicht wahr. Zwanzig Schilling hab' ich bei mir gehabt, elf Schilling hab' ich fürs Zimmer gezahlt, und die restlichen neun hat sie genommen und hat sich nicht auszieh'n wollen. Richter (zur Angeklagten): Wiederholen Sie Ihre Angaben. – Angekl. (ein hübsches junges Mädchen): Der Herr hat mir vier Schilling gegeben, darauf hab' ich mich nicht eingelassen. Da hat er gesagt, ich soll bis in der Früh' bleiben, dann gibt er mir die restlichen fünf Schillling, mehr Geld hat er nicht. Ich hab' ihm gesagt, wenn er kein Geld hat, soll er nicht gerade die Kärntnerstraße aufsuchen. Darauf ist er rabiat geworden und hat die vier Schilling zurückverlangt. Weil ich ihm das Geld nicht zurückgegeben hab', ist er zur Polizei gerannt und hat angegeben, ich hab' ihm die fünf Schilling aus der Westentasche genommen. (Weinend:) Herr Richter, ich hab' noch nie einen Diebstahl begangen und hab' doch so oft Gelegenheit dazu. Bei der Polizei haben sie nur mich visitiert und dem Herrn neun Schilling zurückgegeben, so daß ich noch fünf Schilling von meinem eigenen Geld daraufgezahlt hab'. Wenn s' den Herrn visitiert hätten, wie ich's verlangt hab', hätte man die fünf Schilling bei ihm gefunden, aber uns Mädeln glaubt man überhaupt nichts. – Staatsanwaltschaftlicher Funktionär (zum Zeugen Edi): Sagen Sie mir, warum ist es zu nichts gekommen, Sie waren doch schon ausgezogen? – Edi: Weil ich gesagt habe, ich hab' nur mehr neun Schilling bei mir, und sie hat gesagt, dafür macht sie's nicht. – Staatsanwaltschaftlicher Funktionär: Wenn Sie in ein Hotel gehen und das Mädchen hätte Ihnen die neun Schilling wirklich genommen, so hätte es Ihnen auch die Gegenleistung geboten, ich trete von der Anklage zurück. – Die wegen Diebstahls angeklagte 20jährige Prostituierte Erna O. wurde hierauf freigesprochen.

*

»Zehn Gebote für Opernredoutebesucher«
Veröffentlicht von den Wiener Neuesten Nachrichten

1. Die Opernredoute ist ein künstlerisches und gesellschaftliches Ereignis, das die Aufmerksamkeit der ganzen Welt auf sich ziehen soll, dazu muß jeder Besucher beitragen.

2. Jeder einzelne repräsentiert Wien!

3. Jeder Herr erscheint deshalb nur in Frack und weißer Kravatte, weil dies selbstverständlich ist.

4. Jede Dame in Balltoilette mit Gesichtsmaske, die letztere darf vor ein Uhr nicht abgelegt werden.

5. Jeder Besucher, sowohl Herr als auch Dame, muß eine Eintrittskarte haben.

6. Der Maskenzwang gilt auch für Logen- und Galerieplätze.

7. Die Logen- und Galeriekarten berechtigen nicht zum Besuch der Redoute, dazu berechtigt einzig und allein die Eintrittskarte.

8. Getanzt darf nur dort werden, wo eine Kapelle Tanzmusik spielt.

9. Vor der Abwicklung des Festprogrammes soll nicht getanzt werden, damit die Zirkulation nicht gestört wird und alle die besonderen Sehenswürdigkeiten der Veranstaltung genießen können.

10. Dem festlichen Einzug, den die Künstler des Burg- und Operntheaters eröffnen, sollen sich alle Gäste anschließen, aber sich nicht in die Kostümgruppen eindrängen.

*

– – Bei der »Tragößer Quadrill« stehen sich die Paare gegenüber, die Blechmusik spielt und man singt dazu das Lied:

Mit dem Kopf z'samm,
Mit dem Arsch z'samm.

*

Verteidiger: Sind Ihnen unter der Menge auch viele Frauen aufgefallen? – Zeuge Oberkommissär Franz Schuster: Es waren schon einige Dämchen von Hernals unter ihnen, aber mit denen war überhaupt nicht zu reden, die haben sich wie rasend gebärdet. – – Zeuge Oberkommissär Franz Grill: Wir haben tüchtig in die Demonstranten hineingefeuert.

*

Die Angeklagte Stephanie Ae. sagt: Ich geb' nur zu, daß ich geschimpft hab', alles andre, was in der Anklage steht, ist nicht wahr. – Vors.: Bei Ihrem ersten Verhör auf der Polizei und auch beim Untersuchungsrichter haben Sie viel mehr zugegeben. Sie sollen nicht nur geschimpft, sondern die Menge aufgehetzt haben und einmal sogar, allen voran, zur Wachstube gestürmt sein. – Angekl.: Auf der Polizei hab' ich schon mehr zugegeben, das ist wahr. Aber ich hab' es nur getan, weil man mich dort bedroht und mich Hure und Schlampen geschimpft hat. – – Verteidiger: Was ist Ihnen noch auf der Polizei widerfahren? – Angekl.: Ein Polizist hat mich einmal mit dem Fuß getreten. Sooft sie mich in der Zelle liegen gesehen haben, haben sie geschrien: »Da liegt sie, die Hure, der Schlampen! Die wird schauen, wenn sie ihre zwanzig Jahr' kriegt.«

*

Während einer Verhandlung des Landesgerichtsrates Jellinek im Strafbezirksgericht I erscheint der Saalaufseher: »Eine Vorführung, Herr Rat.« Der Richter unterbricht die Verhandlung: »Treten Sie einen Augenblick zurück, in einer Minute bin ich fertig.«

Der Justizwachebeamte führt ein achtzehnjähriges Mädchen vor, das den Richter mit vorgequollenen Augen angstvoll ansieht. Am 11. Februar hat sie wegen verbotener Rückkehr vierzehn Tage Arrest bekommen; wegen eines Tobsuchtsanfalles wurde sie dem Steinhof übergeben. Von dort ist sie vor einigen Tagen durch einen Wachmann an die Stadtgrenze zwischen Zentralfriedhof und Schwechat gebracht worden. Dort hat sie der Wachmann stehen gelassen und das Mädel ist selbstverständlich wieder in die Stadt zurück. Am nächsten Tage saß sie schon wieder im Arrest, aus dem sie jetzt wieder wegen verbotener Rückkehr vor den Richter geführt wird.

Richter: Warum sind Sie zurückgekommen? – Leopoldine: Was soll ich beim Zentralfriedhof anfangen, ich muß doch zurückkommen. – Richter: Nein, das dürfen Sie eben nicht, drei Wochen Arrest! Einverstanden? – Leopoldine: Ja.

Richter: Erledigt. (Zu den Parteien): Bitte wieder vorzutreten!

*

Ein siebzigjähriger Pensionist steht zitternd vor dem ganz jungen Bezirksrichter Langer des Strafbezirksgerichtes Favoriten. Er ist angeklagt, weil er seiner Lebensgefährtin, die aus Wien abgeschafft ist, hie und da Unterschlupf gewährt hat.

Angekl.: Sie hat ja nicht mehr bei mir gewohnt, sie hat im Hotel gewohnt, sie hat mich nur hie und da besucht. Ich hab sie nicht bei mir schlafen lassen, weil ich Angst vor der Anzeige gehabt hab. Was soll ich aber machen, wenn sie um Geld zu mir kommt?

Richter: Dann werfen Sie sie hinaus, wenn sie wieder kommt!

Angekl.: Ich bin bestraft genug, wenn ich auf meine alten Tage allein dastehen muß. Sie ist gekommen, hat sich etwas geholt und ist wieder gegangen. Bitte, bitte, Herr Richter, lassen Sie doch erheben, daß sie im Hotel Zwenz im 2. Bezirk gewohnt hat. – Richter: Das glaub ich nicht, da hätt' die Polizei sie schon geholt.

. . Fünfzehn Schilling Geldstrafe . . »Schmeißen Sie sie das nächste Mal heraus, wenn sie kommt!«

*

Die erste polizeiliche Untersuchung

Die Hausleute zeigen an, »daß sie die Kleine mit einem eingerissenen Ohrläppchen gesehen haben, daß die Kleine fast nie ins Freie kommt und viel allein eingesperrt ist. – – Nachbarleute hören das

Kind weinen. Es weist blaue Flecke auf, und die Anzeige wurde erstattet.«

Befund

Mathilde Stodolak, 14. Jänner 1923 geboren, in Wien zuständig, 18., Lacknergasse 25 wohnhaft, die angeblich von ihrem Stiefvater Johann Halaska mißhandelt wurde, zeigt bei der heutigen Untersuchung mehrfache Blutaustritte in die weißen Augenhäute (Sklera) beider Augen, wie solche auch nach heftigem Husten bei Kindern vorkommen können. Am Nasenrücken, nahe der Nasenwurzel, findet sich eine beiläufig schillinggroße, blaugrüne, ältere Blutunterlaufung, die von einem Schlag mit einem harten Gegenstand herrühren, aber auch durch Auffallen auf einen solchen entstanden sein kann. Das Kind ist gut genährt und gut gepflegt. 5. Oktober 1927. Der Polizeiarzt.

Die zweite polizeiliche Untersuchung

3. November 1927. Auf vertrauliche Weise wird mitgeteilt, daß die Tochter des Hausbesorgers Halaska . . von ihrem Stiefvater in arger Weise mißhandelt wird. Im Sommer wurden einige Male Hilferufe vom Kinde vernommen. Es soll fast immer eingesperrt und schon so schwach sein, daß es sich nicht mehr auf den Füßen halten kann.

Befund

Mathilde Stodolak . . zeigt am Gesäß und am unteren Teil der Hüfte mehrere lineare Kratzer, die durch einen Pracker hervorgerufen sein können. Eine Überschreitung des Züchtigungsrechtes ist nicht festzustellen, und es ist entsprechend genährt, unter dem linken Auge ist eine abgeblaßte Rötung, nach Angabe des Kindes von einem Anstoßen am Tisch. Das Kind ist auch rein.

Die dritte polizeiliche Untersuchung

10. Dezember 1927. Auf vertraulichem Wege wird mitgeteilt, daß das Kind des Hausbesorgerehepaares H. voll Blut im Gesicht ist, und daß eine Kindesmißhandlung vorliegen dürfte.

Befund

– – zeigt eine ältere blaue Unterlaufung des linken Auges und minimale Kratzeffekte am Nacken und im Gesicht .... Die beschriebenen Verletzungsfolgen am Gesicht und Nakken des Mädchens können sowohl von einer Mißhandlung oder, wie die Mutter behauptet, von einem Sturz herrühren. Sie sind als leichte zu qualifizieren.

Die vierte polizeiliche Untersuchung

... Das Kind soll seit einigen Monaten körperlich total herabgekommen sein und schlecht aussehen. Man höre das Kind öfter in der Nacht schreien, so daß die Parteien annehmen müssen, das Kind werde geprügelt. Die Parteien bitten die Behörden um ihr Einschreiten.

Befund

»Keine Zeichen einer stattgehabten Mißhandlung. Es ist ein außerordentlich zartes Kind von entsprechendem Ernährungszustand.«

Über den Ernährungszustand des Kindes gibt das letzte Dokument Auskunft, das Gesundheitsblatt des Jugendamtes. Das Kind hatte folgendes Gewicht:

Am 31. Oktober 1927 16·4 Kilogramm.

Am 21. November 1927 16·9 Kilogramm.

Am 14. Dezember 1927 16·2 Kilogramm.

Am 22. Februar 1928 18 Kilogramm (mit Gips, trägt links Gipsverband).

Am 14. März 1928 16 Kilogramm (Bemerkung des Jugendarztes: Sehr mager, Pflegezustand Nr. 3).

24. April 1928: Mathilde S. tot aufgefunden.

– – Die es sich leicht machen, weisen auf die Polizei hin. Ja, bei ihr liefen Anzeigen über die Mißhandlungen der kleinen Mathilde ein. Sie tat aber, was sie tun konnte: sie sandte einen Polizeiarzt in die Wohnung, der, zum Unglück für das Kind, gerade an einem Tag kam, an dem es ausnahmsweise keine Prügel erhalten hatte.

Reichspost, 27. April

*

Nebeneinander im Neuen Wiener Journal

(Weihnachten bei der Polizeidirektion.) In Gegenwart des Bundeskanzlers Dr. Seipel, des Vicekanzlers Hartleb und vieler anderer hervorragender Persönlichkeiten wurde gestern nachmittag vom Polizeipräsidenten Bundeskanzler a. D. Schober und seiner Gemahlin die Weihnachtsbeteilung an die erste Hälfte der rund tausend Kinder vorgenommen, die sämtlichen Kategorien der Polizeibeamten entnommen sind. Ein mächtiger Christbaum erhob sich im Festsaal der Schwarzenberg-Kaserne. Eröffnet wurde die Feier mit der Ouvertüre zur Oper »Oberon«, die das Orchester der Sicherheitswache vortrug. Dann sprachen zwei Kinder poetische Weihnachtsgrüße, worauf der Gesangverein der Wiener Sicherheitswachebeamten gemütvoll und innig »Stille Nacht« sang. Polizeipräsident Schober richtete nun an die Kinder und an die Erwachsenen eine längere Ansprache. »Das verflos-

(Die Begnadigung des Alexander Weiß.) Im Präsidium des Landesgerichtes langte gestern der Gnadenakt des Bundespräsidenten ein, womit dreißig Sträflingen, darunter dem Alexander Weiß, der Rest der Freiheitsstrafe nachgelasssen wird.... Die Begnadigten wurden gestern nachmittag aus der Haft entlassen. Die Begnadigung des Alexander Weiß ist bereits im Laufe des Mittwochs erfolgt. Im Gefangenhaus des Bezirksgerichtes Margareten, wo Weiß seine Strafe verbüßte, traf die Nachricht von seiner Begnadigung gestern nachmittags um 3 Uhr auf telephonischem Wege ein. Der Leiter der dort untergebrachten Abteilung des Landesgerichtes Oberkommissär Groß verfügte sofort die Enthaftung. Alexander Weiß legte seine Sträflingskleider ab, zog seine eigenen Kleider an und verließ um 1/2 4 Uhr in Begleitung seines Anwalts . . das Bezirksgericht. Er begab sich mittels Autos in seine

sene Jahr hat vielen unter uns bitteres Leid gebracht,« sagte der Präsident. »Vielen, darunter auch mir, große Seelenpein. Gott, der in aller Herzen blickt, weiß, daß wir alle reinen Herzens sind, daß wir auf unsere Treue und Hingabe zurückblicken dürfen. Der Bund, der die Polizei miteinander verknüpft, ist durch dieses Jahr nur noch fester geworden. Treue ist kein leerer Wahn. Wir haben sie dem Staat und uns gegenseitig aufs neue gewährleistet. In der Treue liegt auch das beste Unterpfand für eine schönere Zukunft für Staat und Volk.« In diesem Sinne wünschte der Polizeipräsident allen glückliche Weihnachten. Im Namen der Kinder der Polizisten dankte dann Vizepräsident Doktor Pamer dem Polizeipräsidenten und seiner Gemahlin für die Fürsorge in herzlichsten Worten.

Wohnung. Wie verlautet, soll Weiß die Haft ziemlich gut überstanden haben. Sein Aussehen ist, wie berichtet wird, normal, nur die blasse Gesichtsfarbe deutet darauf hin, daß er fast zwei Monate im Gefängnis zugebracht hat. Das Bezirksgericht Margareten ist übrigens eine der modernsten Strafvollzugsanstalten, deren Einzelzellen sogar mit elektrischem Licht versehen sind und mittels Zentralheizung erwärmt werden. Die Verköstigung gilt als ziemlich gut, so daß eigentlich nur der Entzug des Tabakgenusses die Insassen schwer trifft. Weiß wurde während seiner Haft hauptsächlich mit Abschreibearbeiten beschäftigt.... Über die weiteren Absichten Alexander Weiß' ist nichts bekannt, er will angeblich die von ihm herausgegebenen Blätter weiterführen.

Für Sangesbrüder

Das zum 15. Juli wie im Hinblick auf das Sängerfest erschienene

Schober-Lied

ist vorläufig nur durch den Verlag, beziehungsweise naturgemäß durch die Verschleißstellen, jedoch nicht durch die Straßenkolportage zu beziehen. Herr Johann Schober, Ehrenmitglied des Gewerbevereines, hat, nachdem er sämtliche Termine zur Einbringung von Offizial- wie Privatklagen gegen mich vor dem Schwur-, beziehungsweise Bezirksgericht wegen des Vorwurfs des Amtsmißbrauches, der Lüge, der Fälschung und der Felonie ungenützt hat verstreichen lassen, nun endlich doch pflichtgemäß Schritte unternommen und sich diesbezüglich Genugtuung verschafft. Wenn schon nicht gegen mich, so gegen armen Kolporteure, welche die Vertreibung des Schober-Liedes übernommen haben. Da sein Pflichtgefühl größer ist als sein juristisches Wissen, ist er nämlich der Ansicht, daß sich das Schober-Lied nicht zu einer solchen Ausgabe eigne, die hinsichtlich des Gesetzes über die Kolportage als »Zeitung« aufzufassen sei. (Weshalb man sich wohl rücksichtlich ihres Inhalts künftig wird mit ihm vorberaten müssen.) Diese interessante Auffassung, die Herr Schober vielleicht nicht in die Tat umgesetzt hätte, wenn die Sonderausgabe der Fackel Glanzls Schobermarsch enthielte, bleibt so lange in Kraft, bis sie vom Landeshauptmann, beziehungsweise vom Verwaltungsgerichtshof aufgehoben wird und die Kolporteure wieder die Vertreibung des Schober-Liedes besorgen können, dessen Popularität mit der Zeit noch weitere Erfolge verbürgt. Gegen den Inhalt der Sonderausgabe als solchen hat Herr Schober nichts einzuwenden und auch das Impressum, dem er meine Adresse für gerichtliche Vorladungen entnehmen könnte, ist in Ordnung. Umso begreiflicher – in einer Zeit, in der Gesetz und Geschwornengerichte versagen – ist sein Bedürfnis, sich an den Kolporteuren schadlos zu halten, und es tritt somit der selbst in Österreich seltene Fall ein, daß einer wegen Mordes straflos ausgeht – ich meine mich – und dafür andere wegen Übertretung des Waffenpatents verurteilt werden. Herr Schober hat aber immerhin damit auch den Erfolg erzielt, daß sich das Gerücht verbreitet hat, das Schober-Lied sei wegen Beleidigung des Polizeipräsidenten konfisziert worden, und daß die Öffentlichkeit leicht den Eindruck gewinnen kann, daß diesbezüglich doch etwas Wahres daran sein muß. Ich schreite über diese Ausstreuungen zur Tagesordnung. Das Schober-Lied ist aus solchem Grunde n i c h t konfisziert worden, so wenig wie das Nachkriegsdrama »Die Unüberwindlichen«, dem es entnommen ist und worin ich der Gestalt unseres Polizeipräsidenten voll und ganz gerecht geworden bin. Es ist durch den Verlag, beziehungsweise naturgemäß durch die Verschleißstellen zu beziehen und wird überall, wo noch Sinn für Treu und Redlichkeit wie für den Radetzkymarsch wohnt, sowohl als Gabe zum Sängerfest wie als Hilfeleistung für die Opfer des 15. Juli dankbar aufgenommen werden.

Karl Kraus

Nachschrift

19. Juli

In dem Augenblick, da diese Mitteilung in Druck gehen soll, bedarf sie schon einer Ergänzung, die das Erscheinen um einen Tag verzögert. Die Erkenntnis des Herrn Schober, daß das Gesetz versagt, ist von ihm, beziehungsweise unter seiner Ägide, soeben exemplarisch bewahrheitet worden, indem sich die Polizei genötigt sah, noch das falsch angewandte Gesetz zu brechen, so daß man nicht einmal mehr weiß, nach welchen Gesetzesumgehungen sie ihre Maßnahmen trifft. Das Schober-Lied ist, wie selbst sie nicht leugnen kann, nicht »konfisziert«, sondern vorläufig bloß dem Straßenhandel entzogen. Aber ein Abgesandter jener Wachstube Elisabethstraße, die seit dem 15. Juli 1927 den Ruf befestigt hat, daß sie einschlägige Amtshandlungen kurzer Hand durchführe, erschien heute in einer benachbarten Buchhandlung und nahm 70 Schoberlieder an sich. Eine deutsche Redensart sagt von einem, der's nicht genau nimmt: »es kommt ihm auf eine Handvoll Noten nicht an«. Darin ist die Stellung der Polizeidirektion zu einem versagenden Gesetz und einem nie versagenden Lied bezeichnet. Diesbezüglich vom Verlag telephonisch zur Rede gestellt, erwiderte sie, daß es sich um einen »Irrtum« handeln müsse, und erklärte sich bereit, einem Vertreter, der bei ihr morgen vorsprechen möge, die Exemplare wieder zurückzugeben, beziehungsweise ihm eine jener »Aufklärungen von Mißverständnissen« zu erteilen, durch die sie amtliche Verfehlungen, welche der juristischen oder der publizistischen Kontrolle unterliegen, aus der Welt zu schaffen hofft. Das Entgegenkommen, das sie begehrte, wurde ihr verweigert, indem ihr bedeutet ward, daß die Reparatur des durch den Rechtsbruch entstandenen Schadens sich im gesetzlichen Wege vollziehen werde. Es versteht sich von selbst, daß daneben zu untersuchen sein wird, ob sich der »Irrtum« der Wegnahme einer nicht gerichtlich konfiszierten Druckschrift bloß als eine intern zu verantwortende Fahrlässigkeit (aus einem Wunschtraum der Konfiskation) oder als Mißbrauch der Amtsgewalt dargestellt – ein Delikt, das nicht so leicht unverfolgt bleiben kann wie dessen Vorwurf. Dieser Untersuchung wird die Polizei auch dann nicht entgehen, wenn sie den Wertgegenstand, den sie sich widerrechtlich angeeignet hat, dem Eigentümer pflichtgemäß ins Haus zurückbringt, anstatt daß er ihr die Gefälligkeit erweist, sich ihn zu holen. Die schlichte Möglichkeit dieses »Irrtums«, als den die Polizeidirektion die Wegnahme der Exemplare und den dadurch bewirkten Aufenthalt der Vertreibung erklären möchte, zeigt sowohl den Grad der Rechtssicherheit an, die deren Hort gewährleistet, wie die Intensität des Wunsches, daß in den Tagen des Sängerfestes ein deutsches Lied nicht die Popularität gewinne, die ihm kraft seines Textes und seiner Musik gebührt. Seine Wirkung wird durch die Mittel der Willkür und Gewalt nicht gehemmt, sondern gefördert werden. Das Schober-Lied ist nicht konfisziert, der Hochgesang auf Treu und Redlichkeit wird sich gegen alle Versuche, ihn zu drosseln, frei entfalten und Herrn Schober wird, nach Noten, die Erfahrung beigebracht werden, daß in seinem Falle zwar die Geschwornengerichte versagen, aber nicht das Gesetz. Grüß Gott mit hellem Klang, Heil deutschem Wort und Sang!

Karl Kraus

ANHANG

Mit Ausnahme der Jugendarbeiten und der Dramen aus den zwanziger Jahren sind fast alle Schriften von Karl Kraus in der *Fackel* erschienen – seiner Zeitschrift, deren alleiniger Herausgeber er seit 1899 und deren einziger Autor er seit 1912 gewesen ist.* Selbst das Weltkriegsdrama *Die letzten Tage der Menschheit* ist 1918/1919 zunächst in Form von »Sonderheften« der *Fackel* veröffentlicht worden. Schon früh aber hat Karl Kraus die eigenen Beiträge – Aufsätze, Aphorismen, Gedichte – auch in Büchern zu sammeln begonnen. In drei Bänden kamen zwischen 1909 und 1919 seine Aphorismen, in neun Bänden zwischen 1916 und 1930 seine Gedichte heraus. Was jedoch die Aufsätze betrifft, die in der Zeitschrift zusammen mit den »Glossen« den weitaus größten Raum einnehmen, weshalb hier eine strenge Auswahl zu treffen war, so hat Karl Kraus nur einen Teil der geplanten Sammlungen, nicht mehr als fünf, zum Druck befördern können. Geplant war allerlei – schon vor dem Krieg außer einer *Kulturgeschichte in Briefen an die Fackel* (F 368-369, 33; F 389-390, 20) in zwei Bänden die Sammlung *Kultur und Presse,* die sogar in Satz gegangen ist (F 445-453, 143); in den zwanziger Jahren dann ein II. Band von *Literatur und Lüge,* der die einschlägigen Artikel aus Kriegs- und Nachkriegszeit vereinigen sollte (vgl. S 3, 343); zu Beginn der dreißiger Jahre schließlich »die Sammlung der Verlagsbriefe und Schobers Gedanken und Erinnerungen« (F 868-872, 80), dies wohl eine Sammlung der eigenen Schober-Artikel aus den Jahren 1927/1928. Von alledem ist nichts zum Abschluß gelangt. Und von den fertiggestellten Aufsatzbänden ist zu sagen: daß sie – von *Sittlichkeit und Kriminalität* (1908) über *Weltgericht* (1919) bis zu *Literatur und Lüge* (1929) – Schriften allein aus der *Fackel* der Vorkriegs- und der Kriegszeit in thematischer Ordnung enthalten – während den fast ebenso vielen Jahrgängen der Nachkriegszeit nur die Sammlung der sprachkritischen Arbeiten, das posthum (1937) erschienene Buch *Die Sprache,* Rechnung trägt. Offenbar hat Karl Kraus seinen übrigen Aktivitäten in diesen Jahren –

---

* Zitate aus der *Fackel* werden in der Form »F 351–353, 77« nachgewiesen. Über Jahr und Jahrgang des Erscheinens kann man sich anhand der Tabelle 2 in Friedrich Jenaczeks *Zeittafeln zur »Fackel«* (München 1965) unterrichten. Abgekürzt zitierte Literatur (»Schick 1965«, »Kerry«) findet sich mit vollständigen Titeln (wenn nicht im Literaturverzeichnis des vorliegenden Bandes) bei Sigurd Scheichl (*Kommentierte Auswahlbibliographie zu Karl Kraus,* München 1975) sowie bei Jens Malte Fischer (*Karl Kraus,* Stuttgart 1974) aufgeführt. Auf andere Bände dieser Ausgabe der *Schriften* von Karl Kraus wird mit der Sigle »S« verwiesen (»S 4, 220«). Die letzte Ziffer bezeichnet immer die Seitenzahl.

neben der Arbeit für sein »Theater der Dichtung« vor allem den Feldzügen gegen Bekessy, Schober und Kerr und dann den Auseinandersetzungen mit Sozialdemokratie und Nationalsozialismus – allenfalls so viel Zeit abgewinnen können, wie zur Fertigstellung der schon 1923 angezeigten Bände *Literatur und Lüge* und *Die Sprache* vonnöten war. Außerdem dürfte bereits die Planung weiterer Bände ihm dadurch erschwert worden sein, daß einige Schriften der Nachkriegszeit (wie *Der größte Schuft im ganzen Land*... von 1928) mit mehr als zweihundert Seiten schon in der *Fackel* den Umfang eines Buches hatten. Und nach der Katastrophe der »Machtergreifung« mußte dem Satiriker, »dessen Werk vergebens getan war: den Teufel an die Wand zu malen« (F 890-905, 33), wohl dringlicher als selbst die Sammlung seiner Warnungen das Bemühen sein, die für seine »Vorlesungen« hergestellte Neufassung des deutschen Shakespeare (»für Hörer und Leser bearbeitet, teilweise sprachlich erneuert«) in Sicherheit zu bringen – was mit den zwei Bänden von *Shakespeares Dramen* (1934/1935) dann wenigstens zur Hälfte auch gelungen ist.

Wer heute den Schatz an Aufsätzen zu bergen versucht, den fast zwanzig Jahrgänge der *Fackel* enthalten, kann sich dabei nur im allgemeinen auf Kraus' eigene Planungen berufen. Über Auswahl und Anordnung der Bände, die er selbst aus den Schriften der zwanziger und dreißiger Jahre geschaffen hätte, sind allenfalls Vermutungen möglich – und sicher ist nur, daß keine Rekonstruktion ohne jenes Maß an Willkür auskommen kann, das Heinrich Fischers »Sammlung der Verlagsbriefe« (*Mit vorzüglicher Hochachtung*) zum unerquicklichsten Band seiner Ausgabe macht. Darum verzichtet die vorliegende Ausgabe lieber von vornherein auf jeden solchen Rekonstruktionsversuch – um stattdessen (ähnlich wie Dietrich Simons Ausgabe der *Ausgewählten Werke* und Hans Wollschlägers *Karl-Kraus-Lesebuch*) nur die wichtigsten Aufsätze in zeitlicher Folge zu sammeln. Wenn dabei nun vorzugsweise solche Artikel aufgenommen werden, die Kraus im Druck der *Fackel* typographisch (durch größeren Schriftgrad) ausgezeichnet hat, ergibt sich eine Gruppierung um bestimmte Themen schon einigermaßen von selbst. Zugleich aber soll die Auswahl möglichst das ganze Spektrum des satirischen und polemischen Wirkens von Karl Kraus repräsentieren – unter Ausschluß nur seiner sprachkritischen Aufsätze, die bereits in das Buch *Die Sprache* (1937/S 7) eingegangen sind, und trotz der weitgehenden Beschränkung auf die Haupt-Artikel auch den Spielraum der Formen sichtbar machen, der von der Rede über den Essay bis zum Briefwechsel reicht. Das reiche Glossen-Werk der *Fackel* wird in anderen Bänden dieser Ausgabe eigens vorgestellt.

Bei den Bänden, die Kraus selbst herausgegeben hat, mußte er nicht bloß über Auswahl und Anordnung entscheiden; er hat auch Stück um Stück

»auf die Haltbarkeit vor Stand- und Zeitpunkt« geprüft sowie »vor einem Gewissen, das die künstlerische Form bestimmt und dem Wort immer knapper zumißt« (S 8, 9). Über den Ausgang einer solchen Prüfung sind im Falle der ungedruckt gebliebenen Bücher wiederum nur Vermutungen möglich. Da sich kein von Kraus selbst revidiertes Exemplar seiner Zeitschrift erhalten hat, muß überall dort, wo es bei dem »periodischen Vorabdruck aus Büchern« (F 368-369, 33) geblieben ist, die maßgebliche Fassung eben der *Fackel* entnommen werden. Die seltenen Vorabdrucke (wie bei *»Offenbach-Renaissance«*) und die seltenen Nachauflagen einzelner Hefte (wie von F 777) weisen allenfalls typographische Differenzen auf.

Die auf Entsprechung und Steigerung bedachte Komposition der Aufsatzbände, die Kraus selbst herausgegeben oder wenigstens vorbereitet hat, ersetzt in einigem Maße den Verlust, den jede solche Auswahl dadurch bewirkt, daß sie den einzelnen Aufsatz aus einem ähnlich streng (meist achsensymmetrisch) komponierten Heft der *Fackel* herauslösen muß. Schon in den letzten Vorkriegsjahren hat Karl Kraus ein bald zur Perfektion gebrachtes Verfahren entwickelt, das Gewicht und selbst den Sinn seiner Beiträge faßlich zu machen: eben durch ihre Postierung (und Kontrapostierung) im Ensemble des jeweiligen Heftes. Demselben Zweck gehorcht (schon seit Anbeginn) die Abwechslung zwischen verschiedenen Schriftgraden. Ein Beispiel für viele bildet das *Fackel*-Heft vom Dezember 1932 (F 885-887) mit diesem Inhalt:

Die Sprache
  Goethe-Feier bei den Tschechen
  Vorlesungen
Die Rachel. Von Karl Schurz
  Notizen
  Madame l'Archiduc in Prag
Sakrileg an George oder Sühne an Shakespeare?

Weil die vorliegende Auswahl zwar den Wechsel der Schriftgrade beibehält, die Aufsätze selbst aber nur nach der Abfolge ihres Erscheinens ordnet, muß sie wenigstens anhangsweise über deren fast allemal ›sprechende‹ Plazierung in der *Fackel* Auskunft geben – in diesem Fall also etwa davon, daß dem Grundsatz-Artikel *Die Sprache* am Beginn die Fallstudie über George am Schluß des Heftes entspricht und daß in dessen Zentrum das »sachlich und sprachlich edelste Beispiel deutscher Theaterkritik« als Zeugnis einer verlorenen Kultur gestellt ist (F 885-887, 21).

Die für den vorliegenden Band getroffene Auswahl hebt bereits darum, weil sie vorzugsweise die schon von Kraus hervorgehobenen Artikel sammelt, die polemischen Aktivitäten der *Fackel* dieser Jahre hervor. Allerdings wird von den großen Kampagnen dieser Jahre, gegen Bekessy, Schober und

Kerr, hier nur die gegen Bekessy mit einiger Vollständigkeit nachgezeichnet – nicht weil sie die einzige war, die Kraus erfolgreich abschließen konnte, sondern weil eine ähnlich vollständige Nachzeichnung jeder der beiden anderen Kampagnen den begrenzten Raum fast zur Gänze für sich in Anspruch genommen hätte. Nur so konnten außer einigen Proben aus den Schober- und Kerr-Schriften auch die wichtigsten Artikel politischen und literarischen Inhalts einbezogen und außerdem so gut wie alle Formen vorgestellt werden, in denen Kraus sich während dieser Jahre polemisch oder satirisch geäußert hat. Zur Ergänzung des Bildes kann hier wie auch sonst die Auswahl aus den ›Glossen‹ der *Fackel* dienen.

Das nachfolgende Verzeichnis führt die Erstdrucke der in diesem Band vereinigten Artikel in chronologischer Folge auf. Ergänzend wird auf den engeren oder weiteren Kontext der Publikation (bisweilen unter Mitteilung zugehöriger Stücke) hingewiesen.

1925

ANSPRACHE IM GRIECHISCHEN THEATER — F 679-685, 34-36

Im Heft das Seitenstück zum Erstdruck des *Tischlerlieds* von Johann Nestroy. Geschrieben für die Wiener Vorlesung vom 13. Februar 1925 (V 321). Man vergleiche die freilich aus anderem Anlaß improvisierte Ansprache *Timons Mahl* in Band 18.

DIE »STUNDE« BIETET DIE DARSTELLUNG DER WIRKLICHEN EREIGNISSE DES LEBENS — F 679-685, 126-140

Das Gegenstück zu den Auszügen aus der »Rede Lassalles über die Presse« am Beginn des Heftes. Nach *Bekessys Sendung* vom Januar 1924 (Band 16, 260) die zweite der großen Streitschriften gegen Emmerich Bekessy – gemäß der (freilich noch vorläufigen) »Aufstellung« vom Oktober 1926 (F 735-742, 58):

1924	Januar	Bekessys Sendung	
1925	März	Die »Stunde« bietet die Darstellung der wirklichen Ereignisse des Lebens	*
	Mai	Shakespeare hat alles vorausgewußt	*
		Läuterung	
	Juli	Entlarvt durch Bekessy	
	Oktober	Vorne Sittlichkeit, hinten Kriminalität	*
		Hinaus aus Wien mit dem Schuft!	*
	Dezember	Kierkegaard und der Korsar	
		Das reine Banditenblatt	
		Vor neunhundert Zeugen	
1926	Januar	Nachträgliche Republikfeier	*
		Der ganz große Schuft	
		Sie haben andere Sorgen	
	März	Unter aromatischen Menschen	
		Der Nichtgenannte	*
	Juni	Der Nichtgenannte	
		Auch die Banditen selbst mußten einsehen, daß ihre Stunde geschlagen hatte	*

Juli	Die Stunde des Gerichts	*
August	Die Stunde des Todes	

Die markierten Artikel sind im vorliegenden Band enthalten. Von den späteren ferner: *Promesse* und *Warnung in letzter Stunde.*
Der am 16. April 1925 (V 336) in Wien auch vorgetragene Aufsatz bildet in der *Fackel* insofern ein Unikum, als nur hier der Übergang von der ›scherzhaften‹ zur ›strafenden‹ Satire durch einen Wechsel des Schriftgrades bezeichnet wird.
Der Entstehung nach ist er (wie die im Kraus-Archiv erhaltenen Vorarbeiten zeigen) aus zwei zunächst selbständigen Artikeln zusammengesetzt.

Shakespeare hat alles vorausgewusst F 686-690, 1-18
Am Schluß des Heftes: der Artikel *Läuterung*. Das hier vorgeführte Falsifikat ist in der *Stunde* vom 20. März erschienen, die von Kraus verlangte Richtigstellung am 16. April 1925 – unmittelbar vor der für diesen Tag angesetzten Wiener Vorlesung (V 336), die einschließlich der Darbietung des »Herrn der Hyänen« aus den *Letzten Tagen der Menschheit* ganz dem Fall Bekessy gewidmet war. Auf die »Hundsfötterei« der Berichtigung geht Kraus in der nächsten Vorlesung (24. 4. 1925/V 337) ausführlich mit *Läuterung* ein, während er sich am 16. April mit diesem – in der *Fackel* ergänzten – »Vorwort« begnügt (F 686-690, 45 f.):

> Was in letzter Stunde geschehen ist, kann in die heutige Betrachtung noch nicht einbezogen sein. Denn dies hat Shakespeare nicht vorausgewußt und da reichte ja auch so schnell mein eignes Wort nicht hinan. Wir müssen uns aus dem Bilde der Fälschung, das betrachtet wird, die abermalige Fälschung des Bildes wegretouchieren. Gegen die nunmehrige Fälschung der Pendants, um die ursprüngliche zu verwischen und die Frage zu ermöglichen: »Wer ist schöner?«, gegen die Verkleinerung und Verspätung des Drucks, gegen die Entstellung an Bild und Wortlaut der Berichtigung sind die gerichtlichen Schritte eingeleitet.
> Sie haben zu einer Verurteilung und Wiederherstellung des anwaltlichen Textes geführt, aber auch zu einer Wiederholung der Tat am Bilde; und zu einer förmlichen Orgie des triumphierenden Unrechtsbewußtseins, das, gestützt auf die richterliche Meinung, eine Berichtigung müsse zwar wie sie ist gebracht werden, aber eine Photographie sei keine berichtigungsfähige Tatsache, nicht nur einen Anspruch auf die erste Fälschung behauptet, sondern auch die Fiktion setzt, den auf die Wiedergutmachung der zweiten, weit tückischeren, erfüllt zu haben. Eine Entwirrung dieses Chaos aus Ordinärheit und Stupidität würde zunächst die Har-

monie der Gestaltungen des moralischen und geistigen Phänomens gefährden und die polemische Linie, die diesmal gezogen ist, verwirren. Sie wird sich, wenn der Rechtslauf beendet ist, besser durch eine Darstellung besorgen lassen, die die Wehrlosigkeit des Rechts vor der Justiz an der Materie des Berichtigungswesens aufzeigt: dem Stapelplatz der Wirrsale zwischen »Meinung« und »Tatsache«; in Verbindung mit einem längst erlebten Beispiel, das eine geistige Sensation bedeutet und auf die unerforschlichen Wege einer Gerechtigkeit führt, die statt der Binde vor den Augen ein Brett vor der Stirn hat.

Gott grüss euch, Alter, pfeift das Schmöckchen? F 686-690, 27-32
Einer der beiden literaturkritischen Aufsätze um die Mitte des Heftes – ein Vorspiel zur zweiten Kampagne gegen Alfred Kerr, die ein Jahr später beginnt. Man vergleiche die Angaben zu *Ein Friedmensch* S. 397 f.

Militärische Erziehung F 697-705, 1-5
Am Schluß des Heftes: *Hinaus aus Wien mit dem Schuft!*. Die beiden am Beginn zitierten Briefe beziehen sich auf das im vorangehenden Heft publizierte Fragment *Das Reglement des Teufels* von Franz Janowitz (F 691-696, 3-14). Zu Franz Janowitz (1892-1917) vgl. S 6, 10-13 und S 9, 177.

Vorne Sittlichkeit, hinten Kriminalität F 697-705, 49-59
Im Heft achsensymmetrisch auf den mehrteiligen Artikel *Sprachlehre* bezogen. Man vergleiche auch die Korrespondenz-Artikel *Eine Berichtigung und ihre Folgen* in Band 16 und *Briefwechsel mit der »Literarischen Welt«* in Band 18.

Hinaus aus Wien mit dem Schuft! F 697-705, 145-176
Am Schluß des Heftes. Mit dem Wort vom »Ausflug in die Umgebung«, im ersten Satz, nimmt Kraus Bezug auf die unmittelbar vorangehende Glosse *Die Welt der Bühne* (ebenda, 139-144). Die Photographie am Schluß dieser Glosse dient zugleich dem nachfolgenden Aufsatz als Frontispiz:

> [...]
> Aber der wahre Raum, den die Erde für alles hat, ist doch der »Kofferraum des Grand Hotel«, der einen Anschauungsunterricht für »Moderne Bagage« bietet, während gleich daneben eine von Bekessy geladene Gesellschaft von Preß- und Theaterbediensteten unter der Ruine Liechtenstein, die auch bessere Tage gesehen hat, im Grase hüpft, Arm in Arm mit ihm ein Jahrhundert in die Schranken fordernd, das dieses Schauspiels würdig ist.
>
> Auf einer Wiese endlich, die im Bilde zu sehen ist, lagerten sie und bildeten eine Reihe, zu Ausschreitungen geneigt. Jeder hob den Fuß. Dieses reizte den Photographen Willinger, der allen eine freundliche Aufnahme bereitete. Hier ist sie.

+

(Photo Willinger)

— — Denn Bilder sagen weit besser die Wahrheit **als Worte**, die stark hinter der Wirklichkeit zurückbleiben.

Und die Wirklichkeit? — —

In derselben Reihenfolge waren die beiden Stücke in der Vorlesung vom 8. Oktober 1925 (V 349) zu hören. Auch hier wurde die Photographie gezeigt. (Vgl. F 712-716, 63-66 sowie *Kraus-Heft* 56, 9f.)

NACHTRÄGLICHE REPUBLIKFEIER F 712-716, 1-18

Am Schluß des Heftes, aber im kleineren Schriftgrad: *Sie haben andere Sorgen.* Man vergleiche zum selben Thema auch den Briefwechsel *Warum ich an der Republikfeier nicht mitwirkte* (F 706-711, 58-70) und den Aufsatz *Der Nichtgenannte* in diesem Band.
Über Ablauf und Wirkung der Vorlesung vom 9. Dezember 1925 (V 361) unterrichten im selben Heft einige »Notizen« (19-38).

DIE PRESSE F 717-723, 1-5

Am Schluß des Heftes: *Der Nichtgenannte.* Man vergleiche auch die Zitatenreihe *Worte Kierkegaards* in diesem Band.

HOFMANNSTHAL UND DIE BEZÜGE F 717-723, 62-67

Einer von vier literatur- und pressekritischen Artikeln in der Mitte des Hefts. – Nach »Das ist einfach nicht zu dermachen.« (S. 116) ist gemäß einer späteren Korrektur-Notiz (F 743-750, 64 f.) ausgelassen der Satz:

> Er hat sich selbst nicht mehr ausgekannt und darum das »in« vor »der Welt« ausgelassen, in der etwas hervortreten soll.

DER NICHTGENANNTE F 717-723, 122-132

Das Gegenstück zu dem Artikel *Die Presse* am Beginn des Heftes.

AUCH DIE BANDITEN SELBST MUSSTEN EINSEHEN, DASS IHRE STUNDE GESCHLAGEN HATTE F 726-729, 81-84

Am Schluß des Heftes. Am Beginn: die Zitat-Montage *Der Nichtgenannte.*

DIE STUNDE DES GERICHTS F 730-731, 1-32

Der Artikel füllt das ganze Heft und erschien gleichzeitig als »Sonderausgabe« der *Fackel.* Fortgeführt nach Bekessys Flucht mit dem Artikel *Die Stunde des Todes* (F 732-734).

EIN FRIEDMENSCH F 735-742, 70-95

In der Mitte des Heftes. – Kraus' zweite Kampagne gegen Alfred Kerr (die erste: S 3, 186-218) beginnt im April 1926 mit dem Artikel *Kerr in Paris* (F 717-723, 47-61) und wird unter Bezugnahme auf Kerrs Erwiderung mit *Ein Friedmensch* fortgesetzt – geschrieben wohl schon wenig später, wegen der dringlicheren Bekessy-Schriften vom Juli und August jedoch erst im Oktober 1926 veröffentlicht. Den weiteren Verlauf der bald auch strafgerichtlich geführten Auseinandersetzung hat Kraus ein Jahr später in dem mehr als zweihundert Seiten starken *Fackel*-Heft *Der größte Schuft im ganzen Land* . . . (F 787-794) dokumentiert. Über die Fortsetzung der Kampagne in den Jahren 1929 und 1930 unterrichtet Band 19 dieser Ausgabe.

Georg Jahoda † F 743-750, 1-3

Im Inhaltsverzeichnis unter diesem Titel separat aufgeführt. Der Schluß der auch durch lichteren Druck hervorgehobenen Grabrede nimmt Bezug auf das Gedicht (F 649-656, 1):

An meinen Drucker

Georg Jahoda zum 60. Geburtstag

20. November 1923

Genosse einer zeitentfernten Welt,
wo Geben durch sich selbst den Dank erhält:
der, was er gibt, mit seiner Seele gibt
und Lettern hat für Worte, die er liebt;
der nie ermüdend für mein Schaffen schafft,
der fremdem Wesen dient mit eigner Kraft,
rastlos befaßt dem Wort dient mit der Tat,
Mitschöpfer, nicht bloß Wirker am Format;
der seiner Sorge keine Grenze kennt,
mitleidend mitlebendges Instrument,
dem Zweck verbunden, dem ich es vertraut,
werktreu bemüht um den geringsten Laut,
Du, dieses Übermaßes Hut und Hort,
Mitdiener Du am anspruchsvollsten Wort,
der aus dem Wirrsal der unheilgen Schrift
ein Wunderwerk der Worterscheinung trifft,
daß dem, der dem Erfinder nie verzieh,
der Druck erscheint als hellere Magie;
der glaubend, was ich glaubte, mit erschuf,
dem Handwerk treu im innersten Beruf,
der oft mit meinem Zweifel hat gebangt,
Arzt, der an meinem Fieber gern erkrankt:
Du Herz von gutem Schlag, sei mir bedankt!

Im selben Heft (F 743-750, 64) die »Notiz«:

> Im letzten Heft (Nr. 735-742, Oktober 1926) hätte mitgeteilt werden sollen, daß bis zu diesem ein volles Vierteljahrhundert erfüllt war seit dem Tage, als der Druck der Fackel von der Druckerei Jahoda & Siegel übernommen wurde. Das erste Heft, das sie hergestellt hat, war die Nr. 82 (Anfang Oktober 1901). Es sind somit 661 Nummern aus dieser Druckerei hervorgegangen, ausnahmslos unter persönlichster Aufsicht und Mitwirkung Georg Jahodas. Nach seinem Hingang wird mir dieses wichtigste Datum in der Geschichte der Fackel gegenwärtig, auf das der stillste aller Wohltäter mich nicht aufmerksam gemacht hatte, mir so verwehrend, ihm die letzte Freude einer festlichen Erinnerung zu bereiten.

Im nachfolgenden Heft sind dem Abdruck einiger Kondolenzbriefe noch diese Worte beigefügt (F 751-756, 94):

> Doch er hat es beiweitem nicht dabei bewenden lassen, jeden Bogen vor dem Abdruck durchzulesen. Er hat den Leidensweg jedes Wortes dieser unzähligen Ausgaben, von der ersten Übersetzung in die Letternschrift, durch die vielen Korrekturen, bis in die Druckmaschine liebend mitgemacht und im selbstherrlichsten Anspruch stilistischen und kompositorischen Waltens die künstlerische Notwendigkeit achtend, ihm kein Opfer versagt. Feiner Bemerkungen eine Fülle, nebst dem unermüdlichen Bemerken des kleinsten fehlerhaften Buchstaben, findet sich auf den Tausenden von Abzügen, die seit etlichen Jahren erhalten werden; und wie oft hat seine gütige Hand, sie selbst und die der braven Helfer, noch Bogen für Bogen der großen Auflage einen nachträglich entdeckten Fehler beseitigt, der ihn mehr schmerzte, als Andere materieller Verlust. Ja, er hat »durch seine tief lebendige Beziehung zum Wort der Fackel mehr für die Literatur unserer Zeit getan als die meisten der heute lebenden Schriftsteller«, und, eben darum, blieb das Andenken solcher Treue, solcher Leistung vor jedem Mißton bewahrt jener Trauerglocken der öffentlichen Meinung, die ihr die geringeren Verluste künden. Wie weitab von dieser schnöden Zeitlichkeit hat doch ein Menschentum gelebt, dessen Hingang die Besten traurig macht und das Herz eines ebenbürtigen Bruders gebrochen hat.

Man vergleiche ferner F 474-483, 75 f. Man vergleiche auch die Grabreden auf Peter Altenberg (F 508-513, 8-10) und Adolf Loos (F 888, 1-3) sowie die Nachrufe auf Franz Grüner und Franz Janowitz (S 5, 232 f. und S 6, 10-12).

Ein Bübchenstreich F 743-750, 7-18

Nach der Grabrede auf Georg Jahoda und drei Gedichten der erste Hauptartikel des Heftes. Am Schluß: die Rede *Ich und wir.*

Winke für die Schwangerschaft F 743-750, 79-87

Einer von mehreren theater- und literaturkritischen Artikeln um die Mitte des Heftes.

Zur Aufhebung des Fremdenverkehrs F 743-750, 91-95

1927

Vaugoins Traum F 751-756, 32-35

Man vergleiche den (hier auch zitierten) Aufsatz *Gespenster* von 1919 (S 16, 9).

Gefallen zur Hebung des Fremdenverkehrs F 751-756, 128

Am Schluß des Heftes. Man vergleiche außer *Reklamefahrten zur Hölle* (S 16, 175) den Artikel *Eine prinzipielle Erklärung* von 1917 (S 5, 234-241).

»Offenbach-Renaissance« F 757-758, 38-48

Zusammen mit *Der Reim* (S 7, 323-358) füllt der Aufsatz das ganze Heft. Ein Vorabdruck erschien zum ersten Vortrag von *Pariser Leben* am 9. März 1927 (V 411) – der dritten Operette in Kraus' Repertoire nach *Blaubart* und *Die Großherzogin von Gerolstein.* Als erste Bearbeitung einer Offenbach-Operette kam noch 1927 (am 9. 10.) Kraus' Übersetzung von *Madame l'Archiduc* als Buch heraus.

Vorgetragen erst zwei Jahre später in München (V 487), wo tags darauf (V 488) *Pariser Leben* zu hören war, mit dieser »Vorbemerkung« (F 806-809, 46):

> Zu meinem ersten Wiener Vortrag von Offenbachs Pariser Leben März 1927 habe ich den Aufsatz »Offenbach-Renaissance« geschrieben. Er diene als Vorwort zu dem morgigen Vortrag; er ist aktuell, denn man wird erkennen, wie er von der Theaterpraxis Wort für Wort unbeachtet blieb.

Promesse F 759-765, 1-4

Am Schluß des Heftes: *Ein Plakat, das seine Wirkung vor dem Erscheinen getan hat* (mit *Warnung in letzter Stunde*).

Warnung in letzter Stunde F 759-765, 117-118

Zunächst sollte dieser »Aufruf«, der Anfang Mai auch als Vorabdruck verbreitet worden ist, allein das Heft beschließen. (Dessen erste Fassung ist in der Handschriften-Sammlung der Österreichischen Nationalbibliothek erhalten.) Als die mit der gleichzeitigen Plakatierung des Textes beauftragte Firma sich weigerte, den Auftrag auszuführen, schob Kraus das Erscheinen des Heftes erst um Tage, dann um Wochen auf – um erst in einem kurzen Vorwort das Ereignis selbst und dann in einem längeren Nachwort dessen Hintergründe darzustellen. In dem von »Mai« auf »Juni« umdatierten Heft bildet *Warnung in letzter Stunde* füglich das Hauptstück des Artikels *Ein Plakat, das seine Wirkung vor dem Erscheinen getan hat* (F 759-765, 117-140). Wie im Vorabdruck ist es durch lichteren Druck hervorgehoben. Man vergleiche auch den Vorabdruck von *Die Stunde des Gerichts* (dazu: S. 397); das Plakat mit der Aufforderung zum Rücktritt Schobers (zitiert: S. 288; Abbildung in S 11, 365); schließlich die »Sonderausgabe« des Artikels *Für Sangesbrüder* samt dessen Darbietung in der *Fackel* (S. 384f. und 402f.).

Der Hort der Republik — F 766-770, 1-92

Der Artikel füllt das ganze Heft – wie auch jeder der nächsten, mit denen Kraus seine Kampagne gegen den Wiener Polizeipräsidenten weiterführt (*Mein Abenteuer mit Schober,* F 771-776; *Das Ereignis des Schweigens,* F 777; *Blut und Schmutz oder Schober entlarvt durch Bekessy,* F 778-780).
Man vergleiche zur Form des Artikels die frühe Glosse *Großer Sieg der Technik* [. . .] (S 4, 43-49) und zur Sache das »Nachkriegsdrama« *Die Unüberwindlichen* (S 11, 221-346). Im vorliegenden Band ferner: *Für Sangesbrüder.*

1928

Das Ereignis des Schweigens — F 777, 1-15

Worte Kierkegaards — F 777, 16

Die beiden Artikel füllen das ganze Heft. Man beachte die außergewöhnlichen Sperrungen im Text der Rede und vergleiche (außer S 5, 44) den ebenfalls aus Kierkegaards Tagebüchern zusammengestellten Artikel *Kierkegaard und der Korsar* von 1925 (F 706-711, 1-28).

Der Vogel, der sein eigenes Nest beschmutzt — F 781-786, 1-9

Am Schluß des Heftes: *Das Land, dem anzugehören man die Ehre hat.* Geschrieben für die letzte von Kraus' (insgesamt zehn) Vorlesungen in Paris (V 424).

Für Hildegard Scheller — F 781-786, 40-46

Im Heft spiegelsymmetrisch auf den Artikel *Aus Redaktion und Irrenhaus* bezogen, sonst aber (wie auch die Einleitung bemerkt) eher ein Einzelfall in der *Fackel* dieser Jahre. Man vergleiche zum Thema die frühe Sammlung *Sittlichkeit und Kriminalität* (S 1) und zur Gestaltung des Schlusses, mit den Zitaten aus dem *Faust*, die *Dritte Walpurgisnacht* von 1933 (S 12).

Aus Redaktion und Irrenhaus F 781-786, 84-100
Im Heft spiegelsymmetrisch auf den Artikel *Für Hildegard Scheller* bezogen. Hier ohne die »Nachschrift« (100-104), die wie Anfang 1929 der Artikel *Aus Redaktion und Irrenhaus oder Eine Riesenblamage des Karl Kraus* (F 800-805, 75-132; ein Teil auch in S 7, 359-370) dem Nachweis Rechnung zu tragen sucht, daß der geisteskranke Schlosser »nur der Finder und Bewahrer dieser lyrischen Schätze« war. Tatsächlich liegen den von Kraus gerühmten Gedichten Arbeiten zeitgenössischer Lyriker – von Paul Zech (nach Verlaine), Karl Graf Berlepsch, Otto Ernst Hesse – zugrunde.
Teile des Artikels hat Karl Kraus auch in der Berliner Vorlesung vom 2. April 1928 (V 445) gesprochen – vor der »Tafelszene« aus den *Letzten Tagen der Menschheit* (V, 55) und mit diesem »Vorwort« (F 781-786, 82):

> Vor dem Werk des Grauens schalte ich ein Zwischenstück ein. Im nächsten Heft der Fackel gebe ich der geistigen Welt Kunde von der ungeheuren Entdeckung, die in einem Irrenhause gemacht wurde. Ich habe darüber in Wien unter dem Titel »Aus Redaktion und Irrenhaus« gesprochen. Inzwischen sind freilich Feststellungen erfolgt, die es zweifelhaft erscheinen lassen, ob der arme irrsinnige Schlosser in einer rumänischen Irrenanstalt wirklich der Verfasser oder – was ja groß genug wäre – nur der Bewahrer der Lyrik ist, die, wie man nun glaubt, einige arme Teufel von Fremdenlegionären in Marokko zu Verfassern hat. Wie immer dem sei, das höchste Gut deutscher Sprache ist geborgen. Es sind Rumänengedichte ganz anderer Art als jene, von denen Sie ein Beispiel kennen. Ich lese die drei Gedichte, mit dem Schluß meiner Betrachtung, wo noch an der Version der Autorschaft des Schlossers festgehalten ist. Die Einleitung des Aufsatzes hat den Wortlaut: [S. 359, erster Absatz]. Dann kommen die furchtbarsten Beispiele aus der uns umgebenden Welt der Geistesnorm. Dann heißt es: [aus S. 371 und bis 375].

Das Land, dem anzugehören man die Ehre hat F 781-786, 122-128
Der Schlußartikel des Heftes.

Für Sangesbrüder F 806-809, 1-3
Der als »Sonderausgabe der Fackel. Nr. 2« Ende Juli 1928 erschienene Text, ein Satyrspiel, ist innerhalb der *Fackel* erst im Mai 1929 mitgeteilt worden – innerhalb des Artikels *Griff und Mißgriff* (1-4), der folgendermaßen beginnt:

Als Sonderausgabe Nr. 1, deren Ertrag den Opfern des 15. Juli 1927 zugewendet wurde, war im Juli 1928 das Schober-Lied aus den »Unüberwindlichen« (mit Noten: Musik nach den Motiven »Üb' immer Treu und Redlichkeit« und Radetzkymarsch) erschienen. Diesem folgte Ende Juli, als weitere Gabe zum Sängerfest, die vier Seiten starke Sonderausgabe Nr. 2, deren Text hier in kleinerem, beziehungsweise kompressem Druck wiederholt wird:

Diese typographische Veränderung ist in der vorliegenden Ausgabe wieder rückgängig gemacht. In der erwähnten »Sonderausgabe« war der erste Teil außerdem durch lichteren Druck hervorgehoben.

Die erwähnte »Sonderausgabe Nr. 1« ist reproduziert in S 11, 395-397.

VORLESUNGEN

Die Hälfte der in diesem Band vereinigten Artikel hat Karl Kraus, fast alle schon vor ihrer Publikation in der *Fackel*, aber nur selten mehr als einmal, in seinen Vorlesungen zu Gehör gebracht. Das nachfolgende Verzeichnis führt die vorgetragenen Artikel in der Reihenfolge ihres jeweils ersten Vortrags auf und weist für jeden außerdem die Nummern der entsprechenden Vorlesungen nach. Die Zählung folgt dem Verzeichnis in *Kraus-Heft* 35/36.

Ansprache im griechischen Theater	321
Die »Stunde« bietet die Darstellung [. . .]	336
Shakespeare hat alles vorausgewußt	336
Hinaus aus Wien mit dem Schuft!	349
Nachträgliche Republikfeier	361
Der Nichtgenannte	383
Zur Aufhebung des Fremdenverkehrs	398
Winke für die Schwangerschaft	398
Ein Bübchenstreich	398
Promesse	415
Warnung in letzter Stunde	415[1]
Der Hort der Republik	423[2], 442[2]
Der Vogel, der sein eigenes Nest beschmutzt	424
Das Ereignis des Schweigens	426, 448[2]
Aus Redaktion und Irrenhaus	429, 445[2]
»Offenbach-Renaissance«	487

[1] Innerhalb des Artikels *Ein Plakat, das seine Wirkung vor dem Erscheinen getan hat.*

[2] Im Auszug.

ABBILDUNGEN ZUR DOKUMENTATION

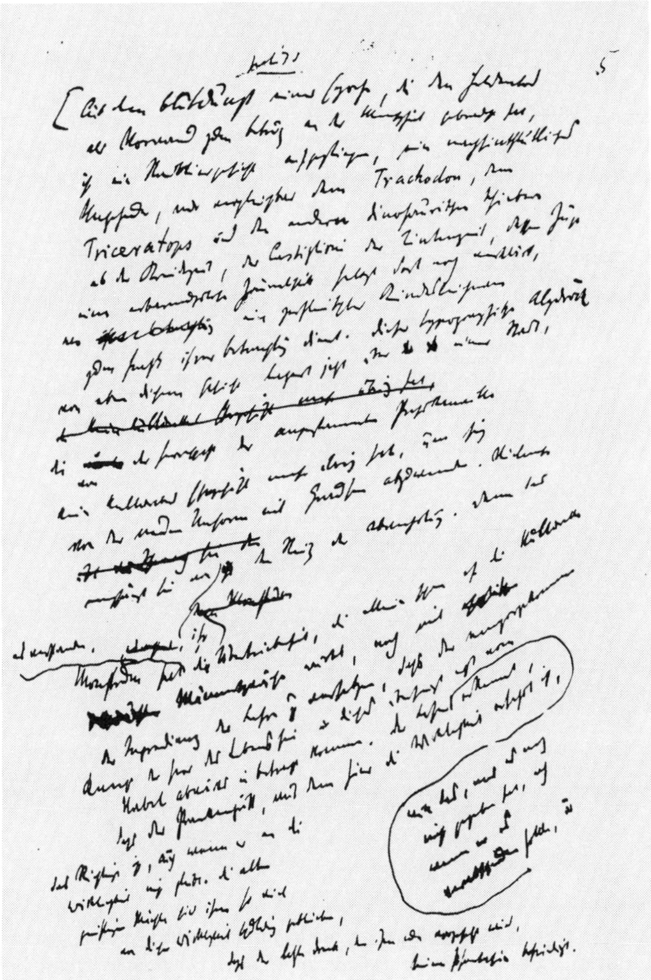

Abbildung 1
Die erste Seite des Manuskripts des zweiten Teils von *Die »Stunde« bietet* [. . .]. Die Anweisung »petit d[urchschossen]« ist mit Bleistift durchgestrichen und (ebenfalls mit Bleistift) von fremder Hand durch »Garm[ond]« ersetzt. Vgl. S. 19f.

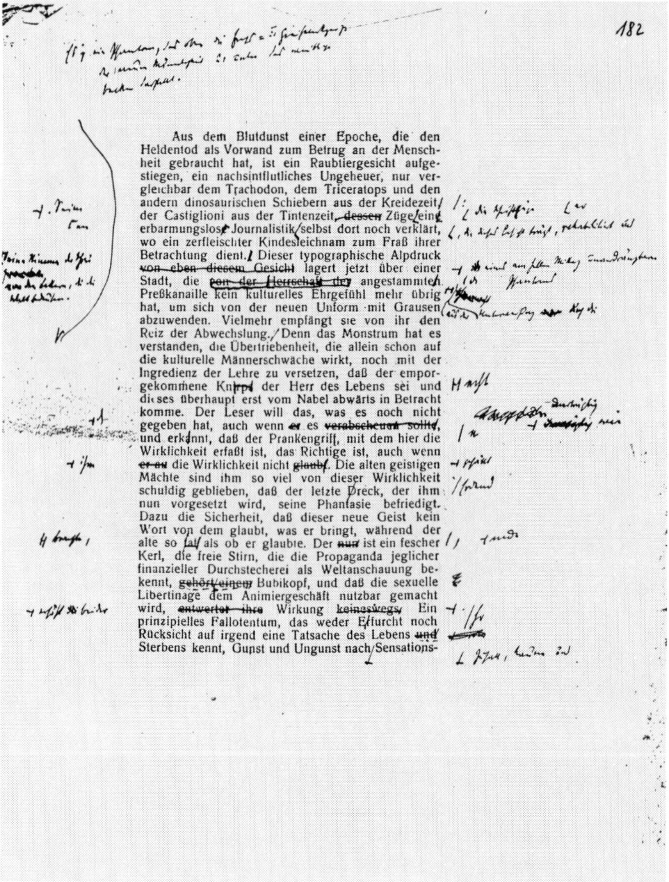
182

Aus dem Blutdunst einer Epoche, die den Heldentod als Vorwand zum Betrug an der Menschheit gebraucht hat, ist ein Raubtiergesicht aufgestiegen, ein nachsintflutliches Ungeheuer, nur vergleichbar dem Trachodon, dem Triceratops und den andern dinosaurischen Schiebern aus der Kreidezeit der Castiglioni aus der Tintenzeit, dessen Züge eine erbarmungslose Journalistik selbst dort noch verklärt, wo ein zerfleischter Kindesleichnam zum Fraß ihrer Betrachtung dient. Dieser typographische Alpdruck von eben diesem Gesicht lagert jetzt über einer Stadt, die von der Herrschaft der angestammten Preßkanaille kein kulturelles Ehrgefühl mehr übrig hat, um sich von der neuen Uniform mit Grausen abzuwenden. Vielmehr empfängt sie von ihr den Reiz der Abwechslung. Denn das Monstrum hat es verstanden, die Übertriebenheit, die allein schon auf die kulturelle Männerschwäche wirkt, noch mit der Ingredienz der Lehre zu versetzen, daß der emporgekommene Knirps der Herr des Lebens sei und dieses überhaupt erst vom Nabel abwärts in Betracht komme. Der Leser will das, was es noch nicht gegeben hat, auch wenn er es verabscheuen sollte, und erkennt, daß der Prankengriff, mit dem hier die Wirklichkeit erfaßt ist, das Richtige ist, auch wenn er an die Wirklichkeit nicht glaubt. Die alten geistigen Mächte sind ihm so viel von dieser Wirklichkeit schuldig geblieben, daß der letzte Dreck, der ihm nun vorgesetzt wird, seine Phantasie befriedigt. Dazu die Sicherheit, daß dieser neue Geist kein Wort von dem glaubt, was er bringt, während der alte so tat als ob er glaube. Der nun ist ein fescher Kerl, die freie Stirn, die die Propaganda jeglicher finanzieller Durchstecherei als Weltanschauung bekennt, gehört einem Bubikopf, und daß die sexuelle Libertinage dem Animiergeschäft nutzbar gemacht wird, entwertet ihre Wirkung keineswegs. Ein prinzipielles Fallotentum, das weder Ehrfurcht noch Rücksicht auf irgend eine Tatsache des Lebens und Sterbens kennt, Gunst und Ungunst nach Sensations-

Abbildung 2
Derselbe Text im ersten Fahnensatz mit handschriftlichen Änderungen von Karl Kraus sowie einigen Druckfehlerkorrekturen von fremder Hand. Ein ähnliches Bild zeigen die nachfolgenden Abzüge vom noch dreimal veränderten Fahnensatz.

— 131 —

Prostituierten hatte und dessen Sittenstrenge von der Natur eigens für die ‚Stunde' gerächt wurde, die eine Darstellung der wirklichen Ereignisse des Lebens bietet:

— — — — — — — — — — — — — — Er wurde dann später Polizeipräsident in Prag,

wo ihn, ganz nach dem Muster des Präsidenten der französischen Republik, Faure, der Tod in den Armen einer schönen, der vornehmen Prager Gesellschaft angehörenden Frau ereilte.

So erfüllte sich sein Schicksal gerade durch die Liebe, der er — —

Man sieht, daß da die Nemesis nach einer Vorlage gearbeitet hat, wiewohl der Präsident der französischen Republik, der bei dieser Gelegenheit mitgefangen ist, vielleicht gar nichts gegen die Prostituierten hatte. Die fetten Lettern haben das Gute, daß der Leser auf der Tramway den Fall für einen aktuellen hält und mit gewohnter Schadenfreude zur Kenntnis nimmt. Die ‚Stunde', die es liebt, die Dinge so darzustellen, wie sie wirklich sind, wäre gewiß dankbar, wenn ihr solche Fälle angezeigt würden, selbst auf die Gefahr hin, daß die Situation nicht gleich den Liebestod, sondern nur eine Operation im Gefolge hat, wie sie ihr kürzlich von ihrem Budapester Spezialberichterstatter gemeldet wurde, von dem nichts unglaubhaft ist als die Tatsache, daß er noch nicht in Wien wirkt. Denn diese Stadt bewährt eine kulturelle Ausdauer, die in anderen Zentren mangels gesetzlicher Handhabe längst zu dem Entschluß geführt hätte, gegen den Versuch, ein so beschaffenes Leben in die Bude zu bringen, die Bevölkerung mit Hundspeitschen zu bewaffnen.

— — — — — — — — — — — — — — —

Aus dem Blutdunst einer Epoche, die den Heldentod als Vorwand zum Betrug an der Menschheit gebraucht hat, ist ein Raubtiergesicht aufgestiegen, ein nachsintflutliches Ungeheuer, nur vergleichbar dem Trachodon, dem Triceratops und den andern dinosaurischen Schiebern aus der Kreidezeit: der Castiglioni aus der Tintenzeit. Seine Züge sind die Schriftzüge einer erbarmungslosen Journalistik,

Abbildung 3

Der Anfang desselben Textes im letzten Umbruch-Abzug vor der Imprimierung des Heftes.

Zu Abbildung 4
[Jahoda:] Zu: Der [Kraus: Ein] Friedmensch
[Kraus:] Nein!! (Das war für einen früheren Artikel!)
[Jahoda:] Sie haben doch nicht vergessen, daß wir szt. das Klischee haben verfertigen lassen?
[Kraus:] Nicht vergessen, kommt aber diesmal nicht!

*

Der »frühere Artikel« dürfte *Gott grüß euch, Alter, pfeift das Schmöckchen?* gewesen sein, der mit einem ähnlichen Porträt-Photo schließt. Vgl. S. 48.

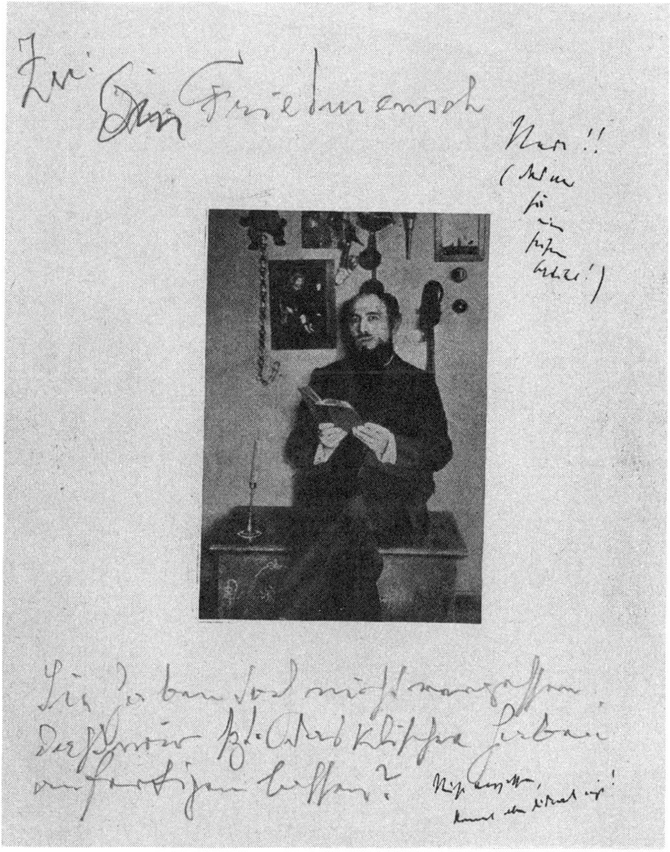

Abbildung 4
Ein Blatt aus den Materialien zur Kampagne gegen Alfred Kerr mit Notizen von Georg Jahoda und Karl Kraus. Man vergleiche die nebenstehende Transkription.

»Offenbach-Renaissance«

Von

Karl Kraus

Zum Vortrag von »Pariser Leben«

März 1927

(Vorabdruck aus der Fackel)

Preis S —·50

VERLAG ‚DIE FACKEL‘, WIEN
III., Hintere Zollamtsstraße 3 :: Telephon Nr. 92255

Abbildung 5
Titelblatt des »Vorabdrucks« von *»Offenbach-Renaissance«*.

DIE FACKEL

HERAUSGEBER

KARL KRAUS

Inhalt:

Warnung
in letzter Stunde

Vorabdruck aus Nr. 759 ff.

Preis 10 Groschen

Abbildung 6
Titelblatt des »Vorabdrucks« von *Warnung in letzter Stunde.*

Warnung in letzter Stunde

Der Schuft, den ich aus Wien verjagt habe,

Emmerich Bekessy, vom Landesgericht wegen Erpressung und falscher Zeugenaussage verfolgt, hat sich der Gefahr der Auslieferung durch die Flucht aus Paris nach Budapest, dem Ausgangspunkt seiner Laufbahn, entzogen. Sein Advokat, der bekannte Militärauditor Preminger, hat ihm zufolge des Umstands, daß ihm bei der Aufnahme in den österreichischen Heimatverband die Bescheinigung des Austritts aus dem ungarischen „durch besonderes Entgegenkommen der Gemeinde Wien erlassen wurde", die Anerkennung seiner ungarischen Staatsbürgerschaft erwirkt, offenbar für die Verdienste, die er sich nach dem Sturz der Kommune durch Ueberlieferung rotgardistischer Soldaten an den weißen Terror erworben hatte und durch weitere Leistungen noch erwerben dürfte. Der im Krieg wegen Ausbeutung Untergebener militärgerichtlich abgeurteilte Erpresser, der durch fünf Jahre Wien gebrandschatzt und sämtliche Machtfaktoren der österreichischen Oeffentlichkeit unter dem Druck übler Mitwissenschaft in wirtschaftlichen Dingen oder der Beschmutzung ihres Privatlebens gehalten hat, betreibt nunmehr mit derselben erpresserischen Gewalt, mit der er ehedem die Staatsbürgerschaft erlangte, deren Annullierung, um, statt seiner Auslieferung an das Wiener Gericht, die nicht mehr erfolgen kann, die Auslieferung der ihn betreffenden Strafakten an das Budapester Gericht durchzusetzen. Gelänge dieser Plan, so stände nach dem kurzen Prozeß, den die ungarische Justiz mit dem Wiener Aktenmaterial machen würde, und nach erfolgter „Rehabilitierung" den ferneren Geschäften, die er im Gebiet einer besudelten öffentlichen Meinung Mitteleuropas vorhat, kein Hindernis mehr im Wege. Zur Förderung dieser Sache hat er im Neuen Wiener Journal, welches sich die Sensation des Originalbeitrags eines steckbrieflich Verfolgten nicht entgehen ließ, seinen Revolver vorgezeigt, der mit etlichem Wissen oder Lüge über Angelegenheiten sozialdemokratischer Politiker und mit starken Hinweisen auf seine Verbindung mit Herrn Bosel geladen war. Meine Voraussage, daß im letzten Stadium der strafrechtlichen Verfolgung des großen Erpressers seine Tätigkeit sich auf den Staat selbst ausdehnen werde, scheint sich nunmehr erfüllen zu wollen, und es sind Anzeichen vorhanden, daß die Parteien der Herren Eldersch und Mataja, wie vielleicht auch jene Partei, der Herr Bosel unangenehm zu werden gedroht hat, sich dem Druck auf ein administratives Verfahren, durch das die Entbürgerung und in weiterer, schlimmerer Konsequenz die Abtretung der Akten an Ungarn herbeigeführt würde, nicht widerstrebend zeigen. Diese Legalisierung des Verbrechens, diese Abrüstung der Staatsgewalt vor einem Waffentüchtigeren wäre jedoch kein Plan der Vorsicht, der darauf abzielte, einen lästigen Erpresser ein für allemal los zu sein und über die schmachvolle Episode seiner Mitbürgerschaft Gras wachsen zu lassen. Vielmehr wäre es ein Plan der Dummheit, da die Aushändigung der einzigen Gegenwaffe, die den Erpresser von Oesterreichs Grenzen fernhält, wenn sie ihn schon nicht erreichen kann: der Verzicht auf die kriminale Drohung, nie und nimmer ihn selbst entwaffnen, da im Gegenteil das offene Bekenntnis staatlicher Ohnmacht die Gefahr, die allen Parteien und Interessengruppen droht, vervielfachen würde. Wir wollen, wenn wir einer Politik der Korruption schon die Staatsbürgerschaft des Imre Bekessy zu verdanken haben, auf diese nicht mehr verzichten! Wir wollen, daß er unser Mitbürger bleibe, weil nur dies die Sicherheit bietet, daß er nicht mehr zu uns heimkehrt! Aber wir wissen, daß seine Ausbürgerung erst seine wahre Einbürgerung zur Folge haben würde. Denn nach allen fehlgeschlagenen Versuchen, die der Abenteurer zur Ausbeutung der öffentlichen Meinung in der Fremde unternommen hätte, bliebe ihm zum Schluß ja doch das Wiener Terrain, in dem er so erfolgreich gewirkt und bei dessen Hütern er sich eines Entgegenkommens bis zur Unterwerfung der staatlichen Hoheit zu erfreuen hatte. In letzter Stunde erfolgt die Warnung an die Maßgebenden vor dem heillosen Schritt dieser Ausbürgerung; im Angesicht der größten Oeffentlichkeit erfolgt das Gelöbnis, daß den Geschäftspolitikern, die sich zu augenblicklicher Erleichterung einen Mitwisser zu Dank verbinden wollen, mit Bekessys schnödem Undank meine unerbittliche Aufmerksamkeit gesichert bleibt und daß ich bemüht sein werde, alles, was sie dann begraben wähnen, ans Licht zu fördern. Sie werden seine Ansprüche ins Maßlose steigern und die meinen nicht befriedigen. Ich will sie dort treten, wo sie der Schuh drückt! In dem beispiellosen Kampf zu ihrer Befreiung, zur Befreiung der Stadt von einer Journalistik, die die schuftigste seit Erfindung der Druckerschwärze war, hat bisher ein einziger Faktor standhaltend sich bewährt: die Justiz. Das Wort des Staatsanwalts „Die Justiz darf nicht zur Hure der Politik werden", es wird nicht an den Praktiken von Zutreibern zu Schanden gehen, die sie an ein Budapester Bordell verschachern wollen. Geschähe es, dann wäre es die Katastrophe eines Staats, der in der Verfolgung eines Erpressers ihm selbst zur Beute ward!

Karl Kraus
Herausgeber der Fackel

Abbildung 7
Der Aufruf *Warnung in letzter Stunde* im Druck des Plakats. Hier stark verkleinert. Nach Behinderung der Publikation (vgl. S. 401) wurde dem Text der Satz vorangestellt: »Die Affichierung dieses Plakates wurde von der städt. Plakatierungsanstalt verweigert!«

Sonderausgabe der Fackel. Nr. 2

ENDE JULI 1928 XXX. JAHR

DIE FACKEL

HERAUSGEBER

KARL KRAUS

INHALT:

Für Sangesbrüder

NACHDRUCK VERBOTEN

Preis dieses Heftes:

10 Groschen

VERLAG ‚DIE FACKEL', WIEN

III., Hintere Zollamtsstraße 3 Telephon Nr. 92255

ERSCHEINT VIERTELJÄHRLICH MINDESTENS EINMAL

Abbildung 8

Titelblatt der »Sonderausgabe« des Artikels *Für Sangesbrüder*.

Sonderausgabe Nr. 2

Für Sangesbrüder

Das zum 15. Juli wie im Hinblick auf das Sängerfest erschienene

Schober-Lied

ist vorläufig nur durch den Verlag, beziehungsweise naturgemäß durch die Verschleißstellen, jedoch nicht durch die Straßenkolportage zu beziehen. Herr Johann Schober, Ehrenmitglied des Gewerbevereines, hat, nachdem er sämtliche Termine zur Einbringung von Offizial- wie Privatklagen gegen mich vor dem Schwur-, beziehungsweise Bezirksgericht wegen des Vorwurfs des Amtsmißbrauches, der Lüge, der Fälschung und der Felonie ungenützt hat verstreichen lassen, nun endlich doch pflichtgemäß Schritte unternommen und sich diesbezüglich Genugtuung verschafft. Wenn schon nicht gegen mich, so gegen arme Kolporteure, welche die Vertreibung des Schober-Liedes übernommen haben. Da sein Pflichtgefühl größer ist als sein juristisches Wissen, ist er nämlich der Ansicht, daß sich das Schober-Lied

Abbildung 9
Die erste Seite des Artikels *Für Sangesbrüder* im lichteren Druck der »Sonderausgabe«.

Ausgaben

Mit vorzüglicher Hochachtung. Briefe des Verlags der Fackel. [1912-1935.] Ausgewählt und herausgegeben von Heinrich Fischer. München: Kösel-Verlag 1962. 435 S. (=Zehnter Band der Werke von Karl Kraus.)
Vor der Walpurgisnacht. [Aufsätze und Glossen 1925-1933.] Unter Mitarbeit von Kurt Krolop und Roland Links herausgegeben von Dietrich Simon. Berlin: Verlag Volk und Welt und München: Langen-Müller 1971. 692 S. (= Ausgewählte Werke Band 3.)

Übersetzungen

(Englisch)

[Zur Aufhebung des Fremdenverkehrs.] The Demotion of Tourism. Übers.: Harry Zohn. In: Harry Zohn (Hrsg.): In These Great Times. A Karl Kraus Reader. Montreal 1976, Manchester ²1984.

(Französisch)

[Der Vogel, der sein eigenes Nest beschmutzt.] L'oiseau qui souille son propre nid. Übers.: Eliane Kaufholz. In: Eliane Kaufholz (Hrsg.): Karl Kraus. Paris 1975. (= L'Herne Nr. 28.)

Abhandlungen

Helmut Arntzen: Karl Kraus und Hugo von Hofmannsthal. (1968). In: Ders.: Literatur im Zeitalter der Information. Aufsätze, Essays, Glossen. Frankfurt a. M. 1971. 221-245.
Helmut Arntzen: Literatur im Zeitalter der Information. Aufsätze, Essays, Glossen. Frankfurt a. M. 1971.
Helmut Arntzen: Karl Kraus und die Presse. München 1975. (= Literatur und Presse/Karl-Kraus-Studien Band 1.)
Helmut Arntzen: Die Funktion der Polemik bei Karl Kraus. In: Sigurd Paul Scheichl und Edward Timms (Hrsg.): Karl Kraus in neuer Sicht. München 1986. (Kraus-Hefte Sonderband.) 46-75.
Walter Benjamin: Karl Kraus. In: Ders.: Gesammelte Schriften. Hrsg. von Rolf Tiedemann und Hermann Schweppenhäuser. Frankfurt a. M. 1972 ff. Band 2 (1977). 334-367 (Anmerkungen: 1078-1130).
Martina Bilke: Zeitgenossen der »Fackel«. Wien 1981.

Volker Bohn: Satire und Kritik. Über Karl Kraus. Frankfurt a. M. 1974.
Andreas Disch: Das gestaltete Wort. Die Idee der Dichtung im Werk von Karl Kraus. Zürich 1969.
Gunild Feigenwinter-Schimmel: Karl-Kraus. Methode der Polemik. Diss. Basel 1970 (Druck 1972).
Frank Field: The Last Days of Mankind. Karl Kraus and his Vienna. London 1967.
Jens Malte Fischer: Karl Kraus. Studien zum »Theater der Dichtung« und Kulturkonservatismus. Kronberg/Ts. 1973.
Lucien Goldmann: Un grand polémiste: Karl Kraus. In: Ders.: Recherches dialectiques. 4. Auflage. Paris 1959. (= Bibliotheque des idées.) 229-238.
Kari Grimstad: Masks of the Prophet. The Theatrical World of Karl Kraus. Toronto/Buffalo/London 1982.
Christel Heidemann: Satirische und polemische Formen in der Publizistik von Karl Kraus. Diss. FU Berlin 1958.
Friedrich Jenaczek: Zeittafeln zur »Fackel«. Themen – Ziele – Probleme. Gräfelfing 1965. (= Adalbert Stifter Verein e. V. München. Veröffentlichungen der Wissenschaftlichen Abteilung 11.)
Georg Knepler: Karl Kraus liest Offenbach. Erinnerungen, Kommentare, Dokumentationen. Berlin (DDR) bzw. Wien 1984.
Werner Kraft: Karl Kraus. Beiträge zum Verständnis seines Werkes. Salzburg 1956.
Werner Kraft: Das Ja des Neinsagers. Karl Kraus und seine geistige Welt. München 1974.
Kurt Krolop: Dichtung und Satire bei Karl Kraus. In: Karl Kraus: Ausgewählte Werke. Hrsg. von Dietrich Simon. Band 3. München 1971. 651-691.
Reinhard Merkel: Karl Kraus. In: Jochen Jung (Hrsg.): Österreichische Porträts. Band 2. Salzburg 1985. 158-191.
Barbara Lersch: 1927: Kraus' Streit gegen Schober. Ein Beitrag zur Metaphorik der Macht und zur Politik des ästhetischen Bewußtseins. In: Gilbert Krebs und Gerald Stieg (Hrsg.): Karl Kraus et son temps. Asnières 1989. 139-153.
Michael Naumann: Der Abbau einer verkehrten Welt. Satire und politische Wirklichkeit im Werk von Karl Kraus. München 1969. (= Schriftenreihe zur Politik und Geschichte.)
Alfred Pfabigan: Karl Kraus als Kritiker des Austromarxismus. In: Sigurd Paul Scheichl und Edward Timms (Hrsg.): Karl Kraus in neuer Sicht. München 1986. 235-254.
Alfred Pfabigan: Karl Kraus und der Sozialismus. Eine politische Biographie. Wien 1976.
Michael Pollak: Une sociologie en acte des intellectuels. Les combats de

Karl Kraus. In: Actes de la Recherche en sciences sociales. Heft 36/37. (Paris) 1981. 87-103.
Heinz Politzer: Die letzten Tage der Schwierigen. Hofmannsthal, Karl Kraus und Schnitzler. In: Merkur 3 (1974). 214-238.
Sigurd Paul Scheichl: Karl Kraus – Satire als Weg zur Unmittelbarkeit. In: Das Fenster (Innsbruck). Heft 15. 1974. 1545-1550.
Sigurd Paul Scheichl: Der Stilbruch als Stilmittel bei Karl Kraus. In: Sigurd Paul Scheichl und Edward Timms (Hrsg.): Karl Kraus in neuer Sicht. München 1986. 128-142.
Sigurd Paul Scheichl: Zur Struktur Kraus'scher Polemiken – am Beispiel »Innsbruck und Anderes« (1920). In: Literatur und Kritik 213/214. 1987. 131-140.
Sigurd Paul Scheichl: Eine Czernowitzer Literaturaffäre in der »Fackel«. »Aus Redaktion und Irrenhaus«. In: Dietmar Goltschnigg und Anton Schwob (Hrsg.): Die Bukowina. Tübingen 1990. 101-128.
Sigurd Paul Scheichl: »Aus Redaktion und Irrenhaus« – Literaturtheoretische und literaturkritische Aspekte einer Kraus'schen Polemik. In: Stefan H. Kaszyński und Sigurd Paul Scheichl (Hrsg.): Karl Kraus – Ästhetik und Kritik. München 1989. 83-102.
Dietrich Simon: Karl Kraus. Stimme gegen die Zeit. In: Kurt Krolop und ders.: Kommentare zu Karl Kraus. Beiheft zur dreibändigen Karl-Kraus-Auswahl. Berlin 1971. 3-88.
Gerald Stieg: Frucht des Feuers. Canetti, Doderer, Kraus und der Justizpalastbrand. Wien 1990.
Edward Timms: Hofmannsthal, Kraus and the THEATRUM MUNDI. In: W. E. Yuill und Patricia Howe (Hrsg.): Hugo von Hofmannsthal (1874-1929). Commemorative Essays. London 1981. 123-132.
Edward Timms: Archetypical Patterns in the Satire of Karl Kraus. In: Sigurd Paul Scheichl und Edward Timms (Hrsg.): Karl Kraus in neuer Sicht. München 1986. 92-108.
Reinhard Urbach: Karl Kraus und Hugo von Hofmannsthal. Eine Dokumentation. I. 1892-1899. II. 1899-1935. In: Hofmannsthal-Blätter Heft 6 (1971). 447-458. Heft 12 (1974). 372-424.
Hans Wollschläger: Die Instanz K. K. oder Unternehmungen gegen die Ewigkeit des Wiederkehrenden Gleichen. In: Heinz Ludwig Arnold (Hrsg.): Karl Kraus. München 1975. (= Sonderband text + kritik.) 5-20.
Harry Zohn: Karl Kraus and the Events of July 1927. In: Modern Austrian Literature 12 (1979). 80-91.

Kraus-Hefte 53 (1990) und 56 (1990).

Aus den bereits angegebenen Gründen (S. 391) sind die hier zusammengestellten Aufsätze nach den Erstdrucken in der *Fackel* wiedergegeben. Die Unterschiedlichkeit der Schriftgrade ist beibehalten; die seltenen Fälle lichteren Drucks sind in den »Hinweisen« vermerkt. Außer den wenigen Druckfehlern, die Kraus selber angezeigt hat, war kaum etwas zu korrigieren. Die Tilgung eines der Sache nach irrigen Satzes hatte gleichfalls schon Kraus für »eine Buchausgabe« vorgemerkt (S. 397). Die Titel erscheinen statt in halbfetter Schrift in Versalien mit Kapitälchen; ‚deutsche' Anführungszeichen sind durch ›französische‹ ersetzt. Der wohlbedachte Umbruch der *Fackel* konnte unter den Bedingungen des Computersatzes nicht nachgebildet werden – weshalb etwa Worttrennung am Zeilen- und selbst am Seitenende weitaus öfter als im Original erfolgt und anders als dort durchaus nicht immer an der füglichsten Stelle. Man vergleiche auch unter diesem Gesichtspunkt die Abbildungen 3 und 9.
Die Anordnung entspricht den Daten der Erstdrucke, bei gleichzeitigem Erscheinen der Abfolge im jeweiligen *Fackel*-Heft. Gemäß einem von Kraus selber geübten Verfahren ist jedem Aufsatz das Datum seines ersten Erscheinens (nach U 1) vorangestellt – das mit dem seiner Entstehung (zumal im Falle der Reden) nicht immer identisch ist. Aber auch die nachweislich oder vermutlich früher entstandenen Artikel haben ihre definitive Gestalt in aller Regel erst mit der Imprimierung erhalten.

Göttingen, 1. August 1990 Christian Wagenknecht

INHALT

DIE STUNDE DES GERICHTS / AUFSÄTZE 1925-1928

ANHANG

Karl Kraus
Schriften
Herausgegeben von
Christian Wagenknecht
Erste Abteilung: 12 Bände

Band 1: Sittlichkeit und Kriminalität
Band 2: Die chinesische Mauer
Band 3: Literatur und Lüge
Band 4: Untergang der Welt durch schwarze Magie
Band 5: Weltgericht I
Band 6: Weltgericht II
Band 7: Die Sprache
Band 8: Aphorismen
Band 9: Gedichte
Band 10: Die letzten Tage der Menschheit
Band 11: Dramen
Band 12: Dritte Walpurgisnacht

Zweite Abteilung: 8 Bände

Band 13: Jacques Offenbach
Band 14: Johann Nestroy. Zeitstrophen
Band 15: William Shakespeare
Band 16: Brot und Lüge
Band 17: Die Stunde des Gerichts
Band 18: Hüben und Drüben
Band 19: Die Katastrophe der Phrasen
Band 20: Kanonade auf Spatzen

Deutschsprachige Literatur
in den suhrkamp taschenbüchern:
Essays, Reden, Briefe, Tagebücher

Andreas-Friedrich, Ruth: Der Schattenmann. Tagebuchaufzeichnungen 1938-1945. Mit einem Nachwort von Jörg Drews. st 1267
– Schauplatz Berlin. Tagebuchaufzeichnungen 1945- 1948. st 1294
Arendt, Hannah: Die verborgene Tradition. Acht Essays. Den Essay »Der Zionismus aus heutiger Sicht« übersetzte Friedrich Griese ins Deutsche. st 303
Ball, Hugo: Der Künstler und die Zeitkrankheit. Ausgewählte Schriften. Herausgegeben und mit einem Nachwort versehen von Hans Burkhard Schlichting. st 1522
Ball-Hennings, Emmy: Briefe an Hermann Hesse. Herausgegeben und eingeleitet von Annemarie Schütt-Hennings. st 1142
Benjamin, Walter: Angelus Novus. Ausgewählte Schriften 2. st 1512
– Deutsche Menschen. Eine Folge von Briefen. Auswahl und Einleitungen von Walter Benjamin. Mit einem Nachwort von Theodor W. Adorno. st 970
– Illuminationen. Ausgewählte Schriften. Herausgegeben von Siegfried Unseld. st 345
– Über Haschisch. Novellistisches. Berichte. Materialien. Herausgegeben von Tillman Rexroth. Einleitung von Hermann Schweppenhäuser. st 21
Benjamin, Walter / Gershom Scholem: Briefwechsel 1933-1940. Herausgegeben von Gershom Scholem. st 1211
Böni, Franz: Die Fronfastenkinder. Aufsätze 1966-1985. Mit einem Nachwort von Ulrich Horn. st 1219
Brecht, Bertolt: Schriften zur Politik und Gesellschaft 1919-1956. st 199
Broch, Hermann: Schriften zur Literatur 1. Kritik. st 246
– Schriften zur Literatur 2. Theorie. st 247
– Philosophische Schriften. 2 Bde. st 375
– Politische Schriften. st 445
– Massenwahntheorie. Beiträge zu einer Psychologie der Politik. st 502
– Briefe 1 (1913-1938). Dokumente und Kommentare zu Leben und Werk. st 710
– Briefe 2 (1938-1945). Dokumente und Kommentare zu Leben und Werk. st 711
– Briefe 3 (1945-1951). Dokumente und Kommentare zu Leben und Werk. st 712
Broch, Hermann / Volkmar von Zühlsdorff: Briefe über Deutschland. Die Korrespondenz mit Volkmar von Zühlsdorff. Herausgegeben und eingeleitet von Paul Michael Lützeler. st 1369

256/1/8.90

Deutschsprachige Literatur in den suhrkamp taschenbüchern: Essays, Reden, Briefe, Tagebücher

Enzensberger, Hans Magnus: Ach Europa! Wahrnehmungen aus sieben Ländern. Mit einem Epilog aus dem Jahre 2006. st 1690
– Politik und Verbrechen. Neun Beiträge. st 442
– Politische Brosamen. st 1132
Franke, Herbert W.: Leonardo 2000. Kunst im Zeitalter des Computers. st 1351
Frisch, Max: Forderungen des Tages. Porträts, Skizzen, Reden 1943-1982. Herausgegeben von Walter Schmitz. st 957
– Tagebuch 1946-1949. st 1148
– Tagebuch 1966-1971. st 256
Mein Goethe. Günter Kunert, Siegfried Lenz, Peter Rühmkorf, Wolfdietrich Schnurre, Martin Walser, Gabriele Wohmann. st 781
Handke, Peter: Als das Wünschen noch geholfen hat. Fotos von Peter Handke. st 208
– Das Ende des Flanierens. st 679
– Ich bin ein Bewohner des Elfenbeinturms. st 56
Hasselblatt, Dieter: Marija und das Tier. Science-fiction-Texte. PhB 209. st 1511
Hesse, Hermann: Ausgewählte Briefe. Erweiterte Ausgabe. Zusammengestellt von Hermann Hesse und Ninon Hesse. st 211
– Briefe an Freunde. Rundbriefe 1946- 1962. Zusammengestellt von Volker Michels. st 380
– Eine Literaturgeschichte in Rezensionen und Aufsätzen. Herausgegeben von Volker Michels. st 252
– Politik des Gewissens. Die politischen Schriften. 1. Band: 1914-1932. 2. Band: 1933- 1962. Vorwort von Robert Jungk. Herausgegeben von Volker Michels. st 656
– Die Welt der Bücher. Betrachtungen und Aufsätze zur Literatur. Zusammengestellt von Volker Michels. st 415
Hildesheimer, Wolfgang: Das Ende der Fiktionen. Reden aus fünfundzwanzig Jahren. st 1539
Johnson, Uwe: Berliner Sachen. Aufsätze. st 249
Kaminski, André: Schalom allerseits. Tagebuch einer Deutschlandreise. st 1637
Koeppen, Wolfgang: Die elenden Skribenten. Aufsätze. Herausgegeben von Marcel Reich-Ranicki. st 1008
Kracauer, Siegfried: Kino. Essays, Studien, Glossen zum Film. Herausgegeben von Karsten Witte. st 126

256/2/8.90

Deutschsprachige Literatur
in den suhrkamp taschenbüchern:
Essays, Reden, Briefe, Tagebücher

Kracauer, Siegfried: Das Ornament der Masse. Essays. Mit einem Nachwort von Karsten Witte. st 371

Kraus, Karl: Band 1: Sittlichkeit und Kriminalität. st 1311

– Band 2: Die chinesische Mauer. st 1312

– Band 3: Literatur und Lüge. st 1313

– Band 4: Untergang der Welt durch schwarze Magie. st 1314

– Band 5/6: Weltgericht I / Weltgericht II. st 1315/1316

– Band 7: Die Sprache. st 1317

– Band 12: Dritte Walpurgisnacht. st 1322

– Magie der Sprache. Ein Lesebuch. Herausgegeben und mit einem Nachwort von Heinrich Fischer. st 204

Krolow, Karl: Ein Gedicht entsteht. Selbstdeutungen, Interpretationen, Aufsätze. st 95

Kühn, Dieter: Auf der Zeitachse. Biographische Skizzen, kritische Konzepte. st 1619

Lenk, Hans: Kritik der kleinen Vernunft. Einführung in die jokologische Philosophie. st 1771

Loerke, Oskar: Tagebücher 1903-1939. Herausgegeben von Hermann Kasack. st 1242

Mayer, Hans: Das unglückliche Bewußtsein. Zur deutschen Literaturgeschichte von Lessing bis Heine. st 1634

Mitscherlich, Alexander: Toleranz – Überprüfung eines Begriffs. Ermittlungen. st 213

Muschg, Adolf: Empörung durch Landschaften. Vernünftige Drohreden. st 1482

– Goethe als Emigrant. Auf der Suche nach dem Grünen bei einem alten Dichter. st 1287

Penzoldt, Ernst: Die Kunst, das Leben zu lieben und andere Betrachtungen. Ausgewählt von Volker Michels mit einem Nachwort von Peter Suhrkamp. st 267

Platschek, Hans: Von Dada zur Smart Art. Aufsätze zum Kunstgeschehen. Mit Abbildungen. st 1657

Schneider, Reinhold: Band 9: Dem lebendigen Geist. st 1419

– Band 11: Schwert und Friede. Essays. Auswahl und Nachwort des Bandes von Rita Meile. st 1421

– Portugal. Mit einem Nachwort von Peter Berglar. st 1073

Schwarze, Michael: Weihnachten ohne Fernsehen. Kulturpolitische Essays, Glossen, Portraits. Herausgegeben von Volker Hage. Mit einem Nachruf von Joachim Fest. st 1143

256/3/8.90

Deutschsprachige Literatur in den suhrkamp taschenbüchern: Essays, Reden, Briefe, Tagebücher

Walser, Martin: Heilige Brocken. Aufsätze, Prosa, Gedichte. st 1528
– Liebeserklärungen. st 1259
Walser, Robert: Briefe. Herausgegeben von Jörg Schäfer unter Mitarbeit von Robert Mächler. st 488
Weiß, Ernst: Die Kunst des Erzählens. Essays, Aufsätze, Schriften zur Literatur. Zusammengestellt von Volker Michels. st 799

256/4/8.90

Literaturwissenschaft
in den suhrkamp taschenbüchern

Adorno, Theodor W.: Versuch, das Endspiel zu verstehen. Aufsätze zur Literatur des 20. Jahrhunderts I. st 72

Alewyn, Richard: Probleme und Gestalten. Essays. st 845

Autorinnen. Herausforderungen an das Theater. Herausgegeben von Anke Roeder. st 1673

Ball, Hugo: Hermann Hesse. Sein Leben und sein Werk. st 385

Barthes, Roland: Fragmente einer Sprache der Liebe. Aus dem Französischen von Hans-Horst Henschen. st 1586

– Die helle Kammer. Bemerkungen zur Photographie. Übersetzt von Dietrich Leube. st 1642

Beißner, Friedrich: Der Erzähler Franz Kafka und andere Vorträge. Mit einer Einführung von Werner Keller. st 516

Bell, Quentin: Virginia Woolf. Eine Biographie. Aus dem Englischen von Arnold Fernberg. st 753

Bertaux, Pierre: Friedrich Hölderlin. st 686

Bohrer, Karl Heinz: Ein bißchen Lust am Untergang. Englische Ansichten. st 745

Chalfen, Israel: Paul Celan. Eine Biographie seiner Jugend. st 913

Dedecius, Karl: Vom Übersetzen. Theorie und Praxis. st 1258

– Von Polens Poeten. st 1479

Ellmann, Richard: James Joyce. 2 Bde. Die deutsche Ausgabe betreute Fritz Senn in Zusammenarbeit mit den Übersetzern Albert W. Hess, Klaus und Karl H. Reichert. st 473

Fitch, Noel R.: Sylvia Beach. Eine Biographie im literarischen Paris 1920-1940. Aus dem Amerikanischen von Angelika Schleindl. Mit Abbildungen. st 1702

Gilbert, Stuart: Das Rätsel Ulysses. Eine Studie. Ins Deutsche übertragen von George Goyert. st 367

Gründgens Faust. Siegfried Melchinger: Faust für uns. Bilder der Hamburger Aufführung von Rosemarie Clausen. Gustav Gründgens: Meine Begegnung mit Faust. st 838

Gründlich verstehen. Literaturkritik heute. Herausgegeben von Franz Josef Görtz und Gert Ueding. st 1152

Hart Nibbrig, Christiaan L.: Ästhetik. Materialien zu ihrer Geschichte. Ein Lesebuch. Unter Mitarbeit von Rudolf Käser, Katharina Utz, Peter Utz. st 491

– Rhetorik des Schweigens. Versuch über den Schatten literarischer Rede. st 693

– Spiegelschrift. Spekulationen über Malerei und Literatur. Mit Abbildungen. st 1464

259/1/8.90

Literaturwissenschaft in den suhrkamp taschenbüchern

Hart Nibbrig, Christiaan L.: Warum lesen? Ein Spielzeug zum Lesen. st 946

Helbling, Hanno: Erinnertes Leben. Marcel Prousts »Auf der Suche nach der verlorenen Zeit«. st 1547

Heller, Erich: Enterbter Geist. Essays über modernes Dichten und Denken. st 537

– Thomas Mann. Der ironische Deutsche. st 243

Hinck, Walter: Germanistik als Literaturkritik. Zur Gegenwartsliteratur. st 885

– Theater der Hoffnung. Von der Aufklärung bis zur Gegenwart. st 1495

– Von Heine zu Brecht. Lyrik im Geschichtsprozeß. st 481

Hsia, Adrian: Hermann Hesse und China. Darstellung, Materialien und Interpretation. st 673

Jarzębski, Jerzy: Zufall und Ordnung. Zum Werk Stanisław Lems. Aus dem Polnischen von Friedrich Griese. PhB 180. st 1290

Jeziorkowski, Klaus: Eine Iphigenie rauchend. Aufsätze und Feuilletons zur deutschen Tradition. st 1365

Kleine, Gisela: Zwischen Welt und Zaubergarten. Ninon und Hermann Hesse: Leben im Dialog. st 1384

Horváth. Eine Biographie. st 1537

Lützeler, Paul Michael: Hermann Broch. Eine Biographie. st 1578

Matt, Peter von: ... fertig ist das Angesicht. Zur Literaturgeschichte des menschlichen Gesichts. st 1694

Mautner, Franz H.: Nestroy. Mit 36 Abbildungen und 5 Faksimiles. st 465

Mayer, Hans: Außenseiter. st 736

– Georg Büchner und seine Zeit. st 58

– Richard Wagner in Bayreuth. 1876-1978. st 480

– Thomas Mann. st 1047

– Das unglückliche Bewußtsein. Zur deutschen Literaturgeschichte von Lessing bis Heine. st 1634

Melchinger, Siegfried: Shakespeare. st 1344

Michael, Friedrich / Hans Daiber: Geschichte des deutschen Theaters. st 1665

Mileck, Joseph: Hermann Hesse. Dichter, Sucher, Bekenner. Biographie. Aus dem Amerikanischen übersetzt von Jutta und Theodor A. Knust. st 1357

Mommsen, Katharina: Goethe und 1001 Nacht. st 674

– Hofmannsthal und Fontane. st 1228

– Kleists Kampf mit Goethe. Mit zehn Textabbildungen. st 513

Muschg, Adolf: Gottfried Keller. st 617

259/2/8.90

Literaturwissenschaft in den suhrkamp taschenbüchern

Painter, George D.: Marcel Proust. Eine Biographie. 2 Bde. Deutsch von Christian Enzensberger und Ilse Wodtke. st 561

Pfeifer, Martin: Hesse-Kommentar zu sämtlichen Werken. st 1740

Politzer, Heinz: Franz Kafka. Der Künstler. st 433

Pütz, Peter: Peter Handke. st 854

Raddatz, Fritz J.: Zeit-Gespräche 3. Dialog mit Günther Anders, Raymond Aron, Jorge Luis Borges, Willy Brandt, Günter Grass, Milan Kundera, Jack Lang, Siegfried Lenz, Claude Lévi-Strauss, Hans Mayer, Paul Wunderlich, Friedrich Dürrenmatt. st 1245

Razumovsky, Maria: Marina Zwetajewa. Eine Biographie. st 1570

Rühle, Günther: Anarchie in der Regie? Theater in unserer Zeit. Zweiter Band. st 862

– Die Büchermacher. Von Autoren, Verlegern, Buchhändlern, Messen und Konzernen. st 1205

– Theater in unserer Zeit. st 325

Schreibende Frauen. Frauen – Literatur – Geschichte. Vom Mittelalter bis zur Gegenwart. Herausgegeben von Hiltrud Gnüg und Renate Möhrmann. st 1603

Starobinski, Jean: Psychoanalyse und Literatur. Aus dem Französischen von Eckhart Rohloff. st 1779

Sternberger, Dolf: Heinrich Heine und die Abschaffung der Sünde. Mit einem Nachtrag von 1975. st 308

Ueding, Gert: Wilhelm Busch. Das 19. Jahrhundert en miniature. st 1246

Unseld, Siegfried: Der Autor und sein Verleger. st 1204

Utopieforschung. Interdisziplinäre Studien zur neuzeitlichen Utopie. 3 Bde. Herausgegeben von Wilhelm Voßkamp. st 1159

Die ZEIT-Bibliothek der 100 Bücher. Herausgegeben von Fritz J. Raddatz. st 645

Die ZEIT-Bibliothek der 100 Sachbücher. Herausgegeben von Fritz J. Raddatz. st 1074

259/3/8.90